U0920102

【美国】比彻·斯托夫人 / 著
冯雪松 / 编译

汤姆叔叔的小屋

TANMU SHUSHU DE XIAOWU

 南京大学出版社

图书在版编目(CIP)数据

汤姆叔叔的小屋 / 冯雪松编译. - 南京:南京大学出版社,2009.4(2018.1 重印)

(青少年课外阅读系列丛书)

ISBN 978-7-305-05866-0

Ⅰ. 汤… Ⅱ. 冯… Ⅲ. 长篇小说-美国-近代-缩写本 Ⅳ. I712.44

中国版本图书馆 CIP 数据核字(2009)第 057869 号

出版发行 南京大学出版社
社　　址 南京市汉口路 22 号　　　邮　编　210093
出 版 人 左　健

丛 书 名 青少年课外阅读系列丛书
书　　名 **汤姆叔叔的小屋**
著　　者 (美国)比彻·斯托夫人
编　　译 冯雪松
责任编辑 孟凡晓　　　编辑热线　025-83206662
审读编辑 荣卫红

照　　排 南京新洲印刷有限公司
印　　刷 皖南海峰印刷包装有限公司
开　　本 787×1092　1/16　　印张　25.75　　字数　390 千
版　　次 2009 年 4 月第 1 版　　2018 年 1 月第 6 次印刷
ISBN 978-7-305-05866-0
定　　价 33.80 元

网　　址 http://www.njupco.com
官方微博 http://weibo.com/njupco
官方微信 njupress
销售咨询热线 025-66665152

前　言

《汤姆叔叔的小屋》，最早的中译本作《黑奴吁天录》，是美国女作家比彻·斯托夫人(1811—1896)根据自己的所见所闻所感，于1852年创作完成的一部带有对当时美国南方奴隶制度强烈批判和对黑人奴隶充满深切人文关怀的现实主义小说。

这部小说一经问世，就引起了强烈的社会反响，对社会的变革与发展起到了积极的作用，特别是对美国废奴运动和美国内战中以林肯为代表的正义一方获得胜利，产生了巨大的作用，甚至影响到了一个国家的历史进程。有关这一点，仅从美国总统林肯接见斯托夫人时的一句戏言"写了一本书，酿成一场大战的小妇人"，以及美国著名诗人亨利·朗费罗断言其为"文学史上最伟大的胜利"，就可以看出，《汤姆叔叔的小屋》这部长篇小说在当时的巨大影响和在美国文学史上的意义。

《汤姆叔叔的小屋》不仅描写了不同性格和命运的黑奴，而且还刻画了不同类型的奴隶主嘴脸。既表现了对接受奴隶主灌输的基督教精神、逆来顺受的黑奴汤姆的深刻同情；也塑造了不甘心让奴隶主决定自己生死的具有反抗精神的黑奴伊丽莎和她的丈夫乔治·哈里斯。同时，还揭示了奴隶主们在内心世界里对奴隶制度的不尽相同的认知和在现实生活当中对待黑奴的态度——既有理所当然的残苛、不以为然的冷漠，也有心有戚戚的同情。

通过这本书，既可以让今天的我们深刻地感受到奴隶制度的丑恶及美国式民主的虚伪，也可以通过作者对汤姆和乔治·哈里斯夫妇这两种不同性格、不同生活态度的黑奴的描写，清楚地认识到一个人的生活态度是如何决定其未来命运的：逆来顺受、听从奴隶主摆布的汤姆难逃死亡的命运，而敢于反抗、敢于斗争的乔治夫妇则可以获得新生。

目　录

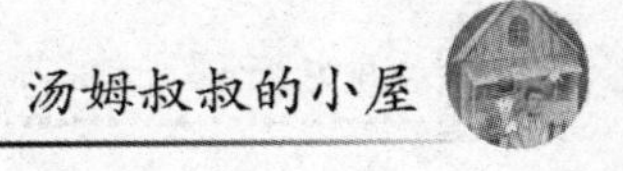

1 给读者介绍一位绅士

二月的某一天，天气仍然比较寒冷。黄昏时分，在宾城的一间布置典雅兼作餐厅的接待室里，两位绅士相对而坐，一边喝着小酒，一边好像是在商量什么很重要的事情。他们没有要仆人在旁边侍候。他们紧挨着坐着。

为了便于读者阅读，我们姑且称他们为“绅士”吧。其实，如果我们的眼光稍稍挑剔一点，就会发现，其中一位看起来根本不配称作“绅士”。他身材矮小，长相也不出众，脸上却是一副洋洋自得的神情，一看就知道他是个混迹于社会、想方设法往上爬的势利小人。他的衣着没有一点风度，一件俗气的杂色背心，一条醒目的黄点蓝底围巾，脖子上还缠着一条色彩艳丽的领带。当然，他的这身打扮与他的派头看来还是比较般配的。在他粗大的手指上，套着几枚戒指；一串形状奇特、色彩艳丽的图章缀在那又粗又沉的表链上。当谈话进行得顺利时，他总是喜欢把表链弄得叮当作响，俨然一副志得意满的模样。他的言语粗鄙，一点儿也不符合默里氏语法规则，嘴里时不时地冒出一些下流、猥琐的单词。尽管作者努力地想让自己的叙述更加形象，可还是难以准确转达他的意思。

相反，与他交谈的希尔比先生倒是很有绅士风度。室内的摆设和情调仿佛都向我们证明这家人的生活非常殷实而且安逸。现在，这两个人正在认真地商讨着某件事情。

“我想这件事情就这么定了吧。”希尔比先生说。

“希尔比先生，这样的交易，我实在难以答应。”对方一边回答，一边举起酒杯，打量着客厅的灯饰。

“嘿，赫利，汤姆不是普通的奴隶，不管把他摆在哪儿，他都值这么高的价。他做事稳重，为人诚实，而且还很能干，他把我的农场管理得井井有条。”

“汤姆的诚实，是黑人式的诚实吧？”赫利一边给自己的杯子斟着白兰地，一边问道。

“我所指的诚实是真正的诚实。汤姆为人善良，做事稳重，头脑也很灵活，而且他还笃信上帝。四年前的一次野营布道会上，他宣誓入教。我相信他对上帝是虔诚的。从他入教以后,我把自己的一切,包括钱、房子、马匹都交给他来管理。我觉得他做任何事情都很在行。”

“可是,谁会相信黑奴会对上帝有着真正的虔诚?希尔比先生!”赫利肆无忌惮地挥着手说,“不过,我倒是一点也不怀疑。今年,在我最后送往奥尔良的那批黑奴中就有一位虔诚的黑奴。你还别说,听这黑鬼祷告,还真像那么回事。他性情温和,话也不多,但因为卖主急于卖掉他,所以我捡了个便宜,从他身上我净赚了六百美元,那可是一大笔钱啊。是啊,那些笃信上帝的黑奴确实能让我们多赚一些钱。当然,冒牌的信教者是不会给我们带来很多利润的。”

“汤姆是真正的基督徒,他和别的教徒一样,对上帝很虔诚。”希尔比先生说,“我去年秋天派他独自一人去辛辛那提,取回价值五百美元的一笔巨款。我对他说,‘汤姆,因为我知道你笃信上帝,所以我认为你是不会乘机逃跑的,我信任你。’我知道他会准时返回的,而汤姆果然很守信用。后来我听说曾有些卑污小人对他说,‘汤姆,你为什么不乘机逃到加拿大呢?’‘我不能失信于我的主人。’当然,这件事情是我事后才听别人说起的。有一点,我必须让你明白,我真的舍不得汤姆。你应该让他抵掉我的所有债务,如果你还有一点良心的话。”

“我当然拥有生意人所具有的起码的良心,这点我可以发誓,”奴隶贩子开玩笑道,“虽然我可以为朋友尽力而为,但是你要知道,现在的生意真的很不好做啊!”奴隶贩子故作无奈地叹了口气,又向杯中倒了一些酒。

“赫利,到底怎样你才能答应呢?”经过一段令人难以忍受的沉默后,希尔比先生问道。

“难道你就不能再添上一个男孩或女孩吗?”

“嗯!我是真的再也拿不出什么来了。如果不是情势所逼,我是不会舍得卖掉任何一个奴隶的。”

正在这时,门开了,一个大约四五岁,长相俊俏、招人喜欢的男孩走了进来;一对浅浅的酒窝嵌在他圆润的面庞上,一头丝线般的黑发卷卷地爬在他的头上;浓而长的眼睫毛下,一双炯炯有神的大眼睛正好奇地打量着屋内;一件鲜艳的红黄格子外套,更加衬托出他那黝黑、清纯的秀美;一分惹人的自信,几分腼腆的神态,无不向人表明主人对他的恩宠以及他对主人恩宠的熟稔。

“嗨,吉姆·克罗,”希尔比先生吹着口哨扔给孩子一把葡萄干,“把它

们捡起来吧！”

孩子跑来跑去地拾取着主人的赏赐，他的样子惹得主人大笑起来。

“过来，吉姆。”希尔比先生喊道。吉姆走了过去，希尔比先生轻轻拍打着他满头的卷发，轻抚着他的下巴。

“吉姆，让这位先生欣赏一下你的技艺，来吧，唱支歌，跳个舞。”于是，孩子便唱了一首在黑人中颇为流行的歌曲。曲风热烈、欢快，而他的嗓音清脆、圆润。他的手脚和身体都在扭动着，与歌曲的节拍完美地结合在了一起，还时不时地做出一些滑稽的姿势。

“太好了！”赫利扔给孩子几瓣橘子。

“吉姆，你学一学库乔大叔患风湿病时走路的样子。”希尔比先生吩咐小孩子道。

刚才还很灵活的孩子的四肢马上表现出了病残的样子。他弯着腰，拿着主人的拐杖，以不灵便的步伐在房间里艰难地挪动着。他拉长自己那张原本稚气的小脸，挤出皱纹，装出一副老态龙钟满面愁容的样子，还时不时地胡乱吐着痰。

两位绅士禁不住被逗得大声笑了起来。

“吉姆，再让我们看一看老罗宾斯长老唱赞美诗的样子吧。”希尔比先生喊道。于是孩子把小脸拉得更长了，以便显出令人敬畏的样子，然后以平静、低稳的鼻音唱起赞美诗来。

“我看就这样吧，”赫利突然拍打着希尔比的肩膀说，“再加上这个小机灵鬼，你的债就算全清了。我说话算数。这难道还不公平吗？”

正在此时，门又被轻轻地推开了，一位大约二十五岁的第二代混血女子走了进来。

一看就知道，这女子正是那孩子的母亲。她有着同样柔和的一双黑眼睛，长长的睫毛，纤细的卷发似波浪般起伏。当她发现一个陌生人如此大胆且毫不掩饰地以一种赞赏的目光盯着她看时，她那棕黄色的面庞上泛起了一朵红晕。整洁、合体的衣着更加衬托出她苗条的身段，她那纤纤细手以及漂亮圆润的脚髁使她看起来更加端庄。奴隶贩子以敏锐的眼睛贪婪地打量着女奴，那娇美身躯的每一处重要细节，似乎都没能逃过奴隶贩子的眼睛。

“伊丽莎，有事吗？”看着她欲言又止的样子，希尔比先生问道。

“对不起，先生，我在找哈里。”孩子看到母亲，便活蹦乱跳地跑到母亲面前，并拿出衣兜中的战利品向母亲炫耀着。

“那你就带他走吧。”希尔比先生点了点头。那女奴便抱起孩子，匆匆忙忙地走了出去。

“老天！真是好货色，”奴隶贩子向希尔比称赞道，“随便你什么时间将这个女人送到奥尔良，都会赚一大笔钱。我见过有个人花一千多块钱买了一个女奴，可那女奴的姿色根本不能和这个女人相提并论。”

“我可不想靠她来发财。”希尔比冷冷地答道。他又打开一瓶酒，岔开了话题，并征求对方对酒的评价。

“味道很不错，希尔比先生，上等的好酒！”奴隶贩子赞道，然后转过身来像熟人似的拍着希尔比的肩又说，“哎，把那女奴隶卖给我怎么样？什么价钱你能接受？你要多少钱？”

“赫利先生，我不会卖掉她的，”希尔比先生说，“即使你支付与她同等重量的金子，我妻子也不会答应让她走的。”

“哎，女人总是这样小家子气，因为她们根本不会算账。如果你告诉她们，那么重的金子能买多少块钟表、多少个小饰物，她们就会改变主意，不再那样说了。”

“赫利，我说不行，就是不行。这件事情，你就不要再提了。”希尔比先生语气坚定地说。

“好吧，可你总得把那个男孩给我吧，你要知道，即使添上那小孩，我也已经作了很大的让步了。”

“你要那小孩干吗？”希尔比先生问道。

“噢，今年我的一位朋友在做这方面的生意，他想买一批长相俊美、货色好的小男孩，养大后再放到市场上去卖，给那些肯出大价钱的老爷们做个侍从什么的。这些人家，总会用一些漂亮的男孩子开门、跑腿，以便更加体面。这样一来，漂亮男孩就可以卖个好价钱。你家这个小机灵鬼既懂音乐，又会逗人开心，正是这方面的难得之材啊！”

“不行，我这人心肠软，实在不想拆散他们母子。”希尔比先生考虑了一下说。

“是这样吗？你的心肠确实比较软，我理解你的心情。跟女人打交道，有时候确实麻烦。我也很讨厌哭哭啼啼的悲伤场面。可是，先生只管放心，我做生意时总是会尽力避免这种悲伤场面出现的。我看就这么定了吧！你把这个女人支走一天，或者一周，其他事情就在人不知鬼不觉的情况下进行。在她回来之前，我们早就把事情办完了。你觉得如何？至于那个女人，让你太太买只耳环，或者一件新衣服，或者其他一些小玩艺儿作为补偿，不就行了吗？”

“恐怕行不通吧。”

“上帝保佑，我们会成功的。黑奴又不像白人，只要你处理得当，事情过去以后他们就会死心的。”说到这儿，赫利又装出一副坦诚相见的样子说，“常言道，做奴隶买卖要心黑手狠。可我觉得事情未必一定是这样的。我做这门生意的方法不同于其他人。我曾目睹一位同行从一个女奴的怀中抢走她的孩子并强行卖给了别人，那女人从此一直疯疯癫癫，又哭又闹，这种做生意的方法是下下策，把货物也给毁了，搞到最后有些女奴根本卖不出去了。有一次在奥尔良，我就亲眼目睹一位特别漂亮的少妇被这种下下策的做法给毁掉了。买主只想要她而不想要她的孩子，结果把她给惹火了。告诉你吧，当时，那女人死死地抱住孩子，吵吵闹闹不肯罢休，样子实在让人害怕。现在回想起这件事，我还心有余悸呢。结果，她的孩子被抢走了，而她自己也被锁了起来，最后她被逼疯了，整天胡言乱语，一个星期后就死掉了。一千块钱，就这样打了水漂。希尔比先生，造成这种悲惨结局的原因不就是方法不得当嘛。根据我的经验，还是采取仁慈一点的方法比较容易奏效。”说完这些，他便双手交叉于胸前靠在了椅背上，一副悲天悯人的模样，俨然自己就是第二个威尔伯福斯。

这位绅士对道德问题似乎更感兴趣，因为当希尔比借剥橘子的时机考虑问题时，他故作迟疑，然后又旧话重提，就好像有一股真理的力量驱使他不得不多说几句话似的：

“吹嘘自己可不是一件光彩的事，但我所说的都是事实，经由我卖到市场上的一批又一批的黑奴，我认为都是上等货色，至少我听到别人是这样评价的。而且不止一次，成百上千次都是如此评价，一流的好货色——健壮、体面，而我为此付出的钱却是同行中最少的。之所以如此，我想应该把这归功于经营有方。也可以说，先生，我经营这门生意的方式是很有人情味的。”

希尔比先生一时之间也不知道该说些什么，只好应道，“啊，是这样的！”

“但我的经营之道一直为人所讥笑，还备受责备。尽管没人同意我的主张，可我却不会因此改变我的经营之道。先生，正是因为我的坚持，现在我终于凭借它而发了大财。是的，先生，黑暗终于过去，光明已经到来。”奴隶贩子说到这里，不禁为自己的妙语大笑起来。

这些关于人道和慈善的高论真是独到，以至于希尔比先生也禁不住陪着奴隶贩子笑了起来。各位读者，读到此处，你或许也在发笑吧。如今这世界，关于人道和慈善的高论层出不穷，慈善家们的奇谈怪论就更加数不胜数了。

在希尔比先生笑声的鼓励下，奴隶贩子又接着说了下去：

“你说奇怪不奇怪，我很难让人接受我的观点。以前我有个合伙人叫汤姆·洛科，纳奇兹人，头脑灵活，很善于和黑人打交道，这一点倒是与生意原则并行不悖，好心肠毕竟不能赚钱。他做事情一贯如此。我常劝他说，‘哎，汤姆老兄，对那些因害怕而哭闹的女奴拳脚相加有什么用呢？这样做只能证明你是个傻蛋。’我说，‘即使不让她们通过哭闹来作为发泄的方式，她们还是会寻找其他方式的。而且，汤姆老兄，’我说，‘不让她们通过这种方式发泄，她们就会面容憔悴不堪，嘴唇会变得干裂，甚至会变得丑陋无比，那些黄皮肤的女人更是如此。届时再想让她们恢复过来可就不那么容易了，为什么不能说些动听的好话来应付她们呢？’我说，‘听我的，对她们略施小惠取得的效果要比拳脚相加强多了，而且这样做可以赚更多的钱，如果你按我所说的去做，你肯定会成功的。’可汤姆还是榆木疙瘩一块。就这样，许多女人毁在了他的手中，虽然他心肠好，做事公道，但我只能和他分开来做生意了。”

“你认为，你比汤姆更善于经营这门生意吗？”

“嗯，你可以这样认为。做生意时，我都会尽量避免不愉快的场面发生。比如我做小孩生意时，会把女人支走。女人看不到这种场面，就不会发生不愉快的事情。等到生米做成熟饭，她们也只好认命了。白人从小所受的教育就是全家人要聚在一起，共享天伦之乐，但黑人却不能跟我们白人相比；你该知道受过一定教育的黑人是不会存有这种共享天伦之乐的奢求的，而这会让事情变得好办一些。”

“可是，我家的黑奴并没有接受过这种教育。”希尔比先生说。

“话可不能这样说。你们肯塔基人太宠爱那些黑鬼了。你们的这一片好心可不能算作真正的慈善。在这个世界上，黑奴生下来就注定要四处漂泊，今天卖给汤姆老兄，明天会被卖给狄克老兄，后天不知道会被卖给哪位老兄呢，那时只有听天由命了。让他心中有思想和期望，或者善待

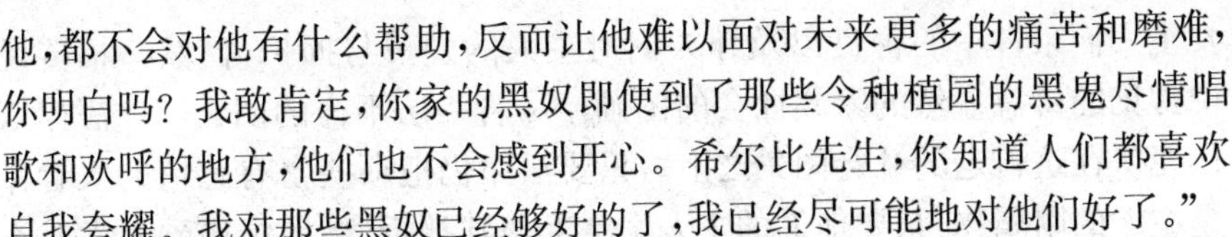

他，都不会对他有什么帮助，反而让他难以面对未来更多的痛苦和磨难，你明白吗？我敢肯定，你家的黑奴即使到了那些令种植园的黑鬼尽情唱歌和欢呼的地方，他们也不会感到开心。希尔比先生，你知道人们都喜欢自我夸耀。我对那些黑奴已经够好的了，我已经尽可能地对他们好了。”

“做人做事若能时时刻刻心安理得，才算有福啊。”希尔比先生不以为然地耸耸肩说。

双方沉默了片刻，心中想着各自的心事，赫利又问道，“那么，你看这事怎么办呢？”

“我还要好好考虑一下这件事，而且要和太太商量一下，”希尔比先生说，“同时，赫利，如果你真想让事情如你所想的那样悄悄进行的话，最好别向我的邻居透露一点风声，不然的话，这件事情很快就会传到我的仆人耳中。我把丑话说在前面，要是仆人们知道了这件事，你就不可能顺利地把人从我家中带走了。”

“好，一言为定，我不会走漏风声的。不过，我要提醒你尽早给我一个准信，因为我最近比较忙。”说完，赫利便起身穿上了大衣。

“好吧，今晚六七点钟我给你回信。”希尔比先生既然这样说了，奴隶贩子只好向希尔比先生欠欠身告辞走了。

“看看他那得意忘形的嘴脸，我真恨不得一脚把他踢到台阶下去。”眼看着房门将要关上，希尔比先生低声对自己说，“他可真懂得落井下石的诀窍。如果以前有人劝我把汤姆卖给一个奴隶贩子，我肯定会告诉他们，‘难道仆人就可以像狗一样卖来卖去吗？’可我现在对此却是一点儿办法也没有，对伊丽沙的孩子也是如此。我太太一定会唠叨个没完，她一定会反对我卖掉汤姆的。但沉重的债务使我落到了这种境地，哎！这个混蛋已是胜券在握，他正不断向我逼近呢。”

肯塔基州可能是最温和的带有奴隶制色彩的州了。在这里，农业劳动比较轻松，一点儿也不像南方一些地区农忙时那样紧张得令人喘不过气来，所以黑人的劳动强度还是可以让人承受的。人的本性是脆弱的，因此当他们眼看着唾手可得的暴利，而且不得不牺牲那些无依无靠的人的利益而别无选择时，通常会因脆弱的本性而生出一副狠毒的心肠。只不过肯塔基州的庄园主比较习惯渐进的经营方式，所以相对而言，对这种人性的弱点还是具有一定抵抗力的。

只要你到肯塔基州的一些庄园去走一走、看一看，就会深切体验到男女主人们秉性中的善良以及仆人们对主人的爱戴与拥护，俨然一幅传说中常见的诗意盎然的家族社会的图画。尽管一层不祥的阴云——法律依然笼罩在这古老的社会图景之上。只要法律仍把那些富有感情的人看作是主人的附属物，只要他们的主人生意上遇到挫折、生活中遭到不幸或不慎命丧黄泉，他们便会随时随地因为生活失去保障而惨遭无穷的磨难。因此，即使在奴隶制度最完善、最温和的地方，过上美满的生活对于黑人奴隶而言也是极为不易的。

希尔比先生虽然是一个普通人，但他本性善良，对人宽厚和蔼。在他的庄园中，黑奴们过着舒适的生活，所需的物品从来没有短缺过。只是他却把自己的财物随意用于投机买卖，并沉溺于其中难以自拔。以至于他的期票证券和借据大都落入了赫利手中。希尔比先生之所以要跟赫利商谈，也正是基于这种情况。

正巧，路过客厅门口的伊丽莎无意中听到了两人间的谈话，她知道主人正和一名奴隶贩子讨论买卖奴隶的事。

她真想在路过客厅时多听一会儿两人间的谈话。但女主人的召唤使她不得不匆匆离开了。

那奴隶贩子要出钱买自己的孩子，是不是自己听错了呢？她越想越感到紧张，下意识地紧搂着自己的孩子，心儿怦怦直跳。孩子诧异地抬头看着母亲的脸，似乎是要从中窥出一些秘密。

“亲爱的伊丽莎，今天不太顺心吗？”看着女仆人那惊慌失措的样子，女主人关切地问道。伊丽莎紧张得不是弄翻水壶，就是碰倒小桌子，女主人让她从衣柜里取一件绸衫，而她却错拿了一件长睡衣。

“啊，太太！”伊丽莎吃惊地抬起头来，泪水“哗哗”地，一下子坐在椅子上哭泣起来。

“伊丽莎，我的好孩子，到底发生了什么事？”女主人问道。

“太太，有一位奴隶贩子坐在客厅和老爷谈话，我听到他的话了。”伊丽莎说。

“哎，真是个傻孩子，那又怎么样呢？”

“啊，太太，你认为主人会把我的孩子哈里卖掉吗？”说着，这个可怜的女人便倒在椅子里哭泣起来，身体随之不停地起伏着。

“卖掉哈里！傻孩子，你知道这件事是不会发生的。你的主人从来就不和南方的奴隶贩子来往，只要大家都听话，他是不会想要卖掉你们中间

的任何一个人的。啊，我的傻孩子，你认为世界上真会有人像你那样喜欢哈里而想买走他吗？好啦，不要担心，来，帮我扣紧衣服，把我后面的头发梳一梳，就弄个你那天刚学会的漂亮的发型吧。以后不要再在门口听别人谈话了。”

“那么，太太的意思是绝对不会同意卖掉……”

“我当然不会同意，傻孩子，你怎么会这么说呢？如果真是那样，我宁可卖掉我的孩子。不过，话也要说回来，你也太溺爱那个机灵鬼了，伊丽莎。只要有人把头伸进我家里，你就怀疑他是来买你们家哈里的，那谁还敢来我家做客呢？”

这番知心话终于让伊丽莎悬着的心又放了下来，她一面笑自己的多心，一面轻巧地为女主人梳妆打扮着。

无论智慧还是品德，希尔比太太都可以称得上是一位高水平的人物。她不仅具有肯塔基州妇女那种宽宏大度的天性、高尚的道德以及宗教般执著的操守，而且她还将这些优点融入到实际生活和工作当中。她的丈夫虽然不是宗教信徒，但对妻子虔诚的宗教信仰却非常的敬重。而且，对她的观点和想法有时还抱有几分敬畏。希尔比先生总是听任自己的太太由着她的心愿去做善事，比如，尽量让仆人们生活得舒适一些，让他们接受一些教育，努力帮助他们完善自己的品行。虽然他不参与他太太所做的此类善举，但他从来没有阻止过她。虽然他并不完全相信圣贤修身功德益世之类的理论，但是在他心中多多少少有着这样的想法：因为妻子的虔诚和仁爱，他们夫妇二人可以从某种难以名状的期望中得到满足，而且因为妻子德行的高尚可以保证日后两人共赴天堂，虽然他也觉得自己很难达到妻子那样的德行水平。

与奴隶贩子商谈之后，明知太太会反对他这样做而且会经常利用这件事来纠缠他，希尔比先生还是不断地琢磨着如何才能把自己的想法跟太太进行有效的沟通，因为这份负担压在心里实在是太过于沉重了。

当伊丽莎向自己的主人说出自己担心的即将发生的事情时，一向坚信丈夫宽厚慈爱的希尔比太太并没有把它放在心上，她对丈夫在经济上的窘境一无所知，而且事后她也没有仔细思量过这件事情。而且因为忙着为来访的客人做准备，她便把这桩小事抛在了脑后。

2 为人母

伊丽莎是女主人从小带大的，从孩童时起，她就得到了主人的呵护和关爱。

到过南方的人经常会谈到第一代、第二代混血女人那高雅的气质、优美的声音和文雅的举止。而第二代混血女人几乎都有一副娇美的面容，透出一种令人目眩的美。我在文中所描述的伊丽莎并不是凭空虚构出来的，在我的记忆中，她是我几年前在肯塔基州曾经见过的一位混血女孩。在女主人的关怀呵护下，她既没有受到各种各样的蛊惑，她的美丽也没有给她带来什么大的灾祸。正是在这样的平和环境中，她逐渐长大并成熟起来。后来，她嫁给了一位第一代混血男孩，他的名字叫乔治·哈里斯，是附近农庄里一名既聪明又能干的黑人奴隶。

这个小伙子被主人安排到一家制包厂去工作。由于他头脑灵活聪明，造出了一台可以清洗大麻的机器，而成为这家工厂雇工中的佼佼者。虽然他只是一名奴仆，所受教育不多，但他在工作中所表现出来的机械方面的天赋丝毫不亚于发明轧棉机的惠特尼。

在大家的眼中，这小伙子相貌英俊、讨人喜欢。而法律却把他当成一件物品而不是一个活生生的人，于是一个粗俗、专制、小心眼的、被称为主人的家伙便牢牢地控制了他的这些品质。当听说乔治发明了洗麻机器并因此成为名人之后，这位先生便匆匆忙忙骑马赶到工厂，他想知道这个属于自己的聪明透顶的财产到底是个什么样子。雇主热情地接待了他并祝贺他拥有一名价值不菲的奴仆。

在乔治的侍候下，这位主人走进工厂察看了机器。此时此刻，兴高采烈、滔滔不绝的乔治，是那样的意气风发，以至于他的主人也显得相形见绌。作为一个奴仆，他怎么能够因为发明一台机器而出尽风头，并和这些绅士比肩呢？这位主人当然不能听任这种情况继续下去，他要让他回庄园锄草耕地，“看你回去后还凭什么这样神气。”于是，这位主人提出要领走乔治的工资并带他回庄园。这个决定让工厂主和工人们都感到十分的诧异。

“哈里斯，”工厂主解劝道，“这样做是不是过于唐突了？”

“这有什么，哈里斯是我的人，不是吗？”

“我们愿意多付给您钱，以此作为对您的补偿，这样行吗？先生。”

“钱对我不算什么！除非我认为有必要，否则我是不会把自己的奴仆雇给别人的。”

“但他看起来很适合干这一行啊！”

“也许吧，可我却不太相信，以前做我交代给他的事情，可是从没表现出如此胜任。”

“可是您要知道，他发明了机器。”一位工人不合时宜地插了一句话。

“发明了一部可以让你们少干活的机器？我相信他会发明那种机器。但是，让一名黑奴在外面一直干着这样的工作怎么能行呢？你们每个人不都是一部可以节省劳力的机器吗？他必须离开。”

那个掌握生杀大权的人就这样宣告了乔治的命运。听完这番话，乔治呆呆地站在那里，虽然他也知道自己无法和这个人相抗衡，可还是忍不住怒火中烧，热血在血管中奔流。他呼吸变得急促起来，一道炽烈的光芒从他黑色的大眼睛中迸射而出。要不是工厂主在身边碰了碰他的胳膊，耐心地开导，他胸中的怒火很可能会一下子喷射出来。“不要硬来，你先跟他回去，我们会想办法帮助你的。”工厂主低声劝说着乔治。

虽然那个绅士并没有听清两人的谈话，但从二人的情形看，他也大致可以猜到他们谈话的内容。于是他更加下定决心要用自己手中的权力去惩罚乔治的大胆。

乔治被带回农庄后，立刻便被派去做最苦最累的重活。虽然乔治一直忍着不说什么冒犯主人的话，但他那双闪闪发光的眼睛、忧郁的眉头却无不在向人们表示他是不会心甘情愿去充当货物的。而且这些不容置疑的无声语言是难以用权势来压抑的。

早在乔治受雇于工厂时，他就认识了伊丽莎。正是在那一段开心的日子里，他们结婚了。在那段时间里，由于雇主的信任和重用，乔治可以自由安排自己的作息。而女主人也因为自己身边的美丽姑娘找到了和她般配的黑人小伙子而对这桩婚姻极为赞许。正如其她女人一样，她不仅撮合了这门亲事，而且还十分乐意地在他们的婚事中担当起了媒人的角色，甚至还允许乔治和伊丽莎在女主人的客厅里举行了婚礼。在新娘的秀发上，女主人亲自为她插上了香橙花，并为她披上了婚纱，这样的打扮令新娘更显娇艳。在大厅里，糕点美酒应有尽有，戴着清一色白手套的客人们一面对新娘的美丽交口称赞，一面也不时赞叹着女主人的慷慨及其对仆人的恩宠。

结婚后的一两年里，这对小夫妻不仅可以经常见面，而且还过上了美满幸福的生活。除了前两个孩子出世不久便死去外，他们从没遇到过什么不开心的事。当然，两个孩子的死去让伊丽莎非常伤心，以至于她的女主人不得不好言相劝，并勉励她以理性和宗教的教义来控制自己的情感。

随着小哈里的出生，伊丽莎便把全部的心思都倾注在了这个小鬼的身上，心情也渐趋平静，以往的伤痛也得以愈合。从那以后，她一直沉浸在幸福之中，直到乔治被狠心的主人从好心的雇主那儿野蛮地带回庄园，并被置于狠心主人的严密控制下为止。

在乔治离开工厂一两个星期后，工厂主估计哈里斯差不多也该心平气和了，便履行诺言去拜访了那位庄园主，想方设法劝他让乔治回到自己的工厂干活。

“请你别再费心了，”哈里斯固执地说，“还是让我自己来处理这件事吧。”

“我怎么会干预您的事情呢？我只是想提醒你考虑一下自己的利益，同意你的仆人回到我的工厂里来做工。”

“对这件事我非常清楚。那天我带他回庄园时，你们就在交头接耳，这我早就看得一清二楚了。先生，乔治是我的仆人，在这个自由的国度里，我想让他干什么他就得干什么，事情就是这么简单。”

最后的一线希望就这样破灭了，等待乔治的将是终身的劳作和枯燥单调的生活。而那狠心的主人所给予他的令他痛苦不堪的折磨和屈辱，他却只能默默地忍受。

一位熟稔法律的智者曾说过这样一句话：处置一个人最残酷的方法莫过于对他施以绞刑。其实不然，还有一种处置人的方法比这更为残忍——那就是让一个人毫无希望地活着。

3 为人夫

希尔比太太出门拜访朋友去了。望着渐渐远去的马车，伊丽莎无精打采地站在门廊上。这时，有人从后面走来，把手搭在了她的肩膀上。她转回身，两眼顿时放射出多彩的光芒，脸上漾起了美丽的笑容。

“真的是你吗？乔治，你把我吓了一跳。我真是太高兴了！太太出门拜访朋友去了，晚饭之前不会回来了。到我那个小房间里去吧，我们可以有一段愉快的时光。”

她拉着乔治走进门廊对面的那个小房间，平时，她总在那儿做针线活，以便随时听候女主人的召唤。

“你能来我真是太高兴了，快来看看我们的孩子，乔治，你为什么不高兴呢？”孩子紧紧地抓着母亲的长裙羞涩地站在那儿，从卷发下偷偷打量着自己的父亲。“你看他多漂亮，不是吗？”伊丽莎拨弄着孩子头上的卷发，亲了他一下说。

“我只希望自己没有来到这个世界，也没有生下这个孩子。”乔治惨然说道。

听了这句话，伊丽莎既惊讶又恐惧。她哭着把头靠在丈夫宽阔的肩膀上。

“伊丽莎，你真是太可怜了，我真不愿意再让你伤心。”乔治爱怜地说，“如果当时你没有认识我，那你就不会这样不幸了。”

“哟，乔治，你说什么呢？是不是发生了什么可怕的事情，还是要有什么可怕的事情要发生？从我们相识到现在，我们不是过得挺幸福的吗？”

“亲爱的，我们以前确实很幸福。”乔治把自己的孩子抱到膝上，看着孩子那明亮的双眸，抚弄着他那柔软的卷发，“伊丽莎，你是我所见过的女人中最漂亮的，也是最好的，你看，我们的孩子长得多像你啊。但是，如果我们当时没有见面就好了。”

“乔治，你为什么总是这么说呢？”

“事实就是这样，我们除了痛苦以外，还能拥有什么呢！我这辈子是那样的苦，就像黄连一样。我的生气已经被煎熬殆尽了。现在我干的是最苦的活，我看不到希望，也不会有什么前途。你跟着我不会有什么好日子，我只会带给你霉运。我们一直在努力做事、学习，想做个有用的人，可这又有什么用呢？这样活着有什么意思，真不如死了算了。”

“乔治，你这样说真是罪过，我知道你不能在工厂工作，所以心里难受，你又遇到一个狠心的主人，但你还是要忍耐，说不定以后会有什么……”

“忍耐，难道我还不够忍耐吗？”他打断她道，“自从他无缘无故把我从那个善待我的好人的工厂带回来以后，我说过什么吗？说实话，我把自己挣的钱全都交给他了。那家工厂里的人，哪个不夸我的活儿干得漂亮?!”

“真是太可怕了，但他终究是你的主人啊。”伊丽莎说。

“谁给他这样的权力让他做我的主人？我一直在考虑这个问题。他是人，我也是人，他凭什么要骑在我的头上，况且他还不如我。无论是经商还是管理庄园，我都比他在行，我比他认识的字多，字写得也比他漂亮，而所有这些都是我自学得来的，我并不欠他什么。尽管他对我是那样的残忍，但我还是学会了这些本领。他存心不把我当人看待，他凭什么让我为他做牛做马？他凭什么不让我充分发挥自己所学到的本领，为什么他不能容忍我干得比他好呢？他故意把最脏、最重、最差的工作派给我去做，因为他想借此凌辱我，他说他要让我屈服。”

“啊，我以前可从没有听你说过这样的话，乔治，你吓着我了，我知道你很愤懑，这我理解，但是为了我和哈里，你千万不要做出什么可怕的事情。不管你做什么，一定要三思而后行啊！”

“我一直都是谨思慎行的，我一直忍着，可现在看来情况只会越来越糟。我的身体已经快承受不住了。他是不会放过任何一个侮辱、折磨我的机会的。我只想好好干活的同时，读点书，静下来学点东西，可他压在我身上的重担却会随我的能力的提高而加重。他说我被鬼魂附体了，他要把它抓出来。除非我说错了，否则他不喜欢的事情迟早都会发生。”

“那我们该怎么办呢？亲爱的。”伊丽莎茫然无助地问。

“昨天，当我往车上装石头时，站在车旁边的小主人用鞭子使劲地抽打，让那匹马受到了惊吓。我温和地劝他不要再抽了，可他就是不肯听我的话。我一再地求他，而他却转过身来用鞭子抽打我。我抓住了他的手，他就大喊大叫起来，先是用脚踢我，然后又跑去告诉他父亲说我打了他。

主人听了非常生气，声称要教训我一顿，让我明白他才是主人。他把我绑在树上，用柳条使劲抽了我几下，而他的儿子也照父亲的吩咐使劲抽打我，直到他筋疲力尽为止。这口气，我是一定要出的，否则我誓不为人。”他阴沉着脸，眼中冒出的愤怒的火焰着实吓了他的妻子一跳，“我只想弄明白到底是谁赋予他做主人的权利。”

“我想我要服从我的主人的安排，”伊丽莎惨然说道，“否则，我就不能算是真正的基督徒。”

“这话对你来说当然有一定的道理。他们给你吃的穿的，就像对待自己的孩子一样，他们疼你爱你，给了你良好的教育，他们认为你是他们家庭中的一分子。可我的主人呢？他经常对我拳脚相加；让我呆在一边不理睬我，这已是我能得到的最好的待遇了。他们收留了我，但我也为此付出了超过百倍的代价。难道我还欠他们什么吗？我现在已经不能再忍耐下去了。是的，不能再忍受了。”乔治握紧双拳，瞪着眼睛说道。

伊丽莎浑身颤抖着说不出话来，她还从未见过丈夫这样愤怒。在丈夫的愤怒面前，她觉得自己的伦理观念顿时显得那样的苍白无力。

“你还记得卡洛吗？就是你送给我的那只小狗。”乔治接着说，“晚上，它和我一起睡，白天跟在我的后面跑，它是我唯一的安慰，它看着我时的眼神，就像它懂得我内心的痛苦与欢乐似的。有一天，主人碰见我拿门边的剩饭喂卡洛，他就责怪我用他的东西喂狗，而且还说要是每个黑奴都养狗，他会破产的，于是他便逼着我在卡洛的脖子上系上石头扔到水塘中去。”

“乔治，你扔了吗？”

“我没那么做，可主人还是把它扔进去了。而且他还伙同汤姆向濒死的小狗扔石头。卡洛，它是那样的可怜，它的眼中满是悲伤的神色，好像一直在责怪我为什么不帮助它。为此，我还被主人抽了一顿鞭子，可我不在乎。我迟早会让主人明白鞭子是驯服不了我的。迟早有一天，我会让他为此付出代价，他就等着瞧吧。”

“啊，乔治，你打算做什么呀？千万别干傻事啊。只要我们对上帝虔诚，多做善事，上帝会帮助我们的。”

“伊丽莎，我和你是不一样的，我不信上帝，因为我心中充满了痛苦，上帝为什么要把事情搞成这样呢？”

“乔治，我们一定要相信上帝。太太常说，当我们无路可走时，上帝也正在想办法解救我们。”

“这些话让那些乘车、坐沙发的人说当然很容易，但如果他们处在我的地位，我想他们也不会想得那么简单了。我也很想做些善事，但我现在难以平息胸中的怒火。如果你是我，你也会受不了的，你不了解事情的真相，如果我告诉你我所受的罪，你会受不了的。”

“还有其他事情吗？”

“噢，最近主人一直说自己很傻，因为他让我在那么远的地方娶妻生子。他还说希尔比先生和他的家族非常傲慢，在他面前趾高气扬，他恨死他们了，而我现在也变得傲慢了。他还说要禁止我再来找你，让我在他的庄园娶妻生子。以前他还只是说说，但昨天他却明白地告诉我，我必须娶密娜，跟她一起生活，否则就要卖我到河那边去。”

“我们不是结婚了吗？我们不是也像白人一样由牧师证婚了吗？”伊丽莎天真地问道。

“难道你不知道奴隶是不允许结婚的吗？这个国家的法律是不允许奴隶结婚的，如果他们决心分开我们，我是没办法留下你的。所以我才会说如果我没有出生，没有遇到你就好了，如果可怜的哈里没有出世，那该多好啊，那样的话，这一切的不幸就不会降临到他头上了。”

“我的主人可是心肠很好的。”

“但谁能料到以后会发生什么事呢？主人会死的，那时我们的哈里可能会被卖给别人，谁知道买他的是什么人呢！他是那样聪明漂亮，但这有什么值得自豪的呢？伊丽莎，孩子越机灵讨人喜欢，那你的痛苦就会越深，你会因为他太值钱而失去他的。”

丈夫的话让她的心为之一沉，那个奴隶贩子的身影好像又出现在了她的面前。她面色陡然间苍白起来，呼吸也变得急促，就好像受到了一记重击似的，神色非常紧张，不时地朝门廊外边打量。孩子正骑着希尔比先生的手杖愉快地玩着，后来因为不想听父母谈论没有吸引力的话题而到别处玩去了。伊丽莎本想告诉丈夫自己心中所担心的事，但最后还是忍住了。

“不能再让他担心了，可怜的他已经承担了太多的重担，”她想，“再说那件事情未必就会真的发生，我相信女主人是不会欺骗我的。”

“亲爱的伊丽莎，就这样吧，你一定要坚持，我走了，再见。”丈夫的声音是那样的凄惨。

“乔治，你要到哪儿去?”

“加拿大，”他回答道，接着他又挺直身子说，“在那边，我会想法赎回你们的。这是我们所拥有的唯一希望。你的主人心肠好，我想他会允许我把你和孩子都买走的。我会做到的，愿上帝保佑。”

“你如果被抓住怎么办？那太可怕了。”

“不会发生这种事的，伊丽莎。如果得不到自由，我宁可死，也不会让他们把我抓回去的。”

“你可不要做傻事啊！”

“我当然不想做傻事，但是，除非他们杀死我，要想让我活着到河那边去，是绝对不可能的。”

“乔治，你要当心。为了我别做坏事，也别做傻事，也不要杀人。这真是太可怕了，千万不要——如果你一定要走的话，也要小心行事，愿上帝保佑你。”

“好吧，伊丽莎，你听一听我的计划。主人突然决定派我去给住在一英里外的西门斯先生送一封信。我想他知道我会到这儿来告诉你这件事的。他会非常高兴我这样做的，因为这会激怒希尔比先生——他一直这样称呼他。我要赶回庄园了，好像什么也没有发生似的，一切听其自然。我已经做了些准备，大约一周以后的某一天，我会出现在失踪名单里。所以，伊丽莎，为我祷告吧，或许你的祷告会被上帝听到。”

“噢，乔治，请相信上帝吧，为自己祈祷，这样你就不会有事了。”

“好的，再见吧。”乔治说。他紧握着伊丽莎的双手，深情地注视着她的双眸，静静地站着，一动也不动。然后悄然话别，他们饮泣着，痛哭着。他们是那样的依依不舍，就像蛛网一样难以割断。

尽管如此，这一对小夫妻终于还是分别了。

4　汤姆叔叔的小屋

在“大宅”(黑人奴隶们对主人住宅的习称)旁边紧挨着的一所用圆木盖成的小房子,就是汤姆叔叔的小屋。小屋前面有个精心养护着的小园子,每当夏季来临,里面便长满了草莓、蓝莓,以及各种各样的瓜果蔬菜。园子的前面覆盖着错综繁茂的比格诺亚藤条和当地的多花玫瑰,就连横放在园子前面的圆木也被遮住了。一到夏天,这里的万寿菊、矮牵牛花和紫茉莉等就会在园子的一角竞相开放,足以让克鲁伊大婶感到无比的喜悦和自豪。

让我们进屋看看吧。大宅里的晚餐已经结束,克鲁伊大婶作为领班厨师准备好晚餐,把收拾碗筷等杂活交代给其他仆人之后,就已经回到她自己的安乐窝给老头子烧菜煮饭来了。所以,这会儿在锅灶边忙碌的人肯定是克鲁伊大婶无疑。她一会儿忙着在炖锅里炖着什么东西,一会儿又若有所思地揭开烤炉的盖子。啊,可真香啊,一准儿在烧什么好吃的东西。她圆圆的脸庞儿黝黑发亮,就像涂了一层蛋清似的,看上去就像是她为主人饮茶时准备的小甜饼。她的头上戴着一个浆得笔挺的无檐帽,丰满的脸上,经常挂着一丝满意的笑容。说实在的,对于像她这样一位附近首屈一指的厨师而言,神情自得是很自然的一件事情。

克鲁伊大婶浑身上下都透露出一种天生的厨师的神韵。当她走近时,空地上的鸡、鸭和火鸡无一不是担惊受怕,显然它们也意识到了自己即将面临的悲惨命运。而且克鲁伊大婶确实热衷于将鸡鸭的翅膀扎在身上、往鸡鸭腹中塞配料以及烹烤之类的事情,而这又怎么不让那些感觉敏锐的家禽深感恐惧呢?她做的玉米饼花样繁多,有的如锄头,有的呈多角形,还有松饼和其他名目繁多的饼子,足以让那些经验不足的厨子感到不可思议。

客人的到来、酒席的置办,会激发她无穷的力量;对她来说,没有什么比看到堆在门廊里的一行行旅行箱更令她兴奋了。因为这样,她又可以大展厨艺,再立新功了。

这会儿,克鲁伊大婶正聚精会神地照看着她的平底锅。我们就让她暂且沉浸在自己的快乐里,趁此机会,让我们好好看看她的这间小屋吧。

屋子的一角放着一张床，上面铺着一条洁白的床单。床边铺着一块差不多大小的地毯。克鲁伊大婶站在地毯上，表明她在这个庄园里不同凡响的身份。地毯、床铺和这个小角落，都被给予了足够的重视，而且如果可能的话，这块地方是不容那些小机灵鬼们胡闹的。事实上，这个角落就是这家的客厅。在屋子的另一角，有一张粗陋得多的床，显然是供日常实用的。壁炉上方的墙上，挂着几幅《圣经》插图，旁边还有一幅华盛顿将军的肖像，其技法和色彩，就算将军本人亲眼看到，也会令他目瞪口呆的。

屋角的长凳上坐着两个卷发男孩，他们都有着晶亮的黑眼睛和光润的脸蛋，此时，他们正在忙于教一个幼儿学步。正如其他小孩子一样，这个小家伙站起来，摇摇晃晃没迈几步，就一跤跌倒在地。而这接二连三的失败却受到了两位小观众热烈的喝彩，就好像观看绝妙的表演似的。

一张桌子摆在壁炉前，桌腿就像患了风湿病似的很不平稳，桌上铺着一张桌布，上面摆放着图案鲜明的茶杯托盘。种种迹象表明晚饭就要开始了。桌子旁边坐着希尔比先生最得力的仆人汤姆。因为他将是本书的主人公，我们很有必要向读者详细介绍一下他。他身材魁梧，胸膛宽广，身体强壮，皮肤黝黑发亮，他有一张典型的非洲人的脸庞，严肃、稳重的表情中，流露着善良和仁慈；自尊中透着忠诚、淳朴的气质。

这个时候，他正小心而缓慢地往面前的石板上抄写着字母。十三岁的小主人乔治就站在旁边指导他。看起来，这位聪明帅气的小乔治，似乎很享受为人师表的尊严。

“不是那样写法，汤姆叔叔，不是那样写法，”看到汤姆把 g 的尾巴拐到了右边，乔治喊道，“看，你都把它写成 q 了。”

“哟，是吗？”汤姆应道。看着自己的小老师轻而易举地在石板上写了很多 g 和 q，汤姆不禁又尊敬又羡慕。接着，汤姆用粗大的手指握住笔耐心地练习起来。

“白人做起事来就是灵巧。”克鲁伊大婶发自肺腑地夸赞着小主人。过了一会儿，她用叉子叉了块腊肉，给平底锅抹上一层油，然后说道：“你瞧他写字时轻松的样子！他还认识许多字，每晚读书给我们听，真是太有趣了。”

“可是，克鲁伊大婶，我现在觉得饿了，你锅里的饼是不是快要烙好了？”乔治说道。

“快了，乔治少爷，”她掀开锅盖朝里望了一眼，“黄澄澄的，颜色真好看。让我负责这事吧。那天，太太让莎莉试着去烙饼，她说，‘噢，让莎莉去试一下。’我说，‘算了，眼见着她把好好的粮食都给糟蹋掉了，真是可惜。瞧她把饼烙得坑坑洼洼，就像我的鞋子一样难看，我看她还是别再烙了。’”

在针砭了一下莎莉还显稚嫩的厨艺后，克鲁伊大婶掀开烤锅盖，一张烤得整洁的油饼立即映入了眼帘，就连城里的糕点店的上品卖相也不过如此。显然，它将成为款待客人的主要食品。现在，克鲁伊大婶开始认真地张罗起晚饭来。

“嗨，莫思，贝特！快让开路，你们这些小鬼。滚开，波莉，妈妈的小心肝，我会尽快给宝宝弄点东西吃。乔治少爷，请拿走这些书，坐下来陪着那个老头，我马上就把香肠和刚出锅的烙饼给你们送来。”

“他们想让我回大宅子吃晚饭，但我知道在哪儿能吃到更好吃的饭菜。”乔治说。

“宝贝，你知道就好。”克鲁伊大婶一边说着，一边把冒着热气的烙面饼放在了乔治的盘子上，“你知道大婶我会把最好吃的留给你。你就独自在这儿享用吧，想怎么吃就怎么吃。”说完，她开玩笑地用手指头碰了一下乔治，然后又很快回到烤锅那儿去了。

“现在吃饼啰！”当克鲁伊大婶着实忙了一阵后，乔治一面喊着，一面挥动一把大刀向烙饼砍了下去。

“我的天呐，乔治少爷，”克鲁伊大婶急忙抓住乔治的胳膊，“不能用这么大的刀切烙饼！那会毁掉涂在上面的东西的。这把薄点的刀，我把它磨得很快，是专用来对付它的。看，这样很容易就把饼切好了。来，赶快吃吧。没有什么东西比这个更好吃了。”

“汤米·林肯说，他家的詹妮厨师比你手艺高。”嘴里塞满了烙饼的乔治说道。

“林肯家的人手艺可不怎么样！”克鲁伊大婶面带鄙夷地说，“从整体上跟我们比比，他们还算说得过去。可他们的气度风范，比起我们可就差多了。就拿林肯先生和我家老爷来比吧，还有林肯太太，她进门时，哪有我家太太的派头？去他的吧，不提林肯这家人了！”克鲁伊大婶摇着头，好像在这个世上，没她不知道的事情似的。

“噢，可是我也听你说过，詹妮的厨艺不错啊！”乔治说道。

“我以前或许说过这话，”克鲁伊大婶说，“她做的家常饭菜还行，玉米面包也做得不错，马铃薯和玉米糕点也还说得过去，但那是以前，现在可不行了，而且她根本就不会烹调高档食品。尽管她能让馅饼表面看起来很有光泽，但是她能让面团发得更加松软吗？她能做出入口即化，看起来就像云朵一样松软的面饼吗？我见过詹妮为玛莉小姐的婚事所做的喜饼。你知道我和詹妮是好朋友，而且我也从没有说过她的坏话。但是，乔治少爷，如果我做出来的是那样的饼，我会整个星期都睡不好觉的。那是怎样的喜饼啊！”

“我想，詹妮可能自己觉得她做的还很不错呢。”

“她当然感觉良好，不是吗？她还向我夸耀过自己的手艺呢，你知道吗？问题就出在这儿。詹妮不知道自己的手艺到底怎么样，而她的主人也不怎么样，所以她根本不能指望从主人那儿得到指点。责任并不在于詹妮。啊，乔治少爷，你是身在福中不知福啊！”克鲁伊大婶动情地眨着眼睛，叹道。

“克鲁伊大婶，我心里明白我吃的馅饼和布丁是最好的，”乔治说，“不信你可以去问汤米·林肯，每次我碰到他，我都会夸我自己有福气。”

小主人的几句玩笑逗得克鲁伊大婶大笑起来，她仰靠在椅背上，笑得眼泪顺着黑色的脸庞滚落下来。一会儿，她用手拍打着乔治；一会儿，她又用手指捅捅他，让他走开，不然总有一天他会要了她的老命的。她一边说着这残酷的预言，一边不停地笑着，一次比一次长久、欢快，这边乔治也被弄得自以为是一位危险人物，决心以后注意言辞，再也不敢胡言乱语了。

“你真对汤米这样说过吗？老天，你们这几个小鬼可真是敢说敢做！你对汤米吹嘘了，是吗？乔治少爷，你就不怕人笑话？”

“是的，”乔治说，“我是这样对他说的：‘汤米，你该去看看克鲁伊大婶做的真正的馅饼。’”

“很遗憾，汤米不会看到的。”克鲁伊大婶说。看来，汤米对馅饼的无知早已在她那善良的心中留下了深刻的印象。“乔治少爷，你该让他来我家吃饭，那会为你增光的。不过，乔治少爷，你要永远记住，我们所享之福全都源于上帝，可不能因为吃到好馅饼而自视清高哦。”克鲁伊大婶神情严肃地说。

“好吧，我约他下周来家里玩，”乔治说，“克鲁伊大婶，你可一定要尽全力哦，我要让他吃完饭后半个月还回味无穷，好不好？”

“那当然好啊，”克鲁伊大婶兴奋地说，“你就等着吧，老天，想想以前操办的宴席，那多风光啊！还记得那次科诺克斯将军来访时，我为他准备的鸡肉馅饼吗？那次，我和太太差点为了馅饼皮子吵了起来，我真不懂太太们是怎么想的。你这里忙得不亦乐乎，可她们却偏要插上一脚，在你身边转来转去。那天，太太一会儿让我这样，一会儿又要我那样，最后我只好顶撞太太说，现在看看你白嫩的双手，太太，你的手指上戴满了金色的戒指，就像我种的白色合欢花一样；再看看我这双粗黑的双手，难道你不明白，你呆在客厅，我做馅饼是上帝的安排吗？啊，乔治少爷，那天我真是太莽撞了。”

“妈妈怎么说？”乔治问。

“怎么说？她笑着眯着眼睛说，‘啊，克鲁伊大婶，我想你说得很对。’然后她便回客厅去了。本来像我那样无礼，她是该敲碎我脑壳的。不过，话又说回来了，小姐太太若是呆在厨房里，我可就啥也干不成了。”

“记得每个人都说，那顿饭很棒。”乔治说。

“真的吗？那天我不是躲在餐厅后面吗？我不是亲眼目睹科诺克斯将军三次要求添馅饼吗？我还听他说，‘希尔比太太，你家厨师的手艺可真不赖啊！’当时，我听了真是太高兴了。”

“将军对烹调真的很在行，”克鲁伊大婶伸直身子得意地说，“他是个好人！他真不愧是弗吉尼亚一个古老世家出身，他就像我一样识货。乔治少爷，馅饼样式多样，各具特色。你知道吗？并不是每个人都像将军那样在行，可以品出不同的味道。他确实知道其中的奥妙，从他的话中，你就能听出他是这方面的行家。”

这时，乔治少爷已经感觉有些撑得慌，再也吃不下任何东西了。直到现在，他才注意到屋子一角那几个长着卷发和乌黑发亮的眼珠的小脑袋。看着小少爷吃饼的情形，他们早已经馋得口水直流了。

“哎，莫思，贝特，”乔治掰下一块块烙饼向他们扔去，“你们也想吃，对吗？克鲁伊大婶，再给他们烙几张饼吧。”

当乔治和汤姆走到壁炉边的一个舒适的座位上坐下来时，克鲁伊大婶已经烙好了一大堆馅饼。她把孩子抱在膝头上，不时地往自己和孩子的嘴里塞饼，同时把饼分给莫思和贝特吃。这两个小鬼更喜欢边吃边在桌下打滚，还不时拉拉小妹妹的脚趾头。

“靠边去，快点，”当孩子吵得太凶时，母亲一边说，一边朝桌底下踢着。“难道你们没看到家里有白人贵客吗？都给我放老实点，放规矩点，好吗？要是不听话，等乔治少爷走后，看我不扯住你们的袖子打你们。”

很难说清这种恐吓究竟有何威力，但是我们可以肯定：这可怕的警告在孩子们身上并没有收到预期效果，孩子们对此并没什么感觉。

“啊！”汤姆叔叔说，“他们浑身皮痒，要是不处罚一下，他们就浑身不自在。”

于是，这群小家伙从桌下爬了出来，猛亲着母亲怀中的孩子，弄得她手上、脸上满是糖浆。

“滚开，”母亲一把推开那几个毛茸茸的小脑瓜，“你们总这样胡闹，乱成一团，分都分不开，快去用水把自己洗干净。”说完，她又使劲打了他们一巴掌。孩子们却又大笑起来，高声叫喊着跑到门外去了。

“你见过这么淘气的孩子吗？”克鲁伊大婶自豪地说道，拿出一条专门应付这种突发事件的旧毛巾，从破茶壶中倒了点水，开始擦拭小家伙脸上和手上的糖浆。擦干净后，便把她放到汤姆叔叔怀中，自己忙着收拾锅碗瓢盆去了。那个小家伙不时拉扯着汤姆叔叔的鼻子，抓着他的脸，并把胖乎乎的小手放在汤姆叔叔的卷发上，乐此不疲地又揪又扯。

“她很神气，对吗？”汤姆叔叔边说边把孩子放至远处，以便仔细观察一下这个小宝贝；然后，他又让孩子骑在他宽阔的肩上，带着她一起跳起舞来。乔治少爷此时也正在用手帕逗她玩，而刚刚进屋的莫思和贝特也跟在妹妹后面像熊一样叫着，直到克鲁伊大婶喊着说他们的大喊大叫会让小妹妹的头脑搬家时，他们才停止了吵闹。据克鲁伊大婶介绍，这种“外科手术”在这里就像家常便饭一样。她的喊声并没能制止住孩子们的欢叫，他们唱着、跳着、翻滚着，直到尽兴后，才安静了下来。

“好了，希望你们不再闹了，”克鲁伊大婶从大木床下拉出一张做工粗糙、装有脚轮的小床，“好了，莫思，贝特，你们都给我上床，我们马上就要开始安排集体祷告了。”

“噢，妈妈，我们也要看祷告，那很有意思，我们可不想睡。”

“啊，克鲁伊大婶，把小床推进去，让他们看一会儿吧！”乔治少爷推了一下小床，果断地说道。也许是由于少爷的话让克鲁伊大婶觉得很有面子，她很高兴地把小床推了进去，说，“好吧，这对他们或许会有好处。”

这时，房间里的人全都聚在了一起，讨论着安排集体祷告和现场布置的事宜。

“我可没办法一下子弄到那么多椅子。”克鲁伊大婶说。很长一段时间以来，每周的祷告都是放在汤姆叔叔家里举行，椅子总是不够用，可大家并不太在意。

“上周祷告时，老彼得叔叔把那张旧椅子的腿压断了。”莫思说。

“得了吧，小鬼头，我看准是你把椅子腿拆了。”

“嗯，要是靠墙放着，那椅子就不会倒下了。”莫思狡辩道。

“不能让彼得叔叔坐那张椅子，因为他祷告时总喜欢挪地方。那天晚上，他差不多从屋子这头移到屋子那头了。”贝特说。

“上帝啊，还是让他坐在那上面吧，”莫思说，“等他说到：‘圣徒们、罪人们，来吧，请听我说。’他就该摔倒在地了。”莫思很形象地模仿着老彼得的鼻音和老人倒地的样子，恶作剧地向大家演示了一下。

“嘿，难道你就不能规矩一点吗，难道你就不知羞吗？”克鲁伊大婶说。

可是，乔治少爷却和莫思大笑起来，还大声称赞他是个不简单的小滑头。看来，母亲的警告又失灵了。

“哎，老家伙，你去把那两只大桶搬进来。”克鲁伊大婶说道。

“就像乔治少爷读过的《圣经》里的寡妇的坛子一样，妈妈的大桶从来不会失灵。”莫思侧过脸，对贝特说。

“我敢肯定，上个星期有一只桶瘪了，”贝特说，“就在大家唱到一半时。难道那还不算失灵吗？”

在莫思和贝特交谈时，汤姆叔叔把那两只大空桶推了进来，并在桶的两边垫上大石块，以防止它们来回滚动。然后，大家又在桶上架好木板，还把几只盆和水桶倒扣在地上，再摆上几把破椅子，准备工作就算完成了。

“乔治少爷的书读得真好，我知道他会留下来为我们诵读《圣经》的，”克鲁伊大婶说，“那会给集体祷告活动增添不少乐趣。”

乔治立刻答应了，只要受到重视，哪个孩子会拒绝去做一些力所能及的事情呢？

很快，小屋里就挤满了人，既有八十岁的白发老人，也有十五六岁的姑娘小伙。他们随意闲谈了一会儿诸如此类的话题：“塞莉大婶从哪儿搞来一条红头巾啦，”“太太打算在做好罗裳后，就把那件平纹布外衣送给丽莎啦，”“希尔比老爷打算买匹栗色马驹，又会为此地增添不少风采啦”，等等。一些得到主人允许的邻近人家的仆人也赶来参加集体祷告，他们也带来了许多精彩的消息，比如，庄园里的人说什么了、做什么了；在这里，人们可以自由地谈东论西，正如上流社会聚会时所谈论的那些不值一提的小事一样。

不一会儿，祷告和唱诗开始了，参加者都很兴奋。那与生俱来的嗓音清脆而嘹亮，就连一丝鼻音都没有。歌曲大都是附近教堂里经常可以听到的著名的圣歌，还有一些则是从乡村布道会上听来的较为粗犷热烈的曲子。

其中有一首歌的合唱部分充满了热忱和感染力，歌词是这样的：

战死在沙场，
战死在沙场，
我的灵魂却闪耀着光芒。

而在另一首他们喜爱唱的歌词里，却会经常重复下面的话：

啊，我要前去天堂——你不愿陪我一起前往？
你没看到天使正在向我招手，把我深情呼唤？
你没看到那永恒的光明把金色的城市照亮？

还有的歌词会经常提到"约旦河岸"、"迦南战场"和"新耶路撒冷"。黑人们的感情生来就很丰富，也很会联想，他们经常让自己沉浸在赞美诗和动人心扉的妙语中。唱歌的时候，他们或是欢笑，或是痛哭，或是击掌，或是把手握在一起，那情景就好像他们已经抵达约旦河彼岸似的。

和歌声交织在一起的，是人们相互坦诚的劝诫以及对圣灵感应的交流。一位已经老得不能干活的深受人们尊敬的白发老妇，拄着拐杖站起来说：

"孩子们，我很高兴，因为我再一次见到了你们，听到了你们的歌声，因为说不定哪天我就要撒手西去了。我已经收拾好包袱和帽子，我已为踏上天堂之路做好了一切准备。孩子们，我想说，"她用拐杖使劲敲打着地板，"天堂是那么了不起，那么神奇的一方净土，那里的生活一定会美妙无比！"当老妇人激动得老泪横流时，大家便唱道：

啊，永恒的迦南，光明的迦南，
我是那样热切向往着你的荣光。

应大家的邀请，乔治少爷朗诵了《启示录》中最后几个章节。乔治的朗诵时常被人们的赞美之辞打断。"真是了不起！""他念得多优美啊！""真是不可思议！""那会成为事实吗？"人们总是这样不停地说。

聪明的乔治对宗教的理解与认知主要来源于母亲的教导。由于大家对他的赞美，他便不时地在庄重的诵读中加进自己的解说。这样一来，不仅让年轻人更加羡慕，而且还得到了老人们的祝福。大家一致公认，"乔治念得比任何一个牧师都好。""真是不可思议。"

在宗教事务方面，汤姆是大家公认的"主教"。他善于组织，品德高尚，再加上他的胸襟和教养远远超过了他人，所以大家都把他当作自己的牧师来尊敬。他做的祷告生动感人，饱含着稚真的痴迷，其中引用的《圣经》语言，使得他的祷告更加富有感染力，这是其他人所不能比拟的。而且他对经文的理解非常透彻，就好像这些经文是他生命的一个组成部分，以至于他的祷词可以不假思索脱口而出。用一位老黑奴的话来说，汤姆的祷词就如天堂的福音一样。所以，他祷告时的声音常被周围听众虔诚的应对声所淹没。

汤姆叔叔的小屋里的情形是如此和谐，而在主人希尔比先生家中，呈现出来的却是另外一幅截然不同的景象。

奴隶贩子和希尔比先生，分坐在餐厅里一张摆放着契约和书写用具的小桌子两旁。

希尔比先生将手头几叠钞票清点完之后，递给了奴隶贩子，而奴隶贩子也照样清点了一遍。

“嗯，钱数没错。现在，请你在这契约上签个字吧。”奴隶贩子说。

希尔比先生拿过契约，在上面签了字，就像在匆忙做完某件不愉快的事一样。然后，他又把契约推到了奴隶贩子面前。赫利从一个旧提包中取出一张羊皮纸文件，看了看，然后把它递给了希尔比先生，希尔比先生急忙把文件接了过去。

“好了，现在这事儿就算完了！”奴隶贩子一边说着，一边站起身来。

“完了！”希尔比先生愣愣地应了一句，深吸了口气，然后又说了一遍，“完了！”

“看来你对这笔生意不太满意啊。”奴隶贩子说。

“赫利，”希尔比先生说，“你一定要答应我，在没弄清楚买主身份之前不要卖掉汤姆。你要以名誉起誓。”

“你刚才不是也做了同样的事情吗？”奴隶贩子说。

“你知道我是别无选择。”希尔比先生傲慢地说。

“那你也该明白我或许也会有别无选择的时候，”奴隶贩子说道，“不过，请你放心，我是不会亏待了他的，我会尽可能给他找个好主人。如果有什么事情值得我对上帝表示感谢，那就是我从不是个心肠狠毒的人。”

尽管奴隶贩子已经说明了他的人道主义原则，希尔比先生还是不太相信他的话，但是事已至此除了自我安慰还能如何呢？于是他无声地打发走了奴隶贩子，点燃了一支雪茄，独自抽了起来。

5 争 执

回到卧室准备休息时，希尔比先生坐在安乐椅上，随手翻看了一下下午送来的邮件。希尔比太太站在镜前梳理着伊丽莎为她编的头型。今天晚上，伊丽莎的脸色看起来有些苍白，眼睛里也没有了往日的神采，她就让她回去睡觉了。这时，她才记起伊丽莎上午跟她所说的那些话，转身问丈夫：

"顺便问你一下，亚瑟，你今天请来吃饭的那个没教养的家伙是谁？"

"他叫赫利。"希尔比先生眼睛盯着手上的邮件，在椅子里不安地转动了一下身子说道。

"赫利是谁？他来我们家干什么？"

"以前，我和他在纳特切斯打过交道。"希尔比先生说。

"难道仅仅因为这个，他就可以到我家来混吃混喝？"

"是我邀请他来的，我们之间有一些账目要清算。"希尔比先生答道。

看着神色尴尬的丈夫，希尔比太太问道："他是做奴隶生意的吗？"

"亲爱的，你怎么会这样想呢？"希尔比先生抬头问道。

"没什么，——伊丽莎晚饭后来过，因为有些担惊受怕，哭了，她说她听到奴隶贩子和你谈论买她的孩子，那个小机灵鬼。"

"是这样吗？"说完，希尔比先生又低下头去看信——似乎很专心地看了足足好几分钟，却没注意到把信纸都拿颠倒了。

"真相迟早要公开的，"希尔比先生暗自思忖道，"还不如现在就坦诚相告呢。"

"我告诉伊丽莎说，她的担心是多余的，"希尔比太太梳理着头发说，"你从来不会跟他们那种人打交道。而且我知道你从没考虑过要卖掉他们中的任何一个，——至少你不会把他们卖给那样一个人。"

"嗯，艾米丽，我一直都是这样认为的，也是这样说的。"她丈夫说，"但我的生意亏了，我没有别的办法，只好卖掉一些下人，不然的话我就难以维持家里的开支了。"

"卖给那个家伙？这也太不可思议了。希尔比，你不会那样做的，对吗?”

“很抱歉,这都是事实,我已经同意卖掉汤姆了。”希尔比先生说。

“什么?汤姆?他从小就跟着你,他是那么善良、忠实。希尔比,你还向他保证过要还他一个自由之身呢。关于这一点,我们已经讲了不下百遍了。唉,我现在终于明白在这个世界上没有什么事情是不会发生的了,——我现在甚至也相信,你把哈里,可怜的伊丽莎的孩子也卖掉了!”希尔比太太悲愤地说道。

“既然你已经猜到了,那我也就不再瞒你,我已经答应卖掉汤姆和哈里了。我真不明白,我只是做了别人每天都在做的事情,凭什么我就要被当成魔鬼来看待呢?”

“可你为什么要从那么多仆人里选中他们两个呢?”希尔比太太说,“为什么是他们两个,就算我们必须卖掉一些仆人,不是还有那么多其他的仆人吗?”

“因为他们两个人的身价是最高的,如果我可以选择别人,那家伙还想高价购买伊丽莎呢,如果你认为那样更合适的话。”希尔比先生说。

“这个卑鄙的小人!”希尔比太太愤怒地骂着。

“是的。正因为我考虑到你的感情,才没有答应他。你就不能因此夸我几句?”

“亲爱的,”冷静下来后,希尔比太太说,“请你原谅,我真的很吃惊,对这件事情我一点儿思想准备也没有——但你总该允许我替这些可怜人辩上几句吧?虽然是个黑人,可汤姆他是那么高尚、忠实。希尔比,我确信,如果有必要,他会为你牺牲一切。”

“这点我也明白,——我也敢这样肯定,——可这又有什么用呢?我也是迫不得已啊。”

“为什么不变卖一些财物呢?我宁肯过得节约一些。希尔比,作为一名女基督徒,我曾经忠诚地努力,想为这些淳朴、孤苦的可怜人尽自己的一份责任。多年来,我关心保护他们,试着了解他们的忧愁与欢乐;如果我们为了一点蝇头小利就把像汤姆这样忠诚可靠的人卖掉的话,我还怎么能够在人前抬得起头来?我教会他们家庭成员应尽的责任和义务、父母与儿女、丈夫和妻子应尽的责任和义务。现在我怎么能公开承认这些所谓的骨肉亲情,人伦道德都可以弃之不顾,而只关心钱财呢?我和伊丽莎谈论过她的孩子，谈到作为基督徒，母亲要照看好孩子，为他祈祷，使他长大成人，尽到做母亲的责任。可是现在我们只是为了多省几个钱就把她的孩子从她身边夺走，卖给那样一个卑鄙小人，我又怎么跟她解释，又能对她说什么呢？我曾告诉她，一个人的灵魂比世界上所有的金钱都贵重。如果她看到我们出卖了她的小哈里，她又怎么会再相信我呢？把这孩子卖了，跟亲手毁了这孩子的灵魂和肉体又有什么区别？"

"艾米丽，这事让你感触如此之深，我很难过，"希尔比先生说，"我也尊重你的感情，虽然我不能完全理解你的心情，但是现在，我必须严肃地告诉你，无论如何都已于事无补，艾米丽，我已经别无选择了。我本来不想告诉你这些，坦率地讲，要么卖掉他们，要么倾家荡产，我也是确实没有别的办法了。赫利手里现在握着我的借据，如果我不立即还债，他就会从我们身边拿走一切。我已尽全力四处筹款，可还是需要加上他们两个才能还清借款，所以我也不得不忍痛割爱了。赫利看上了他们，除非答应他的要求，否则他是不同意了结此事的。我被他拿捏在手心里，只好照办了。我知道你不希望卖掉哈里和汤姆，可这总比卖掉我们所有的奴隶要强吧。"

希尔比太太呆呆地站在那里很久很久，最终她面向梳妆台，双手掩住面庞，发出了一声长长的叹息。

"这是上帝对奴隶制的诅咒，它是万恶的、最该被诅咒的怪物。这也是对主人、对奴隶的诅咒！我还傻乎乎地认为我可以从这邪恶的制度的缝隙里发掘一些美好的东西呢。法律维护蓄奴制真是一种罪过，——我一直都有这种感觉——从孩童时起就这样认为——人教后，我对此更是坚信不疑，我本来还天真地认为，我可以凭借仁爱、关怀和教导，使我的奴隶的境遇好于获得自由之身呢，我真是太傻了。"

"太太，你怎么越来越像一名废奴主义者了。"

"废奴主义者！他们要是像我这样了解奴隶制度，他们才有资格这样说。我们不需要那些人来指手画脚。你知道，我从来不认为奴隶制是合法的，我从来不想自己蓄奴。"

"在这方面，你与许多社会贤达不同，"希尔比先生说，"你还记得那个星期天，B 先生布道时是怎么说的吗？"

"我不想听那种布道，我再也不想请他来我们教堂布道了。牧师们奈何不了邪恶，也许他们也像我们一样对此束手无策——可他们也用不着为此狡辩吧！这和我的良知是背道而驰的。我想你也不会对那次布道感兴趣吧。”

“啊，”希尔比先生说，“我想说的是，有的时候，牧师要比我们这些可怜的罪人大胆多了。像我们这样的普通人对某些事情必须装作视而不见，并逐渐习惯那些不正确的事情。我们必须正视现实，在女人和牧师的直白、谦逊与人道面前，我们这样的俗人早已被远远抛在了后面。只是现在，亲爱的，我相信你应该可以理解我不得不这样做的苦衷了，你要知道，我们已经尽心尽力了。”

“是啊！”希尔比太太呆呆地说着，急匆匆地掏出她那块金表，“我甚至没有一件像样的首饰，”她若有所思地补充道，“这只表能顶点儿用吗？——刚买的时候很贵的。只要能够赎回伊丽莎的孩子，我愿意付出一切。”

“对不起，艾米丽，”希尔比先生说，“没想到这件事情会让你如此难以释怀。但这又有什么用呢？事实上，我已经跟赫利签订了契约。你该庆幸事情没有变得更加糟糕。原本这家伙捏着我们一家老小的命运呢，但是现在他已不算什么了。要是你也像我一样了解他，你一定会庆幸我们终于摆脱了这个家伙。”

“他真那么难缠吗？”

“嗯，虽然他并不是什么穷凶极恶之徒，但也很难缠。除了做买卖挣钱，他别无爱好，他头脑冷静，行事果断，就像死神一样根本没有情面可讲。只要有利可图，他甚至可以卖掉自己的母亲，哪怕他对这个老妇人并无恶意。”

“可是现在这个卑鄙小人却拥有了善良、忠实的汤姆和伊丽莎的孩子。”

“亲爱的，这事让我很难从容应对。甚至我连想都不愿意再去想它，可赫利却催着说要明天就来领人。我不想再见汤姆，我打算明天一早就骑马出门。你最好也把伊丽莎支开，在她不在场的情况下了结这件事情吧。”

“噢，不！”希尔比太太说，“我可不希望充当这笔非人交易的帮凶。我想在汤姆处境危难时去看看他，祈求上帝保佑他。我要让大家知道，无论

如何，他们的女主人都是同情他们，并将始终站在他们一边的。至于伊丽莎，我真的不敢再想下去了。上帝啊，饶恕我们吧，我们究竟在做什么，为什么要让如此残酷的事情落到我们头上呢?”

可是令希尔比先生和太太万万没有想到的是，他们的这番对话已经被一位有心人偷听到了。

伊丽莎被希尔比太太打发走之后，躲在了卧室旁边的一间与过道隔门相通的储藏室里。她几乎一字不漏地听见了主人们的谈话。

等主人们说完话，卧室里彻底沉寂下来之后，伊丽莎才站起身，偷偷溜出了储藏室。她脸色惨白，浑身发抖，神色木讷，双唇紧闭，这个时候的伊丽莎，跟原来那个温柔腼腆的女子简直就是判若两人。她放轻脚步，在女主人房门口停留了片刻，举起双手祈祷了好一阵子，紧接着便转身溜回了自己的房间。在那个跟女主人的卧室同处一层楼的房间里，整齐安静依旧；窗明几净，非常舒适，这原本是她安坐唱歌儿做针线活的地方。屋内的小书架上并排摆放着书籍和各种各样的圣诞节小礼物。她的衣服都放在壁橱和衣柜里。她一直以为，她的这个小家是世界上最温馨幸福的了。现在，她的孩子已经躺在床上睡着了，他那被一头卷发盖住了的圆润的小脸上漾着阳光般的微笑，小嘴半张着，胖嘟嘟的小手露在被子外面。

“可怜的孩子！可怜的小东西啊！”伊丽莎念叨着，“虽然他们已经把你卖掉了，可妈妈还是要救你。”

她没有落泪——在如此悲惨的境地，除了血，确已没有什么可流的了。她匆匆取出纸笔，在上面写道：

“太太，亲爱的太太！不要以为我知恩不报，不要把我想得很坏，我听到了你和主人的谈话。为了我的孩子，我别无选择，我想你会原谅我的。愿仁慈的上帝因你的好心，保佑你！”

她匆匆忙忙折好信，然后打开衣柜，为孩子准备了一包衣服，然后用手帕把包袱牢牢系在了腰间。出于母爱的天性，她甚至没有忘记在这小包里装进一两件孩子心爱的玩具，而且还特意带了一只逗孩子开心的花鹦鹉。当然，既要把小家伙从熟睡中弄醒，又不能惊动了旁人，可真不是件容易的事。嘘，经过一番折腾，孩子终于坐起身来，趁着妈妈戴帽子、系围巾的空隙，逗弄起那只花鹦鹉来。

“妈妈，你要去哪儿?”孩子看到妈妈拿着他的外套和帽子走了过来，不解地问道。他妈妈走近床边，神色紧张地注视着孩子的眼睛一会儿，孩子立刻明白一定是有什么不好的事情发生了。

“嘘，哈里，”妈妈说，“我们不能大声说话，不然他们会听到的。有个坏蛋要抢去妈妈的小宝贝，可是妈妈决不会让他得逞，妈妈要给小哈里戴好帽子，穿上衣服，然后逃走，这样，坏蛋就不会抓到哈里了。”

她一边轻声说着，一边给孩子穿戴好衣帽，把孩子抱在怀里，轻声叮嘱他不要出声。然后她打开房门，穿过门廊，轻手轻脚地溜了出去。

那是个月黑星稀的夜晚，地上下了霜，妈妈用手巾把孩子紧紧裹在怀里，由于害怕，孩子一声也没吭，只是紧搂住妈妈的脖子。

那只名叫布鲁诺的纽芬兰狗正伏卧在门廊的尽头。当她走近时，它站起来轻呜了一声。这是她的宠物，她温柔地唤着这只小伙伴。小狗摇着尾巴，显然想和她一块出去，想必它那简单的大脑并不清楚主人为什么半夜出门。不过，它似乎也能隐约地感觉到，主人的这次出行有点不同寻常，所以它一边跟着伊丽莎，一边不时停下脚步，若有所思地看看主人，又看看房子，才犹犹豫豫地跟在伊丽莎身后走了出去。几分钟后，他们来到了汤姆叔叔小屋的窗下，伊丽莎停了下来，轻轻敲打了几下窗户玻璃。

这天的集体祷告活动由于加入了唱诗，直到很晚才散场。汤姆叔叔也尽情地多唱了几首长诗，所以，虽然现在已经过了午夜，将近一点，汤姆叔叔和大婶仍然没能入睡。

“我的天啊！谁这么晚了还敲窗子？”克鲁伊大婶站起身来，猛地拉开了窗帘，“天啊！这不是丽莎吗？老东西，快穿好衣服！——布鲁诺也跟来了，到底怎么回事啊？我这就来开门。”

紧接着，门被打开了，汤姆叔叔急忙点起一枝蜡烛，明灭的烛光，映照着伊丽莎那憔悴的脸容和急切的眼神，显得非常诡异。

“上帝保佑！怎么回事，丽莎？看起来你好像病了，这么晚了，你怎么跑到这儿来了？”

“我要逃跑——汤姆叔叔，克鲁伊大婶，——我要带着孩子逃跑，——主人要卖掉他。”

“卖掉？”两个人愕然地举起他们的双手。

“是的，把他卖了！”伊丽莎肯定地说，“昨晚，我呆在太太房间旁的储藏室里，亲耳听到老爷说，他把汤姆叔叔和哈里一起卖给奴隶贩子了，只等天一亮，老爷骑马出去后，奴隶贩子就要来领人了。”

伊丽莎说话时，汤姆叔叔一直呆呆地瞪大着眼睛站在那里，举着双手，就像在做梦似的。最后，他终于听明白了这些话的意思，与其说他一屁股坐在了旧椅子上，不如说瘫倒在了那上面，他耷拉着脑袋，抵在膝盖上。

“仁慈的上帝啊，可怜一下我们吧！”克鲁伊大婶说，“难道这是真的吗？汤姆又没有做错事情，为什么要卖他？”

“他是没犯什么错，——不是因为这个。老爷也不想卖掉他俩，我们的太太也是一贯仁慈。我听到她向老爷求情，但老爷说，他欠了那个混蛋的一大笔钱，只得听从那个奴隶贩子的摆布，根本没有办法通融。如果不还钱，就必须卖掉整个庄园和所有的仆人。是的，老爷说，要不卖掉他俩，要不卖掉全部家业，他已经别无选择了。主人说他很抱歉，太太真是位了不起的基督徒，她的心肠真是太好了，你们真该听听她说的那些话。离她而去，对于我来说的确太不道义，可我必须走。正如太太曾经说过的那样，人的灵魂重于整个世界。我的孩子也拥有灵魂，如果不带他逃走，天知道以后会发生什么事情？我想我所做的是正确的，就算我做错了，也请上帝宽恕我，因为我也别无选择。”

“哎，老家伙！”克鲁伊大婶说，“你为什么不逃跑？难道你愿意被人卖到河的那头，一辈子做牛做马吗？在那里你只有死路一条，要么累死，要么饿死。我这辈子可是宁死也不愿意去那种地方。现在还有时间，——跟丽莎一齐逃走吧，你有通行证，可以随时出入。快点，我帮你收拾一下。”

汤姆缓缓地抬起头来，悲伤而平静地环顾着四周说：“不，我不会逃跑。让丽莎走吧，她有权那么做！我不反对她逃跑，让她留下来是没道理的。你刚刚也听她说了，要么卖掉我，要么卖掉整个家业。真要是这样，我倒宁愿是卖我，别人可以承受的，我也一样可以承受。”他的宽阔强健的胸脯抽动起伏着，像哭泣，又像叹息地补充道，“我这人一向听天由命，以后也是如此。我从来没有辜负老爷的期望，也没有滥用过通行证，我从不违背诺言，今后也决不会。还是卖掉我吧，免得庄园垮掉，这不能怪老爷，他一定会好好照看你和可怜的人的。”

说到这里，他转过头去望着那张简陋的小矮床，上面挤满了卷发孩子，看着看着，他再也抑制不住地大哭起来。他倚在椅背上，以手掩面，大声哭泣着，大滴大滴的泪珠从指缝里滚落到地板上。你知道吗？先生，当你埋葬你的第一个孩子时，你也曾这样哭过；太太，我现在的泪水跟你听婴儿咽气时流出的泪水是多么相像啊。先生，你是人，我也是人。太太，即便你一身珠光宝气，不也还是个人吗？面对生活的困顿和人生的磨难，无论是谁，感受都是一样的。

“还有，下午我见到了我丈夫，”伊丽莎站在门边说道，“那时我还不知道会发生这种事。他那无良的主人把他逼得无路可走了，他告诉我他想逃跑。如果可能，你们一定要给他捎个口信，告诉他我走了以及为什么要走，告诉他我要逃往加拿大。你们一定要替我转达我对他的爱，告诉他，如果我今生不能与他再见面，”她转身背对着汤姆夫妇，哽咽着说，“那就让他多做好事，争取与我们在天堂再见吧。”

“把布鲁诺叫进去吧，”她补充道，“把它关在屋里，别让它跟着我。”

说完这些，她哭了。然后，又说了些彼此祝福的话，她便抱紧受惊的孩子，悄悄地出发了。

6 逃跑被发现

也许是那天晚上谈得太久，希尔比夫妇未能立即入睡，所以醒得要比以往晚些。

“伊丽莎今天是怎么了?”希尔比太太拉了好几次铃，也没听到任何反应。

希尔比先生正在镜子前磨着刮胡子刀，这时门开了，一个黑人男孩端着热水走了进来。

“艾迪，”女主人喊道，“去伊丽莎房间告诉她，我已经叫她好几次了。可怜的孩子!”她叹了口气，自言自语道。

艾迪很快就回来了，吃惊地睁着大眼睛。

“太太，不好了! 丽莎的抽屉全打开了，东西弄了一地，看来她是逃走了。”

希尔比先生和太太同时醒悟过来，希尔比先生喊道:“看来她早就起了疑心，逃走了。”

“谢天谢地，我想一定是这样的。”希尔比太太说。

“太太，你怎么这么傻，她要真是逃走了的话，我可就惨了。赫利知道我不大愿意卖掉那个孩子，他会认为这件事情得到了我的默许，这将损害我的声誉。”说完，希尔比先生匆匆离开了房间。

人们奔跑着，喊叫着，开关门的声音此起彼伏，大约一刻钟的时间里，不同肤色的面孔出现在不同的地方。此时，克鲁伊大婶一个人沉默着，她一句话也不说，虽然她可以对此事提供一些线索，但她只是一如既往地准备着早餐时的饼子，以往兴高采烈的脸上见不到一丝笑容，对于周围的忙乱场面，她好像没有听到什么，也没有看到什么似的。

不一会儿，大约十二个孩子爬到了栏杆上，就像一群乌鸦似的，大家都希望第一个把这件事告诉那个走霉运的陌生人。

“我确信他听了之后会发疯的。”艾迪说。

“他会大骂不止的。”小黑杰克说。

“他会的，”莫迪说，“昨天吃饭时，我听到他在谈论那桩生意。因为我当时正躲在太太放罐子的屋子里，我听得一清二楚。”莫迪摇头晃脑地说着，俨然一副智者的模样。他就像一只小黑猫，迄今为止，他还没有仔细琢磨过任何一个单词的含义。而且需要说明的是，他当时确实是躲在那个放罐子的房间，不过大多数时间里都在睡觉。

当赫利骑着马终于出现在庄园里时，仆人们争先恐后地告诉了他那个坏消息，果然不出那些小机灵鬼的预料，这家伙非常生气地大骂起来。这令那些机灵鬼非常兴奋，他们躲开赫利的马鞭，欢呼着在门前草地上滚作一团，一面互相踢打，一面大声喊叫着。

“你们要是落到我手里，哼哼，等着瞧吧！”赫利恨恨地低语着。

“但你就是不能逮住我们。”知道赫利已走远，听不到他说话了，艾迪得意地说。并跟在奴隶贩子后面不时做着鬼脸。

“我说希尔比，真是不像话，”赫利冲进客厅说，“看来那女人带着她的孩子逃走了。”

“赫利先生，我太太还在这儿呢。”希尔比先生说。

“太太，我失礼了，”赫利皱着眉头说，“不过我还是想提醒你，这事有点蹊跷。这是真的吗，先生？”

“先生，”希尔比先生说，“你若是想跟我打交道，就必须遵守上流社会的规矩。艾迪，接过赫利先生的帽子和马鞭。先生，请先坐下。虽然很遗憾，但我还是要告诉你，那个女人偷听了我们的谈话，要不就是有人走漏了风声，她被吓得逃走了。”

“我还期望着我们能公平交易呢！”赫利说。

“先生，”希尔比先生猛地转身对赫利说，“你这是什么意思？对于怀疑我人品的人，我通常只用一种方式来回答！”

奴隶贩子被吓了一跳，他低声说：“一个人只想公平交易，没想到却上了当，能不感到气愤吗？”

“赫利先生，”希尔比先生说，“如果我不认为你是因为失望而闯进来的话，我甚至不可能容忍你这种无礼的横冲直撞。我们都是要面子的人，我不能容忍别人站在那里指桑骂槐，就好像我是这件意外事件的同谋似的。尽管如此，我还是会给你提供力所能及的帮助，给你提供人力和马匹，以便帮你追回自己的财产。简而言之，赫利先生，”他突然放弃了刚才那种森冷的口吻，而代之以一种轻松的语调说，“你现在最好保持冷静，让

我们吃完早饭以后，再来看看还能做些什么事情。”

此时，希尔比太太站起身来，说她早上约了朋友，所以不能陪客人共进早餐了。她吩咐一位颇有教养的第一代混血女人来照顾客人享用咖啡，然后她就离开了。

“你太太好像不太喜欢像我这样谦卑的人啊。”赫利努力装出一副轻松自然的样子。

“我可不喜欢别人这样随随便便地对我妻子品头论足。”希尔比先生淡然道。

“对不起，你知道我只是想开个玩笑。”赫利强作欢颜道。

“有些玩笑可是开不得的！”希尔比先生接着说。

“我在契约上一签字，他就变得这样不客气了。怪不得从昨天开始，他就跩起来了。”赫利自言自语道。

汤姆的命运一时之间已经成了农庄中黑人关注的话题，恐怕就连总统辞职也难以引起这么大的轰动。在田间地头，人们什么都不干，只是议论着此事可能造成的影响。伊丽莎母子的逃跑，作为农庄里一件前所未有的事，更是令人兴奋不已。

黑山姆（因为他比当地任何人都要黑三分，所以才赢得了这个称号）仔细考虑着这件事情及其发展的趋势。他的看法既有见地，又很好地顾及到了自身的利益。这让华盛顿的所有爱国白人都觉得长了不少脸面。

“塞翁失马，焉知祸福，这就是真理。”山姆若有所思地再一次提了提裤子。他找来一根钉子代替了吊带上的那粒丢失的纽扣，以显示他在机械方面的天分，并常常因此自鸣得意。

“是的，塞翁失马，焉知祸福，”他重复道，“现在汤姆要下台了，他的空缺自然需要有个黑人接替。我想为什么我就不行呢？汤姆每天骑着马在田间地头闲逛，靴子黑亮，口袋里揣着通行证，他的威风有谁能比呢？为什么山姆就不能做得好一些呢？我倒想试一试。”

“喂，山姆，主人要你去找比利和杰瑞。”艾迪的话打断了山姆的自语。

“嗨，年轻人，出了什么事？”

“你还不知道丽莎带着小哈里逃跑了吗？”

“你这叫班门弄斧！”山姆傲慢地说，“我可不是小毛孩子，这件事情我早就知道了。”

“无论如何，主人让你把比利和杰瑞套好，然后咱俩和赫利先生一起去追伊丽莎。”

“太好了，看来我今天要时来运转了！”山姆说，“这么多年来，这还是山姆我第一次出马呢，主人会知道山姆的本事有多大的。”

“但是，山姆，”艾迪说，“你要三思而后行。因为太太不想把伊丽莎抓回来，你千万别做什么蠢事。”

“嗨！”山姆睁大眼睛问道，“你怎么知道的？”

“今天早晨我给主人送刮胡水时，听她亲口说的。她派我去看看为什么丽莎还不为她梳头。当我告诉她丽莎逃走时，她站起身说了句‘谢天谢地！’而主人看起来就好像真的要疯了，他说：‘太太，你说什么傻话啊！’可是听起来他似乎并不反对夫人的看法，这一点我很清楚。我说，你最好还是站在太太这边为好。”

黑山姆听后挠了一下脑袋，虽然里面并没什么深奥的智慧，但却并不缺乏政治家所需具备的独特的敏锐——也就是知道自己应该站在哪一边。他停下来，认真考虑了一下，提了提裤子——似乎这已经成了他惯用的帮他解决难题的一件法宝了。

“这世上的事情真是令人难以琢磨啊！”他最后说。

山姆就像一位哲学家那样，特别强调了“这”字，就好像他经历过各种各样的世界，并经过考虑得出了自己的结论似的。

“噢，我还以为太太要我们搜遍整个世界也要追回丽莎不可呢！”山姆若有所思地说。

“很对，”艾迪说，“你这黑小子，难道看不出这是显而易见的事情吗？关键在于太太不想赫利抓到丽莎的乖孩子。”

“唉！”山姆感叹着，这声感叹，只有那些听惯了它的人才能体会到其中的深意。

“我再告诉你一些情况，”艾迪说，“我想你最好快点找匹马来，因为我听说太太在找你，而你却在这儿傻站了老半天了。”

听完这话，山姆才认真干起活来。没有多长时间，他就骑马出现在大宅门前。比利和杰瑞跟在后面慢跑着，山姆在它们意识到该停下之前已飞快地翻身下马。他像风一样把马拉到马桩前面，赫利骑来的是匹小马驹，不停地蹦跳着，想挣开缰绳。

“嗨!”山姆喊道,“害怕了,对吗?”他的脸上闪过一丝恶作剧的神色,“让我来帮你一把。”

旁边有一棵高大的山毛榉树,枝繁叶茂,地上满是那种尖小的三角形果子。山姆拿起一个树果,走到小马身旁,轻抚着它的身体,好像要使它镇静下来。趁调整马鞍的时机,他熟练地把尖小的树果塞在马鞍下。只要稍微用力压一下马鞍,小马驹那敏感的神经就会感到刺痛,而且不留痕迹。

“啊,”山姆得意地咧开嘴笑着说,“我帮你收拾好了。”

此时,希尔比太太站在阳台上向他招手,他走上前去,就像去圣·詹姆士宫或华盛顿谋求一个空缺职位似的。他决心要乘机大献殷勤。

“山姆,怎么那么慢?我不是派艾迪催你了吗?”

“太太,上帝保佑你!”艾迪说,“马不是那么容易抓住的。它们跑到南边草地上去了。老天爷知道要抓住它们必须跑很远。”

“山姆,我已经提醒你不止一次了,不要再讲‘上帝保佑’、‘老天爷知道’之类的话了。那听起很让人讨厌!”

“上帝保佑,对不起太太,我忘了。以后我再也不说这种话了。”

“看,你又说那句话了。”

“是吗?老天爷,我再也不说那句话了。”

“山姆,当心点。”

“太太,让我歇口气,我一定特别留神,我会有个好的开始的。”

“对了,山姆,你带赫利先生去帮帮忙。杰瑞腿有点跛,你要照顾好马,别让它跑得太快!”希尔比太太放低声音,加重了语气说。

“你放心,我会留意的!”山姆意味深长地翻了翻眼皮说,“老天爷知道!嗨,瞧我这张臭嘴!”他突然屏住气若有所悟地挥了挥手,他的滑稽样使女主人大笑起来:“太太,我会照顾好杰瑞的!”

“艾迪,”山姆返回到山毛榉树下,“等会儿那位先生上马时,如果被摔下来,我是不会感到奇怪的。你知道,有时候马会变得很顽钝!”他捅了一下艾迪的腰,暗示着他说。

“哎!”艾迪心领神会地应了一声。

“艾迪,你知道太太只想拖延时间。这点明眼人一眼就能看出来。让我帮他一把吧。喂,把马缰绳解开,让它们跑到树林那边去,我想这回赫利就不能立即出发去抓人了。”

艾迪咧嘴笑了。

“你要明白，”山姆说，“艾迪，等会儿赫利老爷的马使性子蹦跳起来，我们可是要去帮他的——是的，我们要帮他一把。”山姆和艾迪把头往后一仰，放纵地低笑着，然后又高兴地手舞足蹈起来。

此时，赫利出现在门廊上。喝完几杯好咖啡，他心情平静了许多，说笑着走了出来。山姆和艾迪随手抓了几张棕榈叶——他们常把那叶子当做帽子，急忙跑到马桩边，做好准备来帮助赫利。

山姆把棕榈叶整理好，他灵巧的手把叶子弄得有边有沿，叶梗片片直立，看上去显得那样的自由而傲慢，简直可以和斐济酋长的帽子相媲美。艾迪的帽檐脱落了，他把帽子往头上戴去，洋洋自得地回头说，“谁说我没有帽子？”

“哎，孩子们，”赫利说，“我们不能再浪费时间了。”

“不会浪费时间的，老爷！”说着，山姆把缰绳交给赫利，替他扶着马镫，艾迪则忙着去解开那两匹马。

赫利一碰马鞍，那小马突然跳了起来，猛地把主人甩出好几英尺，赫利四脚朝天地摔在了草地上。山姆怒喝着马，想来拉马缰绳，没想到棕榈叶划到了马的眼睛，这更加刺激了它那狂乱的神经。它猛然把山姆掀翻在地，粗声喘了几口气，然后便朝着远方草地处跑去。此时，艾迪也不失时机地放开了比利和杰瑞，这两匹小马就跟着那匹惊马跑走了，后面，艾迪喊叫着催马追去。草地上乱作一团，山姆和艾迪追赶着小马，狗也在狂吠着，麦克、莫迪、法尼和其他小孩子都跳出来凑热闹，他们兴奋地跑着、拍着手，使劲叫个不停。

赫利的马是匹活泼、迅捷的白马，看起来它似乎很陶醉于这种撒欢儿状态。它的脚下是一块差不多方圆半英里的通向森林的草地，草地朝四方蔓延倾斜着。小白马似乎惬意于让追赶它的人追上来，但等到他们追近时，它却喷着长气，恶作剧似的蹦跳着飞奔入一条林径。山姆只想等到最恰当的时机再把马抓住，所以他并不着急，——不过他还是表现英勇。只要那匹马有被抓住的危险，他便把棕榈叶伸到它的面前，那根棕榈叶就像狮子王的利剑一样，全身心地在前方和战斗最激烈处为大家开路。他大喊道，“赶快！快抓住它！抓住它！”好像他要在眨眼间将一切都降伏

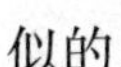

似的。

赫利不时奔跑着，嘴里在不停地诅咒着，气得直跺脚。希尔比先生站在阳台上，徒劳地指挥着大家。希尔比太太坐在卧室前，似乎猜到了引起混乱的原因，于是她时而大笑着，时而惊讶地赞叹着。

最后，直到十二点，山姆才骑着杰瑞回来，旁边跟着赫利那匹马。那匹马浑身是汗，眼睛不时眨动着，大张着鼻孔，展现出它那并未消退的野性。

“我抓到它了！”山姆胜利地宣告着，“如果没有我，它们还不知道要折腾到何时呢。但我还是抓住它们了。”

“你！”赫利咆哮着，“如果没你，这一切是不会发生的。”

“愿上帝保佑你，”山姆无限关心地说，“我一直都在努力追赶它们，你看我浑身是汗。”

“别再说了，算了！”赫利说，“真是胡闹，你耽误了我三个小时。现在别再添乱了，我们出发吧。”

“老爷！”山姆反对说，“我看你是想杀死我们这些人和那可怜的马儿。我们都快被累倒了，马儿也是大汗淋漓。咳，你不认为我们应该吃完饭再走吗？你的马也需要冲洗一下。瞧它身上的泥土！另外，杰瑞的腿也有点跛。我想太太是不会同意我们这样出发的。老爷，上帝保佑你，只要歇一会儿，我们就会追上她的，丽莎不善于走路。”

听了这番话，门廊边的希尔比太太心里暗自高兴，便决定自己出面调解一番。她很礼貌地走上前，对赫利的损失表示了关心并挽留他吃完午饭再走，说厨房很快会把饭菜准备好。

仔细考虑了一番后，赫利勉强去了客厅。走在他后面的山姆诡秘地眨了眨眼，然后悠闲地牵马到马厩去了。

“看到没，艾迪？看到他那样子了吗？”山姆边把马拴在马厩里的木桩上边说，“噢，天啊！他那指手画脚、不停咒骂的样子真像在举行祈祷会。难道我会听不到？骂吧，老混蛋(我对自己说)：你现在要那匹马吗？还是你要把它亲自抓回来？艾迪，我现在依然记得他的样子。”山姆和艾迪背靠马厩，大声说笑着。

“你该看看当我把马牵回来时，他那发疯的样子。老天爷，如果可能的话，他一定会想杀了我。而我却假装谦卑和无辜地站在那里。”

“是的，我看到了，”艾迪说，“你真是干这事儿的老手。”

“也没有什么，”山姆说，“你看到太太站在窗前看着我们了吗？我看见她在笑。”

“我相信她在笑。只是我当时忙于奔跑，所以没看到。”艾迪说。

“你要知道，”山姆边说边认真地冲洗着赫利的马，“我已养成了你所谓的‘见机行事’的习惯。艾迪，这很重要。你还年轻，我建议你让自己养成这种习惯。艾迪，把马的后腿抬起来。你要知道，是否具有这种习惯对黑人来说是很重要的。我今天早晨不就先察看了风向吗？我看透了太太的心思，虽然她没明白地告诉我。艾迪，这就叫察言观色。这一点，你也可以称为能力。人的能力因人而异，但也还是可是培养的。”

“我想，如果不是我帮你‘察言观色’，你今天早晨是不会把事情办得那么漂亮的。”艾迪说。

“艾迪，”山姆说，“你是个很有前途的孩子，这是不容置疑的。我很看重你。我不会以从你那儿得到启发为耻的。即使最聪明的人也难免犯错误，所以我们不要看不起他人。好了，我们回大宅去吧，太太一定为我们准备了许多好吃的。”

7 挣 扎

当伊丽莎转身离开汤姆叔叔的小屋时，恐怕世界上没有比她更孤单、更凄惨的了。

丈夫的困境、儿子的安危，一时全都涌上心头。向前跑的时候，望着璀璨的星光下，自己成长的土地，自己曾嬉戏其下的树木以及和丈夫并肩走过的小树丛——这一切，似乎都在责问她：离开自己这个唯一的家，远离昔日她所深爱的朋友以及所有熟悉的一切，她将何去何从。于是，一种难以挣脱的危机感，在这刹那之间，袭上了她的心头。

可是当令人害怕的危险即将来临时，母爱的力量还是战胜了一切恐惧。她是多么希望已经可以和她一起走路的孩子，能在她的拉扯下，自己走路啊。可是现在，一想到孩子即将脱离她的怀抱，她就忍不住浑身发抖。伊丽莎把孩子紧紧抱在怀中，迅速向前走去。

霜冻的地面在她脚下吱吱作响，这声音吓得她直打哆嗦。在微风中，树影摇曳不定，把她吓得大气都不敢出，只是不断地加快步伐。她不禁暗自奇怪，自己哪里来的那么大的力气，她感到孩子是那样的轻，就像一根羽毛似的。每一次惊吓都增添了她的力量，她只是向前奔着。她的嘴唇苍白，不时向上天祈祷着："噢，上帝，帮帮我！救救我吧！"

母亲们，如果你的哈里或你的威利明天早晨要被某个畜生似的奴隶贩子从身边夺走，如果你看到过那个畜生并且知道已经签好的契约正在那个奴隶贩子手里，距离契约执行只有几个小时可以让你带孩子逃命时，你会走多快呢？如果你怀中抱着亲爱的孩子，他那困倦的头颅靠在你的肩膀上，你会在这短短几小时内走多少英里路呢？

刚开始时，因为恐惧，孩子一直醒着，他每次呼吸和说话，母亲都会及时制止他，并安慰他说只要他老老实实不出声，她就能救他；所以，他就安静地搂着母亲的脖子，渐渐地睡着了。只是在快入睡时，问了妈妈一句："妈妈，我不用老是醒着了吧？"

"不用，小心肝。你想睡就睡吧。"

"可是，妈妈，如果我真睡着了，你不会让他抓走我吧？"

"不会，绝对不会，上帝会帮助我们的！"妈妈脸色苍白地回答着，黑色的大眼睛闪烁着明亮的光辉。

“你肯定，对吗？妈妈。”

“我保证！”妈妈说。语调坚定得让她自己都感到吃惊。因为这种回答是源于某种她自身曾经并不具备的决心。接着，孩子把小脑袋垂在妈妈的肩上，不一会儿就进入了梦乡。母亲感到了脖子那儿孩子温暖的小胳膊和孩子轻柔的呼吸，这无疑给她注入了不息的能量和精神。她觉得，孩子身体的晃动和触动，都像电流一样给她注入了活力。在身体中，精神主宰着肉体，在一定时间内，它能让神经变得坚强，让肌肉更加强健，使弱者变得坚强。

她继续向前走着，一座座农庄、丛林和小树林飞快地从她身边掠过；她不停地向前走着，走过一处又一处熟悉的景物，丝毫不敢停留。当红暖的阳光照向大地时，她已经走了好几英里，远离了平日熟悉的景物，踏上了一条宽阔的大路。

以前，她常陪着女主人到离俄亥俄河不远的T村亲戚家做客，所以她比较熟悉附近的道路。她打算先逃过俄亥俄河，过河以后，她就只有听天由命了。

当公路上出现马车和马匹时，紧张时所特有的警觉使她意识到，脚步的忙乱以及自己慌张的神色会让人们注意和起疑心的。想到这儿，她放下孩子，整理好自己的衣帽，快步而又自然地往前赶着。在她的小包中，放着一些蛋糕和苹果，她把苹果抛到路中几码远的地方，于是孩子便全力向前追去，就这样，她加快了前进的步伐。周而复始，他们又走了几英里路。

没多久，他们到达了一片茂盛的树林边，清澈的小溪哗哗地流淌着。孩子这时喊着说他又渴又饿，于是她带着他爬过栅栏，坐在一块可以遮挡行人视线的石头后面，给孩子拿出早餐吃。孩子见她不吃，觉得很奇怪，他用手抱住母亲的脖子，尽力往母亲嘴里塞着小块的糕点，看起来她的嗓子被什么东西堵住了。

“不，不，亲爱的哈里，你不脱离险境，妈妈就不吃东西。我们要不停赶路，直到过河为止。”说完她又重新踏上征程，并且从容不迫地向前赶去。

她已经离认识的邻居很远了，因为希尔比家待人和蔼，即使碰到熟人，这一点也会保护他们，不至于让人有丝毫的怀疑。况且她的肤色相当白，如果不细看，就看不出她是黑人。孩子的肤色也很白，所以这有助于他蒙混过关而不引起人的怀疑。正是因此，中午时分，她决定在一户干净的农户家停下来吃些东西，自己也稍稍休息一下。因为这离家已经很远了，危险已减低，本来紧张的神经渐渐松弛下来，她也感到自己既累又饿。

那位女主人态度和善，喜欢聊天，今天来了一位可以聊天的人，她很高兴。她甚至没有盘问就相信了伊丽莎所说的，她有事要与朋友们呆一个星期，伊丽莎多希望自己所说的都是事实啊！

日落前一个小时，伊丽莎走进了俄亥俄河边的 T 村，此时她已是浑身发软，两脚酸痛，但她依然保持着较高的精神。她一眼就看见了俄亥俄河，但它就像约旦河一样，把自己和自由乐土迦南分隔了开来。

现在仍是初春，河水暴涨，水声轰鸣，大块大块的浮冰在河水中漂游着，撞击着。因为靠近肯塔基州的河岸形状奇特，远处，陆地已延伸到了河中，致使大量的冰块滞留下来，狭窄的河道中全是冰块，它们一块压着另一块，形成了一座巨大的冰筏，这冰筏铺满了河面，并一直延伸到河的对岸。

伊丽莎站在那看着那冰面沉思了一会儿，她知道平日的渡船是不可能有的了。她转身走向一间酒店，想去问一些情况。

酒店的女主人正拿着刀叉准备晚餐，听到伊丽莎悦耳而略带哀伤的声音，她便停下来，手里拿着叉子，问道："你想干什么呢？"

"现在有渡船到 B 地吗？"伊丽莎问。

"没有，"那女人说，"渡船已经停开了。"

伊丽莎惊慌失措的样子打动了她，她问道："你是想过河吗？有人生病吗？看样子你很着急。"

"我的孩子病得很重，"伊丽莎说，"我昨天晚上才听到信儿，今天我走了很远的路，就是想赶上渡船。"

"哦，这真是不巧，"那女人母性的同情心油然而生，"我真为你担心，所罗门！"她从窗户向一间小黑屋喊道。一个围着围裙，两手很脏的男人出现在门口。

"我说呀，绪尔，"那女人说，"今晚是不是有人想把那几个木桶运过河去？"

"如果有可能的话，他想试试。"男人说。

"附近有个人今晚想运些东西过河，傍晚他要来吃晚饭，你最好坐下来等他，这孩子长得好可爱啊！”那女人接着说，又递给孩子一块蛋糕。但是精疲力竭的哈里哭了起来。

“可怜的小宝贝，他不习惯走路，但我还是老催他。”伊丽莎说。

“噢，带他到这屋来吧。”女人说着打开了一间卧室的门，里面有一张很舒服的床。伊丽莎把孩子抱上床，握住孩子的双手，直到孩子睡熟为止。但她自己却是不能休息，一想到后面有追兵，她的心里就像有团火在燃烧，催着她向前赶路。她的目光是那样的充满渴望，一直注视着那条把她和自由之地隔开的急流。

现在让我们暂时离开他们，去看看后面追兵的情况吧。

虽然希尔比太太保证很快就开饭，但人们很快就发现，就好像人们以前常看到的，要做成一笔生意，需要不止一方的努力。赫利虽然听到了希尔比太太的命令，而且至少有五六位少年仆人向克鲁伊传达了这个命令，但克鲁伊大婶却只是生硬地应着，摇晃着头，还是如她往日干活时那般的悠闲，这真是异乎寻常的事。

因为某种奇特的原因，仆人们好像都觉得耽误一点时间，太太是不会责怪的。那天也真怪，不顺利的事情接连发生，这使得出发的事不得不一再推迟。一位不幸运的老兄打翻了肉汁，于是人们不得不再做一次肉汁。克鲁伊大婶边看着边不紧不慢地拌着肉汁。只要一催她，她就会回答说，她不想把生肉汁端上饭桌，不想帮忙去把人抓回来。一位老兄挑水时摔了一跤，所以只好再次回到泉边打一桶水。还有一位老兄把奶油洒在了路上。令人发笑的事情不时传回到厨房，所以“赫利老爷坐立不安，他烦躁地在屋里踱来踱去，显得非常着急”。

“这是他自找的，”克鲁伊大婶愤然说道，“不久，他还会更加烦躁呢，如果他再不注意他行事的方法的话，他的主人就会派人叫他回去了，那时就有好看的了。”

“他会受到惩罚的，肯定的。”小杰克说。

“活该！”克鲁伊大婶冷酷地说，“我告诉你们，他已经伤害了太多太多人的心，”她停了下来，高举起一把叉子，“就好像乔治少爷为我们读的《启示录》中的句子，在圣坛下，灵魂们在喊叫着，他们在恳求上帝替他们报仇。总有一天，上帝会听到他们的呼喊，他一定会听到的。”

克鲁伊大婶在厨房中备受大家的尊敬，她说话时，人们总是张着嘴仔细听着。中饭已经差不多都送进来了，厨房里的仆人们仍在悠然自得地

听着她的长篇大论。

“这种人将来会被烧死的,肯定没错,是吗?”艾迪说。

“如果能亲眼看到他被烧死才过瘾呢,我一定要看。”杰克说。

“孩子们!”一个声音说,这让他们都大吃一惊,那是汤姆叔叔,他早就进来了,只不过一直站在门口听着他们的谈话。

“孩子们!”他说,“我看就连你们也不知道自己在说什么。‘永远’是个可怕的词,孩子们,即使想一想它也是罪恶的,你们不要那样说一个人。”

“我们没指别人,只是针对那些奴隶贩子,”艾迪说,“每个人都禁不住要诅咒他们,因为他们是如此的可恶狠毒。”

“难道老天会宽恕他们吗?”克鲁伊大婶说,“难道不是他们从母亲的怀中夺走吃奶的孩子并卖掉的吗? 尽管孩子们在哭个不停并死抓住母亲的衣角;难道不是他们把孩子们强行夺走并卖掉的吗? 难道不是他们棒打鸳鸯,把好好的一对夫妻活活拆散分开的吗?”克鲁伊大婶说着说着,禁不住哭泣起来,“做这些事情时,难道他们就不感到内疚吗? 你看他们还不是吃喝玩乐,过着神仙般快乐的生活吗? 如果恶魔不去把他们抓来并惩罚他们,那还要魔鬼干什么?”说罢,克鲁伊大婶以围裙盖住脸,禁不住大声哭泣起来。

“圣书说,要为粗暴地对待你的人祈祷。”汤姆说。

“为他们祈祷!”克鲁伊大婶说,“上帝,这真是太残酷了,我不会为他们祈祷的。”

“这是人之本性,克鲁伊,人的本性很强烈,”汤姆说,“但上帝的恩典更加强大。你应该这样来看这件事,那些干这种事的人的灵魂是处在多么可怕的境地啊,他们太可怜了。你应感谢上帝,你不像他们,克鲁伊。我确信我宁愿被卖掉一万次,也不愿那个可怜的人对所有这些负责。”

“我也是这样认为,”杰克说,“上帝,我们会看到他的下场,对吗? 艾迪。”

艾迪耸耸肩,吹了一声口哨表示赞同。

“今天早晨老爷没按计划出门,我很高兴。”汤姆说,“如果他按计划出门了,那会比卖掉我更让我伤心。他远离这里对他来说也许很自然,但我会感到很难受的。他还是个婴儿时,我就认识他了,我是看着他长大成人的。我走之前已经见过老爷的面了。主人也是别无选择,他的选择是正确的，我觉得我们应顺从上帝的安排。但我很担心，我怕以后事情会变得很糟。我们不能让老爷也像我一样到处去察看，处理农庄的事务。孩子们心肠都很好，但你们做事很粗心，这使我难以安心离去。”

铃响了，汤姆被叫进大厅。

“汤姆，”主人和蔼地说，“我想让你明白，我和这位先生订了个协议，他来要人时，如果你不在，我就要付给他一千美元。今天他忙着做别的事，所以今天你是自由的，你可以去你想去的地方，汤姆。”

“谢谢你，老爷。”汤姆说。

“你要当心点，”奴隶贩子说，“不要和主人玩你们这些黑鬼的小聪明了。如果我找不到你，我会让他变得身无分文。如果他相信我，就不应该相信你们，你们比泥鳅还要滑。”

“老爷，”汤姆说，他直直地站在那儿，“老太太第一次把你交给我时，我八岁，你只有几个月大。太太说，‘汤姆，这是小主人，好好照看他。’老爷，现在我只想问你一句，自从我信仰基督教以来，我是否失信于你？我是否反对过你？”

希尔比先生感动得泪水在眼眶中打转。

“好孩子，”他说，“上帝知道你说的都是真话。如果我可以选择的话，就算整个世界也别想买走你。”

“我以女基督徒的名义发誓，”希尔比太太说，“只要攒够钱，我就赎你回来。”她对赫利说，“请留意他是被谁买走的，到时通知我。”

“这事很容易做到，”奴隶贩子说，“也许我会在一年后把他买回来卖给你，他不会少几根头发的。”

“我会再次和你做生意，并让你多赚一点钱。”希尔比太太说。

“当然可以，”奴隶贩子说，“对我来说，怎么样都不亏。我既往南也往北卖奴隶，所以我生意兴隆。你知道，太太，我只想生存，我想那是我们所期望得到的。”

对于奴隶贩子的厚颜无耻，希尔比夫妇均感到既愤怒又丢人，但他们都明白此时控制自己的感情是很必要的。他的表现越卑鄙，希尔比太太越是担心他抓到伊丽莎和她的孩子哈里，因此她更决心以妇女特有的计谋和他过招。她优雅地笑着，随意附和着奴隶贩子的观点，并亲切地和他交谈，总之她尽了全力来使时间不被人注意地逝去。

两点钟时，山姆和艾迪把马拴在了树桩上，显然上午的追逐使他们更

加精神焕发，仿佛浑身有使不完的劲。

吃完饭后，山姆又是精神焕发，显得是那样的热情殷勤。当赫利走过来时，他正活跃地向莫迪吹嘘说他已“做好了一切准备”，这次一定会成功。

“我想你们的主人不会养狗吧。”赫利上马时若有所思地说。

“有很多狗，”山姆得意地说，“它叫布鲁诺，叫声响亮。另外，每个黑人都养着一条各具特色的狗。”

“呸！”赫利骂道，对刚才所提到的狗，赫利又骂了几句话。对此，山姆低声嘀咕道：

“我不明白他骂狗有什么用。”

“你们主人有没有喂养专门追捕逃跑的人的狗？我相信他没有养。”

山姆明白了赫利所说话的意思，但他还是装出一副傻傻的样子。

“我们养的狗嗅觉都很灵敏，我想它们属于你说的那种狗，尽管它们从来没被用来追捕过逃犯。如果你使用它们，它们就会跑得远。过来，布鲁诺。”他吹口哨叫着那只纽芬兰狗。它懒懒地晃着身子朝他跑了过来。

“你去死吧！”说着，赫利便骑上马，“快点，上马。”

山姆顺从地上了马，他逗着艾迪，这使得艾迪不停地笑着。赫利忍无可忍，便用马鞭狠劲抽了他一下。

“艾迪，我真是很吃惊，”山姆认真地说，“这事很严重，艾迪。你不要不重视它，那样就不能帮老爷的忙了。”

“我想一直向前走直到河边，”赫利说，语气很坚定。当他们快走出农庄时，他说，“我知道你们的办事之道，你们经常往地下钻。”

“当然，”山姆说，“事实是这样的。赫利老爷说得很对。喏，到河边去有两条路，老爷打算走土路呢，还是大路呢？”艾迪看着山姆，心中感到很奇怪，因为他听到了关于地理方面的新知识。但很快他就重复着山姆问的问题，以证实山姆说的是真实的情况。

“当然了，我认为丽莎走的是土路，因为很少有人走那条路。”山姆说。

赫利自认为自己不是一只省油的灯，也不会轻易相信那些玩笑话，但听了山姆说的话以后，他也不得不先停下来仔细考虑一下。

“你们不是说假话才怪呢！”仔细考虑后，赫利沉声说。

赫利说话时那种若有所思的表情让艾迪觉得可笑，于是他就放慢马速落在了后面，心里乐得简直要从马上掉下来；但山姆却没露声色，他的脸阴沉沉的,看着很伤心。

“当然,”山姆说,“老爷可以依照你自己的意愿去做,如果老爷认为走大路好,我们就走大路,对于我们来说,走哪条路都一样。我也认为大路比较好。”

“她自然会走人少的路。”赫利一边想着,一边小声说着。他并没有理会山姆在说什么。

“那也不一定都是对的,”山姆说,“女人有时非常怪,她们做事情经常异于常人,多数情况下是和常人完全相反。她们经常反其道而行之。所以,如果你认为她们走的是这条路,那你最好选择另一条路去追,这样你就可以捉到她们。根据我的了解,丽莎会选择大路,所以我们还是从大路去追吧。”

这一套关于女人的意味深长的话并没让赫利下决心走大路去抓丽莎,相反,他决定选择另一条路去追丽莎,并问山姆他们什么时候可以到那儿。

“离前面不远。”山姆说。他用靠近艾迪的那只眼向艾迪使了个眼色,接着又坚定地补充说,“我仔细考虑了这件事,我敢保证我们不应该走土路,我从没走过这条路,而且路上行人又很少,说不定我们会迷路的,到时只有上帝知道我们会走到哪儿去了。”

“不管怎样,我都要走土路。”赫利说。

“我又想起件事,我听人说这条路靠近河的那段有栅栏挡着,是吗,艾迪?”

艾迪对此没有把握,他只是听人说过这条路,但并没有真正走过一次,所以他只有含混地答应着。

赫利很善于权衡大小谎言的可能性。经过权衡,他还是认为走土路比较稳妥。他觉得,山姆之所以坚持走土路是因为他在无意中说漏了嘴,只是因为他不愿自己抓到伊丽莎所以才编造各种理由,企图让自己不再坚持走土路。

因此当山姆提出走大路时,赫利轻快地打马走向土路,后面紧跟着山姆和艾迪。

实际上这条土路是一条老路,直接通向河边,只是新路修好之后,就被弃用多年了。前一个小时,他们走得比较顺利,但不久路被切断了,路上到处是大小的农田和栅栏,它们阻止了他们的去路,不能再往前走了。

实际上，山姆对这条路很熟悉，他知道路已经被封闭了。但艾迪却不知道这种情况，所以他只是骑马跟着向前走去，他只是偶尔抱怨几句，发些牢骚，大声抱怨说一些这崎岖的路会伤害杰瑞的脚之类的话而已。

"我警告你们，"赫利说，"我了解你们的秉性，不管你们说什么，我也不会改变路线的。都给我把嘴闭上。"

"老爷，随你了。"山姆说，脸上是一副委屈的神情，但同时他却得意地朝艾迪眨着眼睛。艾迪高兴得几乎要喜形于色了。

山姆的兴致也很高，故意说要仔细搜索一下，有一次他大声说，他看见远处山坡上有一顶女人的帽子，有一次他又对艾迪喊道，那山谷中的人不就是丽莎吗！他总在崎岖和乱石林立的地段大声喊叫，或者在某些地段催马加速前行，这无论对人还是马匹都是难以做到的。而这使得赫利无时不处于兴奋和忐忑不安之中。

在这条路上大约走了一个小时后，他们来到一个院子里，那是一个大农场的谷仓。他们没有发现什么人，大家都到田里干活去了。这个谷仓，正好建在路的中间，所以明显的事实是，沿着这条路再走下去是没路可走的了。

"老爷，我不是告诉过你吗？一个外地人怎么会比当地人更清楚这里的情况呢？"山姆以一种受到冤枉的口气说。

"你这个强盗，"赫利说，"你很清楚所有这些事情。"

"我不是明白告诉过你吗？但你不相信我的话，那你说我还能说什么呢？我告诉老爷说，这条路被封堵了，路上还有栅栏，我不确信我们能通过，艾迪可是听到我说的了。"

这些都是真话，容不得赫利再说什么，倒霉的主人只好以他最好的优雅来掩饰自己的愤怒。于是三个人只好拨转马头，向右走上了大路。

由于这各式各样的耽搁，当他们到达T村时，伊丽莎已经让孩子在村中的旅店睡了一个半小时了。伊丽莎站在窗前，观察着另外一个方向的动静。此时，山姆那双机灵的眼睛发现了她，后面两码处，就是赫利和艾迪。说时迟，那时快，山姆故意让风刮掉了头上的帽子，并极具特色地高叫了一声。这声叫喊惊动了伊丽莎，她立刻缩回身，三个人骑着马从窗前一掠而过，到屋子的前门去了。

刹那间，伊丽莎好像突然拥有了一千倍的活力。她的房间有扇朝向河边的门。她一把抱起孩子，跳下一级级台阶，朝着河边猛跑过去。正当

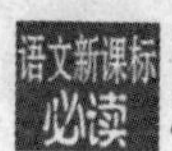

她即将消失身形于河岸下时，奴隶贩子一眼发现了她。他翻身下马，大声喊着山姆和艾迪，自己已像追赶一只小鹿一样朝伊丽莎追来。一瞬间，伊丽莎几乎脚不沾地地飞到河边，追捕她的人紧跟在身后。在老天给予绝望者的非凡力量的帮助下，她纵身一跳，越过岸边的浑水，跳到了远处的冰筏上。那是拼死的一跳，只有在疯狂或绝望时才会有这样的一跳。看着伊丽莎这样的跳跃，赫利、山姆、艾迪都本能地大喊起来，同时举起了双手。

她跳上去的那块巨大的绿色冰筏在她身体的重压下左摇右晃，发出了咯吱吱的响声，但她不能有片刻停留，她狂叫着用尽力气跳到了一块冰筏上，接着是另一块，滑倒了，站起来再跳。鞋子掉了，袜子划破了，每走一步都留下斑斑血迹。但她什么也不看，什么也不听，身上也没什么感觉，最后，好像在梦中似的，她隐约看到了俄亥俄河的岸边，一个男子把她扶上了岸。

“不论你是谁，你都是很勇敢的，我敢发誓！”那个人说道。

听到这个声音，伊丽莎通过面容认出了那个人。他是她老家附近一个农场的主人。

“噢，西姆斯先生，救救我，千万要救我，你把我藏起来吧！”伊丽莎说。

“哎，你是谁啊？”那人说道，“你不是希尔比家的仆人吗？”

“我的孩子，这个小男孩，他被卖掉了！那边那个人是他的新主人，”她指着河岸对面说，“西姆斯先生，你也有个男孩啊！”

“我有的，”他很友善地把她用力拉上了陡峭的堤岸。“而且，你真是位大胆勇敢的姑娘。不管在哪儿，我看到勇敢的人就喜欢。”

当他们爬到堤岸最高处时，这个男子停了下来。

“我很乐意为你做些什么，”他说，“但我没有地方带你去，我能做的只是告诉你一个你该去的地方，”他指着远处村子大街外一间孤零零的白色大房子说，“到那儿去吧，他们很善良，在那儿你不会有危险，他们会帮你，他们专做这方面的事。”

“上帝保佑你！”伊丽莎诚挚地说。

“算了，这没什么，”他说，“我做这件事算得了什么呢。”

“哦，先生，你一定不会告诉别人吧！”

“姑娘，你这是说什么，你认为我是什么人？我当然不会。”那人说，“快，勇敢地向前走吧，你很聪明，有胆量。既然你已得到了自由，你就有权拥有它。”

女人把孩子紧抱在胸口，迈着坚定而匆匆的步伐走了。那人站在那儿一直看着她的背影。

“希尔比或许认为这是一件难以容忍的事。但人该怎么做才算对呢？如果他在同样的情况下抓到了我的一个女仆，欢迎他以同样的方式回敬我。再说我真受不了黑人喘着粗气拼命逃跑，后面又有狗追赶的情形。何况我为什么要帮助别人抓逃跑的黑奴呢？”

这个可怜的异教徒，肯塔基人自语着。他没怎么受过国家法律的教育，结果他以一种基督教精神糊里糊涂地背叛了自己的国家法律。如果他地位再高一点，受过更多教育的话，他一定会以截然相反的方式来对待伊丽莎了。

赫利站在那儿，惊讶地看着这个场面，直到伊丽莎消失不见，他才以一种询问的目光看着山姆和艾迪。

“这一手真是干净漂亮！”山姆说。

“我想她定是魔鬼附体，”赫利说，“她蹦跳的样子就像只野猫。”

“希望老爷原谅我们，”山姆搔着头说，“我们不该走那条土路。你别以为我心里很好受。”他哑着喉咙笑起来。

“你还笑。”奴隶贩子怒吼道。

“我还是忍耐不住，上帝保佑你，老爷。”本来他一直努力掩饰他的兴奋，现在他干脆大笑起来，“她的样子真是太逗了，她蹦着，跳着，脚下的冰咯吱吱响；她扑通扑通地跳着。老天爷，没想到她还有这种本事！”山姆和艾迪高兴得眼泪都流了出来。

“我让你们还笑！”贩子说着便举起皮鞭朝他们打来。

两人都躲开了皮鞭，大声叫喊着跑到堤岸上，当赫利赶上来时，他们已上马了。

“老爷再见，”山姆以严肃的神情说，“太太一定在担心杰瑞。赫利老爷已经不用我们帮忙了。太太肯定不想听到我们说我们骑着杰瑞过了利兹桥。”说完，他开玩笑似的戳了一下艾迪的前胸，艾迪紧跟着他飞奔而去。晚风中隐约传来他们的欢笑声和喊声。

8 逃 亡

傍晚时分，伊丽莎终于逃过了俄亥俄河。河面上迷茫的烟雾，逐渐吞没了她的身影，很快，她便消失在河边的堤岸上。在她和追兵之间，湍急的河水和横七竖八的冰筏构成了一道难以逾越的天然路障。赫利非常气愤，慢慢地返回小客店。客店的女主人为他开了一间房间供他休息。地面上铺着一条破旧的地毯，一张桌子上铺着一张油得发亮的黑布，几张高背椅零乱地放在屋里，壁炉上是几尊色彩鲜艳的石膏雕像，炉子里还有零星的烟火，一张形状丑陋的硬板睡椅把它的身躯延伸到了壁炉的烟囱处。赫利坐在这张丑陋的木睡椅上，心里不时考虑着这变幻莫测的人生和幸福希望的不稳定性。

“我为什么非得追捕那个小东西呢？”他自忖道，“这个小东西搞得我如此狼狈，甚至是进退两难。”赫利暗自骂着自己以获得精神上的解脱，嘴里不时吐出一些不文雅的词语。尽管我们有充分的理由相信，赫利他自己非常适合于这些不文雅的咒骂话，但因为考虑到这些话是那么的不雅，所以我们还是把那些话略去不提了。

赫利被一个男人大而刺耳的声音惊动了，那个人很显然刚下马，赫利急忙跑到窗户那儿，想去看个清楚。

“老天！今天我真是幸运，这叫吉人自有天相，”赫利说，“如果我没看错，那不是汤姆·洛科吗？”

赫利急忙跑了过去。在屋子的一角，一个身体强壮、肌肉结实的男子站在吧台旁，他身材足有六尺，脸上一副凶恶的神情。他身穿一件翻毛的水牛皮外衣，这和他的头发非常相配，使得他看起来毛茸茸的，而这又和他的外表非常相称。他头部和面部的每一个器官、凶残的相貌都处于极端恐怖的状态，这都充分显示了他的心狠手辣。确实，如果我们亲爱的读者能勾勒出一条戴帽子、穿人衣服的看门狗摇着尾巴跑进人们的院落时的样子的话，那他们也就不难想象出这个人的体型和举止行为了。他的旁边还有一个人，在许多方面，那个人的长相都和他有很大的差别。他个子不高，身体很瘦小，身子可以像猫一样弯曲，他的眼睛很锐利，总让人有种自己的脸上的各个部位在被他随时窥探研究的感觉，好像他是故意削

尖了自己的眼睛似的。他长长消瘦的鼻子向前伸出，好像它很急于搞清楚自然界万事万物的奥秘似的。他那光亮稀少的头发也急切地向前伸了出来，他的一举一动，一言一行无不显示出他是一个冷静、严谨、感觉敏锐的人。那个高大男子倒了半杯没加水的烈酒，没说一句话便喝了个底儿朝天。那个小个儿站在那儿，踮着脚，不时把头从这边探向那边，又朝放各种瓶装酒的方向闻了闻，最后才以单薄、略显颤抖的声音点了一杯薄荷威士忌。倒好后，他自鸣得意地端起酒杯端详起来，好像刚做完一件非常正确而得体的事情一样，他在头上碰了碰指甲，然后悠闲地慢慢小口啜饮起来。

“嗨，你好吗，洛科，你不认为在这儿遇到我是多么巧吗？”说着，赫利走上前去，把手伸向了那个高个男子。

“见鬼！”那人礼貌地回答，“是什么事让你跑到这儿来了，赫利？”

那个贼眉鼠眼名叫马科斯的人立刻放下酒杯，把头向前探了探，目光敏锐地盯着这个新认识的人，就像猫看到了一片移动的枯树叶或其他可追赶的东西似的。

“我说，汤姆，今天我真是太幸运了。我他妈的遇到了麻烦事，你一定要拉兄弟一把。”

“啊，那是当然，什么麻烦？”这位老兄得意地说，“当别人很乐于见你时，你一定要明白：他们一定是有求于你。今天你遇到了什么麻烦事？”

“这位是你的朋友吗？”赫利以怀疑的目光打量着马科斯说，“他是你的合伙人，是吗？”

“是的，他是我现在的合伙人。嗨，马科斯！这位老兄就是我在纳特切斯时的合伙人。”

“很高兴认识你，”马科斯说着，边把他那只鸡爪般干瘦的手伸了出来，“我想，你是赫利先生吧？”

“很对，先生！”赫利说，“首先，先生们，既然我们在此愉快地见面了，那我们就先为此庆祝一下吧。喂，老浣熊，”他向店主人喊道，“给我们来点热水、糖和雪茄烟，再弄点好喝的，我们要好好聊一会儿。”

于是，店主人点着了蜡烛，把壁炉的火弄得旺了些，我们这三位兄弟围坐在桌边，桌上摆满了上面所提到的为增进感情而点的食物。

赫利略带感伤地谈了谈自己的不幸遭遇。洛科闭着嘴，脸色阴沉地聆听着他的诉说，马科斯则忙着调制符合自己口味的饮料，偶尔抬起头来，几乎要把鼻子和下巴伸到赫利的脸上。他从头到尾仔细听了赫利的诉说，显然他对故事的结尾部分更感兴趣，因为他静静地晃着肩膀，两片薄嘴唇高高地翘着，显然他内心很兴奋。

"然后，你就束手无策了，是吗？"他说，"嘿！嘿！嘿！她干得真利落。"

"在这种买卖中，小孩是麻烦事最多的了。"赫利面带忧伤地说。

"如果我们能买到一种不关心疼爱她的孩子的女人，"马科斯说，"告诉你吧，我就认为是最伟大最伟大的现代的改善了。"说完，他低声笑了起来，好像这会有力地支持他的笑话一般。

"是的，"赫利说，"我从来没有搞清楚这点。那些小孩对她们来说是种难以承受的负担，人们本来以为，帮她们解除这负担她们应该高兴才对，但事实却正好相反。小孩子越是麻烦，越是没有用，她们却越是舍不得放开他们。情况一般都是如此。"

"赫利先生，"马科斯说，"请把开水递给我。先生，你刚才所说的，我和大家都有同感。以前有一次，当我干这种买卖时，我买了个女的，她身材修长匀称，长得很漂亮，人也聪明伶俐。她有个孩子，病得确实不轻，背还有点驼，于是我把他送给了别人，那个人想留下来养着碰碰运气，反正也没有花钱。但是没料到，那个女人却很看重这件事，你应该看看她闹得有多么凶！真的，那个孩子脾气很坏，整天都烦她，她为什么还要那样看重这个病孩子呢？她不是假装的——她是真哭了，没有一点精神，好像失去了所有的亲人朋友一样。想一想，这件事真是奇怪，女人的事，是不会有个完的。"

"我也遇到过这种事，"赫利说，"去年夏天，在红河地区，我买了个带孩子的女奴，那孩子长得很漂亮，两只小眼睛乌黑发亮，就像你的眼睛。但过去一看，才发现他的眼睛瞎了，而且是彻底瞎了。我想，我把他卖掉是不会有什么坏处的，所以我没有公开这件事。我用这个小孩子换了桶威士忌酒，但当我从那女人手中抢走孩子时，她却变得像一只老虎似的。那时我们还没出发，我也没给那些黑奴上锁，那女人像一只猫一样跳到了棉包上，把一个水手的刀抢了过去，霎时间，她把大家都吓跑了。等到她发现这样做没用时，便转身抢起她的孩子，头朝下跳进了河里，再也没有浮起来。"

"你们两个真是废物！"汤姆·洛科面带厌恶地强忍着听完了他们的

故事，说道，“我告诉你们，我的那些黑奴从来不敢这样地放肆。”

“真的吗？你怎么对付他们？”马科斯以轻松的语调问道。

“怎么对付他们？我买了一个女奴，如果正好她也有孩子要卖，我就走到她眼前，把我的拳头对准她的脸说，‘听着，如果你说一个字让我听到了，我会打碎你的脸蛋；我不想听到一个字，即使咕哝一声也不允许。’我告诉她说，‘从现在起，孩子属于我，他不再是你的了，你和他之间已经没有任何的联系，只要有机会，我会在第一时间把他卖掉。听好，别想什么鬼主意，否则我会让你后悔自己为什么要出生的。’这样一来，她们就不会和我耍心眼，她们知道在我面前，这是没有用的。我使得她们对我言听计从。如果谁敢对此提出异议，哼，”洛科先生用拳头猛击了一下桌子代表了那个不言而喻的结果。

“也许这可以暂时称做‘下马威’吧，”马科斯说。他戳了一下赫利的腰，接着便笑起来。“你不觉得汤姆的做法很特别吗？嘿！嘿！嘿！汤姆，我认为虽然那些黑鬼的脑子都很迟钝，但你让他们都豁然长了见识。汤姆，他们对你的意思不会再有什么疑惑了。汤姆，我说，即使你不是魔鬼本人，也是魔鬼的孪生兄弟。”

汤姆谦虚地接受了马科斯的恭维，脸色也变得像平时那样和蔼了，这种和蔼恰如约翰·班扬所说的局限于“暴烈的本性范围之内”。

晚上，赫利愉快地多喝了几杯酒以后，便开始有了一种自己的道德观念得以升华和扩充的感觉，在同等情况下，一个先生能有如此深思熟虑和重大的变化并不是什么罕见的现象。

“汤姆，”他说，“你这样做非常不好，正如我一直告诉你的一样。你知道，汤姆，你和我在纳特切斯时经常谈论此事，我曾试着让你明白，我们善待他们一点，仍会赚很多钱，这足以让我们今生过得舒服惬意。这样当我们陷入困境，不能再得到什么东西时，我们也会有一个较好的机会进入天堂。”

“呸！”汤姆说，“难道我不明白吗？别再和我说这些让我难受的道理了，现在我都快要出离气愤了。”说着，汤姆把剩下的半杯白兰地全喝完了。

“我说，”赫利说着，身子斜靠在椅子上，使劲挥了一下手，“我要承认，我做这种生意全都是为了赚钱。但钱不能代表一切，我们也不是说除了做奴隶生意外不能做别的生意。我们全都有灵魂，不管谁听到我说这些话，我都不在乎。现在不如我把事情都讲个明白吧。我是个信教的人，我也想有朝一日能过上舒服的生活，我想拯救一下自己的灵魂。如果不是万不得已，我为什么还要做坏事呢？现在做事情还是要谨慎一点。”

“拯救你的灵魂！”汤姆轻蔑地反复说着，“如果想在你身上找到灵魂，那还真是麻烦事，你还是省点事吧。即使魔鬼用筛头发的筛子把你筛个遍儿，他也不会找到灵魂的。”

“汤姆，你怎么生气了，”赫利说，“你为什么不泰然听之呢？我说的话都是为了你好。”

“别再说下去了，”汤姆气愤地说，“我可以听信你的大多数话，但你老说什么灵魂真让人受不了，这样会杀死我的。毕竟，我们之间有什么差别呢？难道你的良心比我好吗？你的感情比我善良吗？这些话都是那样的卑鄙！你想欺骗魔鬼，拯救你的灵魂，难道我还不明白你的心思吗？你说什么自己信仰宗教，那全都是鬼话，是骗人的。你这辈子已经欠了魔鬼那么多债，现在要算账了，你却想溜走，没门。”

“哎，算了，先生们，我说我们这不像谈生意，”马科斯说，“人们可以从不同的角度来看待同一事物。赫利先生是个好人，无疑他富有正义感，有良心。汤姆，你有你的处世之道，而且也很不错。但你知道争吵无助于问题的解决。让我们步入正题吧。赫利先生，你说的是什么事情？你想让我们去抓那女人，是吗？”

“那女人不关我的事，她还属于希尔比，我要抓那个小孩，买了那个小猴子，真是傻到家了。”

“你本来就傻到家了！”汤姆气愤地说。

“算了，洛科，别再气愤了，”马科斯说着，舔了舔自己的嘴唇，“你看，赫利先生给了我们一份好工作，对吗？你还是在那儿坐着吧，还是我更善于谈生意。我说赫利先生，那女人长相怎样？她是做什么工作的？”

“哇！她皮肤很白，长得非常迷人，而且受过良好的教育。我曾打算付给希尔比八百或一千块钱把她买过来，也好从她身上发一笔财。”

“白色的皮肤，长相迷人，还受过良好的教育！”马科斯那犀利的眼睛、鼻子和嘴无一不因为惊讶而活跃起来，“听着，洛科，诱人的开场白。我们甚至可以在这儿做一笔自己的生意。我们同意帮你抓他们。当然那孩子归赫利先生所有，我们把那女人带到奥尔良去赚一笔。难道这不诱人吗？”

汤姆大而厚的嘴巴在谈话中一直大张着，此时却突然闭上了，就像一条大狗咬住了一块肉似的，看起来他在悠闲地咀嚼着这桩生意。

“你知道，”马科斯对赫利说，“我们得到了沿途各个码头法院提供便利的许可，他们常帮我们做些琐碎的事，当然我们也花些钱。汤姆负责打架动手之类的事，我则穿戴齐整地站出来用发誓来圆场，我把皮鞋擦得锃亮，身上穿戴的都是最好的衣物。你要明白，”马科斯说，脸上透露出一种职业的自豪，“我很善于处理这方面的事。今天，我是从新奥尔良来的特卡姆先生；明天，我则成了一个珍珠河边的庄园主，拥有七百个奴隶。说不定哪天我又摇身一变成了亨瑞·克莱先生或者肯塔基的一个老资格的人的亲信。你知道，人的天分各不相同。如果需要打架之类的人，汤姆因为嗓门大而当选；但汤姆不善于撒谎和动嘴，你知道，对他来说那不是他生下来就擅长的。如果这个国家有这样一个人，无论做什么事，他都能一本正经地向上天发誓，无论遇到什么情况，他都可以把它吹得神乎其神，并能出色漂亮地把事情处理好，那我真想早日见到他。事情就是这样的。我对自己充满自信，即使某些部门比它们看起来更难缠，我也可以把它摆平并蒙混过关。有时，我甚至希望它们再难缠些，再给我找些麻烦，你知道，只有那样，事情才更加趣味盎然。”

洛科，那个我们已让他上场的人，那个反应慢、动作迟钝的家伙，这时突然用拳重重地打在桌子上，打断了马科斯的话，桌子上的东西都被震得响了起来，“你说得已经够多了！”他说。

“上帝保佑，汤姆，你不必把所有的杯子都打碎，”马科斯说，“收起你的拳头，等到需要时再把它拿出来吧。”

“但是先生们，难道我不能从中分得一杯羹吗？”赫利问道。

“我们帮你抓回那个孩子，这还不够吗？”洛科说，“你还想要什么？”

“嗯，”赫利说，“我交给你们这份工作，它是有利可图的，我看除花销外，你们要付我百分之十的利润。”

“我还不了解你丹·赫利吗？”洛科狠狠地骂道，并使劲用拳头敲着桌子，“你不要指望跟我玩花招，你认为我和马科斯干抓逃跑的黑奴的生意，只是为取悦像你这样的绅士们吗？难道我们不为自己谋得些利益吗？事情并非如此！那女人归我们，你就老实点吧，你知道，如果我们想要那两个人，谁敢有异议？你不是告诉我们猎物的情况了吗，我想，你和我们都可以追捕他们。如果你和希尔比想抓我们，还是去找我们去年追丢的松鼠。如果你发现他们或能追上我们，我们会很欢迎的。”

“噢，当然，就按你们说的吧，”赫利警觉地说，“你们只管抓孩子，汤姆，以前我们都是公平交易的，大家要遵守诺言。”

“你知道的，”汤姆说，“我不会像你那样猫哭耗子——假慈悲。即便跟魔鬼做生意，我也不会失信。我说到就一定做到。丹·赫利，你对我是很了解的。”

“是的，是的，汤姆，我也是那样说的，”赫利说，“只要你帮我在一周内抓到那孩子，你可以随便指定我们的见面地点，这是我所要求你做到的。”

“但这并不是我要求的全部，”汤姆说，“你这次别再指望我为你白白干活了，赫利，就像上次在纳特切斯一样。当抓到泥鳅时，我已学会把它牢牢抓住不放手。直说吧，你必须先付给我们五十美元，否则你别想得到那孩子。我是太了解你了。”

“哎，你手头这笔生意可以带给你一千美元或一千六百美元的纯利，汤姆，你这样做可是有失公道。”赫利说。

“是的，以后一个星期，我们都要忙着做你这笔生意，这是我们能做的所有的事。你想一想，我们抛掉了其他的生意，全心全意去帮你抓那个小鬼头，但最后没有抓到那个女人，你知道女人是最难抓的，那我们怎么办呢？到时你会给我们一分钱吗？我想我已看透你了，不，不，先给我们五十美元。如果我们抓到那孩子，有钱可赚，我会把那五十美元还给你，如果事情办得不成功，那就算我们的劳务费了。这很公平，不是吗？马科斯。”

“当然，当然了，”马科斯调解说，“你看，这就算作我们的定金吧！嘿！嘿！嘿！你知道我们这些律师的！我们一定要保持良好的教养，别着急，你知道的。汤姆会为你抓回那个男孩的。你说吧，我们在哪儿都可以交货。汤姆，你认为呢？”

“如果我抓到那个年轻男孩，我会把他送往辛辛那提，我会把他放在贝彻奶奶那儿。”洛科说。

马科斯从口袋中掏出一只油乎乎的皮夹，并从中抽出一张长长的纸。他坐下来以那双锐利的黑眼睛看着那张纸。并开始轻声念着上面的内容：“巴尼斯——希尔比郡——吉姆，男奴，三百美元，死活都行；艾德吾德夫妇——狄克和鲁西，六百美元；女奴波利和两个孩子——六百美元，活捉或取她的头。我只想看一看我们的生意，看看我们是否能顺便把这事办了。洛科，”停顿了一下后，他说，“我们一定要派亚得姆斯和斯波瑞格去抓他们了，他们已经和我们预约很长时间了。”

“他们会向我们漫天要价的。”汤姆说。

“我来安排这件事，他们还是这行中的新手，不能期望什么高价，”马科斯说，接着又继续向下读着，“这上面有三宗生意比较容易做，因为你所做的只是打死他们或者坚持说必须开枪打死他们，当然他们不会要太多的钱。另外几宗生意，”他边说着边卷好名单纸，“可以再往后拖一段时间。现在让我们谈一下细节吧。嗯，赫利先生，你亲眼看见那女人上了河岸，是吗？”

“当然了，我看得清清楚楚。”

“有个男人扶着她上了岸，是吗？”洛科说。

“是的，一点也不错。”

“她很可能已经找了个地方藏起来了，”马科斯说，“但问题是她藏在哪里。汤姆，你认为是这样吗？”

“不容置疑，我们今晚一定要过河。”汤姆说。

“但这儿没有渡船，”马科斯说，“河里那些冰筏横冲直撞，汤姆，看来很危险，是吗？”

“可能很危险，但我们一定要过河。”汤姆毫不迟疑地说。

“哎呀！”马科斯不安地说，“这要是——我说，”他说着走到门窗前，“外面就像狼的嘴一样黑，汤姆——”

“说来说去，你害怕了，马科斯，但我可是下定决心了，你一定要去。你不会是想休息一两天，直到那女人被秘密转移到桑那西时，你才出发吧！”

“噢，不，我一点也不害怕，”马科斯说，“只不过——”

“不过什么？”汤姆问道。

“是船，你知道，这连船的影子都没有。”

“我听那女人说今晚会有一条船过来，有个人想过河去。无论如何，我们必须跟他一起过去。”汤姆说。

“我想你们身边应该有好猎狗吧？”赫利说。

“上等的猎狗，”马科斯说，“但那有什么用？你没有她的东西给它嗅的。”

“不，我有，”赫利得意地说，“这是她仓促逃跑时落在床上的头巾，她还落了帽子。”

“我们很幸运，”洛科说，“把那递给我。”

“如果你们的狗追上她，把她咬伤，破坏了她的容貌怎么办？”赫利说。

“我们要考虑一下这件事，”马科斯说，“以前在美孚时，我们的狗差点撕烂那个人，我们赶到后才把狗赶走。”

“嗯，你明白，我们要靠她漂亮的外貌去卖钱，如果咬坏就把我们的事破坏了。”赫利说。

“我知道，”马科斯说，“另外，如果有人把她藏起来，那可就麻烦了。有些州藏匿黑奴，你很难找到她们，狗也起不到什么作用。狗只有在庄园时起作用，那时他们独自向前跑，没有人帮助他们的。”

“好了，”洛科说，他刚到柜台那去探听完消息回来，“他们说那人把船划过来了。马科斯，走吧。”

马科斯恋恋不舍地看了一眼即将离开的舒适的住处，慢慢地站起来，听从了汤姆的话。谈了几句话后，赫利不情愿地交给汤姆五十美元。当晚这三个人便分手了。

如果我们文明的信仰基督教的读者不希望看到我们刚介绍的那一幕的话，让我们请他们尽可能早一些控制一下他们的偏见。我们想提醒他们，抓捕逃奴这种生意正在上升为合法、爱国的职业。如果密西西比河和太平洋之间的广大土地成为一个进行身体和灵魂交易的市场的话，如果人们的财产依旧保持着 19 世纪的移动趋势的话，那么奴隶贩子们和追捕奴隶的人们今天可能仍自立于我们这个贵族之林。

当客店这一幕正在进行的时候，山姆和艾迪正兴高采烈地骑马向回赶去。

一路上，山姆都很兴奋，他不时发出各种各样的怪叫、呼喊，并以许多奇妙的翻滚和扭摆动作表达着他内心的喜悦。有时他倒骑在马背上，面对着马屁股和尾巴；有时他大叫着腾身翻个跟斗，端正地坐在了马鞍上；有时他却板起面孔教训艾迪，大声责怪他的说笑和玩笑。然后，他用手夹住两腰，发出一串爽朗的笑声，这笑声响彻他们所路经的整片树林。一路上，他不断变着花样让马儿尽情地向前飞奔着。大约十点到十一点的时候，在阳台尽头的沙石路上传来了他们马匹的蹄声，听到这声音，希尔比太太飞快地跑到了栏杆边。

“山姆，是你吗？他们在哪里？”

“赫利先生在河边的客店里休息呢，他太累了，太太。”

“伊丽莎怎么样了，山姆？”

“噢，她已经过了约旦河，现在可以说她已抵达乐土迦南了。”

“喂，山姆，你说的是什么意思？”希尔比太太提心吊胆地问道，当那些话中所包含的言外之意传到她耳中时，她几乎要昏倒了。

“太太，上帝一直在保佑他的儿女。丽莎以一种神奇的方式过了俄亥俄河，就如同上帝用火轮车和两匹马把她送过去似的。”

当着女主人的面，山姆显得是那样的虔诚，而且他还不时在话中引用一些《圣经》书中常使用的象征和比喻。

“过来，山姆，”希尔比先生说，他一直跟随他们来到阳台前面，“告诉女主人她想知道的一切。过来，艾米丽，”说着，他用两只手臂紧紧抱住她，“你浑身发冷，全身都在发抖，你让自己过于激动了。”

“过于激动！难道我不是一个女人、一个母亲吗？在上帝的面前，难道我们不该对这个可怜的女人负责吗？上帝啊！不要把这罪过加到我们的头上。”

“艾米丽，你说什么罪过？你自己也清楚我们这样做是迫不得已的。”

“但我心中总有一种挥之不去的负罪感，”希尔比太太说，“我不能忘掉它。”

“喂，艾迪，你快些替我把马牵到马厩中，”山姆站在阳台下喊着，“你没听到老爷叫我过去吗？”很快，山姆便出现在大厅门口，手中还拿着棕榈叶。

“山姆，现在把事情的经过仔细地说给我们听，”希尔比先生说，“如果你知道的话，赶快告诉我们伊丽莎在什么地方？”

“老爷，我亲眼看着她踩着河中的冰筏过了河。那真是个奇迹，太神奇了，简直是一个奇迹。我看见一个男人扶着她上了俄亥俄河的大堤，然后她就消失于缥缈的薄雾中，再也见不到她了。”

“山姆，真是不可思议，真是个奇迹，踩着浮动的冰筏过河，真是不容易做到。”希尔比先生说着。

“容易？如果没有上帝的帮助，没有人能做到这一点儿。”山姆说，“事情的经过是这样的：赫利老爷、我，还有艾迪，正经过河边的一家客店，我走在前面一点。当我走过客店窗前时，一眼就看见了丽莎。于是我故意让风吹掉帽子，并大叫了一声，那声音大得连死人也能听到，丽莎当然听到了。当赫利老爷经过门前时，她把身体缩了回去，然后，她飞快地从后门向河边跑去。这时，赫利先生也看到了她，便大声喊叫着，于是，艾迪、我和他便追了过去。她跑到了河边，那湍急的河流有十英尺宽。外面一点就是横冲直撞的大块浮冰，就如同一个由冰组成的小岛。当时我们就跟在她后面，我想赫利老爷肯定会抓住她的。但就在此时，她大叫了一声（以前我从没听她那样叫过），接着便纵身一跃，越过急流跳到了冰筏上。她没敢停下来，只是边叫边向前跳着。在她的脚下，浮冰咯吱吱地响着，并不时发出扑通扑通的声音，她像小鹿一样飞快地向前跳去。上帝，她那几个跳跃真是不简单，我想那是不简单的。”

在听山姆叙述事情的经过时，希尔比太太一直默默地坐着，她的脸因为激动而显得非常苍白。

“上帝保佑，她没有死掉，”她说，“但那可怜的孩子现在在哪儿呢？”

“上帝会保佑她的，”山姆说，虔诚地翻动着眼睛，“就像我曾经说过的，这是老天爷的意见，不会错的。正如太太经常教导我们的，总会有个人挺身而出来履行上帝的旨意的。今天如果没有我的话，她至少已经被抓住十多次了。今天早上不是我惊跑了那匹马，并一直拖延到快吃午饭了吗？下午时，不是我使得赫利老爷多走了五英里长的弯路吗？否则他早像狗抓浣熊一样轻易地把丽莎抓到了。这是上天的意愿啊！”

“我的山姆大爷，以后你还是少说点类似的天意吧，我不能允许你在我的地面上对老爷们搞这种把戏。”在这种情况下，希尔比先生故作严厉地训斥道。

假装对黑人发脾气并不比对小孩假装生气看起来起作用。虽然你竭尽全力做出生气的神情，但本能地，大家都明白为什么主人那样做。受到了责备的山姆看起来并不显得垂头丧气，虽然看起来他满脸悲伤，低垂着嘴角，显出后悔的神情。

“老爷说得对，很对，都是我不好，这是不容置疑的。我很清楚老爷和太太是不喜欢这种鬼把戏的，但我是个低等黑人，所以看到赫利先生把农庄的人折腾得忙这忙那，我也会做出一些不太雅观的事。他看起来哪儿像一位老爷！就连我这样缺少教养的人也可以看清他的心思。”

“好了，山姆，”希尔比太太说，“既然你已认识了自己的过错，那还是快去克鲁伊那儿吃点东西吧。让她给你们弄点中午的剩火腿吃，你和艾迪肯定饿坏了。”

"太太对我们太好了。"山姆说着，弯了一下腰，高兴地跑出了客厅。

我们在前面已经做了暗示，我想各位读者也已经注意到了，那就是山姆有种天赋的、可以使他在政治生活中很快出人头地的才能，也就是可以使他在各种场合赢得人们的称赞的才能。在客厅中，他那故作虔诚、低微的样子获得称赞，现在他已把棕榈叶戴在了头上，轻快地赶到了厨房，想在克鲁伊大婶的地盘上出一番风头。

"我要向这些黑奴大讲一番，"山姆低声自语着说，"现在我得到了一个机会。上帝，我一定要让他们刮目相看。"

值得一提的是，山姆最喜欢的事情是陪同主人去参加各种政治集会，他坐在栅栏上或骑在高处的树上，仔细地观察演说者的表情，并沉浸于其中而不能自拔。然后，他就跳下来站到那些与他肤色相同，同样陪同主人赶来的人们中间，一丝不苟地模仿起他人的演讲来。他的表演从容而不失严肃，这使得大家非常高兴，并从中得到了许多启发。一般情况下，靠近他并听他演讲的都是黑人，但他们的外围也常会聚着一些白人，他们边听边笑，并不时地眨着眼睛，这使得山姆不禁有些飘飘然起来。实际上，山姆常把演讲当作自己的职业，他是不会放过每一个施展自己的才华并大出风头的机会的。

山姆和克鲁伊大婶素来不和，也可以说，他们两人的关系一向很冷淡。但因为考虑到自己干什么事情都离不开粮食部门的支持，所以山姆知道自己还得和她打交道，所以他一直向克鲁伊大婶表示着妥协的方针。他更加清楚地意识到，虽然克鲁伊大婶会严格地执行太太的指示，但如果再加上自己的妥协方针，自己会获得更多的收获。于是他走到克鲁伊大婶那儿时，便做出一副低声下气的可怜相，语气温柔得令人感动，就好像他为受难者承受了千般苦难似的。他故意夸大太太对他的重视，说太太让克鲁伊大婶为他准备些吃的，以保持身体内固体和液体物质的平衡；这样在不知不觉中，他也承认了克鲁伊大婶在厨房和其他地方那不容替代的地位以及无上的权力。

他的这种做法非常有效，山姆的殷勤很快就使得克鲁伊大婶满心欢喜，对于山姆的殷勤，恐怕就连用花言巧语以博取那些穷苦、单纯和善良的选民信任的政客也会觉得自惭形秽。即使是个彻底地改头换面的浪荡子也不会得到如此慈母般的照顾。克鲁伊大婶很快为他安排了一个座位，这使得山姆感到受宠若惊；他的面前摆着一个大的锡盘，里面是各种美味佳肴，那是前两天被端上桌子招待客人的那些美味，其中有美味的火腿、金黄可口的玉米饼，很多的馅饼、鸡翅、鸡胗以及鸡腿，颜色鲜艳。面对这么多的美味，山姆感到了一种君主般的自豪，他头上戴的棕榈叶歪到了一边，他傲然面对着坐在右边的艾迪。

厨房里挤满了他的同伴，他们都是特意从各地匆匆赶过来的，想打听一下当天山姆他们追捕伊丽莎的情况。于是，山姆终于可以大肆夸耀自己了。他再一次眉飞色舞地叙述了一遍当天发生的故事。为了增强故事的效果，他又对此进行了创作和再加工。在山姆看来，虽然他是一个并不纯粹地道的艺术爱好者，他还是不希望经他说出的故事不具备文学艺术的色彩。他讲故事时，大家不时被逗得哈哈大笑。那些小孩子，或躺在地上或躲在角落里，也跟着大家起哄并不时笑着。听着听众们欢快、响亮的声音，山姆却仍是一本正经地坐着，表情严肃，只是偶尔翻动一下眼珠，向观众投去难以捉摸的一瞥，但他那略显说教的语调却没什么改变。

"农夫们，你们知道，"山姆一边拿起一只火鸡腿，一边高声说，"你们要知道，我做这些是为了什么呢？我只是想保护你们，是的，保护你们每一个人。谁如果胆敢抓走我们中的任何一位，那他就是向我们大家宣战，那就等于他要抓我们大家，这事是再明白不过的了。如果奴隶贩子想抓走我们中的任何一位，他首先要过我这一关，那可是不容易做到的。农夫们，你们不管遇到什么事都可以来找我，我一定会保护你们，并为保卫你们的权利而流尽最后一滴血。"

"哎，山姆，早上时，你不是告诉我你要帮老爷抓住丽莎吗？我看你所说的前后矛盾。"艾迪说。

"艾迪，我告诉你，"山姆以高高在上的语气说，"你不了解情况的事，你就少发表议论。艾迪，你这个小伙子看起来不错，但他们不会指望你去领会每个行动的重大原则性问题的。"

艾迪被这些不客气的责问搞得有点发呆了，特别是"领会"这个词，这更使得这个年轻人觉得"领会"这个词在这件小事件中起了重大的决定作用，此时山姆并没停下，而是继续发表着他的高见。

"这可以称做见风使舵，艾迪。我想抓住丽莎，那是因为我觉得那是老爷的意思，但当我发现太太的想法和此截然不同时，我就换了副脑子。一般情况下，和太太站在一边感觉更好一些。你们看，我不得罪任何一个人，而是全按照当时的情况来做出选择，要坚持原则。是的，原则，"说着，

山姆使劲挥动了一下手中的鸡脖子肉,“如果不坚持原则,我只想问一句,原则是用来做什么的呢?艾迪,给你这块鸡骨头,上面还有肉呢。”

山姆的听众大张着嘴等待着他的下文。他没有办法只好继续讲下去:

“至于言行如一、前后一致,各位黑人同胞,”山姆说,做出了一副要探究深奥问题的样子,“关于这一问题,大多数人还没探究过。你们知道,如果一个人今天赞成某件事,第二天又反对这件事,人们就会责怪他为什么不前后一致呢?(这是很自然的)哎,艾迪,递给我那个玉米饼,好吧,就让我们来探讨一下吧。我想打个通俗些的比方,希望各位女士、先生能原谅,那就是比如我想爬到一个干草堆上去。于是我把梯子放在草堆这边,但发现爬不上去,我自然不再从这边往上爬,而是选择另一边,难道这能被叫做前后不一致吗?不管我把梯子放在哪里,只要我最后爬上草堆了,这不就是前后一致了吗?你们难道还不能理解吗?”

“天晓得这是你唯一坚持的前后一致的事情。”克鲁伊大婶小声说着。今天晚上的欢快场面,对她来说可以说是别有一番滋味在心头,正如经书中所说的火上浇油,雪上加霜。

“好了,就这样吧!”说着,山姆站起身。此时他已是酒足饭饱,也出够了风头,便用几句话结束了他的演讲,“是的,各位男女老少,我是坚持原则的,对此我深感自豪。不仅目前,任何时候原则都是不可缺少的东西。我不仅有原则,而且还坚决履行原则。只要我认为此事符合原则,我都会很乐意去做的,即使我被烧死也不改变。我要笑着迎接火刑。我要为我所说的原则、我的国家以及整个社会的利益奋斗到底。”

“好了,”克鲁伊大婶说,“在你的原则中,总该有一条是晚上要睡觉吧。你总不能让每个人都待在这儿直到天光放亮吧。小鬼们,如果不想挨打,赶快都给我滚出去,快点!”

“黑人们!”山姆语调慈爱地说,“我祝福你们!大家都回去睡觉吧!以后都成为好孩子。”

山姆的祝福结束了,大家也都散了。

9 议员的良知

温馨的起居室里生起了火炉，火光在大小地毯、茶杯和擦得发亮的茶壶边上留下了欢快的投影。议员博德脱掉了靴子，正在穿那双博德夫人专门为他出访缝制的新拖鞋，拖鞋做得很漂亮。这时，博德夫人容光焕发，正在仔细检查餐桌的布置情况。一群孩子正在旁边兴奋地玩着一种荒诞的游戏。孩子们很顽皮，母亲们总对孩子们这种调皮感到奇怪，这次当然也不例外。

"汤姆，好孩子是不会乱碰门把手的！玛丽！玛丽！不要再拉可怜的小猫的尾巴！吉姆，不要爬到桌子上去——不，不！——亲爱的，今天晚上能在这儿见到你真是让我们感到惊讶！"最后，她终于找到一个机会跟丈夫说话。

"哎，我想我应暂停工作，休息一个晚上，在家舒服地休息一会儿。我快要累死了，头也非常痛！"

博德夫人看了一眼樟脑油瓶，它就被放在那个柜门半开的木橱中，她想把它拿过来，但她丈夫制止了她。

"不，不，玛莉，我不想吃药！一杯你泡的上等热香茶，我们温馨的家庭生活就可以让我觉得舒服满足了。立法的事真是太让人心烦了。"

议员笑了笑，仿佛很热衷于把自己全都奉献给他的国家。

"嗯，"博德夫人说，她把茶几准备停当，显得有些无精打采，"他们在议会里到底做了些什么事？"

这位温顺善良的小博德夫人为议院里发生什么事而大伤脑筋，这显得很不寻常。博德先生本来以为自己的夫人关心自己的事已经够她忙一阵儿的了，所以听完这话也不禁诧异地大睁着眼睛，说道："没什么重要的事情去做。"

"嗯，听说他们通过一条法律，禁止人们给那些路过此地的可怜的黑人吃的和酒，这是真的吗？我听到他们在谈论这件事，但我不相信一个信仰上帝的立法机构会商议通过这样的一条法律。"

"我说玛莉，你怎么这么快就成为一名政治家了。"

“不，别胡说，我才不会插手你所从事的政治呢，但我认为这样做有些过于残酷而且还不符合基督教的教义。亲爱的，我希望这样的法律不获得通过。”

“亲爱的，已经通过了那样一条法律，禁止人们帮助那些从肯塔基州逃过来的奴隶，那些不顾一切主张废奴的人已经干了许多这种事情，他们的所作所为激起了我们一些肯塔基兄弟的愤怒。现在国家有必要而且基于基督教的教义和仁慈也必须设法平息我们那些兄弟的愤怒。”

“但法律是怎样规定的呢？法律不会禁止我们收留那些可怜人并留他们过夜，它不会禁止我们为他们提供吃的喝的，它也不会禁止我们送旧衣物给他们，并悄悄送他们去继续做他们的事。”

“亲爱的，那样做就相当于协助罪犯和教唆他们犯罪，这你是很明白的。”

博德夫人是一位羞涩的小妇人，她身高四英尺左右，有着一双温和的蓝色眸子，她面露桃红，嗓音是世界上最温和、最甜美的。至于她的胆量，一只中等大小体形的火鸡只要叫一声，她的精神防线就会全面崩溃；一只肥胖的看家狗，哪怕很普通，她也会被狗露一露牙齿而征服。她的丈夫和孩子是她的整个世界。即使在家里，她也常通过恳请和劝说来进行统治而不是通过命令或争论来统治她的世界。只有一件事情可以有力地激怒她，而这是和她那温顺、仁慈的本性紧密相联系的，那就是任何显得残酷的事都会让她异常愤怒，和她平日那温顺的本性比起来，她的这种愤怒会让人们感到诧异得难以理解。说起来她可能是最具宽容精神、最容易被说动的母亲了，但她的孩子们至今还对母亲给予他们的那次极严厉的惩罚记忆犹新。他们和附近几位调皮的孩子用石头攻击一只无助的小猫咪时被他们的母亲发现了。

“我和你说吧，”比利少爷为此经常跟人提起，“当时我被吓坏了。妈妈冲向我的样子差点使我认为她发疯了。我还没反应过来，妈妈就用鞭子打了我一顿，并让我饿着肚子上床睡觉。后来，妈妈在门外哭被我听到了，我那时心里真得很难受。我告诉你，从那以后，我们兄弟几个再也没拿石头攻击过小猫。”

这个时候，博德太太猛地站起身来，脸颊发红，脸色看上去比平时好多了。她走到丈夫身边，以一种坚定的语气对她丈夫严肃地说：“约翰，我想知道你是否也认为那样的一条法律是公正的，是符合基督教义的吗？”

“你不会杀我吧，玛莉，如果我做出肯定的回答。”

“我从没那样想过你，约翰，你没投赞成票，是吗？”

“我当时确实投了一票，我漂亮迷人的政治家太太。”

“你该为此感到羞愧，约翰！可怜的无家可归的人啊！这条法律是多么的可耻、多么的卑鄙、多么的毒辣啊！只要有机会，我就会打破这条法律的，我希望我能有机会这样做，肯定会的！如果一个女人不能给那些可怜人提供一顿热饭、一张床，只是因为他们是奴隶，只是因为他们一辈子都将被凌辱被欺压的话，那么事情就会陷入一种困境。可怜的人啊！”

“但是，玛莉，听我说。你的感情是非常正确的，而且很有意思，亲爱的，我喜欢你这点，但亲爱的，我们不能感情用事，让感情来决定我们的判断，这不仅是涉及个人感情的事，这还涉及到了伟大的公众的利益，现在全国公众中正出现一种不安与恐慌，所以我们必须把个人感情放在一边。”

“听着，约翰，我并不关心政治。但我读得懂我的《圣经》，从中我明白了我要给忍饥挨饿的人提供饭吃，给无衣可穿的人提供衣穿，并要安慰那些可怜的人儿，我一定要遵守《圣经》的规定。”

“但是，你这样做在某些情况下会卷进一个公众的罪恶——”

“服从上帝的旨意不可能带来公众的罪恶。我知道是不会的。上帝令我们做的事永远都是最安全的。”

“现在，听我说，玛莉，让我给你好好分析一下，并且告诉你——”

“噢，全都是胡说，约翰！你可以整个晚上都谈论这件事，但你不会那样做的。请问你一句，约翰，你现在会把一位浑身发抖、饥肠辘辘的可怜人从你的门口赶走，只是因为他是一名逃亡者吗？你会这样做吗？”

说句实在话，我们这位议员不巧正是位非常慈祥、仁道的人，拒绝一位处于困境中的人更不是他的长项，对他更为不利的是，在这场争论中，他的妻子对他这一点了如指掌，而且，她会毫不犹豫地攻击他最薄弱的部位。于是，他不得不采取一种拖延的办法，这种办法他在遇到类似处境时已使用过多次了，他“啊”了一声，并咳嗽了几次，把手帕拿出来不时擦拭着镜片。博德夫人见丈夫已丧失了保卫自己的领地的能力，也就不忍心再推进她的优势乘胜追击了。

"我希望亲眼见你这样做，约翰——我真希望！比如在一个暴风雪的天气里把一个女人拒于门外，或者你把她送到监狱去，好吗？如果这样的话，你不久便会变得很善于做这种事的。"

"当然，履行此项职责是令人倍感痛苦的。"博德先生以温和的语气说。

"职责！约翰，不要用这个词！你知道这不能称为职责——它不是职责！如果人们想阻止他们的奴隶逃跑，那就请好好地对待他们——这就是我的原则。如果我拥有奴隶（但愿永远也没有），我会冒险让他们从你或我身边逃走的。我告诉你吧，人如果感到幸福的话，他们是不会逃跑的；如果他们逃跑，可怜的人儿！他们已经承受了足够的饥寒和恐惧的痛苦，即便不是每个人都轻视敌视他们。而且，不管有没有颁布法令，我还是不会那样去做，所以请上帝帮助我吧！"

"玛莉，玛莉，亲爱的，听我给你讲一讲道理。"

"约翰，我讨厌说教，尤其是就这件事进行的说教。你们这些政客非常擅长于在非常简明的事情上绕圈子，实际上呢，你们自己也不相信自己所说的。我了解你，约翰，你和我都不会相信，而且你也不会比我更着急去那样做。"

正在这个节骨眼上，黑人管家卡乔在门口露了一下脑袋，希望"太太到厨房来一下"，议员这时才松了口气，以一种哭笑不得的神情眼望着妻了出去，他便坐在扶手椅中拿起一份报纸看了起来。

不一会儿，门口传来了博德太太的呼唤，声音短促而急切——"约翰！约翰！我希望你过来一下。"

他放下手中的报纸去了厨房，他立刻被呈现于眼前的情景所震惊而不禁呆住了——一个身材瘦弱的年轻女子被放在了两张椅子上，已经昏迷了。她衣衫破烂，身体被冻得有些僵冷；她的一只脚光着，袜子也被划破了，脚上仍在流血。在她的脸上，印有一个备受欺压的人种的记号，但人们还是不禁被她脸上所呈现出的悲惨、凄凉的美所打动。她那张僵硬、冰冷、死人似的脸庞，令博德先生非常害怕。他的呼吸变得紧促起来，只是呆呆地站在那里。博德太太和他们唯一的黑仆蒂娜姨妈都在忙着救治她。老卡乔把小男孩抱起，让他坐在自己的膝盖上，帮他脱掉鞋袜，使劲揉搓着他那双快要冻僵的小脚。

“真是太悲惨了!”老蒂娜同情地说:“好像因为这里很暖和,所以她才昏迷过去了。她刚进门时还好好的,并问我她是否可以在这儿暖和一下,我刚想问她是从哪儿来的,她就昏倒了。她没干过什么重活,这可以从她那双手上猜出来。”

“可怜的人儿!”博德夫人怜惜地说着,此时那女人缓慢地睁开双眼,一双黑眼睛茫然地看着她,突然,那女人脸上闪过一丝痛苦,她跳了起来并喊道:“噢,我的哈里!他们抓住他了吗?”

听到母亲的声音,小男孩从卡乔的膝头上跳了下来,跑到母亲身旁,举起了两只小手。

“噢,他在这儿,在这儿!”女人叫喊着。

“夫人,”她疯狂地向博德夫人叫喊着,“请你保护我们!别让他们抓到我们!”

“可怜的女人,这儿没有人能伤害你们,”博德夫人鼓励他们说,“你们很安全,不要害怕。”

“上帝保佑你!”女人说着便以手掩面哭了起来,男孩见妈妈哭了,便努力爬到了她的膝头上。

在博德夫人那无人可以相媲美的温柔的女性的尽心呵护下,可怜的女人此时安静了许多。火炉边的靠椅上,人们帮她搭了个临时的床铺,不一会儿,她便沉沉地睡了。那个孩子显得很疲惫,此时也甜美地睡在母亲的怀中,人们曾出于好心想把孩子从她身边带走,但这种企图由于母亲的忧虑和警觉而被拒绝了,即使在睡梦中,她的胳膊依旧紧紧抱着他,看来即使她已经睡着了,人们还是没能使她放松警惕。

博德夫妇回到起居室。奇怪的是,双方谁也没有再提到刚才的争论。博德夫人忙着她的编织活儿,博德先生则假装看报纸。

“我正在想她是谁,是干什么的。”最后,博德先生放下手中的报纸说。

“当她苏醒过来,休息一会儿后我们就会知道了。”博德夫人回答说。

“我说,老伴儿!”博德先生看着报纸沉思了一会儿说道。

“嗯,亲爱的。”

“她穿不了你的衣服,能否把裙子边儿放长些或采取别的方法?看起来她比你高大多了。”

一个不易察觉的微笑在博德夫人脸上快速闪过,她答道:“我们会想办法的。”

又停了一会儿,博德先生又说话了。

“我说,老伴儿!”

“嗯,什么事?”

“咱们不是有件旧细纹黑衣服吗,是你专为我睡午觉时披的那件,你可以拿去给她穿——她没有衣服可穿。”

此时,蒂娜伸进头来说那个女人醒了,想见见夫人。

博德夫妇走进了厨房,身后面是两个年龄最大的儿子,那个小孩此时被稳妥地放在了床上。

那个女人正坐在炉火旁的椅子上。她以一种平静而极端伤心的表情凝视着火焰,这跟刚才的激动和疯狂简直判若两人。

“你想见我,是吗?”博德夫人温和地问道,“希望你现在感觉舒服一些了,可怜的人儿!”

那女人发出一声颤抖的叹息,那是她所做的唯一的答复,她抬起那双乌黑发亮的眼睛,以一种凄惨而惶恐的目光看着博德夫人,一汪泪水在眼眶中打着转儿。

“不要怕,可怜的人儿。在这个地方我们都是朋友,告诉我你是从哪儿来的,你需要什么东西。”博德先生说。

“我从肯塔基来。”女人说。

“什么时候来到这儿的?”博德先生继续问道。

“今天晚上。”

“你怎么来的?”

“我从冰上过来的。”

“从冰上过来的?!”大家齐声问道。

“是的,”女人缓声说,“我确实是从冰上过来的。上帝暗中帮助我从冰上过来,他们紧跟在身后追赶我,我没有别的路可走了。”

“老天爷,”卡乔惊讶地说,“那些冰都是断开的,漂在水面上。”

“我知道的,我知道的,”她急切地说,“我竟然过来了,我没有想到我能过来——我还以为自己过不来了。但我没考虑那么多!因为如果我不这样做的话,那就只有死路一条。上帝暗中帮助了我,你如果没有尝试过,你就不会知道上帝给予的帮助会有多么大。”说着,女人的眼中不禁泪光闪闪。

“你是奴隶吗?”博德先生问。

“先生,我是奴隶,我的主人住在肯塔基。”

“难道是他对你不好?”

“不,先生！他是个好主人。”

“那么是你的女主人对你不好吗?”

“不是的,先生,不是,我的女主人对我非常好。”

“那你为什么要离开这么好的家庭,而甘愿跑出来冒险呢?”

女人抬起了头,仔细打量了博德夫人一眼,她看到博德夫人正在服丧。

“夫人,”她突然问,“你失去了孩子吗?”

这个意外的问题正好触到了夫人的痛处。就在一个月前,博德家埋葬了一个可爱的孩子。

博德先生转身走到了窗子前,博德夫人则禁不住哭出来。过了一会儿,他们才恢复了常态。夫人说:“你为什么问这种问题,我确实是刚失去一个孩子。”

“那样的话你会理解我的。我接连失去了两个孩子,我把他们留在了那边的坟墓里,现在我只有这个孩子了。每天晚上,我都会带他一起睡觉,他是我的全部,也是我的慰藉和骄傲;亲爱的夫人,他们想把他夺走,从我身边把他卖到南方去,夫人,就让他,这个从没离开过母亲的孩子去?夫人,我知道我不能承受这个的,如果他们这样做,我知道我就完了;我知道他们签订了契约,我知道他被卖给别的人了,于是我连夜带着他逃跑了,那个买他的人还有我的主人的人,他们都在我身后追赶我,我能听到他们的声音。我一下子跳到了冰筏上,我也不知道自己是怎么从河上过来的,事后我知道的第一件事是有人把我拉上了堤岸。”

女人既没有哭泣也没有流眼泪,她的眼泪已经全都流完了,身旁的人们也以各自独特的方式表示了对她的遭遇的同情。

两个小男孩在自己的口袋里翻来翻去地找寻手帕,但妈妈早已知道口袋里肯定没有手帕,事实正是如此,他们只好扑到妈妈的怀中,大声哭了起来,鼻涕、眼泪弄得妈妈全身都是——博德夫人用手帕遮挡着脸;老蒂娜诚实、黑亮的脸庞上眼泪横流,她热情地高声喊着:“上帝,请可怜一下我们吧!”——老蒂娜拉长着脸,并用衣袖使劲揉着眼睛,不时激动地高声呼喊着那句话。作为一名政府高级官员,我们当然不能期望我们的议员先生也大声哭出声来,就像大家所做的那样。他只是背对大家,凝神望向窗外,似乎仍在忙着清一清喉咙或擦一擦眼镜片,如果人们留心注意的话,他擤鼻子的动作都会让人们有所怀疑。

“你怎么会说你的主人很仁慈呢?”他突然转身问道,他使劲吞咽着,好像嗓子里有什么东西要冒出来。

“因为他的确很仁慈,不管怎么样,我都会这样评价他——我也有一位很好的女主人;但因为他们欠别人钱,所以他们无可选择;也说不清为什么,有人莫名其妙地把他们控制了,他们必须要满足他的要求。我偷偷听了他们的谈话,听到他在和女主人说话,而女主人在为我向他哀求,他告诉女主人,他已别无选择,他已经签了契约——然后,我就带着孩子从家中跑了出来。我知道如果他们夺走我的孩子,我也活不下去了,因为对于我来说,孩子就是一切。”

“你没有丈夫吗?”

“我有丈夫,但他另有主人。那个人对他很厉害,不允许他来看我,对我们也不好,他还说要把我丈夫卖到南方去——也许我再也见不到他了。”

如果让一个只会观察事物表面现象的人来判断的话,这女人一定是一个冷漠无情的人,因为她说话时语气是那样平静;但她那双乌黑发亮的双眸以及从中透露出的藏于内心的悲伤却向我们说明,事实并不是这样的。

“可怜的女人,你打算到哪里去呢?”博德夫人问道。

“我想去加拿大,只要我知道加拿大在什么地方。那儿离这里很远吗?”她抬起头望着博德夫人的脸,目光是那样的单纯并充满了信赖。

“可怜的人啊!”博德夫人小声自语着。

“真的很远吗?”女人急切地问道。

“可怜的孩子,那比你想象中要远得多了,”博德夫人说,“我们会尽力帮助你的。蒂娜,在你房间靠近厨房那边为她搭一个床铺。让我想想早上时能为她做些什么事情。可怜的人儿,你不要再担惊受怕了,相信上帝吧,他会保护你的。”

博德夫妇再次返回起居室。夫人坐在火炉旁的小摇椅上，随着摇椅的晃动她不断思索着。博德先生则在屋里踱来踱去，口中不停地说着："呸！太不好处理了！"最后，他快步走到博德夫人面前说："哎，老伴儿，她今天晚上就得离开这儿，那帮追赶她的人明天早晨就会到达这里，如果只有那个女人，那她可以老实地躺在这里直到事情的风头过去；但即使有一队步兵和骑兵也不会看住那个小孩子的，我敢说，他会让事情泄露的，只要他在门口或窗子前伸一下头就行了。而且，如果有人看到我和他们混在一起，那我就麻烦了。不行，他们今天晚上就得离开。"

"今天晚上，这怎么能行呢？让他们到哪儿去？"

"嗯，这个我知道。"议员边说着边穿着靴子，才伸进一半，他就停下来了，用双手抱着膝盖，似乎在想着什么事情。

"讨厌，真是太难处理了！"他终于又说道，并开始系鞋带，"但现实就是这样的。"穿好了一只靴子，议员又手拿另一只靴子坐在那儿盯着地毯的图案沉思起来，"必须要这样做，尽管，但也未必——不管那么多了！"他心事重重地望着窗外穿好了另一只靴子。

博德夫人言行谨慎，她一生从没有说过"我说得对吧！"现在，她很清楚地知道丈夫的想法，但她还是非常理智，努力不让自己去干涉他，她只是静静地坐在椅子上，看上去随时准备听从丈夫——她的国王的想法，现在只是等他想好后宣布了。

"你知道，"他说，"过去，我有个叫梵·特鲁普的委托人。他是肯塔基人，他释放了自己所有的奴隶，他还在小溪上游几英里处的森林深处买了块地，除非特意去那儿，否则几乎没有人会去那儿，所以短时间内那里还不会被发现。在那里，她会很安全的。不过麻烦的是，今天晚上只有我能驾马车去那里。"

"为什么呢？卡乔是很擅长驾车的。"

"嗯，但问题是你必须两次穿过小溪，第二次时会很危险，除非他比我熟悉那里。我曾经多次骑马从那儿路过，我知道应该在哪儿转弯。所以，你看，我们别无选择。卡乔必须在十二点钟时把马车套好，并要小心，别弄出声响。我会带她去那儿。为掩人耳目，卡乔要送我去附近的酒店，然后乘坐到哥伦布的驿车，大概它会在三点或四点从那儿经过。这样，人们会认为我是为乘坐驿车才坐马车来的。明天一早，我就要着手进行工作了。我想，事情过后，我会感到惭愧的。不过，去死吧，我现在顾不上那么多了！”

“在这种情况下，约翰，你的心比你的头脑好多了，”博德夫人把柔嫩的小手放在丈夫手上说，“如果我了解你没有甚过你的话，我怎么会爱上你呢？”说着话，小妇人的眼睛已是泪光点点，看上去是如此的俊美迷人以至于议员也认为自己是太聪明了，能让这个美丽的尤物如此深深地爱他。此时，他只是默默地走了出去，去查看马车是否已经准备停当。但走到门口时又犹豫了片刻，然后他又走了回来，对夫人说：“玛莉，我不知道你对此事的看法，但我认为那个小哈里是一个问题。”说完，他迅速转过身，带上门走了出去。

博德夫人打开隔壁卧室的门，把手中的蜡烛放在了一个木柜顶上，从墙上的凹处取出钥匙，若有所思地把钥匙插入锁眼，接着又停了下来。就像大多数男孩喜欢的那样，两个儿子紧跟在妈妈的后面，一句话也不说，但同时以一种意味深长的眼光看着他们的妈妈。哎，天下的母亲们，你打开家中的抽屉或储藏室时，是否会觉得像是重新打开一个小的坟墓呢？如果没这种感觉，那你们都是很幸福的。

博德夫人慢慢打开抽屉，抽屉里面放着款式各异的外套，一大堆围脖，一排排小袜子，有些纸包里还包着脚趾处已经磨破的鞋子。里面还有玩具马车、陀螺和一个球，这些都是她眼含热泪强忍悲痛收集的有纪念意义的物品。她坐在抽屉旁边，以手掩面哭泣起来，眼泪从手指缝中流出，滴到了抽屉里面，忽然，她抬起头，急忙从里面拣了些最普通最耐用的衣服，并包在了一个小包内。

“妈妈，你要把这些东西送给别人吗？”一个孩子轻轻地碰了碰她的胳膊说。

“亲爱的孩子，”她的语气温和而诚恳，“如果我们亲爱的亨利在天堂中知道这件事的话，他也会为我们的做法高兴的。我是不会把这些衣服送给那些普通人或那些快乐高兴的人，我要把它们送给那位比我更加难过更加悲伤的母亲，而且我们这些衣服也会送去上帝的保佑与祝福。”

在这个世界上，有这样的善良人，他们为别人都会变悲伤为喜悦，他们那个随着泪水掩埋于地下的对人世的梦想，成为了一粒种子，它长出的鲜花和芳香的油脂医治了许多孤单困苦无所依靠的人的心灵创伤。现在坐在灯光下的这位柔柔弱弱的小妇人便是这样的善良人之一。她一边流着眼泪，一边从自己早逝的孩子留下的物品中拣了一些送给那个无家可归的可怜孩子。

然后，博德夫人打开衣柜并从中取出了两件虽然不起眼但非常实用耐穿的长裙。她端坐在工作台前面，身旁放着针线、剪刀和顶针，静静地忙着按照丈夫所说的把衣服放得长些，她就这样忙碌着，直到屋角的钟敲了十二下。此时，门口传来车轮低沉的咯吱声。

"玛莉，"博德先生边说边走进门来，他的手中拿着大衣，"你快把她叫醒，我们马上出发。"

博德夫人连忙把她刚才整理好的东西放到一个小箱子里锁好，并告诉博德先生照看好箱子，然后她就赶去叫那个女人。很快，那个女人已穿戴好博德夫人给的衣帽，手抱孩子站在了门口。博德先生连忙让她上了马车，博德夫人紧跟着马车走了几步。伊丽莎把头从车中伸了出来，并伸出了自己的手，博德夫人那双美丽柔嫩的小手也伸了过去。伊丽莎盯着博德夫人的脸，眼神中满是诚挚。她看起来想说几句话，她试着动了动嘴唇，但却没有发出声音，然后她把手指向上指着，那情形很难让人忘记。最后她向后倒在座位上，用双手盖在脸上。然后车门被关上了，马车开始出发。

此时，我们这位爱国的议员是处在一个多么尴尬的境地啊！上周他还在忙着推动立法机关通过一条法律，以更加严厉地惩处那些逃跑的奴隶以及那些窝藏、教唆他们的人。

这位优秀的议员的家乡是华盛顿，在那里，他的口才比他所有的同胞都要好，尽管有些人曾因为他们的口才而获得过长时间的名声。当有人把为数不多的逃奴的利益放在具有重大意义的国家利益之上时，他显得是那样的威严，把手伸进口袋里，根本看不起这些人的感情用事。

以前他曾经坚决地捍卫他的观点，他不仅让自己，而且也让当时所有在场的人也相信自己的观点——但是当时他对于逃奴的理解不过是组成这个单词的那几个字母而已，——也可以这样说，顶多也不过是报纸上面刊登的手拄棍杖，背着包袱的小图片，在图片下面写着"我家的逃奴"而已。但说起来那现实生活中实在的苦难——那央求的眼神，纤弱、颤抖的双手，那无助的绝望的哀求——这些都是他以前从来没有感受到的。他从来没有把逃奴想象为一位不幸的母亲、一个心无防范的小孩子——就好像那个戴着他夭折的孩子的小帽子的孩子;而且,我们这位可怜的议员先生并不是硬心肠,他是人,而且是一个道德高尚的人,现在,我们可以看出,爱国主义情感使他陷进了非常悲惨的地步。南方各个州的同胞啊!你们不要幸灾乐祸了,因为我们知道你们之中的绝大多数人遇到这样的情况,也不会做得更好。我们知道,在肯塔基和密西西比,那里有许许多多高尚仁厚的人,他们不会为这些不幸的描述所感动。啊,同胞们!如果你们处在我的地位,你们勇敢、高尚的心灵不允许你们做这种事,而你们却想让我们去做,难道这公平吗?

尽管如此,如果我们把这位诚实的议员先生称做政客,那么他那晚上所遭受的罪和苦也足以使他抵消他的罪过了。人们知道,刚刚过去的漫长的雨季,使得俄亥俄州松软的泥土极易成为泥浆,他们走的是俄亥俄州那条旧的横木组成的火车轨道。

"老天,这是怎样的一条路啊?"一个来自东部的乘客喊了一声,平日里他见到的火车轨道不是这样子的,他见到的是畅通、方便的大路。

不熟悉情况的东部同胞啊,你要知道,对于在天黑后仍在赶路的西部人来说,泥浆很多而且很深的地方的道路是由许多很粗糙的圆木并排放在一起而组成的。在圆木的周围堆放着新鲜的泥土、草泥以及一些随手可得到的东西,当地人把这称之为路,然后就马上驾车试探着上路了。经过一段时间,雨水把圆木上的泥土和草泥都冲洗掉了,圆木也被冲得到处都是,它们杂乱无序地排列在那里,中间布满了泥坑和车辙。

我们的议员先生就这样缓慢地在这样的道路上走着,正如人们可以想到的,一路上,他都在不断地反复考虑着自己的品德,大部分时间中,马车都是咣当!咣当!咣当地向前行进着,烂泥!车陷进去了,突然之间,议员、女人和孩子互相调换了位置,还没等他们调换坐好,他们又被猛然挤到朝下的车窗户旁边。马车陷在泥里,不能向前移动。车外,车夫在吆喝着那几匹马,这些马又是拉又是拽,但是没什么作用,正当议员失去耐性时,马车又突然向上弹了一下,改变了原来的方位,它的两只前车轮深深地陷进了另一边的泥坑中,议员、女人和孩子又被抛向了前面的位子,议员的帽子遮住了他的面庞,显得很是狼狈,他感到自己都快要支撑不住了,小男孩也在哭着,卡乔在大声地呵叱着那几匹马,并不停地用鞭子抽打着它们，马胡乱地蹬着，使劲地拉着。紧接着马车又弹了起来，颠了一下，这一颠使得后轮飞了，议员、女人和孩子又被重新抛向后座，他的胳膊碰到了女人的帽子，女人的脚踩在了议员那个被震飞的帽子上。女人把帽子弄平整，哄着孩子，他们已重新打起精神来面对即将到来的情形。

马车仍在“咣当”、“咣当”、“咣当”地向前行着，不时地会有一些左右颠簸和很大的震荡，他们暗自庆幸情况还不算太坏。最后，马车猛然颤动着停了下来。坐车的人下意识地站起来又坐下，动作异常迅速。外面一阵混乱，然后卡乔出现在了车门口。

“老爷，今年这里太不幸了，真不知我们怎样才能走出去。我想我们该去坐火车了。”

议员非常气愤，他走下车小心谨慎地向前试探着走去，他的一只脚陷进了深深的污泥中，他试着拔出脚，却一时失去了平衡而跌倒在泥浆中，卡乔把他拉了起来，他看上去狼狈极了。

出于对读者的无限同情，我们仍在忍耐着。那些西部乘客用从铁道边拔下的栅栏来撬深陷在污泥中的马车，他们兴趣盎然地做着这些事，以此来打发午夜的时光。对于我们不幸的主人公，他们既佩服又怜悯。让我们请他们黯然掉几滴眼泪，然后再驾车离去吧。

沾满了泥浆的马车终于脱离了这难堪的境地，来到了一座大的农舍前，此时夜已经很深了。

他们花费了很大的气力才叫醒了屋里的人。那位值得我们尊重的主人终于打开门，出现在大家面前。他身材魁梧，是位性情暴烈的奥森式人物。他足穿六英尺八英寸高的长统袜，身穿红色法兰绒猎衫，一头乱蓬蓬的土色头发，下巴上的胡须看来有几天没有刮了。因此，这位有钱人看起来最起码不招人喜欢。他站了几分钟，举着蜡烛望着这群不速之客，他的神情看起来不太高兴，又有几分困惑，很是好笑。我们的议员先生费了好大的劲儿才让他搞清楚发生了什么事。趁他还在思考的时候，我们先给读者介绍一下他。

老约翰·梵·特鲁普很诚实，他曾经在肯塔基州拥有很多土地和许多奴隶。他心地善良，“皮肤像是熊，其余的还好”，他那仁慈、宽厚、公正的好心肠是与生俱来的，这倒是符合他魁梧的身材。多年以来，他目睹了那种对剥削阶级和被剥削阶级都没有好处的制度的后果，心中一直很郁闷。终于有一天，他那仁慈的胸怀再也不能忍受这压抑了太久的愤怒了，于是他拿出钱包，在俄亥俄州买了一个小镇子四分之一的肥沃土地，并使得他所有的奴隶——男人、女人和孩子都变成了自由人，并用马车把他们送到别的地方去定居。诚实的约翰紧接着在小溪上游找了个舒服恬静的农场住了下来，惬意于他那清清白白的心灵，并一直沉溺于各种沉思和想象之中。

“你能保护这个可怜的女人和孩子，并不让他们被追捕逃奴的人抓走吗？”议员简单爽快地问道。

“我想我能做到。”诚实的约翰特别加重了语气回答说。

“我也是这样想的。”议员说。

“如果哪个人胆敢来这儿，”说这话时，这位好心人挺起了胸膛，显得身材高大魁梧，肌肉也很发达，“那我就在这儿恭候他，我有七个身高六英尺的儿子，他们可以对付那些人，先代我们向他们‘致敬’吧。”约翰接着说，“并告诉他们不管他们行动多么迅速，对我们都没多大关系。”边说着话，约翰边笑着用手理顺着头上那蓬乱的头发。

伊丽莎走到门口，步伐显得很疲惫。她面色憔悴，没有神采，孩子躺在她的怀中熟睡着。这位约翰老兄把蜡烛举到她的脸旁边，同情地哼了一声，他打开厨房隔壁一间卧室的门，领着她走了进去。他把蜡烛放在了桌子上，向伊丽莎说：“哎，姑娘，你不用害怕。就让他们来吧，我会来对付一切的。”壁炉上方挂着两三支漂亮的枪，他指着它们说：“认识我的人们都知道，没有经过我的同意，谁若想从我的屋子里把人带走，那他肯定是活得不耐烦了。所以，现在你只管放心地休息吧，就如同你的母亲摇你入睡似的。”说完，他带上门走了出来。

“嗨，这个姑娘真是太漂亮了，”他对议员说：“哎，有时，只有漂亮的姑娘才是最有资格逃跑的，只要她们还有感情，只要她们还有正派女人应有的各种感情。对此，我最清楚不过了。”

议员向他简要介绍了伊丽莎的来历。

“哦，哦……哦！我知道是怎么回事，”这位好心人怜悯地说：“这是自然的了，嗯，自然的了！自然是那样，可怜的人儿！就像小鹿一样被人紧紧追赶着，只因为她心中有这种自然而然的感情，只是因为她做了每个母亲都不忍去做的事情！告诉你吧，听你说了这一件一件的事，无一不使我想骂人。”诚实的约翰说，同时用他那发黄的满是斑点的手背抹了一下眼睛。“陌生人，告诉你，我花费了好多年的时间才进教堂，因为我们这里的传教士在布道的时候说，《圣经》是赞成这种拆散亲人的行为的。他们会说希腊文和希伯来文，我争辩不过他们，我反对他们和《圣经》。后来我遇到了一个传教士，他可以用希腊语也可以用其他一些语言和他们辩论，他说的观点和那些传教士正好相反。从那时起我开始信教了，直到现在。”说着，约翰用手打开一瓶泡沫丰富的苹果酒。此时，他把酒递给了议员。

“你们最好等天亮后再从这儿走，”他诚挚地说，“我去叫醒我老婆，很快就能为你准备好一张床的。”

“多谢你，朋友，”议员说，“我必须得走，我要去赶那趟开往哥伦布的夜班车。”

“噢，看来你非得走不可，我送你一程吧，我告诉你一条小路，比你们来时走的路好走一些。你走的那条路情况太差了。”

约翰收拾停当后提着盏灯笼，领着议员的马车来到沿他家屋后山谷向下的一条小路。临分手前，议员塞给他一张十美元的钱票。

“这个给她。”他简单地说。

“好的。”同样简单地，约翰回答道。

他们握了手后，便各自离开分手了。

10 逆来顺受

二月的一个早晨,牛毛细雨在空中飘飞。从汤姆叔叔的小屋的窗户向外看去,天是灰蒙蒙的一片。老天爷也在低着头观察着地上的人们:他们脸色阴沉,内心非常痛苦。小屋的火炉前面摆着一张小桌子,上面盖着一块平整的桌布,几件质地低劣但很干净的衬衣刚刚熨烫好,现在就挂在炉边的椅子背上。桌子上还有件已经铺好的衬衣等着克鲁伊大婶来熨烫。她仔细熨了一遍衬衣,甚至没有放过任何一个褶痕和折边。那汹涌而出顺着面颊流下的泪水,使得她不得不时时抬手去擦拭。

汤姆就坐在旁边,他的膝头放着一本打开了的《新约》,他把头靠在自己的一只手上。屋里的两个人都没有说话。天气还很早,孩子们依然挤在那张做工粗劣的木轮床上熟睡。

汤姆具有不幸的黑种人的通病,那就是生来善良、和善、恋家,而这也正是他们的可悲之处。这种不幸与可悲在汤姆身上表现得更为突出。他站起身来走到孩子们的面前,默默地注视着他们。

“这将是最后的机会了。”汤姆说道。

克鲁伊大婶没有说什么,她只是将那件粗布衬衣翻来覆去地熨烫着,从手工熨烫的角度来看,这件衣服已经熨烫得足够平整了。最后,她猛然把熨斗放在地下,坐在桌子旁边绝望地大哭起来。

“看起来我们得听天由命了。但是,上帝,我怎么可以做到这一点呢?如果我知道你在哪儿,如果我知道别人待你怎么样,那情况还算不错,太太告诉我说,一两年后,她要设法把你赎回来。但是,上帝,没有一个送到南方去的人活着回来,他们全都被折磨死了。我听别人讲过他们在那里的庄园受苦受累的情况。”

“克鲁伊,那儿和这儿的上帝是一样的,情况也差不了多少。”

“嗯,”克鲁伊大婶说,“姑且认为是这样吧,但是有些时候上帝也会任那些可怕的事情发生的,你让我怎么放心呢!”

“我是在上帝的手心中,”汤姆说,“上帝不会允许人们做过分的事情的。我要感谢他一件事情,那就是:是我而不是你和孩子们被卖掉并被送到了南方。在这里你们不会有事儿的,再大的灾难也只能降临到我的身上，但我知道上帝一定会帮助我渡过灾难的。”

这是一颗多么勇敢和富于男子汉气质的心灵啊！汤姆说话的时候声音有些嘶哑，他努力安慰着自己的亲人，克制着自己内心的悲伤，虽然痛苦使他难以出声，但他的语气中却充满了勇敢与坚毅。

“让我们回想一下自己所受过的恩惠吧！”汤姆补充说，声音有些颤抖，那神情就好似他理应好好想一下这些恩惠似的。

“恩惠！”克鲁伊大婶说，“我没有看到什么恩惠，这件事情主人做得不对，事情不应该是这样做的。主人把事情弄得一塌糊涂，却要你去抵债。你为他所挣的钱比他在你身上花的钱不止多一倍啊。早在几年前，他就该给你自由了。也许他也是没有别的选择，但我觉得他做得不对。不管他说什么，我也不会心服口服。你对他一直都很忠诚，对待他的事情尤重于对待自己的事情，而且总会想方设法把事情做好。但他为了摆脱掉尴尬的处境，竟然将别人的亲人卖掉，使得别人妻离子散。应该由上帝来惩罚他们。”

“克鲁伊，如果你还爱我，你就不要说这种话。这或许就是我们的最后一次相聚了。告诉你，克鲁伊，说主人的坏话，即使说一个字，我也不会答应你的。从他儿时起，我就把他抱在怀中，是我把他拉扯大的，自然的，我要多想一想他对我的好处，不敢奢望他多么看重可怜的汤姆。主人们已经习惯了被人伺候的生活，并由下人们把事情全都做好。所以他们自然不会觉得这有什么大不了的。我们不应该奢望他们的回报！把他和其他人的主人做一下比较，哪家的黑奴享受过我这样的待遇？谁过着我这样舒适的生活呢？如果他早些知道情况会变得这样难堪，他也不会赞同的。我知道他会这样做的。”

“不管怎样说，这件事办得不妥当。”克鲁伊大婶说。对正义感的执著追求是她最大的优点，“我也说不明白这事错在什么地方，但我心里很清楚这件事办得不对。”

“你应该尊重上帝，崇尚上帝，他虽远在天上，但他主宰着一切，即使一只麻雀掉在地上也是出自他的旨意。”

“但这也不能给我安慰。我想这是命运，没有别的办法的，”克鲁伊大婶说，“这样说下去也没有什么实际作用，我给你烙几张玉米饼，让你再好好吃一次早餐吧，不知道到什么时候你才能吃到比较不错的早餐呢！”

在理解那些被卖到南方的黑奴的痛苦时，千万要记住一点，这非常有

必要，那就是他们内心的感情都很强烈，都很眷恋家庭和乡土。对于他们来说，胆大和勇于进取不是他们天生的特点，他们天生恋家而且充满柔情蜜意。同时他们还有恐惧感。这种恐惧感和愚昧无知相混合就会使陌生的地方笼罩上一层神秘的色彩。从儿时起，黑人就把被卖到南方视为一种最严厉的惩罚。被卖到河流下游的威胁比其他形式的折磨和鞭打都要使人恐惧。他们显露的这种恐惧感是作者亲耳听到的，他们坐在一起长谈着，丝毫不掩饰那种恐惧感，他们所说的河流下游所发生的种种耸人听闻的故事，作者也曾亲眼目睹过。对于他们来说，南方就是一个任何人去了以后就再难返回的神秘的土地。

加拿大的逃亡者中有位传教士，他曾对我说，许多逃亡者都坦然承认，比较起来，他们的主人对他们还是不错的，他们冒着极大的风险逃亡，大都是出于对被卖往南方的极大的恐惧，这种担心一直盘旋在他们和他们的家人——丈夫、妻子和儿女的心头。非洲人天性能忍、胆子小、不思前进，但是他们一旦面临这样的危险，便会变得勇敢异常。他们会想尽办法逃亡，不惜忍饥挨饿，蒙受着巨大的痛苦，面对着田野中的多种危险以及被抓回去受到更加严厉的惩罚的苦难命运。

简单的早餐已经做好并放在桌子上，上面还冒着热气。希尔比太太已经通知克鲁伊大婶早晨不用去大宅侍奉了。这可怜的女人用尽了身体内的那点气力才做完这顿告别早餐。她宰了一只最肥厚的鸡并烹好了，还精心烙了合乎丈夫口味的玉米饼，又从炉架上拿下了几瓶果酱，那是在特殊情况下才会被拿出的。

“哇，贝特，”莫思高兴地说，“今天的早餐真是太好吃了！”说着，他抓起了一块鸡肉。

克鲁伊大婶猛然打了他一个耳光。“这是你可怜的爸爸在家中吃的最后一顿早饭了，你这样猴急干什么？”

“哎，克鲁伊！”汤姆温和地说。

“哎，我实在难以忍受了，”说着，克鲁伊大婶用围裙盖住了面庞，“我心里很乱，所以一下子就火了。”

孩子们看了看爸爸，又看了看妈妈，站在那儿一动没动，那个年岁最小的孩子在妈妈的身上爬来爬去，使劲大哭起来。

“哎，”克鲁伊大婶擦了擦眼睛，把孩子抱在自己的怀中安慰着，“好了，事情都过去了，都来吃吧，这是我喂养的最肥的鸡。来吧，我的孩子，可怜的小宝贝，快来吃吧。妈妈刚才的火气太大了。”

不用说什么话，孩子们便都马上高兴地吃起来，幸亏有他们的帮忙，否则这顿早餐要照原样子端下去，不会有人动一下的。

“现在，”克鲁伊大婶说，早饭后她一直忙碌着，“我要帮你收拾衣服了。那个家伙大概也会像那些人一样，把你的东西都拿走的，我知道他们一向都是这样做的。多么的卑鄙丑恶啊！这件法兰绒衣裤是你风湿病发作时穿的，就放在这个角上，你要爱惜着穿，今后没有人会帮你做了。这些是旧衬衣，这些是新买的衬衣。昨天晚上我帮你把破洞的袜子都补好了。上帝啊，以后会有谁帮你缝补呢！”克鲁伊大婶再次不能自己地靠在箱子边上抽泣起来，“想起来真是让人害怕，今后不管你有没有生病，也不会有人关心你了。一想到这些，我真是不想做任何事了。”

吃完了桌上的饭菜后，孩子们也想到了家中的情况。见到爸爸悲苦的眼神，见到妈妈哭泣的样子，他们也跟着哭起来，不断地用小手擦拭着眼中的泪水。汤姆把年纪最小的孩子抱在膝头上，让她尽情地玩着，小孩子一会儿用手抓他的脸，一会儿又用手拽他的头发，时不时发出高兴的笑声，这显然都是孩子内心的真实感受。

“高兴点吧，可怜的孩子！”克鲁伊大婶说，“将来你会碰到这样的一天，眼看着自己的丈夫被卖掉，也许你也会被卖掉的。这两个男孩，等到长大能做事时，多半也会被卖掉的。黑人们一无所有，没有什么前途的。”

此时，一个男孩大声叫道：“太太来啦！”

“她帮不上什么忙，来这里干什么呢？”克鲁伊大婶说。

希尔比太太走进屋里，克鲁伊大婶给她搬了一把椅子，脸上满是不满的神色，动作行为也很粗鲁。希尔比太太好像并没有注意到这些，她脸色苍白，显得非常焦急。

“汤姆，”她说，“我来这儿是——”说到这儿，她突然停下来，再也说不出话来了，看着这沉默的一家人，她以帕掩面，坐在椅子上哭泣起来。

“上帝，太太，请不要这样！”克鲁伊大婶说，她自己也禁不住失声痛哭。顿时，屋子里的人全都哭成了一团。在这里，高贵的人和低贱者的泪水，化解了受压迫者心中的不满和愤怒。啊！人们啊，看看这些受难者，你们就能看出，与其冷漠地花钱买东西送去，还不如给他们一滴真挚的同情的眼泪。

“我的好仆人，”希尔比太太说，“我不能给你什么东西，也帮不了你什

么忙。我给你钱，他们会立刻把钱拿走的。但是我可以郑重地在上帝面前起誓，我会随时找人探听你的下落，等我有了足够的钱，我就把你接回家来，但在此之前，先相信上帝吧！”

这时候，孩子们叫嚷着说赫利老爷到了。紧接着，门被粗鲁地一脚踢开了。赫利出现在门前，非常的气愤。他骑着马追了一天，也没有追到猎物，他憋了一肚子的气，现在还没有消呢。

“快点，”他叫嚷着，“你这个黑鬼，现在准备好了吗？啊，太太，您尊贵的奴仆向您问好。”赫利说，他看到希尔比太太在场，便脱帽向她致敬。

克鲁伊大婶关好木箱，又仔细捆绑了一下，然后站起身，两只眼睛怒视着奴隶贩子，眼中的泪水霎时化成了愤怒的火焰。

汤姆顺从地站起来，走到新主人的身后，并把沉重的箱子扛到了肩膀上。克鲁伊大婶抱着小孩子，陪着汤姆走到车子前，两个小男孩哭着跟在她的后面。

希尔比太太来到奴隶贩子身旁，和他认真地交谈了一会儿。在这段时间内，汤姆一家人都走到了一辆备好车鞍的马车跟前。一大群仆人围在马车周围，特地来和多年的伙伴告别。汤姆是奴仆中的头儿，又是他们学习基督教义的老师。在这群人中，大家都真诚地同情他，那些妇女更为他感到悲伤。

“哎，克鲁伊，怎么你比我们还能沉得住气啊？”一个一直在伤心的女人说。她看到站在马车旁边的克鲁伊大婶脸色阴沉但却很平静，于是便发问道。

“我已经哭干了眼泪，”克鲁伊大婶边回答边用眼睛瞪着朝她们走来的奴隶贩子，“我不想在这个老家伙面前掉眼泪！”

赫利在穿过怒视他的人群以后，对汤姆喊道：“上车！”

汤姆上了马车，赫利从车座下拿出来一副沉重的脚镣，紧扣在汤姆的脚踝上。

车子旁边的人们见此情形都非常气愤，但他们都克制着自己的感情，只是轻声抱怨着。希尔比太太在门廊上说：“赫利先生，你放心吧，你这种做法是没有必要的。”

“对此我可没有把握，太太，我已经损失了五百美元，现在我不能再冒险了。”

“太太，你别再对这种人心存幻想了。”克鲁伊大婶气愤地说。两个小男孩此时也明白了父亲的命运，不禁抓着母亲的衣角哭了起来。

“我非常难过，”汤姆说，“乔治少爷恰好不在家。”

乔治去附近农庄那个同伴家去了，要在那儿住两三天才回来。他大清早就走了，当时大家还不知道汤姆被卖的事情，所以他走时对此事也是闻所未闻的。

“请代我转达对乔治少爷的爱意吧。”汤姆诚恳地说。

赫利打马把汤姆带走了。汤姆目光忧郁地凝视着这个熟悉的农庄，他的目光没有离开过它，一直到最终看不见农庄为止。

这时候，希尔比先生不在家中，他把汤姆卖掉以摆脱他所害怕的人的控制，他做完这桩生意以后，先是感到解除了一份负担，但妻子的一番话使他那本已泯灭一半的良知苏醒了。紧接着，他便懊悔起来，汤姆那特有的男子汉气概和高尚品德更加使他悔恨自己的选择。尽管他对自己说：他拥有这样做的权利，其他的人都这样做，而且有的人甚至连“别无选择”之类的借口也找不到，但是此时，这种安慰的话却并没起什么作用，他的心依然难以平静下来。他认为自己还是不见到那个令他难堪的场面为妙，于是他决定暂时离开这里几天，到乡下去处理一件生意场上的事情，他希望等他回来时一切都已经过去了。

在一条脏乱的土路上，汤姆和赫利乘坐的马车在嘎吱吱地向前行进着。平日里所熟悉的景色逐渐被抛到了后面，最后，庄园也从视野中消失了。后来，汤姆发现马车已在一条空旷的大路上行进着。大约走出了半英里路后，赫利在一家铁匠铺前停下车来。他拿出一副手铐想让铁匠将它稍作一下修改。

“这个手铐对于这个大个儿来说显得有些小了。”赫利边把手铐递给铁匠，边指着汤姆说。

“上帝啊！那不是希尔比家的汤姆吗？他被卖掉了吗？”

“是的，被卖掉了。”赫利回答说。

“是真的吗？”铁匠说，“真是难以预料。你不用给他戴手铐，他最听话、最老实了……”

“是啊！”赫利说，“但是想要逃走的也多是这种人。那些愚笨的人反倒不在乎去哪儿，更别说那些懒鬼、酒鬼了，说不定他们还喜欢被卖掉呢，那样的话还可以到处转一转，但这种上等货却不喜欢这样。没有办法的，他们长着两条腿，他们不会不用它的，所以只好把他们铐上，我说的不会

有错。”

“哎，”铁匠在自己的工具中摸索着说，“我说，外地人，肯塔基人不喜欢去那边的庄园。那边的黑人死亡频率极高，是这样吗？”

“是的，很高。有时是因为天气的原因，有时则是另有原因。但话说回来，黑奴死得快些，市场才会兴旺啊。”赫利说。

“汤姆真是一个好人，他是那样的体面、老实、可靠，一想起他会在南方某个甘蔗园被折磨至死，心里真是太难过了。”

“但他的机会还是挺好的。我答应他原来的主人好好照料他。我想把他卖给有钱人家做个下人。只要他经受住那里的热病和那种气候，他会找到黑人们喜欢干的好工作的。”

“他的妻子和孩子都留下了，是吗？”

“是的，但在那边他可以再娶一个。哎，女人到处都是，很多的。”赫利说。

赫利和铁匠谈话时，汤姆面带忧伤地坐在铁匠铺外。突然，后面传来了急促的马蹄声。还没等汤姆回过神来，乔治少爷已跳上马车伸手抱住了他的脖子，一面大声责备家里人，一面激动地哭起来。

“我想说，这件事干得太不光彩了。我不管是谁，也不管他们怎样解释，反正我想说这事太不光彩、太卑鄙下流了！如果我是主人，我绝对不会同意他们这样做！绝对不会同意的。”乔治低声呼喊着。

“啊，乔治少爷！你能赶来我真高兴！”汤姆说，“走之前见不到你，我真是有些放心不下你。你不知道我现在有多么高兴啊！”此时，汤姆动了一下他的脚，这使得乔治看到了赫利给汤姆戴的脚镣。

“太可耻了！”他挥动双手喊道，“我非要揍那个家伙不可！我一定要揍他！”

“不要，乔治少爷，千万别这样，不要再叫嚷了。你惹恼了他是不会对我有帮助的。”

“那好，看在你的分儿上，我饶了他。但想起来这事，我就觉得不光彩。他们没派人去叫我或是写信告诉我这件事。如果不是汤姆·林肯告诉我的话，恐怕我到现在还不知道真相呢。你知道吗，我在家里把他们全都臭骂了一顿！”

“乔治少爷，你这样做恐怕不太妥当吧！”

“我实在忍不住了！我说过这样做不光彩。你看，汤姆叔，”他转身背对着铁匠铺，对汤姆神秘地说，“我把我的银元给你带来了。”

“啊，乔治少爷，我从没想过要拿你的银元，我不能要你的银元的！”汤姆激动地说。

“你必须收下，”乔治说，“情况是这样的，我告诉克鲁伊大婶说，我要送给你这块银元。她告诉我在银元中间打个洞，再穿上根线，这样你可以套在脖子上，别人就不会看到了。否则，那个可恶的家伙会拿走它的。告诉你，汤姆叔，我真想臭骂他一顿，这样我会感到好受一些！”

“不要这样，乔治少爷，这样做对我不会有什么好处的。”

“那好吧，看在你的面子上就算了，”乔治说着，忙把那银元套在了汤姆的脖子上。“要扣紧上衣，不要让它露出来。记住，每当你看到它，你就知道我会来赎回你的。我和克鲁伊大婶谈过了，我让她不要担心，我会让家里赶快办这件事的。如果父亲不答应，我一定会让他难为情的。”

“啊，乔治少爷，你千万不要用这样的口气说你父亲啊！”

“嗯，汤姆叔，我说这话并没有什么恶意。”

“嗯，乔治少爷，”汤姆说，“你要做个好孩子。你要记得许多人都对你寄予厚望。你要永远都对母亲好，不要学某些孩子的坏样子，等他们长大时，他们甚至看不起自己的母亲。上帝给予我们许多双份的东西，但母亲却只有一个。你即使活到一百岁，也不会找到一个像你母亲这样好的女人。你要依靠她，等你长大后，要成为她最大的安慰。只有这样做，才是我的好孩子，你能做到吗？”

“是的，汤姆叔，我可以做到。”乔治郑重其事地说。

“讲话时也要注意分寸，乔治少爷。你这种年纪的男孩有时有点任性是可以理解的。但我希望你做个真正的男子汉，真正的男子汉是不会说出话来伤害自己的父母的。乔治少爷，我这样说，你不生气吧？”

“不，绝对不生气，你经常给我忠告的。”

“你知道的，我年岁比你大，”汤姆用他那粗壮的手抚弄着卷曲的头发说，声音如女人般轻柔，“我很清楚你身上所具备的优点。乔治少爷，你有知识，条件也很好，能读善写，你做什么都行，等你长大后，你会成为一个有学问的伟人，你会是个好人。到时候，你父母和庄园的人都会因为你而自豪。要做一个像你父亲那样的好主人，做一个像你母亲那样的真正的基督徒。从此时起，乔治少爷，你都要记住你的造物主啊，少爷！”

“汤姆叔，你放心吧，我会成为好人的，”乔治说，“我活着要做人中之龙凤。你也不要丧失信心，我会接回你的，就像我上午对克鲁伊大婶所说的，我长大后，我要好好修葺一下你们的住处，给你们弄个客厅，再铺上地毯。你一定能过上这种好日子的！”

此时，赫利手拿铐子来到了马车门口。

“喂，先生，”乔治跳下车，以傲慢的口气对赫利叫道，“我要告诉我父母，你是怎样对待我的汤姆叔的！”

“随你怎么去说吧。”奴隶贩子说。

“我觉得，你这辈子贩卖男女奴隶，像牲口一样拴着他们，真是太可耻了！你不觉得自己这样做太下流了吗？”乔治说。

“你们那些绅士需要男女奴隶，我不过和他们一样而已，”赫利说，“况且，贩卖者不一定会比购买的人更下流卑鄙。”

“等我长大了，我决不会做买卖黑奴的事，”乔治说，“今天我真为肯塔基人感到羞耻。本来我还深为自豪呢。”乔治骑在马上环顾着四周，他仿佛期待着他的话能给整个州留下深刻的印象。

“啊，再见，汤姆叔，你要坚强些啊！”乔治说。

“再见了，乔治少爷，”汤姆面带爱怜和敬慕地望着乔治说，“愿上帝保佑你！在肯塔基州，像你这样的人太少了！”眼看着那张纯真、稚气未脱的面孔从视线中消失，他不禁真心感叹着。汤姆一直在注视着乔治，直到听不到一点马蹄声为止。到此，家乡的最后一点声响和最后一幅景象都消失了。但汤姆的心头还似留有一片温暖的地方，那就是乔治为他挂上那枚珍贵的银元的地方。汤姆用手按着那银元，使它紧贴在自己的胸膛上。

“喂，听着，汤姆，”赫利把手铐扔进车厢后部，“我想开始时就对你公道些，就像我对其他黑奴一样。明白地说，你对我公道，我也公道对你。我对黑奴从不冷酷无情，我总会尽量让他们过得舒适。你现在明白了吗？我看你最好还是舒舒服服地坐着，不要耍花招，因为黑鬼的花招，我都已经领教过了，那是没有用的。如果他们老实点，不是总想逃走，在我这儿就可以过几天好日子。否则，那就是自取灭亡，不能怪我了。”

汤姆让赫利放心，他绝对没想过逃跑。实际上，对于脚戴镣铐的人来说，赫利根本没必要再做什么训诫。但他有这样的习惯，他初次跟买来的黑奴打交道时，总会先训诫几句，以便他们如他所愿，开心一些，多一些信心，以避免不愉快的事情发生。

现在，让我们先把汤姆搁在一边，来看一看故事中的其他人的命运如何吧！

11 白日做梦

傍晚时分，天上正飘着濛濛细雨，一位旅客来到了肯塔基州N村的一家乡村小旅馆里。在这间小旅馆的酒吧里他看到了一群被老天爷赶到这儿来的形形色色的人。这些人呆在这间屋子里，看起来就像一张十分蹩脚的人物画：这些人身材虽然高大，但却瘦瘦弱弱，身上穿着猎装，用一种当地人惯常表现出来的懒样子，仰面朝天地伸直了手脚躺着，占了很大一块地方；他们的来复枪架在屋角，子弹袋啦，猎物包啦，猎狗和小黑奴们也都堆放在角落里。这就是这幅画面的突出特征。有两位长着长长的腿的绅士分坐在壁炉的两端。他们头上戴着帽子，两条腿旁若无人般地放在壁炉架上，向后倚着椅子。读者有权知道，在提倡沉思之风的西部旅馆里，旅行者们对这种架起双脚的思考方式(据说可以大大提高领悟力)是特别倾心的。

站在吧台后面的是这个旅馆的主人，他和他的大多数同乡一样，有着很好的脾气，高大的身材，粗壮的骨骼，一头乱蓬蓬的头发上面盖着一顶高顶礼帽。

事实上，这个屋子里的每个人的头上都戴着这样一顶帽子，这帽子代表着顶天立地的男子汉般的气势，不管是毡帽还是棕榈叶帽抑或油腻腻的獭皮帽，看上去都是全新的礼帽，都这么不折不扣地安放在每个人的脑袋上。每个人各自的特点也能从帽子上看出来，有些人幽默风趣，快活自在，他们就把帽子时髦地歪戴在一边；有些人严肃认真，他们之所以要戴帽子，是因为他们觉得必须戴，而且随心所欲地想怎么戴就怎么戴，于是他们就独树一帜地将帽子压在鼻子上；还有一些头脑清楚的人，他们把帽子推到脑后；至于那些马大哈般的人物，他们要么是不知道，要么是根本不在乎帽子该怎么放才对。这些各式各样的帽子也许真值得莎士比亚先生仔细做一番研究和描绘呢。

有那么几个光着膀子，穿着肥大的裤子的黑人，他们紧张地忙前忙后，结果是除了表现出愿意为主人和客人提供服务的意愿之外，什么也没有表现出来。这里面还有这么一幅画面：一只燃烧得旺旺的火炉，火焰劈劈啪啪地作响，并使着劲地往上直窜。屋子的大门，窗子，全都向四面敞开着,印花的布窗帘被潮湿的刺骨的寒风吹得啪啪嗒嗒作响。经过这一番描绘,你或多或少地会对肯塔基这个旅馆里的忙碌有所了解了吧。

可以更好地论证本能及特性遗传学说的绝妙例证的便是现今的肯塔基人。他们的祖先是那些生活在森林中,睡在草地上,拿星星当蜡烛用的了不起的猎人;而他们的后代现在也是把房子当作帐篷,头上总不会缺少那顶帽子,他们到处乱滚,把脚放在椅子背上或者是壁炉架上。这与他们的祖先在草地上到处滚动,把脚放在树上或是圆木上是如此大同小异。不管春夏秋冬,他们都将门窗打开,为的是使自己能够呼吸到足够新鲜的空气。他们不管叫谁都叫“兄弟”,而且叫得是那么的自然。换言之,他们是这个世上最坦率、最和气和最快乐的人。

这位旅客碰到的就是这样一群自由自在的人。这位旅客身材又矮又胖,衣服整整齐齐,有一张和蔼可亲的圆脸,看上去有些奇怪,又有些过分拘谨。他十分看重他的雨伞和提包,决意不肯让旅馆里的侍应们帮忙,而是自己把这些东西提进来。他心惊胆战地环视了一下这间酒吧,拿着他的贵重的东西,蜷缩到一个最暖和的角落,不安地看了看那位把脚放在壁炉上的好汉。这个人正在那儿一口接着一口地吐着痰,那份勇气和精力,让那些胆小而爱干净的绅士们大为震惊。

“哎,你好吗! 兄弟。”那汉子一边向着这位初来的客人喷出一口烟一边问着。

这人一面答着“我想,还行吧。”一面躲闪着他这种吓人的招呼方式。

那汉子又问道:“有什么新闻吗?”边说边掏出一片烟叶和一把个头很大的猎刀来。

那人答道:“我倒是没听说什么。”

那个先打招呼的汉子说道:“嚼吗?”同时殷勤地递给那位老先生一点烟叶。

那小个子边躲闪着边回答道:“不,我不嚼这东西,谢谢你。”

“真的不嚼吗?”那人边说着边把那口烟叶送进了自己的嘴里,为了照顾周围人,他可要保证烟叶的充足供给呀。

那位老先生每次看到那位长腰兄弟冲着他这边喷烟吐雾时,都不免心头一颤。他的同伴注意到了这一点,于是那位长腰兄弟便心平气和地将炮口转向另一地区,用足够攻克一座城池的军事力量向一根火炉通条进攻起来。

老先生瞧见一张大告示前围了很多人，便禁不住问道："那是什么？"

有一个人简短地说道："该不会是悬赏抓黑奴吧？"

那位老先生（他的名字叫威尔森）站了起来，仔仔细细地收拾了一下雨伞和提包，然后小心翼翼地掏出眼镜把它戴上，这才走了过去读起了那张告示：

"本人家中出逃了一位叫乔治的混血黑奴。他身高六英尺，棕色卷发，皮肤浅色；聪明机灵，谈吐流畅，能读书写字，极有可能冒充白人，其背部与肩部上有深深的疤痕，右手背上烙有'H'这个字母。凡能将该黑奴活捉或是能提供事实证明该黑奴已被处死者，一律赏四百大洋。"

那位老先生从头到尾将这则广告低声地读了一遍，就好像要研究它似的。

前面提到过的那位一直在"对付"火炉通条的长腿老战士，这时把他那两条笨重的腿放了下来，将高大的身躯挺直，走到告示前，不紧不慢地对着广告吐了一大口烟汁。

他简短地说了句"这就是我的看法"之后，便又重新坐了下来。

店老板叫嚷道："兄弟，干什么，你这是在干什么？"

那大个子一边说一边又平静地嚼起烟叶来："要是出告示的那个家伙在这儿的话，我还要朝着他吐一口呢。要是谁家有这么一个黑奴，却不好好对待他的话，那他就应该逃跑。这种广告真是太丢肯塔基的脸了；要是谁还想知道我的看法，这就是我的看法！"

老板一边记账一面赞同地说："对，这真是实话。"

那大个子边说着，边又展开了对火炉通条的进攻："我就跟我自己的那一帮黑奴明说了——我说：伙计们，你们逃吧，溜吧，跑吧！你们喜欢跑就跑！我才懒得追你们呢！这就是我的治理之道。让他们明白，只要他们想走，什么时候都可以，他们也就不会有这种想法了。不但如此，我还帮他们准备好了自由证书，并且备了案，等着万一哪一天我走了霉运可以用得着。不瞒你们说，我所做的这些事情他们都知道，在我们这块地方谁也比不上我从黑奴身上得到的好处多。我的黑奴带着值五百块的马匹去辛辛那提卖，卖回来的钱一个子儿也不少地都交给我。像这样的事还不止一次两次呢！他们这么做，也在情理之中。你如果把他们当成狗，他们就会像狗一样干活；你如果把他们当人，他们也会给你回报的。"那宽厚的奴隶主说得正在兴头上，忍不住朝着壁炉放了一通礼炮，用来表示他对这

番高谈阔论的得意。

威尔森先生说道："朋友，你说的真是千真万确。这告示所讲的那个黑奴可实实在在是个好小伙儿。他在我经营的麻袋厂干了将近六年的活儿，是我最得力的助手，先生。他可聪明了，还发明了一种特管用的洗麻机。后来很多厂家都使用这种机器呢。现在他的东家的手里还握着这种机器的专利证呢。"

那奴隶主说："我就说吗，这边拿着人家的专利证赚钱，那边又给人家的右手上烙个记号。要是给我个机会，我非得给他也搞上一个，让他也尝尝这种滋味不可。"

屋子另一边有一个相貌粗俗的人插嘴说道，"这些耍小聪明的黑奴到底是太没规矩了，他们太神气活现，所以他们才挨打，才被烙上记号。如果他们老实点的话，也就不会这样了。"

那个奴隶主表情冷漠地说道："你的意思是说，上帝把他们创造出来，还得花费一番力气再把他们压榨成畜生喽。"

方才那个家伙接着说着，由于他粗俗无知，丝毫没有感觉到对方对他的鄙夷，"聪明点的黑奴对主人没有丝毫好处，要是对你来说没有什么好处，他们那些本事又算得上什么呢？他们绞尽脑汁地想法算计你。我原来也有一两个这样的伙计，我干脆把他们卖到南边儿去了。如果不把他们卖掉，他们早晚也会溜掉。我觉得就是这么回事儿。"

那奴隶主说道，"你最好是给上帝列个单子出来，让他为你特制一批完全没有灵魂的黑奴。"

话说到这儿突然被打断了，因为一辆小巧的马车停在了旅店门口。这马车看上去气势不俗，赶车的是个黑奴，上面坐着一位气宇轩昂、绅士派头十足的人。

整个屋子里的人都饶有兴趣地打量着这个新来的绅士。在这样的雨天，这样一帮闲人通常都会兴趣十足地打量每一个新来的客人。这位新来的客人身材高挑，肤色浅黑，就好像是西班牙人一样，黑亮的眼睛，清秀有神，短短的卷发，又黑又亮。他长着鹰钩鼻和又直又薄的嘴唇，他四肢匀称，派头不凡，让人一看就感到此人非同寻常。他在众人火辣辣的目光注视下，从容不迫地走了进来，向仆人点了点头，示意他应该把行李置于何处，又向众人致意，然后拿着帽子，慢悠悠地走到柜台前，自称是从希尔比郡的奥克兰来的亨里·巴特勒。然后，他漫不经心地转过身来，走到告示跟前，把那告示看了一遍：然后，他对他的仆人说道："吉姆，我觉得这个人有点儿像我们在贝尔纳旅店见过的那个黑人，你说是不是？"

吉姆道："可不是嘛，但我可不敢肯定对于他的手的描绘，老爷。"

那个陌生人说道："是嘛，这个我倒没有留意过。"接着他舒舒服服地打了个呵欠，之后走到柜台面前，希望能开一个单人房间，因为他有点儿东西要写。

老板当然是一口答应下来，跟着就有六七个黑奴，争先恐后乱哄哄地忙起来。这伙人之中有老有少，有男有女，有高有矮，他们忙忙碌碌地跑前跑后，不是你跟我撞了个满怀，就是我踩了你的脚，周到地为客人收拾房间。而此时此刻那客人正舒舒服服地坐在屋子中间的一张椅子上，和旁边的人闲聊。

那个工厂主威尔森先生，从陌生人进屋的那一刹那起，就紧张不安地盯着他。他觉得好像在哪儿见过这个人，而且还像老朋友似的，可就是怎么也记不起来了。那个陌生人的音容笑貌，举手投足，都令他吃惊，都令他目不转睛地盯住他看。可是当那双炯炯有神的眼睛毫不在意地与他的视线相交时，他赶紧把目光转到别处去了。终于，他突然记起来了，惊慌失措地冲着那人看着，使那个陌生人不得不来到他的跟前。

那人用一种认出他的腔调说道："我想你应该是威尔森先生吧，"他向他伸出手，"请你别介意，我刚才没认出你来，我想你还认识我吧，我是从希尔比郡奥克兰来的巴特勒。"

威尔森仿佛在说梦话似的答道："哦，先生，是的是的。"

就在这时，一个黑奴进来说："老爷，你的房间已经准备好了。"

这位先生随口对吉姆说："吉姆，你照看一下箱子，"又转过身来对威尔森先生说道，"如果你不介意的话，我想请你去我那儿谈点生意上的事。"

威尔森先生迷迷糊糊地跟着他上了楼，到了一间宽敞的屋子里。屋子里的火劈劈啪啪地烧得正旺；还有好几个仆人在房间里忙碌地收拾着最后一点小东西。

待仆人们收拾完离开屋子之后，那年轻人才从容地将门锁上并将钥匙装进口袋里，然后转过身，双手交叉在胸前，直盯着威尔森先生。

威尔森先生惊叫道："乔治！"

年轻人说道："没错，我就是乔治。"

“这真是太出乎我的意料了。”

年轻人微笑着说道：“我想，我的化装还不错吧。只需要一点点胡桃汁，就可以把我的黄皮肤变成现在这种淡雅的浅棕色。我把头发也染黑了。所以你看，我一点儿也不像告示上悬赏的那个黑奴了。”

“可是，乔治，你这个游戏可真是太危险了。如果是我的话，我可不赞成你这么做。”

乔治说道：“我自己可是敢作敢当。”他的脸上依然带着自豪的笑容。

在这里我们得插几句，乔治继承了他父亲的白人血统。他的母亲命可真苦，生了一群不知父亲是谁的孩子。因为她长得天生美貌，所以便成了主人泄欲的工具。乔治继承了肯塔基一家豪门望族的欧罗巴人的英俊面孔和那坚忍不拔的傲气。从他母亲那里他只接受了一点儿混血儿的浅黑色的皮肤，可是这些问题都被他那双黑眼睛掩盖住了。因此，只要在皮肤和头发的颜色上做少许的改变，他就会变成现在这副样子了。而且他那天生的优雅和绅士风度，使他能够轻轻松松地成功扮演目前这份具有挑战性的角色——一个带着仆人出外旅行的绅士。

威尔森先生与生俱来的是善良，可是他胆子小，遇到芝麻大点的事，也会过度地紧张焦躁。此时，他来来回回地在屋子里踱着步子，心里头七上八下的。他既想帮乔治的忙，又怕违反有关法纪。这两种想法搞得他矛盾至极。他一面踱着步一面说：

“那么，乔治，我觉得你是在逃亡了——逃离开你法定的主人，是不是，乔治？——对于这一点我并不感到吃惊——可是乔治，我很难过，真的，十分难过——我想这是我必须跟你说的，乔治——这是我的义务。”

乔治平静地问道：“先生，你为什么要难过呢？”

“为什么？还不是因为你非得以身试法，来违抗你的国家的法律啊。”

乔治沉重而又苦涩地说道：“我的国家！我除了坟墓以外，难道还会有什么国家嘛——我真恨不得上帝让我早点死才好呢！”

“哎，这可不行呀，乔治——这可不行呀——你千万不要这样说呀，这可是天大的罪过呀——这可是有悖于《圣经》的教义的呀！不错，乔治，你是遇上了一个狠心的主人——他的所作所为是无法饶恕的——我根本不想帮他说话。可是你应该知道天使是怎么样的让黑格心甘情愿地回到她主母那儿去并且服从她的；圣徒也打发奥内希姆回到他的家里去了。”

“别跟我搬弄《圣经》上的话了，威尔森先生，”乔治睁大眼睛说道，“你别说了，我妻子也是个基督徒，如果我能逃到我想去的地方，我也想做个基督徒。跟我这种境遇的人搬弄《圣经》，难道不是让我彻彻底底地背叛基督吗？我要向无所不能的上帝控诉——把我的遭遇告诉他，我想问问他，我寻找我的自由，这难道有错吗？”

这好心的人边摸着鼻子边说：“你这样想是情理之中的，乔治，真的，很自然。可是我想劝你克制这种激动。我确实为你感到难受，你的情形很糟，确实很糟，可是圣徒说‘人人都要安分守己’你明白吗？乔治，我们都要顺从天命。”

乔治站在那儿，高昂着头颅，双臂紧紧抱在宽阔的胸前，一丝苦苦的笑，使得他的双唇扭曲了。

“我在想，威尔森先生，如果有一天印第安人抢走了你的妻子儿女，还让你替他们一辈子种庄稼，你是不是还认为应该安分守己呢？我看如果是让你碰上一匹走失的马，你准会认为那才是天意呢，对吧？”

那小老头听了这个比喻，惊异得眼睛都瞪圆了。但是，尽管他不是个很容易说服别人的家伙，但远远比那些喜好争论此类问题的人们知趣，他懂得没有什么话可说时，就应该闭上嘴巴。所以他就站在那边，一面小心地拉平雨伞上所有的折皱，一面又将他那番劝诫啰啰唆唆地说了一遍：“乔治，你知道，你一定知道，我是一直很想帮你的，我说的话都是为了你，可你现在冒这个险，实在是凶多吉少，你能保证冒险会成功吗？如果你被抓住了，你以后的日子会比现在糟多了。他们会肆无忌惮地把你折腾到半死不活，再把你卖到南方去受罪。”

乔治说：“威尔森先生，我确实是在冒险，这点我知道得很清楚，可是——”他猛然将大衣敞开，露出来两支手枪和一把匕首。“你看，他们想都别想将我弄到南方去！妄想！如果真有那么一天，我至少可以为自己争取到六英尺自由的土地——这应该是我在肯塔基拥有的另一块，也是最后一块领土了。”

“哎，乔治，你这想法可是太可怕了，乔治，你不顾死活了。这样做，我真担心，你是在触犯国家的法律呀。”

“威尔森先生，你又在说我的国家了，你是有个国家，可是我却没有国家，那些像我一样天生就是个奴隶的人也没有国家。没有一个法律是保护我们的。法律不是我们制定的，也不是经过我们同意的——我们和法律一点儿关系也没有；法律只不过是他们那些人用来统治我们的手段罢了。难道我没有听说过你们七月四日的演说吗？每年的七月四日都是这么回事。你们跟我们说，政府是在民众的允许下才可以取得法定的权力的。如果一个人听到了这些，难道他能不想一想吗？难道他不会把你们所说的与你们所做的对比一下，从而得出什么结论吗？”

如果把威尔森先生的脑袋比做一团乱麻，是再恰当不过的了——毛乎乎的，软绵绵的，不明不白，稀里糊涂，但是却满怀慈爱，他是真心实意地同情乔治的，也有点儿理解乔治那高昂的情绪，因为这确实对他有所感染；但同时，他又觉得有必要继续劝一下乔治。

“你明白，作为朋友，我非得再说一次。乔治，你可千万不要再这样做了。乔治，处在你这个地位的人如果有这种想法，那是再危险不过的了，实在是太危险了。”威尔森先生坐在桌子旁，紧张地摆弄着雨伞的手柄。

乔治边说边走到威尔森前面坐了下来，“你看，威尔森先生，我就坐在这儿，不管怎么看，我和你不都是一个样，不都是个人吗？你看看我的身体——我的手——我的脸，”说到这儿，他自豪地挺直他的身子，“我不也是个人吗？我不也跟别人一个样吗？听我说，威尔森先生，我的父亲是你们肯塔基州的一个绅士，可是他却根本不把我当成儿子般看待，临死的时候，让人把我和他的那些狗呀马呀一起拍卖去抵债。我眼睁睁地看着我的母亲和她的七个孩子一起被拍卖。我的母亲亲眼看到她的七个孩子一个一个地被不同的主人买走。我是她最小的孩子，她跪在我那老东家面前，恳求他把我们母子俩一起买下，这样的话，她最起码可以照顾一下我。可是他一脚踢开了她，我亲眼看见他用一双沉重的靴子踢她。他把我绑在马背上领回家去。临走时，我听见她在痛苦地哀号着。”

“那么以后又发生了什么？”

“后来，东家又经别人的手将我的大姐买过来，她是虔诚的浸礼会教徒，她既善良又漂亮，就像我那苦命的年轻母亲一样。她受过教育，又有教养。开始，我很高兴我们又可以在一起了，我身边又有了个亲人。可没过多长时间我就失望了。先生，我曾经站在门外，听到她挨鞭子之后痛苦的呻吟。鞭子打在她身上却疼在我心上，可是我却一点儿忙也帮不上；她之所以挨打，便是因为她希望像个基督教徒那样体面地活着，可是他们却根本不给她这个权利；后来，她就和另一伙黑奴一起被卖到奥尔良了，就因为上面那个原因。从此，我就再也没有听到过她的消息。这么多年过去了，我也长大了——无爹无娘，无姐无妹，没人疼我，没人爱我，我连猪狗都不如。我的每一天都是在挨打受骂、忍饥挨饿中度过的，即使是挨打受骂、忍饥挨饿时，我也没有哭过。先生，小时候，我曾经整夜整夜地躺在床上流泪，那是因为我想念我的母亲和姐妹们，我之所以流泪，那是因为这个世界上没有疼爱我的人，我从未过上一天舒心的日子。在我到你的工厂做工之前，没有人对我说过好话。威尔森先生，你对我好，你让我好好做，你让我读书识字，当一个有用的人，你应知道我是多么感激你。后来，我遇上了我的妻子，你见过她的，她是那么的美丽。当我知道她也爱我，当我娶她为妻时，我还是不敢相信这是真的，我太幸运了。先生，她既漂亮又善良。可后来呢，我又被我的主人抓走了，我被迫离开我的工作、我的朋友和我周围的一切，他还千方百计折磨我！他这么做的目的就是为了让我不忘记自己到底是个什么东西。他准备给我个教训，让我记住我只不过是个黑鬼。不仅如此，他更要把我们夫妻活活拆散。他对我说，我得离开我的妻子，去跟别的女人过日子。他所干的这一切的根据，就是你们的法律所授予的。他根本就对人情视若无睹！你看看，威尔森先生，这些事情是怎么的让我一次接着一次心碎，可是在肯塔基，这就是合法的，根本谁也无法干涉的！这就是你所说的我的国家的法律吗？不，先生，这个国家根本不是我的，就像我的父亲也不是我的一样。但我会有国家的。我对你们的国家要求很少很少，我只求它让我平安离开。等我到了加拿大，它就会是我的国家，它的法律会承认我、保护我。在那里我会安分守已地做一个好的公民，我早已对生死不屑一顾，谁要是想阻止我，那他可得小心一点。我要为自由而战，直至战死。你说你们的先辈就是这样做的，那我这样做，难道有错吗？”乔治说这些话时，或是在桌子旁边坐着，或是在屋子里来回地走动。他双眼里充满了泪水，不时显现出绝望的表情。这番话让这位善良的老先生热泪盈眶，不得不掏出一块手绢来擦它。

他突然破口大骂道：“这帮挨千刀的畜生！我一直想这样说——他们这群丧尽天良的家伙！好，乔治，走吧！不过，你可得小心点，别开枪打着别人，不到万不得已，可不要乱开枪。至少，不该轻易伤着别人。你懂吗？乔治，你妻子呢？”他又问道，同时他又来来回回地在房间里踱着步子。

“先生，她不得不跑了，带着孩子跑了，谁也不知道她跑到哪儿去了——是朝北跑的；至于我们何年何月才能团圆，甚至到底能不能团圆，谁也不敢说。”

“这太令人吃惊了！怎么会呢？从那么善良的人家跑了？”

“善良的人家会欠债，而我们国家的规定又允许他们从母亲手中抱走孩子，卖了钱替东家抵债。”乔治不无讽刺地说道。

那位正直的老先生摸摸索索着在口袋里掏出一卷钞票交给乔治，说：“我这么做，可能是会违背我的做人原则的，但是，管它的呢，去它的吧，拿着这些，乔治！”

乔治说：“不，好心的人，你已经帮我够多的了，我不能再麻烦你了，我身上的钱足够我用的。”

“乔治，你一定得拿着这些钱。钱到用时方恨少——只要来钱的途径是正当的，从来就不会嫌多，你一定得拿着，小伙子，你一定用得着。”

“那我就不客气了。可是有朝一日，我一定会把钱还给你的。”乔治把钱收下了。

“那么，乔治，你想走多久呀——我希望你不会走得太久，时间也不要太长。你们做得很对，但是有些冒险，还有这个黑人——他是干什么的？”

“他可是个可靠的人，一年前跑到加拿大去了。他到那儿之后，听说由于他的逃跑，他的主人迁怒于他的母亲，经常用鞭子打她。他这次回来是为了安慰安慰他母亲，同时想瞅机会把她带走。”

“带出来了没有？”

“还没有。他一直找不到机会见到他的母亲。现在，他准备陪我到俄亥俄，将我托付给那些曾帮助过他的朋友，再转回来接她。”

老先生说：“危险啊！真是太危险了。”

乔治挺直了身子，无所畏惧地大笑了起来。

那老先生好好地将他打量了一番，脸上带着诧异的神情。

威尔森先生惊叹道：“乔治，真不知道是什么改变了你这么多，你的言谈举止完全变了样。”

乔治骄傲地说：“因为我自由了，现在我是个自由的人了，先生，从今以后，我再也不是谁的奴隶了，我自由了。”

“你可得小心呀！你还不能肯定——你如果被抓住了呢？”

“威尔森先生，如果真到了那一步，那么到了阴间，人人都是一样的自由平等。”

威尔森先生说：“你的勇气太让我佩服了，你竟然直接闯到这儿来了！”

“威尔森先生，就因为这家旅馆离得最近，就因为这是在冒险，人家谁也想不到我会到这儿来的；他们一定会往前方去追我，不是连你都差点没认出我来吗？吉姆的主人在那边很远的地方，这边没有人认识他。而且，他那边的人早就不再费劲儿抓他了；我想，单凭那告示是没有人能把我认出来的。”

“可是你手上有着烙印呢？”

乔治把手套脱下，露出来一条刚刚长好的疤痕。

他讥讽地说道：“这可是哈里斯先生留给我的临别纪念呢。早在半个月前，他就给我烙了这么个记号，因为他觉得我迟早都会跑掉的。这伤疤长得不错，已经愈合了，是吧！”说着他又戴上了手套。

“我告诉你，只要我一想到你所冒的风险，我就胆战心惊。”

“这么多年来，我一直都在心惊肉跳地过日子，可是现在，情况不同了。”

乔治沉默了一会儿，又接着说，“好心的先生，你看，我发现你把我认出来了，就觉得有必要和你谈一下。不然，你的反常反应，准会露出马脚的。明天一大早我就动身，希望明天晚上可以在俄亥俄安稳地睡上一大觉。以后我计划白天赶路，晚上在旅馆里投宿，跟那些老爷们同桌吃饭。那么，再见吧，如果你听说我被抓住了，那也就是说我死了。”

乔治站起来，气宇不俗地伸出手来。小老头也热情地握住他的手，又絮絮叨叨地说了些什么，这才走了回去。

老人关上了门，乔治在那儿想着什么，突然间他好像想起了什么，快步走到门口，喊道：“等会儿，威尔森先生。”

那老先生又走进来，乔治又把门锁上了，然后好像是下了很大的决心似的对他说道——

“威尔森先生，我想最后再求你一件事，因为你的仁慈态度，让我充分感受到了你是个仁慈的基督教徒。”

“乔治，好的。”

“唔，先生——刚才你所说的那些关于我冒的风险很大那些话，是千真万确的。此去是凶多吉少。如果我真的死了，这世上不会有一个人介意的，”他说着，呼吸急促，而且说话也吃力起来——“我被杀了之后，会像条狗似的被随便一埋了事了，第二天我就会被彻底遗忘了。只有我那个可怜苦命的妻子，她会痛不欲生的；威尔森先生，请您千万要把这枚别针给她，把这给她，告诉她我会永远爱她。好吗？您可以做到的，对吧！”他急切地问道。

那先生流着眼泪接过这枚别针——她送给他的圣诞礼物，忧伤地回答道：“可怜的孩子，这是没问题的，你放心吧！”

乔治说：“麻烦您再告诉她，我最后的心愿是能逃到加拿大去，但愿她也能逃到那里去，不管她的主人是怎么仁慈，不管她的家乡是怎么可爱，求她千万别再回去，告诉她把儿子好好抚养长大，成为一个自由人，别再让他经历像我这样的悲惨命运。请您告诉她，可以吗？”

“你放心吧，我一定会把这些话带到的，乔治。可我相信你会活着到达加拿大的。你是勇敢的，你要振作起来，祝你一路平安，乔治，这是我唯一的心愿。”

乔治用一种辛酸绝望的声音问道：“难道真的有这样一位上帝让人信任吗？”这使得这位老者不知该怎样回答才好。“唉，我这一生的命运又怎么能让我相信有上帝呢？这些事情对我们来说意味着什么，你们永远也无法理解。你们有一位全知的上帝，可我们呢？”

老人哽咽着说：“小伙子，别这么说……别这样想，有的，有的……上帝的周围现在是被乌云笼罩，但是终有一天他会重现光明的。乔治，你一定要相信这一点，上帝是真真切切地存在着的。他一定会保佑你，祝福你。善有善报，恶有恶报，不是不报，时候未到。”他的态度十分虔诚，使得乔治不由得相信了他，不再踱来踱去了。他站了一会儿，然后心平气和地说：“好朋友，我一定会记住你的这番好心，记住你的这些话的。”

12　再平常不过的合法交易

从拉曼那里听到一个悲哀的痛哭声，
那是拉曼在为他失去的孩子而哭泣，
他再也得不到安慰了。

在一辆摇摇晃晃向前行进的马车里，并排坐着赫利先生和汤姆。令人感到奇妙的是：他们虽然并肩坐在一起，可他们的心里却想着各自不同的心思。两个人坐在同一条凳子上，同样有着眼睛、耳朵、手和其他器官，眼睛看见同样的景物，但两个人的内心却完全迥异，这难道不是一件很奇妙的事吗？

就拿赫利先生说吧。他心里想的是如下一些事情：首先考虑汤姆的手脚有多长、胸有多宽、个儿有多高，如果把他养得肥肥壮壮的，等到上市的时候，不知道可以卖个什么价钱；他还思量着自己为扩充黑奴的数量所需要付的钱数，怎么样才能凑够黑奴的数量，此外，还有其他一些与买卖有关的事情；最后，他想到了自己，觉得自己心肠是多么善良，人家都把买来的黑奴的手脚用手铐脚镣锁上，自己却只给汤姆戴上脚镣，让他的双手还能活动，只要他老老实实就行。他想人性是多么容易忘恩负义，想到汤姆是否感激自己的恩情都是令人怀疑的时候，他不由得长叹一声。以前他有过许多自己喜爱的奴隶，可是这些人却让他上当受骗。但是，他至今仍然保持着一副善良的心肠，这的确令他自己十分惊讶。

至于说到汤姆，眼下他正在反复思考着这么一句话："我们没有永恒之城，我们追求未来之城，我们并不因上帝被称作我们的上帝而感到羞耻，因为他已为我们预备了一座城。"这是一本已经过时了的古书中的一句话。那本书主要是由几个"不学无术的人"写的。不知什么原因，这句话对汤姆这样头脑简单的苦命人的心灵具有一种奇妙的力量，如同一阵军号，震撼他们的灵魂深处，在他们那片原本黑暗和绝望的心中重新激发起勇气、力量和激情。

赫利先生从上衣口袋里掏出几张报纸，专心致志地读起报纸上的广告来。他读报并不流畅，总像背书一样地念出声来，为的是让耳朵来确认

眼睛的猜测是否正确。现在,他正在用这种腔调慢慢悠悠地读着下面这则广告:

遗嘱执行人拍卖奴隶!

经法院批准,现定于二月二十日(星期二)在肯塔基州华盛顿市法院门前拍卖如下黑奴:黑格,60岁;约翰,30岁;本恩,21岁;索尔,25岁;亚伯特,14岁;我们代表杰西·布拉奇福特先生的债权人及财产继承人举办此次拍卖会。

遗嘱执行人:塞缪尔·莫里斯
托马斯·福林特

"我一定要去看看这个拍卖会,"赫利对汤姆说,此时,除了汤姆,没有别人能和他交谈,"汤姆,我要到那儿去弄一批顶呱呱的货色,把他们跟你一起运到南方去;有人给我做伴,日子也会更容易打发——只要是好伙伴就行,明白吗?咱们现在要做的第一件事就是赶紧到华盛顿去。到了那儿,我就把你送到监狱去,而我呢,则去做笔买卖。"

汤姆和颜悦色地听着这令人高兴的消息,心中暗想,这批可怜的黑人里,不知又会有多少人要妻离子散,在他们离别时,会不会和他一样伤心欲绝?老实说,汤姆向来对自己的为人诚实和循规蹈矩感到极为骄傲。现在这个可怜的人听到赫利顺口说出要将他关进监狱里去,他心里非常不高兴。我们必须承认的是汤姆对自己的为人是颇为满意的。可怜的他除此以外也的确没有什么值得他自己感到骄傲的了。如果他的身份能够高贵些,也不会落到今天这般境地。天色逐渐昏暗下来,这天夜里,赫利和汤姆各自满意地下榻在华盛顿——一个在旅馆,一个在监狱。

第二天上午十一点左右,各种各样的人们聚集在法院门前的台阶上,有的在抽烟,有的在嚼烟叶,有的嘴里吐着痰,有的叫骂着,还有的在闲聊,这些人依照他们不同的品性和趣味等待着拍卖会的开始。那些即将被拍卖的奴隶们坐在另一个地方,用低低的声音交谈着。那个叫黑格的女奴,从其外貌、体形看来,是个典型的非洲人。可能只有六十岁的她由于繁重的体力劳动和病痛的折磨,看上去比实际年龄要更老一些。她的眼睛有点瞎,因为患有关节炎,腿也有点毛病。她的孩子亚伯特站在旁边。这孩子今年十四岁,看上去机灵可爱,是黑格身边留下的最后一个孩子。她本来儿女成行,可孩子们一个接一个的被卖到南方一个黑奴市场而被迫离开了她。现在，亚伯特是她身边唯一的孩子。黑格用颤抖的手抱着她的孩子，每当有人经过他们打量亚伯特时，她就会用一双紧张而惊恐的眼睛盯着对方。

“别怕，黑格大妈，”那个年龄最大的男黑奴说，“我和托马斯老爷说过，他说他会尽量把你们母子俩一起卖出去。”

“他们别以为我老得什么都不能干了，”她边说着，边举起那双颤巍巍的手，“我还能做饭、拖地、洗洗刷刷——只要价钱便宜，买我可是笔划算的买卖！——跟他们说说吧，求你。”她恳切地哀求道。

这个时候，赫利好不容易挤到这群人中间，走到那个老头面前，用手扳开他的嘴，往里瞧了瞧，又试了试他的牙齿，让他站起来，伸伸背，弯弯腰，还做了几个动作，看他的肌肉还结不结实。然后他走到另外一个黑奴眼前，做了同样的检查。最后他走到亚伯特面前，摸摸他的胳膊，扳开他的手掌，看看他的手指，又让他跳了跳，看他灵不灵活。

黑格急切地说：“你如果买他，可要把我也买去呀，他和我一直就在一起，我的身体也很结实，老爷，我还能干好多活呢！”

“能种庄稼吗？”赫利用轻蔑的目光看了她一眼，“蛮会瞎编的。”他走出人群，仿佛对自己的检验结果非常满意，把双手插进衣兜，嘴巴里叼着根雪茄，帽子歪戴在头上，站在边上观望，一副准备好做买卖的姿态。

“你意下如何？”有个男人问他。刚才当赫利检验黑奴的时候，这人的眼睛一直盯着他。现在他似乎想等赫利说出意见后再作打算。

“嗯，”赫利吐了口痰，说，“我打算买那几个年轻的和那个小孩。”

“他们好像要将小孩和那个老太婆一起卖掉呢。”那人说。

“这样我可就没什么赚的——她就剩把老骨头了，几乎什么都不能干。”

“那么，你不准备买她？”那男人问道。

“傻子才会买她，又瞎又跛，又有关节炎，又傻呆呆的。”

“可有人就专门买这种老奴隶，说他们不是人们想象中那么没用，他们还能干上几年才会死。”那人深思熟虑地说道。

“我才不干这种买卖，就是白送我，我也不要，我已经这样决定了。”赫利说。

“但如果不一起买下她和她的孩子，真是令人觉得可怜——看样子她

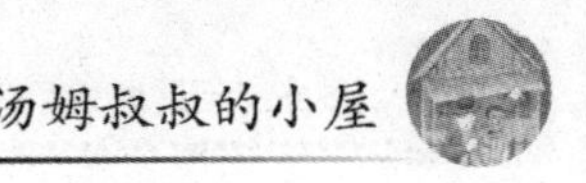

很疼爱她的孩子——他们也许会把她搭着贱卖掉。”

“有人乐意花那个钱，也行。可我买那个孩子是为了让他去干农活；——让我去买那个老太婆，绝不可能，——就是白送，我也不要。”赫利说道。

“她会大闹的。”那人说。

“她当然会那么干。”黑奴贩子赫利毫无表情地说。

这个时候，他们的谈话被人群里响起的喧闹声打断了。那个拍卖商挤到人群中。他矮小个儿，匆匆忙忙的，看上去一副自鸣得意的样子。那个老太婆黑格心中一惊，倒吸口冷气，出于本能地抓住她的儿子亚伯特。

“到妈妈这边来，孩子，过来，他们会把我们一起买下的。”黑格说道。

“可是，妈妈，我怕他们不会这样做。”孩子说道。

“会的，孩子。如果他们不这么做，我就不想活了。”老妇人声嘶力竭地讲道。

拍卖人用响亮的声音叫人们让出一点地方，随后他宣布拍卖开始。大家让出了一片空地，投标拍卖就此开始。很快名单上那几个男奴以高价卖了出去，这显示市场存在相当大的需求。他们中间有两个人被赫利买走了。

“小家伙，轮到你了，”拍卖人一边叫着，一边用槌子敲了孩子一下，“去让大家看看你的机灵劲儿。”

老太婆紧紧地抱着她的孩子，叫道：“把我们一块卖掉吧，一块卖吧，求求你，老爷。”

拍卖人态度恶劣地吼道：“滚开！”然后用力推开她的双手，“最后才是你。赶快，小黑球，跳上去。”他把孩子推到台子上，他的身边传来老妇人那悲痛的哀号声。孩子停住脚步，转过头看看。但他不能停留了，他用手抹去那双明亮大眼睛中的泪水，然后一下子跳到了台上。因为他长得聪明机灵，体形匀称，身手敏捷，立刻成为了拍卖会的竞争投标对象。拍卖人同时听到五六个人在喊价。小黑孩儿听着嘈杂的叫价声，又心急，又害怕，他到处张望直到木槌一声落下，他被赫利买到了。他被人推到新主人面前。他停下来，回头看到他的母亲全身在颤抖，朝他伸出同样颤抖的双手。

“买下我吧，老爷，看在上帝的分上！——买下我吧——不然，我就要死了！”

“买下你，你不也得死吗？你这不是给我找麻烦吗？不行。”赫利说完，转身就走了。

老太婆被拍卖时没费什么时间。刚才和赫利说话的那个男人好像动了恻隐之心，花了几个钱买下了她，随后围观的人群就散开了。

这些被拍卖掉的奴隶曾经在一起生活过许多年，他们围在老太婆周围，看到她那伤心欲绝的样子真是令人寒心。

“他们为什么不能给我留下一个？老爷答应过给我留下一个的。”她用那令人心碎的声音一遍又一遍地说着。

“黑格大妈，你要相信上帝。”那个年龄最大的黑奴悲伤地劝道。

“这有什么用？”黑格边说边悲伤地抽泣着。

“妈，你别哭了！别哭了！别人都说你遇到了一个好主人。”孩子叫道。

“那又能怎么样。亚伯特，我的孩子！我可就只剩下你这么一个孩子了。上帝呀，你叫我怎么能够不伤心呢！”

赫利冷冷地说：“你们几个人就不能把她推开吗？她这么哭下去一点用处都没有。”

这个可怜的老太婆死死地抱住她的儿子，几个年纪较大的人一边劝她一边拉她，最后终于使她松开双手，一边安慰着她，一边把她领到新主人的马车前。

“好啦！”赫利说着，把买到的三个黑人奴隶弄到一起，掏出好几把手铐，把他们分别铐了起来，又用一条长铁链将这些手铐串接起来，随后把他们往监狱的方向赶去。

几天后，赫利带着他的奴隶，坐上了一条行驶在俄亥俄河上的轮船。在沿河的几个码头上，赫利和他的经纪人还寄存了许多奴隶，他们和赫利新买的几个黑奴一样都是上好的货色。顺河而下，赫利的财富会越来越多，而现在仅仅只是个开始。

赫利他们乘坐的这艘轮船，华丽无比，和俄亥俄河有一个相同的名字——美丽河。现在，“美丽河”号轮船正沿河顺流直下。晴空万里，阳光明媚，船桅上的美利坚星条旗随风飘扬，穿戴考究的绅士淑女们在甲板上悠闲地散着步，尽情享受着美好时光。人们意兴盎然，愉快轻松，可赫利

的黑奴们却并非如此。他们和货物一起堆放在船舱的底部，不知什么原因，他们似乎对自己所受的待遇很不满意。此时他们正聚在一块儿，低声地交谈着。

“小伙子们，”赫利踏着轻快的脚步走到他们面前说道，“都振作起精神，快活起来，别愁眉苦脸的，知道吗？坚强点，小伙子们。乖乖地跟着我，我不会让你们吃亏的。”

这群小伙子一齐答道：“是的，老爷！”多少年来，这些可怜的非洲后代对“是的，老爷！”这一回答已经习惯了，这句话已经成为他们的口头禅。可事实上他们并不快活，因为这时他们心里想的是自己的妻子、母亲、姐妹和孩子，因为他们即将天各一方了。尽管掠夺他们的主人想叫他们强作欢颜，可要马上做到这点，也不是件容易的事情。

广告上注明叫“约翰，30 岁”的那个黑奴把被铐着的两只手放到汤姆的膝盖上，说道：“我有老婆，可是她还压根儿不知道我现在的状况，可怜的姑娘哟！”

汤姆问道：“她住在哪里？”

约翰说：“就住在离这里不远处的一个旅店里。唉，真希望这辈子还能和她再见上一面。”约翰真是苦命！他说着说着，不禁泪流满面。这情不自禁流下的泪水和白人所流下的泪水没有什么不同。汤姆不禁心酸地长叹口气，他很想安慰一下约翰，却实在想不到什么好办法。

在这些黑奴上面的船舱里，坐着许多父亲和母亲，丈夫和妻子，孩子们快活地在他们四周跳来跳去，像一群蝴蝶一样。所有的一切是那么的轻松而愉快。

一个刚从轮船底舱跑上来的小男孩说：“哎呀，妈妈，船上有个奴隶贩子，船舱底下有四五个他带来的黑奴。”

“真可怜！”那位母亲悲愤地说道。

“怎么回事？”一位夫人问道。

“船舱底部关着些可怜的黑奴。”那位母亲说。

“他们还被铁链拴在一起呢。”男孩又说。

“光天化日之下竟会有这样的事情发生，这真是我们美利坚的耻辱！”另一位太太说道。

“这种事也很难讲，”一位身份高贵的太太说道。她坐在自己的特等舱门口，手里做着针线活，身边是她的两个孩子——一男一女，正在那儿打打闹闹。“我去过南方，我觉得黑奴的日子挺好，如果他们变为自由人，日子也许还没这么好呢。”

“从某些方面讲，部分黑奴的日子过得的确不错。但奴隶制最可怕的地方就在于它无视、践踏黑奴的情感，比方说，它使那些奴隶们骨肉分离。”对方说道。

“这当然是不对的，”那位高贵的太太说着，拿起一件刚完工的婴儿衣服仔细地打量着上面的花饰，“但我想，这种情况并不多见吧。”

“这种事经常发生，”第一个说话的太太神情恳切地说，“我在肯塔基和弗吉尼亚住过许多年，这种谁看见了都会心痛的事情，我见过许多。太太，如果说有人想要抢走你的两个孩子，把他们送去卖了，你会怎么样呢？”

“你怎么能拿我们的感情和那些黑奴的感情相提并论呢？”那位高贵的太太一边说着，一边从膝上挑出一些绒线。

第一位说话的夫人态度温和地说道：“你如果要这么说，那你真是完全不了解他们。我从小在黑奴中长大，我知道他们有着和我们一样强烈的感情，也许更强烈。”

“真是这样吗？”高贵的太太打了个哈欠，转过头看着舱外，然后好像作总结发言一样，把刚才她说过的话又说了一遍，“不管怎么说，我觉得如果他们成为自由人，也许还没现在过得好呢。”

“非洲人天生就该做奴隶，这点毫无疑问，因为这是上帝的旨意——他们本来就该低人一等，”一个坐在船舱门口的牧师断然说道，他身上的黑色衣服使他看起来神情非常庄严肃穆，“《圣经》上说过，‘迦南应当受到诅咒，必须做奴隶的奴隶’。”

“那经文是这个意思吗？”旁边的大个子问道。

“这还有什么可以怀疑的吗？！很久以前，出于某种神圣的原因，上帝决定让黑种人永生永世戴着枷锁当奴隶，上帝认为这么做是对的，难道我们要违抗上帝的意愿？！”

“这么说来，我们就该顺从天意，去买卖奴隶啰。如果那是上帝的旨意，难道我们不该这么做吗？你说呢，先生？”高个子转过身对赫利说道。赫利一直站在炉子旁边，两只手插在衣兜里，聚精会神地听着这些人的谈话。

“难道不是吗？我们必须顺从天意，黑奴们就该被卖，就该被运来运去，就该被人欺负，这是他们的命。听起来这种看法蛮有新意的，是吗，哥们儿?”高个子对赫利说道。

赫利回答说：“我没想过这些，也说不出什么大道理，我是个粗人，我做奴隶买卖只是为了养家糊口；如果这么做不对，我打算洗手不干了。我说的可是真心话。”

“现在你用不着找麻烦了，你看，精通《圣经》真是大有好处。假若你和这位牧师先生一样，好好研究一下《圣经》，你就不必麻烦了。你只用念一句话‘某某应当受到诅咒’——那个人叫什么名字？——那么一切就是理所应当了。”高个子说道。原来，这个高个子就是肯塔基那家旅店里为人正直的黑奴主，我在前面已经向读者介绍过了。他说完话，就坐下来吸着烟，表情冷漠的脸上挂着一丝令人猜不透的笑容。

这时，一个身材纤长的年轻人加入到谈话中。他看上去聪明机智，而且脸上的神情显得极具同情心。他也背诵了一句经文：“‘因而无论何种情况下，你们希望别人怎么对待你，你就得怎样去对待别人。’”他接着又说：“这句话同样是《圣经》中的话。”

黑奴主约翰说道：“可不是吗，就是我们这等老粗听了这句经文，也是非常明白的。”说完，他又接着吸起烟来。

年轻人停了停，看上去还想说些什么。这时轮船突然停下不走了。和平常一样，大家都冲了出去，想看看船停在了什么地方。

“他们都是牧师吗?”当大家往外跑的时候，约翰向另一位旅客问道。

那个人点了点头，表示肯定。

轮船刚停稳，一个黑女人疯狂地冲上了甲板，挤进人群，飞也似的奔到黑奴们呆的地方，伸手抱住那个叫约翰的黑奴失声痛哭起来。原来这个约翰就是她的丈夫。

这样的故事已经说过太多，没有必要再说了，每天都能听到这样令人心碎的故事，有必要重复这种强者为了谋取利益、寻欢作乐而肆意欺压弱者的故事吗？每天，这样的故事都在重演，还用再说什么呢？尽管上帝保持沉默，可他的耳朵没有聋，所有这些他都能听到。

此刻，那个维护人道和上帝的年轻人，双手交叉在胸前，眼睛注视着面前的惨状。他转过身来，看见站在身边的赫利，语重心长地说："朋友，你怎么敢、怎么能干这种买卖呢？你看看眼前这些可怜的人吧。我就要回家和我的家人团聚了，我从心底里感到高兴。可同样的铃声，对我而言意味着归家之路，对他们而言却意味着永远分离。你犯下这样大的罪孽，上帝会惩罚你的。"

赫利听了他的话，默不作声地转身走开了。

"听我说，"那位正直的黑奴主碰了碰赫利的胳膊肘，说道，"牧师和牧师也不一样，对吗？这位牧师似乎不同意'迦南应当受到诅咒'这种说法，对吧？"

赫利不知怎么回答，只是哼了一声。

黑奴主约翰大声说道："这还算不上最坏的。有那么一天，你会受到上帝的审判，谁也逃不了这关，上帝也不同意'迦南应当受到诅咒'这种说法。"

赫利满怀忧虑地走到船的另一头去了。

赫利心里盘算着："如果再做一两笔买卖，赚上一大笔钱，我今年就洗手不干了，做这种买卖真有点玄。"他心里这么想着，于是掏出钱包算起账来。因为许多人都发现数钞票是治疗良心不安的一剂良药。

轮船离开码头继续往前航行，船上又恢复了以前那种轻松愉快的气氛。男人们有的聊天，有的无所事事，有的看书，有的抽烟；女人们在做着针线活；孩子们在嬉闹着。

有一天，"美丽河"号在肯塔基州的一个小镇停泊了一段时间。赫利为了一件买卖上的事情上了岸。

虽然汤姆带着铁镣，但这并不妨碍他做些轻微活动。他慢慢走到船舷边，懒懒地倚在栏杆上，朝岸边呆呆地看着。只一会儿工夫，他看见赫利匆匆忙忙地赶了回来，还带着一个抱着小孩的妇女。那个女人的穿着非常得体，身后跟着一个提着小箱子的黑种男人。那个女人高高兴兴地朝轮船这边走来，一边走，一边还和那个提箱子的人说话，接着他们走过跳板，来到轮船上。这时，响起轮船起航的铃声，接着汽笛发出呜呜的两声，机器轰隆隆地发动了，轮船继续顺河航行。

那个妇女来到底舱，一路穿过放满货箱和棉花包的走道。等到她坐下之后，嘴巴里发出啧啧的声音哄着她的孩子。

赫利在船上来回转悠了一两圈。他走到那个妇女的身边坐下，用很低的声音和她说了些什么话。

汤姆注意到女人的脸上立刻阴云密布，她情绪激愤地说道："我不相信——我才不会相信呢！"汤姆还听她喊道，"你不会在骗我吧？"

"你不相信就看看这个好了。"赫利掏出一张纸，"这是你的卖身契据，你的主人已经签过字了。我可是花大价钱将你买下来的，你还不相信我？！"

"我不相信老爷会欺骗我，根本不可能有这么回事！"女人说着，而且情绪变得越来越激动了。

"你不相信就问问别人吧，只要他会认字就行！"赫利对一个经过他身边的人说道："请帮忙念念这张字据，可以吗？我告诉这个女人这张字据上写了什么，可她怎么也不肯相信。"

"哦，这不是张卖身契据吗？上面有约翰·弗斯迪克的签名。他把一位叫露希的女人和她孩子一齐卖给了你，这上面不是写得一清二楚吗？"那个人讲道。

女人立刻愤怒地大闹起来，引来一大群围观者。赫利用简短的话向围观者解释着原因。

"他亲口跟我说把我租到路易斯维尔去干活，到我丈夫干活的那家旅店当厨娘，我不相信他会欺骗我。"女人讲道。

"可是，他的确是把你卖了，这是真的，可怜的人，"一个和善可亲的先生看过字据后对女人说道，"他真的把你给卖了，没骗你。"

"那我该怎么办？"女人说着，突然变得很平静。她在箱子上坐了下来，紧紧地搂着她的孩子，转过身去，发呆地望着流动的河水。

赫利说："她终于想通了。她倒真有血性。"

轮船继续向前航行，女人的表情非常平静。一阵微风轻柔地吹过，轻轻地拂过她的面颊，好像一位充满善心的天使，却不管女人的眉毛是黑色还是金色。那个女人看着波光粼粼的水面上荡起一层层金色的微澜，她听到周围到处是愉快的交谈声，可她的内心却沉重得犹如压了一块大石头一般。她的孩子靠着她站起身来，用两只小手轻轻抚摸着妈妈的脸庞。孩子嘴里咿咿呀呀地叫着，好像要让妈妈提起精神来。女人突然紧紧地搂住孩子，眼泪顺着孩子那张惊讶而纯真的脸不停地往下流，慢慢地，女人变得平静了。她又像刚才那样给孩子喂起奶来。

这个孩子约有十个多月了，但和别的同龄孩子比起来，他长得异常的壮实。他的手脚健壮有力，不停的乱动，搞得他的妈妈手忙脚乱。

“这孩子长得真好看！”一个人在孩子眼前停住了脚步，手放在衣兜里说，“孩子多大了？”

“十个月零十五天。”女人回答说。

这个人吹着口哨去逗弄那个孩子，又递给他半块糖，孩子伸出手去抓糖，然后放进嘴里。要知道，孩子对好吃的食物可是来者不拒。

“小精灵鬼！”那人说，“你倒是挺明白的！”说完话，他吹着口哨走到船的另一端，看见赫利坐在一大堆箱子上，正吸着烟。

陌生人掏出火柴和香烟，点燃了一支，说道：“嗨，兄弟，你买来的那个女黑奴长得真不赖。”

“是吗，我看还凑合吧。”赫利从嘴里吐出一口烟。

“你打算把她带到南方去？”那人又问。

赫利点了点头，接着又抽起烟来。

“让她去种地？”那人接着问道。

“是的，”赫利说，“我和一家庄园订下一笔买卖，我想把她也算在里面。别人告诉我她是个不错的厨子。所以，他们可以让她做饭或者让她摘棉花，她的那双手最适合干这些，我已经仔细认真地验过货了。她肯定能卖个好价钱。”说完，他又接着抽起烟来。

“可是那个庄园主不会要这个孩子的。”那人说。

“等有合适的机会，我就把孩子给卖了。”赫利又点燃了一支烟。

“价钱应该会便宜点吧。”陌生人说着，爬到堆在一起的木箱上，舒舒服服地坐下来。

“那可不一定，这孩子长得真不错——有鼻子有眼，结结实实，身上的肉结实得不得了。”赫利说道。

“的确如此，可要养大他，那可是件麻烦事儿。”

“瞎说，黑孩子比什么都容易养！养他们和养小狗差不多。估计要不了一个月，这孩子就会到处乱跑了。”

“我能介绍一个养孩子的好去处，而且那地方也有此打算。我家厨子的孩子上星期死了——那孩子在她出去晾衣服的时候掉进洗衣桶里淹死

了，我看你可以让那个厨子来领养这个孩子。”

赫利和陌生人又都默不作声地吸了会儿烟，他们似乎谁都不愿意先提出那个令人费神的价钱问题。最后，陌生人开口说：“这个孩子最多十块钱吧。反正迟早你也是要把他卖掉的。”

赫利摇了摇头，装腔作势地吐了口口水。“那可不行。”然后又接着抽起烟来。

“好吧，那你说什么价？”

“嗯，我完全可以自己先养着这个孩子或者让别人先替我养着。他长得这么结实，这么逗人喜欢，我想半年之后他就能卖个好价钱。只需一两年时间，只要我碰到好的买主，两百块钱卖掉他是绝对没有问题。至于说现在卖掉他的价钱，我看至少得五十块钱，少一分钱都不行。”

“兄弟，你也太贪心了吧。”

“我可是实事求是！”赫利斩钉截铁地点了点头。

“三十块钱，一分钱也不能多。”

“我看不如这样吧，”赫利说着，嘴里又吐出一口唾沫，表明他的决意已定。“我让你一步，四十五块钱成交，一分钱也不能少了。”

“行，我同意。”陌生人想了一会儿说道。

“我们成交！你在哪儿上岸？”

“路易斯维尔。”

“路易斯维尔，太好了。估计天刚黑那会儿，船就能到达那儿了。那会儿孩子应该已经睡着了，太好了，这样你就可以悄悄地把他抱走，免得他又哭又闹的，这可真是妙极了。我喜欢做什么事都神不知鬼不觉，讨厌把事情搞得无人不知，无人不晓。”当陌生人从口袋里掏出一叠钞票给了赫利之后，这个奴隶贩子又抽起了烟。

当轮船停靠路易斯维尔码头时，宁静的夜空明亮无比。这时候，那个孩子正睡得香甜。那个女人抱着孩子坐在那儿一动没动，这时听到有人喊路易斯维尔，她急忙将斗篷放在成堆箱子中间的一个凹陷处，然后将孩子放进这个临时搭建的“摇篮”里。随后，她跑到船边，盼望着能在码头上的旅馆佣人们中找到她的丈夫。她挤到栏杆跟前，探出身子到处张望着，双眼目不转睛地盯着岸上那攒动的人群。这会儿工夫，已经有好多人挤在她和孩子中间。

“该你动手了，”赫利说着，伸手将熟睡的孩子抱起来，递给了那个陌生人。“千万别把他弄醒，如果把他弄哭了，那个女人不知道要闹成什么样呢。”那陌生人小心翼翼地接过孩子，很快便消失在上岸的人群里，无影无踪。

轮船又一次发动起来，烟囱里喷着烟，缓缓地离开了路易斯维尔码头，向前方驶去。那个女人转过身子回到先前的地方。赫利坐在那儿，孩子却不翼而飞。

“我的孩子呢？”她嚷着，眼睛里充满了惊讶和疑惑。

“露希，你的孩子不在这儿了。我跟你明白说吧，我知道你没办法把孩子带到南方去，所以我给你的孩子找了个买主。买他的可是个好人家，孩子给他们养大比你自己养强多了。”赫利回答。

黑奴贩子赫利的宗教信仰和个人修养已经达到一个完美的境界。这个境界最近曾经被北方的某些传教士和政客们极力推崇过，他的修养使他完全克服了人道主义的弱点和偏见。只要引导合适，勤奋刻苦，你我也完全可以达到他的那种境界。面对女人那极端痛苦和绝望的目光，如果没有他那么老练，肯定会受不了的。可这个黑奴贩子对这种事情已经习以为常了，因为女人的这种神情他已见过无数次。你我对这类事情有可能也会无动于衷。最近，有些人为了美利坚的利益正在努力实现一个宏大的目标，那就是争取让所有北方人都对这种事情习以为常。所以，即使这个黑女人由于极度痛苦而握紧拳头，甚至连呼吸都很困难，而赫利只把这些当作黑奴交易中不可避免的现象而已。他关心的仅仅是女人会不会大吵大闹，会不会在船上惹出事端，因为他对骚乱是极为反感的，正如同维护我们社会古怪制度的卫道士一样。

事实上，女人没有哭也没有闹。这致命的打击已经使她欲哭无泪了。

她头昏眼花地坐了下来，双手垂落在身体两侧，两眼茫然地望着前方。船上的嘈杂声、机器的巨大轰鸣声交杂在一起，使她的耳朵嗡嗡作响。极度的痛苦已经使她变得麻木，她已无力哭喊或是做些别的什么了。

这个人贩子的优点就在于他有一副和政治家一样的好心肠，他感到自己此时必须尽力给那个女人一些安慰，这是他的责任。

“我知道这种事开始都会让人很难受，可像你这么聪明的女人，总不会一直就这么活下去吧。你知道我也是迫不得已，没有办法才这么做的。”

“哦，别说了，老爷，别再说了！”女人费力地说道，仿佛被窒息一般。

人贩子坚持说道：“露希，你是个聪明人，我是绝对不会亏待你的。我保证为你在南方找个好归宿，像你这样一个招人喜爱的姑娘，很快就会再找到个男人。”

“哦！老爷，难道你就不能不说话吗？”女人痛苦地说道。人贩子只好站起身，因为他发现他的那套戏法在这个女人身上行不通。女人转过身去，把脸埋进了衣襟。

赫利看到这些，自言自语道：“她倒真是挺难受的，不过还算老实。就让她发泄一下好了，她慢慢就会想通的。”

汤姆一直在关注着这笔交易，而且十分清楚会有什么样的结果。这件事对于他来说可谓是无比的可怕和残忍！这个可怜无知的黑人完全没有从这种事中总结经验，开阔自己的眼界。如果他听过某些牧师的教诲，他可能就会把这桩买卖看作合法交易中一件司空见惯的平常事了。美国的一位神学家认为这种社会制度“除了和社会、家庭生活中的其他相互关系紧密联系之外没有其他弊端”。但是，汤姆这个可怜而无知的黑奴，除了《新约》之外，他没有读过任何别的书了。因此，类似这样的观点当然无法叫汤姆感到满意，内心得到安慰了。汤姆在为那个可怜的女人感到痛心。那个女人像片枯叶子一样躺在成堆的箱子上。这是个有感情、有生命的人，她的内心流着血，她具有不朽的灵魂，可是她却被美国的法律规定为一种商品，和她身边用箱子装着的货物一样。

汤姆走到女人身边，想对她说些什么。女人只是在那哀吟着，汤姆不禁流下了眼泪。他虔诚地乞求上帝的仁爱，基督的慈悲，永恒的天堂，可极度的痛苦已经使女人听不到这些，也感受不到这些了。

夜幕降临，宁静的夜空中闪烁着无数颗明亮的星星，它们看上去庄严肃穆，宁静美丽。天空静悄悄的，没有安慰的话语，没有关爱的手臂。欢笑声、谈生意的声音逐渐消逝，人们慢慢进入了梦乡，只有波浪拍打船头的声音还能清楚地听见。汤姆躺在一只箱子上，不时听见女人那悲伤的呜咽声和抽泣声——“哦，我该怎么办？主啊，帮助我吧！”她就这样不时低语着，渐渐地她的声音听不见了。

大约午夜时分，汤姆突然从睡梦中惊醒。他看见一个黑影经过他身边直奔船舷，随后他听见扑通一声。只有他亲耳听见，亲眼看见了这些。

他往女人睡觉的地方望去——没有人了。他爬起来，四处找了找，没见女人的踪影。一颗流血的心终于可以安息了。水面依旧微波荡漾、晶莹闪亮，好像什么事都没有发生过一样。

忍耐！忍耐！看到人世间的不公平而愤怒的人们。荣耀的上帝，不会忘记苦难的人们，不会忘记他们所遭受的苦难和他们流的每一滴泪水，上帝的胸怀宽广得能包容人世间的一切苦难。像上帝那样学会忍耐吧，用爱心去做善事吧。因为上帝应允过："救赎我民之年必将来到。"

第二天，奴隶贩子很早就起床了，他要来清点他的货物。这次该他不知所措地到处乱找了。

他问汤姆："那个女人去哪儿了？"

汤姆只说自己不知道，他认为保持沉默才是明智之举。他没有必要把自己昨晚看见的和心里的想法告诉这个人。

"她不可能在夜里从停靠的码头上偷偷溜走的。船每次靠岸，我都醒着，我很警觉，我的货都是我自己看管的。"

赫利将这番心里话说给汤姆听，仿佛汤姆会感兴趣，但汤姆没理他。

人贩子从船的这头找到船的那头，他把货箱、棉花包和木桶之间的角角落落都搜遍了，连机器和烟囱周围也查了，可还是没有找到那个女人。

"喂，汤姆，告诉我吧，"经过一番毫无结果的苦战，赫利来到汤姆跟前，说道，"你肯定知道，你别想瞒我——我明白你绝对知道。我十点钟看见那个女人睡在这儿，十二点在，一点多钟还在，怎么四点钟她就不见了？你一直就睡在那儿，所以，你一定知道怎么回事，你不可能不知道。"

"是这样的，老爷。天蒙蒙亮的时候，有个人影从我身边闪过，那时我还是迷迷糊糊的。接着我听见扑通一声，然后我就完全清醒了，就看见女人不见了。我知道的就这么多。"

赫利并没有觉得有什么值得大惊小怪的，因为在前面我们已经说过，对于我们是奇异的事情，在他看来却是司空见惯，早已习以为常。他就是见了阎王也不会害怕，因为他们已经打过几次交道了——在做买卖的过程中，他们已经相识相知了——他只是觉得阎王很难对付，总是妨碍他做生意。所以，他只好自认倒霉，嘴里咒骂着那个女人，还说如果照此发展下去，他肯定会破产的。总之，他觉得自己实在是不顺，可又有什么办法

呢？那个女人跑去的地方是不允许引渡逃犯的——即使美利坚合众国全体公民一致要求也是没用的。所以，赫利只好失望地坐了下来，取出一个小账本，把那个女人的名字写在了“损耗”一栏里。

“这个黑奴贩子简直没有人性，真是太可怕了！”

“不过没有人会瞧得起这些奴隶贩子。他们到处都受到鄙视，上流社会从来都不接纳他们。”

但是，先生们，究竟是谁造就了黑奴贩子？是谁更应当承担罪责？是那些奴隶贩子，还是那些有教养、有文化的文明人？事实上，奴隶贩子只是奴隶制度的必然产物，而有教养的人正是这种制度的极力维护者。正是你们这些有教养的文明人造就了一种社会环境，让奴隶贸易能有存在的空间，使奴隶贩子道德败坏。你们这些文明人又比奴隶贩子强到哪里呢？

难道仅仅因为你们有文化，他们愚昧；你们高贵，他们卑贱；你们文雅，他们粗俗；你们聪明，他们愚蠢吗？

当最后的审判日来临时，他们所具备的那些条件可能使他们更容易得到上帝的饶恕。

在讲述了这么几个合法贸易中的小故事之后，您可千万不要得出这么一个结论：美利坚的立法者是完全没有人性的人。你们得出这一结论的理由可能是因为美国的立法机构竭尽全力保护奴隶贸易，并使其永远存在下去的事实。

人人都知道我国的杰出人物强烈反对跨国的奴隶贸易。我国出现了一大批以克拉克逊和威伯福斯为代表的人极力反对贩运奴隶，这个现象会使听见或看见这个消息的人大受教育。亲爱的读者，到非洲去贩卖黑奴的确是件骇人听闻的事。然而，到肯塔基州去贩卖黑奴则完全是另外一码事。

13 教友村

展现在我们眼前的，是一幅多么宁静的画面啊——

一间宽敞的厨房，油漆得干净而雅致，光滑的黄色地板被清洁得一尘不染；厨房里有只乌黑而干净的铁锅，还有那一排排闪闪发亮的白铁罐，很容易让人联想起许多美味的食物；几把油光的绿色座椅，尽管已经用了许多年，却仍旧非常结实；一个做工精致、用几块颜色不同的呢绒布料拼结而成的坐垫，放在一张石板作底的摇椅上；旁边有张更大一点的摇椅，好像那张小摇椅的母亲一样，年迈而慈祥，两只宽大的扶手似乎在发出诚挚的邀请，而上面的鸭绒坐垫好像也在邀请客人——这把旧摇椅舒适，能给人带来美好享受，单就这一点，它就能和十几把丝绒或织锦缎沙发相媲美。我们的老朋友伊丽莎现在正坐在这张摇椅上，她一边坐在椅上慢慢摇着，一边做着针线活。她的脸庞比她在肯塔基的时候更加清瘦，无限的哀愁和忧郁在她的眉宇间和嘴角边都流露出来。显而易见，在苦难的磨炼下，她已变得更加坚定了，成熟了。过了一会儿，她抬起那双乌黑的大眼睛，看着她的小哈里像只蝴蝶般在地板上嬉戏着。她的脸上不时流露出深沉而坚毅的表情，这在她先前安逸的生活中是没有见过的。

一位妇人正坐在伊丽莎的身边，膝头放了一只白色铁盘，她正仔细地把晒干了的桃子挑选出来放到那个盘里。这位妇人大约五十五岁到六十五岁之间，但岁月似乎没有在她的面颊上留下很深的印记，她看起来并不衰老，相反使她看上去很有味道。那顶白色镶边的绉纱帽子，是正宗教友会式的。一块白色的洋布手帕别在她的胸前，还有那身浅棕色的披肩服装，这些装束使别人一看就知道她是个地道的教友会信徒。她有一张红润而健康的脸庞，使人容易联想到一个熟透了的桃子。她的头发是从中间分开，然后光溜溜地梳到脑后。岁月流逝，她那高高的、安详的额头上，留下的除了善良与平和之外，没有其他什么。那双清澈、真诚的眼睛，让你一眼就能看透她，感觉到她是个多么善良的女人。人们总是热衷于谈论和赞美美丽的姑娘，我不明白，为什么没人注意到老年妇女的独特之美呢？我们的老朋友雷切尔·哈里迪正是这种美的体现。让我们来看看她

坐在小摇椅上的姿态吧。这把摇椅平时总爱吱吱嘎嘎地响，就像患上风寒或哮喘病一样，要不就是精神紊乱。可当雷切尔坐在它上面时，它的声音却变得非常柔和，一点儿也不刺耳。难怪哈里迪先生觉得这把椅子发出的声音是那么美妙，比任何音乐都要动听，而孩子们则认为他们最最思念的就是妈妈的摇椅声。为什么呢？因为二十多年来，他们在这把摇椅边听到的是母亲的谆谆教诲，感受到的是仁慈的母爱——无数次的头疼病和心疼病在这里得以治愈，各种精神和世俗的烦恼和难题都在这里找到答案——所有的一切全要归功于这位仁慈善良的女人。愿上帝赐福于她！

“那么，你还是想去加拿大吗？”雷切尔一面捡着桃子，一面问伊丽莎。

“是的，太太，我必须向前进，不能停留。”伊丽莎坚决地回答说。

“你到那儿去干什么呢？你可得计划好啊，闺女。”

“闺女”这词从雷切尔的嘴里说出来简直是非常的自然，因为她的神情、相貌让人觉得她太像一位母亲了。

伊丽莎的手颤抖着，几滴眼泪落在她手里的针线活上，可她仍旧坚定地回答道：“找到什么就干什么，我想总能找到活儿干的。”

“你知道，你想在这儿呆多久都可以，只要你愿意。”

“我知道，谢谢你，可是——”她指了指小哈里，“我每天晚上都睡不着，心神不宁，昨晚我梦见那个人跑进院子里来了。”说完，她不禁浑身打了个寒战。

“哦，可怜的孩子！”雷切尔一边说，一边用手抹着眼泪，“你别这么想，逃到我们村里来的人没有一个被抓住过，这是天意。我保证你的孩子也绝不会被抓走。”

这时，一个胖胖的小妇人推开了房门。她身材不高，一张年轻快乐的脸仿佛一个熟透的苹果。她的衣着和雷切尔相似，同样是一身非常素净的灰衣服，一块平整的白洋布手帕别在她那娇小却丰满的胸前。

“露丝·斯特德曼。”雷切尔一边喊着，一边高兴地迎上前去，亲热地抓住露丝的双手，问道：“你好吗，露丝？”

“很好。”露丝伸手摘下头上的浅棕色帽子，露出她那圆圆的小脑袋。虽然她头上那顶教友会帽已经够神气了，可她还是不停地用肉肉的小手又拍又打，不住地整理。有几缕卷发跑到帽子外面来了，她细心地将它们整理好。她大约有二十五岁，进门之后就一直在小镜子前收拾着帽子和头发，好一会儿她才转过身来，似乎她总算对自己的模样感到满意了。大概多数见过她的人都会喜欢她，因为这位妇人有着一副热心肠，口齿伶俐，能讨男人们喜欢。

“露丝，这位就是伊丽莎·哈里斯，还有我跟你说起的那个小家伙。”

“非常高兴认识您，伊丽莎，非常高兴，”露丝说着便和伊丽莎握起了手，好像伊丽莎是她盼望已久想见到的老朋友。“这是你的孩子吧。我给他带来了蛋糕。”说着，将一块心状的蛋糕递给哈里。小哈里用眼睛从额前的头发下打量着露丝，不好意思地接过了蛋糕。

“您的孩子呢？”雷切尔问道。

“哦，他马上就来，刚才我进来的时候，玛丽把他抢过去了，要把他抱到马棚那边给孩子们看看。”

她话音刚落，玛丽抱着孩子推门进来。玛丽脸色红润，是个安分守己的好姑娘，她有着一双大大的棕色眼睛，和她妈妈一样。

“啊哈！”雷切尔一边说着，一边赶紧迎了上去，抱过那个白白胖胖的孩子，“长得真好，真快呀！”

“谁说不是呢。”露丝回答说。同时，她接过孩子，拿掉最外边的那件蓝色斗篷，接着一层一层地脱去孩子的几件外套，这儿拉拉，那儿扯扯，等到收拾停当了，又亲了孩子一口，才把他放到地板上歇歇。小宝宝似乎对这套工作程序已经非常熟悉。他立刻将大拇指放进嘴里，想他自己的心事了。这时候，他的妈妈也坐了下来，动作熟练地织起一条蓝白相间的绒线长袜。

“玛丽，去灌壶水，好吗？”雷切尔温柔地说道。

于是玛丽提着水壶去了井边，不一会工夫她就回来了。她将水壶放到炉子上，一会儿水开始扑扑地冒汽儿，好像一只好客并能提神的香炉。然后，雷切尔又小声吩咐了几句，玛丽便将一些干桃子放进炉子上的煨锅里。

雷切尔取下一只雪白的模具，系上了围裙，招呼说：“玛丽，叫约翰准备只鸡。”玛丽照她的话去做了，而雷切尔自己则开始做起饼干来。

“阿比盖尔·彼特斯最近怎么样啦？”雷切尔一边做饼干，一边问道。

露丝答道：“好多了。今天早上，我帮她收拾了床铺和屋子。莉娅·

希尔斯下午帮她做了些面包和馅饼，足够她吃几天的了，我还答应今天晚上扶她上床。”

“明天我去帮她洗洗衣服，再看看有没有什么需要缝补的。”

“那太好了！我听说汉娜·斯特伍德也生病了。约翰昨晚去了一次，明天我得去她那儿。”

“如果你明天要在那儿呆一天，那就叫约翰来我这儿吃饭吧。”雷切尔建议道。

“谢谢，雷切尔。明天再说吧，西米恩回来了。”

说话间，西米恩·哈里迪走进了屋子。他有着高大的身材，壮实的肌肉。他穿着浅褐色的衣裤，头戴一顶大檐帽。

“您好，露丝。”他热情地问候道，同时伸出他那宽大的手掌握住露丝那胖胖的小手，“约翰还好吗？”

“很好，我们一家都好。”露丝快活地回答。

“有什么消息要告诉我们吗，西米恩？”雷切尔一面将饼干放到烤箱里，一面问道。

“彼特·斯特宾斯告诉我今晚他们和朋友一起过来。”西米恩站在窄窄的后走廊里，一边说，一边在一个干净的水槽里洗着手。

“是吗？”雷切尔应声道，同时把目光投向伊丽莎，看了她一眼。

“你是姓哈里斯，对吗？”西米恩回到屋里，问伊丽莎。

雷切尔迅速地瞟了一眼丈夫，听见伊丽莎用发颤的声音回答道“是的”。伊丽莎以为她最担心害怕的事情发生了——难道外面贴出了捉拿她的悬赏告示？

“孩子她妈！”西米恩跑到后走廊，大声招呼雷切尔。

“干什么呀？”雷切尔朝着后走廊走去，边走边搓着自己那双沾满面粉的手。

“这女孩的丈夫现在就在咱们村子里，他今天晚上就到这儿来。”西米恩说。

“真的吗？孩子他爸？”雷切尔欣喜地说。

“这还能假得了？彼特昨天赶车到车站时，碰上了一个老太太和两个男人。其中有个男的说他叫乔治·哈里斯，我从他说的经历判断，准是他。这小伙子既聪明又体面。你看我们现在需不需要告诉伊丽莎呢？”

“先告诉露丝吧。露丝，到这儿来一下，好吗？”

露丝放下手里的毛线活，来到后走廊里。

雷切尔说道：“你猜怎么着，露丝？西米恩说伊丽莎的丈夫就在刚到的那群人中间，并且今晚就要来这儿了。”

露丝听完，惊喜地失声叫了一声，把雷切尔的说话打断了。她高兴得使劲蹦了一下，又拍了一下巴掌，弄得两缕头发从教友会帽里跑了出来，衬在她那雪白的围脖上，黑白分明。

雷切尔温柔地说：“轻点儿声，亲爱的！你看我们现在就告诉伊丽莎吗？”

“当然啦——马上就告诉她。您想，如果换作是我们家约翰，你说我会是什么感觉？当然应该告诉她，现在就去。”

“您倒真是事事为别人着想，露丝！”西米恩面带笑容地看着她说。

“这是当然啦。我们生来不就是为了这么做吗？如果我没有约翰和孩子，我又怎么能理解伊丽莎现在的心情呢？现在就去告诉她吧，就现在！”她拉起雷切尔的胳膊，“您把她带到睡房去说，我去替您炸鸡块。”

雷切尔走进厨房，看见伊丽莎还坐在那儿做针线活。她打开一间小卧室的门，亲切地对伊丽莎说：“跟我来，闺女，我有话要告诉你。”

伊丽莎原本苍白的脸庞立刻变得通红。她浑身颤抖地站起身来，惊恐不安地瞅着她的孩子。

露丝赶紧跑过来抓住她的手，说道：“别怕，是好消息，伊丽莎，快去吧，去吧！”说着，她把伊丽莎轻轻推进门去，随手把房门关上，然后转过身来，抱起小哈里，不停地亲他。

“你马上就能见到爸爸啦，小家伙，知道吗？你爸爸就要来这儿了。”她一遍又一遍地说着，弄得孩子用奇怪的眼神望着她。

这时，卧室里却发生着另外的故事。雷切尔把伊丽莎拉到自己身边，对她说：“上帝同情你，你丈夫已经逃了出来。”伊丽莎感觉刹那间血液好像一下子涌上脸庞，一瞬间又流回心脏。她浑身没劲地坐了下来，脸色变得十分苍白。

“坚强些，孩子，”雷切尔一边说着，一边用手轻轻抚摸着她的头发，“他就在朋友们中间，他们今晚就带他到这儿来。”

“今晚！今晚！”伊丽莎一遍遍地重复着。她已经完全弄不清楚“今晚”的意义了，因为这时她的脑子里如同做梦一般，昏昏沉沉。周围的一切陡然迷茫起来。

当她醒来时，发现自己舒服地躺在床上，身上盖着床毛毯，露丝正拿樟脑油在她手上一个劲地擦着。她睁开困倦的双眼，感到身上透出一股舒服的懒散劲儿，仿佛一个人终于可以放下负担已久的重荷，好好地歇歇了。从她逃出来的那一天起，内心的焦虑不安没有一天放松过，而这一切都过去了，她真切地体会到一种美好的安全感和宁静感。她睁大眼睛，躺在床上观察着周围，犹如身处一个梦境里。她看见通向厨房的房门开着，雪白的台布铺在饭桌上，她听见茶壶的低吟声，露丝轻快地来来回回，端着一盘盘蛋糕，有时递给小哈里一块，或者拍拍他的小脑袋，或者用手指缠缠他那满头的卷发。她看见雷切尔不时走到她的床边，替她把被子拉平、盖好，拽拽这儿，掖掖那儿，体现出她对伊丽莎的关爱，伊丽莎觉得雷切尔的棕色大眼睛中投射出的目光如同阳光般照耀在她的全身。她还见露丝的丈夫走进房间，露丝立刻向他奔过去，一边悄悄地说着话，一边还不时地打着手势，用她的小手指向自己这边。她看见大家围坐在桌边喝茶，露丝抱着孩子，小哈里躲在雷切尔圆润的胳膊下，他也坐在一张椅子上，伊丽莎在低语声，茶匙、杯盘的相互碰击声中进入了梦乡。自从她抱着孩子逃出来以后，还没有像这样好好睡过呢。

梦中，她见到了一个美丽的世界——那儿安详而宁静，那儿有绿色的海岸、美丽的岛屿、波光粼粼的湖面。人们告诉她这儿有一座房子是属于她的，她看见自己的孩子在玩耍，听见丈夫的脚步声越来越近，他伸出双手抱住她，泪珠滚落到她的脸上。她醒了，不是梦。她的孩子安睡在她的身边，茶几上一只蜡烛闪烁着昏暗的火光，而她的丈夫正在床边抽泣。

次日早上，这个教友会家庭中呈现出一片欢乐的景象。雷切尔很早就起来了，一群男孩女孩在她周围忙忙碌碌，他们在忙着准备早饭。在富饶的印第安纳州，准备早餐可不是件容易的事情，那麻烦劲儿简直就如同在天堂里采集玫瑰花瓣，修剪灌木。所以，光靠雷切尔一个人的力量是不够的，必须得有许多人帮忙。于是，约翰负责去井边打来新鲜的水；小西米恩在筛玉米面，准备做玉米饼；玛丽在磨咖啡粉；雷切尔则来回地走动着，做点心，或者切鸡块，同时还面带笑容地安排着全局工作。这么一大群帮手免不了会因为过分的热情而产生“冲突”，这时，雷切尔会温和地说声“得了”或是“算了吧”，争端便会得以解决。诗人们曾描绘过维纳斯那条令众生神魂颠倒的腰带，但我们更希望得到雷切尔的那根“腰带”，因为它能使人们避免神魂颠倒，让一切正常运转，我们觉得这样肯定会更加合适一些。

当大家正在忙碌的时候，老西米恩正在穿衬衣，他站在屋角的一面小镜子前刮胡子，看上去他没有丝毫的一家之主的派头。在那间大厨房里，一切事情都安排得井然有序，所有的工作都在友好的协作中完成。每个人似乎都对自己手上的活儿挺满意的，因而大家看上去很快活，这使得厨房里洋溢着信赖和友好的融洽气氛，就连往桌上放餐具时发出的声响都那么的亲切，而煎锅里的鸡肉和火腿似乎也愿意被炸，发出吱吱的欢快声，仿佛把这看作是一种享受。当乔治、伊丽莎和小哈里走出房间时，大家热情地欢迎他们，这让他们觉得好像做梦一般。

最后，大家围坐在桌边开始吃早餐。玛丽站在炉子边正烙着饼，等到饼恰好烤成金黄色这最适宜的时候，她马上将饼端到饭桌上。

雷切尔对自己在餐桌做首席女主人感到非常的开心。即便只是传递一盘饼，倒一杯咖啡，她都显得那么的诚挚、仁慈，仿佛她在食物里注入了热情和灵气。

乔治生来还是第一次和白人平等地坐在一起吃饭。他刚坐下的时候，还觉得有些拘束、别扭，可是面对如此热情的招待，拘束和别扭很快便消失了。

家，这才是真正的家。乔治以前不懂得它的真正含义。但此时，他的心里萌发出皈依上帝的信念，相信上帝的安排，上帝的仁爱让人充满信心，让一切黑暗和悲观失望，对无神论的疑惑和绝望的情绪在上帝的福音面前消失殆尽。上帝的福音在人们生气勃勃的面孔和充满仁爱的平凡小事中显现出来，就如同奉圣徒名义施舍给人家那杯凉水一样，终究会得到回报。

小西米恩一面往饼上抹黄油，一面问道：“爸爸，如果你又被罚款，怎么办？”

“那我就认罚。”西米恩语气平静地说。

“可他们要是把你抓起来送去坐牢怎么办？”

“你和妈妈难道不能管理好这个农场吗？”西米恩笑着回答。

“妈妈样样都在行。政府制定这样的法律真是件可耻的事情!”

西米恩严肃地说:“不许这么说政府的坏话。上帝赐给我们家业,是为了叫我们主持公道,救济穷苦人。如果为此要我们付出代价,我们就必须付给他们。”

“我只是痛恨那些可恶的奴隶主们!”孩子似乎不太信奉基督精神,如同现在的改革家一样。

“孩子,你说出这些话我真感到吃惊。你母亲从来没这么教导你吧。如果上帝将一个落魄失意的奴隶主送到我的家门前,我也会像对待黑奴那样对待他的。”

父亲的话使小西米恩羞愧得面红耳赤。他母亲只是微笑着说:“西米恩是个好孩子。等他长大了,一定会像他爸爸那样出色的。”

“好心的先生,我希望你不会因为我们的事而惹上麻烦。”乔治忧虑地说。

“放心吧,乔治。上帝让我们来到这个世界就是为了让我们见义勇为,如果不这样,我们就不配做上帝的子民了。”

“可是为了我而担心受累,我真是担当不起。”乔治说。

“乔治兄弟,别担心,我们这么做并不只是为你,而是为了上帝和所有众生。今天白天你们先躲在这里,等到夜里十点,菲尼亚斯·费莱切会送你和同伴到下一站去。那些追捕你的人现在可是紧追不放呀,我们可不能耽误时间。”

“既然时间紧急,为什么要等到晚上再动身?”乔治问。

“你们白天呆在这儿安全,因为我们村的人都是教友会的信徒,大家会随时警惕着。你们夜晚上路会安全得多。”

14 伊　娃

夜空中一颗闪亮的小星星，
用你的光辉照耀人间。
你的容颜无比娇美，
尘世间竟没有映照你的明镜。
你这可爱的小精灵，
虽然还未到成熟时，
却像含苞的玫瑰花吐露芬芳。

密西西比河，曾令无数的文人墨客为之倾倒。夏多布里昂就曾运用散文诗的体裁描绘过他眼中的密西西比河：在广阔浩渺的荒原上，一条河流如万马奔腾般奔流着，无数的奇花异草、珍禽怪兽在她的两岸繁殖着。但那以后，好像有人对她施了魔法一样，大河两岸的景致发生了如此巨大的变化。

仿佛只是一瞬间，这条带有传奇梦幻色彩的大河流淌到和她同样具有虚幻色彩的现实世界里。在这个世界上，还有哪条河像密西西比河一样，将财富和物产源源不断地输入大海，还有哪个国家像美利坚这样物产丰富（几乎拥有所有热带和寒带之间的物产）。密西西比河那湍急、浑浊的河水以磅礴的气势奔流向前，如同商业大潮推动美利坚民族的精力和情绪以无以匹敌的速度不断高涨一样。可惜的是，他们到现在为止还在密西西比河上运送着一种可怕的商品——被压迫者的眼泪、孤苦无依者的悲叹、贫穷无知者对听而不闻的上帝进行的祈祷。尽管上帝听而不闻、视而不见，但是，总有一天，他会“从天而降，拯救普天下受苦受难的众生”！

夕阳的余晖，照耀着密西西比河那宽阔的河面，一圈圈乌黑的苔藓，挂在两岸随风摇曳的甘蔗和黑藤萝树上，在晚霞的映照下闪闪发光。此时，“美丽河”号轮船载着沉重的负荷向前行进着。

从各地庄园运来的棉花包堆放在甲板和走道里，远远望去就好像是一块四四方方的灰色石头，而这块大石头此时正拖着沉重的身躯驶向附

近的一个商埠。甲板上的人这时已经拥挤不堪，我们费了好大一番工夫，才在高大的棉花包间的一个狭小角落里找到了我们的朋友汤姆。

由于希尔比先生的介绍和汤姆老实、忠厚的秉性，以及一路上他温顺的表现，汤姆在不知不觉中居然已经赢得了赫利的信任。

起初，赫利几乎全天 24 小时严密监视着汤姆的一举一动，就连晚上睡觉的时候，也不给他松开镣铐，可汤姆对此似乎并不抱怨，没有说一句牢骚话，而是默默地接受这一切。这就使赫利慢慢解除了戒备心理，不再限制汤姆的行动。现在，汤姆仿佛是被刑满释放一样，可以在船上自由活动了。

汤姆是个热心肠，每当底舱的水手们遇到什么紧急情况时，他都是主动去帮忙，所以他赢得了船上水手们的一致称赞。他帮水手们干活时非常卖力，跟他以前在肯塔基庄园干活时一样。

每当空闲的时候，汤姆总是爬到上层甲板的棉花包上，找个小小的角落坐下来，仔细研究他那本《圣经》——我们就是在这个地方找到了他。

轮船在进入新奥尔良境内的一百多英里的河段范围内，由于河床高出附近的地面，汹涌的河水在高达二十英尺、巨大而坚固的河堤之间，湍急地向前奔流。旅客们站在甲板上，好像是站在一个飘浮的城堡上一样，眼前是一望无际的原野。汤姆的眼前出现了一个又一个农庄，他知道，眼前的这些图景就是他即将生活的环境。

汤姆看见远处奴隶们正在干着活，还有他们那一排排的小窝棚。在每个庄园里都有这种由奴隶们的小窝棚聚集在一起形成的村落。窝棚村落和奴隶主那华丽的大宅子和游乐场所相距很远。随着眼前的场景不断向前移动，汤姆的心又飞回到了肯塔基庄园，那里古老的山毛榉树茂密成荫，主人住宅的大厅宽敞、凉爽，宅子不远处有一个小木屋，四周繁花似锦，爬满了绿藤。汤姆仿佛看见了一张张熟悉的面容，那是和他一起长大的伙伴们；他看见忙碌的妻子，来来回回地走动着，在为他准备晚饭；他听见孩子们玩耍的欢笑声和膝上婴儿发出的啧啧声。但突然间，一切都消失了，他的眼前又出现了一晃而过的庄园、甘蔗林和黑藤萝树，他的耳朵又听见机器吱吱嘎嘎的响声和隆隆声，他明白了：往昔的岁月不再复返。

在这种情况下，一个人总会写信给妻儿的，可汤姆不会写信。邮政系统对他来说简直就像不存在一样，即便是传递一句亲切的话语或信号，他都办不到。所以他无法逾越和亲人间由于离别而带来的鸿沟。

他把《圣经》放在棉花包上，用手指头指着，逐字逐句地读着，指望能从中找出希望。这时，他的泪水落到《圣经》上，可这有什么值得惊讶的呢？由于到了晚年才开始识字，所以汤姆念书非常慢，他只能非常吃力地一节一节谈下去。幸亏他是要精心钻研这本书，所以慢点读也没什么坏处——书里一字一句好像一锭锭金子，只有不时地把它们一个个分开来掂量，才能领会其中无价的意义。让我们来和汤姆一起，一字一句地轻声读会儿吧："你—们—不—要—忧—愁，在—我—父—家—里—有—许—多—住—处，我—去—那—里—是—为—你—们—准—备—地—方。"

西塞罗在埋葬他那唯一的爱女时，心情就像此时的汤姆一样，充满着哀伤，可他的哀伤还未必比汤姆的更深切，因为他们都不过是人罢了。可西塞罗却没有机会停下来琢磨这些神圣而充满希望的字眼，所以也不盼望能有团聚的一天。即使他能看到这些，他大概也不会相信——他准会满脑子充满疑惑，想着手稿是不是可靠呀、译文是不是准确呀诸如此类的问题。可对汤姆来说，面前的这个《圣经》正是他所需要的，它显然是真实的、神圣的，他对此绝不会有任何的疑问。它绝对是真实的，否则，他活着还有什么盼头？

汤姆的那本《圣经》中虽然没有学者的注释，却点缀着汤姆自己发明的一些标记，同那些最渊博的注释比较起来，这些东西也许对他的帮助会更大。以前，他习惯让主人家的孩子，尤其是小主人乔治读《圣经》给他听。他在听的时候往往用墨水笔在那些他认为最受感动的段落上画下醒目粗大的记号和横线。他那本《圣经》从头到尾都注满了这样种类繁多的记号，凭借着这些记号他能很快找到他最喜欢的段落而不需花什么力气。这本《圣经》此刻正放在他的面前，每一段落都构成一幅故乡的图景，让他回想起往日的欢乐。汤姆觉得这本《圣经》不光是他今生唯一保留下来的东西，而且是他来世希望的寄托。

在这条船上，有位住在新奥尔良市的年轻绅士，名叫圣克莱尔。他出身名门望族，家境殷实，身边带着个五六岁的女儿和一位女士。显然这位女士是父女俩的亲戚，好像是专门负责照顾那个小女孩的。

汤姆时常看见这个步伐轻快、忙个不停的小女孩。她像一缕阳光，一阵轻风，不会在一个地方停留，而且她能让你看一眼后就对她留下深刻

印象。

她的体态非常标致，丝毫没有儿童常有的那种胖胖乎乎的轮廓。她举止优雅、飘逸，仿佛从天而降，和神话或寓言故事中的天使一样。尽管她的五官长得非常完美，但使她如此超凡脱俗的却是她那梦幻般的纯真表情。理想主义者见了这种气质会连声称奇，即使凡夫俗子见了，也会感到难以忘怀。她的头部、颈部和胸部都长得极为高贵典雅，上面缠绕着的金棕色长发如浮云一般。她的眼睛呈紫罗兰色，目光深邃，充满灵气——所有这些使她显得和别的孩子极为不同，惹来众人关注的目光。人们也许会说这孩子过于严肃和忧郁了，可她并非如此。相反，那稚气的脸庞和轻盈的体态使她流露出一股天真无邪的劲儿，好像夏天树叶的影子忽隐忽现。当她没有停下来的时候，总是脚步轻盈，像一片云彩似的飞来飞去。玫瑰色的嘴唇上总是挂着微笑，自顾哼着歌曲，仿佛在快乐的梦境中一般。她的父亲和女监护人到处追逐她，可抓住她后，她又像夏日的一片云彩轻轻地溜走。不管她做什么，都没有受到过半句责备，所以她在船上由着性子到处游荡。她总是一身洁白，像个影子一般无处不在，浑身上下一尘不染。轮船上的每个角落都被她那轻盈的脚步踏过，每个地方都出现过她那金晃晃的小脑袋。

汗流浃背的司炉工偶尔抬起头时，会发现她正用好奇的目光看着炉子里的熊熊火焰，接着掉转眼睛带着害怕和怜悯望着他，好像他正处于某种可怕的危险境地之中。不一会儿，舵手又看见她那张美丽的小脸蛋在驾驶舱的窗前飘忽而过，舵手们不禁停住手，朝她微笑，可一眨眼的工夫，她又消失了。只要她从人前走过，一定会有人用粗粗的声音向她致以祝福，那些严肃的面孔上也会出现难得一见的笑容。每天这样的事情会发生无数次。假若她不知深浅地跨过某个危险地带，准会有人伸出粗黑的手去救她，或是帮她清除路上的障碍。

汤姆具有黑种人那种温柔善良的天性，他对人的善良淳朴和儿童的天真无邪有种本能的依恋，所以他每天都留意这个小女孩，并且对她的兴趣是越来越浓。在他看来，这个小女孩简直就是来自仙境，每当她从黑洞洞的棉花包后探出小脑袋，用深蓝色的眸子瞅他时，或是站在货包顶上向下注视他时，他都觉得她就是天使，而且是从他的《新约》中跑出来的。

她经常从赫利买来的那些拴着铁链的黑奴们身边走过，脸上带着忧愁的神色。有时,她还溜到他们中间,恳切地注视他们,显得忧伤而困惑。她用那纤细的小手拾起铁链,然后哀伤地叹息一声,又飘然离去。好几回她突然手捧糖果和橘子来到他们面前,兴高采烈地把食物分给大家,随后又离开。

汤姆在试图和小姑娘交朋友之前,已经观察了很久,然后才敢做点试探。他有好多吸引孩子的花样儿,这次他决定好好施展一番。他会将樱桃核雕刻成精致的小篮子,在胡桃木上刻出各种奇形怪状的鬼脸,或是在接骨木的木髓上刻出许多活灵活现的古怪小人。他不光会做这些,他还会做各种大大小小的哨子。他简直就是潘恩的化身。他的口袋里满是日积月累下来的用来吸引孩子们的小玩意儿,那时他常用这些东西去逗弄主人家的孩子。现在,他把它们一个一个地拿出来,试图用它们去认识一个新朋友,发展一份新友情。

这个小女孩尽管忙个不停,对什么事情都感兴趣,却非常害羞,要想和她熟稔并不容易。当汤姆展示那些小手艺的时候,她常蹲在一个箱子或货包上看着他,像一只栖息在那儿的金丝雀。当汤姆将小玩意儿递给她时,她羞怯地接了过去,并且神情严肃。不过他们最终还是变得无话不说了。

"你叫什么名字,小姐?"汤姆觉得问这个问题的时机成熟了。

"伊万杰琳·圣克莱尔,可爸爸和其他人都叫我伊娃。那你叫什么名字?"

"我叫汤姆,在肯塔基老家,孩子们都爱叫我汤姆大叔。"

"那我也这么喊你吧,因为我喜欢你,知道吗?那么,汤姆大叔,你这是上哪儿去呀?"

"我不知道,伊娃小姐。"

"你不知道?"

"不知道。我将被卖给某个人,但我不知道他会是谁。"

这时,轮船在一个小码头停下来装运木材。伊娃听见父亲在喊她,便连蹦带跳地向父亲跑去。而汤姆则站起身,帮那些人搬运起木头来。

伊娃这时正和父亲一起在栏杆边看轮船离开码头。机轮在水里翻滚了两三圈,猛然一震,小女孩突然失去平衡,一下子掉进河里。她的父亲想都没想就准备往河里跳,却被身后的一个人拉住了。原来,在他之前已经有个更精干的人去救他的女儿了。

小女孩掉进河里的时候，汤姆恰好站在她下面的那层甲板上。看见她在水里沉了下去，汤姆赶紧跳下水去。由于他有宽阔的胸膛、过人的臂力，所以游泳对他来说一点儿也不费劲。不一会儿，那小女孩浮出了水面，汤姆用胳膊抱住她，朝船边游过去。当汤姆把她递上船时，船上同时有几百只热切的手伸出来接她，仿佛这些手属于一个人似的。她父亲马上接过已经昏迷的孩子，把她抱进了客舱。就像在这种场合下通常会出现的情况那样，舱里的女宾客们争着表现她们的好心，尽量防止她从昏睡中苏醒过来。

第二天，天气非常闷热，轮船缓慢地驶向新奥尔良。轮船上的人们在期待中忙着收拾行李；船舱里不少人在整理东西，准备上岸；仆人们紧张地打扫、布置这艘豪华客轮，准备以隆重的形式驶入港口。

汤姆坐在下层甲板上，将双臂交叉在胸前，不时用焦急的目光回头观望轮船另一头的人群。

伊娃正站在那里。如果不是脸色比前一天显得更加苍白一些，根本看不出她曾经历过那么一场意外事故。在她的身边站着一个体态优雅、举止大方的年轻人，一只胳膊肘倚在棉花包上，旁边摊开着一本袖珍书籍。他就是伊娃的父亲。他们长着一样端庄的脸型，有着同样的蓝色大眼睛和金棕色头发，可他们脸上的神情却截然不同。虽然他那双眼睛的形状和颜色和伊娃酷似，并且也非常纯净、明亮，但却闪烁出世俗的光芒，不像伊娃的眼睛那么深邃、那么朦胧而富有梦幻色彩。他的嘴唇曲线十分完美，流露出傲慢、讥讽的神色。他站在那里，俨然一副潇洒的高贵派头，举手投足间透着优雅大方。他态度和蔼，带着一股洒脱的神情，半是调侃，半是轻蔑地听着赫利在那儿讨价还价。

“那么各种道德标准和基督徒的美德在他身上是样样俱全啰?!”等赫利把话打住后，圣克莱尔跟着说道：“那好吧，朋友，照肯塔基那儿的价钱，你准备开价多少？明白说，你打算从我这儿蒙多少钱去？痛快点儿吧。”

赫利说：“唔，干脆点儿，一千三百块钱，这也才刚刚够本，老实说，刚刚够本。”

“真可怜！”年轻人说，两只嘲讽的眼睛死死地盯着赫利，“不过我猜你一定会给我点优惠，就按这个价卖给我，是吧？”

“这个嘛，你看这位年轻的小姐似乎特别喜欢他，这当然不足为奇。”

“哦，那你就更应该发发善心了。朋友，出于基督徒的慈悲胸怀，为了成全这位特别喜欢他的年轻小姐，你最少要多少钱才肯卖他呢？"

黑奴贩子说道："你自己看嘛。你看他的手脚，还有胸脯，壮得像头牛似的。你再看他的脑袋，这么高的额头一定很精明强干，我早就注意这点了。单就他的体魄而言，他长得这么结实，就算是个傻瓜，也能卖好多钱呢，更何况他这么聪明能干。我敢保证，价钱肯定会更高。你能想到吗？他主人的庄园都是他在操持着，你不知道他办事有多能干。"

"糟糕，太糟糕啦。他知道的也太多了！"年轻人说着，嘴角挂着一丝嘲弄，"这怎么行，聪明的家伙容易跑掉或者偷懒，总之爱捣乱，就冲着他那股聪明劲儿，你也得减去一二百块钱。"

"如果不是他的人品好，你说的也许有点道理。可我能拿出他的主人和别人的推荐信来证明他是个十足虔诚的黑奴。他可能是你找到的最忠实、最恭敬、最爱祷告的奴隶了。他们那儿都叫他牧师呢。"

年轻人冷冷地说："我也许会请他当家庭牧师。我家最缺的就是宗教。"

"你开什么玩笑？"

"你为什么觉得我在开玩笑？你刚才不是担保他是个牧师吗？他是经过教会哪次代表会议、哪个委员会审查通过的？你拿出证明来吧。"

圣克莱尔的眼睛里充满了戏弄的意思，赫利也早就看出来了，若不是他知道这场玩笑能做成一笔交易的话，他肯定早就不耐烦了。他把一只沾满油渍的钱包放在棉花堆上，焦急地在那里面寻找着证明。年轻人站在一边，低头看着他，脸上带着轻松、调侃的神色。

"爸爸，把汤姆大叔买下来吧！别管付多少钱。"伊娃爬上货包，用手搂住父亲的脖子，悄悄地说，"我知道你有很多钱。我就是要他。"

"宝贝，你要他干什么呢？你是要把他当作铃铛、木马，还是别的什么东西？"

"我想让他快乐。"

"这个理由倒是非常特别。"

这会儿，赫利把希尔比先生亲笔签名的推荐信递给圣克莱尔。年轻人用他那修长的手指尖接了过去，满不在乎地瞟了一眼。

"写得蛮神气的吗，拼写也不错。不过，关于宗教问题，我还是不大明白，"年轻人的眼睛里又一次出现了刚才那种捉弄人的神气，"那些虔诚的白种人已经把我们的国家糟践得一塌糊涂，竞选以前政治家们个个都虔

诚得要命，还有政府机关和教会也是如此，搞得人们简直不知道以后还会上什么人的当。我不知道原来宗教也可以买卖。我这几天没看报纸，也不知道宗教的行情怎么样。请问一下，你在宗教这个项目上要了几百块钱？”

赫利说：“你真有趣儿。不过，你说的也有道理。我知道信教的人并不全是一样，有的人可实在不怎么样，只是做礼拜的时候表现得挺虔诚，这种人不能算真正的基督徒，不论他是白人还是黑人，可汤姆不是这样。我见过不少老实、可靠、虔诚的黑人，你就别想让他们干任何他们觉得不对的事。从这封信中你就能看出汤姆的主人是怎么评价他的。”

“够啦，”年轻人说着，表情严肃地弯下腰去拿他的钱包，“如果你能保证花钱能买到虔诚的品德，并且让上帝把它记在我的账上，那我花多少钱都乐意，这总可以了吧。”

“说实话，我可不敢担保这个。在我看来，到了天上，每个人都得承担自己的命运。”

“我在宗教上花了这么多钱，可在最急需它的时候，却不能拿它抵账，我可真不划算！”年轻人说着，数了一叠钞票递给赫利，“你点点数吧！”

“好的。”赫利笑着说道。他掏出一只旧墨水盒，开始写收据，不一会儿，他把收据交给了年轻人。

年轻人看了看收据，说：“如果把我各个部分分开来列张清单，不知道能卖多少钱？他的头值多少，高额头、手脚值多少，还有教育、学问、才干、诚实，各自值多少。我怕最后这项值不了什么钱。伊娃，过来！”年轻人召唤着女儿。他拉起伊娃的手，穿过甲板从这头走到那头，风趣地托起汤姆的下巴，说道：“汤姆，抬起头，看看喜不喜欢你的新主人。”

汤姆把头抬起来。谁见了这么一张快乐、年轻而又英俊的脸庞都会喜欢的。汤姆感到眼泪涌了出来，他真心地说：“愿上帝保佑你，老爷！”

“希望如此。你叫什么名字？汤姆？不管怎么样，你替我祈祷可能比我亲自祈祷会更灵验。你会赶马车吗，汤姆？”

“我一直跟马打交道。希尔比先生家里养了许多马。”

“那你就替我赶马车吧。可是，汤姆，你一星期只能喝一次酒，多了可不成，除非有什么特殊的情况。”

汤姆非常惊讶，感到他的自尊心受到了伤害，他说：“我从不喝酒，老爷。”

“这种话我听过，我们走着瞧吧。如果你的确不喝酒，那对你我都方便。别介意，汤姆。”看见汤姆的脸色依旧很阴沉，年轻人又快活地说道，“我相信你肯定会好好干的。”

“我一定会的，老爷。”

“你今后会过上好日子的，爸爸对谁都非常好，除了爱和人家开玩笑。”伊娃说道。

圣克莱尔笑着说：“爸爸对你的举荐表示谢意。”说完，转身就走开了。

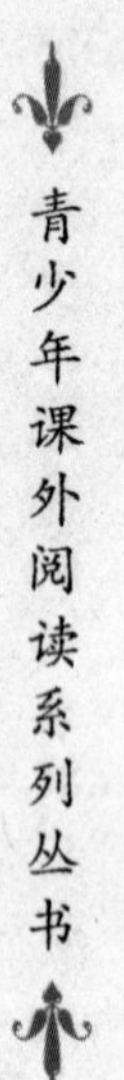

15 汤姆的新主人

既然我们的主人公的命运已经和一户高贵的人家联系在一块了，那么我们就有必要来对这户高贵的人家作点简要的介绍。

奥古斯丁·圣克莱尔的父亲是路易斯安那州一个富有的庄园主，其祖辈是加拿大人。圣克莱尔的母亲是法国雨格诺教派的信徒，祖先刚到美洲来时，就在路易斯安那州定居下来。这对夫妇一生只有两个孩子。圣克莱尔的哥哥是弗蒙特州一个家道兴旺的农庄主，而圣克莱尔则是路易斯安那州一个富有的农庄主。由于受到母亲的遗传，奥古斯丁从小体质就不好，经常生病，于是遵照医生的建议，家里在他还是小孩子的时候，就把他送到弗蒙特州伯父家住了好几年，希望他在北方寒冷干爽的气候下，体质能够被锻炼得更强壮一些。

奥古斯丁的气质具有女性般的温柔，优柔寡断，多愁善感，缺乏男性那种刚毅、果敢的劲儿。但随着岁月的流逝，这种偏女性的气质被掩藏在他那日益成熟、粗硬的外表下，因而很少有人知道，他的那种气质仍旧活在他的心灵深处。他崇尚理想主义和唯美主义，对日常生活琐事则感到十分厌烦，这是通过理智权衡后得出的必然结果。大学刚毕业那时，他的内心充满了强烈的浪漫主义激情。他生命中只降临一次的时刻来临了——他的命运之星在天际升起了——人们的命运之星经常是徒劳升起，到头来只是一场梦，仅仅在记忆中留下美好的回忆。在北方某州，他结识了一位漂亮、高贵的小姐，两人一见倾心，不久就许下终身。他于是返回南方的家中去筹备婚事。可出人意料的是，他写给那位小姐的信全部被退了回来，她的监护人还附寄了一张小纸条，说在他收到信之前，她已经嫁给别人了。在得知这一消息后，他的精神受到了极大的刺激，他很想学别人那样，将这件事完全忘掉，可结果却并非他所希望的那样。由于生性高傲，他不肯向对方寻求解释，不久之后，他便投入到社交场合中寻求心灵的慰藉。在收到那封信半个月之后，他就和当时社交界第一枝花订了婚，婚事稍作筹办，他就和那位有着一双明亮的黑眼睛，拥有十万家产的美丽小姐结了婚，他当时可是众人羡慕不已的对象。

正当这对新婚夫妻在庞夏特朗湖边的一所别墅里欢度蜜月，款待好友时，奥古斯丁有一天突然收到一封信。奥古斯丁从笔迹上一眼就知道这封信是他那位难以忘怀的小姐写来的，他的脸色立即变得惨白。不过，在客人面前，他还得强装镇静，在和一位小姐舌战一番后，他独自一人回到卧室里，拆开了来信。在信中，那位小姐把她受监护人一家的威逼利诱而嫁给他们的儿子的经过叙述了一番，还谈到她不停地给他写信却迟迟不见他的回信，直到她最后产生了怀疑，又谈到她如何忧虑成疾，日渐消瘦，直到最后她发觉了监护人一家设下的诡计。在信的结尾，那位小姐倾诉了对他的似海深情，话语中充满了期盼和感激。可是，对于这位不幸的年轻人来说，此时收到这封信真比死的滋味还难受。他当即就写了封回信，信中这样写道："来信已收到，可是为时已晚。我对当时听到的话都信以为真，因而不顾一切，彻底绝望了。我现在已经和别人结了婚，我们之间的一切都已经结束了。我们只有忘记过去，才是唯一的出路。"

奥古斯丁·圣克莱尔一生的理想和浪漫史就这么结束了。可是现实却摆在他的面前，这现实如同潮水退去后那平坦、空旷的海滩，全是黏稠的稀泥。当海浪带着点点白帆和迎风荡漾的轻舟，在桨声和波涛声中退去之后，剩下的就是烂泥。平坦、空旷、黏稠的烂泥，简直现实到了极致。

在小说中，人们完全可以因为悲痛心碎而死去，随之一切都将告之结束。在故事中这样很方便，然而在现实生活中，我们不会因为生命中的一切美好失去了而一下子死去。我们还得忙着吃饭、喝水、走路、访友、做生意、谈话、看书，例行公事一般地从事着我们称之为"生活"的一连串事件，当然这也是奥古斯丁必须做下去的事情。如果他的妻子是个身心健全的人，也许还能为他做点什么——女人常有这种本事，把他那根折断了的生命线重新连接起来，织成一条美丽的彩带。可是，玛丽·圣克莱尔根本没注意到丈夫的生命线已经折断。玛丽虽然是个身姿绰约、家财万贯的女人，可这些却不能抚平他心灵的创伤。

当玛丽看见奥古斯丁脸色惨白地躺在沙发上，声称自己由于呕吐性头痛才这么难受时，她劝他闻闻盐；当奥古斯丁一连几个星期的脸色都异常苍白，忍受头痛之苦时，她却说真没想到他的身体是如此虚弱，这么容易就患上呕吐性头痛，真是不幸。因为他不能陪着她出去应酬，而他们还是新婚，她单独出去总是不太好。奥古斯丁发现自己的妻子如此迟钝，心里反而觉得挺高兴。可当蜜月时的那种喜庆色彩和相敬如宾的气氛褪去后，奥古斯丁发觉原来一个年轻貌美的女子如果从小娇生惯养，饭来张口,衣来伸手,以后就会成为一个非常严厉的家庭主妇。玛丽从来不知道如何去爱别人,根本不会善解人意,她仅有的那点感情已经不自觉地汇集成极其强烈的自私自利,并且已经发展到无药可救的地步。她冷酷无情,只为自己着想,根本不顾及别人的利益。她从小被仆人们前呼后拥惯了,对她而言,仆人们活着的唯一用处就是想办法讨好她,一个心思地伺候她,她从来没想过别人也有感情,也有权利。作为家里唯一的孩子,她从来都是有求必应。当她长大成为一个多才多艺的美丽姑娘和女继承人时,初入社交圈,她的脚下便拜倒了一帮出身门第各不相同的年轻人。她毫不怀疑娶到她是奥古斯丁的极大荣幸。谁要是认为一个没有感情的女人对别人的感情回报会宽宏大量、要求不多,那他就大错特错了。一个自私透顶的女人,在榨取对方的爱情时会比谁都厉害,并且,她越是变得不可爱,就越会贪得无厌、斤斤计较。因而当圣克莱尔不再像求婚时那样体贴入微时,他的女王便在那儿成天地抹眼泪,不是撅着嘴,使性子,就是抱怨个没完没了。幸好圣克莱尔有副天生的好脾气,总爱息事宁人,他总能想法买来各种礼物陪着好话来应付玛丽。等玛丽生下漂亮的女儿,有那么一段时间,奥古斯丁的内心还真被唤起了一种类似柔情的感觉。

圣克莱尔的母亲高贵、纯洁、善良,因而他给女儿取了母亲的名字,希望她能成为母亲的化身。玛丽发觉后,勃然大怒,忌妒万分。她看见丈夫对女儿宠爱有加,也会猜疑不快,仿佛丈夫给女儿的爱多一分,对自己的爱就要少一分。产后她的体质变得越来越衰弱。由于她长期不运动,既不动手脚也不动脑筋,加上她无休止地让烦恼和抱怨折磨自己,还有生孩子常见的虚弱,短短几年的工夫,她已经从一个如花似玉的美人变成个体弱多病的黄脸婆。她一年到头疾病缠身,老叹息自己命不好,受尽了委屈。

玛丽生病的花样很多,不过她最拿手的还是呕吐性头痛,有时发作起来,六天里有三天她都把自己关在屋里不出门,如此一来,家务事只好由仆人们来安排。圣克莱尔对家政状况很不满意,更让他担心的是体弱的女儿若是无人照顾和关心,健康和生命都会因为她母亲的失职而深受影响。所以他带着女儿来到弗蒙特州,劝说他的堂姐奥菲丽娅·圣克莱尔跟他来南方。现在,他们三人正乘船返回南方。

此刻,新奥尔良的圆屋顶和塔尖已经远远出现在我们的视野里了,可我们还有点时间来介绍一下奥菲丽娅小姐。

凡是去过新英格兰地区的人，一定不会忘记那凉爽的村庄、宽敞的农舍。干净的院落里，绿树成荫，芳草青青，还有村庄里那井然有序和永恒不变的安宁气氛。篱笆中找不出一根松垮的木桩，院里草色葱郁，窗下花香丛生，找不到一点零乱的东西。村舍里宽敞干净的房间好像总是那么宁静安闲，每样东西都严格摆放在固定的位置上。家务活分秒不差地按时进行，如同屋角那座古老的时钟一样准确。在堂屋里，摆着一个古老的玻璃书柜，庄重体面，里面整齐地排列着罗伦的《古代史》、弥尔顿的《失乐园》、班扬的《天路历程》、司各特的《家庭圣经》和其他许多同样庄重而体面的书。家里没有仆人，只有一位戴着眼镜和一顶雪白帽子的主妇，每天下午她都和女儿们一起做针线活，好像没做过什么家务事，也没有什么要做的——其实一大清早，她就领着女儿们把一切都收拾好了，而这段时间却早被大家忽视了。这一天里，无论你什么时候看见她们，屋子里总是整洁有序。那间老厨房的地板上总是一尘不染，椅子和烹调用具总是整整齐齐，虽然一日三餐、甚至四餐都在那里做，家里人的衣服都在那里洗烫，而且时不时地还要如同变戏法一样做出几磅牛油和奶酪来。

当圣克莱尔来邀请奥菲丽娅小姐去南方时，她已经在这样的环境中平静地生活了将近四十五年。她是这个大家庭的长女，可到现在为止还被父母当作孩子看待。她去新奥尔良的事情被家里当作一件头等大事来商议。白发苍苍的老父亲特地从书柜里取出莫里斯的《地理志》，查出新奥尔良的准确方向，还参阅了弗林特的《西南游记》，以便了解一下南方的有关情况。

好心的母亲则忙着打听："新奥尔良是不是个吓人的地方？"并声称在她看来，"这跟去三明治群岛或者什么野蛮国家没有什么区别。"

牧师家、医生家，还有开衣帽店的皮波迪小姐家都知道奥菲丽娅正和堂弟处于"商议"的过程之中。牧师强烈赞同废奴主义的观点，他对奥菲丽娅小姐去南方这一举措表示怀疑，担心会纵容南方人继续蓄养奴隶。医生则是个坚定的殖民主义者，坚决主张奥菲丽娅应该前往南方，向新奥尔良人表明北方对他们没有丝毫的恶意，他甚至认为南方人应当受到一点鼓励才对。最后，她南下的决心成为了众人皆知的事实。半个月间，所有的朋友和邻居都隆重地邀请她去喝茶，详细询问和探究她的计划和前景。由于莫斯利小姐去帮忙缝制行装，因而能获得奥菲丽娅小姐新装的每日进展情况。据可靠消息，辛克莱老爷（这一带人都把圣克莱尔简称为

辛克莱)拿了五十块钱给奥菲丽娅去添置几件合意的衣服。还有传闻说她家里已经写信去波士顿定做了两件绸缎衣服和一顶帽子。对于是否应该花费这笔钱,众人意见不一——有的人觉得这笔钱该花,毕竟一生中难得遇上这么件事;另外有些人坚持认为不如把这笔钱捐给教会。但是所有的人都在一个问题上达成了协议:那就是在纽约订购的洋伞是这带人没有见过的,而且奥菲丽娅小姐的一身绸缎衣服在这一带也是独一无二的。另据可靠传闻说:她有一条缀了花边的手绢,甚至有人说她的一条手绢四边都绣满了花,还有的说她的手绢的四个角也都绣满了花。不过最后一种报道始终没有得到令人满意的证实。

你眼前的奥菲丽娅小姐,身穿一套崭新的黄色亚麻布旅行服,身材高挑,瘦削的体态方方正正,清瘦的脸上眉目分明。她双唇紧闭,显得果断而有主见。她那双锐利的黑眼睛转动起来明察秋毫,凡事都要探究个明白,总像在寻找什么需要照顾的东西。

她精力充沛,动作迅速而果断,尽管平时寡言少语,可一旦说起话来绝不拖泥带水,而是开门见山,直入主题。

她的生活习惯井然有序,准确细致,按部就班。她非常守时,精确得如同时钟,和火车头一样刻不容缓。她极为蔑视与这些生活原则相违背的事情。

在她心里,最大的罪过,即便是一切罪恶之和,她也能总结为“毫无办法”,这个字眼是她的词汇中使用频率极高的一个。当她加重语气说“毫无办法”时,就足以表明她极大的蔑视了。凡是和达到一个明确目标没有直接联系的一切措施,她都一律称为“毫无办法”。她最看不惯别人无所事事,毫无主张,也看不惯别人下决心做一件事后,却不直接将它做完。但她不轻易表露她的蔑视,只是紧紧地绷着脸,像块石头一样,仿佛她不屑对这类事情发表意见。

在修养方面,她头脑灵活、果断,思路清晰。她熟读历史和英国古典作品,思想在有限的范围内却极其深刻。她的宗教信条被分门别类,一一贴上明确的标签,像她那只装碎布头的箱子里那一捆捆的布条一样,数量就那么多,再也不会增加什么。她对现实生活中大多数问题的观点(例如对家政事务以及家乡的各种政治关系)也是这样。然而,良心是她生活的最高准则,是她一切处世准则的基础,但高于其他准则,比其他准则更深刻更宽广些。对于新英格兰地区的妇女们来说,良心高于一切这点是深得人心的。在别的地方，这种现象没有如此突出。它那花岗岩的根基埋藏极深，顶端却直上云霄，到达最高点。

奥菲丽娅小姐是个完完全全受“责任感”驱使的奴隶。一旦她认为什么事情是她义不容辞的责任，她会想尽一切办法去做，即使赴汤蹈火，她也在所不辞。只要她认定这是义不容辞的事，她绝对会不眨眼地跳下井去，或是迎着门实弹待发的大炮昂首向前。她的行为准则是那么的高尚、全面而细致，丝毫不愿向某些人类的弱点妥协，所以尽管她充满了英雄气概并为实现目标而努力奋斗着，但事实上她从未达到过目标。可想而知，她时常会被一种不得志的感觉困扰，背上沉重的负担。这么一来，她那虔诚的性格不免会带上些严峻和沉闷的色彩。

但是，不知是什么原因，奥菲丽娅小姐和圣克莱尔先生非常合得来。他是那么一个快活的人，性格又如此散漫，毫无时间观念，而且太过于理想化，不切实际，根本没有什么信仰。一句话，凡是被奥菲丽娅遵从的生活习惯和见解全部被他随心所欲地践踏在脚下。

然而事实上，奥菲丽娅小姐十分疼爱他。当他还是个孩子的时候，她就教他教义问答，给他缝补衣服，帮他梳头，循序渐进地把他引上正路。她内心那充满温暖的一面，被奥古斯丁占去了大半(他很容易获得大多数人的喜爱)，所以，他很容易就使她相信去新奥尔良是她“义不容辞”的使命，在他妻子生病期间，她必须跟他回去照顾伊娃，挽救他的家庭，使它不至于破败。每当她想到没有人去照管这个家，她心里就很难受；而她又是那么疼爱那可爱的小伊娃，谁能忍心不疼爱她呢？虽然她认为奥古斯丁是个十足的异教徒，却依旧非常爱他，对他的调侃一笑了之，一味迁就他的弱点，这些对于既了解奥古斯丁又认识奥菲丽娅的人来看，简直是不可思议的事情。可是要想深入认识奥菲丽娅，读者们必须得亲自和她接触接触。

这时，她正坐在头等舱里，脸上的表情一本正经，身边放着各式各样、大小不一的旅行包、箱子和篮子，里面分别装着不同的东西。她在那儿捆呀、扎呀、包呀，忙得简直不亦乐乎。

“伊娃，你清点过东西没有？肯定没有——小孩子哪会干这事儿。带花点的旅行包，用来装你那顶漂亮小帽的小蓝帽盒——这就是两件；印度橡胶背包，三件；我的针线盒，四件；我的帽盒，五件；还有我的衣领盒，六件；加上那只小棕色箱子，七件；你的那把洋伞呢？给我，我用纸把它包起

来和我的阳伞、雨伞捆在一起。喏,全齐了。”

“姑姑,我们不就是回家去吗？干吗这么麻烦?”

“为了利利索索的呀,孩子。无论办什么事情都要把东西收拾得有条有理。哎,伊娃,你的顶针收好了没有?”

“姑姑,我还真想不起来了。”

“好啦,没关系。我来检查一下我的盒子——顶针、石蜡、两个线卷、剪刀、小刀、针板,——那就放在这儿吧。伊娃,来的时候,你们两个人是怎么弄的。我猜你们一定丢了不少东西。”

“可不是嘛,姑姑,我真丢了不少东西。不过,不管丢了什么,等到靠岸的时候,爸爸都会给我再买的。”

“老天爷呀,孩子,——这叫什么事啊。”

“姑姑,这难道不省事吗?”

“这么过日子不是办法啦。”

“可是,姑姑,你现在会怎么办呢？这只箱子已经装得太满,关不上了。”

“非把它关上不可。”姑姑颇有大将风度地说道,同时使劲地把东西往箱子里面塞,她把一只膝盖跪在箱子盖上,可箱子口上还是有条小缝。

“伊娃,坐到箱子上来,”奥菲丽娅小姐口气坚定地说,“既然刚才能关上,现在就一定能关上。我非得把箱子关上锁好不可,除此之外,没有其他办法。”

在她那斩钉截铁的宣言面前,箱子做出了让步。咔哒一声,锁扣终于锁上了。奥菲丽娅小姐将钥匙从钥匙孔里取出,得意洋洋地把它放进了口袋。

“行李准备好了,你爸爸呢？我看该把行李搬出去了。伊娃,朝窗外瞅瞅,看你爸爸在那儿吗?”

“在,他正在男宾客厅那边吃橘子呢。”

“他一定是不知道船快靠岸了。你最好去告诉他一声。”

“爸爸干什么事情都是不慌不忙的,船还没有靠岸呢。姑姑,快到栏杆这边来。看！那就是我们的家,就在那条大街上。”

这时,轮船像一只疲惫不堪的大怪兽低吼着,朝岸边那群轮船驶去。伊娃兴高采烈地指着那些塔尖,圆屋顶,还有路牌,凭着这些标记,她知道他们到家了。

“亲爱的，非常漂亮。可是，上帝呀，船都停下来了，怎么不见你爸爸呢？”

这时出现了上岸时那种常见的熙熙攘攘的景象——侍者在船上穿来穿去，男人们提着箱子和旅行包，女人们则焦急地呼喊着孩子。人们在通往岸边的跳板跟前挤得水泄不通。

奥菲丽娅小姐毅然坐在了刚才被她征服的箱子上，仿佛要军纪严明地统领她的财富，下定决心要将它们保护到底。“我帮您拿箱子吧，太太？”“需要我帮您搬行李吗？”“把行李交给我吧，太太？”此类的问题如倾盆大雨般向她袭来，可奥菲丽娅小姐却全然不予理睬。她又一动不动地坐在箱子上，像一根插在硬纸板上的针，手中紧紧握着她那把阳伞，态度坚决地回绝了那些询问，就连马车夫见了她这副神情，也知趣地走了。她不时地问伊娃：“你爸爸到底在想什么，他总不会是掉进河里了吧，不会是有什么事发生吧。”就在她内心感到不安时，奥古斯丁走了过来，迈着漫不经心的步子，把他正在吃的橘子用手掰了几瓣递给伊娃，说道：“我说，堂姐，行李都收拾好了吗？”

“早就收拾好了，我们等了你将近一个小时。我都担心你是不是出了什么事。”

“你可真聪明。好了，马车在等着我们呢，人也差不多走光了，这样我们就可以非常体面地，以基督徒的风度从容上岸，又不会被别人挤得难受。”他朝身后的马车夫喊道：“喂，把行李搬下去吧。”

“我下去招呼他们把行李放好。”

“哦，不不，姐姐，你就别费事了。”

“那好吧。不过这件，这件，还有这件东西，我非得亲自拿不可。”奥菲丽娅小姐说着，便从行李堆里挑出三个盒子和一只小旅行包拿在手里。

“哦，亲爱的姐姐，你千万别把大青山的做法带到这里来。你应该守点南方的规矩，千万别把那么一大堆东西扛着走出去，那样，人家会把你当作女佣看待的。来吧，把行李交给这个伙计，他会把它们当作鸡蛋一样轻拿轻放的。”

当堂弟从她手里拿走那几样宝贝东西的时候，奥菲丽娅小姐沮丧极了。等她坐进马车，和那些安放好了的宝贝们又呆在一起时，她才高兴了起来。

“汤姆在哪里？”伊娃问道。

“噢，他在外边。我打算让汤姆代替那个喝醉酒翻了车的家伙，算作讲和的礼物送给你的妈妈。”

“汤姆肯定是个出色的车夫，他才不会喝醉酒呢。”

马车在一座古色古香的大宅子前停了下来。这是一座西班牙式和法式相结合的建筑，在新奥尔良的某些地方还能见到这种房子。它是按摩尔人的建筑风格修建起来的——中央有一个大院子，方方正正的房子，马车可以穿过拱形大门进到院子里面。院子内部的布局非常富丽华贵。院子四周都有宽大的回廊，回廊上有摩尔人式样的拱门和细细的柱子，富有阿拉伯色彩的装饰，令人不禁想起东方人统治西班牙的那个传奇时代来。院子里那眼喷泉，源源不断地喷出银色的水花，落在一个大理石水池中，池边生长着茂密的紫罗兰，池水清澈见底，成群的小金鱼在池中游来游去，仿佛无数颗游动的珍珠闪闪发光。喷水池四周有一条小路，用石子拼成了各种美丽的图案。小路外面是一圈绿丝绒一样平滑的草地，最外层围了一圈马车道。两棵开满鲜花、香气扑鼻的大橘树用它那茂密的绿叶，洒下一片令人惬意的绿阴。草地上有一圈盆景，大理石的花盆镌刻着阿拉伯风格的图案，花盆里各种热带的奇花异草在那儿争奇斗妍。院子里那棵高大石榴树的绿叶和红花相互映衬，显得格外艳丽。阿拉伯茑萝藤的叶子绿得发黑，中间点缀着群星般的花朵。天竺葵和玫瑰的枝头都挂满了花朵，还有那金色的茑萝和带着柠檬香味的马鞭花。简直是百花齐放，群芳竞艳。有些地方还长着龙舌兰，叶片极大，形状古怪，像个白发苍苍的老巫婆，摆出一副神气活现的怪面孔来，屹然独立在一群容易枯萎的花草丛中。

院子四周的回廊边垂挂着用非洲红布做的窗帘，可以随意放下，用来遮挡阳光。总之，这座宅子看起来豪华、气派而富有浪漫色彩。

马车刚一驶进院子，伊娃好像一只小鸟急不可待地要飞出牢笼，开心极了。

她对奥菲丽娅小姐说：“看呀，多漂亮，多美丽啊！这就是我心爱的家！您说它美吗？”

“非常漂亮，”奥菲丽娅小姐下车时说道，“虽然我觉得这房子很旧，还有些异教色彩，但它确实非常漂亮。”

汤姆下车后，安静地打量、欣赏着这座宅子。要知道，黑种人来自于许多美丽无比的国度，在他们内心深处有一股对华丽、珍奇之美的强烈热爱。这种热爱因为不加任何遮掩，完全发自本能，所以难免会遭到那些冷静而精确的白种人的嘲笑。

圣克莱尔天生富有诗人般放荡不羁的气质。对于奥菲丽娅小姐的这番评价，他只是一笑了之。然后转过身来面对正在东张西望的汤姆，瞧着他那张黝黑且流露出惊叹神情的笑脸，说："你好像非常喜欢这个地方。"

"是的，老爷，这房子美极了。"

一会儿工夫，所有行李被奴仆们七手八脚地搬下了马车，然后圣克莱尔付了车钱。这时，一大群老老小小、高矮不等的仆人们穿过楼上楼下的回廊，纷纷涌过来迎接主人回家。领头的是个衣着考究的混血年轻人，在这帮奴仆中他的身份显得要高人一等。他的服饰非常时髦，手中转动着一块洒了香水的亚麻手帕。

这人干净利索地把那群仆人们统统赶到走廊的另一头。

"往后退！别给我在这儿丢人现眼了。"

他威风凛凛地说："老爷刚回家，你们就不能让人家一家人团聚一下吗？"

这番优雅的言辞让奴仆们觉得羞愧，于是退到了适当的距离之外聚在一起，只剩下两个壮实的脚夫上前将行李搬走了。

由于阿道夫先生组织有方，等圣克莱尔付完车钱转过脸来时，眼前就剩下阿道夫一个人了。他穿着绸缎背心，白色裤子，胸前还挂一条十分惹眼的金链子。他鞠躬致意时的那股文质彬彬的劲儿就更别提了。

"哦，阿道夫，是你呀，"主人将手递了过去，"你怎么样，伙计？"阿道夫立即口齿伶俐地说了一番他在半个月前就琢磨好了的话。

"行啦，行啦，"圣克莱尔说着，走了过去，依旧是那副调侃的劲头，"这番话你组织得真不错。让他们把行李归置好，我一会儿就出来和大伙儿见面。"一边说着，一边把奥菲丽娅让进了一间正对着走廊的大客厅里。

就这么会儿工夫，伊娃早就像只小鸟儿飞过客厅和门廊，奔向一间同样对着走廊的小卧室去了。

一个斜靠在睡椅上的女人这时半坐起身。她高高的个子，脸色暗黄，长着一双黑眼睛。

"妈妈！"伊娃高兴地喊着，扑过去抱住母亲的脖子，亲了又亲。

"好啦，——小心点，孩子——别——你把我的头都弄疼了。"她没精打采地吻了女儿一下。

圣克莱尔走了进来，以一个丈夫应有的方式吻了妻子一下，然后向她介绍自己的堂姐。玛丽有点好奇地抬起大眼睛打量着这位堂姐，用冷漠而客气的口气向她致以问候。这时，一大帮仆人已经在门口挤满了，站在最前头的，是个长相很体面的混血女人，由于按捺不住期待和喜悦的心情，她的身体都在发颤。

这个女人没说伊娃弄疼了她的头，反而将她紧紧抱在怀里，时而哭，时而笑，搞得大家怀疑她的神经是否不正常了。等她松开手，伊娃轮着和其他人又是握手又是亲吻。后来，奥菲丽娅小姐说伊娃的劲头儿简直令她反胃。她说："唉！你们南方的小孩做的有些事，我无论如何都办不到。"

"哦，请问是什么事呢？"圣克莱尔问道。

"其实，我也愿意和和气气地对待他们，也不愿伤害他们的感情，可要说去亲吻这些——"

"黑鬼，你办不到，对吗？"

"是的，伊娃怎么能这样？"

圣克莱尔大笑着往过道那边走去了。"嗨，大家都过来领赏钱吧，吉米、苏姬——看见老爷高兴吗？"说着，他挨个和他们握手。"留神小宝宝！"他叫道，有个小黑娃娃在地上到处乱爬，把他绊了一下。"要是我踩了谁，可要说一声啊。"

圣克莱尔发给仆人们一把小银币，他们随即发出一片欢笑声和对老爷的祝福声。

"好啦，大家现在都回去吧。"于是，那一群深浅不一的黑人穿过一扇门到走廊里去了。伊娃手里拎着个小包跟在他们后边。那个包里装的是些苹果、糖块、丝带、坚果、花边和其他各种玩具，这些全是她在回家的路上积攒下来的。

圣克莱尔正要回屋的时候，看见汤姆浑身不自在地站在那儿，不停地把重心从一只脚换到另一只脚。阿道夫则懒懒地靠在栏杆上，从一只望远镜里瞅着他，那派头比起时髦公子哥们丝毫不逊色。

"呸！你这狗东西！"圣克莱尔说着，用手打掉了阿道夫的望远镜，"你就是这么对待你的同伴吗？我说阿道夫，这好像是——"他用手指着阿道夫穿的那件很显风头的织锦缎背心说，"这好像是我的背心。"

"哎，老爷，这背心上都是酒渍。像老爷您这么高贵的身份，怎么能穿这种背心呢？我知道您迟早会把它给我的，像我这样的穷鬼穿穿还差不多。”

说完，他一甩头，颇有气派地伸手理了理那洒过香水的头发。

“啊，原来如此。”圣克莱尔满不在乎地说，“那好吧，我现在带汤姆去见太太，然后你带他去厨房。记住，不准向他要什么威风。像你这样的狗东西，还不抵他一半呢！”

“老爷就爱开玩笑，看您精神好，我也高兴。”阿道夫笑着说道。

“过来，汤姆。”圣克莱尔招呼道。

汤姆走进屋里，那丝绒地毯、镜子、油画、塑像、窗帘，都是些他想都没敢想的奢华东西。他惊奇得几乎有些魂不守舍，就如同站在所罗门大帝跟前的示巴女王一样。他那抬起的脚都不敢往地上放了。

圣克莱尔对玛丽说：“你看，玛丽，我给你买了个马车夫，我说话算数吧?！我跟你说，他就是一辆地地道道的灵车，又黑又稳重。只要你愿意，他一定会用赶灵车的稳当劲儿来为你赶车。睁开眼看看吧。现在你该不会说我一出门就把你忘了吧。”

玛丽并没有站起身，只是睁开眼睛看了看汤姆。

“我知道他一定会喝醉酒的。”

“不会，卖主保证过，说他非常虔诚，而且不喝酒。”

“哦，我可不敢有那么高的奢望。”

“阿道夫，带汤姆下楼去，你可要留神，记住刚才我给你交代的话。”圣克莱尔喊道。

阿道夫风度优雅、步伐轻快地走在前头，汤姆拖着深重的步子跟在后面。

“他简直就是个大怪物。”玛丽说道。

“行啦，玛丽，”圣克莱尔在她的沙发旁的凳子上坐了下来，“客气点儿，说点好听的给我吧。”

“你在外面多呆了近半个月。”玛丽嘟着嘴说道。

“可我写信说明了原因呀。”

“你的信又短又冷淡！”

“饶了我吧。我那天急着发信，所以只能那么短，要不然就来不及发了。”

“你从来就是这样。一出门就总会有事把你耽搁下来，信也从来不

写长。”

“看看这个吧，”他说着，从口袋里拿出一只精致的丝绒面盒子，把它打开，“这是我在纽约为你定的礼物。”

这是张早期照片。照片上，伊娃和父亲手挽手坐着，色泽清晰、柔和，好似雕像一般。

玛丽瞟了相片一眼，似乎并不满意。“你的坐相怎么这么难看?”

“坐相怎么了，各人有各人的看法。你看照得到底像不像?”

“如果你不考虑这点意见，别的就不用说了。”她说着就关上了盒子。

“真该死!”圣克莱尔暗暗说道，可嘴里却大声说：“看看吧，玛丽，你说像不像嘛，别瞎说，啊!”

“圣克莱尔，你不会体贴人，你非得让我说话看东西吗? 头痛把我弄得成天躺在床上，你知道吗? 你回来以后闹哄哄的，简直快把我吵死了。”

“你有呕吐性头痛吗，太太?”奥菲丽娅小姐突然从一张大椅子上站起来。这半天，她一直在那儿安静地坐着，打量着屋子里的家具，盘算着它们大概值多少钱。

“可不是吗，简直难受死了!”

“用杜松果熬茶是个有效的方法。反正，以前亚伯拉罕·佩里执事太太这么说过，她可是个有名的护士。”

“等我们湖边花园里的杜松果熟了，我让人采些来给你熬茶喝，”圣克莱尔神情沮丧地伸手拉了拉铃。“姐姐，你也一定想回房去休息了。走了这么远的路，也该歇歇了。阿道夫，”他喊道，“把妈咪叫来。”不一会儿，妈咪来了。她就是伊娃抱住热烈拥吻的那个混血女人。她仪态端庄，衣着整洁，头上高高地裹着红黄两色的头巾，那是伊娃送给她的礼物，并亲手为她缠好。“妈咪，”圣克莱尔说，“我把这位小姐交给你照顾了。她累了，想休息了。你带她到她的房间去，把她安排得舒舒服服的。”随后，奥菲丽娅跟着妈咪走出了屋子。

16 女主人的见解

“玛丽，我看现在是你该休息、享福的时候了。我们这位来自新英格兰的堂姐很能干，很有经验，她一定能替你挑起家务的重担。这样，你就会有足够的时间来养身体，重新恢复你的青春和美貌。我看现在就举行钥匙移交仪式吧。”在奥菲丽娅小姐来到圣克莱尔家几天之后，有一天吃早饭的时候，圣克莱尔在餐桌上这样对大家说道。

玛丽无精打采地将一只手支在脑袋下面，说：“那是最好不过了，我相信在她管理这个家后，一定会发现在南方，当奴隶的不是别人，正是我们这些主人。”

“这是毫无疑问的，她不仅会发现这点，还会发现其他许多令人受益匪浅的道理。”圣克莱尔说。

“表面上看来，我们蓄养奴隶，仿佛是为了我们自己享福，可实际上，我们如果真为了享福，完全可以把他们全部放走。”玛丽说。

伊娃用她那两只大大的眼睛，带着真诚和困惑的神情看着玛丽，天真无邪地问道：“妈妈，那你究竟为了什么原因而蓄养奴隶呢？”

“除了给自己找麻烦，我不清楚到底是为了什么。我最厌烦的就是这帮黑奴。我相信他们是把我的身体状况弄得如此糟糕的主要原因，而且，我们家的奴隶真是最糟糕的。”

“得了吧，玛丽。你明知道实际情况并不是你说的那样。你今天早上的心情太不好了。咱们不说别人，就说妈咪吧，她简直是个再好不过的人了——如果没有她，你怎么过日子呀？”圣克莱尔说。

“我承认妈咪是我遇到的最好的一个黑奴。可是现在，她也变得自私自利起来，而且自私得极为可怕。这是黑人的一种通病。”

“自私自利的确是种非常可怕的病。”圣克莱尔一脸严肃地说。

“妈咪晚上睡得不知道有多沉，这难道不是自私自利吗？她明明知道我身体不好，一时一刻也离不开人，可她却睡得不省人事，怎么叫她也醒不了。昨晚，我费了九牛二虎之力才把她给叫醒，所以今天早上起来，我觉得更难受了。”

“妈咪不是陪了你好几个晚上了吗，妈妈？”伊娃问道。

“你怎么知道的?”玛丽追问道,“一定是她向你抱怨了吧?”

“她没有向我抱怨什么。她只是跟我说你夜里很难受,一连好几个晚上都是这样。”

“你为什么不叫简或罗莎来替换妈咪照顾你,也好让妈咪休息一下呀。”圣克莱尔说。

“亏你说得出口!”玛丽说。“圣克莱尔,你一点都不懂得如何体贴我,我的神经太脆弱了,一点小动静就能吓我个半死,如果换个生手来陪夜,我还能活吗?如果妈咪是真的关心我,她肯定不会睡得那么死。我倒是听说别人家有这样对主人忠心耿耿的仆人,可我却没有这么好的运气。”

奥菲丽娅小姐一直在旁边严肃地倾听着这夫妻俩的谈话,她没有说一句话,发表一句意见,好像她已经打定主意,在没有摸清自己的处境以前绝不轻易发表意见。

“当然,妈咪也有她的长处,老实本分,态度也算恭敬,可就是私心太重。她总是忘不了她的男人,这桩事情把她弄得心神不宁的。你知道,当初我出嫁时,必须得把妈咪带在身边嘛。可我父亲就是舍不得放手她的男人,也难怪,他是个打铁的,这样的人手是不能缺的。那时我就想,她和那个铁匠还不如分开算了,反正两人也不大可能生活在一块儿了,我也把自己的想法告诉了妈咪。现在看来,我当初还不如坚持到底让她再找个男人,我那时太蠢,太纵容他们,根本没有坚持自己的意见。我早和她说过,这辈子她别指望还能经常和那个男人见面,最多也就是一两回。就我这虚弱的身体,根本不可能常回父亲家,那儿的气候我适应不了,所以我劝她倒不如另外找个男人算了,可她就是不干。她就有那么点倔脾气,我可比谁都清楚。”

“她有孩子吗?”奥菲丽娅小姐问。

“有两个。”

“我想离开孩子对她来说,也够让她难受的了。”

“可我总不能把他们也带过来吧。他们是些脏孩儿,我可不想他们整天出现在我眼前,况且,妈咪在两个孩子身上花费的精力也太多了。我知道妈咪对这件事一直都很气恼。她无论如何都不愿再找个男人。我看,只要有机会,她肯定明天就会回去找她那个男人,才不会管我呢。她明知道我身体弱,离不开她,可她还是会这么干的,我敢肯定。黑人就是这么自私自利,连最好的黑人也不例外。”

“想想这种事，真叫人无比烦恼。”圣克莱尔干巴巴地说道。

圣克莱尔说这些话的时候，心里很为妻子感到羞耻，却又得强压心中的烦恼，所以脸不禁红了，嘴角微微翘起，带着一丝讥讽的意味。而这一切都没有逃过奥菲丽娅小姐锐利的目光。

玛丽接着说：“妈咪可是受尽了恩宠。我真希望你们北方的仆人们来看看她的衣橱——里面的衣服全是绸子和棉布的，还有一身地道的亚麻衣服呢。有时，我整个下午都忙着帮她修饰帽子，把她打扮得整整齐齐，好带着她去别人家做客。她从来就没尝过挨骂的滋味，这辈子可能至多挨过一两次鞭子。每天她喝的都是地道的咖啡和浓茶，还要加上白糖，这可真叫人受不了，可圣克莱尔偏偏宠着这帮下人，搞得他们为所欲为，不知天高地厚。我们家的仆人们都被娇纵惯了，他们之所以敢如此自私，跟宠坏了的孩子似的，我们多少都要负担责任。为这件事，我和圣克莱尔说过许多次了，我也说腻了。”

“我也腻了。”圣克莱尔一边应答，一边读起了晨报。

美丽的伊娃一直站在一边，听母亲说话，脸上带着她所特有的深沉而真挚的表情。她轻轻地绕到母亲的椅子后面，用两只胳膊抱住了母亲的脖子。

“你干吗，伊娃？”玛丽问道。

“妈妈，能不能让我来照顾你一夜，就一夜？我保证不会吵闹你，也保证不会睡着。我经常晚上睡不着，想着——”

“别瞎闹，孩子！你这个孩子可真怪。”

“可是妈妈，我可以做到。我知道妈咪很不舒服，她告诉我这几天她的头一直很疼。”

“妈咪就喜欢大惊小怪！她和别的黑人一样——为了一点点毛病就小题大做，对这种现象，我不能听之任之，绝对不能！在这件事情上，我绝不放弃自己的原则。”玛丽把头转向奥菲丽娅小姐，对她说：“你慢慢就会知道我这样做是有必要的。如果你姑息、迁就他们那为了一点小毛病就叫苦连天的毛病，你肯定会被弄得手足无措，不知该怎么办才好。我从来就不爱对别人诉苦，所以很少有人知道我受的苦有多大、多深。我觉得自己应该去默默承受一切的痛苦，而我自己也是这么去做的。”

奥菲丽娅小姐不禁双目圆睁，对玛丽这番话表现出极大的惊讶，以至于圣克莱尔被她这副表情逗得乐出声来。

“只要一提起我的病，圣克莱尔总会笑。”玛丽说话的口气活像个忍受折磨的殉道者，“我只希望将来他不会有后悔的一天。”说着，玛丽用手帕抹起眼泪来。

接着，饭桌上出现了令人尴尬的沉默。随后，圣克莱尔站起来看了看表，说要出去赴个约会。伊娃蹦蹦跳跳地跟着父亲出去了，只留下奥菲丽娅小姐和玛丽还坐在桌旁。

“你看，圣克莱尔就是这样！”玛丽一边说着，一边使劲把擦眼泪的手帕摔到桌上，可惜的是，她要谴责的人不在场，“我这些年来不知吃了多少苦，受了多少罪，圣克莱尔从来不体谅我。他不会，也不肯。如果说我是爱抱怨的人，或者是对自己的病大惊小怪，那他这样待我也还说得过去。对一个啰里啰嗦、喜欢抱怨的妻子，男人们的确会感到厌倦的。可我总是默默地承受一切，什么也不说。可这样做反而让圣克莱尔以为我什么都可以忍受。”

奥菲丽娅听了这些话，真不知道该说些什么。

正当她想着该说点什么的时候，玛丽慢慢擦掉眼泪，稍微整了整衣服，如同一只鸽子经历了一场暴风骤雨后总会清理一下羽毛。随后，她对奥菲丽娅小姐交代起家务事来。她们心里都清楚，所有的家务事将全部被奥菲丽娅小姐承担下来，所以玛丽谈到的事情很多，比如说碗橱、柜子、壁橱、贮藏室和好些别的事务。同时，她还给了奥菲丽娅小姐许多告诫和叮嘱，如果换作另外一个不如奥菲丽娅小姐这么处事有条理，如此精明能干的人，肯定早就被弄得糊里糊涂了。

“好了，我想该交代的事，我都交代了。这样，下次我再犯头疼病的时候，你就能够独自处理家里的事务了，也不用再征求我的意见。只是伊娃这个孩子，你要多费点心思。”

“伊娃是个非常乖巧的孩子，我还没见过比她更乖的孩子呢！”

“伊娃非常古怪，有好多和别人不一样的地方。她没一点儿像我，一点儿都不像。”玛丽叹道，好像这件事情很让她伤心一样。

奥菲丽娅小姐暗自心想：“幸亏不像你。”但她是个非常谨慎的人，不会把这话说出来。

“伊娃就喜欢和那些下人们混在一起，这对于有些孩子来说，也没什么不好的。我小时候就经常和家里的小黑奴们在一起玩，可这对我没有造成什么不良影响。可是伊娃这个孩子似乎总是把和她一起玩的人当作和她地位平等的人看待。我一直就没能够把她的这个毛病改过来。我知道圣克莱尔是支持她的。实际上，除了他的妻子，圣克莱尔纵容这屋里的每一个人。”

奥菲丽娅一言不发地坐在那儿。

“对待下人只有压着他们，凡事都应该让他们规规矩矩。我从小时候起就觉得这是天经地义的事。可伊娃一个人就能把全家的下人娇惯坏了。我真不敢想象将来她自己当家时会怎么样。当然，我也认为应该仁慈地对待下人，实际上我也是这样做的，但是你得让他们明白自己的身份。可伊娃从来不这样做，要让她明白下人就是下人的道理比做什么事情都困难。你刚才不也听见了吗，她想代妈咪来照顾我。这只不过是一个例子，如果让她自作主张，她肯定会像这样去干所有的事情。”

奥菲丽娅小姐坦率地说：“可是，你也一定认为下人同样是人吧？他们在累了的时候也应该可以歇歇吧？”

“当然可以啦。只要不妨碍我的生活习惯，我对他们的任何要求都会有求必应的。妈咪如果想补充睡眠，随时都可以，这对于她来说太容易了，因为她是我所见过的最贪睡的人，不管在什么地方，不论是站着，坐着还是缝纫的时候，她都可以睡着。你根本不用操心妈咪会缺觉。但是对下人过分地娇纵和宠爱，把他们当作奇花异草一样，那真是太荒谬了。”玛丽一边说着，一边懒洋洋地陷进那张宽大而松软的沙发里，同时伸手拿过一只精巧的刻花玻璃香精瓶。

“我告诉你，”玛丽接着说，声音微弱而低沉，蛮有一副贵妇派头，仿佛是一朵阿拉伯茉莉花即将凋谢时发出的最后一声叹息或者其他什么空灵而飘逸的声音，“奥菲丽娅小姐，你不知道，我并不经常谈论自己，我根本没有这个习惯。我和圣克莱尔在许多地方意见都不一致，圣克莱尔从来都不能理解我、体谅我，这可能就是导致我身体如此糟糕的病根子。我承认圣克莱尔的心肠不坏，可男人从骨子里就是自私自利的，根本不会体贴女人，至少我是这么认为的。”

奥菲丽娅小姐具有的地道新英格兰人的谨慎态度使她很不愿意卷入到家庭纷争之中，所以这时她绷紧了脸，摆出一种严守中立的态度，从口袋里拿出一截大约一右四分之一码长的长袜，认真地编织起来。沃茨博士认为人们一旦闲着没事就容易受撒旦的引诱而变得多嘴多舌，所以奥菲丽娅小姐便拿织长袜当作防止自己变成那样的特效方法。她那紧闭的双唇和那股认真的劲儿，等于明白地说："你别希望我会开口讲话，我可不愿意搅到你家的那些事情里去。"事实上，她那副漠然的样子仿佛一尊石狮子，可是玛丽完全不在乎这些。既然她找到一个人听她说话，她就觉得自己有义务继续说下去。她又闻了闻香精瓶提了下神，接着说道："你要知道，我当初嫁给圣克莱尔的时候，我把自己的私房和仆人都带过来了，所以在法律上，我有权力以自己的方式来管理我的下人。至于说圣克莱尔的财产和下人，他也完全可以用他自己的方式去管理，对于这点，我完全同意。可圣克莱尔偏偏要干涉我的事情。他的有些做法和想法简直荒谬至极，尤其在对待下人这个问题上更是叫人不可理解。他把下人看得比我，甚至比他自己还重要。他一味地宽容下人，无论他们惹了多少麻烦，他都不会干涉。从表面上看，圣克莱尔是个脾气很好的人，可他干的有些事情实在是很可怕。他订下了这么一条规矩：家里除了他和我，无论发生什么事情，谁也不许打人。他执行这条规矩的认真劲儿，连我也不敢反对他。你可以想象会有什么样的结果。即使下人们爬到他的头上，圣克莱尔也不会对他们发怒的。至于我呢，我是不会去费那个力气的，这对我来说实在是太残忍了。你现在该明白了吧，这帮下人们都成了娇生惯养的大孩子了。"

"我不明白，感谢上帝！"奥菲丽娅小姐简短地说道。

"你在这里呆的时间长了，慢慢也就会明白，而且你自己也免不了要吃苦头的。你不知道这帮可恶的家伙有多么愚蠢，他们极其的粗心大意，而且忘恩负义。"

只要谈到这个话题，玛丽就变得劲头十足，两只眼睛也睁开了，似乎把她那虚弱的体质完全忘了一样。

"你不知道，也不会知道，一家人被这帮家伙们惹的麻烦所纠缠是什么样的一种滋味。如果对圣克莱尔抱怨这些，那真是白费工夫。他的理论极其荒唐，说什么他们之所以会这样完全是我们造成的，所以我们应该宽容他们。还说下人们的毛病也全是我们造成的，如果我们因为这些毛病而去惩罚他们，那就太残忍了。他甚至说如果我们处在和他们同样的地位，也许还不如他们呢，好像黑人可以和我们相提并论一样，是不是？"

"难道你不相信上帝是用和我们同样的血肉去造就他们的吗？"奥菲丽娅小姐用十分干脆的语气问道。

"真是这样吗？我不相信！这是瞎扯！黑人可是下等人呀！"

“那你是否相信他们的灵魂也会永生不灭呢?”奥菲丽娅气愤地问道。

“哦,”玛丽打了个呵欠说道,“这是当然,谁也不会怀疑的。不过,要把他们和我们进行平等的比较,把我们和他们相提并论,那是绝对不可能的!不过,圣克莱尔还真和我说过这样的话,好像拆散妈咪夫妻俩跟拆散我们夫妻俩没什么区别。真是荒谬,蚂咪怎么可能有我这样的感情呢?这完全不是一码事,可圣克莱尔却假装不懂这个道理,仿佛妈咪疼爱她那两个脏孩子和我疼爱伊娃一样!而且他有回甚至一本正经地劝我把妈咪放回去和家人团聚,另外再找个人接替她,这简直让我受不了。我平时并不喜欢发脾气,总觉得忍受一切是理所应当的。不过我知道他的想法从来都没有改变,我从他的表情就能看得出,从他的只言片语就能听得出。这真叫人受不了,忍不住想发脾气。”

奥菲丽娅小姐看上去非常惊惶,好像害怕自己会说出些什么不该说的话来,因而只是埋着头,只顾一个劲儿地织着袜子。她那副样子很是用心良苦,只是玛丽没看出。

“所以,你肯定很清楚自己将要接管一个怎样的家庭,它真是个烂摊子。下人们各行其是,为所欲为,虽然我身体不好,可只能不顾自己的健康来维持家里的秩序。我那条皮鞭有时还真能派上用场,只是用起来很费劲,有些吃不消。假如圣克莱尔愿意像别人那样做的话——”

“怎样做呢?”

“就是把这些不听话的奴隶送到监狱这样的地方去受鞭刑呀!这是治他们唯一有效的办法。我的身体如果不是这么差,我肯定比圣克莱尔管得好多了。”

“那圣克莱尔是怎么管理的呢?你不是说圣克莱尔从不动手打人吗?”

“男人总是比女人威严得多,你知道,对他们来说做到这点并不困难。而且,当你直盯盯地看着圣克莱尔的眼睛时,真是令人奇怪,那眼睛会闪烁着一种光芒,尤其当他拿定主意的时候。连我都害怕他这点,那些下人们就更得留神当心了。而我呢,就算是大发雷霆也不如圣克莱尔转转眼珠子灵验。正因为圣克莱尔管起事来不如我那么费神,他就更不可能体谅我的苦衷了。不过等你管理这个家的时候,你就会知道非得对那些下人们严加管教不可——他们实在是太坏、太狡猾、太懒惰了。”

“又是老生常谈,”圣克莱尔踱着方步走了进来。“这些坏蛋将来可真

有一笔好账要算呢，尤其是懒惰这条罪行！你见过了吗，堂姐？”他说着便四肢伸开，直挺挺地在玛丽对面的一张沙发上躺了下来，“他们仿效我和玛丽，变得简直不可饶恕，——我是说懒惰这个毛病。”

“圣克莱尔，得了，你也太过分了！”玛丽气呼呼地说。

“我过分了吗？可我认为自己是非常严肃认真的呀，这对我来说真是非常难得。玛丽，我对你的观点从来都是支持的。”

“算了吧，你根本就不是这个意思，圣克莱尔。”

“那好，是我错了。亲爱的，谢谢你帮我改正错误。”

“你就是想故意气我。”

“行了，玛丽，天越来越热了，我刚才又和阿道夫说了半天，累得我要命，拜托你开心一点，好不好？让我在你微笑的面容里休息一下，可以吗？”

“阿道夫又怎么啦？我简直不能再容忍那个放肆的东西。我希望自己能单独去管教管教他，我一定能治住他。”

“亲爱的，你的话显示出你一贯的洞察力。是这样的，阿道夫一向致力于模仿我的优雅风度，以至于他真把自己当成了我，所以我不得不对他犯的错误给出一点小小的提示。”

“你是怎么提示他的？”

“我不得不让他明白我非常乐意保留几件衣服给我自己，并且，我对他挥霍科隆香水的数量进行了限制，不仅这样，我还只给了他一打亚麻手绢，怎么样，我够狠吧？所以，阿道夫有点不高兴了，我必须得像个慈父一般去开导他。”

“哦，圣克莱尔，你什么时候才能明白该怎么样去对待下人呢？你这么纵容他们实在是太可恶了！”玛丽愤愤地说道。

“唉，这个可怜的家伙只是想模仿他的主人罢了，这难道有什么坏处吗？既然我没能好好教育他，让他对科隆香水和亚麻手绢产生浓厚兴趣，那我为什么不给他呢？”

“那你为什么不能好好地教育他呢？”奥菲丽娅小姐突然不客气地说道。

“那样做太费事了，——这全是惰性在作怪，堂姐——毁在这个毛病上的人你数都数不过来。如果我没有惰性，恐怕早就成为完美的天使了。我非常同意弗蒙特那位博特默老博士的话，懒惰是万恶之源。这可真是值得忧虑呀。”

“你们这些奴隶主要担负的责任真够可怕的，我认为是这样。我是怎么也不愿去负这种责任的。你们应该教育自己的奴隶，把他们看作有理性的人去对待，把他们当作有永生不灭的灵魂的人去对待。你们最终将和他们同样地站在上帝面前。”这位正直的奥菲丽娅小姐激动地说道，上午她心中不断涌起的激情终于爆发了。

“哦，算了吧！”圣克莱尔说着，迅速地站起身来，“关于我们你知道些什么？”他坐到一架钢琴旁，弹起了一首旋律轻快的曲子。在音乐方面，圣克莱尔有着非凡的天才。他的指法坚定有力，无可挑剔，他的手指迅速地掠过琴键，轻松而有力，他弹了一曲又一曲，好像想借此弹出一个好心情。最后，他推开乐谱站了起来，愉快地说道，“好了，堂姐，你给我们上了一课，尽了你的义务，总的来说，你说的是对的。我一点也不怀疑你扔给我的是一颗真理钻石，只不过你恰好把它砸到了我的脸上，所以我一时还接受不了。”

“我可没从这课里得到什么收获，”玛丽说，“我想知道还有哪一家对待下人比我们还要好，可这又有什么用，对我们连半点好处都没有，只能让他们变得越来越坏。要跟他们讲道理，我已经早就讲得筋疲力尽了，嗓子也讲哑了，例如教他们尽职尽责，诸如此类的事情。他们可以随时到教堂去，可有什么用？他们笨得像头猪，对牧师的布道几乎全都不能理解，所以即使他们做礼拜也没多大的用处。不过他们还真的去做礼拜，可见他们并不是没有机会。不过我已经说过，黑种人是下等种族，这是不可改变的事实，教育他们等于对牛弹琴。你知道吗？奥菲丽娅堂姐，我已经这样试过了，你还没有。我是和他们一起长大的，因而我了解他们。”

奥菲丽娅小姐觉得自己已经说得够多的了，于是坐在那里一句话也没说。圣克莱尔却吹起口哨来。

“别吹口哨了，圣克莱尔，你把我的头都弄疼了。”玛丽说。

“我不吹了，行了吧。你还有什么不希望我做的呢？”

“我希望你能关心一下我的病痛，你真是一点都不体谅我。”

“我亲爱的天使，你真是会指责别人呀。”

“我讨厌你这么说话。”

“那你希望我怎么说呢？您就尽管吩咐吧，只要您高兴，我一定听从。”

这时，从门廊里的丝绸帘子透过一阵欢快的笑声，这笑声是从院子里传过来的。圣克莱尔走到门廊掀起帘子，看了看，也笑了起来。“怎么回事？”奥菲丽娅小姐朝栏杆走了过去。

此时，汤姆正坐在院子里长满青苔的凳子上，衣服上所有的扣眼都插满了茉莉花，伊娃在旁边一边笑着，一边朝汤姆的脖上挂上一串玫瑰花环，随后她在汤姆的膝上坐了下来，像一只麻雀大笑个不停。

“汤姆，你看上去真是好玩极了。”

汤姆没有说话，脸上挂着憨厚、善良的笑容，看得出来，他和小主人一样正享受着同样的快乐。当他看见自己的主人时，不好意思地略带歉意地抬起了头。

“你怎么可以让她这样呢？”奥菲丽娅小姐问道。

“为什么不可以呢？”圣克莱尔反问道。

“我也说不清为什么，可这样实在是太不像话了。”

“如果孩子玩的是只大狗，就算是只黑狗吧，你就不会觉得有什么不妥了。可如果是个人，那就不一样了，因为他有思想、有理性、有感情和不灭的灵魂，是这样吧，堂姐，我对某些北方人的情感太了解了。我不是说南方人没有这种情感，因而品质上就怎么高贵了，只是我们的风俗习惯和基督教教义有不谋而合的地方罢了——那就是尽量避免个人的成见。我在北方旅行的时候，看到太多这样的现象，你们北方人对黑种人的歧视远远超过我们南方人。你们讨厌他们就如同讨厌蛇或癞蛤蟆一样，可他们的遭遇又让你们感到愤怒。你们不能容忍他们受到种种凌辱，却又在极力避开他们。你们宁愿将他们送回非洲去，眼不见心不烦，然后再派一两个传教士去做自我牺牲，承担改造他们的任务，是这样吗？”

“堂弟，你的话的确有些道理。”奥菲丽娅小姐若有所思地说。

“如果没有孩子们，这些生活穷苦、出身卑贱的人们该怎样活呢？”圣克莱尔说道，他倚着栏杆，看着伊娃领着汤姆走开了。“孩子是真正的浪漫主义者。对伊娃来说，汤姆是英雄。在她看来，汤姆讲的故事充满着神奇色彩，他唱的歌和卫理公会赞美诗比歌剧还要动听，口袋里那些不值钱的小玩意儿简直就是一座宝藏。而汤姆呢，则是一个黑色皮肤的最神奇的人。孩子是上帝特意送给那些穷苦卑贱的人的，就像伊甸园里的玫瑰花，他们从别处获得的快乐实在太少了。”

“奇怪，堂弟，听你这么一番话，别人都会以为你是个理学家。”

“理学家?”圣克莱尔不解地问道。

“宗教理学家,难道不是吗?”

“根本不是这样,我既不是你们所说的理学家,也不是什么实践家,这点恐怕更糟糕。”

“那你为什么说那么一番话呢?”

“还有什么事情比嘴巴上夸夸其谈来得更容易呢?我记得莎士比亚笔下有一个人物这么说过,‘教诲十二人做人的道理远比按自己的教诲去做那十二个人容易得多。’因此最好是分工合作,我擅长于说,而堂姐你呢,则擅长于做。”

从表面上看,汤姆目前的状况是没有什么可以值得抱怨的了,这正如人们爱说的那样。伊娃出于纯真的天性和本能的感激,十分喜爱汤姆,她向父亲请求让汤姆做她的特别陪伴,只要她出外散步或者坐车上街,需要一个仆人陪伴的时候,就让汤姆来陪她。所以,汤姆被告知,凡是伊娃小姐需要他陪伴时,他就可以把其他所有事情放在一边,读者可以想象汤姆对这样的吩咐绝对不会不满意的。他的衣着总是整整齐齐,圣克莱尔对这点非常挑剔并且给予坚持。他在马厩里的活十分清闲,每天只需要去照料巡视一番,指挥那个下手怎么干活就可以了。因为玛丽声称,汤姆到她身边的时候,不能让她闻到一丁点儿牲口的气味,所以凡是容易沾上这种让她不快活的气味的活,他都不能做。玛丽的神经系统对这种气味完全不能适应,照她自己的说法,哪怕是一点点这种臭味,她简直就活不下去了,世间的一切痛苦也就会随之完结。因而汤姆总是穿着一身刷得非常干净的毛葛衣服,头戴一顶光亮的獭皮帽,脚穿一双乌黑发亮的皮鞋,领口和袖口干干净净,这套行头加上他那庄严而又不失和蔼的黑脸庞,使人一见不由得生出敬意,因为他的样子太像是一位古代非洲迦太基的大主教。

汤姆以他那黑种人独有的灵敏感觉,对自己所处的如此美丽的环境,是绝对不会视而不见的。他愉快地欣赏着那些鸟啊、花啊、泉水啊等等景致,欣赏着庭院里的种种美丽,欣赏着那些丝绸帘子、油画、烛台、雕塑以及金碧辉煌的色彩,所有这一切使得这些厅堂在汤姆的眼里成了阿拉丁的宫殿。

将来有一天如果亚非利加民族成为一个先进的文明种族,那么非洲大陆将会兴起一种辉煌灿烂的文明,而这一天终将会来到的,人类进化的

伟大历史进程中总会有非洲民族大显身手的机会，而他们创造的文明在我们这些冷静的西方人的脑海里只是曾经有过一点模糊的影子罢了。在那片遥远而神秘的土地上，到处是黄金、珠宝和香料，遍地都生长着奇花异草，还有那随风摇曳的棕榈树。而在这片土地上还将孕育出崭新的艺术和风格。那个时候，这里的人民将不再受到压迫和歧视，他们一定会为人类的生活带来最新最美的启示。他们之所以能做到这些是由于这个民族生来淳朴、善良、谦逊，更容易相信万能的上帝，领会他的智慧，遵从他的意志。他们那如孩童般的纯洁爱心使他们能够宽以待人。他们将在这些方面体现出一种最崇高最特别的基督精神。非洲人民是一个处于水深火热之中的苦难民族，因为上帝对自己深爱的选民总要给以惩罚。在上帝将要建立的天国里（一切别的国度都曾试图建造这个天国，可都失败了），非洲人将被放置在最高贵的位置，因为到那个时候，原本在前的将要在后，原本在后的将要在前。

一个星期天的上午，玛丽衣着华丽地站在门廊里，正将一个钻石手镯套上她那纤细的手腕。不知她此刻心里是否正在想着这些事，可能是，也可能不是。玛丽绝对不会错过任何好东西，现在，她正精心打扮准备去一家时髦的教堂做礼拜。钻石、丝绸、花边、珠宝，她应有尽有。礼拜天必须得特别虔诚，玛丽把这点看得极其重要。她这会儿正仪态万方地站在那儿，纤细飘逸，一副飘飘欲仙的味道。她那条缀着花边的头巾罩在头上，如烟似雾般，使她看上去优雅极了，玛丽内心也觉得自己太美了。而旁边的奥菲丽娅小姐则是个极好的陪衬。倒不是说她的绸子衣服和头巾不如玛丽的好看、手帕不如玛丽的精致，而是因为她长得方方正正，棱角分明，僵硬的姿态更加衬托出玛丽的仪态万方来。不过，玛丽的华贵并不是上帝心目中的华贵。

“伊娃到哪里去了？”玛丽问道，“这孩子和妈咪在台阶上说些什么呢？”

伊娃和妈咪在台阶上正说什么呢？读者们，你们可以听见，可玛丽却听不见。

“亲爱的妈咪，我知道你的头很疼。”

“上帝保佑你，伊娃小姐！我总是这样，你不用担心。”

“我真高兴你能出去走走。这个，给你，”说着，伊娃伸出手臂搂住妈咪，“你把我的香精瓶带上吧。”

“什么？让我带上你那个美丽的镶钻石的金瓶？你可千万别这样。”

“为什么不能？你用得上它，可我根本用不上。妈妈总拿它来治头疼，你闻闻它就会感觉好多了。拿着吧，就算是为了让我开心，行吗?”

“可爱的小乖乖多么会说话呀!”说着，伊娃一下子扑到妈咪怀里，亲了她一下，便跑下楼找她妈妈去了。

“你在那儿干什么呢?”玛丽问道。

“我只是想把我的香精瓶给妈咪用，让她带到教堂去。”伊娃回答说。

玛丽不耐烦地跺着脚，嚷道:“伊娃！你把自己的金瓶给了她?！你究竟什么时候才能懂事？去，赶快去把瓶子要回来。”

伊娃看上去一副沮丧难过的表情，慢慢吞吞地往回转身。

“玛丽，你就随她去吧，只要孩子觉得这么做能高兴就行。”圣克莱尔说道。

“可是圣克莱尔，像这样发展下去，将来她自己怎么过日子呀?”

“上帝会知道，不过将来她在天堂里肯定比我们过得幸福。”

“爸爸，别说了，”伊娃轻轻地碰了碰爸爸的胳膊肘，说，“妈妈心里会难受的。”

“那么，堂弟，你打算去做礼拜吗?”奥菲丽娅小姐转过身来，对圣克莱尔问道。

“谢谢你的关心，我不去。”

“我真希望圣克莱尔能到教堂去做做礼拜。可他身上完全没有一点宗教的影子，真太不像话了。”

“我知道你们这些太太小姐们到教堂去是为了学会为人处世。我想，既然你们是这么虔诚，总可以让我们沾沾福气吧。再说，即使我要去做礼拜，我也只会去妈咪去的那家教堂，起码那儿不会让我打瞌睡。”

“什么？你要去卫理公会的教堂？那里的教徒只会大吵大叫，可怕极了!”

“你们那些表面上很体面的教堂实际上只不过是一潭死水罢了，玛丽。谁都受不了那儿的气氛，这是一定的。你愿意去吗，伊娃？算了吧，还是和爸爸呆在家里吧。”

“谢谢爸爸，不过我还是决定去教堂。”

“你不觉得那儿很乏味吗?”

“的确有点儿，而且我也有点想睡觉，不过我会尽可能地不打瞌睡。”

“既然这样，你为什么还要去？”

伊娃悄声说：“爸爸，你知道吗？姑姑说是上帝要求我们这样做的，是他把一切赐予我们。你知道吗？如果他想要我们去，谁也阻止不了。做礼拜毕竟不会乏味得要了我的命。”

“我的小宝贝，你真是个招人喜欢的小东西！”圣克莱尔吻了她一下，“那好，去吧，要听话，别忘了为我祈祷。”

“当然不会忘记，我一直都在为你祈祷。”伊娃说着，跟着母亲跳上了车。

圣克莱尔站在台阶上，看着离去的马车，给了伊娃一个飞吻。他的眼中不禁噙满泪花。

“伊娃，你真是上帝赐予我的福音啊！”他自言自语道。

圣克莱尔感慨了一会儿，点燃了一支雪茄，拿起了一份《五分日报》读了起来，很快就把他的小福音忘得一干二净。他和别的俗人也没有什么差别。

在马车里，玛丽正对伊娃说：“听着，伊娃，对待下人的确应该态度和蔼，但不能把他们同我们自己一样看待。比方说吧，如果妈咪生病了，你总不会愿意让她睡你的床吧。”

“我非常愿意，妈妈，这样更便于照料她，而且，你也知道，我的床比她的舒服多了。”

玛丽被女儿这番完全没有道德观念的回答搞得极为沮丧。

“怎么样才能让她明白点道理呢？”

“没办法。”奥菲丽娅小姐意味深长地说道。

有那么一段时间，伊娃看上去有些不安和难过，不过，孩子们的思想通常不会在一件事情上停留很久，所以不一会儿，她就又变得快活起来。随着马车不断向前驶去，车窗外的种种事物把伊娃逗得大笑不停。

等每个人在餐桌旁坐好了，圣克莱尔问道：“女士们，今天教堂里有什么新鲜事呢？”

“G博士今天的布道精彩极了，你真应该去听听，他的观点和我的完全一致。”玛丽说。

“那对大家一定大有帮助，他的话题有那么广泛吗？”

“我是说他表达了我的社会观点，《圣经》上说：‘上帝造万物，各按其时成为美好’，G博士的布道说明这社会中的一切等级和秩序都是上帝亲手创造的，所以，人会有高低贵贱，有的人生来就是主人，而有的人生来就是奴隶，上帝把这一切都安排得极为和谐，你明白吗？G博士的观点使那些反对奴隶制的理论显得荒唐至极。他的言论证明了《圣经》是支持我们的，不仅如此，他还维护我们的制度。你没听到他的布道实在太可惜了。”

“这没有什么值得可惜的，我随时可以从《五分日报》上获得对我同样有益的东西，同时我还可以抽着雪茄。要知道，在教堂可不允许这样。”

“难道你不相信这些观点吗？”奥菲丽娅小姐问道。

“你是指我吗？你知道我这个人是无药可救了。任何宗教上关于这些问题的观点看法都不会对我造成什么影响。如果一定要我就奴隶制发表观点，那我坦率地说，‘我们已经陷入这个社会问题，我们占有了奴隶，并且不打算放弃他们，因为我们要享受，要谋取利益。’不论怎么样，G博士的理论虽然神圣，无非也就是要说明这些，不论在哪里，人们都一清二楚。”

“奥古斯丁，我真是惊讶你会说出这些荒唐的话来！”玛丽说道。

“惊讶！这是事实。宗教就是这么来解释这些事情的。他们为什么不把这些理论推而广之，论证论证年轻人中间酗酒赌博这类行为也是合情合理的好事呢？我倒想听听他们是怎么自圆其说的，把这些事情也说成是正确的行为，而且是上帝的旨意。”

“那么，你认为奴隶制到底是好还是坏？”奥菲丽娅小姐问道。

圣克莱尔快活地说道：“我可不愿染上你们新英格兰人那种可怕的坦率劲。我如果回答了你的这个问题，你肯定会接着问好多的问题，而且会一个比一个难以回答。所以，我不打算表明我对这个问题的看法。我是专爱拆台的人，怎么可能搭起台子让别人拆呢。”

“他说话总是这么怪里怪气，你就别希望他会给你一个满意的答复。我想他整天在外面乱跑的原因就在于他不喜欢宗教。”玛丽说道。

“宗教！”圣克莱尔说话的语气引起两位女士对他的注意，“宗教！难道你们在教堂里听到的就是宗教吗？难道宗教就是那个左右逢源的东西吗？就是那个迎合一切世俗私利的东西吗？连我这么一个不敬神灵、庸俗的人都比它更知道廉耻，更公正，更宽厚，更为他人着想。我绝不会相信这样的宗教！假如我要信仰一种宗教的话，我也要去信仰一种比我的本性更崇高而不是更低贱的宗教。”

“这么说，你是不相信《圣经》关于奴隶制合理性的言论了？”奥菲丽娅

小姐问道。

"《圣经》是我母亲为人处事的准则，如果《圣经》上这么说了，我将感到非常遗憾。我不能仅仅为了使自己相信自己抽烟、喝酒、骂人是正确的行为而去证明我母亲也有一样的嗜好，好让自己能够求得心理上的平衡。这么做不仅不能使我自己心理平衡，相反会失去因为敬重母亲而带来的欣慰。人活在这个世界上，有一个人值得自己尊敬是一件真正令人欣慰的事情。简而言之吧，"圣克莱尔说话的口气突然变得快活起来，"我只是想把各种事物分门别类。不管在美国还是在欧洲，作为社会框架的这些组成部分都经不起理想道德标准的检验。一般来说，人们不愿意去追求什么绝对真理，他们只是希望自己不要与别人取向相悖。如果有个人敢于站出来宣称我们必须保留奴隶制，没有它我们便不能生存下去，如果要放弃它，那我们将会一无所有，所以，我们绝对不可以放弃。这种坦率、直接的言论是值得钦佩的，至少它是真心话。如果按照人们的实际行为来判断，大多数人对这种观点都是赞同的。可如果有人绷起脸来，引经据典，装腔作势，我真要怀疑他是不是个十足的伪君子。"

"你对别人要求太苛刻了。"玛丽说道。

"是这样的吗？如果棉花价格因为什么原因而大幅下跌，市场上的奴隶难以卖出，那时候恐怕我们就会听到对经文的另外一种解释了，你意下如何呢？教会马上就会意识到《圣经》上的每句话和讲的所有道理已经完全颠倒过来。"

"我才不管这些，"玛丽说着在椅子上躺了下来，"总之我对自己生在长在有奴隶制的地方非常满意，我认为奴隶制是很合理的——它必须存在下去。无论怎么样，没有奴隶制我就活不下去了，这是毫无疑问的事。"

"哎，宝贝，你怎么看呢？"伊娃这时刚好走进屋来，手里拿着一朵小花。圣克莱尔向女儿问道。

"关于什么，爸爸？"

"你觉得在弗蒙特你伯伯家的生活好呢，还是像咱们家这样奴仆成群的生活好呢？"

"那当然是我们家好啦。"

"为什么呢？"圣克莱尔轻轻摸着女儿的头问。

"因为有那么多人在我们周围，你可以去爱他们呀！"

"她又在说她那套莫名其妙的话了。"玛丽说。

“我说的话很奇怪吗?”伊娃爬到爸爸的腿上,不解地问道。

“如果按世俗的观点来看,你是够怪的,宝贝。吃饭的时候,你到哪儿去了?”

“我在听汤姆唱歌呀。黛娜婶婶已经给我吃过饭了。”

“听汤姆唱歌?”

“哦,是的。他唱的歌可好听了,都是关于新耶路撒冷闪光的天使和圣地迦南的。”

“我想肯定比歌剧还要好听,是吗?”

“当然,他说还要教我唱呢!”

“教你唱歌?——你肯定会学得很棒的。”

“他唱歌给我听,我念《圣经》给他听,他还把经文解释给我听呢。”

“我看这真是个最新鲜的笑话。”玛丽说着,哈哈大笑起来。

“汤姆解释《圣经》绝对不会比别人差,我敢保证。他在宗教方面有种天赋。今天早上我想坐车外出,于是我轻轻地往汤姆的小屋走去,结果我听见他正在那儿做祷告。老实说,像汤姆这样虔诚的祷告我已经好久没有听见了。他简直虔诚得可以做个圣徒了,他还替我祷告呢!”圣克莱尔说。

“也许他知道你在偷听,这种手段我见多了。”

“如果真如你所说的那样,那他可没有把握好分寸,因为他非常坦率地告诉上帝他对我的看法。他似乎认为我有什么地方需要改进一下,而且急切地希望我能皈依上帝。”

“我希望你能记住他的话。”奥菲丽娅小姐说。

“我想你肯定和他有着相似的看法。那好吧,我们走着瞧吧。好吗,伊娃?”圣克莱尔说。

17 捍卫自由

快到傍晚的时候，雷切尔·哈里迪这个教友会信徒的家里正在紧张地忙碌着。雷切尔正忙着从家里的储藏品中挑出一些体积不大的日用必需品，准备给那几个今夜即将逃亡者路上使用。夕阳悬挂在地平线上，金黄色的余晖洒进一间小卧室里，在那里正坐着乔治和伊丽莎夫妻俩。乔治把孩子抱在膝头上，一只手紧紧握住妻子的手。在这夫妻两人的脸上，我们看到的是深沉而严肃的表情，还有两颊上未擦掉的泪痕。

"哦，伊丽莎，我知道你的话是正确的。你是个比我强、比我好的姑娘，我会听你的话，让我自己无愧于一个自由人。我要学习基督的仁爱之心，做个真正的基督徒。上帝知道我是多么的想做个好人，不论在怎样的逆境中。我要忘掉过去的痛苦和辛酸，忘掉仇恨，学习《圣经》，努力做个好人。"乔治说。

"等我们到了加拿大，我可以帮你赚钱。我会做衣服，还会洗熨衣服。只要我们齐心协力，我们一定会找到谋生的办法。"伊丽莎颇有信心地说。

"对，只要我们一家人能在一起，这比什么都好。伊丽莎，能够拥有自己的妻子和孩子，是件多么幸福的事情啊！要是每个人都能明白这点该有多好啊。有些人虽然拥有一个幸福的家庭，拥有妻子和儿女，却还在为别的事情而烦恼，我真不明白这些人究竟是怎么想的。虽然我们现在穷得一无所有，但我从心底里感到充实和幸福，我觉得很满足，没有什么别的奢求了。是的，虽然我一年到头辛辛苦苦却什么也没得到，但只要我是个自由人，我就心满意足了。我准备去做工赚钱，把你和孩子的赎身钱寄给人家。至于我的主人，他已经从我身上榨去了至少五倍的买价，我是连一分钱也不欠他的。"

"可我们还没有脱离危险，我们还没有到加拿大呢。"

"是的，可我好像已经闻到那里充满自由气息的空气了，这令我浑身兴奋不已。"

这时，他们听见屋外急促的谈话声。不一会儿，有人敲了敲门，伊丽莎心里不由得吃了一惊，赶紧把门打开。

原来屋外站着的是西米恩·哈里迪，身边还有一位教友会的兄弟。西米恩对乔治夫妻介绍那位陌生人菲尼亚斯·弗莱切。菲尼亚斯长着瘦高个儿，满头红发，看上去一副精明强干的样子。他不像西米恩那样少言、恬静、气质脱俗，相反，他的外表透出一股机警、老练的劲儿，而且对自己充满了自信。他的这些特征和他头上那顶宽边帽子以及刻板的言辞实在很不相称。

“菲尼亚斯发现了一件跟你和你的同伴们有很大联系的事情，乔治，”西米恩说，“你得好好听听。”

“的确如此。”菲尼亚斯说，“一个人在某些场合睡觉时也必须把耳朵竖起来。昨晚，我到大路边的一家独门独户的小客栈里投宿。西米恩，你还记得那个地方吗？就是我们去年把几个苹果卖给一个戴着大耳环的胖女人的那个地方。我赶了一天的车，实在累得不行了，所以我吃完饭就在屋角的一堆货包上躺了下来，顺手拉过一张牛皮搭在身上，等着店主给我安排个临时床位，可我竟然在不知不觉中睡着了。”

“竖着一只耳朵吗，菲尼亚斯？”西米恩不动声色地问了一声。

“不，我身体的各个部分都睡着了。我非常疲倦，一睡就是两个小时。但当我迷迷糊糊醒来的时候，我看见几个人围坐在一张桌子旁，一边喝酒一边谈话。我想弄清楚他们究竟在谈些什么，是什么来历，特别是在听到他们谈到教友会的时候。一个人说道，‘依我看，他们肯定在教友会居住地，’于是我开始竖起耳朵用心听他们的谈话，发现他们正在谈论你们的事情。就这样，我躺在那儿听到了他们的全部计划。他们说要把这位年轻人送回肯塔基州他的老主人那里，要拿他作榜样，好让所有的黑奴再也不敢逃跑。他的妻子将由其中两个人带到新奥尔良去拍卖掉，卖的钱当然归他们所有，估计能卖到一千六百元到一千八百元。至于这个孩子，据说要被送到一个黑奴贩子那里，那个贩子已经付过钱了。他们还谈到吉姆和他的母亲，说是要送他们回肯塔基州。他们说在前面不远的一个小镇上将有两名警察帮他们来抓这些人。这个年轻女人将被带到法官面前，那帮家伙中有个矮个儿，一副油嘴滑舌的样子，将出庭让法官把这个女人判给自己，因为她是他的财产，然后把她带到南方去卖了。他们已经摸清我们今晚要走的路线，他们一定会追来的，有六个或八个壮汉呢。我们该怎么办呢？”

屋子里的人听了这个消息后，表情各不一样。雷切尔·哈里迪刚做了一炉烧饼，就放下手里的活儿来听这个消息，她举着沾满面粉的双手，身体笔直地站在那儿，脸上一副关注的表情。西米恩看上去表情凝重。而伊丽莎伸出两只胳膊紧紧抱着丈夫，抬起头注视着他；乔治则握紧拳头，两只眼睛怒目圆瞪，有这样的表情并不出人意料。当自己的妻子将被夺去拍卖，自己的骨肉将沦落到奴隶贩子手里，而这一切又都是发生在基督教国度里，无论谁受到这些遭遇，都会出现这种愤怒的表情。

“乔治，我们该怎么办？”伊丽莎浑身无力地问道。

“我知道怎么办。”说着，他走进了小房间里，检查他那两把手枪。

“唉！唉！”菲尼亚斯一边说着，一边朝西米恩不住地点头，“你看，西米恩，这么干行了吧。”

西米恩叹了口气，“我知道，但愿事情不会糟到如此地步。”

“我不想因为自己的事情连累到任何人，”乔治说，“如果你们愿意借给我一辆马车，给我指引一个方向，我一个人就能把车赶到下一站去。吉姆力大无比，什么都不怕，和我一样。”

菲尼亚斯说：“太好了，朋友，可总得有个人赶车呀。你负责打斗的事情好了，你大概不知道这条路线吧，我还知道一些。”

“希望不会连累到你。”乔治说。

“连累？”菲尼亚斯说着，脸上一副疑惑而敏锐的表情，“等到你真连累到我的时候，再告诉我也不迟。”

西米恩说：“菲尼亚斯可是个精明强干的人，听他的准没错，而且，”他用手轻轻拍了一下乔治的肩膀，又指指手枪说，“不要轻易开枪呀　年轻人容易冲动。”

“我不想伤害任何人。我对这个国家只有一个要求，那就是让我平平安安地离开，只是——”乔治顿了一下，眉头紧锁，面部肌肉抽搐了一下，“我有个姐姐在新奥尔良市场被拍卖了，我知道她将会有什么后果。上帝赐给我一双强壮的臂膀，使我能保护妻儿不再受侵犯。那么，我能袖手旁观，让我眼睁睁地看着那帮家伙把我的妻子送去拍卖吗？我不能！我就是战死，也不能让他们夺走我的妻儿。你怎么能责怪我呢？”

“凡是有血有肉的人都不会责怪你的，乔治。换了谁都会这么做的。这个世界罪孽太多，但愿上帝会惩罚那些作恶多端的人们！”西米恩说。

“假如你处在我此时的境地，难道你不会像我这样做吗，先生？”

“但愿我不会经历这样的考验，我这血肉之躯是经受不了的。”

“我相信我会变得更坚强，如果我处于你这样的处境，”菲尼亚斯说着，伸出两支又长又壮的胳膊，“乔治，如果你想找什么人算账，不替你抓住那坏蛋我才不信呢！”

西米恩说道：“如果我们应该与邪恶抗争的话，乔治应该有这个自由的权力去战斗。不过，领袖们教导我们应该采取更加高明的办法，因为怒火并不能体现上帝的正义，人的邪恶意志并不能和上帝的正义处于同等地位。谁也无权滥用上帝的旨意，除非他得到了上帝的恩准。让我们一起来祈求上帝，不要让我们经受这种残酷的考验吧。”

“但愿上帝保佑我们。但如果我们受的考验太多，那我们会不顾一切地去拼命，让他们最好当心点！”菲尼亚斯说道。

西米恩微笑着对他说：“你显然不是生就的教友会会友，真是江山易改，本性难移呀。”事实上，菲尼亚斯是很有性格的人，他是非常勇猛的人，打猎的时候连公鹿也逃不过他的神枪。后来他爱上一位漂亮的教友会女会员，受她的魅力所吸引而迁居到附近这个教友会居住地。尽管他诚实、严肃且办事周到，别人找不出他为人处事有什么不妥的地方，可是那些资历深厚的信徒们却觉得他在逐渐入道的同时，明显地表现出可挖掘的潜力不大。

“菲尼亚斯做事向来我行我素，自己觉得怎么好就怎么干，但是不管怎么样，大家都认为他是个心地善良的人。”雷切尔·哈里迪笑着说道。

“好了，我们还是赶紧逃走吧。”乔治说。

“我四点钟就起床了，然后就直奔这儿，如果他们按原定时间行动，我至少应该比他们早两三个小时。不管怎么说，天没黑就走总是不太保险，因为前面几个村子有几个坏家伙，如果他们看见我们的马车，说不定会故意捣乱，我们的时间就会被耽搁，我看咱们还不如在这儿再等一等。我想两个小时后我们可以冒险动身了。我先到迈克尔·克罗斯家去约他骑上那匹追风马断后，为我们在后头望风，一旦有人追来，好给我们通风报信。迈克尔的马可是匹上好的马，如果发生什么危险，他会追上来告诉我们的。我现在去叫吉姆和他的妈妈做好准备，然后就去找迈克尔。我们必须早点出发，以便在他们追上来以前顺利地到达下一站。所以，振作点，乔治，我和黑人一起同甘苦共患难，已不是第一次了。"菲尼亚斯说完就带上门出去了。

"菲尼亚斯非常能干，他会想尽一切办法帮你把事情办好，乔治。"西米恩说。

"我心里真是过意不去，为了我而让你们担惊受怕。"乔治说道。

"千万别这么说，乔治。这是我们的责任，我们做的一切都是天经地义的事。我们别无选择。好吧，雷切尔！"西米恩转过头对雷切尔说，"快点为这些朋友把食物准备好，我们可不能让他们饿着肚子赶路啊！"

雷切尔和孩子们立刻开始动手做玉米饼、烧烤鸡、煎火腿，准备着晚饭。这时，乔治和他的妻子正坐在小房间里，相互依偎，互诉衷肠，仿佛几个小时后他们就要生离死别一样。

乔治说："伊丽莎，别人拥有房子、田地、金钱、朋友，却没有我们这样真挚的爱情。我们虽然一贫如洗，但我们却相互拥有。认识你以前，除了可怜的母亲和姐姐，没有一个人爱过我。那天早上，我亲眼看着奴隶贩子把埃米利带走。临走时，她来到我睡觉的地方，对我说：'可怜的乔治，最后一个爱护你的人也要走了，你今后可怎么活下去呢？'我站起身来，抱着她失声痛哭，她也哭了。那些是我听到的最后几句关心我的话。十年过去了，我的心枯萎了，如同死灰一般，直到认识了你。你给了我爱——让我重新起死回生！从此，我变成了另外一个人。现在，伊丽莎，我愿为你奉献我的一切，他们休想把你从我这里夺走。如果谁想夺走你的话，他就必须先跨过我的尸体。"

"哦，上帝发发慈悲吧！"伊丽莎边说边流着悲伤的眼泪，"只要您能保佑我们安全逃离这个国家，我们别无他求了。"

"上帝难道支持那帮人吗？上帝难道没看见他们的所作所为吗？为什么要听任这一切发生呢？而且那些人还声称《圣经》是在为他们辩护。当然，他们富有、快乐、健康；他们拥有权力；他们都是基督徒；他们都希望死后进天堂；他们为所欲为；而那些贫苦、虔诚的基督徒们——和他们一样好甚至更好的基督徒们——却被他们踩在脚下。他们把我们任意地买来买去，用我们的眼泪、生命去做交易，而上帝对这些行为却视而不见。"乔治在那儿说着，好像并非一定要把这些话讲给妻子听不可，他的目的主要在于倾吐内心的痛苦和悲伤。

“乔治，”西米恩在厨房里叫了一声，“听听这诗篇吧，也许会对你有所帮助。”

乔治将椅子朝门口挪了挪，伊丽莎擦去了眼泪，也过来听西米恩的朗读：“至于我，我的步子险些滑倒，我的脚差点闪失。我看见那些恶人青云直上，内心就愤愤不平，他们没有常人历经的磨难和艰辛。所以，骄傲成为他们的项圈，残暴成为他们的外表。他们那肥硕的身体使得眼袋臃肿不堪。他们的所得超乎他们的想象。他们品德败坏，恶意愚弄他人，欺压百姓，他们说话傲慢自大。因而，上帝的子民来到这里，喝尽了满杯的苦水。他们不懂：上帝如何知道至高无上者究竟有无学问？乔治，你是不是也是这种感受？”

“没错儿，我就这样觉得的。如果让我来写这首诗，我也会这么写的。”

“那好，听下去，”西米恩继续念道，“我仔细考虑过这件事，没进上帝的圣殿真叫人难以理解。我知道您一定会让他们得到万劫不复的毁灭。人醒之后还会做梦吗？主啊，当您醒来后，一定会轻视他们的形象。我将永远追随您。搀起我的右手吧，以您的教导来指引我，然后将我迎到天国中去。我愿意向上帝靠近。我对上帝信赖无疑。”

从西米恩这位友善的长者口里念出如此一首圣洁的诗，如同一首仙乐悄悄进入乔治那历尽磨难、满是创伤的灵魂。西米恩念完后，乔治英俊的脸上出现了温和而平静的表情。

“如果这个世界就是一切，乔治，你可以问问：上帝到底在哪里？可是，被上帝选为天国子民的，正是那些今生今世获得享受最少的人。相信上帝，不管你在人间吃了多少苦，受了多少罪，总有一天，上帝会给你一个公道。”

这番话如果出自一个不负责任、随意表态的人的嘴，也许只会看作是用来感动落魄之人的浮华之辞，恐怕不会有什么成效。但是，这席话是出自一位虔诚的基督徒之口，他每天为了上帝和人类的事业，冒着巨大危险却依然镇定自若，这就不能不让人感到这番话的力量了。从西米恩的这番话中，两位遭遇凄惨的逃亡奴隶寻找到了一份安宁，从中吸取了力量。

这时，雷切尔温和地拉起伊丽莎的手，拉她走向饭桌。大家刚刚坐定，门外传来一阵轻轻的敲门声，露丝走了进来。“我给孩子带来了三双

小袜子，羊毛织的，挺暖和的。大家知道，加拿大那边一定会很冷。伊丽莎，可不能失去勇气啊！”她轻快地绕过桌子来到伊丽莎身边，热情地和她握手，又把一块香子饼塞到哈里手中。“我给他带了一包这样的饼，”说着，她从口袋里掏出一个包，“你知道，孩子的嘴总是闲不住的。”

“太谢谢你了，你真是太好了！”伊丽莎感激地说道。

“露丝，坐下来和我们一道吃晚饭吧。”雷切尔说。“不行呀。我把孩子丢给约翰看管，炉子上还烤着饼干，我是一分钟也不能耽搁。不然，约翰会把饼干全部烤糊，碗里的糖也会全部被孩子吃光，他就是这个样子。”说着，她笑了起来，“好了，再见，伊丽莎，乔治。上帝会保佑你们一路顺风的。”说完，露丝迈着轻盈的脚步走出了房间。

晚饭过后一会儿，一辆篷车来到了大门口。满天的星星在那儿眨着眼睛。菲尼亚斯从车上跳下来，安排其他人到车上就座。乔治一手挽着妻子，一手抱着孩子走出门来。他迈着坚定的步伐，表情镇定而坚毅，他身后跟着雷切尔和西米恩。

“你们先下来一会儿，”菲尼亚斯对车上的人说，“让我把车子的后部弄好，给女人和孩子安排一下座位。”

雷切尔说：“这儿有两张牛皮，可以把座位垫得舒服些。整夜赶路肯定会很累的。”

吉姆先跳下了车，然后小心翼翼地搀扶老母亲下车。老人紧紧挽住儿子的胳膊，不安地朝四周看了看，仿佛追捕他们的人随时会来一样。

“吉姆，你准备好手枪了没有？”乔治用低沉而有力的口吻问道。

“当然。”

“如果他们追来的话，你知道该怎么对付吧？”

“你放心好了，”吉姆答道，同时敞开胸，深深吸了口气，“你以为我会让他们再把我的妈妈抓去吗？”在他们说话的同时，伊丽莎正和她那善良的朋友雷切尔告别。西米恩把她扶上了车，伊丽莎抱着孩子爬进车的后部，坐在一堆牛皮垫子上。接着，吉姆的母亲也被搀扶上了车，乔治和吉姆坐在她们前面的一个用粗糙的木板拼成的座位上，菲尼亚斯从车子前面爬了上来。

“再见，我的朋友们。”西米恩在车下说道。

“上帝会保佑你们的。”车上的人异口同声道。

马车在冰冻的路面上颠簸向前，并发出一阵嘎吱嘎吱的声音。

由于路面崎岖不平，车轮不断发出嘎吱声，大家一路上没有说话。马车穿过一个又一个黑乎乎的丛林，跨过原野，翻过山岭，在颠簸中缓慢前进着。孩子没一会儿就睡着了，昏昏沉沉地躺在母亲的大腿上。可怜的老母亲终于从受惊中缓过神来。伊丽莎在天快亮的时候，怀着焦虑不安的心情也生出困倦之意。总之，所有人中数菲尼亚斯的精神最好，他一边赶着车，一边哼着和教友会身份极不相称的曲子来打发时间。

凌晨三点的时候，乔治突然听到一阵急促而清晰的马蹄声从身后不远处传来。他用胳膊肘儿捅了一下菲尼亚斯。菲尼亚斯赶忙把马勒住，仔细听着。

“肯定是迈克尔，”他说，“我熟悉他那种疾驰的马蹄声。”于是，他站起身来，伸着脖子朝后面的路上张望着。

这时，远处的山梁上隐隐约约可以看见一个人骑马飞驰过来。

“看，那不正是他吗！”菲尼亚斯说道，乔治和吉姆立刻一起跳下了马车。大家静静地站在那里，将视线一齐投向骑马过来的人。那人转眼之间消失在山谷之中，可那不断传来的清晰的马蹄声却越来越响，他最后出现在一个高坡上，连打招呼的声音也听得一清二楚。

“没错，就是迈克尔！”菲尼亚斯高声叫道，“喂，迈克尔！”

“是你吗，菲尼亚斯？”

“是的，有什么情况吗？他们追来了吗？”

“是的，就在后面，共有八到十个人，喝得醉醺醺的，骂骂咧咧，活像一群饿狼。”

他们正在说话的时候，隐约传来了一阵急促的马蹄声。

“上车！快点！如果非要打一仗不可，也得等我再送你们一程。”菲尼亚斯说完，乔治和吉姆跳上马车，菲尼亚斯一挥鞭，马跑了起来，迈克尔骑着马紧随其后。马车嘎吱嘎吱地向前奔驰着，时而蹦起时而向前猛冲一段，但后头追兵的马蹄声不断传来，女人们听见了，焦虑不安地往车外望去，只见远处的山坡上，一群人马若隐若现。这帮追兵又爬上一座山坡，显然他们已经发现了马车，因为白色的帆篷非常惹人注目。一阵得意的狞笑声随风传了过来。伊丽莎感到一阵恶心，将怀里的孩子抱得更紧；老母亲一会儿祈祷一会儿呻吟；乔治和吉姆则紧紧握着手枪。追兵们眼看

就要赶上来了。突然马车来了个急转弯,来到一座陡峭的悬崖下边。这里山峰突兀,巨石成堆,悬崖的四周光秃秃的。这兀立的山峰、层叠的岩石,在渐渐发亮的天空下显得阴森而凝重,看起来这里是个藏身的好地方。菲尼亚斯十分熟悉这个地方,以前打猎的时候,他经常到这儿来。他一路快马加鞭也就是为了赶到这儿。

他突然勒住缰绳,说道:"到了!都快点下车!赶快躲到岩石中去。迈克尔,你马上把马系上车,赶快到阿马利亚家去,让他和他的伙计们赶到这儿来帮忙。"

大家动作迅速地下了车。

"来,"菲尼亚斯说着,伸手接过了哈里,"你们每个人照顾一个女人,快点。"

其实用不着他催促,他的话还没说完,他们已经翻过篱笆,飞快地向山崖跑去。迈克尔翻身下马,把马拴在马车上,然后驾着马车飞驰而去。

"快点。"菲尼亚斯说。这时,他们已经登上了山崖,在星光和晨曦的交相辉映下,他们看见一条崎岖的羊肠小道出现在面前。"到了我们狩猎的地方了,快点上。"

菲尼亚斯抱着孩子走在前面。他在岩石上跳来跳去,动作像只山羊一样敏捷。吉姆背着他那颤抖的母亲紧跟其后。乔治和伊丽莎走在最后。那帮追兵到了篱笆前,骂骂咧咧地正要下马,准备追上山来。乔治他们转眼工夫已经爬上了崖顶,山道也变得越来越窄了,他们只能单列前进。突然他们面前出现了一条宽达一码有余的裂隙,对面的山峰足有三丈来高,跟悬崖的其余部分没有连接,四周陡峭的石壁笔直得如城堡一般。菲尼亚斯不费劲地跃过了裂隙,把孩子放在了一块平坦而光滑并长满了白苔藓的岩石上——这种卷卷的白苔藓在山顶上到处都可见到。

"跳过来!不然就没命了。"菲尼亚斯叫道。他话音未落,大家已经一个接一个地跳了过去。他们用几块松散的碎石头筑起一道胸墙,好让下面的追兵没法看清他们躲藏的地方。

"好啦,我们都过来了。"菲尼亚斯一边说,一边从石墙后探出脑袋来偷视追兵。那帮家伙在悬崖下边吵吵嚷嚷地正要上山来。"不管怎么样,那帮家伙要想到这儿来必须得一个一个地从岩石间的窄路上通过,他们正好在你们的射程之内。明白吗,小伙子们?"

"完全明白。"乔治回答道。"这件事是我们惹出来的,让我们来承担所有的风险,同他们干到底吧!"

"这一仗由你们来打是最好的了,乔治。但我还是可以在一旁看看热闹的。"菲尼亚斯一边说着,一边嘴里嚼着白珠树叶子。"看,那帮家伙在那儿叽叽呱呱地,还一个劲儿地朝上望呢,好像一群预备飞上鸡窝的母鸡。咱们应该在他们上来之前警告他们一下,让他们知道:他们如果上来,就只有死路一条。"

在晨光的映照下,那帮追兵可以看得更加清楚,其中有我们熟悉的汤姆·洛科和马克斯,此外还有两个警察和几个在前面酒店出现过的无赖,这种人只需要拿几杯白兰地一灌,就会糊里糊涂地搀和进来,帮人捉拿逃跑的黑奴。

"嗨,汤姆,这帮鬼家伙怎么躲得无影无踪了?他们究竟在哪儿?"一个人问道。

"我看见他们往这边来了,一定没错的。这里有条小路,咱们追上去。他们不可能一下子全都跳下去,过不了多久咱们就能活捉他们。"汤姆说。

"但是,他们可能躲在岩石后面偷袭我们,那可不是开玩笑的事情。"马克斯说。

汤姆以轻蔑的口吻讥笑说:"马克斯,你不会死的。你害怕什么呢?黑人都是胆小鬼。"

"我们小心点有什么不好呢?最好不要有人受伤,黑鬼们有时也是不怕死的。"

正在这时,乔治站在他们头顶的一块岩石上,用响亮的声音朝这帮人喊道:"先生们,你们是谁?你们到这儿来想干什么?"

汤姆答道:"我们是来捉拿一群逃跑的黑奴,他们是吉姆·塞尔登和一个老太婆,乔治·哈里斯、伊丽莎·哈里斯和他们的儿子。我们这儿有两位警官,还有通缉他们的拘票,我们一定会抓住他们的。你不就是肯塔基州希尔比郡哈里斯先生家的黑奴乔治·哈里斯吗?"

"是的,我就是乔治·哈里斯。肯塔基州的哈里斯先生曾经把我当作他们家的奴隶使唤,可我现在已经是个自由人了,站在上帝赐予我们的这片自由的土地上,我的妻子和孩子现在都是属于我的。吉姆和他的母亲也在这里。我们带着武器用来保卫自己。如果你们想要上来的话就尽管上来吧，但第一个走进射程范围的人肯定必死无疑，你们有多少人就来多少吧。我们会叫你们全部死光！”

“好啦！好啦！”一个矮胖子说着，朝前走了一步，一边擤着鼻子，“年轻人，你说这话对你们自己是一点好处也没有。我们是执法的警官，法律是站在我们这边的，还有权力等等一切东西也都是和我们在同一条战线上。你们最好不要再犯糊涂了，乖乖地投降吧，你们最终都得投降。”

“我知道你们有权有势，”乔治语气尖刻地说，“你们想要夺走我的妻子，把她送到新奥尔良去卖掉；想把我的孩子像畜生一样送进奴隶贩子的牛棚里；想把吉姆的母亲送回那个野蛮的家伙的手中，让他用鞭子抽她，因为他没法治服她的儿子，只好通过侮辱他的母亲来出气；你们还想把我押回去进行拷打，让你们的主子们把我踩在脚下，任意地践踏。你们的法律支持你们胡作非为，你们的行为使自己和你们的法律都蒙受奇耻大辱！你们不会捉住我们。我们不承认你们的那套法律，我们也不顺从于你们的国家。我们都是自由人，我们都平等地站在上帝的天空下。我们向上帝发誓：我们将为自由而作战到生命的最后一刻！”

乔治站在岩石顶上这个突出的位置，因而使他显得十分惹眼。朝霞把他那浅黑的脸映得通红，而极度的悲愤和绝望则使他那双又黑又亮的眼睛像要喷出火焰一般。他说话时双手高举向苍天，仿佛呼吁上帝来主持人世间的公道。

如果此时是一位匈牙利青年站在一个要塞上，勇敢地捍卫一群逃亡者从奥地利逃往美国，那他的行为一定会被视为英雄的壮举。但由于乔治是个非洲血统的青年，他捍卫的是一群从美国逃往加拿大的黑奴，因而，过分的教诲和爱国热忱已经令我们看不出他有什么英雄品质了。如果读者中有谁坚持把这看作是英雄的行为，那他自己将承担一切后果。当绝望的匈牙利逃亡者无视政府和权威，不顾一切危险来到美国的时候，新闻界和政府内阁会对他们表示热烈的欢迎。可是绝望的黑人逃亡者采取同样的行为时，他们的行动又是什么呢？

实际上，乔治的眼神、声调、风度和坚定的立场已经让下面的人大吃一惊。要知道，一个人的胆识和毅力中会有一种奇妙的威慑力，这种力量会使生性最粗野的人见了，也会半天说不出话来。马克斯是这帮人中唯一无动于衷的人。在乔治结束他的讲演片刻后，他不慌不忙地扣动了扳机，朝他开了一枪。

“你们也知道，到了肯塔基不论是死还是活，你们的下场都是一样的结果。”他冷冷地说，一边还用衣袖擦了一下枪口。

乔治立即闪身往后一跳——伊丽莎发出了一声惊叫——那颗子弹擦着乔治的头发朝后飞去，差点儿擦伤伊丽莎的脸，接着便消失在一棵树中。

“没事的，伊丽莎。”乔治赶忙说道。

“你最好还是躲起来。你对他们作演讲有什么用？他们可都是卑鄙无耻的恶棍！”菲尼亚斯说。

乔治冲吉姆说道：“喂，吉姆，检查你的手枪有没有毛病，咱俩一起盯好那条窄路。我打第一个露面的，你打第二个，接下来就依次轮流。要知道，拿两颗子弹打一个人可真有点划不来。”

“可如果你没打中，怎么办呢？”

“一定会击中的。”乔治不慌不忙地答道。

“太好了，这小伙子还真有两下子。”菲尼亚斯自言自语道。

马克斯开枪之后，下面的人全站在那儿一动不动，不知该怎么办才好。

“我想你没打中任何人，我只听见一声尖叫。”一个人终于打破了沉寂。

“我看咱们追上去吧。我向来不怕黑人，难道现在反而害怕了不成？谁和我一起上去？”汤姆问了一声，便纵身上山。

乔治听见汤姆的这番话，拔出枪来检查了一下，然后用枪瞄准了窄路口，准备射击这第一个人。

一个胆量最大的人跟在汤姆身后。既然有人领头，其余的人自然就跟着上来了。后面的人催促前面的人快走，可他们却不愿意走在前边。不一会儿，汤姆那肥胖的身躯出现在裂隙的边缘。

乔治冲汤姆开了一枪，子弹打中了他的肋部。但尽管受了伤，汤姆仍挺着，狂吼一声，纵身跳过了裂隙，向乔治他们扑去。

“朋友，”菲尼亚斯突然挺身而出，扬起他那长长的胳膊把汤姆推了一把，“这儿可不需要你。”

汤姆摔进了裂隙，在树木、灌木、圆木和碎石丛中一路劈劈啪啪地朝下滚去，一直滚到三丈以下的地方才停住。他全身摔得青一块紫一块，躺在那儿动弹不得，只是不停地呻吟着。如果不是有棵大树的树枝挂住了他的衣襟，他肯定会摔得更重，说不定连命也没有了。这重重的一摔，让他感到极不舒服，爬也爬不起来。

“上帝保佑，这帮十足的恶棍！”马克斯说着，扭头就往山下逃去，可远比他上山的时候起劲得多。其他人也跌跌撞撞地紧随其后往山下逃去。尤其是那位胖警官，好像连吃奶的劲儿也使出来了，跑得气喘吁吁的。

“伙计们，你们设法把汤姆找回来，我马上回去搬救兵，拜托了，各位。”马克斯说完，也不管同伴们的意见如何，转眼之间便跑得无影无踪了。

“没见过这么不要脸的家伙！”其中一个人说道，“我们为了他的事才来这里，他反倒先溜了，把我们搁在这儿受罪。”

另一个人说：“我们还得找那个家伙呢。他妈的，我可管不了他的死活！”

这帮人在树丛中钻来钻去，沿着汤姆的呻吟声一路寻去，只见汤姆躺在那儿，一个劲儿地呻吟、咒骂个不停。

有个人说道：“汤姆，你的声音可真不小啊，伤得不轻吧？”

“不知道。扶我起来，好吗？那个教友会的人真该死！如果不是他，我早就把他们几个扔下来，让他们也尝尝摔下来是什么滋味。”

这帮人费了好大的劲儿，才将这位躺在地上的“英雄”扶起来，两个人架着他，将他搀扶到拴马的地方。

“麻烦你们把我送回到一英里远的那家酒店里，给我一块手绢或者别的东西，我要堵住这个该死的伤口，好让它别再流血了。”

乔治从山顶往下望去，只见那帮人正手忙脚乱地把汤姆肥硕的身体往马上抬，可几次都没有成功，汤姆趴在马鞍上摇摇晃晃的，最后终于重重地栽到地上。

“不会摔死了吧。”伊丽莎说，她正和其他人一块朝山下观察那帮人的行动。

“为什么不呢？摔死了才好呢！”菲尼亚斯说。

“因为死了要遭审判的。”伊丽莎说。

“是啊！”吉姆的母亲说。刚才在打斗时，她一直按美以美教派的方式，在不停地呻吟、祷告，“那个可怜虫的灵魂真得受罪啦。”

“他们准是要扔下他不管了。”菲尼亚斯说。

果然，那帮人叽叽咕咕了一阵，便全部上马，扬长而去。等那帮人一从视野里消失，菲尼亚斯说："我们还得下山走一程。我刚才让迈克尔去找救兵，并让他把马车一起赶回来。看样子，我们得往前赶段路，好和他们碰头。上帝保佑他们能快点来。时间还早，路上的行人也不太多，我们离目的地也就两英里了。如果不是昨天的夜路那么崎岖不平，我们肯定能甩掉他们。"

他们刚来到篱笆边，就看见远处他们的马车从大路上回来了，还有几个骑马的人同行。

"这下可好了，迈克尔·克罗斯、阿马利亚都来了，"菲利亚斯高兴地叫了起来，"这下可就和到达目的地一样安全了。"

"停一停，"伊丽莎说，"看看有没有办法把这个家伙弄走，他在这儿一个劲儿地哼哼，怪吓人的。"

乔治说："嗯，这是基督徒该做的，我们把他带走好了。"

"还是把他弄到教友家里去治疗吧。就这么办，我才不在乎呢。来，让我瞧瞧他伤得怎么样了。"菲尼亚斯来到受伤的汤姆身边，仔细检查他的受伤情况。在森林中打猎的日子里，菲尼亚斯对外科手术略知一二。

"马克斯。"汤姆有气无力地说，"是你吗，马克斯？"

"不是，我想你弄错了。马克斯早已逃之大吉，哪还顾得上管你！"

"这下子，我是完蛋了。那该死的不要脸的狗东西，竟然把我一个人扔在这儿！我可怜的妈妈早说过我会死于非命的。"

"看在上帝的分上，可怜可怜他吧，他家还有老母亲在呢。"吉姆的老妈妈说道。

"轻点儿，你别他妈的乱叫，行吗？"菲尼亚斯说。汤姆受不了疼痛，本能地推开菲尼亚斯的手。"我得给你止血，否则你就没命啦！"然后，菲尼亚斯用自己的手帕和同伴的手绢、布片把汤姆的伤口包扎上。

汤姆软弱无力地说："是你把我推下山的吧。"

"嗯，你非常清楚，如果我不推你下山，你就会推我们下山。"菲尼亚斯说着，一边弯下腰给汤姆捆绷带。"得啦，还是先让我给你捆好绷带吧。我们可是一片好心好意。你将被送到一所房子里接受很好的照料——我想你母亲对你也不过如此吧。"

汤姆呻吟着，闭上了双眼。对他这种人来说，随着血的流失，什么生气和决心都不重要了。这位强壮如牛的家伙在此时这种孤立无助的情况下，显得格外的可怜。

救兵终于到了。马车上的座位全被腾了出来。两张牛皮被折成四层，铺在车内的一边。四个人颇费一番劲儿，才把汤姆那笨重的身体抬到车上。还没等搬到车上，汤姆就晕了过去。吉姆的妈妈见此不禁生出恻隐之心，坐下来，将汤姆的头搁在自己的怀中。伊丽莎、乔治和吉姆则在车内余下的地方坐下，随后，这群人出发上路了。

“你看他的伤势怎么样?”坐在车前头的乔治对身边的菲尼亚斯问道。

“伤是伤了，不过是皮肉伤而已。当然，从山上滚下来东磕西撞的，受伤的地方肯定不会好受。血也流得差不多了，吓也吓个半死，勇气呀什么的也都没了。不过他会好起来的，经过这次，他多少应该接受点教训。”

“这下我就放心了。要不然他死了，即使有什么正当的理由，我的心永远也不会安的。”

“说的也是，杀生总是不光彩的行为。不管哪种杀法——杀人也好，打猎也好。我年轻时可是个好猎手。有一次我看见一只公鹿，已经中了子弹，在那儿奄奄一息地用两只眼睛看着我，让我感到杀死它真是件极其邪恶的事情。那么，杀人就是更加严重的事情了。如同你夫人说的，死了人，就要受审判的。所以，我并不认为大家对这些问题的看法过于严厉，尤其当自己想想是怎样被抚养成人的，就会完全同意他们的观点了。”

“那我们该如何处置这个家伙呢?”乔治问。

“把他送到阿马利亚家。那儿有个史蒂芬老婆婆，人家都叫她‘多尔卡丝’，她可是个不错的护士，天性善良，喜欢照顾别人，弄个病人给她照料，是最合适不过的事情了。我们可以把这个家伙交给她照料两个星期。”

马车走了一个多钟头，来到一所干净整洁的农舍前边。疲惫不堪的乔治他们在这儿受到了热情的款待，吃了一顿丰盛的早餐。随后，汤姆·洛科被小心翼翼地放在一张干净而舒适的床上，这样的床铺他生来还是第一次睡。

伤口已经被仔细地包扎好了，汤姆无精打采地躺在床上，像个困乏的孩子，有时睁开他的眼睛，望着洁白的窗帘和房间里来回走动的人影。

故事写到这儿，我们暂时和这群人告别一下吧。

18 奥菲丽娅的经验

汤姆在静静的沉思中经常把自己被卖到圣克莱尔家当奴隶这种幸运的经历，同约瑟夫在埃及的遭遇相比较。随着时间一天天的过去，汤姆日益得到主人的器重，因而他越来越觉得这种比喻实在是太贴切不过了。

圣克莱尔为人懒散，而且挥金如土。以前，家里的一切采购事项全由阿道夫全权负责。阿道夫也和圣克莱尔一样大手大脚，挥霍无度，毫无节俭的概念。这主仆二人就这样随意挥霍着这份家产。汤姆多年以来已经养成了一个习惯：把经营管理主人的财产当作是自己的责任。所以，当他看到圣克莱尔家开销是如此巨大、浪费是如此严重，他实在按捺不住内心的担忧和不安。他有时就会采取一些间接、委婉的方式向主人提出自己的意见和建议。

开始的时候，圣克莱尔仅仅把汤姆当作下人使唤一下，可后来他觉得汤姆是个头脑精明、办事能干的人，因而越来越器重他、信任他。慢慢地，他将家里的采购事项全交给汤姆去办理。

阿道夫对自己失去了手中的权力时而会向圣克莱尔抱怨两句，圣克莱尔有一天这样对阿道夫说："不，不，阿道夫，别去干涉汤姆，让他一个人去干吧。你只知道什么是我们需要的，而你却不知道该如何去精打细算。如果我们家没有一个人善于经营管理的话，家产迟早是会挥霍光的。"

圣克莱尔对汤姆越来越信任有加，他递给汤姆一张钞票，从来不看面值是多少；找回的零钱，也从来不数就放进口袋。汤姆其实有很多贪污的机会，但由于他生性淳朴，对上帝又是无限虔诚，所以他从来没有做过欺骗主人或对主人不忠的行为。对他来说，主人的无限信任本身就是对他的一种无形的约束力，勤勤恳恳地干事是他责无旁贷的责任。

阿道夫不像汤姆那样有头脑，会精打细算。他做事是随心所欲，再加上圣克莱尔对他听之任之，不加管束，导致他们主仆之间不分彼此的极其混乱的局面。圣克莱尔对此也十分伤脑筋，可一点办法也没有。圣克莱尔也知道自己这种训练下人的做法是不对的，十分危险的。他时常受到良心的责备，可他内心的这种感受却还不足以使他改变现状，采取新的措施。而这种内疚的心理又逐渐转化为溺爱和放纵。对于仆人的过错，他

轻易就给予原谅，因为他觉得自己只要尽职尽责了，仆人们就不会犯错误了。

汤姆对自己这位潇洒、漂亮的主人，既忠心耿耿、毕恭毕敬，又对他有着像慈父一样的关爱和担忧。圣克莱尔从来不读《圣经》，也从来不到教堂做礼拜，他对遇到的一切不顺心的事只是一笑了之。每到星期天的晚上，他不是去听歌剧，就是去看戏剧，要不就是去俱乐部或者酒会，总之，他的应酬真是数目繁多。汤姆把这些都看在眼里，并且深信圣克莱尔之所以会这样只是因为他不是一个基督徒。当然，他从来没有把自己的这些想法告诉过别人，只是当他一个人呆在自己的小屋子里时，他才会用最诚挚的语言为主人向上帝祈祷。汤姆这样做并不代表他不懂该怎样向主人提出自己的看法。有时候，他会用自己独有的方式向圣克莱尔提出意见。例如圣克莱尔有天去参加了一个酒会，宴会上有各种名贵好酒供客人们品尝。圣克莱尔一直喝到深夜一两点钟才摇摇晃晃地被人搀扶着回到家里，他这时已经是酩酊大醉，头脑很不清醒了。汤姆和阿道夫一起把圣克莱尔扶到床上。阿道夫居然兴高采烈，显然把这件事看作一个笑柄，他还笑话汤姆是个乡巴佬，因为汤姆的脸上一副惊惶失色的样子。汤姆实在是个淳朴、忠厚的人，那天夜里，他彻夜未眠，躺在床上一直在为主人祈祷。

第二天，圣克莱尔穿着睡衣和拖鞋坐在书房里，交给汤姆一笔钱，吩咐他去办几件事情。可汤姆却站在那儿一动不动，圣克莱尔不解地问道："汤姆，你还傻呆呆地站在这儿干嘛？难道我没有交代清楚吗？"

"我想还没有，老爷。"汤姆一本正经地说。

圣克莱尔放下手里的报纸和咖啡，望着汤姆。"你到底怎么了？脸孔呆板得像个死人一样。"

"老爷，我感到很难过，我原以为您对谁都好。"

"难道不是这样吗？那你说说看，你想要什么东西？我想你肯定是想要什么，才会这么说的。"

"老爷一向对我都非常好，我对此没有什么可以抱怨的。可有一个人，老爷对他不好。"

"汤姆，你到底想说什么呀？"

"从昨晚大概一两点钟吧，我就一直在寻思这个问题，想来想去还是觉得老爷对您自己不好。"

汤姆说这话时，背对着主人，一只手扶着门把。圣克莱尔感到自己的脸一下子就红了，但他却笑了起来。

“哦，就为了这点小事吗?”他愉快地问道。

“小事?”汤姆突然转过身来，跪到地上，说:“亲爱的老爷，您还年轻，我真怕你会因为酗酒而送掉性命和灵魂呀。《圣经》上说，酒会像毒蛇一样要你的命！亲爱的老爷!”

汤姆不禁哽咽起来，泪流满面。

“可怜的傻瓜!”圣克莱尔也不禁流下眼泪，“汤姆，起来，我不值得你掉眼泪。”

可汤姆仍然不肯起来，而是用一种恳求的目光看着主人。

“好吧，汤姆，我再也不去参加那些该死的应酬了，我保证。我也不知道为什么不早点这么做，其实我一向都是很鄙视这种应酬的，为了这个我也很瞧不起自己。好啦，汤姆，擦干眼泪，去办事吧。别再祝福了，我还没有好到你说的那个分上!”圣克莱尔一边说，一边把汤姆轻轻地推到门口，“好了，汤姆，我向你保证，你再也不会看到我昨晚的那副样子了。”于是，汤姆擦掉眼泪，满意地走了。

“我一定要遵守诺言。”圣克莱尔一边关门，一边自言自语道。

圣克莱尔果然言出必行，因为一切世俗的物质享受对于他这种人来说，本来就没有什么诱惑力。

这段时间，我们是不是该来谈谈我们的那位奥菲丽娅小姐呢？说说她担负这个南方家庭的家政事务后所经历的种种苦恼呢?

在南方家庭中，由于女主人的性格和能力各不相同，因而教养出来的黑奴也不一样。无论在南方还是北方，有不少家庭主妇有着很好的管理才能和教导方式。她们不费什么劲儿，也不用什么强制手段，就能把庄园中的黑奴管理得很听话，使庄园气氛和谐，井然有序。她们会按照黑奴们各自不同的特点安排他们做不同的事情。

希尔比太太就是这样一位管家。这种人我们见得多了。当然，如果在南方我们没有见到，只是因为这种人全世界都不多见。也就是说，如果别的地方能够见到，南方也能见到。这些人一旦存在，就会把那个特定的社会环境看作施展自己治家才能的好地方。

玛丽·圣克莱尔和她的母亲都不是这样的人。玛丽懒散，做事缺乏条理和远见，因而谁也不会奢望她训练出来的奴隶会比她强到哪里去。

她倒是十分坦诚地告诉奥菲丽娅小姐家里的混乱局面，但她没有说出造成这种局面的真正根源是什么。

让那些管理内务的女仆们十分惊讶的是，奥菲丽娅小姐自从来到圣克莱尔庄园，一直就是亲自收拾卧室。在她走马上任的第一天，她清晨四点就起了床，整理好自己的卧室后，就开始对家里所有的衣橱、壁柜进行彻底的革命。她把家里所有柜橱的钥匙都拿在手里。

那天，储室、衣柜、瓷器柜、厨房和地窖都被进行了严格的检查，那些藏在暗处的东西统统被清理出来，其数量之多，令厨房和卧室里干活的人都咋舌，而且在他们中间引起不少对“北方小姐太太们”的困惑和议论。

首席厨师老黛娜可以说是厨房里的主管和权威人士，她对奥菲丽娅小姐的行为感到愤愤不平，觉得她这样做是侵犯了自己的权利。她的愤慨并不弱于大宪章时代各封建诸侯对朝廷侵犯其权益而表现出的不满情绪。

黛娜在她的圈子里可算得上是个有影响力的人物。如果不向读者介绍一下她，恐怕对她还真不够公平。和克鲁伊大婶一样，她天生做得一手好饭菜，仿佛烹饪是非洲人固有的本领。不同之处在于克鲁伊训练有素，总是有条有理地安排各项事务；而黛娜则是自学成才，像所有天才一样，她独断专行，让别人难以捉摸。

和现代某派哲学家一样，黛娜对逻辑和理性不屑一顾，做事总是凭自己的直觉。她非常固执，不管怎么样都不可能让她相信别的方法会比她的更好，也别奢望她会对哪怕是极小的事情做出丝毫的改变，这全是被玛丽的妈妈给宠成的。而玛丽小姐则认为听之任之，顺其自然会比强加干涉省事得多。所以，黛娜享有最高统治权，再加上她精通外交手腕，擅长结合最恭顺的态度和最不能变通的措施，因而她管起家政来得心应手。

黛娜还懂得各种寻找借口的手段。的确，她一直认为厨师是不会有任何差错的。在南方家庭中，厨师可以找到很多人代替自己承担一切罪责和过失，以保持自己的清白。假如有哪顿饭没做好，黛娜可以找出几十条理由证明是其他几十个人造成的错，而且黛娜还会狠狠地训斥他们一番。然而，事实上黛娜确实很少将饭菜做坏过。尽管她做事缺乏条理，没有时间地点观念，总是把厨房弄得乱七八糟，厨具、餐具放得到处都是，好像刚刮过一阵旋风。可是，只要你耐心地等待，黛娜会像变魔术一样将饭菜一样一样摆到你的面前，她那高超的厨技让特别讲究的人也没法挑剔。

现在正好是准备饭菜的时候。黛娜做事总是一副悠闲的样子，时不时停下手来想想自己的心事或者休息一下。这时，她正坐在厨房的地板上，抽着一支粗短的烟袋。她有很大的烟瘾，每当她需要灵感时，她总会点上烟袋，把它当作一柱香火，来祈求女神给以指点。

黛娜身边坐着一群小黑奴，他们正忙着剥豌豆、削土豆、拔鸡毛或别的准备工作。黛娜呢，时不时地从沉思中回过神来，拿起布丁棒，对着那几个小黑奴们，这儿敲一下，那儿捅一下。实际上，她就是用一根铁棒来管束这帮小家伙的。在她看来，他们降生到这个世上，只是为了"让她少跑几步路"（这是她自己的话）。而她自己也是在这种管制下长大的，现在，她自己也要用同样的方法来管制这群小黑奴们。

奥菲丽娅小姐完成了对其他地方的整顿后，就来到了厨房。黛娜已经打听到这个消息，准备坚持自己的方法和原则，对一切新措施不予理睬。当然，她不打算在表面上进行明目张胆的对抗。

这间厨房很宽敞，地面是用砖块砌成的，房子的一边是一个旧式的大壁炉。为了方便，圣克莱尔早就劝黛娜换个新式壁炉，可她就是不听。黛娜对于旧式且不方便的东西的依恋之情比任何一个蒲西派或者其他派别的保守分子都要执著。

圣克莱尔第一次从北方回来后，由于对伯父家整洁有序的厨房印象颇为深刻，于是便给自家的厨房买来一批柜子、橱子和其他一些设施，希望能把厨房安排得有条理些。他原本以为这些会对黛娜有所帮助，可实际上，他倒不如把这些设施用来作松鼠窝或喜鹊窝。因为柜橱越多，黛娜就越是可以给她的破布、旧鞋、丝带、梳子、废纸花和其他她喜欢的小东西找到放置的地方。

当奥菲丽娅小姐走进厨房时，黛娜没有起身，仍在那儿吸着烟。表面上看她是在监视其他人干活，实际上她在用眼角暗自观察奥菲丽娅小姐。

奥菲丽娅小姐打开一只抽屉，问："这个是用来装什么的，黛娜？"

"随便放什么都很方便，小姐。"黛娜回答道。事实也的确如此。奥菲丽娅小姐从那堆杂乱的东西中首先抽出一块原本很精美的绣花桌布，可现在却是血渍斑斑，显然是被用来包过肉的。

"黛娜，这是什么？你难道拿太太最好的桌布去包肉吗？"

"小姐，不是这样的。我只是一时找不到手巾，就随手用它包了一下。我准备把它拿去洗干净的，所以就先把它放在那儿了。"

“真是没有办法!”奥菲丽娅小姐自言自语道，继续把抽屉里的东西全部倒了出来。里面的东西简直无所不有：一个豆蔻磋子，两三个肉豆蔻，一本卫理公会的赞美诗，两三块用脏的马德拉斯手绢，一些毛线，一包烟叶，一个烟袋，几个胡桃夹子，一两只旧薄底鞋，一两只装上润发油的金边瓷盘，几块绣花餐巾，一个用针别好的法兰绒小包(里面是几颗小的白洋葱头)，几条粗麻布毛巾、一绺线，几枚缝衣针，另外还有几个破纸包，里面包的香料撒得满抽屉全是。

“你一般将肉豆蔻放在哪儿?”奥菲丽娅小姐强忍住脾气问道。

“小姐，几乎到处都有。有些在那只破茶杯里，还有些在对面的那个橱子上。”

“还有一些在这儿的磋子里呢!”奥菲丽娅小姐一边说着，一边将那些肉豆蔻取了出来。

“没错，那是我今天早上放进去的。我喜欢把东西放在顺手能够到的地方。喂，杰克! 你干嘛停下来了? 难道你想挨打不成? 不许闹了!”说完，黛娜拿起棍子朝杰克的头上打去。

“这是什么?”奥菲丽娅小姐举起那只装着润发油的盘子问道。

“哦，是我的头油，我随手放在那里的。”

“你总爱拿太太最好的盘子放头油吗?”

“只是因为我太忙了，没有时间。我准备今天把它换掉的。”

“这儿还有两块绣花餐巾。”

“是我放那儿的，准备哪天有空就洗了。”

“难道就没有别的地方用来放这些需要清洗的东西吗?”

“圣克莱尔老爷说这个柜子就是用来装这些东西的。可我有时候喜欢在那上面和面做饼，或者放些东西，而且，这个柜子开来开去也不太方便。”

“你为什么不在揉面桌上做饼呢?”

“小姐呀，那上边全都是东西，不是碟子，就是这样或那样的东西，哪还有地方用来和面呀?”

“那你为什么不把碟子洗干净收起来?”

“洗碟子?”黛娜提高了嗓门叫道，一改平时那种恭顺的态度，一副火冒三丈的样子，“我想知道你们这些小姐太太们对干活这类事情究竟懂多少? 如果我一天到晚收拾、清洗盘子的话，真不知道老爷什么时候才能吃上饭。况且,玛丽小姐也从来没有吩咐我做这些事情。”

“那好,你再来看看这些洋葱头。”

“原来在这儿呀,我都忘得一干二净了。那是我特意留着炖鸡用的,我都忘了自己把它们放在这块法兰绒里了。”

奥菲丽娅小姐抖落出那些包香料的破布包。

“我希望您不要再碰别的东西了。我喜欢把东西放在一个固定的地方,这样我找起来会方便得多。”黛娜口气硬硬地说。

“可你总不希望这些纸破得都是洞吧。”

“这样倒蛮方便的。”

“可这样却撒得满抽屉都是。”

“谁说不是呢?如果像小姐这样乱翻东西,肯定会撒得满抽屉都是。您撒得已经够多了。”黛娜边说边不放心地走了过去。“您还不如现在上楼去。等到大扫除的时候,我会把一切都收拾得干干净净,整整齐齐。太太小姐们在这儿指手画脚,我就什么也干不成了。喂,山姆,别把糖碗给那孩子!你要是不听话,看我打破你的脑袋!”

“黛娜,我把厨房彻底清理一遍,把所有的东西都放整齐,仅此一次,希望你今后能保持。”

“天哪,小姐,这可不是太太小姐们该做的事呀。我可从来没见过太太小姐们做这种事,老太太和玛丽都没干过,再说,我看也没这个必要。”黛娜说完,一脸不高兴地走来走去。奥菲丽娅小姐则开始动手将盘子分门别类地放好,把分散在十几只碗里的糖合放到一只中,把要洗的餐巾、毛巾或台布都清理出来,亲自动手清洗、整理,其动作之迅速令黛娜大为惊讶。

“天啦!如果北方的小姐太太们都来做这些事的话,那她们还算什么小姐太太啊!”当奥菲丽娅和她隔开一段距离,听不到她说话的声音时,黛娜对下手们说:“等大扫除时,我肯定会把东西收拾得整整齐齐,完全用不着太太小姐们在这儿指手画脚,把东西弄得到处都是,让我找也不好找。”

说老实话,黛娜有时也会冲动一下,给厨房来次彻底的清扫,她把这个日子称作“大扫除日”。每到这个时候,她都会把抽屉和柜子里的东西全部倒在地板或桌子上,使得本来就很杂乱的房间更加乱成一团。之后,她就点燃烟袋,悠然自得地慢慢整理起来,把东西翻来倒去,嘴巴里还不住地唠叨着,吩咐小黑奴们使劲地擦拭锡器。她会一直忙上几个小时,而且无论碰上谁，她都会自鸣得意地解释说自己在做“大扫除”。她不能让厨房老是那么乱七八糟的，她要让那帮小家伙们保持厨房的整洁干净。黛娜总抱有这种幻觉，认为她自己是特别讲究整洁的，如果有什么不好的话，全是那帮小家伙和其他人的过错。等到所有的锡器都被擦净，桌子刷干净，所有乱七八糟的东西都被塞到角落里以后，黛娜便会把自己仔细打扮一番，穿上一件漂亮的衣服，系上一条干净的围裙，再扎上那又大、又长、又好看的马德拉斯布头巾，然后命令那些“小家伙们”不要在厨房里跑来跑去，因为她打算让厨房保持那份干净、整洁。每到这个时候，所有人都会感到特别的不方便，因为黛娜变得格外珍爱那些擦得十分干净的锡器，而且规定无论在什么场合都不准使用，要用的话，必须得等到黛娜那股“大扫除”的热情劲儿过去以后。

奥菲丽娅小姐在几天之内就对家中各个方面进行了全面彻底的整顿，把一切都安排得十分有条理。可是由于黑奴们并不配合，所以她的一番努力只是白费工夫，就如同西绪福斯和达那伊德斯姐妹服的苦役一样。终于有一天，她觉得自己的苦心付诸流水而心灰意冷，便向圣克莱尔诉说起自己的苦衷来。

“我觉得在这个家里，根本不可能有什么秩序!”

“我也是这么认为的。”

“我从来没见到像这个家一样如此混乱、糟糕的管理。”

“我相信也是这样。”

“如果让你来管理这个家，我想你不可能对目前这种状况置之不理吧。”

“亲爱的堂姐，我实话跟你说吧，我们这些当主人的大概分为两类:压迫者和被压迫者。像我们这样脾气好又不爱惩治别人的人，就只好给自己带来诸多不便了。如果为了省心，我们养了一群懒惰而无知的黑奴，那我们就只得自认倒霉。当然，我也认识几个特别有本事的主人，他们不必采取什么严酷的手段就能把家治理得有条有理，可我就没有这种能力。所以，我早就决定让一切顺其自然，采取听之任之的态度。家里的仆人们都知道我不愿把他们打得皮开肉绽，所以，他们明白棍棒实际上是操纵在他们自己手中。”

“可是，整个家怎么可以像这样毫无章法，乱成一团呢？怎么可以像这样没有时间和地点概念?”

“亲爱的堂姐，你们这些北方人太看重时间了。时间对于那些觉得时间太多而不知如何打发的人又算得了什么。至于说到条理，在这儿除了躺在沙发上看闲书外，真没有别的事可做。提前或推后一个小时吃饭也没什么关系。只要黛娜每顿饭能做出可口的饭菜、汤、烤鸡、烤肉、冰淇淋，我们也就非常满足了——而这些都是在她那间杂乱的厨房里做出来的，她还真是了不起。如果我们到厨房去，看到那儿的油烟，看到那帮人做饭时手忙脚乱的样子，我们怎么可能还会有胃口去吃饭！好堂姐，你就别自寻烦恼了。这真是比天主教徒的苦行还困难，而且还吃力不讨好。自己搞得心情不好，生一肚子闷气，还弄得黛娜不知如何是好。干脆就由她去吧，她看怎么干就怎么干。”

“可是，奥古斯丁，你真不知道厨房里那个乱哟，简直没办法看。”

“我怎么会不知道。难道我会不知道她把擀面杖扔到床下；把肉豆蔻磋子和烟叶一起塞进口袋里；把家里几十个糖碗扔得到处都是；今天用一块餐巾洗盘子，明天又换作一块旧的衬裙布去洗吗？可是她烧的饭菜绝对是很讲究的，煮出来的咖啡是非常香的，你应该像评价一位将军或者政治家那样，多看看她的功绩。”

“但是如此大的浪费和开销，让人怎么受得了！”

“不如这样吧，你把能锁上的东西全锁上，自己保管钥匙，把东西定量分给下人们。那些琐碎的小事就大可不必去理睬，事情管得太多也没什么好处。”

“奥古斯丁，可我的心里还是不舒服，我总觉得这些人不够诚实，你觉得他们真的值得信任吗？”

奥古斯丁看到奥菲丽娅小姐那副严肃而焦虑的神情，不禁大笑起来。

“堂姐，真是太可笑了。诚实！你居然还有如此高的期望。他们当然是不诚实的。他们为什么要诚实呢？我们怎么做才能让他们诚实呢？”

“教训和引导呀！”

“你认为我们该怎样去教训和引导他们呢？你看我是这种人吗？还是玛丽会去这么做？如果让她去管理这些下人们，她一定有法把整个庄园的奴隶全部整死，但她还是不可能让他们改掉欺骗的习性。”

“难道就没有诚实可言了吗？”

“当然，也会有少数几个天性善良、朴实、忠诚的黑奴，即使最恶劣的环境也无法改变他们好的品质。可你要明白，那些黑孩子从小是在充满欺骗的环境里长大的，而长大之后，和父母、主母以及一起玩到大的少爷、小姐们相处自然就学会了欺骗。狡猾和欺骗成为他们难以避免的不可缺少的习惯，期望他们不欺骗是不公平的事情，我们不能因为他们欺骗别人而惩罚他们。至于诚实，由于黑奴处于一种依赖和半孩童的地位，他们无法理解产权意味着什么。如果他们能弄到主人家的东西，他们一定会认为那属于他们自己。你让他们怎么去懂得诚实！像汤姆这样的人，简直就是道德的奇迹！”

“那他们的灵魂将来会怎么样呢？”

“这不是我能管得了的事情，我只负责管他们这辈子的事。黑人们都非常清楚自己服从了白人，他们在人世间已经人不人鬼不鬼了，哪还管得了死后受到什么报应哪！”

“这简直太可怕了！你们真该为此而感到羞耻。”

“我可不这么认为，因为像我这样的人还有许多。你看这个世界不就是这样吗？下等人用他们的心血和汗水供养着上等人，英国是这样，世界各地都是这样。可全世界的基督徒对我们都不能理解，十分痛恨，我想只不过因为我们的做法和他们的略微不同罢了。”

“弗蒙特可不是这样子。”

“是的，我承认新英格兰和各自由州郡都比我们做得好。铃响了，好啦，堂姐，还是让我们把地域偏见先放在一边，先去吃饭吧。”

傍晚时候，奥菲丽娅小姐在厨房里听到几个黑孩子叫道：“天啦，普吕来了！她总是一副唉声叹气的样子。”只见一个身材瘦高的黑女人走进了厨房，头上顶着一篮面包干和热面包卷。

“是你来了，普吕。”黛娜说道。

普吕愁眉不展地喘着气，放下篮子，坐到地上，把胳膊肘放在膝盖上，说：“天啦，真不如死了好。”

“为什么想死呢？”奥菲丽娅小姐疑惑地问道。

“死了就一了百了，也不必受什么罪了。”那黑女人没好气地回答，眼睛仍盯着地板。

“谁让你成天都喝得醉醺醺的？全都是你自讨苦吃！”一个穿戴整齐的第二代混血女仆一边说，一边摆弄着她那副珊瑚耳环。

黑女人狠狠地瞪了她一眼。“早晚有一天，你也会落到我这步田地，我会有幸看到那么一天的，你也会和我一样借酒消愁。”

“让我们看看你的面包干吧，这位小姐会付给你钱的。”黛娜说道。

奥菲丽娅从那篮面包干中挑出了二三十块。

“第一层架子上面的那只破罐子里有票。杰克，你爬上去把它拿下来。”黛娜说。

“什么票？干什么用的？”奥菲丽娅小姐问道。

“我们从她的主人那儿买票，然后用这票来买她的面包。”

“我回去后，他们就清点我的钱和票，检查对不对。如果不对，他们就会打我个半死。”

“你活该，”那个叫简的女仆傲慢地说，“谁让你拿他们的钱去喝酒。小姐，她向来就这样。”

“我不喝酒就一天也活不下去了。喝醉了就什么都忘了。”

“偷主人的钱去喝酒，醉得不成样子，我看你真是可恶之极，愚蠢之极。”奥菲丽娅小姐说。

“小姐，也许你说得对，可我还是要喝。天啦，让我死吧，死了就不会再受罪了。”那黑妇人慢慢地站起来，把篮子重新顶到头上。出门之前，她又瞪了一眼那个还在玩弄耳环的姑娘。

“别在那儿臭美了，把副破耳环弄来弄去，把谁都不放在眼里。哼，你迟早也会像我一样，变成个可怜的穷老婆子。希望老天有眼，让我看到你有那么一天。到时候，看你会不会喝呀，喝呀，喝到死的那一天。到那时，我看你也是活该！呸！”老妇人狠狠地骂了一通，走出了厨房。

“该死的老东西！”正在厨房里替主人打洗脸水的阿道夫骂道，“如果我是她的主人，我会把她整得更惨！”

黛娜说：“你不会那么残忍吧。你看她的背已经被打得连衣服都穿不上了。”

“真不该让这种人到大户人家里来乱闯，”简小姐说，“圣克莱尔先生，你认为呢？”她边问边调情地对阿道夫甩了甩脑袋。

这里必须说明一下，阿道夫除了随便动用主人的东西外，还习惯用主人的姓名和地址。在新奥尔良的黑人圈子里，他向来以“圣克莱尔先生”自居。

“我当然同意你的看法，伯努瓦小姐。”阿道夫回答道。

伯努瓦是玛丽·圣克莱尔娘家的姓，简以前是她家的女仆。

“伯努瓦小姐，我能冒昧地问你，那耳环是为了明晚的舞会而准备的

吗？它简直太美了。”

“圣克莱尔先生，你们这些男人真是厚颜无耻，”简一边说，一边甩甩她的小脑袋，耳朵上的耳环摇得闪闪发光，“如果你再问我的话，我明晚绝不和你跳舞。”

“你不会那么狠心的。我想知道你明晚还会穿那条粉红的薄纱衣裳吗？”

“你们在谈什么呢？”罗莎这个二代混血的机灵鬼一蹦一跳地跑下楼来。

“圣克莱尔先生实在是太无礼了。”简说道。

“真是天地良心，让罗莎小姐来评个公道。”阿道夫说。

“我早就知道阿道夫很无礼。”罗莎一边用一只脚将身体平衡住，一边朝阿道夫狠狠地瞪了一眼，“他总是惹我生气。”

“小姐们，如果你们这样一起围攻我，我肯定会伤心死的。假如哪天早上我被发现气死在床上，你们一定得给我偿命。”

“听听这家伙说的什么鬼话。”两个小姐一齐说道，随后忍不住大笑起来。

“够了，都滚开！不准在这里胡闹！你们在这儿只会碍手碍脚的。”黛娜命令道。

“黛娜大婶心里正为明晚不能参加舞会而生气呢！”

“我才不愿意去参加你们的舞会。假冒白种人有什么用，到头来还不是和我一样，都是黑人。”

“黛娜大婶每天都用油把卷毛搞得硬硬的，然后想尽办法把它梳直。”简说。

“可不管怎么弄，到头来还不一样是卷毛吗？”罗莎讽刺说，愤愤地把细丝般的长发甩了下来。

“在上帝眼里，难道卷发和其他头发有什么不同吗？我倒要去问问太太，是你们两个值钱呢，还是我值钱？你们这些贱货，全都给我滚远点，不准在这儿呆着！”

这几个人之间的谈话被下面的事情打断了。圣克莱尔从楼梯顶头转来问阿道夫是不是准备端着洗脸水在那儿呆上一个晚上；还有奥菲丽娅小姐从饭厅里出来责备简和罗莎两个人。她说道：“你们还在这儿呆着干吗？还不去把平纹油布烫烫。”

当大家跟那个老妇人在厨房说话的时候，汤姆当时也在场。后来，他跟着普吕来到街上，见她一路走，一路不时地低声呻吟着。她把篮子放在了一户人家的门阶上，整理肩上的那条旧披肩。

汤姆走上前热情地说："我帮你提会儿篮子吧？"

"干什么？我不需要别人的帮助。"

"你是不是生病了，还是有什么别的烦心事？"

"我没病。"

汤姆恳切地看着她，说："我希望能劝你把酒戒掉。你难道不知道你的肉体和灵魂一起被酒给毁了吗？"

黑女人心情沉重地说："我知道自己死后会下地狱的，你没必要提醒我这点。我知道别人讨厌我、恨我，我死了马上就会被打入地狱的。天啦，我真巴不得现在就能下地狱呢。"

黑女人说着这些可怕的话，脸上的神情非常阴沉、悲伤，但却是非常认真。汤姆听后，心里不由得不寒而栗。

"上帝会宽恕你的，可怜的人。你没有听说过耶稣吗？"

"耶稣？他是谁？"

"救世主呀！"

"我好像听说过。是不是最后审判或地狱什么的。"

"难道没有人告诉过你救世主耶稣怜爱我们这些可怜的人，并为我们而牺牲自己的生命吗？"

"我不知道，自从我的丈夫死后，没谁再爱过我了。"

"你在哪里长大的？"

"肯塔基州。一个白人蓄养我，让我生孩子来供应市场的需求，我的孩子就这么一个一个给卖了。后来，他把我卖给了一个黑奴贩子，我的主人又把我从奴隶贩子手里买走了。"

"你为什么会酗酒呢？"

"为了摆脱那无尽的痛苦呀！我来这儿后，又生了一个孩子，原以为这次可以自己哺养孩子了，因为这次的主人不是奴隶贩子。你不知道，那小家伙真是可爱极了。开始，太太好像也非常喜欢他，这孩子很乖，不哭不闹，胖乎乎的很讨人喜爱。可后来太太生了病，我必须得去照顾她。后来我自己也病了，奶也断了，孩子是一天比一天瘦，简直都要剩皮包骨头了。可太太不给孩子奶喝，我跟太太说我没有奶了，可她根本不理，说是

别人吃什么，孩子就吃什么。孩子越来越瘦，饿得整日整夜地哭啊。后来太太不耐烦了，说孩子不听话，还诅咒孩子要是早点死就好了，她还不让我晚上带孩子睡觉。太太说孩子夜里吵得我睡不好觉，弄得我不好好做事，于是她就叫我夜里睡到她的房间去，我只好将孩子放到小阁楼去。就这样，孩子在一天夜里活活地哭死了。这之后，我便开始酗酒，当我喝醉了，我就听不到孩子的哭声了，而且这个方法非常灵验。所以，我要喝酒，就是下地狱我也要喝！老爷也说我会被打入地狱的，我其实现在已经在地狱里了。”

“真是个苦命的人啊！可是从来就没人告诉你耶稣会爱你，会为你而牺牲吗？难道就没人告诉你他会拯救你进入天堂吗？”

“我像可能升入天堂的人吗？那不是白人去的地方吗？他们怎么可能让我进天堂？我倒宁愿下地狱，就再也看不见老爷太太了，这正是我的愿望。”说完，黑女人叹了一声，把篮子重新顶到头上，满脸悲哀地走了。

汤姆怀着忧郁的心情回到家里。在院子里他碰上了小伊娃。她头上正戴着一个用晚香玉编成的花冠，眼睛里闪烁着幸福喜悦的光彩。

“汤姆，你终于回来了，我终于找到你了，真高兴呀。爸爸已经同意让你套上马，带我坐那辆新马车去兜风，”小伊娃拉住汤姆的手，说，“你怎么了？汤姆，你怎么满腹心事的样子？”

“伊娃小姐，我很难过。我马上去为你把马套好。”汤姆悲伤地说。

“汤姆，你一定要告诉我到底发生什么事了？我看见你刚才和普吕那个老太婆说话。”

汤姆简单而郑重地将老普吕的不幸遭遇告诉了伊娃。伊娃听后并没有像别的孩子那样大惊小怪、失声痛哭。她的面庞变得十分苍白，眼睛里闪现出阴郁而深沉的神色，两只手按在胸口上，深沉地叹了口气。

19 可怜之人的可恨之处

一天早上，奥菲丽娅小姐正忙着干家务活，突然听到圣克莱尔先生在楼梯口叫她。

“下来，姐姐，我有样东西给你看。”

“什么?”奥菲丽娅小姐说着，走下楼来，手里还拿着针线。

“我为你置办了件东西，你看，”圣克莱尔说着，一把拉过一个约摸八九岁的黑人女孩。

这女孩是她的种族中最黑的那一类，她又圆又大的、发着玻璃光彩的眼睛迅速地打量着屋里的一切。看到新主人大客厅里的陈设，她惊讶得半张着嘴，露出一排光洁的牙齿。她的厚厚的卷发扎成许多根小辫子，向外散开着，就像阳光四射。她的脸上是两种奇怪的表情的混合——一面有几分精明狡黠，一面却像罩着面纱一样显得庄重严肃。她穿着一件由麻布片缝成的单衣，褴褛不堪，两只手在胸前交叉，一本正经地站着。总之，她的外表确有些精灵似的怪异——正如奥菲丽娅小姐后来说的，就像个“十足的异端”，以至好心的小姐被弄得乱了方寸。她转向圣克莱尔，说道：

“奥古斯丁，你带这么个东西过来做什么?”

“当然是让你来教育的啰！就用你认为可行的办法。我觉得她是黑人中的小精灵。托普西，过来，”圣克莱尔说着，吹了声口哨，就像一个人唤自己的狗一样，“现在，给我们唱个歌，跳个舞吧！”

托普西那玻璃球般的黑眸掠过动人的、调皮的灵光。这小东西一边用清亮的尖嗓子唱起一支古怪的黑人歌曲，一边用手和脚打着拍子，啪啪地拍手，碰着膝盖，高速地旋转着，喉咙里还发出奇怪的声音——这正是黑人音乐的特色。最后，她翻了一两个跟斗，拖长了尾音，就像汽笛般的怪诞，猛地落到地毯上；然后，又马上叉起双手，和先前一样平静地站在那儿，脸上呈现出极端驯服神圣的表情，只是这种神情不时地会被她眼角流露出的几丝狡黠之气所打断。

奥菲丽娅惊奇无比，瞠目结舌地站着。圣克莱尔依然像顽皮的孩子

一样盯着奥菲丽娅，表情颇为得意。接着，他向小女孩吩咐道：

"托普西，这就是你的新主人了。我把你交给她，你可得安分点。"

"是，老爷。"托普西答道，那双狡黠的大眼睛不停地闪动着，脸上却依然一本正经。

"托普西，记住，你要学好。"圣克莱尔说。

"是，老爷。"托普西眨了眨眼睛，依旧谦卑地叉手站着。

"喂，奥古斯丁，你到底要干什么？"奥菲丽娅说，"你们家到处是这种讨厌的小东西，随脚都可以踩上一个。今天一早起来就看见门后睡着一个，门口脚垫上躺着一个，桌子底下还冒出一个黑脑袋瓜——这些小家伙站在栏杆上挤眉弄眼，抓耳挠腮，嘻嘻哈哈，还在厨房地板上翻筋斗。这会儿你又带一个干嘛？"

"让你来训练，我刚才不是说了吗。你口口声声说教育教育，我想着一定抓个新的试验品送给你，让你试着按你的要求来教导她。"

"我可要不了她，我忙得一塌糊涂。"

"你们基督徒就是这样，你们会张罗着组织社团，找个什么可怜的牧师到未开化的人中间去混日子。我倒想看看有谁会把那些未开化的人带到自己家中亲自教育，就是没有！一遇到这种情形，你们不是嫌他们太脏太讨厌，就是嫌太麻烦，如此而已。"

"奥古斯丁，你明知道我不是这样想的。"奥菲丽娅小姐说，口气明显软了下来，"嗯，这可算得上是传教士真正的差事。"她说着，眼望着托普西，比先前亲切多了。

显然，圣克莱尔这一着很灵，奥菲丽娅非常警惕地听着。"不过，"她补充说，"我实在看不出有什么必要又买一个这样的小东西，家里多的是，足够应付了。"

"就这样了，姐姐，"圣克莱尔把她拉向自己身边说，"说了一大堆废话，我真该为此向你道歉。其实，你很好，我说那些并不针对你。对了，这小女孩的情况是这样的：她的主人是一对酒鬼，开一家低级饭馆，我每次经过那儿，总会听见她的尖叫声和挨揍声，我都听得烦透了。她聪明滑稽，我想没准你还能把她教育过来，就买了下来，送给你试试。用你们英格兰的正统教育方法来训练，看能训练出个什么结果。我是没那个能耐的，就交给你了。"

“好吧，我也只能尽力而为了。”奥菲丽娅终于妥协了，便朝这个新门徒靠近，那样子就仿佛是一个善意的人向一只有些可怕的黑蜘蛛靠近。

“她脏得厉害，还光着半边身子。”奥菲丽娅小姐说。

“那就先把她带下楼去，叫人给她好好洗洗，换身干净衣裳。”

奥菲丽娅小姐亲自把托普西带到厨房。

“真搞不懂圣克莱尔老爷又弄个小黑鬼来干什么，”黛娜一面极不友善地打量这个新到的小姑娘，一面说，“我手下可用不着她。”

“呸！”罗莎和简非常不屑地说，“让她滚远点！老爷又弄这么个下贱的小黑鬼来干什么，真不明白！”

“去你的，也不比你黑多少，罗莎小姐，”黛娜接口道——她觉得罗莎有点含沙射影，“好像你自己是个白人似的，说白了你啥也不算，既不像黑人，又不像白人，我可是要么做白人，要么做黑人，绝不模棱两可。”

奥菲丽娅看见这帮人没谁愿意帮新来的小东西擦洗、换衣服，只得自己动手。简勉强帮了点忙，但也显出极不情愿的样子。

描述一个没人理睬、邋遢的孩子第一次洗浴的具体过程，对文雅人来说实在有些不堪入耳。事实上，世界上有成千上万的人迫不得已在恶劣的环境中生存和死亡，对他们的同类来说，这简直是骇人听闻。奥菲丽娅小姐真可以算得上是心诚志坚，言出必行。她勇敢地担负起为托普西擦洗之责任，没放过任何一处令人作呕的脏地方。老实说，在整个清洗过程中，她没法做到和颜悦色——尽管教义要求她极尽忍耐之能事。当她注意到小女孩肩背上一条条长长的鞭痕，一块块大的伤疤——她所生长的制度留下的不可磨灭的印迹时，从心底里生出怜悯之情。

“你瞧，”简指着小女孩的疤痕说，“这不明显表示她是个捣蛋鬼吗？依我说，以后我们也得让她吃点苦头。我就恨这种小黑鬼，讨厌极了。我真搞不懂，老爷怎么会把她买回家？”

简所叫的“小黑鬼”此时正以那种惯有的恭顺和卑微的神情倾听着这些评说。忽然，她那双亮眼睛一闪，瞥见了简的耳环。

奥菲丽娅给小东西清洗完毕，换了身合适的衣服，把她的头发也剪短了，这才颇为满意地说，小女孩比先前看着文明多了，说着，又开始在脑中勾画关于未来教育的计划。

“你多大了，托普西？”

“不知道，小姐。”小鬼答道，她咧嘴一笑，露出一排白牙。

“怎么连自己的年纪都不知道！难道没人告诉你吗？你妈妈是谁？”

“从来就没有妈妈。”小姑娘答着，又咧嘴笑了笑。

“从来就没有妈妈？你在说什么？你是在哪儿出生的？”

“从来就没出生过。”小姑娘继续否定着，还是咧嘴一笑，样子活像个鬼灵精。假使奥菲丽娅小姐想象丰富，灵感活跃，没准她会认为这个小东西是从魔怪国度里捉来的一只黑不溜秋的怪物。可是奥菲丽娅小姐毫无灵感，她呆呆的，一副严肃的样子。她有些严厉地说：

“你不能这样回答问题，小姑娘，我不是和你开玩笑，你最好老实告诉我你是在哪儿出生的，爸爸是谁，妈妈又是谁？”

“从来就没出生过，”小东西语气坚定地重复了一遍，“从来就没有爸爸，也没有妈妈，什么都没有。我，还有一群孩子都是一个拍卖商养大的，照管我们的是一个老大娘。”

显然，这孩子说的是实话，简在一旁忍不住扑哧一声笑了，说：

“唉，小姐，这种孩子遍地都是，他们小时候被拍卖商当便宜货买回家，养大了再到市场上去卖。”

“你在主人家呆了多久？”

“不知道，小姐。”

“一年？一年多？还是不到一年？”

“不知道，小姐。”

“唉，小姐，他们什么都不懂，也不清楚时间概念。”简又插嘴说，“他们不知道一年是多少，也不知道他们的年龄。”

“你听说过上帝吗，托普西？”

小女孩显然对此一无所知，只照例咧开嘴笑了笑。

“你知道谁创造了你吗？”

“我想谁也没创造我。”小女孩短促地笑了笑，回答道。她似乎觉得这问题挺可笑的，眨了眨眼又说：

“我想我是自己长出来的，不是谁创造出来的。”

“你能做针线活吗？”奥菲丽娅小姐问，同时心里想着该问小女孩一些更具体的问题。

“不能，小姐。”

“那你会做什么呢？你为以前的主人做些什么？”

“打水，刷盘子，擦刀子，侍候别人。”

“他们对你好吗？”

“还行吧。”小姑娘答道，她的眼睛机灵地向奥菲丽娅溜了一下。

奥菲丽娅对她们的谈话颇为满意，她站起身来，圣克莱尔正靠在她椅背上。

“姐姐，你眼前是一块未开垦的处女地，把你的思想撒播下去，你要拔掉的东西相对很少。”

奥菲丽娅的教育观点和她的别的观点一样，总是不变更的。这种观点早在一百年前的新英格兰就流行过，至今仍在那些火车不通、偏僻淳朴的地方残留着。用简要的话叙述，大致就是：教育他们——在别人说话的时候，仔细听；做教义问答；做针线活；读书识字。如果说谎，就用鞭子教训他们。显然，在当今教育相当发展的情况下，这种观点已明显落后；但是，我们中的许多人仍记得，我们的祖辈确实用这种方法教育出一批相当出色的人物，这是不可辩驳的事实。不管怎么说吧，奥菲丽娅还是用她那套办法对这个野孩子开始施教。

家里人都知道托普西成了接受奥菲丽娅小姐教化洗礼的新门徒。由于小女孩在厨房里老是遭白眼，奥菲丽娅决定把她受训的主要范围限制在自己的卧室。读者恐怕会由衷地赞美奥菲丽娅的自我牺牲精神，因为在此之前，连打扫房间都是她亲自动手，绝不让女仆插手，而这次却为了让托普西动手实践而做出让步，只为让小女孩学得一套本领。嗳，这确实不简单——一旦诸位读者有类似的经历，就会切身体会到奥菲丽娅小姐的牺牲精神了。

第一个早晨，奥菲丽娅小姐把小姑娘领到自己的卧室，极其认真耐心地讲解了理床的艺术和诀窍。

大家可以看到，此时的托普西浑身干净整洁，散满头的小辫剪得整整齐齐；她外面套着一条浆洗得很漂亮整洁的围巾，恭恭敬敬地站在奥菲丽娅小姐面前，脸上的表情庄重得像在参加葬礼。

“托普西，现在我来教你怎样理床，我对这个很讲究，你以后得严格按照我教你的去做。”

“是，小姐。”托普西深深叹了口气，仍哭丧着脸，表情很严肃。

“喏，托普西，你看着：这是床单的边，这是床单的正面，这是背面，记住了，嗯?”

“是的，小姐。”托普西又叹了口气。

“好，下面的床单必须包住长枕头——像这样；然后，整齐地掖到褥子下面去——像这样，你看清楚了没?”

“看清楚了，小姐。”托普西回答，一副聚精会神的样子。

“上面的这条被单呢，”奥菲丽娅接着演示道，“必须全部铺下来，在放脚的那头掖好，掖得平平的——像这样，窄边铺在放脚的一头。”

“是，小姐。”托普西像先前那样回答着——注意，我们得补上她的一个让奥菲丽娅毫不察觉的动作：在这位心地善良的小姐背过身去专心示范的时候，她的小门徒竟伸手抓了一副手套和一条丝带，敏捷地塞在了自己的袖子里头，接着又像刚才一样，毕恭毕敬地叉着双手，站在那里。

“托普西，现在你做给我看看。”奥菲丽娅小姐说着，拉开了上下两张床单，在旁边坐下来。托普西从头到尾非常认真灵巧地实习着，奥菲丽娅小姐比较满意。托普西把床单铺得平平整整，扯平每一道皱折，自始至终，表情严肃认真，就连她的老师看着都颇为感动。就在她快要结束的时候，不料一不谨慎，让丝带的一头从袖口飘出来，这东西马上引起了奥菲丽娅的注意，她猛扑过来，抓住丝带，质问道：“这是什么？你这个淘气的坏孩子，你竟然偷了丝带！”

丝带被扯了出来，可托普西竟毫不慌张，只是以仿佛莫名其妙的、惊诧的眼神注视着丝带，说：

“天哪，这是非利小姐的丝带呀，怎么会跑到我的袖子里来的?”

“小家伙，你这顽皮的孩子，不许撒谎，丝带是你偷的!”

“小姐，我发誓，我没偷，我根本没见过这条丝带。”

“托普西!”奥菲丽娅小姐正色道：“你知不知道撒谎是可恶的?”

“我根本就没撒谎，”托普西回答，一副无辜的神情，“我刚才讲的全是实话，没有撒谎。”

“托普西，如果你还继续撒谎，我就得动鞭子了。”

“天哪，小姐，你就是打我一天，我还是这样说，”托普西开始哭诉了，“我根本就没看见丝带，肯定是我的袖子挂住了，一定是菲利小姐扔在床上，卷在被单里，就钻到我的袖子里去了。”

托普西无耻的当面扯谎让奥菲丽娅恼火极了，她一把抓住这个小东西，使劲摇着。

“别再跟我撒谎了！”

奥菲丽娅这么一摇，竟然把托普西袖子里藏的那副手套给抖了出来，掉在地板上。

“看见了吧！”奥菲丽娅说，“你还敢说没偷丝带？”

托普西当即承认偷了手套，但仍矢口否认偷了丝带。“听着，托普西！”奥菲丽娅小姐说，“如果你全部承认，我就不拿鞭子抽你。”在严厉督促之下，托普西不得不全部承认了，她阴着脸，再三表示愿意悔改。

“好，现在你说说，到这儿以后你还偷过什么东西？昨天我还允许你到处乱跑呢，你肯定还偷过别的什么东西。老实告诉我，到底拿了些什么，说了我就不动鞭子。”

“嗯……小姐，我拿了伊娃小姐脖子上那串红色的玩意儿。”

“是吗，你这个孩子——说，还有呢？”

“罗莎的耳环，那副红色的。”

“两样都给我拿回来，现在就去。”

“天哪，小姐，我拿不出来——我把它们烧了。”

“烧了？胡说八道！快去拿，不然我可真要拿鞭子抽你啦。”

托普西哭起来，一边哭一边申辩着，说她真的拿不出来。

“你为什么要烧掉它们？”

“因为，因为我顽皮，我真是太坏了，我也不知道怎么搞的。”

就在这时，伊娃走了进来，一副天真无邪的样子，脖子上依然挂着那串珊瑚项链。

“咦，伊娃，项链是在哪儿找着的？”

“找着的？为什么？我一直戴着它呀。”

“昨天也戴着？”

“对。姑姑，昨晚上我忘了取项链，一直戴着睡觉。怎么啦？”

奥菲丽娅如坠五里云雾之中，摸不着头脑。这时，罗莎也进来了，头上顶着一篮子刚烫好的衣服，那双珊瑚耳环在她耳朵上荡来荡去，奥菲丽娅一见，更加迷惑不知所以了。

“我真不知道该拿这孩子怎么办！”她无可奈何地说，“托普西，这两样

东西你没拿，为什么要承认？”

“嗯，小姐，你要我招认，我实在想不出什么东西可以招认。”托普西一面说着，一面擦眼泪。

“可是，我并没要你承认你没做过的事呀！”奥菲丽娅无奈地摇摇头说，“这也叫做撒谎，和刚才撒谎是一码事。”

“天哪，是吗？”托普西露出惊诧万分、天真无知的样子。

“哼，这坏家伙嘴里没一句真话！”罗莎愤愤不平地望着托普西说道，“我要是圣克莱尔老爷，就抽她个鼻青脸肿，给她点颜色看看。”

“不，不，罗莎，”伊娃开口说道，表情严厉，居然是一副大人的派头，“不许你这么说，罗莎，我可听不得这种话。”

“天哪，伊娃小姐，你心地太善良了，你不懂怎样对付黑鬼。告诉你吧，对待他们这群人就得狠狠揍，没比这更管用的了。”

“住嘴，罗莎，”伊娃喝道，“不准你再说一句这样的话。”这孩子目光炯炯，满面通红。

一时间，罗莎给镇住了。

“谁都看得出来，这孩子完全具备了圣克莱尔家族的血统，说话激动起来，活像她爸爸。”罗莎一边往门外走，一边自言自语。

伊娃站在那里望着托普西。这两个孩子分别代表了不同社会的两个极端：一个出身高贵，肤白如雪，金黄头发，眼睛深嵌，额头饱满而富于灵气，举止文雅；一个肤黑如炭，狡黠机敏，畏畏缩缩却也不乏聪慧。她们又分别是两个种族的代表：一个是撒克逊人，生长在世世代代享有高度文明、统治、教育，优越的物质生活和精神生活的环境里；一个是非洲黑种人，生长在世世代代遭受压迫、奴役、蒙昧，劳苦万端和罪恶无边的环境里。

这种思想朦朦胧胧地萌芽在伊娃脑中，只是对于一个孩子来说，这种思想是相当模糊不确定的，更多的带有天性的色彩。伊娃纯洁的心里，有许多这类思想在酝酿活动，只是她无法明确表达。当奥菲丽娅小姐一一数落托普西的顽劣行径时，伊娃脸上显出迷惘而忧郁的神色，她天真地说：

“可怜的托普西，你为什么要偷东西呢！现在有人好好管着你，我也愿意把自己的东西拿出来与你分享，希望你以后不要再偷东西了。”

这是托普西生平第一次听见真挚的话。伊娃话语中甜甜的腔调、她说话时的亲切感，一下子奇妙地感动着托普西那粗野的心。小女孩那亮闪闪的、灵动的眼眸里隐约有泪花闪动，可随即又轻轻笑了一声，像往常一样咧开了嘴——不，一个生平听惯了辱骂言语的人，陡然听见这么一句温暖人心的话，简直像做梦一样难以置信。

到底怎么管教好托普西呢？这确实给奥菲丽娅小姐出了个大难题。她的那套显然行不通，她得慎重思索一番，制定可行的教育方案。奥菲丽娅把托普西关进了黑屋子，这一方面是作为缓兵之策，另一方面则是由于她认为黑屋子可以培养人的德性的奇怪思想在作怪。

“我看这个小家伙是不打不成器。”奥菲丽娅对圣克莱尔说。

“噢，这个随你的便，你尽可以按照你的意图来管教她，反正我已把她全权委托给你了。”

“孩子不打不成器，”奥菲丽娅小姐坚持说，“我还没见过哪个小孩儿不打就能教育好的。”

“哦，那是自然的，”圣克莱尔说，“你想如何处置就如何处置吧。不过，我倒有个建议，我看过她的主人用拨火棍揍她，有时用铁锹或火钳把她打到地上，总之怎么顺手怎么打。想想看，她对这些肯定习以为常，如果你不揍得更狠一点，恐怕难以奏效。”

“那该拿她怎么办呢？”奥菲丽娅小姐说。

“你提出了一个严肃的问题，”圣克莱尔说，“在南方，鞭子对仆人失去效用，这太平常了，托普西就是一个。我希望你自己去找答案，该怎么对付这孩子？”

“我实在没辙，从来就没见过她那样的孩子。”

“这些孩子比比皆是，大人也是如此，你该用什么办法来管教他们呢？”圣克莱尔说。

“我不知道，也管不了。”奥菲丽娅小姐说。

“我也不知道，也管不了啊，”圣克莱尔说，“报上有时登载的那些骇人听闻的事件，比如普吕事件，是如何发生的呢？恐怕好多是由于双方的心肠都逐渐变硬的结果——奴隶主变得越来越残忍，奴隶们则变得越来越麻木。鞭子和责骂就像鸦片烟一样，使人的感觉越来越迟钝。想要引起与先前同样程度的刺激，只能加大剂量。刚做奴隶主时，我便明白了这个

道理，拿定主意决不开这个头，至少也要保住我的天性。结果呢，这群奴隶像被宠坏了的孩子。不过，我仍然坚持认为这总比暴戾要来得好些。姐姐，你一直在我面前大谈教育他们的责任，现在我就给你一个孩子，让你亲自试验。这孩子只是千万个这类孩子中的一个。”

“这种孩子是你们现行制度的产物。”奥菲丽娅小姐说。

“这我明白，可已经造成了，不是吗？现在的问题就是该拿他们怎么办？”

“啊，我并不感谢你把她送过来让我做这个试验，可是我已经答应了，就会说到做到，尽力而为。”奥菲丽娅小姐说。这之后，她果然为教化这个小门徒投入了极大的心力和热情，简直令人赞叹。她给托普西规定了每天的作息时间，要完成的事务的项目，并着手教她识字、练针线活。

这小姑娘识字速度出人意料的快，不但学会了字母，还会阅读简易读物了。只是，做针线活对她来说是件麻烦事，这小女孩像猫一样灵活，像猴子一样好动，安安静静地做针线活对她是个束缚。因此，这小家伙不是把针折断，偷偷扔到窗外或塞进墙缝里，就是趁人不注意把毛线缠得一团糟，揉断或弄脏，甚至把满满的一轴子线团给扔掉。她的动作敏捷得像魔术师，而控制面部表情的本领也丝毫不逊于魔术师。就这样，虽然奥菲丽娅也知道这样接二连三地发生意外情况是不可能的，但也看不出什么破绽——除非她整天啥也不干，只监视托普西的行动。

托普西很快成了全家的知名人物。她变着法儿找乐，扮鬼脸，惟妙惟肖地模仿各色人物的神态。她会翻跟斗，跳舞，唱歌，爬高，吹口哨，耍口技，她这方面的天资简直多得令人咋舌。做游戏的时候，全家的孩子都成群结队地跟着她，一个个都欢呼雀跃，对她佩服之至——就连伊娃也不例外。看得出来，她对托普西的戏法着了迷，就像一只鸽子被一条花花绿绿、色彩斑驳的大蛇所吸引了。奥菲丽娅小姐看到伊娃和托普西成天玩在一块儿，心里有些惴惴不安，便去找圣克莱尔，提醒他尽早防范。

“哎，随她去吧，”圣克莱尔说，“托普西不会妨碍她的。”

“可是，这小东西精灵透顶，会把伊娃给带坏的。”

“不会的。她也许会带坏别的孩子，但不会是伊娃。坏东西落到伊娃心里，就像水珠落在菜叶上，一下子就滑落了，不会渗透进去。”

“别那么肯定，”奥菲丽娅小姐说，“我决不让自己的孩子和托普西在一块玩。”

“好吧，你的孩子不和托普西一块玩，”圣克莱尔说，“可我的孩子会和托普西一块玩；要是伊娃会学坏的话，早就学坏了。”

起初，圣克莱尔家的所有上等仆人都瞧不起托普西，但不久就改变了看法。他们发现，要是谁欺负了托普西，不久便有一桩不大不小的倒霉事落到头上——要么是一副耳环或别的什么心爱的玩意儿不翼而飞，要么是一件衣裳忽然糟蹋得不成样子；或者，会意外地碰翻一桶热水；或者，当穿上漂亮衣服时，偏偏一盆污水从天而降，淋个正着。而且，事后你没法查出谁是肇事者。托普西多次被法庭审判传讯过，但每次都顶住了责问，表现出一副无辜、严肃而让人信服的神态。其实这些恶作剧是谁干的，大家心里都明镜似的一清二楚，但又找不出蛛丝马迹可以证明。再说，奥菲丽娅小姐是非常公正的，没有证据决不轻易处理。还有就是，这些恶作剧的时间总选得十分巧妙，这就进一步掩盖了肇事者。譬如，报复罗莎和简这两个使女的时间总选在她们失宠的时候（这种情况经常发生）。这种时候，她们的申诉在主人那里得不到同情。总之，圣克莱尔家的仆人们不久便明白了，最好不要去招惹托普西，否则没好果子吃。

托普西干起活来灵巧、利索，精力充沛，什么东西托普西都是一学就会，速度奇快。只教了几次，她便学会了如何把奥菲丽娅小姐的卧室收拾得妥妥当当，竟让十分讲究的奥菲丽娅也觉得十分满意，无可挑剔。要是托普西乐意（当然她不会常那样干），她会把被单铺得平平整整，枕头放得讲讲究究，地扫得干干净净，屋子收拾得尽善尽美，无人可比。如果奥菲丽娅小姐经过三四天耐心细致的督促，认为托普西终于走上正轨而丢下她去忙别的事务时，托普西便会放纵地嬉闹、玩耍上一两个钟头。她不理床铺，自个儿扯下床套取乐，把长满卷毛的脑袋往枕头上直撞，撞得满头沾满了羽毛，活像个丑八怪。她还会顺着床杆爬上去，再从上往下来一个倒挂金钩。她还抓住被单，满屋子飞舞，给长枕头套上奥菲丽娅小姐的睡袍，并用它作各式各样的表演，又是唱歌又是吹口哨，还不时冲着镜子扮鬼脸。总之，托普西就像奥菲丽娅所说的，是个“骚乱制造者”。

有一次，托普西把奥菲丽娅小姐最好的一条大红轻飘的广东绉纱披肩当头巾裹在头上，在镜子前搔首弄姿，却被奥菲丽娅撞个正着。原来是她疏忽大意把钥匙丢在了抽屉里，她犯这样的粗心以前还从未有过呢。

“托普西，”奥菲丽娅小姐忍无可忍，厉声喝道，“你为什么这么干?”

“不知道，恐怕是我太调皮了，太坏了。”

“我真不知该拿你怎么办，托普西。”

“小姐，那您就打我吧，以前的女主人总是打我，不打我就不干活。”

“可是，托普西，我并不想打人。如果你愿意做事，总是做得很好，为什么不乐意做呢?”

“哦，小姐，恐怕我是挨揍挨惯了，挨揍对我很管用。”

于是，奥菲丽娅把那“管用的法子”使了出来。托普西又是尖叫，又是呻吟，大声求饶，一时间闹得不可开交。可半个钟头之后，她又蹲在阳台台阶上，身边围着一群羡慕她的“小黑鬼”们，听她讲如何对挨打受骂报以蔑视的态度。

“哈哈！菲利小姐还揍人呢！她连一只蚊子都打不死。我原来的主人才叫会揍人呢，直打得我皮开肉绽，真是厉害，那才真叫会揍人呢。”

显然的，托普西认为自己所做的各种荒唐事是值得骄傲的，她把它们当作她吹牛的资本。

“听着，小黑鬼们，”托普西向她的听众们郑重其事地说道，“你们知道你们每个人都是有罪的吗？记着，你，你是有罪的，咱们个个都是有罪的。当然，白人也有罪——这是菲利小姐说的。不过，我认为黑人的罪最大，而你们在座的都比不上我，我是罪大恶极，十恶不赦，谁都拿我没办法。我原来的主人成天咒骂我，我想我是这世上最大的坏人了。”说着，托普西翻了一个筋斗，爬到高处，得意洋洋地站在那儿，完全是一副神气十足、鹤立鸡群的模样。

每到礼拜日，奥菲丽娅便非常认真地教托普西做教义问答。托普西对文字的领悟能力非同一般，她上课时对答如流，连她的老师都很受鼓舞。

“你认为这样教她有什么用处?”圣克莱尔问道。

“哎，教义问答向来对孩子有益，是孩子的必修课。”奥菲丽娅小姐说。

“她能明白吗?”

“哎，一开始她们当然都不懂，时间长了，她们自然会懂的。”

“时至今日，我还不明白呢，”圣克莱尔说，“我非常清楚地记得，小时候你总让我背得滚瓜烂熟。”

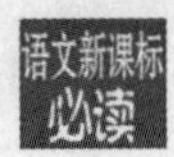

“噢，奥古斯丁，小时候你学得真棒，那时，我对你期望多大啊。”奥菲丽娅小姐说。

“难道现在就不期望了吗？”圣克莱尔说。

“奥古斯丁，要是你仍像小时候那样，那该多好啊。”

“姐姐，说实话，我也是这么想的，”圣克莱尔说，“好了，继续你的教义问答吧，兴许真有点用处。”

姐弟俩谈话时，托普西一直斯斯文文地叉着手站着，像一尊黑色塑像。这时，奥菲丽娅小姐给了她一道指示，托普西马上接口背诵道：

“由于上帝准许人类自由运用自己的意志，我们的第一代祖先便从他们最初被创造的那个星球上堕落下来了。”

背到这儿，托普西的眼睛扑闪了两下，脸上露出困惑的神色。

“托普西，怎么啦？”奥菲丽娅小姐问。

“小姐，请问那个州是不是肯塔基州？”

“托普西，哪有什么‘州’不‘州’的？”

“我们的第一代祖先堕落的那个州呀！我过去常听老爷说我们是怎样从肯塔基州过来的。”

圣克莱尔不禁哑然失笑。

“姐姐，你必须给她解释清楚，否则她就会自己瞎琢磨了，”圣克莱尔开玩笑说，“那句话可以理解为移民咧！”

“喂，奥古斯丁，拜托你别再多嘴多舌了，”奥菲丽娅小姐说，“你老在旁边笑，我还怎么做事？”

“好吧，我保证不再打扰你上课了。”圣克莱尔拿着报纸走进客厅，坐下来看报，直到托普西背完为止。她背得挺不赖，只是偶尔把几个重要字眼换错了位置，这样听上去就显得滑稽新奇。尽管奥菲丽娅使尽了种种办法，托普西仍然改不过来，圣克莱尔虽然再三表示要信守承诺，却依旧幸灾乐祸地对此类错误感到好笑。圣克莱尔把托普西叫到身边，专让她背诵那些让人头疼的段落，纯粹为自己取乐逗笑。奥菲丽娅几次抗议，可他仍顽固不改。

“奥古斯丁，你老这么瞎搀和，我怎么教她？”奥菲丽娅责怪道。

“是的，这样做的确不好，我以后再不这样了。可是话又说回来，这调皮鬼在大字眼上被难住了，真让我开心。”

“可你知道这是错的吗?”

“那有什么关系,对她来说,只是换个字眼而已。”

“是你让我把她教育好,引上正轨的,你忘了吗? 她可是个有野性的孩子,你应该随时随地注意对她的影响才是。”

“唔,有这么严重? 那我就注意吧! 不过别忘了,我也像托普西常说的,实在太调皮、太坏了。”

奥菲丽娅对托普西的教育就是在这种状态下进行了一两年。托普西就像一种慢性病,天天折磨着奥菲丽娅小姐。渐渐地,奥菲丽娅对这种折磨也习以为常了,就像病人对神经痛或偏头痛慢慢安之若素了。

圣克莱尔对托普西这个捣蛋鬼很感兴趣,正如一个人喜欢一只鹦鹉或一条猎犬。托普西只要闯了祸,碰了壁,总会跑到圣克莱尔的椅背后避难;圣克莱尔呢,也总是极力为她圆谎、辩白。托普西还时不时从圣克莱尔那儿得到个把硬币的赏赐,她就用来买坚果和糖块,慷慨大方地分给别的孩子。说句公道话,托普西本性不坏,也很大方,除非为了自卫,她也不怀恨、伤害别人。现在,她进入了我们的“芭蕾舞团”,轮到她时,她也将和别的演员一起同台献艺。

20 屋是人非

我们的读者也许并不介意停顿一小会儿去回顾一下肯塔基庄园里汤姆叔叔的小屋，看看自他走后那儿发生了什么事儿。

一个夏日的黄昏，大客厅里的门窗大开着，迎来了凉爽的清风。希尔比先生正坐在门廊上，这个门廊与房间相通，从整个屋子一直贯穿到两头的阳台。他悠闲地斜躺在一只椅子上，两只脚搁在另一只椅子上。希尔比太太正忙着做针线，她脑子里似乎正盘算着什么，想找个机会说出来。

"你知道吗，"她说，"克鲁伊收到了汤姆的一封信。"

"哈，是吗？看起来他在那边交上好运了。老伙计过得怎么样？"

"我想他的确是被一户好人家买走了，"希尔比太太说，"他们待他不错，活儿也不多。"

"噢，那就好，我很高兴，真的非常高兴，"希尔比先生发自内心地说，"我猜汤姆挺适应南方的生活，没准就不想再回来了。"

"恰恰相反，他非常急切地问赎他的款子什么时候能凑齐呢。"

"这我可不知道啊，"希尔比先生说，"要是生意上有个闪失，麻烦就会接二连三地来，好比人陷在沼泽里，刚爬出来又掉进另一个泥坑里；借了甲的钱还乙的，再借丙的钱还甲的，你还来不及歇下来抽根烟，转个身，嘿，讨厌的借据又来了。讨债信纷纷而来，让你防不胜防啊。"

"亲爱的，依我看，我们还是得想办法把问题解决掉。我们可以把马匹全卖了，再搭一个农庄，好还清欠款。你看这个办法行吗？"

"哼，这多可笑，艾米丽。你算得上是肯塔基最出色的妇女了，可你也不明白，你根本不懂生意。女人总是不懂，以后也懂不了。"

"可是，"希尔比太太说，"最起码你得让我知道你的处境呀，至少你可以开一张清单给我，上面写明别人欠你的和你欠别人的债务数额，这样，我就可以想想办法，看能不能帮你节省一点开支。"

"哎，别再烦我了，艾米丽。我实在说不清，我只知道生意大概发展到哪一步，这些事可不像克鲁伊做馅饼，把周边都修得干净利索。我不是说了吗，你不懂生意上的事。"

希尔比先生无法说服妻子，只好大声嚷嚷了，这是先生们在和妻子谈论生意时惯用的伎俩，既方便又让人无可辩驳。希尔比太太叹了口气，不再吭声。尽管她丈夫说她只是个妇道人家，诸事不懂，可实际上她却有一副思维活跃且讲究实效的头脑，她的意志力甚至比她丈夫要强得多，说她有经营生意的才能并不像希尔比先生所认为的那样荒谬。此刻，她的全副心思都放在如何履行对汤姆和克鲁伊大婶的诺言上，眼看希望越来越渺茫，她不禁叹起气来。

“亲爱的，难道你不认为我们该设法把钱凑齐吗？可怜的克鲁伊大婶一门心思指望着这个呢。”

“真是抱歉，看来当初我答应得太仓促了。我看你还是如实告诉克鲁伊吧，让她死了这条心。一两年之后汤姆会另娶别的女人的，克鲁伊也干脆再找个人跟了得了。”

“希尔比先生，我向来教育下人们说，他们的婚姻与我们的婚姻一样神圣。我决不劝克鲁伊干那种事。”

“真遗憾，夫人。你这套说教超越他们的身份地位，只会白白地给他们添烦恼。”

“这可是《圣经》上的道德观呀，希尔比先生。”

“好了，好了，艾米丽，我可没打算干涉你的宗教信仰，我只是说，这些对下人们并不合适。”

“确实不合适，”希尔比太太说，“这就是为什么我打心眼里憎恨奴隶制度的原因。亲爱的，我告诉你，我决不会对那些无依无靠的黑人们食言的。万一别无他法，我就去教音乐课——我一定会筹足这笔钱的，我亲自去挣。”

“你该不会去干有损身份的事吧？艾米丽，我决不同意你那么干。”

“有损身份?！比起失去那些可怜人的信任，哪个更有损身份？不，绝对比不上。”

“好啦，你总是英勇无畏又超脱凡俗。不过，我认为你在采取这种堂吉诃德式的行动之前，最好考虑清楚。”

这时，克鲁伊大婶出现在门廊尽头，谈话就此中断了。

“对不起，太太。”她说。

“有事吗，克鲁伊？”希尔比太太一边说着，一边站起身，向门廊尽头走去。

“太太，请您看看这群 poetry。”克鲁伊总喜欢把 poultry（家禽）念成 poetry（诗），尽管孩子们一再纠正，她还依然故我念 poetry。“天哪，我可没看出这两个词有什么差别，poetry 念起来很不错嘛。”她会如此说。

地上趴着一群鸡鸭，克鲁伊站在一旁，脸色庄重，若有所思。看见这情景，希尔比太太不由笑了。

“我在想，太太喜不喜欢吃鸡肉馅饼。”

“说实话，我随便——怎么都行。”

克鲁伊心不在焉地抚弄着这些小鸡，魂不守舍的神情显而易见。突然，她讪笑一声（黑人在做出没多大把握的建议时通常如此），说道：

“天哪！老爷太太何必费神去筹那笔款子呢？怎么不用手头现成的东西呢？”克鲁伊又笑了。

“我不懂你的意思，克鲁伊。”无可置疑，克鲁伊听到了希尔比夫妇的全部谈话。

“哦，天哪，太太，”克鲁伊又笑了，说，“别人都把黑奴租出去赚钱呢！咱们可别在家里白养着一群人啊！”

“嗯，克鲁伊，那我该把谁租出去呢？”

“天哪，我可没主意。只是山姆说路易斯威尔有一家蒲垫铺，需要一个做糕饼的能手，还说每周给四块钱的工资呢，他是这么说的。”

“噢，克鲁伊——”

“噢，天哪。我想，太太，萨莉可以单独做点事了，萨莉在我手下学着做也有段日子了。说实话，她的手艺和我的也差不离了，如果太太您肯让我出去做的话，我就能赚够那笔钱。我做的糕点不管放在哪一家蒲垫铺都不会让太太丢脸的。”

“是糕点铺，克鲁伊。”

“天哪，太太，反正也差不多，字眼总是那么别扭，我总爱出错。”

“可是，克鲁伊，你舍得离开孩子们吗？”

“天哪，太太，两个男孩子都长大了，能干活，还干得不赖呢。萨莉可帮着照顾我的小女娃，这娃娃精神好着咧，也不用老是照看。”

“路易斯威尔离这儿可不近呢！”

“天哪，谁在乎这个呢？它在河的下游，离我家老头子不远吧？”克鲁

伊望着希尔比太太问道。

"不,它们还相隔好几百英里呢。"希尔比太太答道。

克鲁伊的脸色立刻黯淡了。

"别难过,到了那儿,你离他总比这儿近吧?"

"克鲁伊,你尽管去吧,你挣的每个子儿我都原封不动地收起来做你丈夫的赎金。"

克鲁伊的黑脸立即满面生辉,熠熠闪光,犹如一朵乌云在明媚阳光的照耀下变成银白色。

"天哪,太太,您真是太好了。我刚才还琢磨着这事呢。我自己什么都不缺,衣服、鞋都有,每一厘都能省下来。一年有多少个礼拜,太太?"

"五十二个。"希尔比太太回答说。

"天哪!这是真的吗?一礼拜四块钱,一年多少呀?"

"二百零八块。"希尔比太太答道。

"噢!"克鲁伊惊喜地叹道,接着问,"我要多久能筹足这笔钱,太太?"

"大概要三四年吧。不过,克鲁伊,也不必你一个人筹呀,我们也可以添补些。"

"我可不愿听到太太们说去教什么课,老爷说得对,这不行。只要我有一双手,我们家的人就不会到那种地步。"

"别担心,克鲁伊,我会顾全家里的面子的。"

"哦,我原本没什么打算,山姆要把几匹马赶到河边去,他叫我和他一块走,我这就去收拾一下东西。如果太太没意见的话,那我明儿一早就走了。对了,还得麻烦太太写一张通行证和一封推荐信。"

"噢,克鲁伊,如果希尔比先生不反对,我一定会把事情办妥。我这就去和他商量商量。"

希尔比太太上楼去了,克鲁伊大婶欢天喜地地回屋去准备。

乔治走进克鲁伊大婶的小屋时,她正忙着整理孩子们的衣服。"天哪,乔治少爷,你大概还不知道吧,我明天就要到路易斯威尔去了。"

克鲁伊招呼说:"我想了想,还是把妹妹的东西收拾一下,把一切弄得整整齐齐。我可要走了,乔治少爷。每个礼拜四块钱呢,太太答应要把它们攒起来赎我家老头子。"

"唷,"乔治说道,"这可是桩好差事呢!可你怎么去呢?"

“明天我和山姆一块走。乔治少爷，现在您能坐下来写封信给我家老头子吗？对，把这事儿告诉他。”

“那当然，”乔治说，“汤姆叔叔收到我们的信不知会高兴成什么样子呢！我去房间拿纸和墨水。然后呢，克鲁伊大婶，你看我们还可以把新添马匹的一揽子事儿也告诉他。”

“现在就写，开始吧，乔治少爷。你在这儿写信，我去弄点鸡肉和别的菜。唉，你和你可怜的老婶子一起吃饭的机会可不多了。”

21 花开花谢

生命在一天天逝去,对汤姆也不例外。转眼两年过去,尽管他思念着远方的一切,但也从未感到过异常痛苦,因为人的情感就如一架装备完善的竖琴,只有"崩"一声弦都断了,才可能彻底打破和谐之音。当我们追忆那些充满贫困忧愁的日子时,总忘不了每一刻悄然逝去的光阴曾带给我们的那些安慰和乐趣,因此,即使我们不是十分快乐,也不至于特别痛苦。

汤姆在他仅剩的《圣经》上读到了圣徒保罗的故事,他开始学会"在任何处境下都随遇而安了",这对他是一条非常有用的原则,这也与他由阅读《圣经》而养成的深思的习惯很相称。

上一章里我们提到乔治少爷已代为回复汤姆的家信,这封信是用小学生圆体字母写成的,十分漂亮,以至于汤姆称赞道:"即使把信放在屋子的那头,从这头也可以看得一清二楚。"正如我们所知道的,信中提及家里发生的各种各样令人高兴的事情:克鲁伊大婶到路易斯威尔的一家糕饼店做雇工,她将凭手艺挣下一笔钱,这笔钱会全部储存起来做他的赎金;莫塞和彼得长得很快,在萨莉的照料下,小女娃已经能满院子跑了。

汤姆的小木屋暂时上了锁,不过乔治在信上又说了,等到汤姆回来,他们就将小木屋重新布置一番,并对如何装饰扩建都作了一番绘声绘色的描述。

乔治还在信尾罗列了学校的各项科目,每一科目都用大写的花体字母开头。另外,乔治还把新添的四匹小马驹的名字告诉汤姆。同一段里,也提到他的父母身体很健康。这封信其实简单明了,可在汤姆眼中却是当今文章中最美妙的一篇,他看了一遍又一遍,简直是爱不释手,甚至和伊娃商量是不是该镶在镜框里把它挂起来。只是,这项工程有一个障碍,信的正反两面没法同时看到。

随着伊娃的逐渐长大,她和汤姆的友谊也日渐加深。伊娃在汤姆这位忠实温柔的仆人心中的神圣地位简直难以用语言来表达。汤姆一方面把她当作一个凡间的孱弱的孩童加以爱护,一方面又把她当作天上圣洁的天使加以崇拜。他敬慕而温柔的眼神望着她时,就像一个意大利水手凝视着自己的小耶稣神像。全心迎合伊娃的种种雅致的情趣，满足她成百上千种单纯可爱的向往，这是汤姆莫大的快乐。伊娃的种种憧憬就像一道彩虹一样照耀着她的孩童世界。汤姆变着法儿更换伊娃桌上的摆设，不时为她插一些奇异的花束。汤姆每天清晨到集市时，眼睛总盯着那些鲜花店，回去时，他就满载着为伊娃精心挑选的桃花或是香橙花。每当汤姆远远地看见伊娃从大门内探出金黄色的可爱的小脑瓜，天真烂漫地问道："噢，汤姆叔叔，今天你给我带了什么？"时，总是欣喜若狂。

伊娃的热情也不亚于汤姆，她处处为汤姆效劳。别看她还是个孩子，朗读起文章来却美妙悦耳。良好的音乐感受力、敏感诗意的想象力和对神圣崇高的事物的天生的向往使得她读起《圣经》来格外优美动听，汤姆还从未听过有谁读得像她这样棒的。起初，伊娃读《圣经》只是为了让这位出身卑微的朋友开心，可没多久，她自身真诚的天性显露出来，被这本神圣的经书所深深吸引。伊娃酷爱这本书，因为它在她小小的心灵中所唤起的神奇的向往和一些强烈而模糊的情感，是大多数富于激情和想象力的孩童所喜爱的一种心灵体验。

伊娃在生活中最喜欢的是《启示录》和《预言书》，书中朦胧缥缈而又无比神奇的意象，热情洋溢的语言，正因为她不能完全理解，所以印象尤深。伊娃和她那位淳朴的朋友，一个老孩子，一个小孩子，有相同的感觉。他们只知道书中所描述的是天国里的荣光，他们的心灵为之欢欣鼓舞，却说不出为什么会这样。可是，在精神领域里，人们无法理解的东西并非一无是处，尽管自然科学上并非全然如此。这是因为，当一个人的灵魂在两个模糊的永恒点（永恒的过去和永恒的现在）之间苏醒过来时，周围的一切是那么陌生，让人毛骨悚然，惊颤不已。光明只照到他周围一小块地方，他必然十分渴望遥远的未知世界。透过灵感的雾柱，他听到人声喧哗，看到人影摇曳，这些与他内心的企盼遥相呼应，那些神秘的景象犹如刻有无人辨识的象形文字的符咒和瑰宝。他将这一切深藏于心，殷切等待有一天能穿越这层雾障，细致地加以辨认。

故事进行到这儿，圣克莱尔一家已暂时迁居到庞切特雷恩湖滨的别墅去了。所有能离开那闷热而肮脏的城市的人们，都受不住炎炎夏日而躲到湖滨去享受清爽的凉风去了。

圣克莱尔一家暂住的避暑之所是一幢东印度式的小型别墅，它的四

周用竹子编成精致的回廊，可通向各处花园和游乐场所。别墅的公共起居室正对着一座大花园，园子里来自热带地区的奇花异草争相斗艳，园中有几条小路蜿蜒而至湖滨，湖水在阳光照耀下波光粼粼，宛如无数条小鱼在欢呼跳跃——这实在是一幅瞬息万变、美妙无比的图画。

此刻正是日落时分，霞光万丈，地平线上金光灿烂，碧水中倒映出另一面天空，湖面上荡漾着一道道绯红或金黄色的波纹。点点白帆，如幽灵般荡来荡去，小小金星在灿烂的光辉中频频眨眼，俯身看自己在湖面上不断跃动的倒影。

花园里地势偏低的一顶藤萝架下，有一张长着青苔的小石凳。一个礼拜日的黄昏，汤姆和伊娃坐在这张石凳上，伊娃的膝盖上摊着一本《圣经》，她念到："我望见一平如镜的海面，火焰跳跃，闪烁其中。"

"汤姆，"伊娃忽然指向湖面，"那不就是吗？"

"你说什么呢，伊娃小姐？"

"你没看见吗，汤姆？"那孩子说着，一手指向那玻璃般的湖面。湖水上下波动，反射着天空中金色的光芒。"那不就是有火焰跃动的镜面吗？"

"可不是吗，伊娃小姐。"汤姆说，接着唱道：

噢，如果我有清晨的翅膀，
我会飞向那迦南海岸；
圣洁光明的天使啊，
请把我送回我的家乡，
那个叫新耶路撒冷的地方。

"你知道新耶路撒冷在什么地方吗，汤姆叔叔？"伊娃问道。

"嗯……在天空的云彩里，伊娃小姐。"

"那我就能看见它，"伊娃说，"你看那些云彩，它们看起来就像珍珠镶嵌而成的一扇扇大门，透过它们，可以看到很远很远的地方。噢，金光闪烁。来，汤姆叔叔，唱首《光明天使》吧。"

汤姆就唱起这首美轮美奂的赞美诗来：

我看见一群光明天使，
享受着天国的荣光；
身着纤尘不染的白袍，
手拿象征胜利的芭蕉。

“汤姆叔叔，我看见天使了！”伊娃说。

汤姆一点都不怀疑，连惊诧都没有。假使伊娃说她曾光临过天堂，汤姆也会相信的。

“这群天使呀，我在梦中经常看见他们。”伊娃的眼睛渐渐变得迷离，如梦幻一般，她轻声哼唱：

身着纤尘不染的白袍，
手拿象征胜利的芭蕉。

“汤姆叔叔，”伊娃说，“我要到那里去。”

“去哪里，伊娃小姐？”

那孩子站了起来，小手指向天空。此时，晚霞照耀着她金黄色的头发和粉红的脸颊，呈现出圣洁的光辉。伊娃的目光热切地投向空中。

“我去那儿，”她说，“我去光明天使那儿。汤姆，我不久就会去。”

忠心耿耿的仆人霎时觉得撕心裂肺般痛楚。他想起这半年来，小姑娘的手越来越纤瘦，皮肤越来越透明，呼吸也越来越急促。以前她在花园里嬉戏玩耍，一闹就是几个钟头，可现在没玩多久就疲乏无力了。汤姆常听奥菲丽娅小姐提到伊娃的咳嗽用什么方子都不见效，就是现在，她滚烫的脸颊和小手还发着潮热呢。想到这些，汤姆似乎才领悟到伊娃话语的真正含义。

世上有过伊娃这样的孩子吗？有的，可他们的名字只出现在墓碑上。这些孩子甜美的笑容、圣洁的眼眸、不凡的谈吐都已像宝藏一样，深埋在人们眷念的心里。多少家庭流传着同样的故事啊！活着的人们的全部美德和优点，同某一个去世的亲人的不同凡响的美德比起来，多么微不足道啊！仿佛有那么一群特殊的天使，他们的使命只是在尘世间逗留一段时间，让误入歧途的心靠近他们，以便升天时把他们带回天堂。你若是看到一个孩子有着与众不同深邃而有灵性的目光，有着超出一般孩子之上的温柔聪慧的话语，请别指望留住这个孩子，因为天国的印鉴已盖在这孩子身上，永恒的灵光已在这孩子眼中闪现。

亲爱的伊娃，你就要走上回家的旅程，可是你的至亲仍然蒙在鼓里。

突然，奥菲丽娅一阵急切的叫唤，打断了汤姆与伊娃的谈话。

“伊娃，伊娃！你这孩子，下露水了，不能再呆在花园了。”

伊娃和汤姆急忙往屋子里跑去。

奥菲丽娅是一个富有经验的护理能手，她从小在新英格兰长大，对于缓慢而可怕的疾病的侵袭最熟悉不过，这疾病曾夺走了人世间最美丽可爱的生命。当你还没来得及发现有一根生命线已经断裂时，死亡的印记已无可挽回地盖在了他们身上。

奥菲丽娅小姐早就注意到了伊娃轻微的干咳，日渐明亮起来的脸颊。即使伊娃眼睛里光芒闪烁，可那由发烧而引起的虚飘的兴奋劲却逃不过奥菲丽娅小姐的眼睛。她把这忧虑告诉了圣克莱尔，可他却急躁不安地把她的疑虑给顶了回去，和他平常那种满不在乎或和颜悦色的态度不大相同。

“别再说这种不吉利的话了，姐姐，我讨厌这个。”他总是说，“你不是说孩子在长身体吗？孩子长个的时候，总会瘦一些的。”

“可是她老干咳呀！”

“噢，干咳？就算有一点，也没什么大不了的，也许是着了凉了。”

“可是，伊莉查·简，还有埃伦、玛丽亚·桑德思都因为这个送了命呀！”

“噢，别再提那些护理人员谣传的恐怖事件了。你们这些护理老手啊，就是过于敏感自负了。孩子们不能咳嗽、打喷嚏，一有点事儿就惶惶不安。我想你只要好好照顾孩子，不让她接触夜晚的冷空气，不准她玩得太累，就不会有事的。”

可是圣克莱尔虽然嘴上这么说，心里却越来越紧张和不安了。他每天都反复强调：“这孩子好得很呢。”“这点咳嗽不算什么。”“她只是肚子有点小毛病，孩子们都是这样。”单就这一点，就可以看出他内心的焦虑。他陪伴孩子的时间长了，带她出去兜风的次数也增多了。隔不了几天，他总是带回个药方或补药，嘴上却说：“这孩子并不需要这个，可吃吃总没坏处。”

说起来，最让圣克莱尔感到痛心的是孩子的思想和感情一天天成熟起来。一方面，伊娃还保留着孩子耽于幻想的天性；一方面，她又时不时冒出一些让人诧异的、超凡脱俗的智慧的话语，听上去就像是圣谕一般。每当这种时候，圣克莱尔总是悚然若惊地一把揽住伊娃，仿佛这样无限的疼爱就能挽救她一样。他内心里涌出一股强烈的愿望，一定要保住这孩子，不让她离去。

伊娃的心思全部放在了做善事上。她一贯慷慨宽容，近来又增添了一种女性特有的体贴温柔，让人感动。她还是和托普西及其他黑孩子们一起玩耍，只是现在更多的是站在一边看他们玩，并不亲自参加游戏。伊娃通常一坐就是半个钟头，先是含笑看着伙伴们奇特的恶作剧，后来脸上就蒙上了一层阴影，她的目光逐渐迷离，思绪也飘远了。

"妈妈，"有一天她突然对她妈妈说，"为什么我们不教仆人们看书呢？"

"什么话！你这孩子，可从来没有人这样干过呢！"

"为什么？"伊娃问道。

"因为读书对他们毫无用处，一点儿也不能让他们把活儿干得更出色。要知道，他们生来只是干活的。"

"可是，妈妈，他们应该懂得《圣经》，了解上帝的旨意。"

"有别人跟他们念就足够了。"

"妈妈，可是我觉得每个人都要能自己弄懂《圣经》，即使没人读给他们听，他们也非常需要的。"

"伊娃，你真是个古怪孩子。"她母亲说道。

"奥菲丽娅小姐就教托普西读书认字。"伊娃继续说。

"是啊，可你也看到这样做的好处了吧？托普西可是我见过的最刁钻可恶的小鬼了。"

"还有可怜的妈咪，"伊娃说道，"她顶喜欢《圣经》了，多希望自己能读懂它啊！我不能念给她听的时候，她该怎么办呢？"

玛丽一边翻弄抽屉，一边回答说：

"好了，伊娃。除了给仆人念《圣经》外，你慢慢会有许多事情要考虑的，哪里顾得上这个呢。我并不是反对给仆人念《圣经》，有空的时候我也那么做；可是，要是你得打扮得漂亮出去应酬时，就没那个闲工夫了。看看这个，"她继续说，"看这些珠宝，以后你进入社交场合，它们就是你的了。我第一次参加舞会就是戴这个。告诉你，伊娃，那天我可引起了不小的轰动呢！"

伊娃拿起珠宝盒，从中取出一条钻石项链，若有所思地望着那些流光溢彩的钻石。她的心思显然不在这上头。

"这些值很多钱吧，妈妈？"

“当然，这些都是你爸爸特地让人从法国带回来的呢！它们可是一笔不小的财产。”

“我希望，”伊娃说，“我能用它做点事情。”

“你想做什么呢?”

“我想把它们卖掉，然后在自由州买一块土地，再把我们家的仆人都带到那里去，我还会雇老师教他们读书认字。”

伊娃的话被她母亲的笑声所打断。

“我要教他们阅读《圣经》，让他们能看懂别人写给他们的信，”伊娃肯定地说，“我知道，起初这对他们很难，好像他们真的没法对付，汤姆是这样想的，妈咪也这样想，他们中的许多人都这么想，可我不那么认为。”

“好啦，好啦，伊娃，你只是个孩子，这些你不懂，”玛丽说道，“你说话老惹得我头疼。”头疼是玛丽的护身法宝，只要谈话不称她的意，她就像搬救兵一样把它亮出来。

伊娃悄悄溜出了房间。打那以后，她就开始全心全意地教妈咪识字了。

22 恩瑞克的承诺

圣克莱尔一家在湖滨度假期间，圣克莱尔的哥哥艾尔弗雷德带着他十二岁的长子来和他们相聚了一两天。

圣克莱尔和艾尔弗雷德这对双生子在一起构成了一幅称得上世界上最奇特美好的画面。同胞的血源天性并没让他们俩有任何相似之处，反而让他们俩迥然不同。尽管如此，仿佛有一根神秘纽带的维系，兄弟俩的手足之情要甚于一般兄弟。

他们经常手挽着手在花园里散步。奥古斯丁生着一对蓝眼睛，满头金发，体态优雅柔和，相貌上显出生气勃勃的样子；艾尔弗雷德则长着一对黑眼睛，罗马人般傲慢的面容，四肢威武有力，做事雷厉风行。尽管兄弟俩常常攻击嘲笑对方的言行，可这丝毫不影响他们血浓于水的亲情。事实上，仿佛正是兄弟俩之间的差异才把他们结合得更紧，正如磁极的异性相吸一样。艾尔弗雷德的大儿子恩瑞克有着王子般的尊贵高雅，他和其父一样是黑眼睛，精神焕发，神采飞扬，他从见到堂妹伊娃的第一刻起，就被她的绰约的风姿所吸引。

伊娃有一匹心爱的小马驹，浑身洁白如雪，这匹小马温顺之极，恰如它的女主人。骑上它有躺在摇篮里的平稳舒适之感。这时，汤姆牵着它到后面的走廊去了，另外一个约摸十二岁左右的第一代混血男孩儿也牵着一匹马走过来，他牵的是小黑马，价格昂贵，是不久前特地从国外买来送给恩瑞克的。

恩瑞克对他新得的小马驹有种男子汉般的骄傲之感，他走上前从马童手里接过缰绳，上上下下检查他的小马，突然，他眉头一皱，面色沉了下来，说：

“这是什么，多多？你这懒鬼，今天早上你没把马刷干净吧？”

“刷干净了，少爷，”多多怯生生地答道，“灰是它自己刚粘上去的。”

“混账！闭嘴！”恩瑞克说着，怒气冲冲地扬起鞭子，“你竟敢跟主人顶嘴？”

那小马童是个漂亮的混血儿，一双明亮的眼睛，和恩瑞克差不多的个

头,光洁的额头上覆着一层卷曲的头发。当他开口申辩时,面孔挣得通红,眼睛也闪着光。看得出,这孩子身上有白种人的血统。

"恩瑞克少爷,"多多刚张嘴,恩瑞克的鞭子已经狠狠抽在他脸上,同时他的胳膊也被拽住,硬生生被摁跪在地上。恩瑞克没命地抽打起来,直抽得他自己都气喘吁吁的。

"哼,你这个放肆的贱货!这回你该知道不该回嘴了吧?把马牵回去,重新刷干净!给你点颜色,看你还明不明白自个儿的身份!"

"少爷,"汤姆说道,"我猜多多想告诉你他把马牵出来时,马自己打了个滚。要知道,这马精神着呢,它身上的灰是它自己沾上的,我亲眼看见多多刷过马。"

"没问你就别插嘴!"恩瑞克说道,转身踏上台阶,向站在那儿身穿骑士服的伊娃打招呼:

"亲爱的妹妹,真抱歉,这蠢驴让你久等了吧!"他说,"我们在这张凳子上坐着等他们吧。咦,你怎么闷闷不乐呀,妹妹?"

"你怎么能对多多那样残忍粗暴?"伊娃说。

"残忍,粗暴?"恩瑞克惊讶地问,"你这话是什么意思呀,亲爱的伊娃?"

"你再这样,我就不允许你叫我亲爱的伊娃了。"

"亲爱的伊娃,你不了解多多,他就会撒谎,找借口,只有教训他,不准他开口,这才治得住他。祖父就是用这个方法对付黑奴的。"

"可是,汤姆叔叔是从不说谎的。"

"那他可是个非同一般的老黑鬼啰!"恩瑞克说道,"多多说起谎来可是和说话一样快的。"

"你对他那样厉害,他被你吓得也会说谎呀!"

"哎,伊娃,你要是那么喜欢多多,我可要妒忌了。"

"谁让你打他,还冤枉他?"

"哼,该教训的就得教训,否则,他就更张狂了,挨几下对他来说是家常便饭咧!你可不知道,这家伙精着呢!不过,如果你要是看了心烦,下次我不在你面前打他就是了。"

伊娃并不满意,但她也知道要使她英俊的堂兄理解她的心思是徒劳的。

多多很快牵着马驹过来了。

“不错，多多，这一次你干得很漂亮。”恩瑞克比先前温和了，“过来牵住伊娃小姐的马，我扶她上去。”

多多过来牵住伊娃的小马驹。他满脸愁云，眼睛红红的，看样子是刚哭过。

恩瑞克为女士效劳可谓是殷勤熟练，颇有绅士风度，他自己也颇为此自负。他把他美丽的堂妹扶上马，把缰绳收过来，交到伊娃手里。

可是，伊娃却朝着多多站的那一侧俯下身去。当多多把缰绳交给她时，她说：

“多多，你真是个好孩子，谢谢你！”

多多惊讶地抬起头来，看到了一张甜美可亲的脸，他的双颊又荡开了红晕，眼圈里泪水直涌。

“过来，多多，这是五分钱，你拿去买糖吃吧，”恩瑞克说，“走吧。”

恩瑞克跟在伊娃的马后，顺着小路缓缓向前走去。多多站在原地，目送着他们的背影远去。这两个孩子，一个给他钱，一个给了他更迫切需要的东西——一句亲切和蔼的话。多多这孩子离开他的母亲才几个月，他是在一家奴隶交易所被买下来的，因为他生得漂亮，正好用来做马童配那匹漂亮的小马驹。现在，他正在主人手下接受调教呢。

多多被打的时候，圣克莱尔兄弟正在花园的另一头，把这一幕尽收眼底。

奥古斯丁面色微红，但他只是以惯常的那种讥讽和漫不经心的口吻说道：

“我想，这就是所谓的共和主义教育吧，艾尔弗雷德？”

“哎，恩瑞克这孩子火气一上来，简直像个小魔王。”艾尔弗雷德的口气显得满不在乎。

“你大概认为这对孩子来说，是一种挺有意义的锻炼呢！”奥古斯丁冷冷地说。

“话也不是这么说。恩瑞克是个火暴脾气，我可拿他没办法，我和他母亲早就不管他了，随他去。不过，话又说回来，多多实在是个十足的小精怪，怎么打也打不服。”

“共和主义教育开篇明志的话就是‘人人生而自由、平等！’你就是这

样教育恩瑞克的吗?”

“呸,”艾尔弗雷德不屑地说,“汤姆·杰斐逊这句法国风味的骗人的鬼话居然还在我们中间流传,简直是荒唐可笑!”

“我想也是。”圣克莱尔意味深长地说。

“因为,”艾尔弗雷德说,“很显然的,事实上,人人生来既不自由,又不平等。依我说,共和主义的那套言论一半是荒谬透顶的,只有那些出身高贵,受过良好教育,举止高雅又富于聪明才智的人才能享受平等的权利,下等人是绝对不行的。”

“可是你没法让下等人信服呀!”圣克莱尔说,“在法国,他们曾一度当权呢!”

“所以我们必须把他们打倒在地,让他们永无翻身之日! 就像我这样……”说着,艾尔弗雷德一只脚狠狠地踩在地上,好像踩在某个人的身上。

“一旦他们翻身,那可要天翻地覆呀!”奥古斯丁说,“比方说,圣多明戈就是如此。”

“呸,”艾尔弗雷德说,“所以说,这种事在我们国家就得禁止。目前,有一种说法特别风行,说是要教育黑奴,提高他们的地位。对此,我们就得坚决抵制。下等人决不能接受教育。”

“现在来说是不大可能了,”圣克莱尔说,“教育是非受不可了,关键是怎么教育,我们以前的教育宗旨只能把他们引向野蛮残暴,断绝人的善良的天性,把他们变成凶猛的野兽,一旦他们占了上风,他们就会用同样的方法对付我们。”

“他们永远也占不了上风。”艾尔弗雷德似乎非常自信。

“对,”圣克莱尔说,“把锅炉烧得滚烫,关紧安全阀门,再坐在阀门盖上,看你会怎么收场?”

“好,”艾尔弗雷德说,“那就等着瞧吧。只要锅炉坚固,机器运转正常,我就敢坐在安全阀门盖上。”

“哼,路易十六时代的贵族老爷们可和你想的一样,现在奥地利的庇护九世也这么想。看着吧,总有那么一天,早晨醒来,发现锅炉爆炸,你们这帮人都得在空中相遇。”

“用时间来证明一切吧!”艾尔弗雷德笑着用拉丁语说道。

“我告诉你，”奥古斯丁正色道，“我们这时代如果还有什么力量像圣谕一般不可违抗的话，那就是人民大众的力量！下层阶级必将站起来，成为上层阶级。”

“哼，又在宣扬你那套红色共和主义的东西了。奥古斯丁，你怎么没去搞政治演说呢——你肯定能成为著名的政治演说家的。不过，但愿你那些肮脏的民众站起来主事的时候，我已经作古了。”

“且不管肮脏不肮脏，只要时机一到，他们肯定会反过来统治你们的。”奥古斯丁说，“而且，他们会以其人之道还治其人之身。法国的统治者不让群众穿裤子，结果呢，他们结结实实享受了一下不穿裤子的滋味。海地人民——”

“够了，奥古斯丁。一谈起讨厌的海地人就没完没了！海地人不是盎格鲁—萨克森人，如果是的话，情况就大不一样了，盎格鲁—萨克森可是世界上最优秀的民族，永远都是。”

“那好啊！我们的许多奴隶身上正流着盎格鲁—萨克森人的血液呢！”奥古斯丁抓住了话柄，“他们中有些人只有很少一点的非洲血统。因此，你得明白，他们和我们一样，有坚定不移的信念和深谋远虑的才能，只是多一点热带人的火气。一旦圣多明戈那样的时刻来临，他们身上的盎格鲁—萨克森的血液就会马上起作用的。他们是白种人的后代，我们身上的傲气，他们也有，他们不会永远像现在一样甘于被买卖交换。总有一天他们会揭竿而起，从此扬眉吐气的。”

“荒谬，简直是一派胡言！”

“喏，有句古话说得好：诺亚的日子怎样，将来的日子也怎样，人们吃喝住行，辛勤劳作，可洪水一来，把一切都冲毁了！”

“奥古斯丁，没想到你还真的有成为巡回牧师的天赋呢！”艾尔弗雷德笑着说，“你不用替我操心，权力在我手中，我稳操胜券呢！这个寄生虫样的民族，”他又狠狠跺了一下脚，说道，“现在被踩在我们脚下，将来也会如此。我们的武力足以对付他们。”

“当然，像恩瑞克这样受过训练的子孙肯定会为守护你们的阵地而冲锋陷阵的啰！”奥古斯丁说道，“冷静沉着，常言不是说了吗，‘不能律己者不能治人。’”

“这确实是个麻烦，”艾尔弗雷德若有所思地说，“毫无疑问，我们现行

的制度很难将孩子培育好，对孩子太放纵了。你知道，南部的气候本来就让人火气冲天的，我拿恩瑞克真是没辙。说实话，这孩子慷慨大方，乐于助人，就是性子暴烈，发起脾气来像个火药桶一样。我想该把他送到北方去受受教育，北方比较崇尚服从，他可以和本阶级的人接触多些，少和奴隶们打交道。”

“既然教育是人类最主要的工作，而我们现在的教育制度又如此不妥，照这样看来，这实在是个值得深思的问题。”奥古斯丁说。

“不可否认，我们的制度在有些方面是不够妥当，”艾尔弗雷德说道，“但也不是一无是处呀！起码，它能把孩子们训练得勇敢果断，而下等民族的孩子正与此截然相反，这可是他们最大的缺陷。撒谎和欺骗已经成了奴隶们的普遍标志，我相信在这种情况下，恩瑞克对于诚实肯定有了更深的理解。”

“不容置疑，这是一种非常符合基督精神的见解。”奥古斯丁说。

“不管符不符合基督精神，这是事实，和许多事情比起来，在符合基督教义方面也不相上下呢！”艾尔弗雷德说。

“或许是吧！”圣克莱尔说。

“好了，不谈了，奥古斯丁，你瞧，我们在老问题上已经转了不下五百个圈子了。下一盘十五子棋，你看如何？”

这对孪生兄弟走上台阶，在走廊里的一张竹几两旁坐了下来。这竹几小巧玲珑，上面摆着个棋盘，兄弟俩在摆棋子的时候，艾尔弗雷德又开口了：

“我说，奥古斯丁，如果我有你这种想法，就会付诸行动。”

“这我毫不怀疑——你是个行动家，可是，能干些什么呢？”

“哟，你可以切实提高黑奴的地位嘛！”艾尔弗雷德的口气颇带嘲讽。

“为那些重重压迫之下的黑奴提高地位，这和把整座埃特纳火山先压在他们身上再叫他们站起来有什么两样？如果社会上不采取一致行动，单枪匹马地干是成不了气候的，只有教育成为全民的教育，或者汇合一大批志同道合的人，这局面才有可能改观。”

“你先下吧。”艾尔弗雷德说。于是，兄弟俩很快进入棋局，直到“得得”的马蹄声在走廊里回响起来。

“孩子们回来了。”奥古斯丁一面说，一面已站了起来。“看哪，阿尔夫，你见过这么美的图画吗？”这确实是一道令人赏心悦目的景致：恩瑞克额头清亮，头发乌黑如墨又不失光泽，脸蛋灿若明霞。兄妹俩一路骑马过来，恩瑞克侧身向着美丽的堂妹，正开怀大笑。伊娃是蓝色的骑装，蓝色的帽子，运动之后显出生气勃勃，那透明的皮肤和一头金发越发显得美丽动人。

“天哪！这可是个倾国倾城的女子哪！”艾尔弗雷德赞叹道，“奥古斯丁，不瞒你说，以后不知多少人会为她心碎哩！”

“一点没错！老天知道，我有多么担心！”圣克莱尔突然痛苦地说，跑过去把伊娃从马背上抱下来。

“伊娃，小宝贝，你不会太累吧？”他一边说，一边紧紧地把她搂在怀里。

“哦，爸爸，我不累。”伊娃回答道，可是她急促而沉重的呼吸立刻让她父亲警觉起来。

“亲爱的，你怎么能骑得这么快呢？这对身体有害啊！”

“没事儿，爸爸。我觉得身体好极了，而且骑马让我快活，什么都忘了。”

圣克莱尔把她抱入门厅，放在沙发上。

“恩瑞克，你得好好看着她，千万别把马骑得太快。”

“我会好好照顾她的。”恩瑞克坐到沙发边，握住伊娃的小手。过了会儿，伊娃缓过劲来了，圣克莱尔兄弟俩才离开去下棋，屋子里只剩下两个孩子。

“伊娃，我爸爸只打算在这儿呆两天，你知道吗，这让我很难过，因为不知道要多久才能再见到你。如果我能和你在一起，我肯定会好好的，不打多多，不惹你生气。我不是故意打他的，只是因为我脾气太急躁了。其实，我对多多并不坏，我老是给他五分钱。你看，他穿得也不差，我想他过得还是蛮不错的。”

“如果你身边没有一个人爱你，你会感到很富有吗？”

“我？当然不会啰！”

“你把多多买下来，他远离亲人，现在身边又没有一个人爱他；你还说对他好，这叫哪门子的好呢？”

“可是，我也没办法呀！我又不能把他妈妈也买过来，我自己又不能

爱他。我看,别的人也不会爱他吧!”

“为什么不能爱他?”伊娃问道。

“爱多多?!伊娃,你也不会让我这么干的,我可以很喜欢他,但是,人们是不会爱他们的仆人的。”

“我就爱他们。”

“这真不可思议。”

“《圣经》上不是说了吗,我们必须爱每一个人。”

“噢,《圣经》上的说法可是不计其数,但是人们不可能每条都照着做,从没有人这样干过。”

伊娃不再吱声,只是沉思了片刻。

“不管怎么说,”她说,“亲爱的哥哥,请你看在我的分上去爱多多,对他好一点吧!”

“亲爱的妹妹,要是为了你的话,我什么都会去爱的,因为你是我见过的最可爱的小天使!”恩瑞克热切地表白着,英俊的脸庞激动得通红。伊娃天真地听着,脸上的表情并未变化,她只是说道:“我非常高兴,恩瑞克,希望你能记住对我的承诺。”

开饭铃响了,兄妹俩停止了交谈。

23　不祥之兆

两天之后，圣克莱尔兄弟依依话别，就此分开了。伊娃的身体状况越来越差了。这两天，有小堂兄作陪，她玩得实在是太累了，根本没法支撑。最后，圣克莱尔不得不找医生来诊治，以前他总是逃避着，怕这样做就等于宣布一个他不肯接受的事实。

开始一两天，伊娃非常难受，卧床不起，圣克莱尔赶紧找来了医生。

玛丽·圣克莱尔却从未注意到自己女儿的身体已日渐衰弱。她疑心自己一定是得了某种新的疾病，因此一门心思扑在研究两三种新病的症候上。她的第一信条是，没有人像她那样饱尝病痛的煎熬了。每当有人告诉她周围的某个人得了疾病，她总是生气地顶回去，在她看来，那个人不是真生了病，只是懒病发了，或只是浑身无力而已，如果让他们来尝受一下她的痛苦，那他们就马上会发觉这两者之间有天壤之别了。

奥菲丽娅小姐曾几次试图唤起玛丽的母爱，但都毫无用处。玛丽总是说："我看不出这孩子有什么不对劲，她满屋子跑，玩得很起劲呀！"

"可是她总是咳嗽呀。"

"咳嗽！你可别跟我提咳嗽，我可是从小咳到大，一直没断过。小时候家里人还以为我得了肺结核呢，妈咪没日没夜地守着我。喏，伊娃这点咳嗽只是小意思。"

"可她现在身子骨越来越弱，呼吸也越发短促了。"

"老天，我没哪年不是这样的。她只是有点神经衰弱而已。"

"可是她夜里老出冷汗！"

"哦，我这十来年也是这样的，经常连着几晚出汗不止，衣服湿得都拧得出水来，睡袍也是湿得连一根干纱都没有，喏，被子还老让妈咪拿出去晒才行。伊娃出汗没我厉害吧！"

奥菲丽娅从此缄口不提这事。但现在伊娃已经大病不起了，医生也请来了，玛丽又换了副腔调。

她说，她早就感觉到自己命中注定是个苦命的母亲，自己多病多灾还不算，现在就连唯一的宝贝女儿也眼见着一步步挨向坟墓。因为新受了

刺激，玛丽夜夜呼叫妈咪，白天也是吵吵嚷嚷，无片刻安宁。

“亲爱的玛丽，你别这样！”圣克莱尔说，“你不能这么早就绝望。”

“你哪里懂做母亲的心思？你从来没理解过我，现在也一样！”

“可是你别那么吵呀，好像伊娃已经无可救药了一样。”

“我可不像你那么无动于衷呀！唯一的一个孩子，现在病成这个样子，不失魂落魄才怪呢！这个打击实在太大了，我真的无法承受啦……难道我受的那些罪还不够吗？”

“伊娃的身体一向很娇弱，我很清楚这一点。现在她又在长个子，体力消耗更多了。她的健康状况的确让人担忧，但是这一次病倒可能只是因为天气太热了，再加上和恩瑞克玩得过了头。医生不是说还有希望吗？”

“你总是能发现事情光明的一面，那就盲目乐观去吧！感觉麻木的人活在这世上真有福气！我要是不那么敏感就好了，也不会这样伤心欲绝。但愿我也能像你们这些局外人一样高枕无忧！”

他们这些“局外人”有充分的理由作同样的祈祷。玛丽以这新的痛苦为借口，对周围的人都大加折磨，在她看来，周围的人都是麻木不仁、铁石心肠之人，他们说的任何话、做的任何事都不称她的心，都证明他们冥顽不灵，视她的痛楚于不顾。可怜的伊娃听到她母亲的话，哭得泪人一般，她一方面是同情母亲，另一方面又为给母亲带来如此巨大的痛苦而感到伤心。

有一两个礼拜，伊娃的病情似乎大为好转，其实这只是暂时表现为平静的假象，即使在濒死的边缘上，回光返照的现象还经常咬噬着亲人们焦灼不安的心灵。有一阵子，伊娃又出现在花园里、走廊上，她又嬉闹着，她的父亲欣喜若狂，宣称不久将重新看到一个和别的孩子一样健康活泼的伊娃。只有奥菲丽娅小姐和医生们并不乐观，此外还有一颗心灵也有相同的感觉，这就是伊娃那幼小的心灵。是对生命正在消逝的本能的体察呢，还是临近永恒时灵魂不安的骚动，那么清晰，却那么平静地告诉伊娃，她在凡尘的时间已经不多了。不管它是什么，她心里已经确定无疑：离天国的路不远了。可是，这种死亡的预感却并不可怕，反而是温馨宁静的。就像落日余晖中的那种悠远，又像秋日般的雅致素净，伊娃那稚嫩的心灵会找到它永恒的归宿，它现在的不安只是因为要离开深爱她的人而感到悲伤。

伊娃尽管从小娇生惯养，占尽亲情，享受富贵，前途美好，却并不对她自己即将离世而怀恨抱憾。

伊娃和她淳朴的老朋友曾经无数次地阅读《圣经》，她把那热爱孩子的基督的形象深深铭记在心里。只要她闭目一想，脑中那邈远模糊的形象就真实清晰起来，成为活生生、无处不在的现实。基督的爱，包围着伊娃，缠绕着她的心，这种来自天国的温情没有世俗的任何情感可与之比拟。基督那里，伊娃说，正是她要去的地方，正是她的家园。

可是，伊娃又对即将抛开的一切恋恋不舍，特别是她的父亲。尽管她没有明确地想过，但还是本能地感觉到父亲的爱比别人的爱来得更深沉宽厚。伊娃也爱母亲，因为她自身充满爱心，但玛丽种种自私的行为却刺伤了她，让她困惑不解。因为孩子们还不能完全明辨是非的时候，总觉得母亲所做的一切都是无可厚非的，伊娃也不例外。母亲身上的某些东西让伊娃永远也猜不透，她感到迷惘，但是转念一想，她是母亲呀，也就释然了。伊娃确实是深深爱着自己的母亲的。

伊娃同样放不下那些爱她的，把她奉为光明和太阳的忠实的仆人。孩子们都是不善归纳总结的，但伊娃却是与众不同的早熟的孩子，在她的思想的海洋里，先前所目睹的种种奴隶制的罪恶总是历历在目，一遍遍游过。她模模糊糊地意识到应该为奴隶们做点什么，不只是家里的仆人，还有所有处在相同境遇下的奴隶。这种种美好的企望与她目前日益憔悴消损下去的身子形成了鲜明可悲的对照。

一天，当伊娃给她的老伙伴汤姆读《圣经》时，她说："汤姆叔叔，我明白了基督为什么愿意为我们而死。"

"为什么呢，伊娃小姐?"汤姆问道。

"因为我也有这样的愿望。"

"你说什么呀，伊娃小姐，我怎么一点都不明白?"

"我也说不清楚。记得你那次坐船到南边来，我看见船上的那些黑人，他们有的失去了母亲，有的失去了丈夫，有的母亲为他们可怜的孩子的命运而哭泣……还有那次听说普吕的事情，还有，还有好多次……这真可怕呀！我不止一次地想，如果我死了，而这些痛苦就能消失的话，那我很乐意去死。真的，汤姆，我愿意为他们而死，如果我能的话。"这孩子诚挚严肃地说着，把纤瘦的小手放在汤姆的手上。

汤姆满心敬畏地看着这孩子。伊娃听到她父亲的叫声跑开了。汤姆看着她单薄的背影，止不住地去擦拭眼角的泪水。

过了片刻，他遇到了妈咪，对她说："不可能再留住伊娃了。上帝的印记已经烙在她额头上了。"

"唉，谁说不是呢，"妈咪说着，举起双手，"我总是这样说，这孩子就不像个在尘世里能呆得久的孩子，她的眼睛总是很深。我跟太太说过很多次了，这次终于应验了，哎，人人都看得出来，亲爱的幸运的小羊羔啊！"

伊娃蹦蹦跳跳地向她父亲走去。正值暮晚时分，夕阳的余晖在她身后形成了一道光环，伊娃身着白裙，披着一头金发，脸颊绯红，她的眼睛因为体内发热而异常明亮。

圣克莱尔望着女儿慢慢靠近，她在夕阳中的形象让他突然有心如刀割的感觉，人世间竟然有这种美，美得如此炫目，又美得如此脆弱！他本来是让她过来看为她买的小塑像的，现在却全忘了，只顾一把将伊娃揽在怀中。

"伊娃，我亲爱的宝贝，这几天你感觉好些了，是吧？"

"爸爸，"伊娃突然坚定地说，"我有好多事情要告诉你，现在我身体很好，就说出来吧！"

伊娃在她爸爸的膝头坐了下来，圣克莱尔不禁浑身打颤。她把头靠在他胸口，缓缓地说：

"爸爸，我是不用瞒你的，我就要离开你了，永远也回不来了。"伊娃哽咽起来。

"哦，伊娃，我亲爱的宝贝，"圣克莱尔又不由得颤抖起来，可是他还竭力强装笑颜，说，"你只是神经衰弱，精神不济罢了，可不准胡思乱想啊！你瞧，我给你买了个小塑像！"

"不，爸爸，"伊娃把小塑像轻放到一边，说，"您别再骗自己了。我的身体一点都没有好转，我心里很清楚，我就要离开您了，很快就走。我不是神经衰弱，也不是精神不济。要不是因为想着您和朋友们，我会觉得非常幸福的。真的，我很愿意去呢！"

"噢，我的心肝，你小小年纪怎么会有这么悲观的想法呢！你看，所有能给你的、能让你快乐的东西，你都拥有了啊！"

“可是我还是宁愿到天国去，虽然说因为朋友们在这儿，我也想留在这儿，可这里有好多东西都让人太伤心了，太害怕了，我更愿意到天国去。可是，爸爸，我实在不愿意离开您啊！我的心好疼啊！”

“伊娃，亲爱的孩子，这儿有什么东西让你伤心害怕呢？”

“哦，是人们都习以为常，一直在做的事情。我真为家里的仆人们难过，他们对我那么好，那么爱护我，可是他们多可怜啊！爸爸，我真希望他们都是自由的！”

“哦，我的乖女儿，他们不是过得很不错吗？”

“可是，爸爸，要是您出了什么事情，他们可怎么办呀！像您这么仁慈的主人有几个呢？艾尔弗雷德伯伯不是，连妈妈也不是。再想想那可怜的普吕的主人吧，他们做的事情多可怕啊！”说到这儿，伊娃不由打了个冷战。

“孩子，你太敏感了。我真后悔让你听到这些事。”

“爸爸，那正是我烦恼的。您想让我过得好好的，不遭受任何痛苦和不幸，甚至连一个悲惨的故事都不让我听到；可是那些黑人呢，这些可怜的人一无所有，只有贫困、苦难和无穷无尽的悲伤。这太自私了！我应该知道那些事情，应该去同情他们。这些事情深深地印在我心中，挥之不去，我反反复复地思考它们。爸爸，难道没有什么办法让这些黑奴都获得自由吗？”

“这是个很困难的问题，我亲爱的孩子！”圣克莱尔说.“毋庸置疑，这种制度实在糟透了，很多人都这么认为，我也是这么想。我也和你一样衷心希望这世上没一个奴隶。可是，目前我并不知道怎样才能解决这个问题。”

“噢，爸爸，您是个好人，高贵仁慈，别人都对您言听计从，您能不能到处走走，劝大家都正确地处理这个问题？爸爸，我死了之后，您一定会想念我的，对不对？您也肯定会为我去做这件事情的，对吗？如果我能够，我一定会那么做。”

“你死了之后？噢，宝贝，我的心肝，你怎么能对爸爸说这种话？你可是我生命的一切啊！”圣克莱尔非常动情地说。

“可怜的老普吕的孩子也是她生命的一切啊！可是她只能听着她孩子的哭声，一点办法都没有。爸爸，这些可怜的人爱他们的孩子，就像您

爱我一样。噢,爸爸,为他们做点什么吧!我亲眼看到,可怜的妈咪一提到她的孩子们,就放声大哭,她爱他们呀!汤姆也爱他的孩子们呀!可是这些骨肉分离的事却天天都在发生。爸爸,这多可怕啊!"

"好的,好的,亲爱的,"圣克莱尔安慰道,"你别伤心了,伊娃,别再说死,爸爸愿意为你做任何事情。"

"噢,那您就答应我,亲爱的爸爸,让汤姆获得自由,一旦,"伊娃顿了顿,迟疑了会儿,说,"一旦我离开之后。"

"我答应你,宝贝,我愿意做任何事情,只要你高兴。"

"亲爱的爸爸,"伊娃将滚烫的脸颊贴在她父亲脸上,"我真希望我们能一起去。"

"去哪儿,宝贝?"圣克莱尔问道。

"当然是去基督的家园啊!那里温馨、宁静,大家互助互爱,"伊娃说着,就像在谈论一个她熟识的地方,"您不想去吗,爸爸?"

圣克莱尔将孩子抱得更紧了,没有回答。

"您一定会来的。"伊娃的语气平静而确定,她常常不自觉地这样说话。

"对,我随后就来,不会忘了你。"

夜色渐浓,周遭寂静。圣克莱尔静静地坐着,将孩子孱弱的身子紧紧搂在怀里。黑暗中,他看不清孩子那清亮而深邃的眼睛,只听见她喃喃低语着。他仿佛被送进一个审判的幻境,半生的历程都在此显现:他母亲的祈祷和赞美诗,早年对美好事物的憧憬追求,此后年复一年的工于世故,圆滑灵通以及人们所谓的上层的体面生活。人们往往会在极短的时间内追忆起许多往事。圣克莱尔回顾了很多,一时感慨万千,但他什么也没说。夜色愈加深了,圣克莱尔抱起孩子来到卧室。临睡之前,他把所有的仆人都打发出去。他一面在怀里摇着孩子,一面哼着摇篮曲,直到孩子进入梦乡。

24 小天使

一个礼拜天的下午。圣克莱尔在走廊里的竹榻上躺着，吸烟解闷，玛丽斜靠在临窗的长沙发上，窗外就是走廊。长沙发上罩着一床透明的罗纱帐，以免蚊子的侵袭。由于礼拜天的缘故，玛丽就拿了本装帧精美的祈祷书来读，不过她只是做个样子而已，其实不住地打着盹儿。

经过一番细心的寻访，奥菲丽娅小姐终于找到了一座坐马车可以到达的精致的小教堂。此时，汤姆正驾着马车，带她和伊娃上那儿去参加礼拜。

“我说，奥古斯丁，”玛丽打了会儿盹后开口说道，“我得把城里的玻西老医生接来看看，我敢肯定我是得了心脏病！”

“哦，为什么非得请他不可？给伊娃治病的医生就很不错嘛！”

“大病我可不敢找他看，”玛丽说，“最近我的身体是每况愈下，这几个晚上我翻来覆去琢磨着我这身病，哎，真是活受罪呀！而且，我还有某种奇怪的感觉。”

“噢，玛丽，你太多愁善感了，我可看不出来你有心脏病。”

“哼，我就料到你会这么说。要是伊娃咳嗽一声或有个头痛脑热，你就急得跟什么似的，对我可是漠不关心。”

“要是你觉得得了心脏病是件愉快的事，那我就相信你得了。”圣克莱尔说，“怎么会有这档子事呢？”

“哼，但愿你说这话不要后悔！”玛丽说，“不管你信还是不信，我是操心过度才患上心脏病的。伊娃病后，我是牵肠挂肚，整日整夜心神不宁，唉，我早就怀疑得了心脏病了。”

圣克莱尔默不作声，只顾抽烟，像个狠心的坏男人，他暗自思忖着玛丽的操劳到底是什么，恐怕很难说清。过了一会儿，一辆马车在走廊前停了下来，伊娃和奥菲丽娅小姐走了下来。

奥菲丽娅一言不发，径直向她的房间走去，她要回房脱掉帽子和披肩，这是她的习惯。伊娃看见她的父亲招呼她，就走过去坐在他的膝头上，向他描述这次做礼拜的情形。

突然，奥菲丽娅的屋子里传来几声尖叫。她的房间与父女俩正坐着的这间房一样，也是向着走廊的。接着，传来她的厉声责骂。

“托普西又在捣乱了，”圣克莱尔说，“一定是这小鬼头捣的乱。”

果然，过了一会儿，奥菲丽娅小姐就揪着这个小鬼头出来了。

“过来，我非得告诉你们家主人不可！”奥菲丽娅说。

“发生了什么事？”圣克莱尔问道。

“你问问她，这个孩子简直让我忍无可忍，只要是个有血有肉的人，都会被折磨得发疯的！出去之前，我把她关在屋子里，让她学首赞美诗。她倒好，把我的钥匙找出来，开了柜子，找了一条缝帽子的花边，把花边绞成一截截的，给洋娃娃做裙子！天哪，我一辈子没见过这样的事！”

“姐姐，我不是早跟你说过吗？”玛丽说，“不给他们点颜色看看，他们就规矩不了。要按我的性子啊，”她朝圣克莱尔瞟了一眼，“就狠狠抽她一顿鞭子，把她揍得爬不起来！”

“我对此毫不怀疑，”圣克莱尔说，“女人这些所谓可爱的规矩我还不懂吗？要按着她们的性子，别说是一匹马，一个人都能打个半死呢！这样的女人我见过一打了，更别说男人了。”

“我说，圣克莱尔，男人优柔寡断可是毫无益处，”玛丽说，“姐姐现在都明白这个道理，和我看法一致了。”

奥菲丽娅小姐没什么大脾气，就是当家人应有的那种。托普西的调皮捣蛋和作践东西着实让她着了火，事实上，任何女性读者都必须承认，如果处在她的位置上，也不免会动怒的。不过，玛丽的话也的确太过分了，奥菲丽娅小姐的火气反而减少了些。

“事实上，我怎么也不会那么处置她的，”她说，“不过话又说回来，我实在不知该怎么办了，奥古斯丁。教也教了，打也打了，所有法子我都想到了，可托普西就是死不悔改。”

托普西走了过来，她的圆眼睛扑闪扑闪的，夹杂着几分恐惧和惯有的古怪精灵。

“你怎么那样做呢？”圣克莱尔说，可看见那孩子古怪的神情又忍俊不禁。

“我猜可能是我的心眼太坏了，”托普西似乎一本正经地说，“菲利小姐经常这么说。”

“难道你不明白奥菲丽娅小姐为你费尽心机吗?”圣克莱尔说,“她都快黔驴技穷了。”

“天哪,恐怕是这样的,我以前的女主人也是这么说的。她打起我来凶极了,揪着我的头发,把我的脑袋直往墙上撞,可是一点用也没有。我想,就是她们把我的头发一缕缕全部扯下来,也没用。唉,我真是太坏了,坏极了,没有救药了。”

“我看我还是放弃好了,”奥菲丽娅小姐说,“我再也不愿蹚这滩浑水了。”

“那好,我请教你一个问题。”圣克莱尔说。

“什么问题?”奥菲丽娅问。

“如果你们的福音连一个孩子都拯救不了,况且这个孩子还是关在屋子里有专人训练的,那成千上万的人由那么一两个传教士去传布福音,有什么用呢?我认为这孩子只是成千上万的未开化的人中的一个典型。”

奥菲丽娅小姐一时间哑口无言。这时,一直站在一边静观事变的伊娃向托普西做了个手势,暗示她跟着她出去。伊娃把托普西带到了走廊一角的一间小巧玲珑的玻璃房子,这是圣克莱尔的书房。

“伊娃想做什么呢?我去瞧瞧。”圣克莱尔说着,蹑手蹑脚地走近书房,小心翼翼地掀开玻璃门的门帘,探头窥视。很快,他将手指放在唇上,并暗示奥菲丽娅小姐也过来看。两个孩子坐在地板上,侧脸正对着他们,托普西还是那副精灵古怪、满不在乎的样子,她对面的伊娃却满脸关切,眼蓄泪水。

“你怎么这么淘气呢,托普西?你难道不想做个人见人爱的乖孩子吗?难道你谁都不爱吗,托普西?”

“爱是什么?我不懂。我只喜欢糖果这类东西,就这些。”托普西说。

“那你总该爱你的爸爸妈妈吧?”

“我从来就没有爸爸妈妈,你是知道的。我记得曾经告诉过你,对吧,伊娃小姐?”

“哦,我想起来了,”伊娃难过地说,“可你总得有兄弟姐妹,或是姨妈什么的……”

“没有,全都没有,什么都没有。”

“可是,托普西,只要你想学好,你肯定会——”

“什么都不想，什么都干不了，我就是个小黑鬼而已，我学得再好也没有用。要是能把我的皮剥了换成白的，我倒愿意试试。”

“可是，是黑人又怎么样呢？大家也会爱你的。只要你表现得乖乖的，我相信奥菲丽娅小姐就会爱你的。”

托普西短促而坦率地一笑，通常这表示她的怀疑。

“你不相信吗？”伊娃说。

“不相信，奥菲丽娅小姐讨厌我这个黑丫头，她甚至都害怕我碰她一根指头。没人会喜欢黑鬼的，这可一点办法都没有。不过，我也不在乎。”说着，托普西就吹起口哨来。

“噢，托普西，可怜的孩子！谁说没人爱你呢？我就爱你！”伊娃热切地说。她把白嫩纤瘦的小手搭在托普西肩上，继续动情地说，“托普西，我爱你，因为你无父无母，孤单一人，可怜无依，受尽欺负。托普西，我爱你，真心希望你能做个好孩子。你知道吗？我现在病得很严重，恐怕没有几天好活了，看见你这样顽皮，我真的很难过。托普西，你能为了我的缘故，努力学好吗？我们呆在一起的时间不多了。”

那黑姑娘灵动的大眼睛里蒙上了一层泪水，大滴大滴晶莹透亮的泪珠顺着她的脸颊流下来，沾湿了伊娃白皙的小手。谁能想到，就在这一刹那，一道真诚信任的光芒、一道圣洁无私的爱的光芒竟穿透了那孩子蒙昧黑暗的心！她把头埋在臂弯里，抽抽搭搭地哭起来。美丽的伊娃向她俯过身去。这场面真是一幅人间至善至美的图画，一个光明天使正在弯腰感化一个罪人。

“可怜的托普西，”伊娃说，“你不知道上帝是爱我们每个人的吗？他爱你，就像我爱你一样，他比我爱得更深呢！因为他比我更好，他会好好帮助你的，最后他也会把你带到天堂去，那时你就成个天使啦，和白人一样。托普西，想想看，你也可以成为汤姆叔叔歌声中光明天使的一员呢！”

“噢，亲爱的伊娃小姐，我一定会努力学好的，一定会的，以前我可从来没想过这个。”那孩子说道。

这时，圣克莱尔放下门帘，对奥菲丽娅说：“这让我想起了母亲。她曾经跟我说过，如果我们想让盲人感到光明，就得像基督一样把他们召到身边，亲手触摸他们。”

“我承认我对黑人一直有偏见，”奥菲丽娅小姐说，“而且，我确实不能想象被那黑孩子碰一下是什么滋味，想不到这孩子居然知道。”

“当然啦，孩子们总是很敏感的，别想瞒住他们什么。只要心中稍微有点嫌恶他们的想法，就算你想尽办法用物质笼络他们都没用，他们是一点都不买账的。这些事看来很奇怪，但就是这个样子。”

“我真不知道该怎么办，”奥菲丽娅小姐说，“我心里就是厌恶他们，尤其是这个小黑鬼。我怎么可能装出若无其事的样子呢？”

“伊娃似乎就可以。”圣克莱尔说。

“噢，她真是富于爱心。不过，归根结底，这是基督精神的体现，但愿我也能像她一样。也许，我能从她身上学到些东西。”

“如果是那样的话，那可不是第一次老门徒受教于一个小孩子了。”圣克莱尔说。

25 天使走了

生命之花初绽，死神已然来临；

世上幸存之人，切勿悲伤哭泣。

伊娃的房间面朝着宽阔的走廊，和其他房间一样。屋子在圣克莱尔夫妇和奥菲丽娅小姐的房间之间。这间房完全是圣克莱尔根据自己的眼光和喜好布置的，风格与小主人的性格正相宜。窗户上挂的窗帘是玫瑰色和白色细纹棉布的，地毯是从巴黎定做回来的，上面的图案是圣克莱尔自己设计的，图案中间是一丛欲放的玫瑰，四周是一圈含苞怒放的蓓蕾和繁茂的绿叶。竹制的床、椅子和卧榻式样别致，床顶的造型格外新颖，是一个雪花石膏托架上站着一位美丽的天使，天使的两只翅膀倒垂着，手中托着一个山桃叶的花冠。托架上挂着一顶银色条纹的玫瑰色罗纱帐，用来抵挡蚊子的侵扰，这是炎热气候中所不可或缺的，好几张竹榻上都挂着同样的玫瑰色蚊帐。房间中央那新颖雅致的竹桌上放着一只帕罗斯花瓶，插着待放的白色百合——花瓶里的鲜花从来没有断过。桌上还放着伊娃的书本和玩意儿及一件精美的雪花石膏文具架——这是圣克莱尔专为女儿读书写字用的。房间里有一个大壁炉，大理石的壁炉架上供着一尊耶稣接待儿童的小型雕像，两旁是一对大理石花瓶，花瓶里的鲜花是汤姆每天清晨采集的，这可是他尽心完成的一项工作。房间的墙壁上挂着两三幅精美的油画，画着神态各异的孩子。伊娃的房间，一眼望去就让人感到金色童年的美好，还有一种特有的宁馨。每天早上伊娃睁开眼，看到周围的一切如此美妙，总止不住悠然而升起许多遐想。

先前支撑伊娃的那股虚飘劲已经过去，走廊里再也听不到她轻盈的脚步声了。家里人经常看见她斜倚在临窗的竹榻上，深邃的眼睛出神地凝望着窗外波光荡漾的湖面。

一天下午，快三点钟的时候，伊娃也正这么躺着，她面前摊着一本半开的《圣经》，她的手指就漫不经心地夹在书中间。突然，她听到她母亲在走廊上失声叫嚷：

“你在做什么，你这个小妖精，又捣什么鬼？啃，你竟敢摘花？”接着传来一个响亮清脆的耳光声。

“上帝保佑，太太，这可是给伊娃小姐摘的。”是托普西的声音。

“给伊娃小姐？你倒是振振有词，嗯？你以为她会要你的花？呸，你这小黑鬼！拿着花给我滚蛋！”

伊娃赶紧翻身下了竹榻，跑到走廊里。

“噢，妈妈，请别这样，我要这些花。托普西，把花给我，我要它们。”

“孩子，你的房间里到处都是花咧！”

“越多越好，”伊娃说，“托普西，快把花拿过来。”

托普西原本丧气地耷拉着头，闷闷不乐地站着，听到这话，便向伊娃走过去，把花递给她。这孩子的神色有些迟疑不决，腼腆羞涩，和往常的那种怪诞、骄横和狡黠大不相同。

“这束花美极了！”伊娃看着花说。

这束花的确非常漂亮，浓翠欲滴的叶子托着娇艳无比的山茶花，再配上一支鲜红逼人的天竺葵。采花人显然对颜色的搭配具有独到的眼光，就连每一片叶子的排列都颇费心思。

“托普西，你配的花漂亮极了，”伊娃说，“喏，这个花瓶我还从没见过呢，以后你就每天帮我插束花吧。”听到这些，托普西不由高兴起来。

“哎，真搞不懂，”玛丽说，“你让她插什么花呀？”

“您别管了，妈妈，您只要答应让托普西帮我插花就行了，您同意吗？”

“那没问题，只要你愿意，我的宝贝。托普西，听见小姐吩咐了吗？”

托普西鞠了个躬，垂下了眼睑。当她转身离开时，伊娃瞟到她脸颊上一颗泪珠正滚落下来。

“噢，妈妈，您瞧，这可怜的小姑娘真想为我做点什么呢！”伊娃对她妈妈说。

“吓！怎么可能呢？这孩子只会捣蛋。唯一的解释是，不让她摘，她就偏去摘。不过，你要高兴她帮你摘，那就摘吧！”

“妈妈，我觉得托普西和过去不一样了，她在努力做个好女孩呢！”

“她要能学好，可不那么容易呢！”玛丽不以为然地笑笑。

“妈妈，您不知道，托普西真是事事不顺心呢！”

“不过，我敢肯定，她到我们家后，情况就大不一样了。我们跟她讲道理，好好教育她，什么法子都用到了，可她还那么讨人厌，永远是那样，真

是成不了器！”

“可是妈妈，她从小生长的环境跟我们不同啊！我们有朋友，可以学到许多受之有益的东西，可是她呢，她一无所有，直到进了我们家才好一点。”

“嗯，很有可能，”玛丽打着哈欠说，“唉，天气真热啊！”

“妈妈，您说，如果托普西是个基督徒的话，她也会和我们大家一样变为天使的，对吧？”

“托普西？真滑稽！只有你这个傻孩子才这么想……不过，也没准咧！”

“可是，妈妈，基督是我们的天父，不也是她的天父吗？耶稣难道不拯救她吗？”

“嗯，或许是吧。我想，上帝创造我们每个人！”玛丽说，“咦，我的香瓶呢？”

“唉，可惜啊，真可惜。”伊娃眺望着湖面，喃喃自语。

“可惜什么？”玛丽问道。

“我可惜的是人们眼睁睁地看着那些本来可以上天堂和天使们生活在一起的人不停地堕落下去，竟然没人伸手拉他们一把。哎，怎么不可惜呢？”

“唉，我们也是力不从心呀。发愁也不管用，伊娃。我不知道该怎么办，不过，我们有先天的优势，这就够值得庆幸了。”

“我实在庆幸不起来，妈妈，”伊娃说，“一想到那些可怜的人一无所有，我就难受。”

“那就太奇怪了，”玛丽说，“信仰上帝只是让我感到对自己的优越环境知足而已。”

“妈妈，我想把头发剪掉一些——大部分。”

“为什么呀，宝贝？”玛丽问。

“妈妈，我想趁自己还能动的时候，把头发剪下来送给伙伴们，您叫姑妈过来帮我剪好吗？”

玛丽抬高嗓子，叫在另一间屋子的奥菲丽娅小姐。

奥菲丽娅小姐走进门时，伊娃从枕头上翻起身来，把一头金色带棕的长发披散下来，兴奋地说：“姑妈，来呀，剪头发啊！”

“这是干什么呀?”圣克莱尔说,他刚出去为伊娃买了些水果回来。

“爸爸,我只是叫姑妈给我剪些头发下来,头发太多了,夏天捂得热极了。还有,我想把剪下来的头发送给大家。”

奥菲丽娅小姐拿着剪刀走进来。

“小心别剪坏了,”圣克莱尔说,“剪里层的,从外面就看不出来,宝贝,你的这头卷毛可是爸爸的骄傲咧!”

“噢,爸爸!”伊娃伤心地叹道。

“可不是吗?你得把它们保养得好好的,到时候,我带你到伯父的庄园去,看恩瑞克哥哥。”圣克莱尔故作轻松地说道。

“爸爸,我哪儿也去不了啦,我要到美丽的天堂去了,真的,难道您看不出来我已经一天不如一天了吗?”

“为什么你一定要我相信这残酷的事呢,伊娃?”圣克莱尔痛苦地说。

“因为这是事实啊,爸爸。如果您现在就愿意相信这是事实,就会和我的想法一样。”

圣克莱尔默不作声了,他只是心痛地看着自己女儿的一缕缕长卷发飘落下来,再被平放在她的衣兜里。伊娃拿着头发,仔细地看着,然后将它们缠在手指上,又时不时担心地看着她父亲。

“我早就料到会是这样!”玛丽说,“我被这件事折磨得憔悴不堪,一天天向坟墓挨近!可是,谁也不关心我。我早就料到了,圣克莱尔,不久你就会发现我说的没错。”

“这一定会让你感到心满意足的。”圣克莱尔冷冷地说,语气中充满了厌恶。

伊娃那清澈无邪的眼睛一会儿转向父亲,一会儿又看向母亲。她的目光恳切,只有一个即将摆脱尘世羁绊的灵魂才会拥有这样平静而领悟的眼神。显然,她已经目睹并感受到父母之间的差别了。

她招手示意她父亲过去,他走过来在她身边坐下。

“爸爸,我的身体眼看着不行了,我想是时候了。可是,我还有很多话要说,很多事要做,心里像悬着块石头,轻松不下来,可一提起这些事您又不高兴,只好一天天拖着。但事情迟早得解决,不是吗?爸爸,请答应我,现在就让我一吐为快吧!”

“孩子,爸爸答应你。”圣克莱尔一手蒙住眼睛,一手握住了伊娃的手。

“谢谢您，爸爸。请您把所有的仆人们都召集过来，我想见他们，和他们说几句话。”伊娃说。

“好的。”圣克莱尔强忍悲痛地说。

奥菲丽娅小姐派人去传了话，很快，所有的仆人都聚集到伊娃的屋子里来了。

伊娃靠在枕头上，长长的头发披散在消瘦的脸颊旁。她肤色惨白，双颊却带着病态的潮红，五官分明，四肢却瘦若无骨，这些都形成了鲜明而凄惨的对照。她那双深陷的眼睛却灼灼发光，似乎要把周围的人都深深地看在心里，随她带走。

仆人们忍不住触景伤怀。这些黑人，只要稍具悲天悯人的情怀，目睹这一幅场景——伊娃圣洁的面庞和刚剪下来的缕缕发丝，圣克莱尔伤心的背转过去的脸，玛丽断断续续的抽噎——谁不会悲从中来呢？他们止不住地唉声叹气，眼泪暗抛，不胜凄凉之感。屋子里一片死寂，仿佛在进行一个庄严的葬礼。

伊娃坐起来，又一次长久恳切地凝视着大家。没有人不是不胜哀凄的样子，许多女仆掀起围裙掩住了脸。

“我请大家到这里，亲爱的朋友们，”伊娃说道，“是因为我爱你们，爱你们每个人，我有些话要告诉你们，希望你们能记住，因为……因为我将不久于人世，也许只有几个星期，到那时，我就再也见不到你们了……”

屋子里顿时一片痛哭，完全淹没了伊娃那柔美的嗓音。过了片刻，她又开口了，语气郑重，令所有的哭声都戛然而止。

“如果你们爱我，请别打断我的话。我想告诉你们有关灵魂的事……恐怕你们都对这个不以为然吧！你们只想着人间的事。你们应该记住，基督那边有另外一个世界，非常美丽，我就是要去那里。你们也可以去那儿，因为这个世界应该是人人平等的。但是，如果你们要去那儿，就不能像现在这样浑浑噩噩，漫不经心地打发日子，你们得做一个基督徒。你们要相信，你们每个人都可以成为天使，永恒的天使……如果你们愿意做个基督徒，耶和华会帮助你们，你们一定要向他祷告，要阅读——”

伊娃突然顿住了，无限怜悯地扫了大家一眼，悲哀地说道：

“噢，上帝啊！可怜的人，你们看不懂呀！”

她把脸埋进枕头里，抽抽搭搭地哭了起来。跪在地板上的仆人们不敢哭出声来，但他们的哽咽声惊动了伊娃。

“没关系的，”伊娃抬起头来，含着泪粲然一笑，“我已经为你们祈祷过了，虽然你们看不懂《圣经》，可仁慈的主会帮助你们的，你们凡事就尽力而为吧！每天你们都要做祷告，祈求主的帮助，一有机会就请人念《圣经》。我想，只要你们能做到这些，我就一定会在天堂里看到你们所有的人！”

“阿门！”汤姆，妈咪和一些年长的教徒不禁小声念起来。那些少不更事、万事都无所谓的年轻人也完全被伊娃所打动，他们把头抵在膝盖上哀衷地哭起来。

“我知道，”伊娃说，“你们都很爱我！”

“是的，是的，我们实在是爱你啊！愿上帝保佑她吧！”大家不由自主地答道。

“是的，是的，我知道你们都很爱我，人人如此。所以，我想送给大家一样东西，每当看到它，就会想起我来。我把头发剪了一些，你们每人拿一绺，看到它，你们就会想：伊娃在天堂里注视你们，她爱你们，希望能在天堂里再见到你们。”

此情此景真是难以言传。所有人都涕泪纵横，他们围在伊娃的床边，从她手中接过纪念物——一缕头发——最后的爱的标志。他们长跪不起，哽咽着，祈祷着，吻着伊娃的衣襟。年长的仆人向她倾吐着夹杂着祈祷的亲切的祝福——这是黑人特有的多情的表达方式。

奥菲丽娅小姐害怕这激动的场面对伊娃的病不利，就在仆人们接到纪念物之后，暗示他们出去。

最后，仆人们一个个都退出去了，只剩下汤姆和妈咪。

“汤姆叔叔，”伊娃说，“这一缕好看一点的送给你。噢，你不知道，一想到将在天堂里见到你，我就高兴得不得了。我相信，我一定会再见到你的，汤姆叔叔。噢，还有你，妈咪，我的亲妈咪！”她一面说，一面亲昵地搂住她的老奶妈，“我知道你也会到那儿去的！”

“噢，亲爱的伊娃小姐，没有你我可怎么活啊！眼看这个家就支离破碎了！”忠心耿耿的老女仆禁不住放声大哭。

奥菲丽娅小姐将她和汤姆轻轻地推出门外。本以为没人了，没想到一转身，托普西正站在那儿呢。

“你从哪儿钻出来的?”奥菲丽娅小姐问道。

“我一直就在这儿!”托普西擦着眼泪说,“哦,亲爱的伊娃小姐,我一直都是个坏孩子,可是你也能送给我一绺头发吗?”

“当然可以啦,可怜的托普西。喏,这个给你,以后看见它就想到我是爱你的,希望你努力做个乖孩子!”

“噢,伊娃小姐,你不知道,我正在努力呢!”托普西恳切地说,“只是我以前太坏了,想学好真不简单哩,大概我还有些不太适应。”

“主知道会难过的,不过他会帮你。”

托普西用围裙遮住了眼睛,奥菲丽娅小姐无言地将她送出去。托普西一边走,一边小心翼翼地将那绺珍贵的头发藏进怀里。所有的人都走了,奥菲丽娅小姐关上了门。在刚才的场面中,这个让人肃然起敬的女人也不知流了多少泪,不过,她心里最急切的,是担心这过于激动的场面激化孩子的病情。

圣克莱尔一直坐在旁边,他用手蒙着眼睛,仿佛石像一般,自始至终凝然不动。

“爸爸。”伊娃轻轻地叫唤着,把手覆在父亲的手上。

圣克莱尔一个激灵,身体颤了一下,仍然一言不发。

“亲爱的爸爸!”伊娃又唤道。

“不行!”圣克莱尔倏地站起来,“我不能再忍受啦!上帝啊,全能的上帝,你为什么对我这么狠心?”圣克莱尔的语气异常沉重。

“奥古斯丁,难道上帝没有权力做他自己想做的事吗?”奥菲丽娅小姐问道。

“他或许可以,可是这却不能减少我的半分痛苦!”圣克莱尔转过脸去,艰涩地说着,一脸欲哭无泪的凄怆!

“噢,爸爸,我的心都碎了!”伊娃坐起身来,一下扑倒在父亲的怀里。“您可不能这个样子呀!”那孩子泪如泉涌、肝肠寸断的样子吓得所有的人都手足无措。她的父亲也暂时忘记了自己的痛苦。

“好的,伊娃。宝贝,别哭,别哭,都是爸爸的错!我是个坏爸爸。你让爸爸怎么想,怎么做,爸爸都依你,好不好?快别哭了,别难受,我愿意顺天安命。我刚才那么说实在太不应该了。”

伊娃很快便像一只疲乏的小鸽子倒在了父亲怀里。圣克莱尔俯下身，用各种温言软语来安慰她。

玛丽却跳了起来，箭一般冲出房间，向自己的房间跑去。接着，就听到她歇斯底里发作的声音。

“你还没给我一绺头发呢，伊娃。”圣克莱尔惨然一笑。“剩下的都是您的，爸爸，”伊娃说，“都是您和妈妈的。您还得分出一些给姑妈，她要多少给多少。仆人的那些由我亲自来送是因为我担心，爸爸您知道的——他们会被忘掉。还有，我希望让他们记住……您是基督徒吧，爸爸？”伊娃犹豫地问。

“你问这个做什么？”

“我也闹不清。您那么仁慈，怎么会不是基督徒呢？”

“怎样才称得上是真正的基督徒呢，伊娃？”

“最主要的是爱基督。”伊娃回答。

“那么你爱吗？”

“当然爱啦！”

“可是你从来没见过他呀。”圣克莱尔说。

“那有什么关系呢！我信任他，而且，过不了几天，我就会看到他啦！”伊娃眉飞色舞地说。

圣克莱尔不再言语。这种感情，他曾经在他母亲身上见过，但当时并没有引起他的共鸣。

伊娃的身体继续崩溃下去，死亡是在所难免的了。人们不再痴心幻想出现奇迹。伊娃美丽的房间成了众所周知的病房。奥菲丽娅小姐日夜履行看护之职，她的堂弟一家无不感到任何时候都比不得她现在的可贵。她手眼灵活，对如何保持整洁舒适、消除疾病中的不快都了如指掌；她时间观念强，头脑清晰镇定，能准确无误地记忆医生的药方和叮嘱。对圣克莱尔来说，她简直就像是上帝。只是，她的脾气有些怪僻执拗，与南方人放任不羁的自由禀性格格不入。尽管如此，大家都承认目前她是最急需的人。

汤姆叔叔在伊娃的房间里呆的时间也多起来。那孩子总是被神经衰弱折磨得睡不着觉，只有抱着才勉强好些。汤姆最大的快乐莫过于抱着伊娃羸弱纤细的身子，让她枕着枕头，在屋子里走来走去，或到走廊里去转转。如果伊娃在早晨感到神清气朗，汤姆就抱她到花园里的那棵橘树下散步，或是在他们午间坐的凳子上坐下，为她唱他最拿手的赞美诗。

圣克莱尔也时常抱着女儿到处溜达，不过他比汤姆瘦弱，所以每次他感到很累时，伊娃就说："噢，爸爸，还是让汤姆来抱我吧！他最喜欢抱我了，而且，他想为我做点什么，这是他唯一能做的啦。"

"爸爸也是呀！"圣克莱尔说。

"不，爸爸，您什么都能做呀！您是我最亲的人，可以念书给我听，陪我熬夜。可是，汤姆除了唱歌之外就只能抱我了。而且，他抱我比您省力些，他抱得真稳咧！"

不只汤姆一人竭力盼望为伊娃效劳，家中的每个仆人都想着能为她做点什么，都各尽其能地工作着。

可怜的妈咪心里无时无刻不牵挂着她的小宝贝，可是却找不到半点机会去看她。玛丽心情烦闷，夜不成眠，于是也不让别人睡个安稳觉。每天夜里，她会把妈咪叫醒二十次，替她按摩脚啦，敷脑门啦，找手帕啦，或者去伊娃房间里看看有什么动静，光线太强替她放下窗帘，光线太弱替她拉开窗帘。白天呢，每当妈咪想找个机会帮忙去看护小宝贝时，玛丽总是异常灵敏，把她支使得不可开交，忙完了家里忙玛丽，总是没完没了。妈咪只得瞅准一切时机溜出去看她的宝贝，哪怕是瞟上一眼也好。

"我看我真该好好留神我自己的身体了，"玛丽总是说，"我的身体本来就不好，现在又得照顾我的宝贝女儿。"

"不得不这样啊，亲爱的，"圣克莱尔说，"姐姐一个人也照顾不过来呀！"

"你们男人说话总是这样，好像一个母亲就真能把自己的孩子推给别人不管。哼，人人都以为我是那样子的，可是有谁能理解我的心情？我可没法像你一样把什么事情都推得一干二净！"

圣克莱尔禁不住轻轻一笑。读者得原谅他，他实在是不能自已。连他自己也没有想到，自己的女儿升天的路是那么平坦和愉悦，宛如一叶轻舟在芬芳、柔美的微风吹拂下静静地漂流，一直漂到天堂那幸福的彼岸。人们丝毫察觉不到死神将到的危险，那小姑娘也毫不感到痛苦，而只是一日比一日愈加感到宁和的虚弱。她是如此天真、快乐、充满爱心和信任，她身上的宁静安详感染了周遭的人，圣克莱尔也感到一种奇特的平静。这种平静不是幻想奇迹——这是不可能的；也不是豁达超脱；就只是眼前单纯的平静感。这种感觉是如此美好，他根本不愿去想未来。这就好像我们在明净和爽的秋林里所感受到的屏息凝神：枝头上挂着几片红灿灿的叶子，小溪边流连着几朵花儿。我们对这美景叹赏不已，但不去想以后，因为很清楚，转瞬之间这景致将不复存在。

只有汤姆，这个忠心耿耿的仆人，对伊娃的种种猜测和预感了解最多。有许多话，伊娃怕引起父亲的不安而不敢说，却对汤姆毫不隐瞒。在灵魂要永远地离开肉体之前，伊娃把她所感受到的神秘的预兆，都告诉了汤姆。

结果到后来，汤姆不愿睡在自己屋子里了，而是整夜地躺在伊娃房间外的走廊里，以便随时听见喊声就醒过来。

"汤姆叔叔，你什么时候变得像个小狗一样，随地睡觉啦？"奥菲丽娅小姐说，"我还以为你讲究整洁，喜欢像基督徒一样规规矩矩地躺在床上呢！"

"我是那样睡的，奥菲丽娅小姐，"汤姆神神秘秘地说，"我平常就那样睡，可是现在——"

"现在怎么啦？"

"嘘，我们说话得小点声，我可不想让圣克莱尔老爷听到。现在，你知道吗，奥菲丽娅小姐，得有个人迎接新郎呢！"

"迎接新郎？这是怎么一回事，汤姆？"

"《圣经》上不是说了吗，'半夜有人大叫一声，新郎来了。'我现在每天晚上就等这个。奥菲丽娅小姐，我可不能睡得太死听不见喊声呀！那是绝对不行的。"

"汤姆，你怎么会有这种奇怪的想法呢？"

"是伊娃小姐告诉我的。她说上帝通过灵魂来报信，所以我必须守在这里，奥菲丽娅小姐。这个有福的孩子一旦升天，他们会打开天堂的门来迎接她，这样，我们也可以看一眼天国的荣光了。"

"汤姆，伊娃告诉你今天感觉特别糟糕吗？"

"没有。不过，早上她说，她感觉离天国越来越近了。是有人报信给这孩子呢，奥菲丽娅小姐，就是那些天使，是'天将破晓前的号声'。"汤姆引用了一句他最喜欢的赞美诗的语言。"奥菲丽娅小姐和汤姆说这些话时，是夜里十点至十一点之间。当时，她准备就寝，当她去关外面的门时，发现汤姆正躺在她房门外的走廊上。

奥菲丽娅小姐不是那种神经质和过于敏感的女人，但汤姆的严肃、深情和真诚却深深打动了她。那天下午，伊娃似乎异常的活泼：她坐在床上，把自己心爱的东西翻检出来，并一一指明把它们送给家里的哪些人。伊娃已经有好几个星期没有这样精神了，说话也和常人一样，自从她得病以来，这还是第一次。晚上临睡前，圣克莱尔吻着伊娃的额头，对奥菲丽娅小姐说："姐姐，我看我们并不是全无希望呢！她好像有点起色呢！"圣克莱尔去休息时，心情说不出的轻松，这是几个星期以来从未有过的事。

然而，到了午夜时分——一个奇妙而神秘的时刻，脆弱的现在和永恒的未来就悬于这个时刻——报信的天使却来了！

伊娃的房间里响动起来，传来一阵急促的脚步声，这是奥菲丽娅小姐。与汤姆谈话后，她就决定通宵守护伊娃。半夜时分，她注意到一种"变化"——这是富有经验的护士含蓄委婉的说法。外面套间的门打开了，睡在外面的汤姆立刻惊醒了。"快，汤姆，快去找医生，耽误不得啦！"奥菲丽娅小姐急切地说，然后她穿过房间，在圣克莱尔的房间上重重敲了几下。

"弟弟，"她说道，"快过来一下。"

这句话落在圣克莱尔的心头，就像泥土砸在棺材上。怎么会这样呢？他立刻跑到女儿的房间里，俯下身看还在睡梦中的伊娃。

到底他看到了什么，使他立刻面如死灰，使姐弟二人沉默无言呢？凡是从亲人脸上看到过同样难以言喻的绝望表情的人都会明白：他深爱着的人不再属于他了。

那孩子的脸上没有丝毫可怕的神情，有的只是一种让人肃然起敬的表情，那预示着神圣的天堂的大门即将敞开，这个幼小的灵魂将由此走向永恒的生命。

姐弟二人呆呆地凝望着伊娃，屋里死寂一般，连手表的滴答声都嫌刺耳。过了会儿，汤姆带着医生回来了，医生走进屋里，看了伊娃一眼，也同样一言不发了。

"这种变化是什么时候开始的？"他轻声地问奥菲丽娅小姐。

"大概是午夜时分。"奥菲丽娅小姐答道。

医生进来时惊动了玛丽，她立刻从隔壁房间出来了。

"这是怎么啦，奥古斯丁？姐姐，发生了什么事？"她急忙问道。

"嘘！轻点！"圣克莱尔用嘶哑的声音说，"她快不行了！"妈咪听见这话，飞奔出去叫醒了仆人们。整栋屋子都惊动起来，灯全亮了，杂乱的脚步声也响起来。走廊上挤满了一张张焦灼的面孔，大家泪水满眶，竭力从玻璃门外向里张望。可是，圣克莱尔什么都没听见，什么都没看到，他的眼睛只是停驻在那可爱的昏睡者的脸上。

“噢，但愿她能醒一醒，说几句话！”圣克莱尔说着就俯下身去对着伊娃的耳朵说，“醒醒，宝贝！”

那双湛蓝的大眼睛睁开了，一丝微笑浮上了她的脸庞，她想抬起头说话。

“还认识我吗，伊娃？”

“亲爱的爸爸。”那孩子喊着，用尽仅存之力伸出胳膊来抱住了父亲，但随即就垂了下来。圣克莱尔抬起头，看见伊娃的脸因死亡的痛苦而抽搐起来，她挣扎得喘不过气来，痛苦地举起了小手。

“噢，老天，这太残酷了！”圣克莱尔不忍目睹，痛苦地转过脸去。他使劲地拧着汤姆的手，可自己却一点也不知道。

“噢，汤姆，我的仆人，这简直是要我的命啊！”

汤姆握住主人的手，黑黑的脸颊上双泪长流。他抬起头来，像他平常仰视上苍一样，祈求上帝的帮助。

“主啊！求你别再让她受罪了！”圣克莱尔说，“我真是万箭穿心啊！”

“噢，上帝啊！快结束这一切吧！”汤姆说，“亲爱的老爷，您看她。”

伊娃靠在枕头上精疲力竭地喘着气，她纯净的大眼睛朝上一翻就不动了。哦，那双从前述说天国故事的眼睛在说些什么呢？超度了尘世间的苦难，那张脸上带着胜利的光辉，多么静穆，又多么神秘啊！人们不禁被它所折服了，默默地围拢过来。

“伊娃。”圣克莱尔柔声说。

可是，她听不见了。

“噢，伊娃，告诉我们，你看见了什么？”她父亲问。

一束圣洁灿烂的光辉笼罩在她脸上。她断断续续地说：“我看见了……爱——欢乐——平安！”

接着，她叹息一声，终于抛却尘世，升入天国了！

“永别了，我亲爱的孩子。辉煌的天国之门在你身后紧闭了，我们再也看不到你纯美的面容了。噢！看着你进入天堂的人是多么痛苦啊，他们醒来后只看见尘世灰暗阴冷的天空，却再也看不到你了，你已经一去不复返了！”

26 世界的末日

伊娃房间里的塑像和油画都用一层白布罩住了。屋里只传来屏住的呼吸声和沉滞的脚步声。半明半暗的窗户透过来几缕清晨庄严的阳光。

伊娃的床上铺了一层被单,在那俯视人间的天使像旁边,静静地躺着一个熟睡的小天使,可她却永远沉睡不醒了!

伊娃躺在那儿,穿的是那身平常最爱穿的素色衣裳。玫瑰色的阳光透过窗帘洒在屋里,给笼罩着死亡气息的冰冷阴沉的小屋抹上了一层暖红色。伊娃那不再眨动的眼睫毛在她白皙的面庞上投下一排柔和的阴影。她的脑袋稍稍歪向一边,这是她平常酣睡的模样。但是,那脸庞上呈现出来的圣洁、崇高和搀杂着愉快、安息的表情,让人一望而知,这并不是她平素在人间短暂的休憩,而是上帝所赐予的永恒的长眠。

亲爱的伊娃,对你这样的孩子来说,根本就不存在什么死亡,更不存在死亡的阴影和黑暗,你只是光的逐渐消失,正像在黎明前默默隐退的一颗晨星。你赢得了一场胜利,却不费一兵一卒;你摘取了一顶王冠,却不用血腥争夺。

圣克莱尔抱着胳膊站在那儿出神,心中想的正是这些。哎,谁能猜得出他此时此刻的感受呢!在这个死亡笼罩的小屋里,他听见别人说,“她过去了。”感到一切都变成阴惨惨、挥之不去的浓雾,一种前所未有、无法言喻的“隐约的痛苦”袭上心头。他只模模糊糊地听见身边有人说话,向他问这问那,他只是机械地作答。他们问他葬礼什么时候举行,把伊娃放在哪里,他不耐烦地回答说他不管这些。

伊娃的房间由阿道夫和罗莎来布置。虽然他们平常是小孩子心性,变化无常,反复不定,但内心却是感情细腻、温存体贴。尽管大局由奥菲丽娅小姐打理得有条不紊、干净利落,但是他们俩也是大有功劳的。他们用两手为整体布局增添了不少柔和而富有诗意的点缀,驱散了葬礼上经常出现的阴森恐怖的气氛,新英格兰的葬礼就是如此。

壁柜上摆着洁白馥郁的鲜花,优美低垂的绿叶在下面衬托着。伊娃的小桌上铺上了白布,上面摆着她生平最爱的那只花瓶,瓶里只插着一支白玫瑰。帷幔的褶皱、窗帘的挂法都由阿道夫和罗莎以黑人特有的审美眼光仔细斟酌过。圣克莱尔仍然站在那儿，沉浸在他自己的思绪里；这时，罗莎提着一篮纯白的花轻手轻脚地走进来，看见了圣克莱尔，她赶紧收住脚步，恭恭敬敬地站住。但是，圣克莱尔根本没注意到她，她这才走上前去把花放在伊娃的周围。她先将一朵美丽的栀子花放在伊娃手中，然后颇具匠心地把其他花儿罗列在小床的四周。圣克莱尔看着一切，仍然恍若梦中。

这时，门又开了，托普西站在门口。她两眼红肿，围裙底下藏着什么。罗莎急忙摆手，示意她不要过来，可她还是一步跨进屋里。

“快出去！”罗莎压低了嗓门，但声音仍然很尖，“这儿没你的事！”她的语气不容置疑。

“噢，求求你，让我进来吧！我带了一朵花，非常美丽。”说着，她举起一朵半绽的茶花。

“让我把这朵花放在她身边吧！”托普西恳求道。

“不，你给我出去！”罗莎更坚定了。

“让她呆在这儿！”圣克莱尔跺了下脚，“让她进来吧！”

罗莎立即退下了，托普西走上前来，将她的这份礼物放在死者脚边。接着，她忍不住“哇”的一声，滚倒在床边的地板上，失声痛哭起来。

奥菲丽娅小姐急忙跑进屋去，想把她扶起来，可是无济于事。

“噢，伊娃小姐，伊娃小姐！我真恨不得和她一起去死啊！”

托普西哭得死去活来，肝肠寸断，圣克莱尔见此情景，煞白的脸涌上血来，泪水模糊了他的双眼。自伊娃死后，这还是他第一次掉泪呢！

“好孩子，别再哭了！”奥菲丽娅说，“伊娃小姐上了天堂，她成了天使呢！”

“可是，我再也看不到她了呀！”托普西说，“我再也见不着她了！”说完又止不住哭起来。

大家沉默无言，静立半晌。

“伊娃小姐说过爱我的，”托普西说，“她真的说过。现在呢，现在再也没有人爱我了！噢，天哪！再也没人爱我啦！”

“这孩子说的是实话，”圣克莱尔说，“姐姐，你试试看，看能不能安慰她一下，这可怜的孩子！”

“我要是没出生该多好啊！”托普西说，“我一点儿都不想活在这世上！活在这儿有什么好处呢？”

奥菲丽娅小姐温柔却有力地将托普西从地上扶起来，把她带到屋外。然而她自己也止不住一边走一边掉眼泪。

“托普西，可怜的小东西，”奥菲丽娅小姐将托普西领到她屋里，对她柔声说道，“别难过，亲爱的孩子。尽管我比不上伊娃小姐那么慈爱，但也会尽力爱你的。我想我从她那儿多少学到了一点基督的仁爱精神。我保证会爱你的，真的，而且我还要帮助你也成为一个善良的基督徒。”

说这段话时，奥菲丽娅小姐的声调轻缓柔和，那力量显然比话本身和她脸上滚落的泪水来得更动人心怀。从此，她对这个无依无靠的孩子的心灵产生了恒久的影响。

“噢，伊娃，我的孩子，有谁像你一样，在短暂的一生中做了那么多好事？”圣克莱尔想着，“与你相比，我在人间活了这么多年，该怎么对上帝交代啊？”

人们纷纷进来与伊娃道别，屋里响起低低的耳语声和陆陆续续的脚步声；过了一小会儿，棺材抬了进来，葬礼开始了。大门口驶进来好几辆马车，一些陌生人也进来坐下，还有许多戴着白头巾、白缎带和黑纱、穿着黑色丧服的哭丧人；接着，有人念经文、做祷告。圣克莱尔浑身僵直，他走动着，似乎泪已流干。自始至终，他的眼睛只盯着躺在棺材里的金色小脑袋，然而不久，这个小脑袋被人用布遮上了，接着棺材盖也盖上了。圣克莱尔被人摆弄着和其他人朝花园地势较低的那头走去，那儿是伊娃的坟墓，在长满青苔的小石凳旁边，也曾是伊娃和汤姆聊天、唱歌及朗读《圣经》的地方。圣克莱尔笔直地站在墓穴旁，目光空洞地往下看，看别人放下了小棺材，又模糊地听到有人在念庄严肃穆的话语：“生命在我，复活也在我；信我的人虽然死去，也必复活。”他似乎完全麻木了，失去了思维，他没有意识到人们在填土，在永远掩埋一个人，而这个人就是他的伊娃呀！

对，那的确不是伊娃——那只是她圣洁不朽的躯体在人间播下的一粒脆弱的种子。当我主基督降临时，她一定还会以同样的形貌出现的。

当一切都结束后，送丧的人们回到了各自的住处。从此之后，人们将不再想起这个小女孩。玛丽的房间里窗帘全垂了下来，屋里黑暗一片。她整天伏在床上痛哭哀伤，撕心裂肺一般几欲昏死过去，仆人们无时无刻不在身边侍候着。仆人们当然不会哭泣了，玛丽认为这只是她一个人的悲痛，她相信她的痛苦是世间绝无仅有的，难有人逾越其上。

“圣克莱尔竟然连一滴眼泪都没有掉，”玛丽抱怨道，“他对我一点怜悯之意都没有，他明知道我有多伤心，却冷酷无情到视而不见的地步。”

大多数仆人很大程度上受到眼睛和耳朵的支配，认为伊娃之死给女主人带来的创痛最深；玛丽又不间歇地发作歇斯底里的痉挛症，离不了医生，连她自己都说要死了。这样一来，人们更相信是这么回事了。大家跑前跑后，手忙脚乱，一会儿拿暖瓶啦，一会儿烘烤法兰绒内衣啦，全都围着她团团转。

只有汤姆有异样的感觉，这种感觉使他把注意力放到了男主人身上。圣克莱尔无论走到哪儿，汤姆都默默地、忧郁地跟在后头。圣克莱尔终日一声不响地坐在伊娃的房里，脸色苍白，手捧伊娃曾展读过的《圣经》，死死盯着，但一个字都没有看进去。每当这种时候，汤姆总觉得他那双呆滞无神、没有泪水的眼睛比玛丽凄厉的哀号蕴藏着更深的悲哀。

几天后，圣克莱尔一家搬回了城里。圣克莱尔已被悲伤折磨得坐卧不宁，他渴望换一个新环境，改变一下新思路，于是他们离开了别墅、花园及那座小坟墓，回到了新奥尔良。奥古斯丁整日奔波往来，希望用这种忙碌喧嚣填补心中的空虚。人们在街上看到他，或在咖啡馆里碰见他，要不是因为他帽子上的黑纱，根本看不出他已痛失爱女。他谈笑风生，讨论时局，大侃生意经，可谁又了解这表面的举止如常只是一个空壳，而那包裹着的内心已经荒芜成一座死寂的坟墓了呢？

“圣克莱尔真让我琢磨不透，”玛丽向奥菲丽娅小姐抱怨道，“以前我总以为，这世上如果还有什么人是他真爱的，那就是宝贝伊娃了，可他好像也容易遗忘似的。每次我提起伊娃，他都一言不发，我当初还真以为他伤心欲绝呢！”

“静水深流，别人总是这么对我说。”奥菲丽娅小姐如得了神谕般地说道。

“哼，我才不相信呢！人有那么深的感情，就一定会流露出来，所说的情难自禁就是这样。不过，话又说回来，重感情的确是折磨人的事，我要是生来和圣克莱尔一样无情该多好，免得受这么多苦！”

“太太，圣克莱尔老爷已经形销骨立了，他难以下咽呢！”妈咪说，“他肯定没忘记伊娃，大家都忘不了她，亲爱的有福气的小东西啊！”她抹着眼泪说道。

“无论怎么说，他从不为我着想，他一点安慰的话也没有。他哪里知道，一个做母亲的比男人痛苦得多呀！”玛丽说。

“一个人的痛苦只有他自己心里最清楚。”奥菲丽娅严肃地说。

“正是如此。我的痛苦有多深只有我自己一人明白，旁人都无从知道。伊娃过去倒是知道我的心思，可惜现在又去了！”说完，玛丽倒在竹榻上，止不住又悲从中来。

世界上不幸有这样一种天性的人：当东西握在手中时，他们总觉得分文不值，一旦失去后就觉得无比珍贵。玛丽就是其中之一。她对周围的一切总是吹毛求疵，失去后才追悔不已。

当玛丽和奥菲丽娅小姐说这些话时，圣克莱尔的书房里发生了另一段对话。

忠实的仆人汤姆惴惴不安地跟随在圣克莱尔身后，看到他进了书房，却一连几小时都不见出来。汤姆十分焦急，最后决定进去瞧瞧。他蹑手蹑脚地走进去，看见圣克莱尔在房间一头的躺椅上躺着，脸朝下，面前摊着伊娃的那本《圣经》。汤姆走过去，在沙发边站住，有点迟疑。正在这当口，圣克莱尔突然抬起头来，看到汤姆那忠厚的脸上流露出来的忧虑、关切和友爱，顿时被深深打动了。圣克莱尔握住汤姆的手，把额头抵在了上面。

“哦，汤姆，我的忠实的仆人，我该怎么办？整个世界就像鸡蛋壳，已经被掏空了啊！”

“我明白，老爷，我明白，”汤姆连声说，“不过，您得朝天上看，朝亲爱的伊娃小姐那儿看，朝神圣的主那儿看！”

“汤姆，我已经朝天上望了，可是我什么也看不见！要是我能看见就好了！”圣克莱尔重重地叹了口气。

“也许只有小孩或是贫穷忠厚的人，就像你那样的，才能看见我们看不见的东西！”圣克莱尔无可奈何地说道，“这到底是怎么一回事呢？”

“因为这些事向聪明通达的人就藏起来，只向婴孩们显露，”汤姆说，“主的本意就是如此。”

“汤姆，我不信仰宗教，也没法信仰，我对什么都持怀疑的态度，”圣克莱尔说，“让我相信《圣经》，同样办不到。”

“世上的事谁又能说得准呢？”圣克莱尔两眼迷茫地转动着，喃喃地说道，“仁爱和信仰这类高尚的词汇恐怕只是人类自己也把握不住的渺茫飘忽的情感吧！没有什么东西可以倚靠，它随着时光的流逝而消失无踪。恐怕没有伊娃，没有天堂，没有耶稣，什么都不存在，一切都是虚妄的吧！”

“噢，老爷，有的，他们是存在的，我敢肯定，”汤姆说着便跪下来，“老爷，求您相信他们吧！他们是存在的！”

“你怎么知道耶稣存在呢？你又从来没见过他，汤姆！”

“可是我的灵魂可以感知到他的存在，真的，老爷，现在我就感到了。老爷，您不知道，当我从我的老伴和孩子们身边被卖出去时，我差点儿绝望了，觉得一切都完了。可是，仁慈的主出现了，他站在我身边，抚慰地说，‘别害怕，汤姆。’他给我这个苦命的人带来了一线生机，让我从灵魂的黑暗中解脱出来，看到光明。我的心宁静愉悦，我去爱每一个人，心甘情愿地献身上帝，服从他的神谕，他让我去哪儿我就去哪儿。我知道这种平静的力量不是我与生俱来的，因为我以往总是怨天尤人，是上帝赐予了我这种力量。我相信仁慈的上帝也会帮助老爷您的。”

汤姆潸然泪下，他哽咽地说完了这段话。圣克莱尔把头靠在汤姆的肩膀上，紧紧地抓住他结实有力的黑手。

“汤姆，你对我实在太好了。”圣克莱尔说。

“老爷，今天是祈祷日，要是您能在今天信奉基督，我死也高兴。”

“可怜的傻汤姆！”圣克莱尔半抬起身子说，“我不值得你这样忠厚善良的人来爱呀！”

“噢，老爷，其实还有一个比我更爱您的人呢！那就是耶稣，他爱着您哪！”汤姆说道。

“你怎么知道的，汤姆？”

“我能感觉到，噢，老爷，基督的爱可不是普通的人能揣摩得到的。”

“真是奇怪，”圣克莱尔转过身子说道，“这个一千八百年前诞生、早已逝去的人的故事竟然仍能打动人心。或许，他根本不是人，人没有那么强的生命力！唉，我真希望能遵从母亲的教导，像小时候一样，跟着母亲做祈祷！”

“老爷，要是您乐意，”汤姆说道，“希望您能给我念一章《圣经》，伊娃小姐从前念这段时，真是动听极了。唉，伊娃小姐走后，就再也没有人给我念了。”

这段是《约翰福音》的第十一章——耶路撒冷起死回生的感人故事。圣克莱尔大声念着，不时停下来把心中由故事而激起的激动之情压抑下去。汤姆跪在他面前，双手合十，平静的脸上流露出深沉的爱、信任与崇敬的表情。

“汤姆，”圣克莱尔说，“这些对你来说都是真的吗？”

“对，就像我亲眼所见一样，老爷。”汤姆说。

“如果我也拥有和你一样的眼睛就好了。”

“我向亲爱的主祈祷，您一定会有的。”

“可是，汤姆，我的知识比你多，如果我告诉你，我不相信《圣经》，你说怎么办？”

“噢，老爷。”汤姆举起双手，做了个不赞成的手势。

“难道什么也动摇不了你的信念吗？”圣克莱尔问。

“对，什么也没法动摇。”汤姆说。

“汤姆，要知道我可懂的比你多得多呢！”

“老爷，您不是说过吗，上帝总是向聪慧明智的人有所隐瞒，只向无知的婴孩显示。老爷，您刚才说不相信上帝，这不是真的吧？”汤姆着急地说。

“当然不是真的，汤姆。我不是不相信上帝，相反，我认为确有理由信仰上帝。可是，我就是没法让我自己信仰上帝，这真是讨厌极了。汤姆，我该怎么办？”

“老爷，您要是做祷告就好了！”

“你怎么知道我没做祈祷呢？”

“您做了吗？”

“如果我做祷告时，天上有人能够听见，那我就会去做，可是并没有谁能感觉到啊！汤姆，你过来，让我看看你是怎么做祷告的。”

汤姆心中正充满了各种愿望，他把这些愿望在祷告中一股脑儿都倾吐出来，好像长期堵住的河水一下子奔流开来。无论怎样，有一点是十分清楚的，那就是汤姆不管有没有人聆听，他都当作有。圣克莱尔觉得自己的思想和感情都不由自主地随着汤姆的信仰和感情游走，飘飘荡荡一直把汤姆送到天堂的门口。圣克莱尔觉得自己离伊娃很近。

“谢谢你，汤姆！”汤姆站起身来时，圣克莱尔说，“我喜欢听你的祷告，汤姆。你现在可以出去了，我想一个人呆会儿。咱们下次再谈吧！”

汤姆一声不吭地离开了书房。

27 祸不单行

在圣克莱尔的这栋房子里，光阴仍在一寸一寸地流逝。小舟虽已沉没，但波澜之后一切仍复归平静。日常生活的轨迹是辛苦、冷酷和乏味不堪的，但是它毫不顾及人的情感，仍然专横无情、冷漠严峻地向前不断延伸。人们仍得吃喝拉撒，仍得讨价还价，买进卖出，仍得问长问短，答对不休。说得更简单直白一点吧，尽管我们的生活乐趣早已荡然无存，但依然得如行尸走肉般生活下去，尽管主要的爱好已消失无影，但空洞机械的生活习惯仍在延续！

以前，圣克莱尔的全部生存的乐趣和希望都不自觉地寄托在伊娃身上。他所经营的产业，他安排时间都是围着伊娃展开的，他为她购买东西，为她改变安排和布置……一切的一切，都是为了伊娃。长久以来，他似乎已经习以为常了。可是，现在伊娃已逝，他好像整个落空了，无论想什么、做什么都已经没有意义了。

事实上，还存在着另外一种生存方式——人们只要对它持有信心，它就会在那些了无意义的时间密码前变成一个严肃重要的数字，从而把其后的密码都破解成难以言传的神奇的秩序。圣克莱尔非常清楚这一点：当他万念俱灰时，就仿佛会听见一个细微而纯真的声音在召唤他到天上去，并看见纤细的手指向生命的道路。但是，圣克莱尔已被深重的伤感的倦怠压得喘不过气来，他真的是一蹶不振了。圣克莱尔有一种天性，那就是凭着他的才能和见识，他对宗教事务的了解往往比那些讲求实效的基督徒们还要深刻透彻。有些人确实是如此，他们对灵性问题并不甚关心，但对其中的细致的差别和奥妙却有天生的敏锐的感受力和领悟力。故而摩尔、拜伦、歌德描述真挚的宗教情感的话语，会比一个终生怀有宗教情感的教徒更为精辟。在这些人心目中，漠视宗教是一种更可怕的背叛，是更重的罪孽。

虽说圣克莱尔从未受过任何宗教义务的束缚，但他敏锐的天性却使他对基督徒应尽的各种义务有直觉的深刻理解。因此，他依仗着自己的超凡见识，竭力不去做那些有可能让他受到良心谴责的事，以免将来有一天会为此付出代价。人真是矛盾的复杂集合体啊！尤其是在宗教理想问

题上,更显得摇摆不定。因此,贸然去承担一种义务而做不到,反倒不如不去承担它。

无论如何,现在的圣克莱尔与以往是截然不同了。他虔诚而仔细地阅读《圣经》,冷静而认真地思考自己和仆人们的关系——这样难免会使他对从前和现在的许多做法感到厌恶。他回到新奥尔良后就开始处理汤姆的事,一旦把那些法律手续办妥,汤姆就可以获得自由了。圣克莱尔每天和汤姆呆在一起的时间长了,因为只有汤姆是这广阔的世间最能让他想到伊娃的人。尽管以前圣克莱尔总是把感情埋得很深,现在却固执地把汤姆留在身边,止不住把心中的点点滴滴向他倾诉。不过,如果谁见到汤姆这位时刻紧跟在主人身后的仆人脸上流露出的关切忠厚之情,对圣克莱尔的倾吐就不会感到奇怪了。

"汤姆,"圣克莱尔在为汤姆办理法律手续的第二天对他说,"我打算还你自由之身。你去收拾一下行李,近日就可以启程返回肯塔基了。"

一听这话,汤姆立刻喜形于色,他举起双手,高呼一声:"谢天谢地!"欣喜之情难以形容。圣克莱尔见此情景,有些莫名的烦躁。汤姆这样急于离开他,使他微感不快。

"你在这儿的日子不至于度日如年吧?怎么听到离开如此兴奋?"圣克莱尔冷冷地说。

"不,老爷,不是那么回事,可是我就要自由了,怎么能不高兴呢?"

"汤姆,难道你没想过,留在这儿兴许比你获得自由更好呢!"

"不,怎么会呢?"汤姆有力地回答道,"圣克莱尔老爷,才不是那么回事呢!"

"可是,汤姆,单论干活,你绝不能像在我这儿一样穿得舒适,过得舒心哪!"

"这个我知道,老爷您对我真是再好也没有了。可是,老爷,我就是宁愿穿破旧衣服,住破旧房子,只要是我自己的,再破我也愿意;穿得再好,吃得再讲究,只要是别人的,我就不愿意。老爷,我就是这样想的,这也是人之常情。您说呢?"

"或许是这样吧。汤姆,过不了一个月你就要走了,离开我了,"圣克莱尔惆怅地说,"唉,怎么可能不走呢?老天知道。"他轻叹了一声,站起身来,在屋子里踱开了方步。

"老爷只要还在痛苦中,我是不会离开的!"汤姆说,"我会一直呆在您身边，只要我对您有用处。”

“你是说我还在痛苦中，你就不会走，是吗，汤姆?”圣克莱尔说，凄凉地朝窗外望去，“可是我的痛苦何时才能休止啊!”

“老爷若成了基督徒，痛苦就会消失。”汤姆说。

“你真打算等到那一天吗?”站在窗边的圣克莱尔转过身来，手放在汤姆肩上，微笑着说，“喂，汤姆，你真是个心软的傻瓜！可是，我不会让你挨到那一天的。赶紧回家和老婆孩子团聚吧！代我向他们问好。”

“我相信那一天总会来临的，”汤姆的眼眶里饱含着泪水，他深情地说，“上帝还有使命要交给您呢!”

“你说‘使命’，汤姆?”圣克莱尔说，“好吧，你说说看，是什么使命，我洗耳恭听。”

“嗯……就连我这个苦命人上帝都给我安排了使命呢！老爷您见多识广，又这么富有，上帝可以安排您做很多事呢!”

“汤姆，你似乎认为上帝需要我们替他做很多事。”圣克莱尔说道。

“难道不对吗？我们为上帝的子民做事，就是为上帝做事。”汤姆说。

“这是文明的神学，汤姆；我敢打赌，这比B博士的布道要精彩得多。”圣克莱尔说。

这时仆人通报说有客来访，谈话就此结束。

玛丽·圣克莱尔痛失爱女，自然十分悲伤。不过，她这种女人惯于在自己不快的时候，让周围的人也快活不起来。因此，她的贴身女仆们都倍加悼念已逝的小主人。每当她的母亲对仆人们提出种种武断专横、自私自利的苛求时，总是出来当她们的护身符，用令人倾倒的态度为她们委婉地求情。可怜的老妈咪在此地举目无亲，只将伊娃作为心头唯一的安慰；现在伊娃已去，她心都碎了，夜夜以泪洗面。由于过于伤心，心力交瘁，她侍奉女主人不如以前麻利了，常惹得玛丽勃然大怒。现在，再没有人出来庇护她了。

奥菲丽娅小姐对伊娃的死同样痛彻骨髓。不过，在她诚实善良的心里，悲痛已化为生命的源泉。她比以往更温柔体贴了，她做各项工作都是兢兢业业，态度更为沉稳精干，仿佛达到了一个能与自己灵魂沟通的人才能达到的境界。她主要以《圣经》为课本，教托普西识字更为认真了；她不害怕与托普西接触，也不再流露出那种难以抑制的厌恶感，因为那种感觉已完全消失了。她现在是以伊娃第一次在她面前显露出来的温柔的品质

来看待托普西，托普西仿佛成了上帝委派给她的将其引上荣耀与圣德之路的人。托普西并非立马就变成了圣人，但伊娃在世的所为和死亡显然给她带来了深刻的影响，她先前那种麻木不仁、一切都无所谓的态度消失了，她也变得有情有义，满怀振奋向上和憧憬之情。尽管这种努力时断时续，难以持之以恒，但从未完全断绝，停辍一段时间之后总会重新开始。

一天，奥菲丽娅小姐派罗莎去叫托普西。托普西一边走，一边慌慌张张地往怀里塞什么东西。

“你在做什么，调皮鬼？我敢打赌你又偷东西了。”矮个子罗莎一把拽住托普西的胳膊，厉声质问道。

“你走开，罗莎小姐！”托普西竭力挣脱她，“这不关你的事！”

“不关我的事？”罗莎说道，“我亲眼看见你鬼鬼祟祟地藏什么东西。得了，你的鬼把戏还骗得了我？”罗莎揪住托普西的胳膊，伸手就去抢她怀里的东西。托普西被激怒了，她又踢又打，竭力维护她自己的权利。奥菲丽娅小姐和圣克莱尔被吵闹声惊动了，立刻赶到了现场。“她偷东西！”罗莎指控道。

“我没有！”托普西大声申辩道，气得哽咽起来。

“不管是什么，给我看看。”奥菲丽娅坚决地说。

托普西迟疑了片刻，不过，奥菲丽娅小姐说第二遍的时候，她就从怀里掏出一个小袋子。这个袋子是用她的一只旧长筒袜的袜筒缝制的。

奥菲丽娅小姐倒出袋子里的东西，那是伊娃送给托普西的一个本子，上面摘录了一段段《圣经》里的短文，全按日期顺序排列着；另外有一个纸包，里面是伊娃在那个难忘的临终诀别的日子送给她的一绺长发。

一条从丧服上扯下的长长的黑色缎带映入了圣克莱尔的眼帘。这是托普西用来捆扎小本子的。看见这些，圣克莱尔不由感慨万分。

“你为什么用这个来包本子呢？”圣克莱尔弯腰拾起缎带问道。

“因为……因为……因为这是伊娃小姐送给我的。噢，求求您别把它拿走！”说着，她瘫软在地上，用围裙掩住脸，开始啜泣起来。

这真是一幕又可怜又可笑的奇特的场景：旧的小长筒袜，黑色缎带，小本子，美丽柔软的金发，还有托普西那伤心欲绝的模样。

圣克莱尔笑了，但笑中有泪。

“好了，好了，别哭了，都还给你。”说着，圣克莱尔将东西裹在一起放进托普西怀里，拉着奥菲丽娅朝客厅走去。

“依我看，你还真有希望把这小鬼教育成材呢！”圣克莱尔伸出大拇指朝肩后指了一指，“凡有怜悯之心的人都可能变为好人，你得再努把力，好好教育她啊！”

“这孩子很有进步，”奥菲丽娅小姐说，“我对她期望很大。不过，奥古斯丁，”说着，她把一只手搭在他的胳膊上，“我想问清楚，这孩子到底是你的，还是我的？”

“怎么啦，我不是早就说过把她给你吗？”奥古斯丁说。

“可是那没有法律保障。我希望她合法地成为我的人。”奥菲丽娅小姐说道。

“哎呀！姐姐，”奥古斯丁说道，“废奴派的人会怎么想呢？如果你是奴隶主的话，他们恐怕会为你这种倒退的行为而绝食一天。”

“咳，你说什么瞎话呢！我要她成为我的人是因为只有这样，我才有权将她带到自由州去，还她以自由。这样，我对她所做的努力都不会是徒劳无功了。”

“哦，姐姐，你这种‘作恶以成善’的做法似乎并不怎么高明，我可不同意。”

“我可没和你开玩笑，我是认真的，”奥菲丽娅小姐说，“如果我没把她从奴隶制的魔掌中拯救出来，那即使把她教育成个基督徒也是枉然。因此，如果你是真心把这个孩子交给我，就请你给我一张赠送证书或是合法的证明。”

“好的，好的，我会照办的。”圣克莱尔一面说，一面坐下来，打开一张报纸开始阅读。

“可是我现在就要。”奥菲丽娅小姐说。

“何必这么急呢？”

“争分夺秒嘛！来，这儿有纸、笔和墨水，你写张证明就行了。”

像圣克莱尔这种脾气的人，大都对这种风风火火的作风深恶痛绝。因此，奥菲丽娅小姐这种说做就做的果断着实让他生气。

“喂，你是怎么啦？”他说，“难道你信不过我吗？你这样咄咄逼人，人家还以为你做过犹太人的学生呢！”

“我只想把事情办得稳妥一些，”奥菲丽娅小姐说，“如果你死了，或是破产了，托普西就会被赶到交易所去，那样我就毫无办法了。”

“你真是目光长远。好吧，既然我已经落到了北佬手里，就只有让步的分了。”说完，圣克莱尔挥笔写下一张赠送证书，这对精通法律的他来说简直是易如反掌。证书后头，他龙飞凤舞地签上了自己的名字。

“喏，现在是白纸黑字，一清二楚了吧，弗蒙特小姐?”说着，他将证书递过去。

“这才好了，”奥菲丽娅小姐说，“不过，没有证人成吗?”

“哎，真是的。——对了，我有了!”他打开通向玛丽房间的房门，喊道，“玛丽，姐姐让你签个字，你过来，就签在这儿。”

“这是做什么呀?”玛丽看了证书一眼，说道，“真可笑！我还以为姐姐心肠软，不会干这种可怕的事呢。”她一面漫不经心地签上自己的名字，一面又说道，“不过，姐姐真要喜欢那东西，倒是很好咧!”“好了，现在托普西从精神到肉体都归属于你了。”圣克莱尔将证书递过去。

“她并不比从前更属于我，”奥菲丽娅小姐说，“只有上帝才有权把她交给我。我只不过比以前更有能力保护她。”

“好啦！通过法律这玩意儿，你现在真正拥有她了。”圣克莱尔说着，转身进入客厅，继续看他的报纸。

奥菲丽娅小姐和玛丽向来话不投机，因而也就小心翼翼地收拾好证书，随奥古斯丁到客厅去了。

“奥古斯丁，”她坐在那儿织毛线，突然想起什么，问道，“你替仆人们做过什么安排没有？万一你死了，他们怎么办?”

“没有。”圣克莱尔心不在焉地回答，仍去看他的报纸。

“那么，你这么放纵他们，以后或许会变成一件很可怕的事。”圣克莱尔未尝没想到过这一层。不过，他依旧漫不经心地答道：“哦，我会做些准备，等过些日子再说吧。”

“什么时候?”奥菲丽娅紧追不舍。

“噢，就这几天。”

“如果你先死了，那可怎么办?”

“姐姐，你到底怎么回事?”圣克莱尔终于无可忍耐了，他放下报纸，看着她，“我是得了黄热病还是霍乱病怎么着，你怎么这么积极地为我安排后事?”

“我生即我死。”奥菲丽娅小姐说。

圣克莱尔站起来，懒洋洋地收起报纸，朝面向走廊的门边走去，想趁机结束这次不愉快的谈话。他嘴里机械地重复着“死亡”两个字，然后倚在走廊上的栏杆边，注视着喷泉上溅起的亮晶晶的小水珠。他隔着水帘看院子里的花草树木盆景，就像透过迷雾一般亦真亦幻。他又反复咂摸着“死亡”这神秘的字眼——人们时常提起它，却又视为畏途。“真奇怪啊！世间竟有这样的字眼，”他说，“并且确有此事，而我们总是忘掉它；一个人今天还活得美好滋润，充满企盼、幻想和希冀，明天竟然会结束生命，就此一去不返了。”

这是一个彩霞满天的黄昏，当圣克莱尔走到走廊另一端时，发现汤姆正在那儿全神贯注地阅读《圣经》呢。他一面看，一面用手指在书上一个字一个字点着，嘴巴里还轻声念着。

“要我念给你听吗，汤姆？”圣克莱尔说着，坐在了汤姆身边。

“那就有劳您了。”汤姆感激地说，“老爷念起来就清楚多了。”

圣克莱尔看了一眼汤姆念过的地方，就念起用粗线画过的一段《圣经》来，这一段经文是这样的：

“基督耶稣集荣耀之光同诸天使下临人间时，要坐在他尊贵荣耀的宝座上，万民都聚集在他周围。他将把他们分开，就像牧羊人把羊分开一样。”圣克莱尔声调激昂，一直念到最后一节。

“然后主对人们说，‘你们这些受诅咒的人，远离我到那不灭的烈火中去吧，因为我饥饿时，你们不给我食物；我口渴时，你们不给我水喝；我漂流他乡时，你们不让我住宿；我赤身裸体时，你们不给我衣服；我病在狱中时，你们不来看望我。’人们会说，‘主啊，我们什么时候看见您饿了，渴了，流落在外或赤身裸体或病倒牢中没人照顾呢？’主会回答说，‘这些事你们不做在我这些兄弟中最小的一个身上，也就是没做在我身上。’”

圣克莱尔被这一段深深打动了，他念了两遍。念第二遍时，他的速度非常缓慢，好像在用心地领会每个字每句话的意义。

“汤姆，”他说，“我的所作所为与这些受严惩的人有什么区别呢？一辈子过着宽裕安逸、锦衣玉食的生活，却从来没去想过我的兄弟还有多少人在受冻挨饿、疾病缠身或身陷囹圄。”

汤姆没有回答。

圣克莱尔站起身来，若有所思地在走廊上踱起步来，外面的一切似乎都不存在了，他完全沉浸在自己的思绪里，以至于午茶铃响也没有听见，直到汤姆提醒了他两遍，这才回过神来。

整个午茶时，圣克莱尔都满腹心事，思绪重重。喝过午茶后，他、玛丽

以及奥菲丽娅小姐各自走进客厅，谁也不开口说话。

玛丽躺在一张挂有丝绸蚊帐的躺椅上，没多会儿就沉沉入梦了。奥菲丽娅小姐默默地织着毛线。圣克莱尔坐到钢琴前，开始弹奏一段有低音伴奏的舒缓而忧郁的乐章，他仿佛潜入冥想之中，正通过音乐来倾诉。过了一会儿，他打开一个抽屉，取出一本泛黄的旧乐谱翻阅起来。

"你瞧，"他对奥菲丽娅小姐说，"这本子是我母亲的，这儿还有她的亲笔字呢，你过来看看。这是她从莫扎特的《安魂曲》中摘录下来编辑成册的。"奥菲丽娅小姐闻声走过来。

"这是她过去常唱的一支曲子，"圣克莱尔说，"现在我仍仿佛能听见她在唱。"

他弹了几段优美的和弦，便唱起那首庄严、古老的拉丁曲子《最后审判日》。

汤姆一直站在走廊外听着，这会儿又被美妙的琴声吸引到门边，他站在那儿热切地听着。虽然他听不懂拉丁语的歌词，但那优美的旋律和圣克莱尔脸上的表情却让他深深感动，尤其是圣克莱尔唱到伤感的地方。如果汤姆能听懂那优美的歌词，他内心一定会产生强烈的共鸣。

啊，耶稣，为什么，
你忍受了人世间的凌辱和背弃，
却不忍将我抛弃，即便在那可怕的岁月里，
为了寻觅我，你疲乏的双脚急急奔忙，
十字架上，你的灵魂经历了死亡，
但愿这一切的辛劳不会付诸东流。

圣克莱尔怀着深深的忧伤唱完了这首歌，逝去的岁月的影子又隐隐约约地浮了上来，他仿佛听见他的母亲的歌声在导引着他。歌声、琴声如此撩人心弦，又如此生动逼真，完全把离世前的莫扎特创作《安魂曲》的情景再现出来了。

圣克莱尔唱完之后，头枕在手上靠了一会儿，就起身到客厅里踱起步来。

"最后的审判日是一种崇高的构想啊！"

圣克莱尔说，"千古的冤案都会昭雪，无上的智慧会解决一切道德问题，这的确是一种伟大的设想啊！"

"可对我们来说却是一种可怕的设想。"奥菲丽娅小姐说。

“正是如此。”圣克莱尔说，他沉思了会儿，接着说，“今天下午我给汤姆念《马太福音》，讲到最后审判日那章时，真是慨叹良多。人们总以为被排除在天堂之外的人都是犯了滔天大罪，其实并非如此，他们只是在世时没有行善积德，而这似乎就将一切可能的有害行为都囊括了，所以他们也受到了惩罚。”

“或许如此，”奥菲丽娅小姐说，“一个不做善事的人不可能没做坏事。”

“那么，你怎么看待这样一个人，”圣克莱尔心不在焉但却深情地说，“这个人的良心，他所受的良好的教育以及社会的需要都召唤他去做一番高尚的事业，可是他并没有那么做。人类在为挣脱苦难而斗争，在蒙冤受屈，他本该有所行动，可他却置之不理，糊里糊涂地随波逐流。你对这种人有什么看法？”

“依我说，”奥菲丽娅小姐说，“他得痛改前非，马上就行动起来。”

“你总是那么实事求是，又毫不容情！”圣克莱尔笑着说，“你从来不给别人一点全盘考虑的余地。姐姐，你总是让我面对现实，你也老是考虑现在，你心里总是装着这个。”

“对，我最关心的就是现实。”奥菲丽娅小姐说。

“伊娃，我亲爱的孩子，这个小可怜，”圣克莱尔说，“她曾经试图用她那颗幼稚赤诚的心来感染我。”

这是伊娃去世后，圣克莱尔说的第一句关于她的话。说这话时，他显然在压抑着内心强烈的情感。

圣克莱尔接着说：“我对基督教的看法是：如果一个人一贯笃信基督教，他就必须全力以赴地去反对这个已成为社会基础的可怕罪恶的制度，必要时，不惜肝脑涂地。如果我是基督徒的话，我就会这么干。但是我接触了许多文明而且开通的基督徒，他们并没有这么做。说实话，他们其实是无动于衷的，对那些骇人听闻的暴行只当是事不关己、充耳不闻，这就让我不禁对基督教更增几分怀疑。”

“既然你把事情看得如此透彻，那你为什么不采取行动呢？”奥菲丽娅小姐说。

“唉，因为我只会躺在沙发上指指点点，诅咒教会和牧师们没有殉道精神，没有听取忏悔的耐心。我的善心止乎此。要知道，任何人对别人的事总是一目了然，所谓旁观者清嘛。”

“那么你打算改变以往的做法吗?”奥菲丽娅小姐问道。

“以后的事只有老天知道,”圣克莱尔说,“我现在比以前勇敢多了,因为我一无所有。一个没什么可失去的人是敢冒任何风险的。”

“那你打算如何呢?”

“我必须先弄清楚对那些穷苦卑微的黑人的责任,”圣克莱尔说,“这之后,我就打算从我的仆人身上着手,迄今我还没为他们做过什么呢。或许将来的某一天,我会为整个黑人阶层做点什么。目前,我们的文明处于一种错位的状态,我应该竭力使它摆脱这种尴尬。”

“那你认为一个国家有可能自动解放奴隶吗?”奥菲丽娅小姐问道。

“说不准,”圣克莱尔说,“这个时代是诞生伟大行动的时代,世界各地的英雄主义和无私精神都在蓬勃发展,匈牙利贵族损失了大量金钱,却解放了好几百万农奴;说不定我们当中也有这样大公无私、愿意慷慨解囊的人物。他们衡量荣誉和公理的尺度将不再是美元和美分。”

“我不敢深信。”奥菲丽娅小姐说。

“不过,假使明天我们就解放了全国的奴隶,那由谁来教育这数以万计的黑奴呢,谁来教导他们使用自己的自由权利?在这儿,人们是不会有所行动的——这里的人们懒散惯了,不切实际,连做人的基本的勤俭艰苦的道理都没法传授给他们。他们必须到北方去,那儿劳动已成为一种风气和习惯。这样的话,请你告诉我,你们北方各州是否有足够的基督宽容精神来忍受教育、提高黑奴的漫长过程?你们把大量的金钱投往国外资助教会,可是如果将这些异教徒送到你们的城镇和乡村去,需要你们花费人力、财力和时间去教育他们,你们会乐意吗?在你们的城市里,有多少人家愿意收容一个黑种男人或女人,教育他们并与之融洽相处,使之成为基督徒呢?如果让阿道夫去做一个店员,有多少商家愿意接受他呢?如果让他去学一门手艺,有多少技师肯收留他呢?如果让简和罗莎去上学,有多少学校愿意招收她们呢?有多少人家愿意为她们提供食宿呢?事实上,她们的皮肤无论是在北方还是在南方,都和许多人相差不远哪!姐姐,你看,你们得对我们公正一些,我们的处境非常糟糕,因为南方对黑人的压迫较为明显,可是北方各州对黑人的歧视同样违背基督教义,这并不比南方强到哪儿去呀!”

“的确,我承认情况确如你所言,”奥菲丽娅小姐说,“实际上,过去我自身就是这样的。后来我才认识到应该改变这种态度,现在我相信自己已经转变了。北方各州有许多善良的人，只要他们被告知应尽何种职责，他们就会去做的。比起让传教士到异教徒中去传教，我认为在自己家中接受异教徒更需要一种克己献身的精神。不过，我相信我们还是愿意做出这种牺牲的。”

“你当然会做到，我相信，”圣克莱尔说，“只要你认为有责任去做某件事，我还没见过你做不到的呢！”

“噢，我并不是什么超凡脱俗的圣人，”奥菲丽娅小姐说，“如果有人看问题的角度和我一样，他也会这么做的。我回去时，决定把托普西带走，我想家里人起先会感到奇怪，不过最终他们会理解我的做法的。何况，北方有许多人都正做着你说的那些事情。”

“不错，不过他们毕竟是少数。如果我们真的大规模解放黑奴的话，我相信很快就能听见你们的回音。”

奥菲丽娅小姐并不回答，两人沉默了一会儿。圣克莱尔的脸上突然笼上一层迷惘哀伤。

“不知为什么今晚我总是想起我的母亲。”他说，“我有一种奇怪的感觉，好像她近在咫尺，我老是想起她过去常说的事情。真是神奇啊，不知怎么回事，过去的一幕幕竟然那么生动地逼现在眼前。”

圣克莱尔在房间踱了一会儿，说：“我想到街上遛遛，听听今晚的新闻。”他拿起帽子走了出去。

汤姆跟着他走到院子外的走道上，问是否需要有人陪着。

“不用了，汤姆，”圣克莱尔说，“一小时后我就回来。”

汤姆在走廊上坐下来，这是一个月光如水的夜晚，他坐在那儿凝望喷泉上飞溅的小水珠，听着那低低的水声，想起了自己的家，想到自己很快就会成为一个自由人，想到什么时候就可以回家了。他想着怎样拼命干活，好把妻儿赶紧赎出来。一想到他的臂膀就要成为自己的，能干活来换取一家的自由了，他忍不住满足地抚摸自己胳膊上结实的肌肉。而后，他又想起年轻高贵的主人，就为他祷告起来，一想起主人就止不住为他祷告，这已成了汤姆的习惯了。他的思绪又转到可爱的伊娃身上，他想她已成为天使中的一员了，他想着想着，似乎觉得那个披满金发的小脑袋，那张灿烂明媚的笑脸正透过喷泉的水雾望着他呢。这样想着，他不知不觉地睡着了，梦中依稀看见伊娃蹦蹦跳跳地朝他走来。和以往一样，她头上戴着一顶玫瑰花编的花冠，两颊发光，双眼里迸射出喜悦的光芒。可是，当汤姆再定睛看时,伊娃又仿佛是从地底下走出来似的,两颊苍白,眼睛里放射出深邃而圣洁的光辉,头上罩着一轮金色的光环,转眼间,她就消失无影了。一阵急促的敲门声和门外喧哗的人声把汤姆惊醒了,他赶紧把门打开。随着低低的人声和沉滞的脚步声进来几个人,他们抬着一扇百叶窗,上面躺着一个人,身上盖着袍子。当马灯照到这个躺着的人脸上时,汤姆禁不住震惊而绝望地哀叫一声,声音响彻整个走廊。那几个人抬着百叶窗继续朝前走去,一直抬到客厅门口,奥菲丽娅小姐正坐在那儿织毛线。

事情是这样的:刚才圣克莱尔走进一家咖啡馆,想看看晚报,他正在看报时,两个醉气熏天的汉子发生了冲突;圣克莱尔和另外一人想把他们俩拉开,不料其中一个手里拿着一把猎刀,圣克莱尔想把刀夺下来,却在腰间受了致命的一刀。屋里顿时充满了痛哭,哀号,尖叫声,仆人们扑倒在地板上,有的捶胸顿足,拼命撕扯自己的头发,有的张皇失措地四处奔窜。只有汤姆和奥菲丽娅小姐还保持着一点镇定。玛丽那严重的歇斯底里的痉挛症又发作了。在奥菲丽娅小姐的指挥下,门厅里的一张躺椅很快被布置妥当,那具流血的躯体被抬了上去。由于剧痛和失血过多,圣克莱尔已昏迷不醒,奥菲丽娅小姐做了些急救措施,他才苏醒过来,眼睛定定地望着他们,转而又环视屋内,看屋子里的每一样东西。最后,他的视线落在他母亲的画像上。

医生来了,开始检查。从他的表情一望而知,圣克莱尔是没救了。然而,他还是尽力包扎伤口。医生、奥菲丽娅小姐和汤姆正从容冷静地包扎伤口,仆人们却失魂落魄地蜷缩在门口、窗户下,哭声震天。

“现在,我们得将仆人们全部赶走,”医生说,“一切就在于能否保持绝对的安静。”

正当奥菲丽娅小姐和医生催促仆人们离开时,圣克莱尔又睁开了双眼,目不转睛地看着那些不幸的人们。“可怜的人们!”说着,痛苦的自责之色显现在他脸上。阿道夫横躺在地板上,死活也不肯出去,恐惧已让他失去了一切理智。其余的人听奥菲丽娅小姐说主人的生命就悬于一线之间,必须保持绝对的肃静,就陆续离开了客厅。

圣克莱尔已经快说不出话了,他躺在那儿,痛苦地紧闭双眼,内心却经历着痛苦的挣扎。

过了一会儿,他将手搭在跪在他身边的汤姆的手上,说,“汤姆,苦命的人啊!”

“老爷,您说什么?”汤姆急切地问道。

“唉,汤姆,我就要死了,你为我做临终祈祷吧!”圣克莱尔紧紧地握住了汤姆的手。

“如果你想请一个牧师来——”医生说。

圣克莱尔摇了摇头,急切地说:“汤姆,你开始祷告吧。”

汤姆完全投入到为这颗即将脱离尘世的灵魂的祷告之中。圣克莱尔那双睁大的充满忧伤的蓝眼睛里折射着他的灵魂之光,就那么定定地、无限忧愁地望着汤姆,这真是催人泪下的祷告。

做完祷告之后,圣克莱尔伸出手抓住汤姆的手,恳切地望着他,但一句话也没有说。他闭上了眼睛,但两人的手仍紧紧交握着——在永恒的天国之门前,黑人的手和白人的手就是这么平等地、友好地握在一起。圣克莱尔断断续续地轻声哼唱着:

耶稣啊,我们要谨记:
黑暗的日子里,你不肯将我抛弃;
为了寻找我,你疲惫不堪四处奔忙。

圣克莱尔显然在脑海里搜寻到那天夜晚他所唱的那首歌的歌词,那是对仁爱的主的歌颂。他的嘴嗫嚅着,时断时续地吐出那首歌的歌词。

“他已经神志不清了。”医生说。

“不,不,我终于快回家了!”圣克莱尔有力地驳斥说,“就快回家了!回家了!”

他耗尽了最后一丝力气,死亡的灰白色在他脸上显得更浓重,可是紧接着却代之以一副宁静、安详的表情,就像是在慈善的天使的翼护之下所呈现出的美妙光辉,又像是困乏的孩子终于沉沉睡去后所特有的可爱安静。

圣克莱尔就这么躺着,所有人都心里明白,死神的魔爪已攫住了他。在他的灵魂将要超脱尘寰之前,他竭力睁开了双眼,眼睛里闪烁着异常的似重逢故人的喜悦之光,接着他叫一声“母亲”,就与世长辞了。

28 覆巢之下无完卵

黑奴们失去一位好的主人会哀痛不已，这类事情我们经常听见。在上帝所主宰的世界里，没有谁比毫无保障、孤苦无依的黑奴的命运更为凄惨，因此他们的悲伤是毫不足怪的。

一个孩子失去了父亲，却仍然拥有亲友和法律的庇护；他仍是一个独立的人，能自由发展，将来有所作为，他没有失去公认的权利和地位。黑奴们就完全不同了，他们一无所有，无论从哪个角度来说，法律上确认他只是一件商品，没有任何权利。他仍是个有灵肉的人，有七情六欲，这是自然禀性；但只有通过主人无上的权力和随心所欲的意愿才可能得到满足。因此，东家的弃世意味着他们将失去一切。几乎每个人都清楚，这世上能仁慈、宽厚地运用无需负责的无限权力的人实在少得可怜，黑奴更明白这一点。因而，黑奴们搭上一个专横暴烈的坏主人与遇上一个善良人道的好主人的比率是十比一。这就不难理解他们之所以在失去一位好主人之后会悲痛得那么深，那么久了。

圣克莱尔断气之时，整个屋子都处在极端恐惧和震惊之中。谁也无法接受这个事实：正当年轻力盛的圣克莱尔先生会在转瞬间就离开人世。屋子里和走廊上到处是绝望的哭泣和哀号。

玛丽由于长期的纵情使性，神经早就衰弱不堪了，根本无法再经受这样的打击。圣克莱尔咽气时，她几次昏厥。与她有神圣的婚姻联系的丈夫竟会如此匆促地与她永诀，连句道别的话都没来得及说！

奥菲丽娅小姐有着一股子天生的刚强劲和自制力，她始终和亲人在一起。她聚精会神地处理事情，周到全面，没有丝毫疏漏之处。当可怜的汤姆为临终的主人做温柔感人的祈祷时，她也在一旁认真祷告着。

当家人们把圣克莱尔抬进棺材时，发现他胸前有一只朴素的小像盒。打开弹簧开关，里面是一张高贵的美妇的肖像，背面的水晶片下压着一绺黑发。人们把像盒放回到那停止跳动的胸口上。逝去的就让它逝去吧，这颗现在已冰冷的心，曾经为这些带来伤感回忆的纪念物而热烈跳动过啊！

汤姆的脑海里尽是天国的幻想。他丝毫也没有意识到，他装殓主人的遗体，为他料理后事正意味着以后他将永远沦入做奴隶的绝境。他感到非常平静，因为在为主人做祷告时，他向主的倾诉使他有一种踏实和轻松之感。他善良的天性使他对基督之爱的丰富内涵能略略领会一二，因为古代的先知曾写过这样的话："住在爱里即住在上帝里，上帝亦将长驻其心间。"汤姆充满希望，满怀信仰，因而心平如水。

葬礼过去了，满眼的黑色丧服，哀凄的面庞与满耳的祷告声也终于消散了。残酷无情、污浊混乱的现实生活的巨浪又压过来，人们心中又不禁升起这个永恒的难题："下一步该怎么办？"

玛丽身穿宽松的睡袍坐在宽大的安乐椅上，周围是一群焦虑的等待侍候她的仆人。玛丽翻捡着绉纱和羽纱的样品，心头涌起了这个问题；准备回北方老家的奥菲丽娅小姐也在思索这个问题；现在已归玛丽掌管的仆人们同样想着这个问题。他们深知女主人暴虐无情的脾性，对此已先有三分畏惧。先前优裕的日子是一去不复返了，因为那都是宽厚的男主人所赐，而现在男主人已逝，就不再有谁出来保护他们了。女主人经过丧夫之痛，性情更加乖戾，仆人们从此难逃责罚了。

葬礼过了大约两个星期之后，一天奥菲丽娅小姐正在屋里忙着，突然听见轻轻的敲门声。她打开门，看见是罗莎——就是前面我们经常提起的年轻漂亮的混血姑娘，她披头散发地站在门外，眼睛红肿。

"噢，菲莉小姐，"她一下子扑倒在奥菲丽娅面前，双手抓住她的裙子，"求求您，求您替我在玛丽小姐跟前说句话，帮我求个情。玛丽小姐要把我送到外面去吃鞭子，您看这个！"她递过去一张条子。

这是一张写给鞭笞站的条子，上面是娟秀流利的意大利笔迹，是玛丽吩咐该站把持条人抽上十五皮鞭。

"你做错什么啦？"奥菲丽娅小姐问道。

"噢，您知道我脾气一向很坏，喜欢自找麻烦。我试了一下玛丽小姐的衣服，她甩了我一个耳刮子，我想都没想就顶撞了一句，她说非得好好收拾我一顿不可，免得我以后再这样嚣张。接着，她就写了这张条子，让我自个儿送过去。唉，她还不如亲自动手把我打死得了。"

奥菲丽娅小姐捏着那张条子沉思了半晌。

"菲莉小姐，"罗莎说道，"要是给玛丽小姐或您抽上几鞭，那是无所谓的；可是，让我去挨一个男人的打，而且是那种粗鲁的男人，那我可太没脸了，奥菲丽娅小姐！”

奥菲丽娅小姐知道这种陋俗由来已久。主人把女仆和年轻的姑娘送到鞭笞站，让她们接受那些专以打人为生的邪恶无耻的男人的野蛮毒打，实质上是让她们接受这种受惩的羞辱。奥菲丽娅小姐以前就听说过这种事，可直到今天，看到罗莎吓得浑身乱颤的样子，才真正体会到这是怎么一回事。她是一个具有强烈的正义感和自由精神的新英格兰女人，此时不由气得满面通红，几乎不能自持。但是，她仍然凭借一贯的谨慎和自制力控制了自己的情绪。她把字条紧紧地攥在手里，对罗莎说：

“坐下吧，孩子，我现在就去见你的女主人。”

“这真是太可耻，太可怕，太令人震惊了！”穿过客厅时，她自言自语道。

玛丽坐在安乐椅上，妈咪正为她梳理头发，简坐在她前面的地板上，为她按摩脚。

“今天你感觉怎样？”奥菲丽娅小姐问道。

玛丽长叹了一口气，闭目养神，半天不说话。过了好一会儿，她才答道：“哦，姐姐，我也不太清楚，还是老样子，看来是好不了啦！”说着，她用一块镶有一寸宽黑边的亚麻布手绢擦擦眼角。

“我来是想……”她短促地干咳了一声——人们在提出一件难事时往往如此。“我来是想和你谈谈可怜的罗莎的事情。”

玛丽的眼睛顿时瞪大了，蜡黄的面孔涨得通红，她失声说道：“罗莎的什么事情？”

“她对自己的错误感到非常后悔。”

“她后悔了，是吗？她后悔的日子还在后头呢！这个丫头飞扬跋扈，我已经忍耐很久了，这回非得好好修理她不可，让她抬不起头来。”

“可是你不能换种惩罚方式吗？换一种不让她这么丢脸的方式。”

“我正是想让她丢脸，出出丑。她一向仗着自己长得娇俏玲珑，又有那么点大家闺秀的风韵就傲慢骄横，无礼放肆，忘了自己姓甚名谁了。这次狠狠教训她一顿，看她以后还敢不敢如此猖狂！”

“可是，弟妹，这样会毁了一个女孩子的文雅和羞耻心的，那她就会很快堕落下去！”

“文雅?”玛丽带着几丝讥讽的语气说,“她也配用这么好的字眼? 我就是要好好收拾她,让她瞧瞧,还敢在这儿摆小姐派头,其实她不过和街头流浪的那些肮脏的黑鬼一个样,看她下回还敢不敢在我面前招摇!”

“这样做太残酷了,以后怎么对上帝交代?”奥菲丽娅小姐下死劲说了句重话。

“残酷? 我倒想知道什么叫残酷呢,我只不过让人打她十五鞭子,还是往轻里打,怎么见得就残酷了?”

“还不残酷?!”奥菲丽娅小姐说,“我敢断定,任何一个女孩子都会觉得还不如立马死了好!”

“只有你这么感性的人才这么想呢! 挨打对这帮家伙来说已经是家常便饭了,要让他们服帖就得打,一旦纵容他们呀,让他们摆出斯文样,他们马上就骑到你头上来了,我们家的仆人可不就是最好的例子吗? 从现在开始,我就要杀杀他们的这股子邪气,得让他们明白,要是他们自己不尊重自己,就别怪我不客气,我挨个地把他们送出去挨鞭子,一点都不带迟疑的!”玛丽坚决地说着,严厉地向周围扫了一眼。

简听了这话,吓得垂下头去,身子缩做一团,仿佛这话是专对她说的。奥菲丽娅小姐坐了一会儿,仿佛觉得吞了炸药一般,马上就要引爆了。她想,跟这种人再争论下去无异于白费唇舌,便果断地闭了嘴,鼓足勇气站起来,朝屋外走去。

她回去告诉罗莎,她对此无能为力,深感抱歉,也感到非常难过。不一会儿,一个男仆过来说是女主人让他带罗莎去鞭笞站,无论罗莎如何哭叫哀求都无济于事了,男仆还是押着她匆匆走了。

几天之后,汤姆正站在阳台上想心事,阿道夫走了过来。自从男主人死后,阿道夫就一直唉声叹气,闷闷不乐,他知道自己向来为玛丽所厌恶,不过男主人在时还无所谓;现在男主人一死,他无日不胆战心惊,如履薄冰,不知道哪一天灾难就会降临。玛丽和她的律师谈了几次,后来又跟圣克莱尔的哥哥进行了商榷,决定把房产和所有的仆人都卖出去,她自己的个人财产不在卖之列,她打算将这些带回她父亲的庄园上去。

“汤姆,你知道吗,我们就要被卖掉了!”阿道夫说。

“你从哪儿知道的消息?”汤姆问。

“女主人和律师说话的时候,我藏在帘子后听到的。不出这几天,我们就要被送到拍卖行去。”

“那就只有听天由命了!”汤姆抱起胳膊,深深地叹了口气。

“不过,我们再也遇不到这样的主人了!”阿道夫说着,声音里夹杂着恐惧,“唉,若是落在女主人的手中,我倒宁愿被卖出去!”

汤姆思绪万千,转身离开了。对自由的憧憬,对远方妻儿的思念一起涌上了他的心头,尽管他极具耐心,但那种可望而不可即的失望还是让他感到煎熬,就好像一个经过长途跋涉、已快抵达港口的水手,他已经望到了故乡教堂的塔尖和亲切的屋顶,不料船却突然翻了,他只能从黑黝黝的塔尖上望它们最后一眼。汤姆把双臂紧紧地抱在胸前,咽回苦涩的泪水,努力定下心来做祷告。这苦命的仆人对自由的热爱已到了无以复加的地步,却屡次不得,因此心里充满强烈的痛楚。他越是念“愿你旨意行在地上”,越是感到难受。

他去向奥菲丽娅小姐求助。伊娃死后,她都对他非常尊重、非常和善。

“奥菲丽娅小姐,”汤姆说,“圣克莱尔先生生前曾许诺给我自由,他说他已经在办手续了。因此,我想请您在太太面前提提这事。既然这是圣克莱尔先生生前的愿望,或许太太会答应的。”

“我一定会尽力帮你的,汤姆,”奥菲丽娅小姐说,“但是,如果这事由圣克莱尔夫人决定的话,我看希望不太大。不过,我还是会帮你争取的。”

这是罗莎的事发生几天之后。当时,奥菲丽娅小姐正在打点行装,准备回北方去。

奥菲丽娅小姐想到上次和玛丽交谈时,可能自己火气过大,言语间有些冒犯。因此,这一次她决定心平气和地与玛丽好好谈谈,语气尽量委婉含蓄。于是,这个善良的女人鼓足了勇气,带着毛线活,来到了玛丽的屋子。她决定使出浑身解数,竭尽全力促成汤姆的好事。

玛丽正斜靠在沙发上,一只胳膊搭在靠垫上支撑着身子。简刚从街上采购回几种黑纱衣料,把它们放在玛丽面前。

“嗯,这块看着不错,”玛丽说,“不过,不知道守丧期间能不能穿。”

“哎呀,太太,”简开始滔滔不绝地说,“去年夏天德本农将军过世时,他太太穿的就是这种料子。这种料子正适合居丧穿呢!”

“你看怎样?”玛丽问奥菲丽娅小姐。

“我看这是风俗问题，”奥菲丽娅小姐说，“这种事还是你自己决定吧！”

“不瞒你说，”玛丽说，“我连适合现在穿的衣服都没有。我打算解散这个家，下礼拜就离开这里，所以现在得选好衣服料子。”

“这么快就离开吗？”

“对，圣克莱尔的哥哥已经来信了，他和律师都建议把仆人和家具送出去拍卖，房子由我们家的律师看管。”

“有件事我想和你商量，”奥菲丽娅小姐说，“奥古斯丁曾答应过给汤姆自由，并开始办手续了。我希望你再争取一下，把这件事办妥。”

“哼，我才不干呢！”玛丽尖声说，“这些奴隶中，属汤姆最值钱了，我可承担不起这个损失。再说了，他要自由干嘛？他现在不是挺快活的吗？”

“可是他真的热切盼望得到自由，而且圣克莱尔也确实向他许诺过。”奥菲丽娅小姐说。

“他当然想自由啦！”玛丽说，“他们谁不想这个？他们都是一群贪得无厌的家伙，总是有非分之想。哼，我可是坚决反对解放黑奴的。在主人的管束下，黑人还能把活儿干好，人也老老实实的；如果把他们解放了，那可就不得了啦，偷懒耍滑，惹是生非，个个都会堕落成无用的败类，这种人我见的多了，给他们自由简直是愚蠢可笑。”

“可是，汤姆一贯勤俭、持重啊！”

“咳，这我还不清楚，像他那样的我见过上百个了。管着他就规规矩矩的，其实就那么回事。”

“可是，玛丽，”奥菲丽娅小姐说，“想一想吧，你要是把他卖出去，很可能他会碰上一个坏主人。”

“哼，没有的事！”玛丽说，“好黑奴遇上坏主人，这样的事情少之又少。我可是土生土长的南方人，在这儿呆了一辈子也没见过一个对仆人不好的主人呢。我看都够好的，你大可不必操这个心。”

“不过，”奥菲丽娅小姐据理力争，“我知道，你丈夫生前就有让汤姆得到自由的意愿，这也是亲爱的伊娃的遗愿，你总不能置他们的心愿于不顾吧！”

听了这番话，玛丽当即用手帕盖住了脸，使劲地抽泣起来，一边拼命去嗅她的香精瓶。

“谁都跟我过不去，”玛丽哭着说，“谁都不体谅我！想不到你也来揭我的伤疤，你太不体谅我了！谁肯设身处地为我想一想，难道我受的罪还少了吗？唯一的宝贝女儿就这样死了；找个情投意合的丈夫本就不容易，找到了又被老天从我身边夺走了！你明明知道一提起这些事，我就恨不得去死，你却偏偏在我面前提。你太不体谅人了！我相信你没什么恶意，可是你太不体谅我了，太不体谅我了！”说完，她又啜泣起来，直哭得上气不接下气。妈咪赶忙替她开窗子，取樟脑丸，敷湿毛巾，解衣裳，大伙儿都忙做一团。奥菲丽娅小姐趁此退了出来，回到自己的房间。

她终于明白，一切都是徒劳，玛丽的歇斯底里说发就发，特别是提及圣克莱尔和伊娃对家中的黑奴有什么愿望时，更是发作得厉害。最后，奥菲丽娅小姐只得替汤姆给希尔比太太写了封信，把他的恶劣的处境告诉她，希望她想办法搭救。

第二天，汤姆、阿道夫和其他五六个仆人被一起押到一家黑奴交易所，在那儿等待拍卖。那家交易所的老板准备货一到齐就立刻拍卖。

29 黑奴交易所

黑奴交易所，在读者们看来，差不多应该是与恐怖和触目惊心联系在一起的。一提到这个名词，您可能会把它联想成一所阴暗龌龊的房子，破旧不堪，浊臭熏天，暗无天日，让人不寒而栗。其实不然，我亲爱的朋友。在那个时代，人们就已经知道如何作恶作得漂亮、文雅而不带血腥，以免体面的上层人士看了觉得恶心。交易所里的黑奴们表面上看起来都不错，吃得好，穿戴整齐，梳洗得油光滑亮。交易所对黑奴们的照顾也不失细致周全，为的是让他们在交易那天都显得结实健康，光鲜体面。新奥尔良的奴隶交易所从外表看与其他房子没什么不同，收拾得干干净净。交易所外搭着个棚子，棚子底下站着几排男女黑人，他们是作为里面供拍卖的黑奴的标本。

接着，交易所里会有人殷勤地请你进去看货。在里面你可以看到大批别人的丈夫，妻子，兄弟，姐妹，父亲，母亲和子女，“零售、批发，任您选择！”仁慈的主啊，你当年在天翻地覆、山崩地裂之时，历尽千辛万苦，用自己的鲜血拯救出的人类不朽的灵魂，而今却在被自由买卖、租借和抵押，任由顾客的喜好或双方意愿用布匹或杂货进行交易。

玛丽和奥菲丽娅小姐谈话之后的一两天，汤姆、阿道夫及其他五六个仆人就被送往××街的一家奴隶交易所，在那里老板的热情安排之下，等候第二天的拍卖。

汤姆随身带一口大箱子，里面装满了衣物，其他人也大多是这样。他们被领进一间狭长的房间里过夜。屋子里已经有许多男黑人，老少、高矮、肤色各个齐全。他们聚在一起，谁也不知道命运如何，只好逗乐子排遣忧愁，不时可以听见他们的哄堂大笑声。

“啊哈，伙计们，对了，你们就得快活！”交易所老板说，“我这儿通常都是很热闹的。噢，原来是桑巴！”他对一个身材高大的黑人夸道。这个人正在玩一些低级、滑稽的小把戏，引得众人围着他大笑。

汤姆没有心情与这些人调笑，这是很显然的。他把箱子放到离哄闹的人群远远的，一屁股坐在上面，头抵在墙上。

黑奴贩子们处心积虑地想在黑奴中制造些欢乐气氛，因为他们想麻醉黑奴的思想，使他们忘掉自己的厄运。一个黑奴在从北方市场上被卖到南方，都要受到一系列的训练，无非是想让他们变得麻木不堪、冷漠无情、机械愚笨。黑奴贩子们从弗吉尼亚州或肯塔基州买进一批黑奴后，就把他们押送到附近一个适宜于养息的场所进行训练，往往是在有温泉的地方。黑奴们成天饮食无忧，但无所事事，难免会烦闷无聊，于是经常有一位琴师为他们拉琴，老板让他们跳舞。有些人却始终放不下对妻儿、故土的思念之情，整天抑郁着，他们的落落寡合会引起老板的注意，老板会认为他们性情阴郁古怪，有时会让暴戾狠毒的黑奴贩子教训他们一通。因此，他们迫不得已装出一副高兴愉悦、活泼爱动的样子，尤其是在客人面前，一来是为碰上好主顾，二来则是为了免遭摧残。

"那块黑炭在那儿干嘛？"交易所老板出去之后，桑巴向汤姆走过去问他。桑巴肤如墨漆，魁梧健硕，精神焕发，口齿伶俐，惯于耍弄各种把戏和嘴脸。

"你在这儿做什么？"桑巴走近汤姆，打趣地在汤姆腰间戳了一下，"想心事吗，伙计？"

"明天我就要被卖了！"汤姆低声说。

"要被卖了——哈哈！大伙说好笑不好笑？我还求之不得呢！瞧，我把他们都逗乐了吧？怎么，你们这群人明天都得卖了，嗯？"桑巴说着，一只手随意地搭在阿道夫的肩膀上。

"请别碰我！"阿道夫怒气冲冲地说道，不屑一顾地站起身来。

"天哪！伙计们快看，这可是块白黑炭呢，带点奶油色，还喷了香水呢！"他故意走到阿道夫身边用鼻子嗅了嗅。"嗯，卖到烟草店倒是恰到好处，可以当香精去熏鼻烟！天哪，简直够开一家香烟铺呢，我敢打赌！"

"我说，你走开点，行不行？"阿道夫气愤地说。

"哟，火气倒是不小呀！当然啦，我是白黑炭嘛！看看我。"桑巴刻意地去模仿阿道夫的派头，样子非常滑稽。"多气派，多文雅！我猜你是大户人家出来的吧！"

"算你说对了！要是我主人还在世，可以把你们这堆破铜烂铁全收购下来。"

"啧啧，瞧瞧，"桑巴说，"多阔气啊！"

“我是圣克莱尔家的人。”阿道夫骄傲地说。

“哎呀，是吗？你们家可真他妈的走运，这回可把你赶走了，我看他们准是把你和瓶瓶罐罐一起踢掉的！”

阿道夫受不了这番冷嘲热讽，不由得满腔怒火，他当即气势汹汹地朝桑巴扑过去，一面破口大骂，一面挥拳乱打。人们吵吵嚷嚷的，哄笑不止。老板闻声过来了。

“怎么啦，伙计们？别闹——别闹。”他说着，挥着一根粗皮鞭向屋里走来。

大伙纷纷避让，只有桑巴，这个特许的小丑，仗着老板的青睐，没有动。老板每次对他举鞭相向时，他总是能嬉皮笑脸地躲闪过去。

“哎哟，我的老爷，这可不关我们的事，我们一向都规规矩矩的。都是这些新来的人，他们和我们过不去，真够讨厌的！”

老板听了，转过身来，不分青红皂白就朝汤姆和阿道夫甩过来几鞭子，又踹了几脚。然后，他让大家安心睡觉，说完，就走出了屋子。

男奴室里发生这种事的时候，女奴房间里又是什么情况呢？隔壁的女寝室里，地板上睡着数不清的女人，她们睡的姿势各不相同，肤色的黑白程度也不一致，年龄有老有少。她们此刻都睡着了。这儿有一个十岁左右、聪明伶俐的小姑娘，她的母亲刚被卖掉，今晚在没人注意的情况下，偷偷地流着泪睡着了。那儿有一个瘦弱的老婆婆，瘦削的胳膊和长有老茧的指头，说明她一生操劳。现在，她正等候明天的拍卖。老板准备拿她当剩余货卖出去，能卖多少是多少。她们周围躺着四五十个女人，用毯子或衣服蒙着脑袋。可是，在一个角落里，有两个女人坐着，她们与别人不在一起，相貌也颇不寻常。年纪大的是一个四五十岁上下的第一代混血女人，衣着得体，慈眉善目，头上梳着一个高髻，用一块上好的马得拉斯红衣帕包着；身上的衣裳剪裁合适，衣料也不错，显然，她以前的主人待她很不错。一个约摸十五岁的姑娘偎依在她身边，应该是她的女儿，她皮肤白皙，是个第二代混血种；和她母亲一样，她的眼睛也是乌黑而温柔，只是眉毛比她的母亲长一些，头上的卷发呈浓艳的深棕色，衣着整洁，两只手白白嫩嫩的，显然没干过什么重活。明天，她们母女俩将和圣克莱尔家的仆人一起被拍卖出去。她们的主人是纽约某基督会的教徒，母女俩拍卖所得的那笔钱都将汇到他那里去。他收到汇款之后，将照常去参加他的救世主(这也是她们的救世主啊!)的圣餐礼拜,然后把此事忘得一干二净。

我们姑且把这母女俩叫做苏珊和艾米丽。她们从前的主人是新奥尔良的一位和蔼可亲、心地善良的夫人,她们做贴身女仆。在这位文雅虔诚的夫人的调教下,她们也接受了虔诚的宗教训练和正规的文化教育,因此变得很有教养。以她们的地位而言,这种境遇已经算是非常走运了。然而,这位女恩人的产业是她的独生子掌管的,他的挥金如土、马虎大意最终导致债台高筑,破产是无可避免了。他最大的债权人是纽约颇负盛名的B公司,B公司写信通知了该公司新奥尔良的代理律师,那律师就依法没收了他家全部的不动产资财,其中最值钱的就属这两个黑奴和一大批农奴,并向纽约方面报告了情况。正如我们前面所说的,B教友是一位基督徒,又是自由州的居民,因而对此事难免惴惴不安;毫无疑问,他不喜欢贩卖奴隶和人的灵魂,不过,这其中牵涉三万块钱呢。为了一个信念而丢失三万块钱,这也太不划算了。所以,B教友经过再三思量、多方商讨之后,终于决定写信给他的律师,嘱咐他尽量慎重,采用可行的办法来处理此事,并汇款给他。

这封信到了新奥尔良的第二天,苏珊和艾米丽就被依法扣留,押送到这所黑奴交易所等待拍卖。这时,月光正透过铁窗,静静地洒在屋里,母女俩的身影隐约可见,她们的低语依稀可闻。她们暗暗流泪,都不想让对方知道。

“妈妈,您把头靠在我怀里,看能不能睡一会儿。”小女孩故作镇定。

“我哪有心思睡觉,艾米丽!恐怕这是我们分别前的最后一宿了!”

“噢,妈妈,您千万别说这个,或许会有人把我们一起买走,谁知道呢?”

“如果是别人,我也会这么说的。可是,艾米丽,正因为你是我的女儿,所以我总是会往最坏的方面想。”

“哦,妈妈,老板说我们看起来都很体面,说不定很容易脱手。”

苏珊不由想起那个人的言语和表情。她记得他看了看艾米丽,捧起她的卷发说这是上等货色。一想起他的模样,苏珊就涌起厌恶之感。她受过严格的基督徒的教育,有每天阅读《圣经》的习惯;她和任何其他基督徒母亲一样,害怕自己的女儿被卖给别人,一辈子过屈辱的生活。但是,她又没有丝毫的力量来保障女儿的幸福,没有一点指望来改变女儿不幸的命运。

“妈妈，要是你能当厨子，我做侍女或裁缝，咱们一定会干得不错，我敢保证。明天我们尽量摆出高兴的样子，精精神神的，让别人知道我们会干什么，也许会把我们一起买走的。”艾米丽说道。

“你明天把头发梳直了。”苏珊说。

“为什么，妈妈？卷着不是更好看吗？”

“是好看些，但是直着头发更容易找到好东家。”

“我不明白。为什么？”艾米丽说。

“正经人家看见你素净的样子，就会觉得你规规矩矩的，乐意要你。他们的心思我比你明白些。”苏珊说。

“好吧，妈妈，那就按您的意思办吧！”

“还有，艾米丽，如果明天之后，我被卖到一个遥远的农庄，你被带到另一个地方，我们母女再也无法相见的话，你一定要铭记夫人对你的教导和自己所受的教养。把《圣经》和赞美诗随身携带，如果你心中有上帝的话，上帝就会保佑你的。”

那苦命的女人说这番话时，心里一阵酸楚。她明白一到明天，只要能出得起钱，不论这人有多么邪恶、奸诈和下流，就将从精神到肉体完全占有她的女儿。那时候，孩子又该怎么忠于上帝呢？她把女儿一把搂在怀里，思潮翻滚，她真希望女儿生得没这么漂亮，没这么妩媚动人。当她想到自己曾受过良好正规的教养以及曾比黑奴优越得多的待遇时，心里就越发难受。但是，此刻除了祈祷之外还有什么法子呢？她完全是无可奈何呀。在这两间干净、体面的黑奴房间里，已有不少人在默默地祷告上苍。上帝并不会忘记他们，这一点迟早会证实，因为《圣经》上明明白白写着：“凡让信仰我的人跌倒的人，倒不如把大磨石挂在此人的脖子上，让他永沉海底。”

静穆、柔和的月光从窗外照进屋子里，把窗子上铁栏杆的影子投射在地板上熟睡的人身上。母女俩依偎着，情不自禁地唱起一支哀婉而感情奔放的挽歌，这是黑奴们在葬礼上经常唱的一首赞美诗：

啊，哭泣的玛丽在哪里？
啊，哭泣的玛丽在哪里？
已平安到达幸福园。

她已长逝升入天堂，

她已长逝升入天堂，

已平安到达幸福园。

母女俩的嗓音带有柔美而忧郁的特点，曲调的旋律仿佛流露出对尘世的厌倦和绝望、对天堂的向往和憧憬。歌声带着悲怆的意味，一段一段回荡在黑暗的监房里。

啊，保罗和希拉斯在哪里？

啊，保罗和希拉斯在哪里？

平安已到达幸福园。

他们已长逝升入天堂，

他们已长逝升入天堂，

平安已到达幸福园。

唱吧，苦命的人！长夜将逝，天明之后，你们将骨肉分离！

可是，天已经亮了，人们开始起床。什凯哥思大老板喜气洋洋的，忙得焦头烂额，他正准备把一大批货送去拍卖。他先督促大伙梳洗穿戴，又叮嘱每个人装出高兴的样子来。最后，黑奴们围成一个圈子，在被送往交易所之前，等待老板最后的检阅。什凯哥思大老板头戴棕榈帽，叼着雪茄烟，逐个检查一遍，给他的商品最后润润色。

“这是搞什么名堂？”他走到苏珊和艾米丽面前说，“你的卷发跑哪儿去了？”

那姑娘胆怯地望了她母亲一眼，她母亲立刻以黑人常有的机敏答道：

“是我昨晚让她把头发梳得整齐光亮些，不要一圈圈乱蓬蓬的，这样看上去庄重些。”

“可恶！”那黑奴贩子粗鲁地说，接着就转过脸向那姑娘命令道，“赶快去把头发卷起来，要卷得漂漂亮亮的！”他又把手中的藤条在地上“啪”地抽了一下，补充道，“弄完了赶紧回来，听见了没有？”

“你，快去帮她的忙，”他对她母亲说，“把头发卷起来可以多卖一百块钱呢！”

在一个富丽堂皇的圆穹顶下，聚集了不同国籍的各方人士；在大理石的地板上，穿梭着熙来攘往的人群。圆形大厅的四周有几个小讲坛或是拍卖站，那是为演说人或拍卖人设置的。大厅两旁的讲坛被两位才华横溢的人占据着，他们正用夹杂着法语的英语催促看中某商品的行家们提交投标价码。另一端的讲坛还空着，周围站着一群待卖的黑奴，圣克莱尔家的几个仆人——汤姆和阿道夫等也在其中。苏珊和艾米丽也在不安地等待着她们的判决时刻。这群黑奴前围着许多看客，有的打算买，有的并不想买。他们一面用手随意捏弄、检查这些黑人，一面品头论足，就像骑师们评价一匹马的优劣似的。

"嗨，阿尔夫，什么风把你给吹来了？"一位打扮时髦的青年用单柄眼镜打量着阿尔夫，另一位阔少拍着那人的肩膀说道。

"哦，我正缺少一个跟班，听说圣克莱尔的一批家奴要脱手，我就来看看——"

"我才不会买圣克莱尔家的仆人呢！全都放纵惯了，个个目中无人。"对方说。

"老兄，这个你放心，"那个阿尔夫说道，"我买了他们，不出几天，就能打掉他们的臭架子。我让他们瞧瞧，这个新主人可不像圣克莱尔先生那样好对付。说实话，我看上了这个家伙，他那副样子，我喜欢！"

"养这么个家伙可得小心倾家荡产哟！你看着吧，他可十足的气派呢！"

"哼，他的确如此。不过，我马上会让这位仁兄知道，在我手下办事可是威风不起来的。把他送到鞭笞站揍上几回，挫挫他的锐气，看他还敢不敢不乖乖地听话？我早晚会把他给制服的，你等着瞧吧！就这么说了，我决定买他了。"

汤姆一直站在那儿默默地观察眼前走过的人，希望能觅到一个称心如意的主人。先生，如果您也和汤姆在相同的处境下，被迫在二百人中挑选一个对你掌有生杀予夺大权的主人，恐怕你也会和他一样，发现能让你满意的主顾简直屈指可数，寥寥无几。汤姆看见各种各样的人，有肥胖、粗鲁的大块头，有干瘪、精瘦的矮个子，有尖嘴猴腮的精明鬼，还有各式各样长得像矮树桩子、一无所长的人。他们按自己的眼光和喜好找到同类人，就像捡柴火一样漫不经心，扔到火炉里或扔进篮子里。可是，汤姆找不到像圣克莱尔那样的人。

拍卖会就要开始前，一个矮小精干的汉子从人群里挤进来。他上身穿一件有格的衬衫，胸口袒露着，下身穿一条又脏又旧的马裤。他那跃跃

欲试的样子，似乎满心要做笔生意。他走到黑奴面前，挨个看起来。他走得越近，汤姆越感到恐惧和厌恶。这个人虽然个子矮小，却显得力大无比；他子弹形的脑袋、茶褐色的眉毛、浅灰色的眼睛和焦黄色的粗硬头发都让人感到说不出的可恶。他粗糙的大嘴巴里嚼着烟叶，并以坚强的毅力和巨大的攻势向外喷射出来。他的手奇大无比，又黑又脏，手背上尽是毛茸茸的汗斑。他指甲很长，非常的脏。这汉子大摇大摆地从黑奴前走过去，打量每个人。走到汤姆身边时，他抓住汤姆的下巴，扳开他的嘴查看他的牙齿，又叫他卷起袖子看他的肌肉，还让他转身跳了几跳，试试他的脚力。

“你在哪儿长大的？”这汉子发问了。

“金特克，老爷。”汤姆一面回答，一面四处张望，希望这时出现一个救星。

“你干过什么活？”

“替东家管理农庄。”汤姆答道。

“说得倒像那么回事！”那汉子简短地说，继续朝前走去。他在阿道夫面前停了一会儿，把一口烟叶吐到他擦得锃亮的皮鞋上，轻蔑地哼一声就过去了。然后，他又在苏珊和艾米丽的面前停住脚，伸出一只又脏又粗的手抓住那姑娘，从颈项一直摸到胸脯，又摸了摸胳膊，检查了她的牙齿，把她向她母亲身边推去。从她母亲的表情可以看出，那面目狰狞的陌生人的举动让她感到非常痛苦。

艾米丽吓得哭出声来。

“闭嘴，臭丫头，”那黑奴贩子厉声喝道，“不准在这儿哭哭啼啼的，拍卖马上就开始了。”说着，拍卖果真开始了。

刚才那位打算买阿道夫的阔少果真用高价把他买走了。接着，圣克莱尔家其余几个仆人也被买走了。

“轮到你了，伙计！听到没有？”拍卖人冲汤姆嚷道。

汤姆走上台去，战战兢兢地环视了四周，场内一片喧嚣。拍卖人又连珠炮似的用夹杂着法语的英语介绍汤姆的经历，下面接连响起英语和法语的投标呼声。一刹那，只听“咚”的一声，木槌敲了下去，拍卖人叫出了最后的成交价格。当那个“元”字落下去之后，现场交易——汤姆立即被推给新主人。

汤姆被推下台来，那个子弹形脑袋粗暴地揪住他的肩膀，把他推到一边，恶声恶气地说："站在那儿别动，听到没有?"

汤姆只觉得脑袋里"嗡"的一片，稀里糊涂的。周围的投标仍在继续着，声浪一阵高过一阵，一会儿英语，一会儿法语。最后又是木槌"咚"的一声，苏珊找到了买主。她走下台来，恋恋不舍地回头望她的女儿，艾米丽向母亲伸出了双臂。苏珊痛苦地看着她的新主人——一个慈祥、体面的中年绅士，她哀求道：

"求您发发慈悲，把我的女儿也买下来吧。"

"我倒是有意要买，只怕买不起啊!"那中年绅士说着，向台上的姑娘望去。那姑娘正惶恐而羞涩地向四面张望。

姑娘苍白的脸上荡起了一阵痛苦的红晕，她的双眼灼灼闪光，显得比任何时候都更加漂亮。她母亲不由得痛苦地哼了一声。拍卖人抓住大好时机，用夹杂着法语的英语，滔滔不绝地大肆渲染一番，人们接二连三地投起标来。

"我尽力而为吧。"中年绅士说，挤进人丛中投标去了。不过一会儿，投标数额超过了他口袋里的钱，他就缄口不言了。拍卖人越叫越起劲，可投标声越来越少了。最后只剩下一位气派的阔佬和子弹形脑袋争相叫价。老先生叫了好几个回合，显然对子弹形脑袋不屑一顾；可是，子弹形脑袋的耐力却非常持久，而且钱包里钱的数量也多些，最后老先生也败下阵来。木槌终于敲了下来——子弹形脑袋从精神到肉体都占有了艾米丽，除非老天爷来救她。

她的主人是烈格雷先生，他在红河流域拥有一座棉花庄园。艾米丽被推向汤姆和其他几个仆人一边，她边走边抽泣起来。

那位中年绅士觉得非常抱歉，可是这样的事情天天都在发生啊！在这种大拍卖中，母女分离、抱头痛哭的场面每天都在上演着，好心人想助其一臂之力也是心有余而力不足。于是，中年绅士只得带着他新买的黑奴，向另一个方向走去。

两天后，纽约那家信奉基督教的B公司的代理律师把拍卖黑奴的款项寄给了该公司。在这张汇票的背面，让他们记下那位伟大的"账房先生"(人们总有一天会向他交代清楚所有账目的)说过的一句话："当他血债血偿时，不会忘记穷人的哀求。"

30 前途堪忧

你双目炯炯，无视奸邪与罪恶。
面对恶人，你却为何置之不理？
当恶人践踏着公理，
你却为何一言不发？

——《哈巴谷书》第一章第十三节

汤姆坐在一艘简陋的小轮船的最底层，这艘船正行驶在红河上。他戴着沉重的脚镣和手铐，但比这更沉重的是他的心情。月亮和星星已从他的天空中坠落了，一切美好的东西都转瞬即逝如过眼云烟，就像此刻岸边的树木和堤坝都匆匆从视野里退去，消失无影。肯塔基的庄园，那里的妻儿和仁慈的主人；豪华气派的圣克莱尔公馆，伊娃盖着金黄色长发的小脑袋和天使般纯洁的眼睛，还有英俊、乐观而自信的圣克莱尔先生，外表那么随便而心地却那么善良。那些美好惬意的时光都如流水东逝。剩下的还有什么呢？

奴隶制度给人类带来莫大的灾难，但最痛苦的又莫过于这一种：天赋悲悯情怀和情感丰富的黑人，先有幸在好的主人家里受到良好的教养和文明的熏陶，已培养了高洁的品性和高尚情怀，却不幸转而落到最粗野暴戾的主人手里。这就好比是原先摆在华丽的大客厅里的桌椅，因磨损破旧被扔到某个肮脏的小旅馆的酒吧间里或某个低俗不堪的龌龊场所。但这两者有关键的不同之处，那就是桌椅是死的而人是活的。人是有感情的动物，尽管在"法律上被视为、被确认为和被裁决为奴隶"，但奴隶仍然是有灵有肉的人，他们的情感、记忆、希望、爱好、恐惧和企盼都是无法抹杀的。

汤姆的主人西蒙·烈格雷在新奥尔良市的几个拍卖所一共买了八个奴隶，把他们两两相铐，押送到码头边的"海盗号"轮船上。这艘船即将起航，逆流而上驶向红河的上游地区。

奴隶们都上船之后，船就要起锚了。西蒙以其特有的干练，把奴隶们巡视一番。他走到汤姆面前时停下了脚步。汤姆还穿着拍卖时穿的那身衣服，上好的呢子制服和洗得笔挺的衬衫，脚上是擦得锃亮的皮靴。西蒙简洁地命令道："站起来！"汤姆站了起来。"把硬领巾解下来！"汤姆依从地去解领巾，但戴着手铐不方便，西蒙便粗鲁地将硬领巾从他领子上一把扯下来，揣进了自己的口袋里。

烈格雷刚才已在汤姆的箱子里翻了很久，这时他拿出汤姆平时在马厩里穿的那身——一件旧外衣和一条破裤子。他解开汤姆的手铐，指着货箱中的一个凹处说：

"去，上那儿换上这身衣服。"

汤姆照办了。不多一会儿，他换好衣服回来了。

"给我把靴子也脱下来。"烈格雷先生继续吩咐道。

汤姆又奉命脱下靴子。

"喂，"烈格雷扔过来一双结实的粗鞋，黑奴们平常穿的那种，"把这个换上。"

汤姆在匆忙间换衣服时，并没有忘记把心爱的《圣经》掏出来，放在旧衣服的口袋里。这样做确实有先见之明，因为烈格雷先生给汤姆重新戴上手铐之后，马上翻捡起汤姆换下来的衣服。他在那衣服口袋里摸出一条丝绸手帕，顺手放进了自己的口袋里；他又翻出来几件小玩意儿，那是汤姆在伊娃死后珍藏着的，他看了看，不屑地哼了一声，随便一扬手，那些小玩意儿便从他肩头划过，落在了河里。

汤姆在匆促之间却忘了把那本卫理公会的赞美诗集取出来，现在落到了烈格雷手里，他随手翻了翻。

"嗬，想不到你还挺虔诚的嘛！你叫什么来着？你是个基督徒？"

"是的，主人。"汤姆坚定地回答说。

"哦，是吗？不过用不了多久，我就会让你忘掉它们。我可不想让一群黑鬼在我的庄园里嚎叫，祷告或唱什么赞美诗。记住了没有？你给我老实点，"说到这里，他跺一下脚，灰眼睛恶狼似的瞪着汤姆，"从现在开始，我就是你的上帝！你给我听着，我让你朝东你就朝东，让你往西你就往西！"

汤姆沉默着，但他的心里呐喊着："不！"同时，有个声音在冥冥中一遍遍说着伊娃生前常念给他听的一本古老的预言中的一段话："你不要害怕，因为我曾救了你，并以我的名义召唤你，你是属于我的！"

但西蒙·烈格雷什么也听不到，这声音他永远也无法听到。他只是向汤姆吹胡子瞪眼的，最后也无奈地离开了。他把汤姆的箱子提到了前甲板上，箱子里全是汤姆收拾的干净衣裳，很快，一群水手拥了过来，他们一面嘲笑说黑奴不配有这么多衣裳来摆绅士派头，一面你一件我一件地买下所有的衣物，甚至连空箱子都有人买下了。当他们一哄而散时，都觉得此事非常滑稽，尤其是看到汤姆干净、整洁的装束时，更是大笑不止。拍卖空箱子也一时传为笑谈。

这笔交易结束之后，西蒙又慢慢地踱了回来。

“汤姆，你瞧，你那些杂七杂八的废物我已经帮你清理掉了。你身上的这套衣服可得省着穿，爱惜点，换套衣服得过好久呢！我完全赞成这个主意，让你们黑鬼穿衣服仔细点，一年只有一套衣服！”

接着，他又来到艾米丽身边，她和另外一个妇女被铐在一起。

“得了，小宝贝，给我开心点！”他摸着艾米丽的下巴说。

这姑娘极不情愿地看着西蒙，眼神里流露出惊恐和厌恶，这并没逃过西蒙的眼睛，他眉毛拧成一团，恶狠狠地说：

“你这个丫头片子，别跟我来这套，你听见没有？跟我讲话时，不许哭丧着脸，听到没？还有你，你这个黄脸婆！”他使劲推了一下和艾米丽铐在一起的混血女人，“别板着个脸，让我看你这副臭嘴脸！告诉你，你得给我摆出笑眯眯的样子。”

“我说，你们都给我听着，”烈格雷往后退了一两步，吼道，“看着我，都看着我！都看着我的眼睛，你们都看仔细了！就现在！”他说话时，每停顿一下就跺一下脚。

大家像中了邪一样，齐刷刷地望着那双露着凶光，满含杀机的眼睛。

“你们瞧瞧，”他攥紧了自己又大又结实的拳头，那拳头看上去像铁匠的大锤，“看清这拳头了吧？掂掂它有多重？”他把拳头放在汤姆的手上。“瞧这身骨头！哼，实话告诉你们，这拳头和铁一样硬，都是揍黑鬼练出来的。迄今为止，还没有哪个黑鬼挨我一拳不趴下的呢。”他挥了挥拳头，差点儿打到汤姆的脸上。汤姆不由眨了眨眼，向后退了一步。“我从来不需要什么该死的监工，我自己就是监工。你们全都得给我规规矩矩的，干活要麻利，叫你们干什么马上就动，这样才合我的意。你们可别指望我什么时候心肠软，没有的事！你们自个儿当心点，我可不发什么慈悲。”

两个女人不由得倒抽一口凉气，其他人也愁容满面地坐在那里，大气不敢出。西蒙说完这些，就转身向船上的小酒吧间走去，准备在那儿喝上几盅。

“我就这么干，先给他们一个下马威。”西蒙对一个绅士模样的人说，这人一直站在他身边听他高谈阔论。“我一开始就采取强硬措施，让他们思想上警惕点。”

“是吗?”这位绅士惊讶地说，上上下下地打量西蒙，就像自然学家研究某种奇特的标本。

“没错儿。我可不是什么斯文仁慈的主人，那些人手指白白嫩嫩的，像婆娘的手一样，成天唠唠叨叨，老是被监工骗，真他娘的！来，你摸摸我的关节，看看我的拳头。先生，不瞒你说，我这身肌肉跟石头一样结实，全是他妈的揍黑鬼练出来的。不信你来摸摸。”

这陌生人果真摸了一下，简单地说了句:“是够结实的，很硬，”接着，他又补充道，“没准你的心肠也和它一样硬。”

“算你说对了，难道有什么不妥吗?”西蒙得意地狂笑起来。“我的心肠可软不下来，实话告诉你吧，谁也不敢在我面前耍花招。黑鬼们吵闹也好，拍马屁也好，都无济于事。”

“你这批货挺不错嘛!”

“倒真不坏，”西蒙说，“听别人说，那个汤姆棒极了，我买他的价钱高了些。我打算让他做个车夫或管家什么的。他以前的主人对他太好了，简直没当奴隶使唤过，因此沾染上一些臭脾气。不过若是把他教训过来，倒是个好使的。至于那个黄脸婆，简直算我倒霉撞上了，一副病恹恹的样子。不过，无论如何我也得让她干上一两年的活，把本钱给赚回来。有人说要对奴隶好点，我最痛恨这种说法，简直荒唐透顶！我宁愿先让他们拼命干，然后再买新的，这样的话，麻烦就少多了。我敢打赌，这样做更划算。”说到这儿，西蒙呷了口酒。

“黑奴们通常能干上几年?”那陌生人问。

“这可说不准了，得看各人的体质。那些强壮的可干上七八年，身体弱的就只能干两三年了。以前我刚开始干的时候，劳神的事多着呢。那时我总想让奴隶多用上几年，所以他们病了还让他们看医生，给他们发衣服、发毯子什么的，总之，总想着让他们过得舒坦体面些。后来才发现，这样做真傻，一点用都没有。现在你再瞧瞧，不管他们有病还是没病，统统得去拼命干活。要是哪个黑鬼死了，就再买个新的，这么干又便宜又省事。”

那个陌生人转过身去，在另外一位绅士旁边坐了下来。这位绅士刚才一直在听他们的谈话，心中已有些不安。

“你可别把他当作南方庄园主的典型啊。”他说。

“但愿他不是。”年轻的绅士强调道。

“这个无耻卑鄙又残暴的家伙！”另一个又说道。

“可是，你们的法律允许蓄奴，而且是不限量的，想养多少就养多少。黑奴们对他言听计从，但一点保障都没有，连生命都掌握在他手中。更可怕的是，像他这样卑鄙无耻的人，在南方还不在少数呢。”

“你说得不错，”对方回答说，“可是也有不少细心体贴、仁慈善良的庄园主啊！”

“一点不假，”年轻绅士说，“可依我看，正是你说的那些好心的庄园主该对这样非人道的暴行负责。如果不是你们这种人的认同和理解，整个奴隶制根本就无法立足。如果全是他那样的庄园主的话，”他指着背对他的烈格雷说，“奴隶制恐怕也早被推翻了，正是你们这种人还有些善行和威望，实际上包容了他们的罪恶。”

“承蒙你对我善心的褒奖，”这个庄园主微笑着说，“但我得给你提个醒，在这儿说话别那么大声，这船上并不是每个人都像我一样能接受你的观点。等到了我的庄园之后，随便你怎么指教都行。”

年轻的绅士不由笑了起来，脸皮微有些发红。两个人不再谈论此事了，转而去下十五子棋。与此同时，困在船的底层的艾米丽也和跟她铐在一起的混血女人聊起来。她们很自然地提到各自的身世。

“你原来的主人是谁呀？”艾米丽问道。

“是住在沿河路的埃力斯先生。说不定你还见过那栋房子呢。”

“他待你怎么样？”艾米丽又问。

“他生病之前对我一直挺好，可是生病之后，他时断时续地在床上躺着，过了半年多，病情也不稳定，脾气就变得暴躁起来。他从早到晚不让人喘口气歇会儿；性情越来越怪僻，看谁都不顺眼。后来他的脾气更坏了，动不动就发火，他让我整晚守在病床边，我真是累得死去活来。一天晚上，我实在困得不行，就睡着了。天哪！他发现后对我大发雷霆，说要把我卖给一个他平生所见过的最残暴的东家。唉，他临终前还答应过给我自由呢！”

“你有什么亲人朋友吗？”艾米丽问。

“有的。我有丈夫，他是铁匠，主人平时把他租出去做零工。唉，他们一下子就把我带出来了，我连见他一面都没赶上。我还有四个孩子呢！”这女人用手捂住脸呜呜地哭起来。

听到别人讲述不幸遭遇，听者一般来说得尽量安慰人家。艾米丽想说点什么，但又似乎觉得无话可说。是啊，她又能说些什么呢？她们沉默着，好像有某种默契似的，都避而不谈现在的主人。

即便在最黑暗的时候，宗教信仰仍然存在。这位混血女人也是卫理公会的信徒，尽管她的信仰有些盲目，但她的态度却是极为真诚的。艾米丽由于以前的女主人的教导，受过良好的教育，她学会了读写，也和女主人一样笃信基督教，并曾认真研读过《圣经》；然而，就是这么一个虔诚的教徒，却被上帝所遗忘，落入了如狼似虎的歹徒之手，这对他们的信仰无疑是个严峻的考验。尤其是对那些尚未成熟、性格柔弱的孩子们来说，更意味着一番痛苦的抉择。

浑浊的红河水湍急地流淌着，千迴百折地向前延伸；轮船缓缓地逆流而上，满载着忧伤。人们悲伤的眼神无力地看着红河岸边陡峭的堤岸缓缓从眼角滑过，那是种沉闷的单调。最后，船在一座小城镇靠了岸，烈格雷领着他的黑奴上了岸。

31 黑暗之地

黑暗之地，是一处充满邪恶与暴力的所在。

一条崎岖狭窄的小路上，远处一辆破旧的马车在吱呀吱呀声中缓慢前行，汤姆和他的伙伴们跟在马车的后面。

坐在马车最中间位子上的是西蒙·烈格雷。那两个女人的手被铐在背后，同几件简单的包裹一块被压在马车的后面。这些人正在往烈格雷先生庄园的途中缓慢前行。

这是一条人们久已忘记的偏僻的山间小路，风呼啸着从两旁阴阴的树林中穿过，小路困难地向前伸延着。往前走，就是一块沼泽地了。展眼望去，无边无际黑压压的沼泽地里密密地根植着怪异的柏树，树枝上夸张地爬满了灰黑色的苔藓，犹如魔鬼身上披着鳞片似的黑纱。偶尔人们还能看见早已腐烂残留的枯枝烂叶，令人毛骨悚然的黑色暗花纹的摩克辛蛇时常在你的脚下游动。

这样的旅程，就算对一个出门在外的富足商人来说，即使有充实的腰包、坐骑精良的马车，也不能算是一次愉快的旅程。而对那些已是奴隶身份的人来说，情景就尤为凄惨悲凉了。因为他们每艰难地向前踏出一步，就离人类所惧怕担心的东西愈来愈近了。

所以，只要人们能亲眼目睹他们脸上如此忧郁的情形，看见他们无奈地走在凄清的途中，眼睛里盛满着希冀和期待，困难地迈出沉重的每一步，就不能不产生这种想法。

西蒙·烈格雷依旧端坐在马车中间，这一队人正沿着山道缓慢前行。容易看出，西蒙喜形于色——打心眼地得意。他每间隔一小段时间，就从口袋里掏出一瓶白兰地喝上两口。

“喂，我说你们发什么呆?”他调转身去，看到一张张愁云不展拉长了的“苦瓜脸”，便忍不住大声叫道。“伙计们，唱首歌吧！来吧！放开喉咙唱一首。”

听他这么说，那些黑奴们不禁相互一愣。接着烈格雷又大声叫道：“来吧！唱一首！”一边说，一边猛地挥出了手中的长马鞭，只听见“啪”的一声落在前面的马匹身上。这时，汤姆唱起了一首卫理公会常唱的赞美诗：

耶路撒冷，我向往的圣地，
你的名字令我感到格外亲切，
我何时才能摆脱困难，何时才能享受到你的快乐。

“你给我住嘴！去你妈的！”狂吼声打断了汤姆的歌声，也扭曲了烈格雷脸上的表情。“我讨厌听你这种丧歌，狗东西！快给我换首顺耳的东西唱唱！让大家开心一点的。”

有一个黑奴接着唱起了他们时常唱的一支无聊小调：

抓浣熊
主人看见我抓浣熊，
嘿！伙计们，快来抓浣熊！
他乐得嘴都合不上——
你们见过天上的月亮没？
嗬！嗬！嗬！伙计们！嗬！
吱！哟！嗨！——呵！哦！

唱这首歌的那人，唯一的目的只想让大家开心，所以顺口瞎编了这些毫无意义却也顺口的歌词。在他每唱完一段，其他的人便开始接口给他合唱——

嗬！嗬！嗬！伙计们！嗬！
嗨——咳——哟！
嗨——咳——哟！

大伙儿几乎都动了表情，放开喉咙使劲地唱着，气氛显得异常热闹。事实上，世界上任何一种在绝望中的哀号和虔诚的祈祷，都比不上这种狂野的歌声中自然流露出的那种难以言表的忧伤。可怜的人们啦！你们备受欺凌、侮辱、威胁和剥削，你们想在这悲壮的音乐殿堂中寻求片刻的安宁，用这种方式来向上帝倾诉你们的不幸人生。这种祈祷其中的含意是烈格雷永远都无法明了的，他所能感应的，只是从黑奴们口中唱出的无比雅致的音乐。因此，他在心里暗暗得意。瞧，他们都挺开心的嘛！我能把他们引向一条快乐路。

“听着！我的宝贝！你快要见到那个新家了！”他把手温柔地搭在艾

米丽的肩上，细声说道。

这样的情形几乎很少见，想到每次看到他怒火冲天、凶神恶煞的样子，艾米丽不禁打了个寒颤。她不习惯烈格雷现在像慈父般地轻抚她的肩头，倒觉得自己宁可被他狠狠地揍上一顿，心里面肯定还好受。他微笑的目光中潜在的含意让她感到害怕，一阵寒意涌向心头，她不禁打了个寒颤。下意识地，她挪了挪自己的身子，靠近了坐在旁边的混血女人，仿佛她是自己的亲人——她的保护神。

“我的心肝，你以前从没戴过耳环吗!”烈格雷一边粗暴地捏着她柔软小巧的耳朵，一边问道。

“是的，主人，我以前从来没有戴过耳环。”艾米丽小声地回答，低垂着脑袋，眼睛望着地面。

“哦！可怜的小乖乖，到了新家以后，只要你肯听我的话——给我快乐，我肯定会送你一副的。在我面前用不着这么害怕，我并不打算让你做苦工。我要让你享受贵妇人一样的好生活，只要你肯听我的话。”

这时，烈格雷似乎已有几分醉意，他的态度便变得和善一些。此刻，属于他的那座庄园的轮廓已经清楚地跃入了大家的视野。这座庄园原先属于一位富足的绅士先生，他在房子的装潢方面颇为讲究。这位绅士先生去世以后，因家境变换无钱偿还生前的账务，不得不拍卖庄园。烈格雷恰在这时碰上，满心欢喜地捡了个大便宜，以最低价格买下了它。买下了庄园，同他干其他任何事情一样，只想到把它当作一种赚钱的工具。因而，这座庄园原本那精致美丽的轮廓不见了，取而代之的是现在庄园的破旧不堪。很显然，先前那主人的优良传统并没有被继承流传下来。

庄园的正屋前面有一块很大的草坪，原来被修剪处理得极为整齐清洁。草坪边栽有几丛灌木，郁郁葱葱的大树给草坪带来了几许生机，显而易见这样的草坪时时会给人一种美的感受。可现在，草坪上到处长满了野草，凌乱不堪。好些地方草皮已经颓秃，估计是被马匹践踏坏的，上面还横七竖八地扔着一些诸如破桶、瓢、盆、玉米芯子之类的邋遢东西。那些原本刻有花纹被用作装饰的大理石花柱，现在变成了拴马桩，这种新用途令它们早就失去原有的雅致，全都变得东倒西歪了，偶尔在上面还能发现一两朵残留下来早已枯干霉烂的茉莉花或金盏花。旧日的大花园、绿草坪现在是遍地杂芜，间或能发现一支孤寂落寞的名花异草凄凄惨惨地从杂草丛中探出忧伤的脑袋，告诉人们它们也曾辉煌一时和至今悲惨的命运。从前的花房也呈现一派凄凉的景象：窗户再没一块完整的玻璃，旧得发霉的架子上横七竖八地摆放几只无人问津的破旧花盆，干涸的黑泥土里矗立着几根残梗，那些枯干的叶子无言地告诉人们——它们一度也是美丽的花卉。

马车吱吱嘎嘎地拐上了一条长满野草的石子路，路旁长着高大挺拔的楝树。它们姿态优雅、不折不挠，蓊蓊郁郁吐出勃勃生机，仿佛是整座庄园中唯一受践踏而不气馁的家伙。这就像某些品德高尚的人们一样，由于"高尚"二字早已在心里扎根，成了他们性格中根深蒂固、坚定不移不可缺少的精神组成部分，因而即使在遭遇人世最苦难的磨难，历经穷困潦倒，他们在这种精神的支持下依旧能百折不挠、毫不气馁、永不放弃。而在这千锤百炼之后，他们的意志反而更加坚韧，精神也愈发振作。

这座庄园占有很宽的面积，主楼原本宽敞雅致。它是依照南方流行的样式建造的，分上下楼两层，每层楼都有宽敞迂回的走廊和精致雕刻的花沿扶手，每间房子的门都是朝着花园敞开的。底层砌着砖柱子，目的为了支撑上层的回廊。

现在，这幢主楼已经失去原有的光彩，只留下荒凉、寂寞和简陋的景象。有些窗户用乱木板钉死了，有些上面只残留着几块零碎的玻璃，还有一些百叶窗上只吊着一扇合叶——所有这些都在告诉人们，这幢破房子已经好久没人住过了，即使住在里面也会让人感到极度的压抑。

主楼四周的草地上到处乱撒着细碎的木屑、稻草屑及破破烂烂的木桶和老式箱子等物。三四只模样凶狠的大灰狗被嘎吱嘎吱的车轮声惊得龇牙咧嘴，汪汪乱叫着跟了出来。几个服饰褴褛的奴仆跟在它们的后面，费力地想拉住它们失控的身躯，汤姆和他的伙伴们才有幸没被它们咬到。"你们看到没有!?"烈格雷先生一边冷笑一边友善地轻抚那几条狗，回过头来神色飞扬地对汤姆他们说道："它们是我特训的哨兵，瞧瞧！它们的眼睛有多尖锐，它们的牙齿有多锋利，如果你们想逃跑，自己想想会是什么样的下场吧！这些狗是经过专门训练用来对付那些想逃跑的黑鬼的！它们几乎一口就能把人撕个粉碎，然后饱餐一顿连骨头都不放过。哼！你们最好给我当心点！喂——桑博，装什么死！"烈格雷对一个头戴无檐帽、身穿破烂衣裳、神情低落沮丧的人问道，"这些天家里怎么样？没什么异常现象吧！”

“回主人的话，家里一切如故。”

“昆博！你说呢？”烈格雷又问站在旁边的另外一个黑人，他正在指手画脚，想引起他的注意。“还记得我吩咐过你的事吗？一切都照办了吗？”

“这还用说吗？主人？你的吩咐，就等于天主的命令，我怎敢忘记呀？”

这两个黑鬼无疑是庄园里两个掌管琐事的黑奴。烈格雷像训练他的大灰狗一样，亲自将他们一点一滴训练得忠诚无比、残暴无比、凶蛮无比。经过长时间的凶恶而残酷的训练，人善良的本性在他们的心里已被渐渐磨灭，不复存在了。他们有的也只是像恶狗一样的凶残野蛮。世人常说，黑人主管比白人主管更加残暴凶狠。我认为，这种说法毫无确切根据，逻辑上全然歪曲了黑人们善良的本性。因为，这种说法唯一能证实的只是黑人们的心灵在历史的摧残中，要遭受比白人更多的压抑和更深的摧残罢了。其实全世界受压迫的民族、种族都是这样。一旦给予他们机会，即使最忠诚的奴仆，往往也会变成一名最凶狠的暴君。

一如我们在历史书籍上曾读到过的一些君主一样，烈格雷先生有着先天的残暴和统治奴隶的能力，他采取了权力分散的方式统治着他的庄园。这样一来，权势的争夺，为了博得主人更多的权威，桑博和昆博不可救药地憎恨着对方，而庄园上其他的黑奴又对他俩恨之入骨。烈格雷先生在这三者之间轻意地挑衅生事，激起他们之间的内部矛盾，所以聪明的烈格雷先生毫不费力地就能统治他的庄园，对庄园发生的一切事情了如指掌。

人生在世，不可能和外界毫无来往。烈格雷先生也不例外，因而他便鼓励自己的这两位得力助手与他形成一种粗俗的亲近关系，但这种主奴之间所谓的亲密关系是极有可能随时给这两个家伙带来灭顶之灾的。因为，倘若在两个人之间任何一个对烈格雷先生稍有冒犯，只要另一个略微示意，肇事者必将要遭到烈格雷先生的一场苦刑。

此刻这两个家伙分站在烈格雷先生的两旁。他们的模样充分地说明了这样的事实：凶狠无比，失去了人性的他们比野兽还要低贱野蛮。他们那粗糙、黝黑而阴沉的面庞，那互相敌视、充满仇恨的大眼，那粗俗、嘶哑而难听的声音，那残忍蛮横的语调，那随风抖动的破烂衣裳露出的脏秽的肉体，都与整座庄园令人作呕的环境相称。

“哎，桑博，”烈格雷先生说，“把这两个家伙带到他们住的地方去吧。喏，这是我送给你的女人。”他把混血女人和艾米丽的手铐打开，将那柔弱的混血女人一把推到了桑博的怀中，嬉笑道：“我先前答应过要送你一个女人的，满意吗？”

那混血女人吓了一跳，往后退了一步，哭丧着脸急切地说：

“主人！求求您别这么做！您让我干别的什么都可以，我在奥尔良有丈夫啊！”

“那有什么关系？难道你在这就只想做一匹不需要性爱的母驴吗？这儿没你说话的分，你给我滚开点！”烈格雷举起鞭子恐吓她。

“来，我的宝贝！”他调过头对艾米丽说道，“你跟我来吧。”

此时窗口闪现了一张黝黑、抑郁而狂野的脸孔，朝着下面注视了好一会儿。当烈格雷先生开门进去时，有个女人用愤怒的口吻急促地说了些什么。汤姆正忧心忡忡地看着艾米丽被带了进去。他听到了一个声音，也听到了烈格雷先生愤怒地回答：“蠢货，你给我住嘴！老子想干什么轮得到你来管？”

后面他还说了些什么，汤姆再已听不见了。因为他已经跟在桑博的后面，被带到了属于自己的住处。这地方也在庄园里，但地处偏僻，离主楼还有一大段路程，它是由木板搭起的一排破旧房子，狭窄得像一条小街。整个地方显得荒凉而凄清。汤姆看到这些，不禁大所失望。他本来一直在慰藉自己，想象有属于自己的一间安静舒适的小屋。即使简陋破旧一点也没关系，只需里面有个架子能给他放宝贝的《圣经》，他可以把它弄得干干净净，让它每天保持着整洁。这样的话，自己就能在劳作之后，独自享用一份宁静安逸了。他往房间四周打量了一下，发现里面空荡荡的。除了凌乱地铺在被无数双脚践踏后早已变得坚硬无比的泥土上的稻草之外，就再没别的东西了。

“我该住在哪儿呢？”汤姆温驯地问桑博。

“我也不太清楚，反正都一样，就住这间吧，”桑博回答，“只有这间还能再容得下一个人；别的房间都被塞得满满的。我都不知道如果再有人来的话该往哪里搁。”

夜很深了，月亮爬上了树枝，住在这些房子里的人才拖着沉重的步子、疲惫不堪、成群结队地归来——男男女女，没有一个不精疲力竭、神色消沉。他们身上穿的脏衣服这时候显得更破更脏了，如同刚刚劳作完的驴子。这样的心情下，谁也没有多注意新来的人，也没有人给他什么好脸色看。木匣子似的房间，瞬间就变得人声鼎沸，嘈杂无比。几个人在磨坊那边大声吵嚷，声音嘶哑难听。他们正站在磨盘旁边等着将自己那少得可怜的玉米粒儿磨成面粉，再烙成饼，好充当他们的晚餐。从天边刚刚透出一丝光亮的那一刻起，他们就被迫在地里一直干活。可恶的监工还不时地挥舞着手中的皮鞭，稍有不注意就会遭到一阵痛打。这是一年中最繁忙也最热的季节，主人只好使出最狠的招式，迫使他们不遗余力地为他干活。"老实说，"一些悠闲自在、不务正业、吊儿郎当的人常常这么谈论，"摘棉花真算不上什么苦活。"果真这样吗？想想吧。假如有一滴水滴到你的头上，那当然算不上什么。但如果一滴又一滴的水不停地滴在你头上的同一个地方，就不能说"算不上什么了"。这何尝算不上一种可怕的苦刑？同样，摘棉花的本身并不是什么苦事，但如果你被迫一分钟接一分钟不停地干着这样的事，甚至连想都不敢想怎么减轻这种单调乏味、循环往复的乏味工作，那干活也就成了一种活受罪、一种苦刑了。人潮涌进来的时候，在不同的面孔下，汤姆曾试图寻找着，希望能够找到一张友善点儿的面孔。但他所看见的只有抑郁凶狠、愁眉不展的男人和虚弱不堪、万分沮丧的女人，或者说不像女人的女人。弱肉强食——这种人类生存上的竞争本能、如同动物般赤裸裸的自私心在他们身上表现无遗。在他们那儿，休想得到丝毫善意，更无法找到高尚的东西了。人家像对待禽兽那样地对待他们，他们从根本上已经失去了人类的情感和尊严，早已堕落到了近乎禽兽的地步。磨面的沉闷声音一直持续到深夜。因为要与磨面的人数来比，磨子远远不够。那些瘦弱疲惫无力的人被强健硕壮的人挤到队伍的最末端，最后才轮到他们。

"喂！"桑博奸笑地走到混血女人的身边，扔给她一小袋玉米，"你他妈的叫什么名字呀！"

"露西，"那女人胆怯地回答。

"很好，露西，从现在开始，你就是我的女人了，你把这袋玉米磨了，再烙饼送来给我吃。听到了没有？"

露西沉默着，没有回答他的话。

“我可要狠狠地教训你了，”他抬起了脚，桑博威胁她。

“要踢要打随你的便！杀死我都成，越快越好！现在我和死人又有什么区别呢？动手吧！”女人喊道。

“我说桑博，难道你想制造麻烦把这些干活的人全都打伤打死吗？我要告诉主人去。”昆博说。他刚才凶狠狠地赶走了两三个疲惫不堪正等着磨面的女人，现在自己正在磨坊里干得欢呢。

“我才要向主人告状呢！你以为自己是个什么好东西？我要告诉他，你不让那些女人磨面，”桑博反驳道，“你这死驴子，少管我的事！”

汤姆赶了一天的路，早已筋疲力尽，饿得发慌，因而迫切地希望能得到属于自己的那份粮食。

“喂！给你！”桑博也扔给了他一只粗布袋，里面装着瘦细的玉米粒。“接着，黑鬼！小心保管好你的粮食，这可是你一星期的粮食哟！”

汤姆等了好长时间，到很晚的时候，他才在磨坊里占了一个空位。磨完之后，他看了那边有两个疲惫不堪的妇女正费力地磨着她们的玉米，不禁同情起她们，便走过去帮助她们磨了起来。干完之后，他将快要熄灭的炭火挑了挑——刚刚有很多人在这火上烙了他们的饼，接着汤姆便开始做起自己的晚餐。

汤姆刚刚替那两个妇女磨面，在这个地方可算得上新鲜事，尽管这是不值一提的小事，但它却感动了她们。她们粗糙的脸上浮起了一丝笑容。她们为他擀好面，又替他烙了饼。汤姆坐在火边，拿起了《圣经》，想要从里面得到自己需要的慰藉。

“那是什么书啊？”其中一个女人问。

“《圣经》。”汤姆自豪地回答。

“天啦！从我离开肯塔基以后，我就没再见到过《圣经》了，已经有好长时间了。”

“你在肯塔基长大的吗？你以前也读过《圣经》吗？”汤姆很感兴趣地问。

“是的，而且我还很有教养呢。我从未想到自己会落到今天这种地步。”那女人感叹道。

“那究竟是本什么样的书啊？我不明白。”另一个女人问道。

“噢，我的天主——仁慈的上帝，《圣经》嘛！”

“天啦！《圣经》是什么东西呀？”那女人又问。

“看你说的！你难道就从未听说过吗？”女人答道。

“在肯塔基的时候，我有时会听到女主人念《圣经》；可在这鬼地方，天啦！除了干活，除了听到打人、骂人的声音，我还能听到什么呢？”

“你给我念一段，好吗？”另一个女人看到汤姆如此专注的神情，不由好奇地恳求道。

汤姆经不住她们的再三央求便开始念了起来，“世间一切受苦难的人们，请到我这里来，我会替你们消除苦难得到安息的。”

“这话说得真是太好了，”那女人又问，“可这究竟是谁说出来的呢？”

“上帝。”汤姆回答道。

“我真想知道在哪儿能够找到他，请求他让我消除苦难，”那女人又说道，“我真想去见他；看来这辈子我是不能得到安息了。每天在地里干活累得腰酸背痛，浑身上下直打哆嗦；可桑博还是天天骂我，说我摘棉花动作太慢，笨得像猪。我每天干完活到半夜才能吃上晚饭。还没来得及躺下打个盹儿，催命的起床号就响了，又得去干那永远都干不完的活。要是我知道上帝在哪儿，我要去向他倾诉我的苦难。”

“他就在这儿，上帝是无处不在的。”汤姆肯定地说道。

“噢，我的傻瓜！你可千万别相信这个，我知道他根本就不在这里。”那女人又说，“唉，想这些有啥用呢？我们还是回去抓紧时间休息一会儿吧。”

两个女人前后跟着回到她们的小屋去了，汤姆独自一个人坐在冒烟的柴火旁边，摇曳不定的火光照在他的脸上，他的脸被染得通红。

深蓝色的天空，月亮爬得更高了。皎洁的月光默默地把点点银辉洒向大地；此时上帝也正在目睹着人间这苦难与不幸，目睹着他们惨遭欺压凌辱。月光照在这个孤单的人身上，他正端坐在那儿，环抱着双臂，膝盖上摊放着他的《圣经》。

“上帝真的在这儿吗？”唉，一个从未受过教育的人，怎么可能在这残暴的苛政面前，在这无情的世道面前，在这露骨却无人责怪的不仁的行为面前，始终如故地坚持着自己的信仰呢？汤姆淳朴的心灵中不自觉地经历着一场剧烈的挣扎和搏斗。那种撕心裂肺的农奴感觉，终身难逃受苦的兆头，昨日一切希望的幻灭……所有这些都在他的心头涌现。这正如一位即将溺亡的水手，眼睁睁地看着自己的妻子、女儿和朋友的尸体在水面上时隐时现。难道此时人们还能大谈什么坚定地信仰上帝吗？这不明明是违背常理强人所难吗？难道在这种异常的遭遇下，还能坚信并忠诚于基督教的"信有上帝，且信他定会赏赐给那些苦苦寻觅乞求他的人"的说法吗？

汤姆闷闷不乐地站了起来，步伐不稳地走进了指定安排给他的那间小屋。地上已经横七竖八地躺了许多疲惫困乏的人。屋子里那污浊的空气令汤姆作呕，但屋子外面风寒露重，他也困乏极了，便只好紧紧裹上那唯一一条用来御寒的破毯子，和衣倒在稻草堆上睡觉。

梦中，他看见了一位仁慈的老人，听到了一种柔和的声音。他梦见自己正坐在庞恰特雷恩湖边公园的长满青苔的长椅上，而伊娃却垂着那双严肃而美丽的大眼睛，为他读《圣经》。她念道：

> 你从水中经过，我必与你同行；你趟水过河，水必不漫过你；你从烈火中行过，必不被烧；因为我是耶和华你仁慈的上帝，是以色列的圣者你的救世主。

这声音如同人间最美妙的音乐一般，渐渐低落，渐渐消逝了。那似梦境般的小姑娘睁着她美丽深邃的大眼睛，依恋地注视着他。那种温情而爽快的感觉从她的眼中传到了他的胸中。最后，她又张开了明亮的翅膀，随着音乐轻盈地飞上了天空，飞得好远好远。一颗颗如同星星一样闪闪发亮的东西从她的身上飘落下来，转眼她就消失不见了。

汤姆从睡梦中惊醒，浑身是汗。这难道是梦吗？就算它是一场美丽的梦幻吧！但那可爱的小精灵曾是那么乐于安慰人间受苦难的人们，给人间留下美丽的东西，谁又敢说她在飞上天后，上帝会对她的这种行为给予禁制呢？

这是一种美丽的信仰：

> 仁慈的灵魂，长着天使的翅膀。
> 在我们受苦难的时候
> 在我们的头顶上
> 永远地飞翔。

32 卡　　西

看哪，被压迫者在流泪，
谁来安慰他们？
压迫者们只会作威作福，
又岂会安慰他们。

——《福音书》第四章第一节

汤姆仅花了很短的时间，就对周围的环境非常熟悉了，他知道该依靠什么，得防备什么，只要分给他的活，不管多苦多累，他都干得既利索又漂亮。同时，出于自己的能力，也是出于自己的原则，他总是干得既公正又敏捷。汤姆生性温和恬静，总希望自己在不懈努力和不停地干活中，能稍微改善一下他目前所处的极度恶劣的环境。来到这，他已经见过太多太多欺压、侮辱人的恶性事件，对此他感到特别的厌倦和憎恶。故此他在心里暗暗下了决心，一心一意勤勤恳恳地工作，希望上帝能给自己一个公正合理的安排，从而减轻自己的苦难，但他却从来没有想过要反抗或有逃跑的念头。

烈格雷先生对汤姆的诸多能干之处早已明察暗访了，他打心眼相信汤姆是个能干、可以大显身手的人。所以汤姆在他眼里是可以造就的优秀奴隶，尽管这样，找不出其他理由，他却憎恨汤姆——也许是出于奴隶主跟奴隶天生的那种敌对关系吧！每次当他在处罚自己的某一黑奴时（这种事情几乎每天都有），他能感觉到汤姆总在旁边默默地注视一切。人类是世界上最优秀的灵感结合体，而人的感觉恰恰是最灵敏最微妙的，即使汤姆不用任何言词表达自己的看法，别人也能感觉得到他在想什么。像汤姆这样一个奴隶的看法，烈格雷先生已经愤怒了。他觉得汤姆时时刻刻在对他的难友们展示出关注和同情，是他不可理喻的。烈格雷先生默默地承受着一切。当初他决定买下汤姆的时候，他决定要把他训练成一名得力的监工——比桑博更听话、更凶残。这样，在他短时间出门时，就可以放心地将庄园里的一些重要事情交给汤姆处理。他在心里这么盘算着，但在他看来，想当一名监工必须具备的条件是心狠、手狠、手比心更狠。由于汤姆对自己同伴的和善态度根本没有达到这一要求，烈格雷先生在心里暗暗计划着如何将汤姆训练成一个凶残的人。因而在汤姆来到庄园生活几个星期后，烈格雷先生就开始了他宏伟的计划。

几天后的一个早晨，天刚蒙蒙亮，催命的哨声中黑奴们正手慌脚乱地集合准备去地里干活。无意间汤姆惊讶地看见他们中间多了一个女人，她姣好的面庞强烈地吸引住他，目光久久地盯在她的脸上身上打量着。这是一位身材高挑的女人，鲜艳整洁的衣服更衬托出她身体的匀称与丰韵。从表面上看，她最多不过三十几岁。这正是一位成熟妩媚女人的年龄，只需你稍稍瞥上一眼，你就能认定这个女人的背后一定隐藏着一段沧桑浪漫不平凡的故事。她的额头很高，眼睛大而清澈，小巧的鼻子挺拔匀称，嘴唇鲜艳圆润，头部到颈部的线条更是优柔典雅，端庄动人。不难看出，她以前准是人们公认的大美人。可现在岁月在她脸上无情地刻下了皱纹。饱经风霜的她面色灰白，两颊深陷，身体单薄清瘦，形色憔悴。唯一引人注目的是她那双又黑又大的眼睛，浓密曲卷的睫毛突闪突闪。她的眼神美丽而凄惶、狂野而绝望，在她身上的每一个动作、脸上的每一个表情甚至岁月留下的皱纹里，都表明她狂妄自大、目空一切。只有她的眼睛里流露出深深的创伤和凝滞的痛苦，与她的神色相比这无疑是一种鲜明的对比。

汤姆对她的身世毫无知晓，她究竟从何而来，在这儿扮演过什么样的角色，他不太清楚。对她而言，汤姆只知道在黎明的曙光中，她看起来是那么的傲慢、不可一世的样子。走在其他那些衣衫破烂的人当中，别人好像都不认识她。那些衣角破烂的人们带着掩饰不住的兴奋，都纷纷调过头去看她。

"我真高兴，终于看见她落到了这一步！"一个黑奴兴奋地说。

"嘿！嘿嘿！嘿嘿嘿！"嬉笑着，另外一个黑奴不怀好意地叫道："高贵的夫人，您哪能承受这般苦难呀！"

"我倒想看看，看她干活的样子。"

"恐怕她会跟我们一样倒霉，晚上还要被狠狠地揍上一顿？"

"说不准还能看见她趴在地上挨打呢！"又有一个人说："那才叫快活。"

七嘴八舌，众议纷纷，那女人好像听不见他们的说话，脸上仍是一副清高、孤傲的表情，根本不理会这些热嘲冷讽，她依旧向前走着。汤姆从她的神态和气质中本能地意识到她应属于那一类人，以前自己也习惯和一些举止文雅、言谈有理的人打交道。为什么她会沦落到如此卑微的地步？他不明白。大伙儿嚷嚷闹闹地往目的地走，这段时间尽管他没跟那女人说上一句话，也没回头看她，但他能感觉到她一直走在他的侧后面。

不久便到了目的地，汤姆开始忙着干活，但眼睛却在四处搜寻，那女人离他不远，汤姆不时地望她一眼。从她摘棉花的灵活的动作，他就敢认定这女人天生能干。尽管很多人觉得这种活繁琐单调让人疲劳，但她干起来却似乎在做一件轻松愉快的事情，棉花在她的麻袋里慢慢地鼓了起来，从她脸上不变的神色看来，这种活似乎难不倒她，她似乎也不在乎自己所处的这种卑贱的境地。

这天有好一会儿，汤姆跟那位同他一起买来的混血女人在一起干活。每当她虚弱得站立不稳快要栽倒的时候，汤姆就能听到她的祈祷声音，容易看出，她一定正在经历着非同一般的痛苦折磨。在他走近她时，便很快地从自己的麻袋里抓几把棉花塞进了她的麻袋里。

“别这样，我不能要！”女人慌乱地叫道，“你会给自己惹麻烦的。”

没等她说完，桑博拿着条鞭子走了过来。看得出他对这个女人特别憎恨，举起鞭子威胁道：“干什么？想骗人吗？露西，还给他。”愤怒中抬起了穿着沉重牛皮靴的脚狠狠地向她踢去，还不忘举起了鞭子向汤姆一扬，顿时汤姆的脸上出现了红红的一条印记。

汤姆没有反抗继续默默地干活，那女人却受不了这一折腾，身子一晃栽倒在地上。

“装死，我有办法让她醒来！”监工走了过来。“我要让她服一种药，这种药比世界上任何治脑子的药都管用多了！”他狰狞地笑道，边说着边从自己的袖口上取下了一枚很粗的别针，朝着混血女人的头用力地扎了下去。“哎哟！”只听见女人呻吟，她摇摇晃晃地挣扎着爬起来。“畜生，死人，你装什么蒜！快起来干活，听见没有？给老子起来干活！要不然的话，我非要你的命！”

挣扎着爬了起来，那女人似乎害怕了，硬撑着干起活来。

“这就对了，”那监工带着胜利者的口吻说，“再偷懒，我今天晚上可要给你好颜色看！”

“天啦！我的主，为什么要让我活着？”汤姆听见了她无奈的呻吟。接着又听见她在祈祷，“上帝，仁慈的上帝！您睁眼看看可怜的我吧！这样还有多久？您要救救我呀！”

多么可怜的人呀！汤姆不禁又走上去，来不及考虑其他后果他把自己的棉花强行地全倒进了女人的麻袋里。

“呀！千万不要这样！你不知道他们回去会怎么对付你。”那女人低声地说道。

“没关系，我能承受得了，”汤姆平静地回答，“你这虚弱的身体怎么行呀！”说话间迅速地返回到自己原来的位置上。这一切发生在一霎间。

前面我们有过大概了解的那位陌生女人，离他们非常近，听到汤姆最后说的两句话时，她突然停住了自己手中的活。抬起头用那双明辨是非的大眼睛仔细地打量了汤姆，好一会儿，她突然像想到了什么似的，从自己的篮子里抓起了一大把棉花不由分说地塞进汤姆的篮中。

“你刚来不久，对这里的事情不太了解，”她皱了下眉头接着说，“如果你知道问题的严重性，恐怕你想干也不敢干了。再在这鬼地方呆上一个月你就会明白：这不是一个能帮助别人的地方，自己能照顾好自己就已经很不错了。”

“太太，相信上帝能够替我做主，放了我。”汤姆不自禁地叫了声“太太”，以前他总是这么称呼与他生活在一起的那些血统高贵的女主人。

“不要祈求上帝，上帝已经遗忘了这个地方！”女人愤愤不平地说道，一边闪身离去，脸上依旧写着不屑和蔑视，到另外一个不远处继续干她的活。

这一切都没有逃过站在棉花地那一端的监工的眼睛，他手里拿着皮鞭靠近了她。

“你想干吗？找死？”他掩不住心里一阵窃喜继续说道，“想骗我？狗娘养的，你最好给我注意点，否则非给你点颜色看看，别忘了你现在在我手下干活。”

听他这么说话，女人突然杏目一瞪闪出锋利的光芒。她挺直了腰板，掉过头来，嘴唇微启，鼻翼呼吸急促，用愤怒而又鄙视的眼神狠狠地瞪了他一眼。

“畜生！”她吼道，“如果你敢碰我一根指头！我会让你不得好死，现在我还有足够的权力，只要我回去说你一句，就可以叫你被猎狗撕成碎片，被火活活烧死或是将你剁成肉酱！不信你试试。”

“噢，那你干吗还要跑这儿来！”凶狠的语气一下子变得平和起来，很显然那监工也被吓倒了，他心有余悸地往后退了一步说道，“卡西太太，刚才我是跟你开玩笑的！”

“畜生！你最好给我滚远点！”那女人喊道，监工似乎想到有什么事需要去做，一溜烟便跑开了。

风波一下子平息了，那女人继续干她的活。她的手来回穿梭在棉花与篮子之间，动作之飞快，简直令汤姆难以相信，这女人似乎有魔法相助，天还没黑，她的篮子里棉花堆得几乎都装不下了，她又塞了几把棉花给汤姆。太阳西沉下去，天渐渐地变黑了，劳累一天的人们才拖着疲倦的身体，头顶满载棉花的大篮子一个接一个地走进那间贮存棉花的房子等着称量。里面，烈格雷先生和他的那两位监工正在兴高采烈地谈论着什么。

“今天叫汤姆的那个人老给我添乱子，他竟然背着我的面不断地给露西塞棉花，这种事情您如果不给他点惩罚的话，恐怕那小子迟早都会带着众人起哄闹事，起诉我们污辱他们呢！”桑博添油加醋地说道。

“好哇！这个该揍的汤姆！”烈格雷先生咬牙切齿地骂道，“我看他活得不耐烦了，我应该修理修理他，你们说对吗？”

那两个监工听他这么说，都露出了满意的微笑。

“哇——那简直太好不过了！主人亲自治理这个家伙，给他点厉害瞧瞧！这点上，就连妖魔鬼怪都要退避主人三分呢！”昆博神气活现地说道。

“伙计们，我认为最好的办法是让他去治理别人，看他还有没有帮助别人大发慈悲的怪思想。你们说对吗？”

“上帝，想要让他忘掉那些，主人将很难办到！”

“不管面临怎样的困难，我都要想办法让他忘掉！”烈格雷叼着烟愤愤地说道。

“差点忘了，露西，还有那个可恶的露西！她是一个制造麻烦的祸首，是我们庄园里最丑恶最让人容忍不了的女人！”桑博补充道。

“小心点，桑博。为什么这么痛恨露西，我得好好调查究竟是什么原因导致你这么痛恨她。”

“主人，您难道忘了吗？您吩咐叫她做我的女人，她竟然敢违背您的意思。”

“如果我这回狠狠地揍她一顿，她肯定会向我俯首称臣。”烈格雷犹豫了一会儿。“这件事以后再说吧！现在正是需要人干活的繁忙季节。别看她们一个个瘦得风都可以吹倒，可性子却一个比一个倔，宁死不屈，现在整她我想也太不划算了。”

“噢，露西那个又懒又惹人生气的婆娘，整天什么活也不会干还成天绷着个苦瓜脸。只有汤姆喜欢为她偷偷摸摸做些什么。”

“哦，果真如此吗？就这么决定吧！让汤姆去把她揍一顿。这对他可是收益不少，让他开开眼界，好让他明白教训人的滋味。这家伙一定不会像你们一样，对那个臭娘们心怀不轨。”

“哈！哈！哈！嗬！哈哈！”两个坏透了的家伙终于如愿以偿地放声大笑，鬼哭狼嚎般的笑声正是对烈格雷馈赠他们残暴性格淋漓尽致的注解，也是对渴望帮助的善良的人们一种深刻的讽刺。

“噢，主人，还有两个人捣乱，汤姆和卡西太太两人总是乘我不注意往露西的篮子里塞棉花。我肯定，她篮子里的棉花根本就不是自己摘的。”

“我自己来过秤！”烈格雷先生不高兴地说道。

那两个监工又一次发出了满足的笑声。

“但是，”烈格雷说，“卡西太太只是在地里干了一天活呀！”

“她摘棉花动作之神速就好像有妖魔相助似的。”

“我也觉得她的确是有鬼怪附身了！”烈格雷咆哮着，嘴里不知在咒骂些什么，便走到那边过称去了。

所有筋疲力尽、满脸灰尘、神色忧虑的黑奴们一个接一个地走过去过称，很不情愿地把自己的篮子递上去。

烈格雷用一块石板记下每个篮子的重量，一一对应他们的名字。

他把汤姆的篮子拿来过称，重量显然足够。汤姆站在一旁虔诚地祈祷，希望他帮助过的那个女人也跟他一样有好运气。

只见那女人摇摇晃晃，拖着沉重的步子走向前，吃力地把篮子递上去。烈格雷先生已经看出，这篮棉花已经够重量了，但他依旧露出一副凶狠狠的样子不满地说：“懒婆娘，怎么才这么一点点！给我站到一边去，等会儿我再来跟你算账！”

那女人悻悻地坐在一块木板上，发出了一声无奈的呻吟。

接着看似傲慢无比的卡西太太走了过去，毫不在意地把篮子交给了烈格雷先生。他用不屑的目光打量着她。

她毫不畏惧，也用那双黑白分明的眼睛死死地盯着他，嘴角扯动了一下，说了句法语。谁也不明白她到底讲了句什么，在她说了那句话后，烈格雷的脸色刹那间变得像暴风雨要来临之前。他举起了手，好像要打她。但她对这个动作似乎也毫不在意，所以她掉转身体走开了。

“好哇——”烈格雷叫道，“汤姆，你走近我。我要让你明白，当我决定买下你的时候不只是想叫你做些随随便便的活。我的原意就想把你培养成一名出色的监工。从今天晚上开始你就要进行训练。现在你要做的是把这个女人好好地教训一顿。这种活你也不是没见过，应该知道怎么做。”

“很抱歉，主人，”汤姆为难地说，“除了这件事您让我干什么都可以，我请求您千万别逼我，这种事我以前从未干过。”

“是想让我狠狠地揍你一顿，教你怎么干以前不曾干的事吗?”烈格雷挥起皮鞭，朝着汤姆的头上狠狠地抽了一下。接着雨点般的鞭子随着噼噼啪啪的声音不停地抽在汤姆的身上。

“嘿!”烈格雷突然停下来想喘一口气，“你这个死黑鬼，看你还敢说你不会干吗?”

“主人，是的，”汤姆倔强地抬起了头，抹去从脸上流下来的鲜血和汗水。“只要我还有一天活着，我就愿意日日夜夜地为你干活，但是这件事情我觉得不对，我不愿意干。主人，打死我我也不会干，永远都不会干，你休想让我屈服。”

汤姆平静地说，他平时都是小心谨慎、谦让有礼，所以烈格雷先生始终都认为他是容易驯服的，他是一个胆小怕事懦弱的人。因此在他说出最后的那两句话时，在场的每个人都吃惊了，呆了。只有旁边那个可怜的女人举起手来，双手合并，叫道：“噢！上帝，您睁开眼睛看看啊!”其他的人吓得都瞠目结舌，他们不禁往后倒退几步，似乎有一场举世罕见的暴风雨即将来临。

烈格雷一时慌了神，呆呆地站在那儿，但最后他还是清醒了过来，像火山爆发般怒吼起来：

“你说什么？你这活得不耐烦的黑鬼！今天竟敢指出老子吩咐你做的事不对！你们这帮畜生，你们怎么知道什么叫对、什么叫不对？老子今天一定要把你治理好，让你再不敢胡说八道！是么？去你妈的！你以为自己很了不起吗？说不定你在心里称自己是老爷或绅士呢?!哈！哈！哈哈！汤姆绅士？你竟然敢教训你的主人，你倒说说看什么事不对起来了！敢跟老子对着干，是不是不想揍那臭婆娘？是不是认为它不对？是不是呀?!”

“是的，主人！我的的确确是这么想的，”汤姆温和地说，“那个女人的确可怜，她身体虚弱，有病在身，如果再去打她，那也太残忍了。我不忍心下手，也绝对不会去下手的。主人，如果你真想要我动手教训这里的人，我肯定做不到，就算要了我的命，我也绝对做不到！"

汤姆说话的语气温和中透露坚毅，容易看出他话中持有肯定态度的决心是无可否认的。烈格雷气得鼻子都歪了，他浑身颤抖，用发出绿色光芒的眼睛盯着汤姆，就好像一头凶猛的野兽对着自己口边的猎物时，还不忘好好地捉弄它一番。烈格雷先生极力想抑制自己施行报复的强烈冲动，他缓和下来，不禁又对汤姆冷嘲热讽起来。

"嘿，你真是这里很了不起的狗东西呀！你的虔诚能感动上帝，你是从天上下凡的吧？真是位可敬的圣人，是世人敬重的君子呀！同我们这些凡夫俗子谈起话来果真不一样，我们都变成原罪凶手了！你难道在你的《圣经》里没读到这些话吗？'做仆人的，要坚决服从你们的主人。'别忘了我就是你的主人，是我花一千二百美元把你买回来的。该死的家伙，你要明白从你的躯体到你的灵魂全都是属于我的，我是你的主子，你是我的奴隶。"烈格雷先生抬起穿有厚皮靴的脚朝着汤姆身上踢去，"他妈的，还不快说！"

经过长时间的肉体摧残和极度残酷的暴力，汤姆浑身是伤，痛得直不起身子。但就是烈格雷对这些问题的提出给他带来了一种精神上的喜悦和胜利的感觉。他没有认输，他突然立起了身体望着天空，脸上的血和泪聚在一起，他虔诚而恳切地叫了起来："主人，不！不！不！我的身体属于你，但我的灵魂不是你的，金钱根本买不到它，因为它属于有能力保护它的主人！没关系，真的没关系！你根本伤害不到它！"

"我真的伤害不了它吗？"烈格雷咬牙切齿道。"尊贵的汤姆，咱们走着瞧，走着瞧吧！桑博、昆博，你们两个蠢家伙快点给我过来，给我好好教训这该死的黑鬼，最好让他这个月都甭想下地走路！"

那两个恶毒的家伙一下子把汤姆逮在手里。高大的身躯是他们骄傲的资本，他们的脸上都流露出得意的神情——似魔鬼般的笑容，粗暴的恶行使得他们变成了真正的地狱的魔鬼。当他们拖着重伤的汤姆从屋子里出来的时候，那个可怜的女人吓得尖叫起来，呆在屋子里的其他人张皇失措不自禁地全都站了起来。

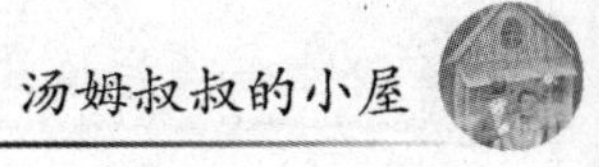

33 卡西的经历

被压迫者在流泪；
而欺压他们的人有势力。
所以，死人常常被人们称赞，
活着的人却要受到歧视。

——《福音书》第四章第一节

夜色很深了，浑身是伤、满脸污垢的汤姆独自一人躺在一间破旧不堪、被人遗忘的轧棉房里。房间里到处堆放着一些损坏不用的仪器和陈年累月遗留下来的几堆破棉花及破烂垃圾。

这样的晚上潮湿闷热，不知其数的蚊子在空中飞来飞去寻找可以吸食的对象，汤姆的伤口更加痛苦难熬了。他的喉咙热得冒烟，肉体上针刺般的痛楚让他感觉到世界上没有比这更难受更难熬的痛苦了。这是让人难以承受的最残酷的折磨。

“噢！上帝，如果您仁慈的话，求您看一看我吧！让我在邪恶中获取胜利！求您救救我吧！让世界上任何的痛苦磨难都折服不了我！”汤姆忍受着身上的痛楚虔诚地祈祷。

背后传来了一阵脚步声，他感觉到有人进入了屋子，光亮从灯笼中散射出来照在他的脸上。

“谁呀？求你看在上帝的分上，给我口水喝吧！噢，我快渴死了！”

探望汤姆的人是卡西。她连忙放下手中的灯，从瓶子里倒水出来，扶着汤姆的头喂他喝。汤姆早就渴死了，他急不可待地一杯接一杯地喝着。

“想怎么喝就怎么喝吧！”她安慰道，“我明白这种难受的滋味。像今天晚上出来送水给你这类人喝，已经很多次了。”

“太太，我太感激你了。”汤姆说道——喝足水以后。

“你不需要称呼我太太！我与你没有什么两样，都是令人怜悯的奴隶，可能我低贱的地位还比不上你。”她满怀感触地说。起身走到门边，拉着一床铺有浸过冷水的亚麻布的席子进来了。“过来吧，不幸的兄弟，移到这床草席上来吧！”

遍体鳞伤的汤姆费了好大的劲，才把僵硬的身体移到席子上，一接触清凉的亚麻布，汤姆感觉到比以前舒服多了，伤口也不那么疼痛了。

这个女人曾经护理过好多被打伤的病人，因此她明白如何减轻痛苦的方法。接着她又替汤姆试了其他几种，现在汤姆感觉舒服多了。

“哦，”叫卡西的女人一边忙着把汤姆的头放到一个用烂棉絮充的枕头上一边说：“我能为你做的就这些了。”

汤姆连忙向她道了谢。那女人坐在他身边的一块地板上，用手环抱膝盖一声不吭地凝视前方，带着一种属于酸涩和怜悯的表情。她头上的帽檐倾向一边，露出一头黑色卷曲似波浪般的长发，极不规矩地散落在她美丽而忧伤的脸蛋两旁。

“我不幸的兄弟，你不知道你这样做有多傻吗？”她最终忍不住喊了出来，“根本毫无半点用处！我承认，你的确勇敢，你做得也有理。但对他那种人，做这些根本起不了作用，纯粹是劳力伤神。你要清楚自已被魔鬼捏在手里，他是世界上最不讲理的恶棍！他蛮横得不容任何人不向他屈服。”

“向他屈服！”汤姆惊慌地瞪大了眼睛，在他经受皮肉之苦、备受煎熬的时候，难道他没有这么想过吗？这个女人似乎是他眼里唯一诱惑他的化身，他在心里不停地苦苦挣扎。

“噢！上帝，我的主啊！”他呻吟着，“我不能屈服！”

“求助上帝根本没有什么用，他不会听到你的呼叫，”那女人万般肯定地说，“我不相信世界上有真正的上帝，假设有的话，他也不肯帮助我们这些可怜人，他肯定站在我们的敌人那边。不论白天和黑夜，所有的一切事情似乎都与我们过不去，这跟下地狱又有什么区别呢？既然这样我们为什么不下地狱？”

听她这么说，汤姆不禁闭上了眼睛浑身颤抖，他害怕听到这些诅咒上帝、谩骂神灵的话。

“你不明白，”那女人接着又说道，“对这里的事，你可能还不太了解，我就是明白得太彻底了。自从来到这个鬼地方呆了五年，不管是我的灵魂还是我的肉体几乎每天都在遭受着无穷无尽的践踏和折磨，我憎恨他就像憎恨魔鬼那样深恶痛绝！生活在这孤岛般的鬼庄园里，几乎与人世隔绝，方圆几十英里围着的全是沼泽地。在这儿根本找不出一个白人，就算你被他活活烧死，被烫死了，还是被剁成肉酱抑或把你捆起来让猎狗撕成碎片，都没有人来管你，也没有人能替你作证。在这里上帝的准则和人类制定的法律根本是滑稽之谈，对我们派不上任何用场。我们没有任何自由和保障！你再仔细看看这个人！世界上什么坏事他都干得出来。如果我把这个鬼庄园里亲眼看见的事通通捅出来，恐怕没有一个人不被吓得浑身颤抖、毛骨悚然。反抗如果能够有用的话，难道我还会继续跟他睡在一块吗？我也曾受过很好的教育，也知道廉耻和尊严。但他，天啦！你知道他以前算个什么屁东西？现在又是个什么玩意儿的暴君吗?！五年了，整整五年，我还是没有逃出他的魔掌，还是迫不得已和他住在一块。每天每夜，我没有一分钟不在痛骂我自己，诅咒自己为什么还要活在世上？你不是不知道，他现在又弄了个女人来，那女人很年轻，据说才十五岁。听她自己说她是很虔诚的。她曾有个教她读《圣经》的女主人。天啦！她竟然把《圣经》也带到这个鬼庄园来了，真是天大的笑话。"那女人狂放而伤感地笑出了眼泪，这种奇怪的笑声久久回荡在这间破屋子里。

周围是无穷尽的恐怖黑暗，汤姆双手交叉地放在胸口，终于叫了出来，"噢！仁慈的上帝！尊敬的上帝啊！您是不会忘掉我们这些可怜人的，您睁开眼睛看看吧！上帝，我快没命了！"

那女人沉着脸继续说："所有和你一起做苦工的那帮可怜人又算什么屁东西呢?！他们根本不值得你去为他们受罪，一旦给予他们机会，他们就会反目成仇联手欺压你。他们对待曾同他们一起共患难的兄弟的态度不会比凶残再好到哪里去，你休想用仁慈来感化他们，换取他们的和平，你所有的做法无疑只是徒劳，根本毫无用处。"

"所有受灾害可怜的人类啊！"汤姆叹惜道，"究竟是什么促使善良的他们变得凶狠、恶毒起来的呢？如果有一天我会疲倦的话，说不定我也会慢慢适应他们的暴敛行为，到最后跟他们也没什么两样！不！不！决不！太太！我现在一无所有了，我已经失去了心爱的妻子、可爱的儿女、美好的家庭和我仁慈的主人，假如她们还在的话，就算活一星期，我也会重获幸福。现在没有一样属于我的东西了，我将永远都不会再重获她们。我已经失去了幸福的天堂，我再也不能失去可贵的灵魂，跟别人一样变成一个可恶人。"

"但是上帝也不能因此而怪罪我们呀！"女人说，"他毫无理由怪罪我们，落到今天这种地步，我们完全是被邪恶逼出来的。就算他要找人治罪的话，也只能找引导我们走向罪恶的主人。”

“你说得很对，”汤姆说，“即使这样可也帮不了我们呀！我们不能作恶！一旦我某天跟桑博一样使坏，一样狠毒地对待无辜的苦难人们，追究是什么使我变成这样子已经不太重要，对我本身来说，我真正担心的是我变质的本性呀！”

那女人吃惊地瞪着汤姆，仿佛她没想到会得到这样的回答。她深深地叹了一口气说：“一点不错。噢！上帝呀！为什么？唉！唉！唉！”她一连几声哀叹，一下子跌坐在地，仿佛矛盾的心理和悲痛的现实让她心力交瘁，再也支撑不了她。

空气一下子变得紧张起来，彼此都能听到对方的呼吸。又过了一会儿，汤姆微弱地低呼：“太太，我请求您帮我个忙。”

那女人迅速地站直了身体，她的神情马上又变得坚定起来，和平时没有两样。

“太太，我记得他们把我的衣服扔在房间的某个角落里，那件外衣的口袋里装着我的《圣经》，麻烦您！太太，帮我拿过来。”

卡西走了过去，从那件外衣的衣袋里掏出了《圣经》。汤姆很快地翻动书页，当翻到做了明显标记而且磨损得很旧的那页书时，他停了下来，上面说的是关于救世主使人类得以解放而自己死前惨遭恶遇的过程。

“太太，您必须帮我一把，念这段给我听，它要比喝水更令我解渴。”

卡西仍然露出冷漠的神情，拿起那本书仔细地看了那段。然后，她开始高声地、动情地读起了这段悲壮而华丽的描写，声调优美、柔和，非同一般。读到动情处时，她常常会声音哽咽，偶尔竟颤抖得读不出来。每到这个时候，她干脆停下来，竭力抑制激动的感情一直到她完全镇定以后才继续读下去，重新恢复常态。“父啊，你们不要怪罪他们，因为他们不晓得自己的所作所为”，当她读到这句感人肺腑的话时，她麻木地丢掉了手中的书本放声痛哭，披散在她肩上的那又厚又黑的卷发随着身体的抽动也动感地颤抖起来。

汤姆陪着她无声地流泪，时而发出几声哀鸣。

“假如我们能够坚定自己的意志向他学习，那就好了！”汤姆说，“为什么他做起来是那么容易，轻而易举，而我们却倍经苦难、费尽心机也难以

达到？噢，上帝，救救我们吧！仁慈的耶稣基督！我求你了！”

过了半袋烟工夫，汤姆又说道：“太太，在每件事情上您都可能比我强。但这并不说明您不能从我身上学到一些东西。您说上帝也没站到我们这边，他无视我们惨遭欺凌，太太！但请您也看看他自己的亲生儿子——我们的荣耀，神圣的耶稣主，他的遭遇也不好呀！难道他逃离了穷困和劳苦了吗？你和我都没有落到他那种卑微的地位。所以，上帝他并没有遗忘我们，这一点我敢肯定。《圣经》上面告诉我们，如果能够忍耐也一定跟他一样可以替自己做主。但是我们不认他，他又哪能认我们呢？甚至救世主和他的门徒们都遭受了灾难。《圣经》上说，他们是被石头砸死、被利锯分身的。他们披着羊皮四处奔走，受穷、受难、受害。我们不应该因为自己生活得不幸福，就觉得上帝不管我们，没替我们做主。如果我们不向邪恶让步、相信上帝与我们同在，我们肯定能发现事情并非那样。”

“可是他为什么要把我们安排在这个地方呢？除了变成魔鬼我们几乎无路可走。”女人问他。

“我有信心让自己不跟着他们作恶。”汤姆回答。

“好吧！你就等着看吧！”卡西又说，“我太了解他们了，明天他们又会在你面前出现，使出新花招对付你，一直到你屈服为止！”

“上帝，”汤姆求助道，“你要拯救我的灵魂啊！噢！仁慈的耶稣基督！我不能屈服的，求您救我一把吧！”

“我的天啊！”卡西说，“你不要试图祈祷，这种发泄的方式我以前见得多了！但他们最终没有一个人能坚持下去，都屈服了。艾米丽起先也坚持着，同你有一样的想法。但她又能坚持多久呢？汤姆，你必须放弃善良和那份执著，只有这样他才会让你活着。”

“就这么决定了，我宁愿选择死亡！”汤姆悲伤地说，“如果他们愿意的话，想怎么折磨我就怎么折磨我吧！反正是快要死去的人了。但在我选择死亡的那一刻，他们就不能抑制我了，我没有向他们屈服。上帝知道，他会陪我一块面临灾难的。现在我很清醒，就这么决定了。”

卡西没再答话，她端坐在那儿，眼睛死死地盯着一个地方。

“也许它是个好主意，”她自言自语道，“至少那些已经屈服了的人，他们就没希望了！他们已经失去了灵魂，我们每天生活在污秽肮脏的地方，因此也愈来愈表现得厌恶一切，到最后就讨厌自己了！我不止一次想到要死,可我却缺乏胆量去死!完了!完了!我彻底完蛋了!现在的我压根就没比当年的我坚毅啊!"

"喏,你看看我,"她很快地说,"你看我现在变成什么样了。我从小就是在有钱人家的家庭中长大的,现在我首先记起的就是我家富丽堂皇的客厅;我总是打扮得像个高贵的小公主,跟在客人后面在大厅里玩耍。他们老是称赞我——漂亮可爱的娃娃。我家的窗户开得特别大,上面装着落地玻璃,玻璃的外面是个很大的花园,以前我总是跟我的姐妹们在一起,喜欢在花园的那棵蜜橘树下捉迷藏。稍微长大后,我被父亲送进了一所教会学校。在那里我学了几乎我能学的东西:音乐、法语、刺绣,等等,没有一样我学不会的。不幸的那年是在我十四岁的时候,父亲突然去世,我从学校赶回家参加他的葬礼。遗产清查时,我们才发现家里所有的财产还远远不够抵押他的债务。债主们在盘点账本时,把我也加进了一分子。我的母亲原来是个女奴,所以父亲曾一度希望我获得自由。谁料在他未办清手续之前就去世了。我的父亲原本健健康康的,在临死之前两个小时还很正常(他是新奥尔良市第一批霍乱的受害者之一)。父亲去世后的第二天,我的后娘带着她自己的亲生儿女去了她母亲的庄园。那两天里,我觉得他们一个个对我的态度都有所改变,但我不明白究竟是为什么?当时他们请了一个年轻的律师来办理一切事情。我记得他没有一天不到我家,也喜欢和我聊天——他说话的态度很好。有一天,他突然带了个小伙子来到我的面前,我现在还觉得他是我今生见过最帅的一个男孩。那天晚上,我永远也忘不了。我们在花园里漫步,是他的温柔和友善抚平了我当时那颗受创伤又孤单寂寞的心。他对我说,他已经爱上我好久好久了,在我上教会学校之前,他就已经注意到我了。他非常愿意助我一臂之力,做我当时的保护人。换而言之,是他花了两千美元买下了我,我已经完全属于他了。但他并没有告诉我,他隐瞒了这些,所以我挺乐意也自然地跟了他!他是我眼中英俊、善良而又高贵的王子,我以为我找到了幸福,我把自己当作世界上最幸福的女人!他带我住在一幢很漂亮的房子里,里面有佣人、马车、家具和华丽的衣服……世界上所有可以用金钱换来的东西,他都给了我。但是我并非看重这些物品,我只在乎他的人,我是那么的爱他,我关心他胜过关心我自己和自己的灵魂。他要我做什么,我都依了他,我对他的爱简直无可挑剔。"

“我今生只求过他一次，我太希望他能娶我为妻了。我心里想，他那么爱我，我几乎成了他心目中完美的女神，如果我真像他自己说的那样的话，他肯定愿意和我结婚，给我名分。但他却始终对我说，那是绝对不可能的事。慢慢地我就被他说服了。我相信了他的话，只要在上帝面前彼此忠诚，我们就是夫妻。如果这不是骗人的鬼话，那么，我就是他的妻子了，难道还有谁能否认我那时对他的忠贞不渝吗？跟他相处的日子，我每天都在察言观色，分析研究他的一笑一怒。整整七年的时间里，我默默地为他付出，这难道不是为了讨他欢心吗？有一次，他得了黄热病，我一直不宽衣带地侍候了他二十天，一刻都不离开他。我一个人替他喂药，替他做佣人侍候他的一切事情，什么事都是我一个人干的。他病愈之后，对我也是百般呵护，说我是他的天使，救了他一条命。后来我们有了两个可爱的孩子。大的叫亨利，是个男孩，他和他的父亲简直一模一样，他也有一双美丽的大眼睛，头上长着一圈圈的卷发，服帖地耷在同样美丽的小脑袋上。他的气质和天赋也像极了他父亲。至于那个小埃利斯，他说长得像我一样漂亮，他老喜欢夸我，说我是他见过的全路易斯安那州最美丽的女人，他还说我和两个孩子是他的命根子、生命的全部，他为有我和两个孩子而感到高兴和自豪。我总是喜欢把我的两个孩子打扮得漂漂亮亮，在好天气的日子里由他带着我们坐上敞篷马车到野外去兜风。每当听到路人对我们加以评价的时候，他会特别开心，乐得像个孩子似的趴在我的耳边赞美我和孩子几句。噢！那时候我是多么开心啊！我总觉得上帝赐恩于我，我真正成了世界上最幸福的女人了，但就在我陶醉在幸福中的时候，厄运也随即而来。他的一个表兄弟要到新奥尔良来玩。兄弟俩的感情特别深，他很重视那位表兄。可不知为什么，自从我见他第一面起，我就害怕再见到他。我有一种预感，好像老觉得他会给我带来不幸似的。他特别喜欢跟亨利一块出去玩，但每次总是很晚才回来。亨利的性情极为高傲、难驯。我想说什么，可我什么话都不敢说，我唯一能做的只有保持沉默。后来他又带着亨利上赌场，亨利那种性格的人，只要一让他染上了赌瘾，就永远别再指望他能戒掉。接着他又为亨利好心地物色了一位小姐，我能看出他居心不良。即使他从来没有向我表现什么，但我还是看得出来。日子就这样在一天又一天中滑过，我的心更清楚地认识到这一点。我的心被跌成了碎片，可我却说不上一句话！这时亨利宣布他要同那位小姐结婚，由于拖欠人家很多赌债，婚礼不得不一拖再拖。那表兄便装模作样提出买下我和我的孩子们，以便亨利能还清赌债如愿以偿。亨利竟然真的上当了。有一天，他突然告诉我，他要到很远的乡下去办一些事情，估计要两三个礼拜才能回来。他说话的语气比平时还要柔和好听得多，他说他一定会回来。即使这样可还是骗不了我，我知道灾难和不幸就要降临在我的身上。我直立着身子站在那儿，吞吞吐吐一句话都说不出来，我坚定自己不许掉一滴眼泪。他吻了我和孩子们好久好久，接着就骑上他的马掉头走了。我目送他走出我的视线，然后我就什么也不知道了。

“就在这个时候，他的表兄来领取他的财产，那个该死的恶棍，他告诉我说他已经买下了我和孩子们，他把契据摊开在我的面前。我恨透他了，我不停地在上帝面前咒骂；即使我死，我也不愿跟他。

“‘你自己决定吧！’他接着说，‘如果你不想要我把你的孩子卖掉的话，你就乖乖地听我的话，我要你做什么你就得做什么，否则，你将永远都见不到你那可爱的孩子们。’他还得意地告诉我说，在他见我第一面的时候，便想霸占我。是他故意引亨利误入歧途，染上赌瘾，欠一屁股债，最后让他心甘情愿地把我们卖掉。他还告诉我，他又想尽一切办法使亨利爱上了那位小姐，他既然费了这么大劲，做了那么多事，就不会轻言放弃我让他心血白费，他更不会因为我耍耍性子，掉几滴眼泪而心慈手软的。

“我认输了，我佩服他的聪明，要知道我的孩子就是我的命根子呀！除了他们，我什么都没有了，我不能再失去他们。他使出最狠毒的杀手锏，警告我：只要我稍有反抗，他就要卖掉我的孩子们，我怕了，最后我只好屈服。老天！那时我过着什么样的生活啊！随着日子一天天地滑过，我的心都碎了，我恨束缚我身体和灵魂的人，我没有解救自己的办法。所以我不得不去接受我的悲哀和不幸。想起以前和亨利生活的时候，我总是喜欢朗诵诗书给他听，他喜欢听我读书、弹琴、唱歌，也喜欢同我跳舞。但我为这个人所做的一切事情都是我不情愿的。那是一种惩罚、一种累赘、一种沉重的心理负担，可我还是不得不忍让。我害怕他对我的孩子们专横残暴。小亨利像他爸爸一样，从来没有向任何人屈服过，他是个勇敢高傲的小家伙，而埃利斯则是个敏感羞怯的小东西。那该杀的恶棍老是喜欢为难小亨利，然后再跟他闹。这样使得我每天都在忧心和担心中度

过。我劝小亨利对他忍让一些、尊敬他一些，也试着让他们保持一段距离，我太害怕失去孩子们了！但我所做的一切根本无济于事，有一天，他终于把两个孩子都卖掉了。我记得那天，他非要领我坐马车到野外兜风，在我回家之后，才知道孩子们没了。他心安理得地告诉我说，他把两个孩子卖掉了。他甚至还神气地说，卖掉了我的孩子，他因此而得到了一笔可观的收入。那是用我的骨肉换来的钱！当时我像一个发疯的女人对他破口大骂，我用最恶毒的话去诅咒他。他有好一阵子的确挺怕我，可他并没有因此而对我好一点。他说：孩子们是被他卖掉了，不错，他卖掉了他们，但还可能让我有机会同他们见面，只要他高兴。要是我再继续咧咧不休地吵闹，不平静下来，他们就会因此而遭殃！唉！我的孩子掌握在他的掌中，我不得不听任他的任何企图和摆布。他逼得我整天一声不吭地对他唯命是从，他还花言巧语地骗我，只要他高兴说不准哪天就把孩子们赎回来，我期待着。有一天，我到外面散步，途中路过一家拘留所。我看见一大堆人堵在门口，还听见一个小孩的哭叫声。突然，我可怜的小亨利挣脱了那几个人的魔掌，飞奔着向我跑来，他拼命地抓住我的衣服。那几个人恶狠狠地跑过来，对他叫骂着。其中有一个人(我一辈子都不会忘掉那张脸)，他朝小亨利怒吼道，“你别天真得想逃跑，我要把你带到拘留所去，让他们好好地惩罚你一顿，最好叫你这一辈子想忘都忘不了。”我害怕了，我苦苦地哀求他们放了小亨利，他们却哄堂大笑。我那可怜的孩子惊惶地尖叫着，他盯着我的脸，拼命地抓住我的衣服不放。我没有办法解救他，他们为了把他带走，几乎撕烂了我的裙子，最终，他们如愿以偿地把他带去了拘留所，我可怜的小亨利边走边悲惨地叫着‘妈！妈！妈！你要救救我呀！’有一位老人站在旁边，看起来似乎很同情我们。我向他求助，只要他愿意帮助我的小亨利，我可以把身上所有值钱的东西全部给他。他不停地摇头，听那人说，自从主人买下这个小男孩，他一直都不听话，很无礼。他要让那男孩吃点苦头，让他以后再不敢那样。我飞奔似的跑回了家，一路上只要我每向前踏出一步，就好像听见了小亨利的哭喊声。我气喘吁吁地跑回了家，冲进客厅里，在客厅里我找到了巴特勒，我把自已亲眼见到的事情经过告诉了他，求他去救救小亨利。他却奸笑着说：‘那孩子是应该被教训教训了，他罪有应得，早就该被教训了。’他竟然还对我说：‘我没骗你吧！’”

“当时我的脑里一片空白，只觉得天旋地转，我气炸了。我依稀记得桌上放着把猪刀，在不太清醒的状态下，我有了勇气，拿起那把长猎刀向巴特勒刺去。再后来，我眼睛一黑，便失去了知觉……

“我晕过去了，很多天后，当我再次苏醒过来的时候，我发现自己躺在一间舒适雅致的屋子里，那不是我的房间。有一个陌生的黑人老太太小心地照料着我，她还请了位大夫常常来观察我的病情，给我很多关怀。到后来，我才知道究竟是怎么回事，那个恶棍已经永远离开了这幢房子，我是唯一留在这幢即将出售房子中的人，所谓她们为什么要对我无微不至的关怀无非是因为这个原因。

“我根本就没指望自己能够生活得健健康康，相反我总希望自己能够永远这么躺着，有人照顾。但希望终归是希望，我根本没法阻止事实的到来，我的烧渐渐地退了，身子也开始好转，最后我终于可以下床了。他们便天天催着我打扮自己，时而有一些绅士模样的先生来拜访，抽着大烟用不怀好意的目光打量我，向我提一些问题，争讨我的身价。我显得是那么地悲伤无助，几乎从不开口说话。他们为此都不愿意收留我。后来就有人恐吓我，说我如果不让人家看起来精神一点、友善一点，给人家好感一点，他们就会用鞭子惩罚我。我气馁了，终于有一天，一位叫斯图尔特的绅士先生看上了我，他似乎洞悉我的心事渐渐地对我有了感情。后来，他老是三番五次地来看我，他的诚意打动了我，我相信他是个好人，便把有关自己的一切情况都告诉了他。紧接着，他就买下了我，并发誓一定要帮我赎回我那可怜的孩子们，他四处打听，终于找到了小亨利的主人家，但人家告诉他，小亨利已经离开了那家旅馆被卖到了珍珠河畔的一个庄园里。这就是关于小亨利的最后一个消息，再后来他又寻找到我的女儿，他愿意赎回小埃利斯，但那家老太太不肯，即使用一笔钱来交换，她也不肯。巴特勒听到这个消息后不怀好意地托人捎话给我，说我今生都别再指望要见到她。令我唯一感到欣慰的是：斯图尔特对我特别好，作为一位船长，他拥有一座令人羡慕的大庄园，庄园雅致漂亮。我和他生活在那儿，那一年，我怀上了他的孩子。噢！那个未出世的小家伙我是多么的喜欢他呀！他肯定像极了我可爱的小亨利，但是这一切并没有阻止我放弃他的决心。的确，我在心里早就下了决心，我不能再让我的又一个孩子来到世上受罪！等他出生才两个星期的时候，我把他心疼地搂在怀里，一边吻着他，一边对他流泪。然后，我喂了他鸦片酊，紧紧地把他搂在怀里，我可爱的孩子在睡梦中结束了生命。当时我是多么的悲伤啊！我每天以泪洗面，我后悔一时错念杀死了他，这样说估计人们不会相信。但现在我并不认为它是一件错事，我自豪自己的决定，至少它使我的孩子逃离了人世的苦难和不幸，我无法令他幸福，除了赐他死亡之外我还能给他什么好东西呢？后来，霍乱蔓延开了，斯图尔特船长并没有逃脱这次厄运，他走了。我不明白自己已经走到了死亡的边沿，为什么还依旧幸存呢?！不久之后，我继续变成了一种商品，从一个人的手里被卖到了另外一个人的手里。接下来的日子里，我美丽的容颜终于被无情的岁月磨损了、腐蚀了，脸上起了好多皱纹，还患了可怕的寒热病。到最后，这个恶棍买下了我，我被迫来到了这个鬼地方。”

故事完了，那女人停住了她的述说。在她讲述自己不幸的遭遇时，声音时快时慢，语调沉重热切。有时候她好像在向别人诉说，有时候则好像是说给自己听。她讲的是那么的投入、那么的令人感动，汤姆完完全全地沉浸在她的故事中，完全忘记了自己身上的疼痛。他用自己的右手困难地支撑身体，眼睛一眨不眨地注视着她，只见她不停地在房间里走来走去，脑后那又长又黑的卷发随着她的移动也不停地在她背后一起一伏。

沉默了几分钟，她接着又说：“你不是告诉我，上帝并没有忘记我们吗？上帝无时无刻地在关注着我们，甚至关注着我们世上的一草一木吗？也许你说的是真的。我在教会学校里也听嬷嬷们说过末日审判的事，据说到了那一天，所有一切罪恶都被公布于世受到惩罚，到那时我们就可以伸张正义，重获自由了。”

“或许有些人会说我的遭遇算不了什么，我的儿女们受的罪也很平常，几乎是一些不值一提的小事情小风波。然而，在我每次走在大街上的时候，我就强烈地感觉到整座城市足可在我的不幸中沉沦！我恨不得要房屋倒塌，土地崩裂将我埋在下面，我期待死亡。果真这样的话，到审判的那一天，我就会站在上帝面前控告那些恶棍们，谴责他们是怎样从肉体到灵魂毁灭我和我的孩子们。

“在我还是个小女孩的时候，我信任上帝，也爱向上帝祈祷。我自以为自己是个很不错的虔诚教徒。但是现在，我没有一天不被那些魔鬼们纠缠着，折磨着。我根本无法再找回自己的本性。他们一步一步地把我推向罪恶的边缘。我相信，总有一天我也会像他们对待我那样地对待他们的！”她紧握拳头，眼睛里闪烁着兴奋的光芒。“我一定要把那些恶棍送进地狱里去，而且越快越好。我会在一个晚上把他们全部消灭，即使结果不如意，他们把我用火活活烧死，我也绝不后悔！”她放声大笑，笑声久久回荡在这间早被人遗忘的小屋里。她全身发抖，抑制不住悲痛的泪水。最后，这笑声变成了歇斯底里的哭泣。最后，她终于无力地跌坐在地上。

好一会儿过去了，她终于渐渐地平息下来，这种激情的发作几乎耗尽了她的力气，她缓缓地直立身子，努力使自己恢复平静。

“噢，我可怜的兄弟，你还需要我替你做些什么事吗？”她走到汤姆的身旁，小声地问道，“你还要不要喝水？”

她说话的声音圆润动听，举手投足之间优雅得体，跟刚才那种狂乱的形态相比有着天壤之别。

汤姆一边喝着水，一边用怜悯而又吃惊的目光仔细地打量着她。

“噢！太太！我真心祝愿您能找到他，从他那儿重新获得幸福。”

“找到他？他在哪儿？他又叫什么名字呢？”卡西一连串地问道。

“上帝，是您刚才说到的上帝呀！”

“很小的时候，我在神坛上常常见到他的像，”卡西说道，眼睛里浮现出对那些美好回忆的憧憬。“可是他现在不在这里呀！这里除了无穷尽的罪恶其他什么也没有了，哦！天啦！”她不安地把手压在自己的胸口上，呼吸仓促，似乎肩负着重大责任似的。

汤姆一副欲语还休的样子，她摆了摆手，阻止了他下面要说的话。

“我不幸的兄弟，什么都不用说了，好好地休息一会儿吧！”她把水端到汤姆能碰及的地方，然后又做了一些尽可能让他舒服的工作后就离开了小屋。

34 母亲的礼物

总想遗忘沉痛的昨天，
无奈回忆却不经意间闯进心房；
美丽的鲜花，动听的声响，
还有清风、海洋，
每一种回忆都会让我痛彻心肠，
忧伤的锁链无情地把我们捆绑，
而它们却无意间触及这神秘的电网。

——《恰尔德·哈洛德游记》第四章

烈格雷先生的起居室是庄园里最大最宽敞的长方形房子，房子里面装有一个大型的壁炉。放眼望去，墙壁上原先贴的墙纸已经发霉破烂、污渍斑斑，间或你能看见一些精美残缺的图案，展现出它原先不凡的价值。整个房间里充满了一种难闻的气味，那是长年累月不开窗户，空气不流通引发的潮湿、灰尘和霉烂的气息。墙纸早已褪去先前的色彩，上面到处散布着啤酒和葡萄酒的污点，有些地方还能发现用粉笔记下的议事章程，间或还有记得很长的阿拉伯数字点缀其间。壁炉里放着一个装满烧红木炭的火盆。尽管还未到冰封雪冻的天气，每到傍晚时分，这间大屋子里总是有一股让人难以消受的寒意，它需要用炭火取暖。而且，烈格雷也喜欢在晚间抽上两支雪茄，烧一壶开水暖酒，他需要一个有炭火的地方。明亮的炭火映出了房间里阴暗的一面——那里到处横七竖八地堆放着马鞍、马笼头、各种马具、马鞭和外套，显得乱七八糟。前面我们提到的那几条凶恶的猎狗，这时候也安静地躺在地上，各自找到了自己的憩所。

烈格雷正在为自己调酒，他一边往缺了道口子的大瓶子里装水，一边发着牢骚用平底玻璃杯装酒。

“唉！桑博，该死的家伙，尽在新手间给我挑毛病！那个汤姆没一个礼拜休养根本下不了床，更别说能在这农忙季节下地干活了。”

“你说得对极了，可不是吗？”这是卡西的声音，她趁他自言自语的时候，便悄悄地溜到了他的椅子背后。

“嘿！你这个臭婆娘，你到底还是想着回来了！”

“是的，我又回来了，但我还是先前那样，想怎样干就怎样干。”她冷冷地回答。

“哼！你这个臭娘们，你竟敢撒谎。我可告诉你：要是你胆敢不听我的话，凭自己喜好干事，我就把你送到奴隶们那儿，让你跟他们住一块过苦日子，一块下地干活。”

“那最好不过了！”卡西说，“我宁愿睡在最破最脏的地方，也不愿跟你这恶棍在一块，听从你的指挥。”

“是吗？但你现在还是老老实实地被我掌握着。”他回头对那女人狰狞地一笑，“来，小乖乖。我就喜欢你这牛脾气。过来，坐到我的大腿上来。”他攥紧她的手腕往自己怀里拖，恶毒地说道。

“放手，西蒙·烈格雷，你给我放手！”那女人尖叫道，瞪着那双敏锐的大眼睛。眼睛里闪烁着狂野的光芒，令人不寒而栗，“西蒙，你会怕我的，我可是有妖魔缠身，你最好给我小心点！”她厉声地警告道。

她趴在他耳朵边，咬牙切齿地说出最后一句话。声音很小，但他听后不禁浑身一抖。

“卡西，为什么你现在还不能做我的朋友呢？我完全相信你被鬼魂缠住了！”烈格雷下意识地把她推开，怒吼道，“滚，你马上滚出去。”

“要我回到从前？”她痛苦地呻吟着，一下子沉默了下来，似乎想起了什么令她不堪回首的往事。

女人是柔弱的，但一位身体强健、充满仇恨的女人很可能会征服世界上的男人，哪怕是最凶残的一类，烈格雷在卡西身上能感觉到这种影响。最近，在她被迫下地干活以后，她的脾气变得更加暴躁难驯了，有时候几乎接近疯狂。为此，烈格雷对她颇有几分畏惧心理，愚昧无知的人对疯子总有一种恐惧和害怕的感觉，烈格雷也跟他们完全一样。在他把娇柔、年轻美貌的艾米丽带回庄园的时候，卡西那颗残留女性温情的心一下子变得支离破碎了，盛怒之下，她站到那女孩的一边，同烈格雷发生了一场激烈的争吵。烈格雷生气了，他警告道，如果她再这样无休止地闹下去的话，就罚她到地里干活。但她对此毫不在乎，第二天她果真去地里干了一整天的活，以此来骄傲地宣称她对他的威胁是多么的不屑一顾。

一整天，烈格雷都在忧心忡忡。他无法抹去卡西在他脑海中的阴影，卡西对他的影响力是无可否认的，所以在她把篮子递上过秤时，他从心里面希望她会做出让步，因此他用既想和好又略带轻蔑的口气对她说话，但她却丝毫没有要与他重新修好的意思，她的语气依旧生硬而尖锐。

卡西跟着烈格雷进了屋，汤姆遭到残暴的对待令她怒火中烧。她决定要谴责他的罪行，为汤姆讨回公道。

“卡西，我希望你能端庄、有礼。”烈格雷说。

“噢！是吗？你竟然还知道‘有礼’两个字，你是怎么对待那些农奴的呢？你心里面最明白。我真想不通，你竟会因自己的鬼脾气而在最忙的时候打伤汤姆——一个最能干的人。”

“发生这样的事情，我也很难过，”烈格雷反驳道，“我并不希望过分伤害他，那家伙也太放肆了，他竟敢当着大家的面对我谈什么仁慈道德，还表明他的鬼决心，这样的人难道不应该好好教训一顿吗？”

“我认为，你驯服不了他，即使你再对他狠狠地揍上一顿。”

“我驯服不了他？”烈格雷大发雷霆地吼道，“我倒要看看他究竟能撑到几时，除非他是没有感觉的金刚做的，我还从没碰到过我征服不了的黑鬼呢！只要他有一天不屈服，我就不会让他有好日子过。”

碰巧这时，桑博推门走了进来。他奴颜媚笑地向烈格雷鞠了一躬，把一个小纸包呈了上去。

“喂，死鬼，里面包着什么呀？”烈格雷发问道。

“小心点！主人，这东西有魔法呢！”

“你说什么？”

“这是黑奴们的护身符，听说是从巫婆那儿求来的，每当他们挨打的时候，只要把它挂在脖子上他们就感觉不到痛了。”

烈格雷胆战心惊地慢慢揭开纸包，他像所有残暴作恶不敬神灵的人一样相信迷信。

纸包打开了，呈现在烈格雷眼前的是一块银元和一绺长长的闪闪发光的金色卷发。那头发好像接受了命令似的，很自然地缠住了他的手指头。

“他妈的！”他突然火冒三丈地跳了起来。然后用脚狠狠地跺了一下地板，疯狂地拉扯它，然后扔掉了那团头发，好像它带电电着了他的手指头一样。“该死的！你是从哪弄来的鬼东西，把它拿走，把它烧掉！”他愤怒地把头发投进了火里。"鬼要你拿它到这儿来的!"

看到烈格雷发疯似的情形,桑博吓得一下子失去了主张,呆呆地立在那儿。卡西本打算要走,这时她也留了下来,呆若木鸡地看着烈格雷。

"你们听着,以后再不许把这东西拿到我这儿来!"烈格雷向桑博举起了拳头怒吼道。桑博知趣地退到一边,捡起掉在地上的那块银元把它扔出了窗外,消失在茫茫的夜色中。

桑博幸运地溜走以后,烈格雷先生为自己刚才的失态感到吃惊,他在椅子上坐下之后,很不高兴地啜饮起平底玻璃杯里已经调好的烈酒。

卡西趁他不注意也溜了出去,她要去探望可怜的汤姆。

究竟是怎么回事?那绺小小的头发竟然有如此大的魔力,它可以轻而易举地使烈格雷惊慌失措,暴跳如雷。亲爱的读者朋友们,想要知道这个问题,请跟我一块追溯到他的童年时代。这个无恶不作、凶狠残暴的恶棍,也曾有一位慈祥的母亲,他几乎也跟我们大多数人一样在母亲的呵护下长大的。也曾受过圣水的洗礼,尽管他现在已经变得残暴无情,在他还是个小孩的时候,他的母亲——一位金发妇女常常会带着他去教堂,踏着礼拜的钟声替他祈祷,虔诚地唱着赞美诗,向上帝祷告。容易看出,那位英格兰的母亲是怎样用谆谆的爱心和教诲来培育她的独生子啊!她几乎耗尽了自己的心血教他做一位正直的人。但烈格雷像极了他的父亲,生性暴躁易走极端,这位伟大的母亲在他身上作了最大的努力想改变他,无疑一切都是徒劳,他把母亲的教诲、忠告都当成了耳边风,珍贵的母爱在他看来变成了囚禁他的枷锁。他讨厌母亲的啰嗦,所以在他稍大一点的时候,他就离开了家,到很远的海边去谋求他的生路了,他相信自己能挣大钱。从那以后,他几乎都不回家,而他那善良慈祥的母亲却无时无刻不在热切地眷恋着他;把自己全部的思想感情都倾注在她唯一的儿子身上;同时,每天她又在虔诚地祈祷,希望上帝能让她的孽子改邪归正,做一个好人。

在烈格雷的有生之中,上帝给予他仅有一次赎罪的机会,那时爱心和善心占据了他的心里,他差点要被说服了,在善与恶、美与丑的边沿,前者触手可及。他开始变得仁慈一些,但罪恶的种子早已在他心里萌芽,慢慢地取代了好不容易滋生的正义。最后,还是邪恶占了上风。这时,罪恶已经完全吞噬了他,他开始变本加厉地干着坏事,企图用最残酷的手段来惩

罚他人以求得心理上的平衡。他每天酗酒、骂人，变得比以前更加野蛮和残暴。有一天晚上，他那痛苦万分的母亲无奈地跪倒在他脚下，试图唤醒他的良知，他罪不可恕地一脚把她从身边踹开，母亲顿时晕倒在地上，而烈格雷却一边不停谩骂诅咒，一边登上了他的轮船。后来，有一个晚上，烈格雷正在和他的同伴们酗酒，有人替他送来了一封信，那是他最后一次知道母亲的消息。他打开了信封，突然从信封里滑落一绺长长的金色的卷发，缠住了他的手指头。信上告诉他，母亲已经离开了人世，临死之前宽恕了他，并真心为他祝福祈祷。

邪恶是人世的灾难，是一套罪孽深重的可怕法术，而使世界上最善良最美好最仁慈的东西在它面前瞬间化为乌有变成阴森可怕的东西。烈格雷那仁慈的母亲，在临终之前饶恕了儿子残暴的恶行，还不忘在天主面前替他祈祷祝愿。对烈格雷来说，母亲的慈爱犹如一道有罪的判决，令他内心极度内疚和不安。除此之外，烈格雷预感到这似乎还预示着不祥的前景。当他烧掉那封信，烧掉母亲的那小绺金发，在火焰燃烧的片刻，他不由得想起了将要受神灵的最终判决——魔鬼般的地狱之火永不停息地焚烧着他，他在心里暗暗打了一个寒颤。以后的日子，他纸醉金迷，酗酒、斗殴、整日整夜地咒骂，想用种种办法来麻醉自己，忘掉那段可怕的经历。但每到夜阑人静的时候，罪恶的灵魂总会促使那些作恶的人不由自主地想起自己所干的坏事。烈格雷想到自己那面容憔悴的母亲站在他面前，想起那小绺金发缠住他的手指，常常被吓得汗流浃背，整夜不眠。

或许你会觉得奇怪，为什么同一本书的注释里，会写着“上帝是爱”和“上帝是烈火”两种截然不同的评价呢？可一旦你追究其中的因果就不难明白，对那些干尽坏事、执迷不悟的人来说，最伟大的爱在他面前也变成了有罪的判决，极端痛苦难耐的折磨。

“真要命！”烈格雷一边慢慢地饮着酒，一边疑虑，“那绺头发究竟是哪弄来的呢？太像了，噢！我还以为自己早已忘记了那件事。不对，我根本就没有忘记过它，真要命，难道是自己太寂寞太孤单了？我得把艾米丽叫过来，那臭娘们大概还在恨我吧！管不了那么多了，现在，我得马上把她叫过来。”

烈格雷起身走出了起居室，外面是一条很大的走廊，它原先也宽敞明亮，靠近它的内侧有一座螺旋形上升的楼梯，那是通往楼上的通道。可现在，呈现在眼前的是堆得乱七八糟的大木箱和一些早已废弃不用的杂物。走廊里又闷又暗，连同没有颜色的旧梯子，看上去恐怖阴森，不由让人产生疑问，这弯弯曲曲的破旧楼梯究竟要通往何处。惨白的月光透过窗户照在地上，映出各种形状的阴影，笼罩在这儿的空气潮湿而阴冷。

烈格雷在楼梯旁突然停了下来，他听见有一种声音在歌唱，也许是他神经过敏吧！那歌声是那样地凄惨、悠扬，飘荡在这空旷阴冷的房间里尤为吓人，那是什么声音呀？

有人在唱一首赞美诗，那是奴隶中流行的，声调狂放而怪异。

噢！到那时你会觉得悲伤，悲伤，
你会悲伤！
在基督教的审判面前，定有悲伤。

“是那个死丫头在装神弄鬼，我非掐死你不可！”烈格雷自言自语道，“埃姆！埃姆！”他突然大声地叫道，声音尤为刺耳，但没有人回答除了从四面墙传来的回音。那哀婉的歌音继续唱道：

那里，父母和他们的儿女只有分离！
那里，父母和他们的儿女只有分离！
只有分离啊！永无聚期！

最后两句清晰哀怨的歌声久久地在大厅里回荡：

到那时候你会觉得悲伤，悲伤，
你会悲伤！
在基督教的审判面前，定有悲伤。

烈格雷再也大声叫不出来了，他不敢向别人求助，但确确实实他的额头上冒出了大滴大滴的冷汗，心脏差点没跳出喉咙。冥冥之中，他仿佛觉得有一团白雾正渐渐靠近，那奇怪的东西就在眼前，发出幽幽的光芒。天啦！如果撒手西归的母亲的冤魂突然降临面前，那该怎么办呀！但愿不是，想到这，他不由得打了个寒颤。

“我终于明白了是怎么回事，”他拖着脚步磕磕碰碰地逃回起居室，坐在椅子上发呆，半天才说出话来，“从今天开始，我再也不要看见那东西了！该死的桑博，我还以为里面包着什么好东西呢？我今天一定是魔鬼附身了，绝对是！从那时碰到它开始我就全身冒冷汗，魂不守舍。那绺头发究竟从什么地方弄来的呢？莫非，不可能是它，我明明在许多年以前就

把它烧毁了，我不相信头发也会有冤魂，果真那样岂不是天大的一个笑话吗?!"

喂，烈格雷！那绺金发可是有魔法的！它的每一根头发都会揭露你的一种罪恶，让你恐慌，使你自责。万能的圣主给予他生命用它缠住你罪恶的双手，让你不能在那些无依无靠的农奴身上犯下更深重的罪呀！

"起来!"烈格雷对着躺在地上的那些狗又跺脚又叫，"喂，你们中间总得有谁醒来陪陪我吧！你们醒来吧!"但那些熟睡的狗似乎听不见主人求饶、慌乱的话语，偶尔有一只狗费力地睁开一只眼睛，但很快又闭上了。

"我应该把桑博和昆博那两个混蛋叫来，要他们唱唱歌，跳跳什么鬼舞，帮我驱走这可怕的邪念。"烈格雷一边对自己说，一边走出了起居室，用他平时召唤他们的方法——吹起了哨子。

往常在烈格雷心情愉快的时候，他会把这两个黑人监工叫到他的起居室。赏给他们威士忌酒喝，让他们高兴起来，这样他们就可以不停地为他表演唱歌、跳舞、打架什么的节目了，直到烈格雷开心拍手叫好为止。至于究竟让他们具体表演什么，那得取决于他的心情而定。

当卡西探望汤姆后，返回家时已是深夜，(凌晨一两点)她听到从烈格雷的起居室传来混杂的喧嚣声：有狂叫声，大唱大闹声，狗叫声和夹杂其他东西翻倒的声音。

卡西忍不住靠近了通往起居室的台阶，她往窗户里一看。只见烈格雷和那两位黑人监工醉得斜躺在地上，他们还在不停地狂喊高歌，把椅子推得东倒西歪，彼此还不忘互相对视做着可怕也可笑的鬼脸。

卡西站在那儿，用手小心地扶着窗户的遮光帘。她的双手纤细而修长，她的眼睛一眨不眨地盯着他们看，从那双又大又黑的眼睛里闪烁出极度蔑视和强烈愤懑的光芒。她不由得自言自语道，"为世人除掉一大祸害，难道是一种错事吗?"

卡西转过身子，迅速地离开了现场。她溜到了后门，爬上楼，小心地敲了敲门——那是艾米丽睡的地方。

35 卡西和艾米丽

卡西推门走进了艾米丽的房间，只见她正浑身发抖地坐在离门最远的那个角落里，看来她真的被吓坏了。当卡西靠近她的时候，她反弹似的从地上一跃而起，瞪着双恐慌的大眼睛。在她一认出来人是谁时，就立刻飞奔过来，抓住了卡西紧紧地拥抱她："噢，卡西，是你呀！太好了，我整个晚上都快吓疯了，你来，我简直太高兴了。刚才，我还怕是他！噢，卡西，整个晚上那种奇怪的声音把我吓坏了。"

"我也听到了，这种声音我听得多了。"卡西冷冷地说。

"噢！卡西，我们一定要想办法逃出去。你熟悉这儿，你一定知道从哪儿可以逃出去，随便上哪儿都行，只要能离开这个鬼地方。即使我们逃到沼泽地里和蛇住在一块都无所谓。难道我们真要在这个鬼地方耗上一辈子吗？"

"我想不出办法！的确，我们无处可逃，除非选择坟墓，"卡西平静地说。

"你曾尝试过吗？"

"好多人都尝试过了，我见得够多了，也见识了他们最后有着什么样的结果。"卡西说。

"我宁愿自己在沼泽地里扎营，每天啃树皮。我愿意自己跟条毒蛇住在一块，被蛇咬，也不愿遭受他的折磨。"艾米丽着急地说。

"好多人有过你这种念头，"卡西回答说，"就算逃到沼泽地里，你未必呆得住，你不知道，那两条恶狗有多厉害，它们很快会找到你。然后把你带回来，然后，然后再……我不说了。"

"然后会怎么样呢？杀掉我吗？"那女孩满脸疑虑地盯着卡西，急切地问道。

"你难道不相信他什么都干得出来吗？"卡西说，"他曾在西印度群岛呆过一段时间，跟海盗们学过许多整人的花招，要是你非让我把我在这儿亲眼目睹的事说出来给你听听，你准会吓得丢了魂。他有时候把这些恐怖的范例说给其他的奴隶们听，我常常会听到由于过分惊慌而发出的尖叫声，这种惨叫声至今还在我的脑海里回荡，令我终生难忘。在这不远处的奴隶居所，房子后面有一棵很大的黑色古树，树干空了，里面尽装着黑色的灰尘。你去向那些住在附近的农奴们打听，究竟是怎么回事，我敢肯定没有一个人敢告诉你。”

“嘘，你讲这些是什么意思呀？我怎么老听不明白呢？”

“我无法跟你讲明白，你也最好不要知道。听着，那位帮人家忙的不幸的汤姆，如果明天他还像当初一样死心眼的话，究竟会有怎么样的灾难降临在他头上，只有上帝知道了。”

“太吓人了！”艾米丽不由得尖叫起来，脸上一片灰白。“哦！卡西，你告诉我，告诉我该怎么办才好呢？”她继续说道。

“听我的话，做自己力所能及的事，不要去激怒他、反对他。然后再用不屑和诅咒来进行补充。”

“有时，他会强迫我去喝他那讨厌的白兰地酒，而我却很难做到。”艾米丽说。

“我劝你最好要喝一点儿！”卡西说，“以前我也总讨厌喝酒，可是现在没有酒喝的时候，我才发现世界上有比酒更难下咽的东西。人嘛！你总得要拥有点什么——好好享用，这样你才不枉白活一世。”

“我还是个姑娘身的时候，妈妈就警告过我，叫我不要碰这东西。”艾米丽说。

“你妈妈说过！就算你妈妈这样教育过你，那又有什么用呢？”卡西的声音很难平静，她用颤抖的声音说：“妈妈，您还是救不了您的孩子们，她们被当作某件商品一样从一个人的手里转卖到另一个人的手里，她们的身体不属于她，她们的灵魂归花钱的买主所有。情形就是这样，我劝你还是喝些白兰地，违心地喝一些吧！这样，你就会免去许多灾难，一切事情都不会显得太糟糕了。”

“噢！卡西，你会可怜我吗？”

“要我可怜你，谁来可怜我呀！我自己也有女儿，只有老天才知道她现在身居何处，生活得可好？我担心她终究有一天会重复走她母亲的路，而她未出生的女儿也注定走这条老路，这种灾难性的归途是永无休止、永无穷尽的。”

“我真希望自己没有降生到这个罪恶的世界上来！”艾米丽十指交叉

埋怨道。

“不止是你，我也曾这么幻想过，”卡西接着说，“可是现在我对一切似乎都已经习以为常了。要是我不胆怯的话，我早就选择死亡了。”她的眼睛一眨也不眨地盯着窗外，脸上流露出沉重忧郁的表情，这种表情常常会在她沉思中呈现出来。

“自己选择死亡是最愚蠢的，”艾米丽发表自己的见解道。

“你说的算什么理由，但事实上自杀不会比我们活着每天干的事情更有罪呀！在我上教会学校念书时，那些嬷嬷们老是向我们提示些事情，这令我尤为畏惧死亡。果真死亡就能让我们逃脱受灾难的话，那么，又是为什么呢？”

艾米丽回过头，将脸埋在手中呜咽。

在卡西和艾米丽进行这场谈话的同时，烈格雷已经醉得厉害，他早已在自己的客厅里熟睡过去。事实上，他并非一位嗜酒如命的酒鬼。他珍惜自己强健的体魄，相信如此几次酒精的刺激对他无碍大事，但如果对一个体质稍差的人来说，恐怕不止有损健康甚至会危及生命。聪明的烈格雷在心里牢记着“谨慎”的信条，因而他并不允许自己经常过量地喝酒，使自己神志不清，他需要一颗完全清醒的头脑去统治奴隶们。

但是今天晚上例外，那个可怕的头绪死死地缠住了他，使他感到内疚和自责，他需要将它从脑海中驱走，所以，他比平时多喝了几杯，迷迷糊糊中他打发走那两名监工，自己便重重地摔在一把高背扶手的木椅上，沉睡过去。

他不明白，为什么那讨厌的灵魂会跑到他的梦境中来，而且其形状是那么的接近因果报应。烈格雷正做着一个奇怪的梦，在他虚幻的梦境里，有一个戴着白纱、脸色灰白的妇人站在他的面前，用一只冰冷冰冷的手搭在他的肩上，她那一笑一颦即使隔着层面纱，烈格雷依然能认出她是谁。他情不自禁地打了个寒颤，浑身上下直打哆嗦。接着，他又感觉到那绺头发缠住了他的手指，慢慢地向着他的脖里移动，最后紧紧地扼住了他，他几乎不能呼吸了，后来，又有好多好多奇怪的声音在他耳边围绕，他简直受不了那些恶毒的咒语。他发现自己掉进了地狱，被一群恶鬼吊在悬崖边沿的一棵枯树上。他吓坏了，拼命地抓住树枝大喊“救命”，但没有人搭理他，深渊里伸出好多好多双魔鬼般的黑手，想把他拖下去。恰在这时卡西出现了，她用力地把他往下一推。这时候，那虚幻的戴面纱的妇女又出现在他面前，摘掉了面纱，天哪！他终于看清了，那是他的母亲——生他、养他的亲人哪！她没有向他伸出援手就转身走开了，而他在鬼哭狼嚎的尖叫声中慢慢地往下坠，往下坠，往下坠——烈格雷突然惊醒，跳了起来。

东方慢慢地露出了一扇光亮，照在这屋子里。晨星还没有退隐，闪闪发光的星星像无数双明亮的大眼睛窥视着这个恶棍。噢！新的一天又开始了，世界是如此圣洁而美丽呀！黎明就要来到了，她似乎在对这作恶的人说："喂！你还有弥补自己罪行的最后一次机会！好好地追求上帝那至高无上的荣耀吧！"世界上所有的人，不管他身居何处，也不管他说的是哪一种语言，都能听到这呼唤。可是，烈格雷这个罪大恶极的死鬼却似乎没有听见。他一觉醒来，便开始不停地咒骂。这时朝霞已经映红了半边天空，金色的阳光洒向大地，可这样美丽的晨景对他来说，根本没什么实际意义。他像禽兽一般，对这一切毫不在意，——看都不看。他挪动自己不稳的步伐走过去倒了一杯白兰地，喝了一大口。

"昨天晚上我难受死了！"他对刚刚进来的卡西说。

"是吗？但愿你多几个这样的晚上。"卡西不怀好意地说。

"臭娘们，说这话，你到底想暗示什么？"

"你自己心里最清楚，喂！西蒙，我对你提个建议。"她接着说。

"去你妈的，你能有什么好建议吗？"

卡西开始着手收拾屋里乱七八糟的东西，一边平静地说道，"我劝你最好不要再去惹汤姆。"

"这关你什么事呀？"

"当然不关我的事，随便你对他怎么样，我都不会受损失。但如果你仔细想一想，花了一千二百美元买来个能干的奴隶，只是想在农活百忙之际让你出口气，划算吗？我是已经尽自己的最大努力，帮你去照顾他了。"

"你去照顾他了？谁要你去的，这和你有何相干？"

"当然不关我的事，只是，我真为你感到难过，为什么我一番好意去帮你照顾奴隶，替你省下几千美元钱，你却用这种口气同我说话呢？难道你想卖到市场的棉花不如人家多吗？我很难想象汤普金斯在你面前那股神气活现的样子，而你却低头丧气像个斗败了的公鸡，只好乖乖地付给他钱。到那时，你就该明辨是非了。我说的对吗？不信，咱们走着瞧吧！"

烈格雷同其他庄园主并没两样，他的心里只有一个野心——那就是在一年的丰收之际，同周围镇上的一些庄园主打收成的赌。卡西抓住了他这种微妙的心理，用自己的智慧，拨动了那根唯一能令他动心的弦。

“你说得对，我就依你的，暂时放了他，”烈格雷停了片刻接着说，“但他一定要到这儿来向我认错，恳求我放过他，而且还要他保证以后给我乖乖地听话。”

“我估计他肯定不会这么做。”卡西回答道。

“你说什么？他不肯这么做？”

“是的，我敢肯定他不会这么做。”卡西又说。

“宝贝，你给我说清楚点！我想知道这到底是为什么呢？”烈格雷不屑地说。

“他觉得自己做得对，他在心里面是这么想的，所以他肯定不会再向你认错。”

“去他妈的，他心里面怎么想，我才不想知道呢？他是我的奴隶，我是他的主人，他应该听我的，说些让我开心的话才对，要不——”

“要不，要不你就把他再往死里揍上一顿，让他在这农忙季节里不能下地干活。然后，你就心甘情愿地输掉这次在棉花收成方面的打赌。”

“但是，他不会再坚持多久——他会屈服。我太了解黑奴们的那种心理状态了，过不了今天上午，他就会像条狗一样爬到我面前求我原谅他。”

“你错了！西蒙，你太不了解他了，你可以敲碎他身上的每一根骨头，把他撕成碎片，但你绝对不能让他在你面前认错，请求你的饶恕。”

“你等着瞧吧！他现在在哪？”烈格雷问道，接着便大步走了出去。

“在堆放杂物的那间轧棉房里。”卡西补充道。

尽管烈格雷跟卡西说话时，态度强硬，始终持己主见，但是在他跨出门槛的片刻，心里却如潮水般汹涌——极不平静。对他来说，这是以前从来没有发现过的事。无可否认，卡西在他心里产生了极大的影响，他害怕卡西在他的梦境里出现，担心她郑重的劝告会变成现实。所有的疑虑让他决定，他要悄悄地不被人知地跟汤姆见面。同时他也决定，如果苦刑不能让汤姆屈服，那么，等到农忙过后再跟他算总账。

汤姆躺在那间破屋子里，黎明的曙光从狭窄的窗户射了进来。晨星渐渐隐没在遥远的天际，伴随着庄严的话语：“我是上帝的后裔，又是大卫的根，我是圣洁的晨星。”卡西非同寻常的经历和暗语并没有让汤姆气馁，相反他感到体内有一股动力，他听见了天堂的召唤。黎明和黑暗交替之际，他想到自己已经临近了死亡的边沿，马上就要到他向往已久的无苦难和压迫的美妙世界中去了，想到宏伟壮观的宝庵，想到光芒四射的彩虹，想到许许多多慈眉善目的白衣少女，想到鲜花美酒和那些棕榈、竖琴和桂冠……而如此美妙的一切，只要在他到了天堂以后，便可以全然地出现在他面前。想到这些，他不再恐慌和难过了，他的心因欢快而激动得战栗。所以，在他听到残忍地伤害他的那人的脚步声时，他没有丝毫地退缩和害怕。

“起来！死家伙！”烈格雷用力地踢了他一脚说道，“你终于醒来了！我先前就警告过你，要给你点颜色看看。感觉怎么样，嘿！嘿！嘿！你那身贱骨头撑不住了吧！想跟我斗，恐怕你到死的时候还不知道自己错在哪里，现在你还想给我讲什么仁义的大道理吗？嗯！你敢吗？”

汤姆沉默不语。

“畜生，你想装死吗？还不快给我起来！”烈格雷诅咒道，不忘又踢了他一脚。

汤姆浑身是伤，全身的骨头像散了架似的。他拼命地想立起身子，一个踉跄又跌了下去。看到汤姆虚弱不堪的样子，烈格雷不由得露出了得意的微笑。

“喂，汤姆！起来呀！今天早上你怎么变得如此迟钝呀？看你一副生病的样子，想必昨天晚上着凉了吧！”

汤姆使出了全身力气，终于站了起来，面对着烈格雷，神色出奇地镇定、坦然。

“好样的！算你有种，我想昨天晚上够你受的吧！”烈格雷仔细打量着汤姆说道，“想跟我玩那套把戏，你行吗？还不快给我跪下，请求我的饶恕，或许我还会考虑放你一马。”

汤姆丝毫也没有动弹。

“畜生，你给我跪下！”烈格雷挥动马鞭对着汤姆身上一阵猛抽，恶狠狠地说道。

“主人，想要我下跪认错，我真的做不到，”汤姆平静地说，“我认为自己并没有错，如果以后再有同样的事情发生，我还会这么做。不管你用怎么样的方式惩罚我，我都不会对那位可怜的女人下毒手。”

“是吗？你想知道下一步我将用什么样的方式招待你吗？汤姆！告诉你，昨天你受的惩罚只不过伤及皮毛，根本算不了什么。现在，就请你想象一下，那种被人挂在树枝上用火慢慢烧烤的滋味吧！那才不好受呢！跟我斗，嗯！”

“烈格雷老爷！我相信您做得出来，你肯定下得了手。但是，您只能处死我的人；您永远都处死不了我的灵魂，在我升天以后，您就管不了我。那么，在上帝面前，我将要得到永生。”汤姆十指交叉放在胸前，慢慢说道。

“永生”！烈格雷听到这两个字眼，就像被蝎子蜇了一下，浑身发抖。只用眼睛恶狠狠地盯着汤姆，气得一句话都说不出来，汤姆说这话时，神色像个没有苦难完全获得释放的自由人，他用轻松而明快的语调继续说道：

“我是您的奴仆，在你用金钱买下我的那一刻时，我的身子就完全地属于了你，我愿意做你最忠诚的奴隶，一刻不停地为你干活，直到我死。但是，我的灵魂却不属于你。我相信上帝，并把他的宗旨放在任何命令之上，它将决不会向任何凡俗夫子屈服。不管我是死是活，我都会始终坚持这么做。烈格雷老爷，您可以用鞭子把我抽死，用火烧死，我都不会怪你，相反我还会很高兴，很感激你，因为你让我去了我想要去的地方，提前让我超生了。”

“即使这样，我还是会让你在这之前向我屈服的！不信，咱们走着瞧。”烈格雷胸有成竹地说道。

“会有人向我伸援手的，您休想让我屈服！”汤姆回答道。

“你别做梦了，谁会向你伸援手呀？”烈格雷讽刺道。

“上帝——万能的救世主！”汤姆肯定地说。

“他妈的，你去死吧！”烈格雷一拳把汤姆打倒在地上，怒斥道。

恰巧这个时候，一只冰冷、柔软的手轻轻地搭在烈格雷的肩上。他调转头去，是卡西，看见她情不自禁地又想起了前天晚上做的那个噩梦，脑海里再次呈现出那个令他恐怖惊慌的场面，一群恶鬼，那棵枯树、悬崖和卡西推他的双手，还有那位罩着面纱的奇怪女人。这些都让烈格雷感到由衷地心悸。

“为什么要惹他，你真是个大笨蛋！”卡西用法语对他说，“先前我是怎么跟你说的呢？没错吧！他是不会向你认错的，打死他也没用。现在，让我一个人来照顾他吧！使他早日康复，再回到地里帮你干活。”

传说，水里游的鳄鱼和陆地行走的犀牛身上都披有一层厚厚的盔甲——保护自己，盔甲刀枪不入，但它们身上却有一个致命的缺点，那是敌人容易攻击它们的地方。而烈格雷也跟其他残酷无情、不敬神灵的人一样有他的致命的弱点。他们对所有的妖魔鬼怪都有着莫名的恐惧和惊慌。烈格雷转身走了过去，他已经决定暂时不管这件事情。

“好的，我就照你说的那样去做吧。”他很不情愿地说。

“汤姆，你给我好好听着，”他气呼呼地说，“现在正是农忙季节，人手不够，所以我就暂且饶了你。听着！绝对不是放过你，我会记着这笔账。等秋收过后，再在你这张欠揍的黑皮身上讨还。我劝你最好放聪明点。”

说完烈格雷就转身走了出去。

“没想到你还会给他来这套，这次算你幸运，我可怜的朋友，总有一天他会找你算老账的。现在你的伤口感觉好点了吗?”卡西关心地问道。

“上帝，感谢你使我逃脱了这次灾难，是你派来了天使封住了狮子的嘴。”汤姆执拗地说。

“对，这次算你幸运，虽然现在灾难没有再次降临到你的头上，但你已经惹他恨了。这种恨意不会消失，它会像吸血虫一样附在你的血脉里，一点一点地吸你的血，让你慢慢地在忧郁中死去。我对他了解得太清楚了。”卡西说完这些，终于垂下了头。

36 自由

不管人们是如何慎重地把他捧到圣坛上，
一旦他踏入英国——神圣的国土，
信仰连同圣坛都会从尘埃中坠落；
但他依然会顽固地站立在那里，
直到不可抵抗的解放浪潮给世界以自由。

——柯伦

这个时候，我们先迫不得已地把汤姆丢在伤害他的人那里，去看看乔治夫妇。我们上回谈到他们在不远的一家农舍里，被那儿一些好心的村民们关照着。

刚刚在前文的末尾部分我们谈到汤姆·洛科时，他正躺在教友派教徒的床铺上呻吟，翻来覆去。善良的多卡尔丝大婶像母亲般体贴照顾着他，这时她已深刻体会到这位病人就像一头发疯的野牛，难以驯服。

再去想象这样一位身材突出、端庄文雅和相貌出众的女人吧。她那银色的卷发匀称地分梳两边，头上戴着一顶洁白平纹丝帽，露出宽宽的额头，白净细嫩；一双圆溜溜的褐色眼睛是那么的有神又是那么的温存。在她的胸前还别着一方雪白的绉纱手帕，折得平平整整。当她在房间中来回走动的时候，那白色丝绸同她的衣服摩擦发出窸窸啦啦的小声音。

“要命!”汤姆·洛科大声地吼道，被子被他一脚给蹬开了。

“托马斯，我希望你以后别再用这种口气说话。”多卡尔丝大婶一边小心地为他重新盖好被子，一边说着。

“是啊，好心的老妈妈。如果我能克制住自己，那我肯定不再这么说了，”汤姆说道，“在这种鬼天气里，真是热死人了，谁还能怪我大声咒骂呢?”这时多卡尔丝重新拾起那床被子，接着又把它盖到汤姆身上，用被子掖得丝毫不能透风，汤姆此时的模样就像一只被驯服的小羔羊，就这样被结结实实地裹着。多卡尔丝大婶在一边熟练地操作这些事情，一边大声地说道：

“亲爱的，我叫你不要再这样地怨天尤人，请反省反省你的待人方式

吧！你应该文明一点才是。”

“真有病！为什么我要去想这些呢？我才不要去想那些无聊的事——见鬼去吧！最好给我滚得远远的！”汤姆又继续在床上不停地乱踢，把床上的被子、被单弄得乱七八糟。

“据我估计那些男的和女的都在这里吧？”他叹了一口气，十分不情愿地大声问道。

“他们仍然在这里，”多卡尔丝说道。

“最好叫他们赶快出发到湖边去，”汤姆吩咐道，“以最快的速度赶到当然是最好不过了。”

多卡尔丝大婶静静地在一旁织着她手中的毛衣，用十分柔和的语气说：“也许他们会这么做的吧。”

“你给我听着，”汤姆愤怒地说道，“在桑达斯基那儿有我们的代理人，他们替我们监视着在那边开往加拿大的船只。现在就算把一切事情全部给抖出来，我也不会在乎。我祈祷他们能够逃离魔爪，气死马克斯那个混蛋，那个该死的猪猡！让他见阎王爷去吧！”

“托马斯！”多卡尔丝愤怒地喊道。

“大慈大悲的老妈妈，请你先听我说。如果再这样下去的话，我肯定会发疯的，”汤姆说道，“对于那个女的，你把她带出去化化妆，改变一下形象。她的画像现在已送到桑达斯基那儿去了。”

“我们会小心的。”多卡尔丝不慌不忙十分稳妥地说。

对于那汤姆·洛科，在这里我们还要顺便再说一下：他身上除去那些病痛以外，后来他又得了风湿病。他当时在教友派的教徒那里整整疗养了三个星期。在他身体真正恢复健康以后，性格变得比以前更加忧郁沉默了，当然也变得比过去机灵了。于是在一个比较清静的村庄里他决定住下来，从今往后再也不去追究那些黑奴们的事情，然后打算把这方面的精明能干用到打猎方面去。捕熊、逮狼、捉山鸡和森林中的一些其他动物，他在这方面使自己的本领得到了进一步的发挥，不久就成了当地的捕猎强手。汤姆时常用那种非常敬佩的眼光提到这些教友会的教徒们，“多么善良的人们呀！”他总是认为，“他们都在想尽一切办法说服我，使我能自愿地做一名教徒子弟，但是结果依然没有让我做出改变。哦，朋友，说句心里话，他们那些看管病人的方式真正称得上一流啊！这样说一点都不夸张。那里他们烧的肉汤，还有做的各种小菜真是与众不同，色味俱全。”

汤姆刚刚说过，那里有人在桑达斯基打听他们这一帮人的行踪，然而他们决定分散走才比较安全。第一次护送走的是吉姆与他的老母亲。一至两天过后，乔治、伊丽莎和他们的孩子也赶在夜幕临近的时候出发，悄悄地乘马车到了桑达斯基。他们来到一户非常热情的人家里住下，正在准备着坐船过渡，开始他们的最后一次旅程。

寂静的黑夜把他们的思绪抛得好远，那些自由的星辰正对着他们一闪一闪地眨着眼睛，呈现出明亮的光辉。自由！多么令人震惊的名词啊！到底它是什么呢？它仅仅是个普普通通的词汇，还是修辞上为装扮美丽词藻的缘故？亲爱的美国男同胞女同胞们啊！这个词难道不叫你们在心灵上感到无比自豪、兴奋、激动吗？就是因为它，你们的父辈们不知流过多少泪、洒过多少血啊！你们那伟大的、善良的母亲们因而自愿献出了最宝贵、最心爱的儿子们的性命！

自由既然相对一个国家来说，是值得敬重的，那么，对单个人而论，难道自由就不值得敬重吗？在一个国家之中得到自由不就是这个国家里的所有人民得到自由吗？对于那个静静地坐在那儿的青年来说，在他心目中自由究竟意味着什么呢？——在他那张面孔上看得出带有一丝淡淡的传统非洲人的特征，黑亮黑亮的眼睛显得格外有神，这时他把交叉的双臂放置在自己宽厚的胸膛上。此刻他——乔治·哈里斯，究竟意味着什么呢？对于你们的父辈来说，自由就是意味着在一个国家中作为国家而独立存在的一项权利；而相对他来说，自由只不过是意味着作为一个人而不是作为某种牲口动物存在的权利；意味着他可以把自己怀里的妻子称之为妻子和保护她不受任何外来暴力侵害的权利；意味着他还拥有保护、抚养、教育自己孩子的权利；意味着他能真正拥有一个属于自己的家的权利；意味着他有维护自己的人格尊严、信仰不受任何侵犯的权利；意味着他不用向所有外在的人屈服，不用被任何人奴役的权利……当乔治静静地把自己的头支起，非常出神地注视着自己心爱的妻子时，这些思绪不停地在他脑海中浮现。面前的妻子正在往她那亭亭玉立的身体上套穿男人的衣服，因为所有人都认为，她要逃出去最安全最放心的办法就是女扮男装。

“快点动手剪吧!”她立在镜子前面望着自己的容貌,接着就把自己那一头光滑亮丽、乌黑浓密的卷发抖了下来,抓起当中的满满一把,慢慢地说道,“乔治,就这样把它们全部剪了实在有些残忍,你说是不是?”

乔治无可奈何地笑了笑,沉默了。

伊丽莎转过身子注视着镜中的自己,此时随着喀嚓喀嚓的剪刀声,只见乌黑的长发从她背后滑落下来。

“好了,这样就差不多了,”她顺手拿起旁边的一把发刷,接着说道,“只需再微微修一下便可以了。”

“看,我现在像不像个年轻力壮、英俊潇洒的小伙子呢?”她把身子转了过来,面对着丈夫问道,此刻脸已呈现一片鲜红。

“不管你怎样打扮都好看。”乔治认真地说。

“你看上去怎么这样心事重重呀?”伊丽莎用一只脚跪在地上,把手伸在丈夫的手心中接着说道,“听他们说,现在我们离加拿大仅有二十四小时了,如果过渡的话,对,也就是一天一夜了,等到那时,哦!等到那时候——”

“亲爱的,伊丽莎,”乔治忽地一下子张开双臂把她搂了过来,“这些就是我所担心的问题啊!咱俩已经到了决定生死关头的时候了,所有这一切美好的东西似乎离我们是那么的近、那么的完美!假如所有的一切,像梦一般的离我们而去的话,我会痛苦死的!再也不要让我们回到以往的那种生活,伊丽莎!”

“不要这样不开心好吗,”妻子十分有把握地对他说道,“如果仁慈的上帝不是有意把我们解救出来的话,那他绝不会保佑我们逃走,更别说像今天这样逃得这么远。乔治,我忽然感觉到,他就在我们的身边呢!”

“伊丽莎,你真是个算得上有天神庇佑的女人!”乔治把在怀中的妻子搂得更紧了,接着说道,“但是——唉!真的像你说的那样,如此幸运的事真的会让我们遇到吗?仁慈的上帝真的会帮助我们吗?真的要结束这些年来所受的苦难与不幸吗?从那以后我们真的会得到解脱吗?”

“乔治,我们一定会得到的,”伊丽莎抬起头举目仰望着星空,长长的睫毛充满了希望和那已被泪水占据的双眼闪现出激动的目光,“此时,神圣的上帝一定会伸出仁慈的双手来助我们一臂之力逃离奴隶的魔爪的。我已体会到这一点。”

“我相信你，伊丽莎，”乔治一边说着一边站了起来，“我同意你的看法。哦！来，我们一起走吧！嗯，好极了！”他用手挽住了伊丽莎，自己向后退了一步，用那充满爱意的目光出神地注视着她，“你真是个非常英俊的年轻小子。这整齐的短卷发配上你这小平头真是再好不过了！到这来，再戴上帽子。嗯，再向上面移一点。我从没发现你像今天这么漂亮。来，我们该上马车了；史密斯夫人也不知把哈里打扮好了没有？”

这时候门正被悄悄推开，一位气质高雅相貌出众的中年妇人正带着一个男扮女装的小哈里走过来。

“他现在可真算得上是个十分漂亮的小女孩，”伊丽莎叫小哈里在她面前转了几下，接着说，“我们给他取名叫哈丽亚特好不好！这名字确实不错！”

那小男孩十分严肃地在那儿站着，默默地注视着他的妈妈——她那苗条的身段正穿着一件怪怪的男人衣服。过后他发出几声无可奈何的叹息，用那褐色的小眼睛怯怯地瞟了母亲一眼。

“我可爱的哈里，现在是不是不认识妈妈了？”伊丽莎向他伸出温暖的双手，问道。

小哈里很不好意思地抓住那中年妇人。

“请别这样，伊丽莎，你很明白你们是不能呆在一起的，为什么还要去这样逗他喜欢呢！”

“这样做我也知道很傻，”伊丽莎很不平静地说，“让他就这样离开，我还真是无法接受。对了，我的大氅在什么地方？噢，是这个吧。乔治，你说男人们是怎样披大氅的呀？”

“应该是这个样子，”她丈夫一边说着，一边迅速地把大氅披在自己的肩上给她做示范。

“哦，原来是这样，”伊丽莎用那笨笨的动作学丈夫的步伐，“我应该把脚步放得重一些，跨起大步向前走，尽自己所能让别人看起来风度翩翩和有男人气魄一点。”

“你其实也别这样太做作，”乔治提醒道，“时不时总会有那么几个谦虚的年轻人吧！你如果扮成这个角色我想应该要容易许多。”

“这儿还有双手套！我的上帝！”伊丽莎说，“看，把它戴上之后，谁也看不出我有一双女人手了。”

“依我看最好是你一直把它戴着，不要脱掉它们，”乔治道，“你那双白净小巧的手会将我们的秘密泄露出来的。哦，史密斯太太，从这一刻开始，记住我们就称您为姑妈了，现在的使命是我们在护送您回国。您可千万别给忘了。”

“听别人说早就有人去了湖边，向那儿所有的游船船长打了招呼，吩咐他们留神，有一位带小孩的夫妇要渡船过河。”

“是这样？原来他们早就有所准备了！”乔治说，“没问题，如果我与他们碰上，肯定会向他们通报。”

在门口停了一辆出租马车，曾收留过这些逃亡者的家人全部跟了出来，依依不舍地向他们告别。

他们几个人都是按照汤姆·洛科的指示去化的装。气质高雅的史密斯太太住在加拿大的美国侨民区里——这可正是那些逃亡者的目的地。十分幸运，此刻史密斯夫人正准备过渡回家，她愿意帮助我们扮成小哈里的姑妈。就是为了能使小哈里亲近她，在这最后的几天中，一切都是由她一人来看管照料，史密斯太太非常疼爱小哈里，而且还给了他许多好吃的糖果、饼之类的零食，使得这小家伙很快就与她混在一起。

马车快要靠近码头了，不一会儿就抵达那里。两位表面看上去年轻的男人（给人的感觉是那样）越过跳板，上了船。伊丽莎将自己的手臂伸向史密斯夫人，十分礼貌地挽着她，而乔治却在一边看管那堆行李。

没过多久，乔治向船长室走去为那些人办手续，忽然间他的身边传来两个男人谈话的声音。

“我小心地打量着上船的所有乘客，”当中一个提高嗓门道，“我发觉那班人没有在这条船上。”

开口的是这船上的一名水手，他正朝着我们的老朋友——马克斯说着这一切。马克斯一直保持着那种高尚的品质，这一次他不停地追到桑达斯基，搜寻着那些供他侵吞的猎物。

“那女人长得跟白人似的，真的难以让人看出她与白人有什么区别，”马克斯接着说，“那个男的是肤色比较浅的混血儿，他的一只手上有个深深的红印。”

乔治那只捏着船票和零钱的手微微一抖，这时他已平静地转过身去，漫不经心地瞟了一眼那正在说话的人，迅速地又将船向另一边驶去，此时伊丽莎还站在那里等着他。

小哈里与史密斯夫人在一块，偷偷来到女乘客的船舱。那里面，很多女乘客都被这位俏丽的小姑娘的那副容貌所吸引。

没过多长时间，传来了开船的鸣声，马克斯离开了跳板来到岸上。乔治看到这一切，一直跳动的心总算平静了下来。这时船已慢慢起动了，渐渐地离岸而去，将永远不会回来了，乔治若有所思地深吸一口气。

这时的天气十分爽朗。岸的对面迎来微微的清风，在阳光下的伊利湖映出蓝色的湖水一会儿起一会儿落，波光随着荡漾的湖水有节奏地一闪一闪。然而这艘历经风浪的大船在破浪中缓缓前进，勇敢地向远方驶去。

哦，每个人的心灵深处都隐藏着多么辉煌的世界呀！当乔治与他那位腼腆的伙伴一块，在船的甲板上平静自在、十分轻松地漫步时，他们的内心世界谁又能想象到此刻正在琢磨些什么呢？突如其来的幸福简直令他们太高兴、太兴奋了，那是多么得让人难以置信呀！在这整整一天里，他的心时刻都在颤抖，无法使它平静下来，老是担心这来之不易的幸运会被外在的东西抢走。

船仍然朝着前方驶去，时间在这期间异常紧张。直到最后，那庄严而又气派的英国码头总算出现在人们的视线中——那样的壮观、那样的清晰！就像被魔法给缠住了，那海岸具有一股让人无法抵抗的魅力。只要一踏入其中，所有的奴隶制裁和咒语——不管它是用怎样的语气方式来说的，也不管它在哪个国家的法律上得到许可——一切都会化为乌有。

当船来到加拿大的小镇阿默斯特堡时，乔治与他心爱的妻子亲密地挽着手在甲板上站着。他此时的呼吸十分艰难，眼圈也被泪水模糊起来，眼底似乎被什么给遮挡住了。他静静地紧握那只挽着他胳膊的小手。铃声突然打破了沉默，船靠岸了。乔治利索地将行李收拾好，叫他们几个人呆在一起。最后他们平安无事地总算上了岸。过后他们一直默默地呆在那儿，一直等到船上所有人都离去，夫妇俩才相视流露出喜悦的泪水，激动地拥抱，接着又把迷惘的小哈里抱起，一起跪拜在地答谢上帝！

犹如虎口脱险，绝处逢生，
坟墓的寿衣陡然成了天堂中的锦袍，
逃脱了罪孽的支配，不再遭受感情困扰，

得赦的灵魂张开了自由的翅膀，
那里再没有死神，再没有地狱的镣铐，
上帝灵巧万分地转动着金钥匙，
听，上帝的声音——
欢庆吧，你们的灵魂已经自由！
从此平凡的人们将不朽地站立。

史密斯太太将他们带到一位热心待客的传教士的地方。这位传教士是基督教慈善机构派在那里专门为一些只能呆在沙滩上的流浪者、可怜人、无家可归的难民们提供服务与帮助的。

谁能想象到他们第一天得到解脱和自由的激动心情呢？自由的感觉对于生活中其他几种感觉相对而言难道不更为突出和伟大吗？能不用别人监督，大大方方地走动，无拘无束地谈论，呼吸，进进出出，做自己想做的一切是多么舒服啊！在上帝给予我们的权利充分得到法律的认可，这种情况下的自由人便不用担心会受任何侵犯了。谁能把这段美好的心情表达得绘声绘色呢？想起以往经历的风风雨雨，然后看看孩子熟睡的可爱的小脸蛋，身为孩子的妈妈，此时此刻这是多么欣慰、多么自豪、多么不容易的事啊！幸福与快乐占据了他们的心，根本没有丝毫的睡意。他们在这儿尽管一无所有，没有房屋瓦片，身上没一点值钱的东西，尽管除了快乐的鸟儿在空中飞来飞去和田间盛开的鲜花，他们根本谈不上拥有，但是他们还是激动得无法入睡。

啊，霸占别人自由的人们！
面对上帝，你们该怎样去解释，
你们的良心何在？

37 胜利

感谢上帝，是他给了我们胜利。

当我们的生命无法挣脱束缚时，就会感到生不如死。

然而作为一位殉道者就算面对肉体带来的痛苦与折磨的那种死的威胁，也可以在这可怕的死神面前找到一份安慰和自信。那些饱经沧桑的经历，那震颤的热情会让他克服种种困难，迎接天国的荣耀和永生。

日子还是得日复一日地过下去，人们不得不在这卑微、绝望、低下而恼人的奴役的无奈中消磨着光阴，听凭神经的每一个角落沮丧不堪，每一个细胞渐渐沉睡——这种精神上百般无奈的折磨，这种在生命深处一滴一滴、一时一分、日复一日的磨难，对于人们而言才算得上是真正的考验。

当汤姆与他的主人正面站着，听着他的威胁恐吓，此刻他不得不相信属于自己的最后时刻已经来临，一下子他便变得更加勇敢了。他觉得自己承受鞭笞、火烧不会有太大问题，他坚信自己能够战胜所有折磨。凭他的感觉，基督和天堂也不过在一尺之远了。就在烈格雷一走开，他心血澎湃的激动时刻一过，便感觉到身上的伤口痛苦难忍，四肢已无知觉。在别人眼里抬不起头、地位低下又没指望的情况下，悲凉的心情又占据了他所有思绪，一天的生活简直慢得让人无法忍受。

还没等到汤姆的伤口全部恢复，烈格雷便一再强调，一定要他到地里做事。生活就这样日复一日地令人苦不堪言，那个狼心狗肺的坏东西又在对他打坏主意，使出所有手段、残暴和凶狠的招数去攻击他，这些更使汤姆加深了痛苦。在我们当中任何一人，只要尝试过痛苦的滋味，就会感觉出从痛苦中引发而来的是什么样暴跳如雷的坏性子。就算这有许多种花样俱全的神药来帮助我们，事情也仍然不会改变。汤姆目睹所有伙伴们的粗暴行为、放肆无礼的脾气一点也不以为然。还不止是这些，一直以来他还觉得自己是个十分和睦的人，在一样的痛苦煎熬中和种种的摧残下，也同样受到阻碍，不易继续了。开始他还想着能在空余时间看看《圣经》，但在烈格雷那庄园里，根本就没有空余这个词的存在。在农活最繁忙的情况下，烈格雷会自然而然地把自己身边的所有人手都派去，像台机器不停地劳作，就连星期日也不放过。他为什么这样做呢？要是这样的话他不仅仅是收更多的棉花，还能够赢得和其他人打的赌，如果累死几个黑奴，他还可以买更年轻力壮的劳动能手。开始几天疲惫不堪地干完地里的活回来后，汤姆还利用那微弱的火光，翻看一下《圣经》。就在他受到各种各样的摧残之后，他干完活回来时已经筋疲力尽，他挣扎着想读《圣经》，此时头晕眼花，因此也就只有和那些人一样倒下便睡。

直到今天为止，一直以来就这样支撑着他的宗教信仰和心中的那份安慰，然而又被那百般无奈、没法安宁的思绪所占去了。这难道有什么稀奇吗？在那变化万千的人生旅途中，一个最让人无法接受的问题在他身边不停地演变着：灵魂惨遭毒蛇般的摧残，坏人每次都获胜，挺胸阔步，上帝却丝毫没有反应。在磨难与煎熬当中，汤姆的躯体苦苦挣扎了几个星期，接着又是好几个月。他记起了以前奥菲丽娅小姐送他一位肯塔基朋友的信，便真心祝福着，恳求仁慈的上帝能给他派来救兵。他抱着一种试试的态度等待着，日盼夜盼为了祈祷上帝能奇迹般给他派来救兵。当他领悟到不会有人来时，发现这自始至终是没有目的的等待时，他的心灵深处又有着这样一种想法：信仰上帝根本起不了作用，他早被上帝给遗忘了。他偶尔也会遇到卡西，偶尔他被叫到主人们所住的地方，能看到十分忧郁的艾米丽，可是他与她们两个从来没有交谈过，说实在的，他无法抽出时间与任何人交谈。

一个夜晚，汤姆垂头丧气、闷闷不乐地在一堆柴火边坐着，把粗饼烤烤便把它充当晚餐。他又添了一些柴火，尽量使火能烧得更旺，接着又从口袋里拿出那本破旧的《圣经》。有些他做过标记，在以前的生活中，时常让他的灵魂异常兴奋的句子都依旧在那儿——全部是些始祖、先知、诗人与圣人们讲的话。从它们诞生那日开始已在激励着人类，它们是那些专门为上帝作证的人的声音。它们还会在我们的生命过程中，一直伴随在我们左右，永远被我们铭记在心。此刻是这些话已经失去了力量？然而还是那日渐衰败的视力和渐渐麻木的感觉再也无能为力感应这种万能的启示？汤姆深深地吐了口气，把《圣经》又放回口袋。这时他被一阵嘶哑的怪笑声惊动，他把头仰起，却发现烈格雷就在他的对面站着。

“是你！死东西！”他说，“你似乎感到自己的宗教快不灵了吧？我早有所闻，直到现在我才让你的脑袋瓜明白这一点。”

这样残酷的讽刺比严刑拷打、饥饿、寒冷和让人赤身裸体还要痛苦。汤姆沉默不语。

“他妈的你真是个没用的东西,”烈格雷叫道,“当初我买下你的时候,本来想待你好一点。你本可以比桑博或昆博他们还要舒服,还要过得快活些。别说像你现在,每过一至两天就会受苦受罚挨打挨骂。你完全可以自由自在,耀武扬威,还可以揍揍其他的黑奴,也还可以时常地喝上一杯上好的热威士忌混合酒。是啊!汤姆,难道你不认为自己该放聪明些吗?还不把那本没用的破书扔到柴火中去,来信我的这种教吧!”

“上帝是绝对不同意这样做的!”汤姆满怀信心,意志坚定地说道。

“你想,上帝肯定不会帮你。如果他诚心帮你的话,今天你就不会落在我的手中!汤姆,你这狗屁宗教完全是欺骗人的谎言。我可是了解得一清二楚,你最明智的选择还是来投靠我,我可数得上是有名的人物,能做出一番大事!”

“不可能,主人,”汤姆说,“我不会改变自己的信仰。无论上帝帮不帮我,我都会全心全意依赖他,信仰他直到我死。”

“那你就更是个大傻瓜了!”烈格雷说着,向汤姆嘲讽地吐了口唾沫,又不怀好意地踢了他一下。“没关系,你迟早都要向我屈服,看你嘴硬!”说完,他调头就走。

当沉重的心理压力达到人的心理所能承受的极限时,人们会立即想办法来摆脱这种压力。最深重的苦难的到来,往往都需要巨大的欢乐与勇气。汤姆现在正是如此。主人不敬神灵的百般嘲讽让他早已失落的心灵更增添了伤痕,他的情绪十分低落。即使他那意志坚定的手依然死死地紧抓住那块永恒的岩石,但这种向往的做法却是没有知觉的、没有目标的。汤姆很无奈地靠在火边,好像不知做什么才好。一瞬间,他身边所发生的一切都化为乌有。一个头戴刑法帽子、受尽折磨、浑身血淋淋的人浮现在他眼前。汤姆用惊讶的眼神注视着那严肃而紧绷的脸,那双似乎有神却又带忧郁的眼睛深深地被打动了。他的灵魂慢慢张开双眼,他内心的苦水被感情激荡着,奔流着,他默默无闻地伸出了双手,向地上跪了下去。

这幅场面千奇百态地变化着。那刺目的魔法变成了一道道灿烂的光芒,在难以想象的夺目的光辉里,他看见有一张慈祥的面庞在注视着他。

一个声音在他耳边回荡:“胜利者,我要赐他宝座与我同坐一起,就像我获胜了,我的父亲赐我同他坐在宝座上一样。”

汤姆忘记了自己究竟在那儿躺了多长时间。当他完全清醒过来的时候,炉火已经熄了,他的衣服被潮湿的寒气打湿了。可怕的幽灵危机已经过去,他发自内心的喜悦,以后再也感觉不到人世的饥饿、寒冷和令人绝望的屈辱了。在他的灵魂深处,自从他有生命的那一刻起,尘世的一切幸福希冀几乎与他绝缘。因此他把全部的真情与意愿毫无保留地奉献给仁慈的上帝。汤姆抬起头看了看挂在天边的星星,那群默默无闻的永恒的家伙总在黑暗来临时俯视人类!汤姆开始唱歌,他唱起了一首以前在快乐的日子里常常歌颂胜利的赞美诗,雄厚的嗓音打破了寂静的夜空,汤姆带着以前从未有的激情,动情地唱道:

到地球如雪般融化时,
太阳的光辉不再照耀大地;
关注人类那万能的上帝在召唤我,
他永远不会将我抛弃。
在可贵的生命走到尽头,
肉体和灵魂都将化为虚有;
我依然享受快乐,宁静,
在那神奇的天国。
当我们在天国生活了万年之久,
幸福依旧如旭日东升;
我们在赞美上帝的心情如初,正如我们刚刚跨进天国。

所有了解我们黑奴宗教历史的人都知道,有关奴隶之间的描写是极为常见的。他们亲口叙述了自己悲惨的身世,常常是催人泪下,感人甚深。心理学家曾经说过,有这样一种类似现象:在一个人的情感和幻想排斥心理难以抑制的时候,他常常会命令自身外部的感官为之效力,极力将一些虚幻的想象构思成具体鲜明的个体。有谁能够预估到万能的神灵会怎样利用我们这种潜在的动力呢!又有谁能预估出他人对那些可怜人起着多大的鼓舞作用呢?如果一位被众人遗忘的不幸黑奴相信耶稣总有一天会出现在他面前,跟他说话,谁又敢驳斥他的这种想法呢?书上明明写着,仁慈的耶稣无处不在,他的使命不就是慰藉世间千千万万受伤害的灵魂，解救人类的苦难吗？

黎明的曙光撒向大地，唤醒了辛苦一天还在沉睡中的人们，他们又要下地干活了。在这群疲惫不堪、衣衫褴褛的可怜人当中，有一位踏着轻松明快的步子，似乎忘记了他现在身居何方劳苦工作。因为他对万能上帝的信仰比他脚下踏着的这片土地还要踏实、坚硬。他在心里不停地呼唤，来吧！烈格雷，使出你最狠的一招吧！极度的残暴、苦刑、屈辱和穷困只会让他早日回到上帝的身边，做一位仁慈的神父或一名圣明的君主。

以后，这位被欺压的奴隶，他的心灵被一种不容侵犯的气氛打动着，而那无以言喻的救世主成了心目中最美好的殿堂。他忘掉了尘世的遗憾和悲哀，不再追求世俗所谓的希冀和渴望，面对一切的诱惑，他心如止水。那颗受尽了欺凌伤痕累累的心，经过长时间地苦苦挣扎，已经完全和神灵的意志融为一体了。生命剩下的历程是那么的短促，而天国幸福的召唤却唾手可得，近在咫尺。因此，即使是人间最深重的痛苦，也无法再伤及他的灵魂了。

他超出寻常的反应，引起了所有人的注意。他似乎又回复到原来那个欢乐的人身上。他的态度是那么得平静安详，似乎任何屈辱、苦刑都无法使他受到伤害。

“莫非汤姆有鬼魂附身呀？”烈格雷对桑博说道，“前几天他还没精打采的样子，今天却如此神气活现。”

“主人，我也搞不清他究竟是为什么？莫非是想逃跑？”

“哦，是吗？但愿如此！我倒是很希望让他逃跑一次，让他试试被抓回来受苦刑的那种滋味。桑博，你说呢？”烈格雷冷笑道。

“对，主人说得对！嘿！嘿！嘿！”桑博讨好地说。“看他掉在沼泽地里，浑身是泥，被猎狗追得到处乱跑那才有趣呢！天啦！上次我们抓莫莉的时候，把我都乐坏了。现在想想，如果那时不是我把猎狗赶跑的话，说不定她已被撕成碎片，全身上下都是疤痕呢？”

“我想她恐怕要带着这些疤痕下地狱了，”烈格雷接着说，“哦，桑博，记住了！从今天开始你得好好看着他，一旦他有什么想逃走的企图，你就要想办法制止他。”

“主人，您放心，这件事就包在我身上了！如果他是主人手下的一只狐狸，我就是主人手下的一位猎人。嘿！嘿！嘿！”桑博奸笑道。

烈格雷在桑博说完之后，便骑着马去附近的城镇了。晚上，他回来之后，觉得有必要去奴隶们住的地方看看，便调转马头，巡察那里的情况去了。

这天晚上，夜色很美，月亮的银灰把高大的楝树的影子牵得细长，印在葱翠的草地上，四周景物清晰可见，非常寂静，让人有种不忍心打破这种安逸静谧气氛的心理。烈格雷走近奴隶居住区的时候，突然，听到从里面传来了一阵歌声。这在那儿可是非常罕见的事，他忍不住停下了脚步侧耳细听。只听见有一个男高音在唱道，声音十分好听。

当我能在天上的宫阙，
找到我的官衔，我便对恐惧挥手说再见，
再拭去有泪滴的眼睛。
就算整个地球都对我进攻，
朝着我的胸口放出浸有剧毒的利箭，
我仍然笑对撒旦喜怒容颜，
坦然地面对不公平的全世界。
即使忧患像洪水般汹涌，
即使苦难像暴风雨般倾盆而下，
我只求能够让自己重建家园，
我的上帝、天堂和万有世界。

“哦!”烈格雷恍然大悟道，“我现在才明白，原来他是这么想的！该死的赞美诗，你完全腐蚀了他的灵魂！闭嘴！你这个死家伙。”他快步走到汤姆面前，扬起马鞭威胁道：“你的胆子真够大的，大家都在睡觉，你却还如此大声吵闹！如果不想被我打死的话，现在最好闭上那张乌鸦嘴，滚回去睡觉!”

“好的！主人，我马上回去睡觉。”汤姆一点也不生气地回答道。很乐意地服从了烈格雷的命令，大踏步往房间里走去。

汤姆满不在乎、得意的表情，深深地激怒了烈格雷。他追上前去，朝着汤姆的头部和胸部一阵猛抽。

“听着，你这头蠢猪，这下你还开心吗?”烈格雷痛骂道。

鞭子抽在汤姆的身上，但他却感觉不到那种深深的痛楚。躯体上的惩罚伤及不了他的灵魂，他再也不像以前那么难受了。汤姆呆若木鸡般站在那里，没有丝毫惧怕，烈格雷非常清楚，自己一向用来惩治黑奴们的铁腕政策对他已经失效了，面对汤姆，它几乎毫无用处。当汤姆转身走进属于他的那间小屋，烈格雷迅速掉转马头。与此同时，他的脑海中闪出了一丝光亮，这种光亮通常会阻止那些恶人继续行恶下去，复苏他本性的善良。他心里面清楚，是上帝站在他和汤姆面前，保护着那位受难者啊！想到这，他忍不住大骂起来，开始诅咒谩骂上帝。讨厌那个沉默不语的汤姆，不论受到怎么样的欺凌、惩罚、威胁和耻辱，他都能沉得住气，对此无动于衷。这会令他更为生气、怨恨和不满，一如昔日他的救世主激怒了魔鬼的灵魂，使得凶残的魔鬼发出这样的怨恨："属于纳萨雷特人的耶稣主啊！我干什么与你有何相干？你为了向世人昭告你的仁慈，来惩罚我了吗？"

汤姆对其他人充满了同情和怜悯的心理。在他看来，痛苦对他已经显得不那么重要了，他热切地渴望上帝给予自己那份难能可贵的幸福与安宁和那些可怜人一块分享，希望可以带给他们点点安宁和幸运。这种机会在他身边不是很多，但在去地里干活和从地里返回的途中，以及干活的同时，他总是寻找合适机会，尽可能地援助那些病弱、疲惫不堪的可怜人。起初他这种看似愚昧的做法很让那帮人费解，长期遭受暴力欺凌已使他们变得麻木不仁。但汤姆没有因他们的迟钝丝毫动摇自己的意志，他将这种做法持续了一天又一天、一个月又一个月，终于有一天，他们那些麻木不仁、昏睡已久的头脑开始复苏了，有了一点反应。很自然地，他的沉默寡言、乐于助人对他们产生了一种很深的感染力，他总是那么无私、那么谦让，每当碰上好日子有东西分发下来的时候，他总是去得最迟、拿得最少，还总是不忘把自己那份少得可怜的食物分给其他的可怜人；在寒冷的冬天，夜里，他会无私地将自己那床破毯子铺到因患病而冻得发抖的妇女身上；在地里干活时，他会冒着挨打的风险，把自己的棉花塞到不足分量的人的篮子里；尽管他一样会受到那位暴君的惩罚，他却从来不诅咒痛骂，这是他与其他人不相同的地方。当农忙季节过去以后，他们终于获取了片刻的安宁，有权任意支配属于他们的快乐的周末了。时常，很多人就会聚在一块，围着汤姆听他讲上帝的福音，念一段赞美诗。他们总是特别高兴能在那儿聚会，然后一起听他讲道，一起祈祷，一起祝愿。但烈格雷坚决制止他们的这种做法。因此他多次捣乱聚会，企图打消他们这种念头。他在心里时时都在诅咒他们。所以,一有好的音讯,他们只能悄悄地从一个人那儿传到另一个人那儿。这些被世人遗忘的可怜人,他们的生命只是一条通往茫茫无归途的黑暗旅程。因而,在听说有慈悲的天主和幸福的天国时,他们掩不住从心底发出一阵窃喜。传教士们曾经说过,不论在世界上的哪一个民族,都不会像非洲人那么虔诚那么热切地崇拜上帝。其基础是毫无依靠和毫无援助的前提条件,这一原理恰恰是非洲人与生俱来的本性,其他的民族很难有这种理念。人们时常发现,在这些难民当中,只要有一颗随意洒落的真理的种子,它们都会生根发芽,很好地发展下去,其昌盛程度会令那些有名望的文明人侧目,自惭形秽。

至于那个不幸的混血女人,强加在她身上的灾难,几乎彻底泯灭了她本能的善良和希望。在他们干完地里的活回来的途中,她意外地听见了一位地位卑微的传教士在唱赞美诗,朗诵《圣经》上的一些段落,刹那间她觉得体内注入了一种兴奋剂,精神一下就振作起来了。卡西似乎处于半沉睡半疯癫的状态,感染他那和善谦逊的态度,她也受到了深深的影响,觉得日趋不平衡的心理暂时得到了抚慰,所以她的情绪变得比以前平静多了。

卡西一生遭受了无数次厄运,她历经的痛苦折磨使她几近疯狂、绝望之际。她时常暗自在心里下决心,一定要用自己的智慧亲手杀死那恶棍,让他备受折磨,像他惨不忍睹地伤害他人和摧残自己一样。

有一天晚上,大家都已熟睡,汤姆却突然惊醒了过来。他向四周打量着沉睡中的人们,无意中透过圆木头板中那当作窗户使用的小洞眼时,他惊呆了,这时他看见了一双闪烁着狂野和复仇火焰的眼睛,那是卡西,她朝他做了个手势,示意他出来。

汤姆走出了房间。这是午夜一两点钟左右,月光如水般照在卡西那双清澈透明的大眼睛上,周围万籁俱寂。汤姆发现现在的卡西与平时有着截然不同的表情,凝滞绝望的眼神不见了,取而代之的是里面闪烁着兴奋而奇异的光芒。

“到这边来!汤姆,我有话要跟你说。”她用自己的那双小手紧紧地攥着汤姆的臂膀,用力地拉着他向前走。那双小手仿佛是钢筋铁骨铸成的,有使不完的劲。

“卡西太太,你到底有什么话要说啊!”汤姆奇怪地问道。

“我问你,你想重获自由吗?”

“太太,当上帝要让我自由的时候我就自由了。”

“汤姆,可是今天晚上你就有机会自由了,”卡西陡然提高了声音,继续说道,“跟我来吧!”

汤姆犹豫了。

“快点走啊!快点!”她那双黑白分明的大眼睛,闪烁着希冀的光芒。用兴奋的口气说,“他现在睡得像条死猪呢?一下子绝对醒不过来。我往他的白兰地酒里倒了些安眠药,药力已经起效。我真后悔没有多放几颗进去,要不就不用来叫你了。可现在,干完这些以后,我的手臂已经开始发软,快跟我来,后门没有锁,那儿放着把斧头,因为他的房门开着。来,快点,跟着我!”

“太太,你不能这么做。”汤姆坚决地停住了自己的脚步,拼命地拉着她的手,不让她继续往前走。

“不为自己想,也替那些可怜人想想呀!”卡西生气地说,“我们乘着黑夜,把他们都放走。然后我们藏到那块沼泽地里去,只要躲过这一关,我们便可安全地迁往一座美丽的小岛,大家在一块过着幸幸福福的生活。以前,我听谁说有人这么干过,我真希望能过那种幸福的生活。”

“不行,我们绝对不能这么做,那会遭报应的。”汤姆肯定地说,“我宁愿在这受苦受难,宁可砍断自己的右手也不干这种事情。”

“你不干,那就看我的吧!”卡西转身想走。

“噢!卡西太太,求您看在上帝赐你生命的分上,别去出卖自己的灵魂吧!”汤姆跪在地上诚恳地说,“一旦你把灵魂交给了罪恶的魔鬼,你就可能带来罪恶呀!上帝赋予我们善良的本性,并没有叫我们去报仇,我们必须忍受暂时的苦难,等待上帝给予我们好的安排!”

“等待!我已经等待够了。”卡西痛苦地喊道,“难道我不曾等待吗?从我踏入这个庄园开始,我就一直在忍受,在受折磨中等待。可他根本没有丝毫回心转意的念头,每天都有许多可怜人要受到他的欺凌。日复一日,年复一年,这种无休止的摧残只会榨干你的血汗直到你在痛苦中死去。上帝他不会怪罪我,如果他真要怪罪的话,我责无旁贷。至于他,我一定会要了他的命。”

“不能,不能这么做呀!”汤姆使劲地拉住他的手,由于太用力,那双手

被攥得一阵痉挛。汤姆继续说道:“你千万不能这么做呀！你这忘了归途的小羊羔。仁慈的上帝宁可让自己流血流泪,也不让他人受罪。即使对待他的敌人,他也依然如此。上帝！请睁眼看看我们吧！给我们援手,让我们朝着你走的那条路去爱别人,也爱我们的敌人吧!”

“爱,去爱我们的敌人！有感情的人类肯定无法做到。”卡西斩钉截铁地说。

“你说的对,太太！是的,有感情的人类很难做到这一点,但上帝赋予我们博大的爱心——包括万物,那就等于胜利。”汤姆稍微抬起了头继续说道,“不论我们在任何时候,只要想到如何去善待别人,超越时空地去爱、去感化、去祈祷时,矛盾和战争也就无处可存,胜利就要来到,功绩归于我们万能的上帝!”说完这些,汤姆的眼睛潮湿了,他哽咽地抬头望着夜空。

啊！非洲！你是最后一次被上帝召唤的民族呀！你这次给召去被戴上荆棘的帽子,要受拷打摧残,去滴血滴汗,担起受折磨的十字架的民族啊！这一切都是你的功劳啊！当基督的国王来到人类的时候,你会因为这些与他一起为君的。

汤姆那深厚的情感、柔和的声音和明亮的泪光,就像甘露那样洒落到这个可怜的女人急躁不安的心灵上。她目光中那邪恶的火焰渐渐地熄灭了,接着是非常柔和的光芒。她低着头注视着汤姆。就在她讲话时,汤姆能看出她的心情在慢慢平静下来。

“难道我没有向你说过,魔鬼一直在缠绕着我吗？噢,汤姆大老爷,我根本没法请求——可我是多么的希望自己能摆脱妖魔的缠身啊！自从我的孩子被卖掉之后,我再也没请求过了。你的做法是对的,我肯定它是正确的。但就在我有请求的念头时,我心中早已被满腔仇恨占据了！我想诅咒其他人！我无法请求啊!”

“苦难的人啊!”汤姆怜悯地说,“撒旦想起你了,他会像选王妃那样地选中你。让我代你向上帝感恩吧。噢！卡西太太向我们尊敬的上帝耶稣祈求帮助吧！他也是为了治愈所有受伤的灵魂,抚慰所有悲痛的世人才到人间来的。”

卡西静静地在那儿站着,一颗颗泪珠从她那双低垂的黑眼珠里不停地往下滑落。

“卡西太太，”汤姆默默盯了她许久，接着左思右想地开了口，“假如你能从这里逃走——假如真的实现了的话，我倒想提醒你和艾米丽这么做。说明白点，不要流血，也不能受一点点的伤，如果不是这样就不可以。”

“汤姆大爷，你想不想和我们一起逃呢？”

“不可以这么想的，”汤姆说道，“在以前我倒有这种打算，但上帝给了我这项使命，吩咐我留在你们这帮苦难人之中。我之所以留下来是想和他们呆在一块，将这十字架一直伴我到生命的最后一刻。但你们就一点儿也不同了。这里对你们来说，无非是个火坑，你们可呆不住。假如你们能从这里逃走，还是离这远一些好。”

“除了死着出去，我实在是难以想象还有什么办法能让我们活着出去。”卡西说，“那些飞禽走兽都可以找到自己的一席之地，甚至就连蛇和鳄鱼都可以找到一个去处，安安稳稳地躺着休息。但我们却无处可去，即使是我们躲到了沼泽地里最隐蔽的地方，他们那可恶的狗也会追随脚印把我们找到。世上那些千奇百态的事和物都与我们过不去，就连跟随身边的畜生也是如此。我们可以想象能逃到哪里去呢？”

汤姆沉默不语。后来他终于开口说道：“上帝从狮子的口中救出了旦以理；在熊熊燃烧的烈火中拯救出他的女儿；他在海滩上漫步，喝退了海风。他直到今天还照样活着，他一定会来帮助你们的，这些我可以发誓。试一试吧！我会尽我所能为你们祈祷的。”

这样的想法是多么奇怪多么让人怀疑啊！一直以来被人遗忘，就像毫无用处的石头那样被人踩在脚下的想法，一瞬间像一块宝贝被人鉴定似的，放射出耀眼夺目的光辉。

卡西时常想着各种奇奇怪怪逃走的办法把时间抛在脑后，最后又觉得它们是可想而不可做的，又将它们全盘否定了。但就在这时她的脑海中突然闪过一个念头，其真正做法也是那样简单，却还那么行得通，这念头突然在她心里点燃希望之火。

“汤姆大爷，我肯定会试一试的！”她大声叫道。

“主啊！”汤姆说，“上帝会助你们一臂之力的！他与你们同在！”

38 策　划

恶人的道路很阴暗，连他自己也不知因何跌倒。

和别人的那些楼房的阁楼一样，烈格雷庄园上正宅的阁楼照样空旷宽敞。那上面一层全是灰尘，蜘蛛网随处可以见到，一些东倒西歪的东西到处堆在那里。这庄园曾经的主人——那户有钱人家从国外买回了大量漂亮的高档家具，当时这正宅还非常豪华。到后来他们要搬走了，带走了一部分家具，没带走的那部分都被扔在一些无人居住的小房间里，或是被搁在阁楼上面。阁楼的墙壁旁靠着曾经用过的装运家具的大包装箱，阁楼上面还有个小窗户，微弱的光线从那黑洞洞的、积满了灰尘的窗棂中照射进来，照在那些曾是豪华的高背椅子和沾满厚厚灰尘的桌子上。总而言之，这是个非常阴沉、暗淡的地方。但尽管它看起来很恐怖、很可怕，它还仅仅只是给那些迷信的黑人传奇故事染上几分恐怖的气氛而已。事实上，在那上面曾真真实实发生过恐怖的事。大概是几年前，有一位黑人妇女因招致了烈格雷的不满，在阁楼上被囚禁了好些时间。我们也不清楚那上面到底发生过怎样的事情，黑人们则时常在背后偷偷私语。有一天，那个不幸的女人的尸体从阁楼中被拖下来，埋掉了。传说自那以后，阁楼上就时常有咒骂声和混乱的拳脚声，混杂着绝望的哭喊声和呻吟声。一次，烈格雷碰巧听到有人正在谈论此事，他便大发脾气，还宣誓道，如果再有人敢提起阁楼的事情，他就要被放在上面关上几天，让他彻底弄清楚上面究竟是怎么回事。烈格雷这样说，无疑是给人们一种不提此事的一个暗示，但却无法阻止人们在心里对这件事情抱有的怀疑态度。

紧接着，再也没人敢踏上阁楼的梯子，就连通往楼梯的必经通道，人们都望而生畏，一个个敬而远之。正因为大家都避谈这件事情，故事便开始不为人知，渐渐地便变得神秘起来。卡西突发奇想，或许可以利用烈格雷不堪一击的迷信心理，解放自己和那些不幸的难友们。

那层神秘阁楼的下方碰巧住着卡西，有一天，她没经烈格雷同意，突然叫了几个佣人帮她搬家，她把所有的家具及日常用品一件不剩地运往一间离阁楼较远的房子里。恰恰这时候烈格雷骑着马从外面回来，看见佣人正卖力地忙这忙那，搬运家具，他吃了一惊。

“卡西，捣什么乱！你发疯啦！”烈格雷大声叫道。

“噢！我只是想换个地方。”卡西委屈地说道。

“换个地方，究竟为什么呢？”烈格雷问。

“我乐意这么做。”卡西答道。

“你给我说明白点，为什么要这么干？”

“我是人，我需要睡觉！”

“睡觉，屁话？难道你晚上没睡觉吗？”

“如果你愿意听，我很乐意告诉你。”

“你讲吧！蠢婆娘！”烈格雷忍不住怒吼起来。

“哦！主人，其实也没有什么大不了的，它吓不倒你。这幢楼只是在晚上有些奇怪，从十二点钟开始，不断会传来痛苦的呻吟声，滚动地板的声音和尖叫声，这样一直会延续到第二天早上。”

“你的意思是，有人在上面。”烈格雷开始紧张起来，但还是强装笑脸地问道，“卡西，你觉得会是谁呢？”

卡西抬起了头，用那双洞悉一切的乌黑的大眼睛死死地盯着他说：“天啦！我怎么知道究竟是什么人呢？刚才，我还指望你能告诉我，唉！估计你也不知道。”

听她这么说，烈格雷愤怒到了极点，他挥起马鞭朝她抽去。卡西机灵地往后一闪，马鞭落空了，她乘机溜进房门，调过头说道：“要想知道事情的真相，你最好自己睡到那间房里，西蒙！这样你能知道得一清二楚。”说完，她迅速地关紧门，上了锁。

烈格雷愤怒了，开始发了疯似的诅咒，还扬言要踢开房门。但是他并没有那么做，容易看出，经过细细地掂量，他已经放弃了这个念头。一会儿，他便闷闷不乐地走进了自己的房间。事实证明，卡西的想法是正确的。经过这件事以后，她又采用了一系列装神弄鬼的方法，不断加剧烈格雷的恐惧心理。

她在阁楼迎风的墙头找到了一个洞眼，在里面塞进一个破瓶颈。一旦有风吹进瓶颈，它就会发出一种令人毛骨悚然的悲鸣声。刮大风的时候，这种悲鸣声会转变成鬼哭狼嚎的尖叫声。在那些愚昧、迷信和作恶的人耳中，这种声音像极了地狱之神索命的号召。

阁楼里闹鬼了，每当人们在听到这些恐怖声音的同时，他们便开始猜疑，时间长了，大家也不再怀疑从前那个鬼怪故事的可信度。于是这幢阁楼到处弥漫了一种恐怖的气氛，令人不寒而栗。尽管无人向烈格雷先生提及这件事情，他却感觉到自己无时无刻不被这种紧张的气氛包围着。

世界上最迷信的人莫过于那些叛离上帝、诅咒神灵的人，基督徒们相信公正、慈祥、乐于赐人幸福的上帝存在，所以他们永远都保持着心如止水的平和心态，他们相信未知的世界充满了光明和正义。但对那些无视上帝存在、干坏事的人来说——正如一位名人所言，世界乃是“埋葬死人，到处黑暗的墓地”，根本毫无秩序可言、黑白之分。于是在那些不敬上帝的人看来，他们的周围都有可能是鬼怪出现的地方，阴森、可怕的妖魔会随时来向他们索命。

汤姆的正直，有一段时间悄悄地唤醒了烈格雷心中那沉睡已久的道德观。尽管潜在他内心深处的邪恶势力抵制着这种良心的发现，但汤姆的每一句祈祷、每一首赞美诗都使烈格雷从心里震惊和产生混乱。

卡西对烈格雷具有很大的影响力，虽然他是她的主人——她的暴君，是统治和奴虐她的人，他完全相信她被牢牢地掌握在自己的手中，不存在任何人的帮助和欲报复他的可能。可是人就是这样，即使是最凶狠最残暴的恶棍，如果他同一位很有影响力的女人生活在一起，不可否认他会在很大程度上受到这种影响力的感染和对她的防备。正如卡西说的，在他买下她之前，她还是一位受过良好教育和很有修养的女人，但他将她的感觉、感情置之度外，任意地践踏。她的身体不属于自己了，长时间受到精神和肉体上的摧残、蹂躏已经使她身心备受沧桑。绝望之下，那颗原本仁慈善良的心渐渐变得凶狠起来，心中慢慢燃烧起愤怒的火焰。因而，她在某些地方几乎成了她的主人。烈格雷欺凌她的同时也在心里害怕她。

卡西不太正常的表现，时时引起众人的怀疑。这使她所有的言谈举止都笼罩上一层神秘的色彩，深不可测。渐渐地，她对烈格雷的影响变得愈来愈明显，愈来愈不可思议了。

两天后的一个晚上，烈格雷坐在那间破旧的起居室里，他的旁边放着一个火盆，里面燃烧着红红的炭火，火光照在房间里的每件东西上，映出各种飘忽不定的影子。窗外狂风怒吼，夹着倾盆大雨噼噼啪啪地打在屋顶上。在这样的夜晚，室内各种破败的东西常常会发出各种奇怪的声音，窗户吱吱响个不停，几扇百叶窗在风力的作用下嗒嗒作响。狂风夹着雨滴从屋顶的烟囱里直窜进来，卷起浓黑的烟尘，仿佛从天降下很多妖魔鬼怪似的。烈格雷在这间屋子里已经呆了几个小时，他整理了些旧账户，然后又读起了报纸。卡西则安静地端坐在墙角，郁郁寡欢地对着火光出神。接着，烈格雷放下了手中的报纸，一眼瞅见桌子上放着的一本旧书本——就是他以前看见卡西读过的那本书。他随手拿了起来，粗略地浏览了一遍。这是一本有关写鬼怪传说的故事书，里面有凶杀惨案，还有一些善有善报、恶有恶报的故事结局。里面附插各种恐怖、粗糙的图片。书本从印刷、装订、纸张等方面给人的感觉都是粗制滥造，极为简陋。但是它的故事情节却有一股无可推卸的吸引力，激起你继续读下去的欲望。

烈格雷迅速地翻动书本，看了一页又一页，与此同时他发出"呸!""啐!"之声接连不断，过了一段时间，他突然扔掉了手中的书本，大吼一声。

"卡西，你不会相信世界上有鬼吧!"他用火钳拨火，吃惊地问道，"我一直认为你是一个胆大的女人，不会因一些奇怪的噪音而感到害怕。"

"我信与不信，都和你没关系。"卡西冷言以对。

"过去我在海上的一段时间里，有些老伙计们闲着没事，讲一些妖魔鬼怪的故事恐吓我。但是我从来都没有害怕过，我的胆子大着呢!"烈格雷又说道，"书上这些瞎编胡造的奇闻怪事我才不会害怕呢!"

卡西一声不吭坐在墙角里，用眼睛狠狠地盯着他，暗淡的光线中，她的神情老让烈格雷感到莫名的惊慌。

"那些响声肯定是老鼠弄出来的，可恶的老鼠们总是爱在某个无人的角落里，弄出些奇怪的声音来。以前我在海上的时候，货舱里经常能听到这种声音，"烈格雷接着说，"还有风，无形的风或许也可能发出这种声音。天啊！你说风声有多奇怪，它就有多奇怪。"

卡西已察觉出烈格雷那微妙的表情，早在自己的注视下惴惴不安了。因此她没有急着接腔，仍旧用那种神秘的眼睛死死地盯着他，像刚才一样。

"喂，你哑啦！干吗不说话，你觉得我说的对吗?"烈格雷着急地问道。

"你相信老鼠能跑下来，找到你的门口，打开一条你早已上了锁的大门吗?"卡西说，"然后再绕过抵在门后的椅子，慢慢地靠近你的床头，像我

这样伸出魔鬼般的双手吗？”

卡西说这话时，眼睛一眨不眨地凝望着烈格雷，神色尤为专注。他惊呆了，像做梦似的看着她。直到卡西说完后，突然用双手抓住他时，烈格雷才清醒过来，往后一退，忍不住大骂起来。

“你这蠢货！快给我说清楚，真的有这回事吗？”

“噢，如果没有，我会说有这回事吗？”卡西的脸上露出了胜利者的微笑。

“好了，卡西，你不要再兜圈子了，你真的亲眼看见过吗？快给我说说。”

“要我说，如果你真想知道的话，自己何不在那间屋子里睡一个晚上呢！”卡西回答道。

“卡西，你清楚它是从阁楼上下来的吗？”

“它？你说的它是什么呀？”卡西问。

“当然是你刚才说的那——”

“刚才，我可没告诉你什么。”卡西不高兴地打断了他的说话，固执地说。

烈格雷忐忑不安地在房间里走来走去。

“我会派人调查这件事情。今天晚上，我会带上手枪，亲自去瞧瞧。”

“你最好今天晚上搬到那间屋里睡，我才不相信你有那么大的胆子呢。”卡西又打断他，“开枪——你敢吗？”

烈格雷忍不住破口大骂起来，用力地跺了跺脚。

“你诅咒我的同时，就不怕有人听见吗？听，什么声音呀？”卡西说道。

“什么声音？”烈格雷竖起耳朵仔细地听。

这时，墙角那座古老的大笨钟慢慢地敲了十二下，声音在寂静的夜里特别低沉。

不知为什么，烈格雷再不说话了，一动不动地站在那儿。他感到莫名的恐惧。卡西站在原地，一边用嘲讽的眼神盯着他，一边出声地数着钟点。

“闹钟已经敲过十二下了。现在，让我们等着下面的好戏吧！”她说完，迅速地跑过去打开了通往走廊的大门。然后就静静地站在旁边，像在仔细倾听什么。

“你听，那是什么声音？”她突然用手指着一个方向，吃惊地问道。

“那是风吹的声音，”烈格雷回答，“你难道没听见外面的风刮得有多厉害吗？”

“西蒙，你过来，”卡西温柔地牵起他的手，走到楼梯旁边小声地问道，“听！那是什么声音呀？”

一种疯狂的尖叫声从阁楼上传来，他听得很清楚，是从阁楼上传来的。烈格雷的脸一下变得苍白，双腿直打哆嗦。

“你快去把手枪带来吧！现在，是调查这件事的最好时候。你听见没有，他们又在吵闹了，咱们还是上去看看吧！”卡西冷笑道，烈格雷顿时觉得全身的血一下降到了零点。

“鬼才去呢！”烈格雷答道。

“你不是说，世界上没有鬼魂的吗？干吗不敢去呢？来吧！跟我上来吧！”卡西迅速地登上了弯弯曲曲的楼梯，调过头来对烈格雷大声说道，“怕死鬼，上来吧！”

“臭娘们！我猜你八成是个魔鬼生的。你回来，卡西！你回来！”烈格雷喊道。

卡西好像没听见他说什么，还是大步流星地走向前去。他听见了她打开通往阁楼那道门的声音，一阵狂风吹过，他手中的蜡烛灭了，随即而来的是更恐怖更怪异的尖叫声，那声音似乎紧紧地包围了他。

烈格雷飞快地逃回起居室，仿佛有魔鬼在后面追赶他似的。过了一会儿，卡西也跟着回来了。她的眼睛里喷出复仇的火焰。整个儿看起来是那么镇定、冷酷和可怕。

“这下，你总该相信了！”卡西说。

“你这巫婆！你去死吧！”烈格雷骂骂咧咧道。

“干吗发这么大火气？刚才，我只不过上楼去关了下门而已，”卡西说，“西蒙，你说阁楼上究竟是怎么回事呀？”

“不用你问为什么！关你什么事呀？”烈格雷说。

“不关我的事！太好了，以后我再也不用睡在那鬼地方了，谢天谢地，我终于摆脱了那魔鬼的纠缠了！”

那天夜晚，卡西料到风会刮起来，所以事先上去，打开了阁楼的窗户。一打开门，那风自然就从楼上刮下来，吹熄蜡烛。

卡西为烈格雷设下的机关，由此可见一斑。这使得，他到后来宁愿头往狮子嘴里钻，也不敢到阁楼去察看了。与此同时，夜深人静的时候，卡西又小心翼翼地慢慢在阁楼里储存起了食物，直到存得足够维持一段生活之用。她还把自己和艾米丽的大部分衣服，一件件转移到那里。这样，一切准备宣告完毕，只等适宜的机会来实现她们的计划。

卡西还利用烈格雷心情高兴的间隙，哄骗他带领自己去坐落在红河岸边的镇子上去。她的记忆力之清晰，几乎达到异乎寻常的程度，记下了路上的每一个转弯，心里也估量出了路上所花的时间。

在采取行动时机成熟的此刻，看官诸君，也许愿意一睹幕后以及最后逃路的情况吧。

现在，正是接近黄昏时分。烈格雷骑着马出门到邻近一座农场去了。好几天来，卡西的脾气不同寻常地温和起来，小鸟依人般的。烈格雷和她之间的关系，看来十分融洽。此时，我们看到她和艾米丽在后者的卧室里，正忙于收拾整理东西，系成了两个小包袱。

“喏，这些就你拿的啦，”卡西说，“现在，戴上帽子，我们动身吧，时间合适。”

“哦，他们还能看清楚我们哪。”艾米丽说。

“我就是打算叫他们看清楚的，”卡西镇定地说，“难道你不明白，他们无论如何都要追赶我们吗？这件事只能这么办，我们从后门逃，路过下处。桑博或者昆博就一定能看见我们。他们来追，我们就躲到沼泽里去。他们追不到我们时，就会回家报告大事不好，再把猎狗放出来什么的。趁他们跌跌撞撞，你拥我、我推你的时候——他们办事总是这副德性——你我再沿着通到上房背面的小河溜回来，在河里趟着水回到后门正对面。这样，猎狗就嗅不出来，因为水里存不住气味。全家人都会跑出去追我们，这时我们就穿过后门，到阁楼上去。我在大箱子中间摆了一张挺舒服的床铺。我们得在阁楼上呆好长一段时期，因为你不知道，他肯定会追捕我们闹个天翻地覆，会纠集别的种植园的老监工，来个大搜捕，会把沼泽里每一寸土地都搜查一遍。他常跟别人夸口，说谁也从他手里逃不掉。那他就慢慢地找吧。”

“卡西，你盘算得真周到！”艾米丽说，“除了你，有谁还能想出这种办法来呀？”

卡西眼里既没有喜悦也没有兴奋，有的只是绝望和坚毅。

“来吧。”她说着向艾米丽伸出了手。

两个逃亡者悄悄溜出上房，趁着越来越浓的暮色，从下处旁边闪身而过。西方天空上，嵌着一弯新月，宛若银色玉玺，稍稍推迟了夜幕的降临。不出卡西所料，他们将要走到环绕着种植园周围的沼泽边沿时，只听得一声呐喊，让她们停下来。不过，这不是桑博而是烈格雷的声音，他一边破口大骂，一边追赶她们。听到呐喊声，艾米丽软弱的神经崩溃了。她抓住卡西的胳膊，说：“哦，卡西，我快昏过去了！”

“你要是昏过去，我就要你的命！”卡西掏出一把闪光的小匕首，在姑娘眼前晃了晃。

这一转移注意力的办法立即奏效，达到目的。艾米丽没有昏厥，反而能够随同卡西一同钻到了一块迷宫般的沼泽里去。里面幽深漆黑，烈格雷没有助手，要想追上她们，根本毫无希望。

“嘿，嘿！”烈格雷残忍地吃吃地笑道，“不管怎么说，她们都掉进陷阱里去了，这两个婊子！她们跑不了啦，看她们在里面受罪吧！”

“喂，喂！桑博！昆博！都给我来呀！”烈格雷一面叫喊，一面来到下处。这时，刚好男女黑奴刚刚收工回来，“有两个跑到沼泽里去啦。哪个黑鬼子能把她们捉回来，我赏给五块钱。把猎狗放出去！把小虎、怒神还有别的猎狗，统统放出去！”

这个消息立即引发了一片骚乱。不少男奴一跃而出，殷殷勤勤，主动表示愿意效力。或者出于得到悬赏的希望。也或者出于阿谀奉承的奴性，奴隶制所造成的最悲惨结局之一的奴性。有些朝这边跑过来，有些从另一边跑过去。有些人去拿松节火把，有些人解开猎狗。猎狗嘶哑的狂吠，给这番热闹场景平添了不少声色。

“老爷，要是咱们逮不住她，能开枪吗？”桑博问。这时，他的主子给他递过来一支来复枪。

“你要是愿意，冲卡西开枪好了！她的时辰到了，该回老家见鬼去啦。可是，别冲那丫头打枪，”烈格雷说，“喂，小的们！拿出精神头来，干得漂亮一点。抓到她们的人，赏五块大洋，不管怎样，你们每个人也犒赏一杯酒喝。”

于是，这一伙人手持烈焰熊熊的火把，人喊马嘶犬吠，吱呀怪叫着直奔沼泽而去,远远地,还跟着上房的全体仆役。结果,当卡西和艾米丽偷偷抄后路回来的时候,整个宅院都空空荡荡,没有一个人,追赶人群的呼啸和喊叫,还在夜空中回荡。卡西和艾米丽穿过起居室的窗户望出去,瞥见手持火把的那队人马,正沿着沼泽边沿疏散开来。

"你瞧那边!"艾米丽边说边为卡西比画着,"搜捕开始啦!你瞧,那些火把在飞舞哪!听,猎狗还在叫哪!你没有听到?我们要是还在那里,可就没机会逃了。哦,行行好,我们快藏起来吧,快点儿!"

"没有必要慌慌张张的,"卡西语气十分泰然,"他们全都出去追人去了——今天晚上,可真有意思!我们一会儿再上楼。同时,"她说着慢慢腾腾地从烈格雷匆忙中丢下的上衣口袋里,掏出了一把钥匙,"同时,我们再拿些盘缠。"

她打开写字台的抽屉,拿出一叠钞票,很快点了点数目。

"哦,可别这样做。"艾米丽说。

"别这样做!"卡西说,"为什么不能?你是愿意我们饿死在沼泽里,还是愿意用这些钱当路费,到自由州去呢?有钱什么事都办得到,姑娘。"她一面说,一面把钱揣到怀里。

"这是偷窃。"艾米丽沮丧地小声说。

"偷窃!"卡西奚落般地大笑起来,"那些偷窃了别人肉体和灵魂的人,用不着对我们说教。这些钱,哪一张不是偷来的,不是从饿着肚皮、流血流汗的苦命人那里偷来的?为了他捞钱,苦命的人就得累到死的那一天。他还竟然奢谈偷窃!噢,算啦,我们还是到阁楼上去吧。我在那里存了一些蜡烛,还有些书可以消磨时间。他们绝对不会到上边找我们去,这你放心好啦。要是他们上去,我就装鬼吓唬他们。"

艾米丽来到阁楼上,见到一只硕大的木箱。木箱原是装运大件家具用的,现在则放在那里,开口冲着墙壁,或者倒不如说冲着屋顶。卡西点燃了一盏小灯,两人从屋顶钻进了箱子,就在里面栖下身来。里面,还铺着两床褥子和几个枕头,旁边的一只箱子,里面储存着为数不少的蜡烛和食物,以及旅途上她们需用的衣服。卡西早已把衣服整理成两个小得出人意料的包袱。

"好啦,"卡西一面说着话,一面把小灯挂在箱壁的挂钩上。这是她专门为了挂灯钉在箱壁上的,"目前这就是我们的家,你觉得怎么样?"

“你敢肯定他们不会到阁楼里来搜查吗?”

“我倒想看看西蒙·烈格雷敢不敢这样,”卡西说,“不会的,他躲开这里才高兴哪。说到那些仆人,他们个个都宁肯呆着不动吃枪子,也不敢上这里来看一眼的。”

艾米丽心里坦然了一些,于是把身子靠在枕头上。

“刚才你说要我的命,卡西,是什么意思?”艾米丽问得十分天真。

“我的意思是怕你昏过去,”卡西说,“还真管了用。不过,我现在告诉你,艾米丽,无论以后出现什么情况,你都得有信心不昏过去才成,再说,也没有这个必要。假如我没有制止你,那个坏蛋现在也许把你逮到手里了。”

艾米丽全身战栗起来。

有一会儿的工夫,两人谁都没有说话。卡西埋头忙着读一本法文书,艾米丽受不住精疲力竭的滋味,打起了瞌睡,睡了一觉。后来,人们的高声喊叫、马蹄的得得声和猎狗的狂吠声把她吵醒了。她愣了一下,有气无力地大叫了一声。

“没事儿,是搜捕的回来了,”卡西镇定自若,“别怕。从这个小孔里往外看看。你看他们不是都在下边吗?西蒙今天夜里是没了指望。瞧他那匹浑身是泥的马,都是在沼泽里狂奔时溅到身上的。那些猎狗也脏兮兮的,一副垂头丧气的样子。嗨,我好心的老爷,这样的追捕,你还一次一次地没完哪,可猎物并没有在那里。”

“哟,千万别说话!”艾米丽说,“要是让他们听到,可怎么好?”

“要是他们稍微听到点动静,肯定特别想躲开,”卡西说,“根本不碍事,我们想怎么吵闹都随便,结果只能叫他们更害怕。”

终于,午夜的沉寂笼罩了整幢房子。烈格雷嘴里骂着自己活该倒霉,信誓旦旦地说着明天要进行狠狠的报复,才上了床就寝。

39 殉道者

不要说上苍遗忘了正义！
生活失去了通常乐趣——
破碎的心脏鲜血流淌，
受尽人间欺凌走向死亡！
上帝记下了每日的黯然，
每滴苦涩眼泪也记录在案！
万年天国的福祈将偿还
他的儿女在这里的一切辛酸。

——布莱恩特

漫长的跋涉总有尽头，凄苦的黑夜总会变成黎明。光阴的涓滴，毅然决然，一刻不停地永恒逝去，永远催生着邪恶者的白昼化为无尽无休的黑夜，也催生着正义者的黑夜升华为永恒的白昼。在奴役的峡谷之中，我们跟随着我们卑微的朋友，跋涉了相当长的一段路程。起初，经过了享受安逸舒适、宠惠有加的、鲜花盛开的片片田野，随即经受了那与亲人生离死别的心碎时刻。后来，我们同他一起，在阳光和煦的岛上等待着。那里，慷慨无私的人们用朵朵鲜花，掩盖起了他身披的镣铐枷锁。最后，我们又随着他，经历了那人世间最后一线希望。而后在深夜破灭的时刻，我们又瞥见，在尘世黑暗的幽深渊薮里，那肉眼凡胎无法目睹的天上仙界，用灿烂星光燃烧起了耐人寻味的新的辉煌。

此刻，启明星高挂在层峦叠峰的顶峰，一阵阵超越凡世的和煦微风吹拂之处，预告着白昼的大门即将开启。

卡西和艾米丽的逃跑，将脾气原本乖戾粗暴的烈格雷激怒到无以复加的地步。不出人们所料，他的暴怒便自然落到无人保护的汤姆头上。烈格雷在奴隶们面前，急匆匆地发布这个消息时，汤姆眼睛里蓦然射出的光芒，以及他突然高扬起来的两手，都让烈格雷看在眼里。他见到，汤姆没有参与到纠集前去追赶的人们中，自己心里原来打算强迫汤姆参与进来，然而最近，由于他命令汤姆去参与任何非人道行动时，领略过他那宁折不屈的精神，所以不愿意在匆忙之间停下来同他发生任何冲突。

因此，汤姆同几个向他学会祈祷的黑人，滞留在人群后面，为逃亡者的潜逃奉献自己的祈祷。

当受到挫败、心灰意冷的烈格雷回到家里时，在他心灵之中，对这个奴隶所抱的长期酝酿着的仇恨，便可怕得聚集起来，一发而不可收。自从把这个人买来以后，难道他不是一直坚定有力而又不表示反抗地与自己作对吗？尽管默默不语，难道他内心深处不是有一个精灵，仿佛地狱之火，在熊熊燃烧吗？

“我恨他！”那天夜里，烈格雷坐在床上，说，“我恨他！他难道不是归我所有吗？难道我对他不是想干啥就干啥吗？我不晓得谁能阻拦我！”烈格雷攥紧拳头晃了晃，仿佛手里有什么东西，能够捏成齑粉一样。

不过，汤姆忠厚老实，又是个难能可贵的仆人。虽然烈格雷为此更加痛恨，然而，这种考虑对他来说依旧是某种掣肘。

第二天清早，他决定目前什么话都不说，只是从邻近几个种植园里纠合了一些人，手牵猎狗，肩扛大枪，把个沼泽团团围将起来，打算着手有条不紊地搜查一遍。如果搜查成功，那千好万好；倘若不然，他就会咬紧钢牙、热血沸腾，把汤姆传唤到面前，那时非把那家伙治得服服帖帖不可，再不然——他内心传来一阵可怕的耳语，心里同意了耳语所出的主意。

他们断言，主子的利益就是奴隶的有力保障。可是，当一个人的脾气愤怒得发狂时，他会心甘情愿，眼睁睁把自己的灵魂出卖给魔鬼，以达到自己的目的，哪里还会顾及别人的肉体？

“喏，”第二天，卡西透过阁楼的小孔观察着说，“搜捕今天又快开始啦！”

上房前的空地上，三四个骑马的人在奔腾跳跃，一两群怪模怪样的猎狗正跟牵着它们的黑人挣扎着，它们之间相互狂吠乱叫。

这群人中，有两个是附近种植园的监工，其余的是烈格雷附近镇子上酒馆里的相识，由于对这次搜捕感兴趣才赶来的。一个个凶神恶煞，恐怕再也找不到比他们更面目狰狞的人了。烈格雷十分慷慨大方，正用白兰地挨个招待他们，还有不同种植园派遣来执行这项任务的黑人，因为每逢这样请人帮忙，也要在黑人中间，办得尽量像过什么节日一样热闹。

卡西耳朵贴在小孔上。晨风正冲着上房吹过来，她听得见人们大部分的谈话内容。她听着听着，阴郁而严峻肃穆的脸上，泛起了尖刻的讥讽神情。只听得他们在划分地段，研究着猎狗的长处，下达如何开枪的命令，以及捕捉之后怎样处置，等等。

卡西抽身回来，合起两手，向上望着，说："哦，伟大全能的上帝！是啊，我们都是有罪的人。可我们又比世上的人多做了什么坏事，应该受到这样的对待呢？"

她说着话，脸上和口吻之中流露出恳切的真挚。

"如果不是为了你，孩子，"她看着艾米丽说，"我真想出去，随便让他们什么人开枪打死我才谢天谢地哩。自由对我到底有什么用处？它能把我的孩子还给我，还是能让我恢复我原先的样子？"

稍带稚气纯真的艾米丽，对卡西的阴沉心情感到有些害怕。她似乎惶惑不解，所以没有答话，只是握住卡西的手，轻轻抚摸着。

"别这样！"卡西想要抽回手来，"你要这样，我会喜爱上你的，可我决心永远不再喜爱什么东西了！"

"可怜的卡西！"艾米丽说，"千万别这样想了！如果救世主给我们自由，也许会把你女儿还给你的。起码来说，我就跟女儿一样。我明白，我再也见不着妈妈了！不管你爱不爱我，卡西，我都爱你！"

温柔的、孩子般的情绪感染了卡西。她坐在艾米丽身旁，搂着她的脖子，抚弄着她那棕色的柔发。艾米丽望着那双此刻噙着泪水的柔和目光，惊异于她的眼睛的美丽。

"哦，艾姆，"卡西说，"我切盼着自己的孩子，如饥似渴地切盼着，盼得连眼力都不行了！你瞧，这里！"她拍打着胸脯说，"这里凄凄凉凉、空空落落的！假使上帝把孩子还给我，那我就能向上帝祈祷了。"

"你一定要信奉他，卡西，"艾米丽说，"他是我们的天父啊！"

"可他对我们怒气冲冲，"卡西说，"气得离开了我们。"

"没有，卡西！他会对我们慈悲的！我们把希望寄托在他身上吧，"艾米丽说，"我总是怀着希望的。"

搜捕持续了很长时间。热闹而彻底，然而一无所获。烈格雷困顿沮丧，翻身下了马。卡西带着极为讥讽和欢欣的神情，往下望着他。

"喂，昆博，"烈格雷四仰八叉地躺在起居室里，说，"你给把那个汤姆押到这里来，赶快！这个老不死的，是这整个事儿的后台。我要在这张老黑皮身上,知道事情的底细,或者知道这事的原委。”

桑博和昆博虽然彼此相互嫉恨,但对汤姆的痛恨却都到了刻骨铭心的地步,因此,在这件事情上,两人可谓心心相印。想当初,烈格雷对他们说过,购买汤姆,是为了在自己出门的时候叫他当总监工,这就惹得两人十分恼怒。而后,眼看汤姆受到主子的白眼和反感,这种恼怒,在两人奴颜婢膝的心性中就更是有增无减。因此,昆博信誓旦旦地迈步离开,去执行命令。

汤姆怀着某种预感,听到了传唤。因为,他了解逃亡者的全部逃跑计划,以及她们目前藏身的地方,也了解他要对付的这个人,生性可怕,握着专横的大权。然而,他对上帝怀着强烈信念,宁肯丧命,也绝不出卖无依无助的人们。

他把篮子放在田垅旁边,仰望上苍,说:“我把灵魂荐于你手中!你救赎了我,哦,真理的上帝救世主!”接着,便驯顺地让昆博粗鲁残暴地抓住了他。

“嗨,嗨,”大块头的昆博一面拖着他走,一面说,“这一下你算碰到枪眼上了!我敢说,老爷火气正大!你怎么也跑不掉了,这会儿!告你说,你逃不脱了,没错!还帮着老爷的黑鬼子们逃跑,看你还有脸见老爷!会把你怎么样,咱就等着瞧吧!”

这些粗鲁话,汤姆一句也没有听到耳朵里去!相反,一个更高的声音在说:“那杀身以后,不能再做什么,不要怕他们。”这个可怜的人身上的神经和骨肉,都随着这些话震颤,宛若受到了上帝手指的触摸,觉得千万条灵魂都集于一身。他沿路走着,旁边的花木树丛和奴隶们的小屋,以及他受到屈辱的整个景象,都打着旋儿,一阵风从他身旁掠过去,仿佛田野景色掠过疾驶而去的车子。他的心在祈祷,天国之家已经在望,解脱的时刻近在手边了。

“好哇,汤姆!”烈格雷走上前来,狠劲抓住汤姆外套的领子,在一阵无法释然的狂怒中,咬牙切齿地说,“我非宰了你不行,明白不?”

“这很有可能,老爷。”汤姆语气十分平静。

“我刚刚——下了——决心,汤姆,”烈格雷凶狠而又冷酷得叫人可怕,“除非你把那两个女人的事告诉我!”

汤姆默然不语地站在那里。

“聋了吗?”烈格雷跺着脚,像一头激怒的狮子咆哮起来,“给我说!”

“我没什么可说的,老爷。”汤姆语气缓慢而镇定,说话慢慢吞吞。

“你敢给我说不晓得,你这个黑皮老基督徒?”烈格雷说。

汤姆默不作声。

“说呀!”烈格雷的声音如雷电霹雳,一面又狂怒地打着汤姆,“晓不晓得?”

“我晓得,老爷,可是什么也不能说出来。让我死了吧!”

烈格雷长长地喘了一口气,强压着怒火,抓住汤姆的胳膊,把脸几乎贴在汤姆脸上,用令人恐怖的声音说:“你给我听清了,汤姆!你当是上一回我放过了你,我说话就算数啦。可这一回,我铁了心,不管赔多少钱。你一直拗着我,眼下我要制服你,再不然就宰了你!不是这样,就是那样。我要数数你身上有多少滴血,让你的血一滴滴往外流,流到你认输!”

汤姆抬头望着主子,说:“老爷,要是你生病有灾或是快死了,我愿意救你一命,把自己心里的血都给你。要是我这个可怜老头子的滴滴鲜血,能够拯救你宝贵的灵魂,我愿意把滴滴鲜血都奉献出来,在所不惜,正像救世主把自己的血赐给我一样。哦,老爷!别把这个大罪带给你的灵魂吧!这与其说伤害了我,倒不如说伤害了你!你尽管作恶吧,我的苦难很快就会过去;可是,你要是不悔罪,你的苦难是没边没沿的!”

仿佛在暴风骤雨的间隙里,听到一段奇异的仙乐,这场情感的迸发,一时间使得人们哑口无言。烈格雷惊慌失色,呆望着汤姆。屋内鸦雀无声,连那只旧钟的嘀答声,也清晰可辨。它在默默地计算着对这颗铁石心肠发出慈悲的最后期限,以及考验时间。

然而,这只是转瞬间的事情。烈格雷稍一踌躇,心里浮现出一丝游移不决的悔改冲动,接着,他那邪恶的念头,又以七倍的疯狂复现在心中。他暴跳如雷,一下子把汤姆打翻在地。

残忍的血腥场面,既震惊我们的听觉,又震惊我们的心灵。人们敢于做出事情,别人却不忍去听。同胞和教友所遭受的苦难,即使在密室中也无法讲述给我们,因为这会让我们的灵魂痛苦不堪!然而,呜呼,我的国家呀,这些事情却是在你法律的庇护下做出来的!哦,基督呀,你的教会目睹这些场面,却一言不发!

然而,古时候有一个人,他的苦难却把屈辱羞耻人的残酷刑具,变成了荣耀、盛誉和永恒生命的象征。凡在他的精神所在的地方，屈辱的鞭笞、流血和欺凌，都使基督徒最后的抗争，变得同样的荣耀。

漫漫长夜之中，怀着勇毅和仁爱精神，在破败小屋里忍受殴打和残暴皮鞭的那个黑人，难道孤立无援吗？

不是的！他身边站着只有他自己才能瞥见的一个人，站着一个“仿佛上帝之子”的人。

那诱惑者也就在他身边。前者愤怒障目，专横跋扈，无时无刻不在强迫后者，以出卖无辜的人们来逃避痛苦。可是，那颗勇敢而真诚的心，却屹立在永恒的岩石上，岿然不动。正像他的救世主一样，他明白，要拯救别人，就无法拯救自身。因此，即使最极端的暴行，除了使他祈祷或者表示神圣信念之外，也绝对不能让他开口讲话。

“他快不行了，老爷。”受折磨者的坚忍，使桑博不由自主地受到了感染。

“给我打下去！一直打到他认输才算一站！打呀！打呀！”烈格雷怒吼道，“我要叫他每一滴血都流干，只要他不交代出来的话！”

汤姆睁开眼睛，望了望主子。“你这个倒霉的可怜虫！”他说，“除了这个，你还能干什么？我以自己全部的心灵，饶恕你！”汤姆完全昏厥过去。

“我看他终于完蛋了，”烈格雷走上去，望着汤姆，“没错儿，他完了！哼，他到底闭上嘴了，简直叫人解恨！”

是的，烈格雷，这没有错。可是，谁又能使你灵魂中的声音闭上口呢？你那灵魂里，没有悔悟，没有祈祷，也没有希望，里面那永远无法扑灭的火焰，已经熊熊燃烧起来了！

然而汤姆还没有死去。他所说的神奇话语和他所做的虔诚祈祷，震撼了那两个变得残暴的黑人的心灵，他们成了对他施加暴行的工具。因此，一等烈格雷走开，两人便把他抬下来，愚昧无知地让他苏醒过来，仿佛那是对他的一种恩惠。

“说正经的，咱们干的事儿，可真是罪过呀！”桑博说，“但愿记在老爷账上，别记在我们账上就好了。”

两人替他清洗了伤口，又用废弃的棉花为他预备了一张简陋的床铺，让他躺在上面。其中一个，又溜回上房，向烈格雷讨一杯白兰地，假装说是身子累了，自己想喝点酒，然后端回来，灌进了汤姆喉咙里。

“哦，汤姆！”昆博说，“我们刚才对你真有罪呀！”

“我心里完全饶恕你俩！”汤姆有气无力地说。

“噢，汤姆，你告诉我们，耶稣是谁？”桑博问，“就是那个今儿个夜里一直站在你旁边的那个耶稣！他是什么人？”

一番话又唤醒了那个不断衰竭、不断昏厥的灵魂。他诉说了有关神奇耶稣的几句令人感到激励的话，讲到了他的生死，他的永世长存，以及他救赎众生的力量。

两个粗野的黑人哭泣起来。

“我怎么从前压根儿没听过呢？”桑博说，“不过，我真的信了！没法子不信哪！救世主耶稣，慈悲慈悲我们吧！”

“可怜的人儿！”汤姆说，“要是你们能皈依耶稣，我愿意忍受一切的苦难！哦，救世主！我祈求你再赐给我这两个灵魂吧！”

于是，祈求得到了满足！

40 小主人

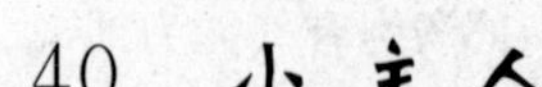

两天以后，一个青年人驾着一辆轻便四轮马车驶过那条两旁种着楝树的大道；他把缰绳匆匆向马的脖子上扔，跳下车来就询问要找种植园的主人。

这个青年人就是乔治·希尔比；为了说明他怎么会来到这里，我们必须回去追述一番。

奥菲丽娅小姐写给希尔比太太的那封信，不幸在某个偏僻的邮局耽误了一个月才到了希尔比太太手里；因此，很自然，她收到信以前，汤姆已经消失在遥远的红河上游的沼泽区里了。

希尔比太太读到有关汤姆的信息后非常关心，但是她没有可能采取任何立即的行动。当时她正在丈夫的病榻旁照料着重病的丈夫，他发着高烧、神志昏迷。这时乔治·希尔比少爷已经长成了一个高大的青年，是母亲身边的可靠帮手，经管她丈夫事务上的唯一依靠。奥菲丽娅小姐为防备万一，把处理圣克莱尔事务的律师的名字也寄给了他们，因此，在当时紧急的情况下，他们也只能给律师写封信去询问汤姆的情形。几天以后希尔比先生突然去世，这自然使他们在相当一段时间里必须去处理其他更为紧要的事情。

希尔比先生指定妻子为他全部资产的唯一遗嘱执行人，表示了他对妻子能力的信任；于是她手头立刻就有了一堆十分复杂的事务要处理。

希尔比太太以她特有的精力投入到清理这错综复杂的事务之中，她和乔治好一段时间都在忙着收账查账，出卖产业，清还债务；希尔比太太决心不论结果如何，一定要把家产清理得清清楚楚。在此期间他们收到了奥菲丽娅小姐介绍的那位律师的回信，说他对汤姆的事一无所知，说他是在一场公开拍卖中被卖掉的，除了收到卖他而得的款子外，其他事全不清楚。

这使乔治和希尔比太太十分不安，因此大约六个月后，乔治正好要为母亲去南方办事，就决定亲自到新奥尔良去一趟，进一步打听一下消息，希望能发现汤姆的下落，把他赎回来。

乔治找了好几个月，毫无结果；后来在完全偶然的情况下他在新奥尔良遇到了一个人，恰好知道他所需要的消息。于是我们这位小主人公口袋里装着钱，便乘船到红河上游去，决心找到并赎回他的老朋友。

很快他被领到了宅子里，在客厅里见到了烈格雷。

烈格雷接待这位陌生人时很是无礼。

“据我了解，”年轻人说，“你在新奥尔良买了一个名叫汤姆的黑奴，他从前是我父亲家的奴隶，我来看看是不是能把他买回去。”

烈格雷脸色阴沉下来，怒冲冲地说，“不错，我是买了这么个家伙，我上当可他妈太大了！谁也没有这狗东西难对付、放肆和无礼。居然挑唆我的黑鬼逃跑，两个婆娘跑掉了，每个都值八百到一千块钱呢！他承认干了这事，可我要他说出她们的下落时，他站起来说他知道，可是不会告诉我的；我给了他一顿好打，这是我打黑鬼打得最狠的一次，可他就是不说。我想他快死了，不过也许他能挺过来。”

“他在哪儿?”乔治焦急地问道，“让我去看看他。”年轻人两颊通红，两眼冒火，但暂时慎重地没有说什么。

“在那边棚子里。”一个给乔治牵马的小黑奴说。

烈格雷踢了孩子一脚，咒骂着他。乔治一句话没说转往棚子里走去。

自从那不幸的一夜后，汤姆已经躺了两天。他不觉得痛，因为他身上所有的感觉神经，都已遭到破坏，麻木了。大部分时间他都是不省人事、一动不动地躺着，因为一个强健结实的躯体有自己的，不会立刻释放禁锢其中的灵魂。夜深人静之时，孤苦可怜的黑奴们曾在他们很少的休息时间里偷偷去看望过他，以便能稍稍报答一下他出于爱心对他们的大量帮助。是的，这些可怜的弟子们没有什么东西给他，只有一杯冷水；但却充满了真诚的心意。

也曾有眼泪落在那诚实的、失去了知觉的脸上，这是可怜、无知的异教徒新近忏悔的眼泪，汤姆在濒临死亡时的爱心和坚忍唤醒了他们，使他们忏悔；他们还为他向新近才找到的救世主伤心地祈祷，他们虽然除了他的名字外对救世主一无所知，但对发自无知而渴切的心底的祈祷他是不会不听的。

卡西曾偷偷从藏身之处溜出来过，她无意中听到汤姆为她和艾米丽所做的牺牲，不顾被发现的危险，于前一夜去看了汤姆。这忧郁而绝望的女人被这充满深情的人用剩下的一点力气说出的最后的几句话深深感动了，那漫长的、寒冬般的绝望，那冰封的岁月全都消融了；她流着眼泪祈祷着。

当乔治走进那棚子时，顿觉天旋地转，极其痛苦。

“这可能吗？这可能吗？”他说着跪在了他身旁，“汤姆叔叔，我那可怜的、苦命的老朋友！”

这声音里有着某种东西穿透了这个垂危者的耳鼓。汤姆轻轻动了一下头，微笑着说：

耶稣能使濒临死亡的人的病床

柔软得和羽绒枕头一样。

年轻人弯身看他可怜的朋友时，眼中流下了值得尊敬的男子汉的眼泪。

“啊，亲爱的汤姆叔叔，请你醒醒吧！再说一句话吧！看呀，乔治少爷来了，你心爱的小乔治少爷呀！你认不出我了吗？”

“乔治少爷！”汤姆说着睁开了眼睛，声音十分微弱地说道，“乔治少爷！”他好像有点莫名其妙。

慢慢的，这个念头似乎充满了他的心灵，那双毫无表情的眼睛发出了亮光，视线集中了起来，整个脸露出了笑容，粗硬的手捏拢了起来，眼泪从脸上流了下来。

“赞美上帝！这，——这，——这正是我希望得到的！他们没有忘记我。它使我心灵感到温暖，让我心里觉得高兴！现在我死而无憾了！赞美上帝吧，我的灵魂！”

“你不会死！你不能死！别想到死！我是来赎你，带你回家的。”乔治焦急而激动地说。

“啊，乔治少爷，你来得太晚了，上帝已经赎下我，要带我回家去了，我渴切盼望能去，天国比肯塔基要好啊！”

“啊，千万别死！这会要我的命的！想到你受的罪呀，我多伤心啊，而且还躺在这么个破棚子里！可怜的、苦命的人啊！”

“别叫我是个苦命的人！”汤姆严肃地说，“我曾经是个苦命人，但这一切都已经过去了。现在我已经到了天国的门口，就要进去了！啊，乔治少爷！天国来临了！我已经得到了胜利——是主耶稣给予我的胜利！光荣

属于主的名字!”

乔治被汤姆断断续续地说这几句话时的力量、热情和主宰力感动得肃然起敬,他坐在那里默默地注视着汤姆。

汤姆抓住了他的手,接着说:“你千万不要告诉克鲁伊,可怜的女人,我现在这个样子,她听了会难受的。你就告诉她你看见我进天国的,我等不了他们了。告诉她无论在什么地方上帝始终都和我在一起,把一切都变得轻松容易多了。啊,还有可怜的孩子们和小娃娃!多少次我想到他们心都碎了!告诉他们大家,都跟我走,跟我走呀!问候老爷和善心的太太,还有庄园上所有的人!你不知道,我爱他们大家!我爱每一个地方的每一个人!我只有爱!啊!乔治少爷!做一个基督徒是多好啊!”

这里,烈格雷漫步来到了棚房门口,故作满不在乎的一副顽固神情往里面看了一眼,转身走开了。

“老魔王!”乔治气愤地说,“想到有一天魔鬼会和他算账,心里还痛快点。”

“啊,别这么说,啊,你千万别这么说!”汤姆抓着他的手说,“他是个可怜虫,想想都可怕!啊!只要他能忏悔,上帝现在就会宽恕他的;不过我怕他永远也不会忏悔呀!”

“我巴不得他不忏悔!”乔治说,“我决不愿意在天堂见到他!”

“别说了,乔治少爷,这样说使我不安!你不要这样想,他并没有真正伤害过我,他只不过替我打开了天国的大门而已!”

这时,因重见小主人的快乐而在这将要死去的人身上产生的一股力量渐渐消失了,他闭上了眼睛,很快就不行了,脸上出现了那神秘而庄严的变化,说明另一个世界快要到来了。他艰难地喘息着,宽阔的胸膛缓缓起伏,一丝笑意浮现在他的脸上,仿佛洋溢着胜利者的骄傲和愉悦。

“有谁——谁——谁能够把基督的仁爱从我们心中夺去呢?”他喃喃地说道。这声音如此衰弱,显然是他那衰竭的躯体中能够发出的最后的音节,即使他竭力抗争也无济于事。他含笑长辞。

乔治静默地坐着,神色肃重,满怀敬畏。这间小屋在他心中已成为圣地。“做一个基督徒,是多么伟大呀!”他合上了亡者那双失去光泽的眼睛,从他身边站起身来,心中只是激荡着这一信念。这正是他的老朋友、淳朴的汤姆所坚守的信念。

乔治转过身来，发现烈格雷站在他背后，脸色阴沉。

汤姆大叔的小屋中笼罩着浓重的哀伤情绪，使乔治的愤慨不至于突然迸发出来。烈格雷的出现仅仅使他厌恶，但尚未引燃他刚强猛烈的本性。他只是感觉胸中激荡不已，想远远地避开烈格雷，不与他说话。

他指着汤姆的尸体，乌黑的眼眸锋芒犀利，直刺向烈格雷，简短地说："你已经榨尽了他的血汗，这具尸体你要我付多少钱？我要带走他厚葬。"

烈格雷固执地回答道："我可不卖死了的黑鬼，不过我很乐意你把他埋起来，随时随地都可以。"

"伙计们，"乔治威严地吩咐两三个看着死者的黑人，"帮我把他抬起来，安置在我的马车里；再给我找一把铁锹。"

有个黑人跑去拿铁锹，另外两个人帮乔治把汤姆的躯体抬上马车。

乔治没有搭理烈格雷，甚至不屑于再看他一眼。烈格雷对乔治的命令未加阻挡，只是冷冷地站在那儿吹口哨，一副不以为然的神态；他阴沉着脸，一直跟随他们走到门前的马车旁边。

乔治把自己的外套铺在车里，然后小心翼翼地抱起汤姆的身体放在外套上。接着，他移动一下座位，使汤姆的空间更大一些。他这才转过身来，逼视着烈格雷，用平稳的口吻说道：

"我还没有告诉你，对于这起残暴事件我是什么看法——眼下还不是时机，也不是合适的场所。可是，先生，无辜者终究会得到公正的裁决，我将宣布这一凶杀案，并且诉诸于首席法官对你进行指控。"

"你尽管去控告吧！"烈格雷轻蔑地打着响指，"我很愿意看见你这样做。可你到哪儿去找证人呢？——你有什么证据？——你去告呀！现在就去！"

乔治立刻看出了这种公然的藐视是如何有力：现场没有一个白人，而在所有南方法庭上，黑人的证据毫无价值。此时此刻，他感到自己发自内心深处的愤怒的呐喊声可以充斥整个天宇，然而这种悲哀却是多么虚弱无力！

"何必呢？只不过死了一个黑奴罢了，这般小题大做！"烈格雷说。

这句话就像火花投进炸药库一样。谨慎从来就不是这个肯塔基青年的内在品质，他转过身来，一拳砸在烈格雷的脸上。乔治居高临下地俯视着他，满腔愤慨，那一副威武不可侵犯的神情，不禁使人联想起与他同名

的英国勇士——圣·乔治。

有这样一类人,挨打受挫对他们来说不无益处。如果对手勇猛地把他们击倒在地,他们反而会生出敬意。烈格雷无疑正是这种人。他从地上爬起来,抖落衣服上的尘土,望着绝尘而去的马车,脸上露出了明显的恭谨神色。他没有再说一个字,看着马车愈驶愈远,直至消失了踪影。

马车很快驶出了烈格雷的种植园地界。乔治在来途中曾留意过一个小沙丘,沙丘上土质干燥,生长着几株茂盛的树木,荫翳蔽日。他们在沙丘上挖了一个墓穴。

“先生,您的大衣要拿出来吗?”两个黑人挖好墓穴,问乔治。

“不用了,把它送给汤姆吧。可怜的汤姆,我唯一能给你的就只有这件衣服了。你拿去吧。”

两个黑人把汤姆放在挖好的墓穴里,然后开始填土,填起一座新坟。他们把绿色的草皮移植在坟上。自始至终,这几个人都沉默着。

“伙计们,走吧。”乔治说着,在每个黑奴手里都放了一枚两角五分的硬币。黑人们踌躇再三,不肯离去。

“先生,求您买下我们吧。”一个黑人说。

另一个黑人说道:“我们一定忠心侍奉您。”

第一个黑人又说道:“先生,我们在烈格雷种植园里实在不能忍受下去了,求求您买下我们吧!”

“我没有能力买你们。”乔治为难地挥挥手。黑奴们只好走开了。

他们没有继续哀求,在离开的时候,脸色十分苦恼。

“我祈求上帝作证!”乔治跪在墓前——这里葬着他可怜的朋友,“从今以后,我将致力于铲除奴隶制,把这魔根祸胎从我们国家彻底根除!上帝为我作证!”

没有任何纪念物来标志我们这位朋友的安息地,他根本就不需要!上帝知道他在哪里安息,当上帝在光华和荣耀中降临时,必将使他复活,使他灵魂不朽;他将与上帝同在。

不必可怜他!这样的生和死是不需要怜悯的,上帝的荣耀并不体现在万能的财富,而在于抛却对个人安危的顾念,去经受苦难的爱!上帝赐福于那些应他召集、聚在他身边的人们,赐福于那些隐忍负重、负着十字架始终追随他的人们。关于这些,《圣经》上写道:

悲痛的人受到赐福,他们将得到安慰。

41 闹 鬼

不知为什么，最近这段时间里烈格雷庄园的仆人们都在传言鬼的故事。

仆人们私下里说：他们总是在夜深人静的时候听到鬼魂走下楼梯的声音。鬼魂穿过廊道，在庭院里徘徊游荡。尽管各道门都上了锁，却丝毫不能阻挡它的脚步。也许它们口袋里藏着万能钥匙，也许鬼魂本来就能从钥匙孔里穿入穿出。不管怎样，鬼魂就这样逍遥自在、得意洋洋地游游荡荡，让人好不恐慌。

目击者们给这个鬼魂的外貌赋予了各种各样的描述，导致这种分歧的原因是：无论黑人还是白人，当他听到鬼的声息时，便习惯性地立刻紧闭双眼，顺手抓起一样东西蒙住头脸，比如说内衣、毛毯，等等。眼睛自然什么都看不见了，然而他们的心神却变得异常明晰，头脑中映现出千百种鬼魂的模样来，并且在事后绘声绘色地向别人描述它的形象。描述者总是赌咒发誓，仿佛亲眼所见。这许多种描绘当然没有一处雷同，只是都具备了鬼魅家族的共同特征：它们披着惨白的尸布。可怜的黑奴们并不了解古代史，也不知道莎士比亚曾这样描写鬼的外貌：

鬼魂披着尸衣
在罗马的街巷中哀泣。

然而他们在描述鬼的形象上竟然如此一致，这的确是性灵学上的奇妙现象。我们应该请研究性灵学的有关人士关注此事。

尽管如此，我们却有理由相信，确实有个高高身影的鬼魂，披着白袍，在夜半时分绕着烈格雷的宅院游荡。它穿过房门，在主宅四周徘徊，时隐时现。它的足音在冷寂的楼梯上响过，消失在可怕的阁楼里。次日清晨，人们却发现楼道的门依然紧锁，如同往常一样。

烈格雷怎能不听说这些传言！尽管仆人们私下里流言纷纷，却瞒骗着烈格雷，不让他知道。然而这般避讳更加使烈格雷胆战心惊。他越发酗酒，终日痛饮白兰地。白天他气派十足，总是高昂着头，痛骂仆役们；晚上却噩梦连绵。他躺在床上，脑海中映现出使他厌恶的鬼影子来。在汤姆尸体被抬走的那天半夜里，烈格雷驰马到临近的小镇上喝酒，喝得烂醉如泥，直到很晚才疲惫不堪地回来了。他锁上门，而后上床休息。

恶人的灵魂是一个使他自己也会恐惧不已的可怕的东西。烈格雷尽量使自己平静下来，可是做不到。没有人知道灵魂起止于何处，没有人知道灵魂会想些什么。烈格雷的灵魂此时想起的事，都是他亲身所为、使他战栗的罪恶行径。可是这些罪恶永远无法挽回了，就像灵魂的不死一样不可改变、不可弥补。他心里已经隐藏着一个鬼魂，却把别的鬼魅都阻隔于门外，这根本无济于事！在他心底激荡着鬼魂叹息、哀叫的声音，尽管繁琐的俗务把这哀声深深掩抑，它却仍然是尖锐、凄厉的号声——预示着末日即将来临。

即便如此，烈格雷临睡前还是要锁好房门，里面顶上一把椅子，然后在床前点燃一盏可以彻夜长明的灯，床头还藏着手枪。他仔细检查窗栓是否插紧，然后嘟囔着："我才不怕鬼怪和它手下的鬼兵呢。"他很快就入睡了。

是的，他睡着了，因为他太累了；他睡得很沉。可是后来梦中却出现了一个阴影，一个恐怖的、令人毛骨悚然的影子在他头上飘悬着。他看到的是他母亲的尸体，然而是卡西把它高高悬起来，让他辨认。他还听到了尖叫声和哀叹声乱纷纷地混杂在一起。他虽然看见了、听见了这一切，却很清醒地知道自己是在睡梦里，他挣扎着想从梦中醒过来。就在半睡半醒中，他确信有个影子正走进屋子里。他看见门开了，可是自己的手脚却丝毫动弹不得；最后他终于转了个身，清醒地看到门的确是开着的，一只手正在捏灭床头灯。

天色阴霾，月光黯淡，他看见了！——从门口轻轻飘进来一个白色的影子！他听到了它披着的尸衣轻轻抖落的声音，沉闷而又细碎。它冷冷地立在床前，一只冰凉的手搭在烈格雷的手腕上。烈格雷听到了一个低沉的、可怖的声音："来吧！来吧！来吧！"他在极度的恐怖中不禁大汗淋漓。他不知道那个白色的鬼影是在什么时候、如何走出了这个房间。烈格雷跳下床，拉一拉房门。房门依然紧闭着，锁得严严的。一阵昏晕袭来，他跌倒在地上。

此后，烈格雷比以往更加嗜酒，喝酒时不再谨慎，而是更加肆意、无所顾忌。

不久以后，村里人都在传言烈格雷身患重病，快要死了。过度饮酒回报给他的是这场致命的疾病，他在来世应遭受的报应似乎已被提前拖入今世中来。他的病房里弥漫着的恐怖气氛简直没有人能够忍受。他不停地失声号叫，喃喃呓语，描述着他看到的影像，所有听到这些话的人恐怖得血液几乎要停止流动。似乎在弥留之际，他床边还站着一个冷漠的、惨白色的影子，对他说："来吧！来吧！来吧！"

事情十分凑巧，在烈格雷看见白色鬼影子的当天晚上，有些黑奴瞧见了两个白影。它们步履倏忽，穿过了林荫路，飘向大路。人们在第二天发现主宅的屋门大敞着。

卡西和艾米丽过了好久才在小镇边上的树丛中停下来歇息，伸伸腿脚。天就要亮了。

卡西一身黑裙，视其风姿，俨然是克里奥尔的西班牙贵妇。她头戴小黑帽，帽檐上垂下的厚厚的印花面纱遮住了面孔。前文曾叙述过她的一段逃亡经历：在那期间，她假扮一位克里奥尔女郎，艾米丽扮为她的女仆。

卡西举手投足间展露出来的风姿与她自己的设想极相称，因为她幼年时代始终在上层社会中蒙受熏陶。她还有许多旧时的衣服和珠宝，这些衣饰正好用于她乔装打扮。

她在郊区稍事停留，发现有卖皮箱的，于是选了一只很好看的皮箱，并叮嘱卖主沿路把箱子送到自己手中。这样，她随身带着一个用小车推箱子的小仆人，艾米丽手提背包和各种小包紧随其后。卡西像一位雍容的贵妇人一样，住进了一家小旅店。

安顿食宿之后，她看见了乔治·希尔比。他给卡西留下的印象极为深刻。当时乔治住在这家旅店里等待着下一班轮船起航。

卡西曾在阁楼上的小洞中偷偷看见过他，看见他带走了汤姆的尸体，也目睹了乔治与烈格雷之间的一场纷争，她心里不禁暗暗喝彩。每当夜晚来临时，卡西就假扮鬼魂，轻轻地在院子里走动。有时候她会听到黑奴们私下里议论汤姆的事，从而知道了乔治的身份以及他和汤姆之间的渊源。她得知乔治同自己一样也在等下一班轮船，而且对乔治很快产生了信任。旅馆中的客人并没有对卡西的姿容举止产生怀疑之心，她总是出手阔绰，而这类人一般不会引起别人寻究底细的好奇心。卡西在筹备钱财的时候就早已预料到。

一艘轮船在黄昏时分停泊在港口。乔治·希尔比殷勤周到地搀扶卡西上船——这正是肯塔基式的礼貌。乔治经过一番努力，最后把她安置在一间很舒服的豪华客舱中。

轮船在红河航行的途中，卡西闭门不出，一直称病，诚实恭顺的女仆人在身前身后服侍。

轮船在密西西比河靠岸时，乔治得知自己与这位萍水相逢的贵妇将同路，都要启程去上游，因此他请求与卡西同乘一艘船，并且帮她预订了豪华舱的船票。乔治如此尽心尽力，完全是出于同情她那娇弱的体质。由此事我们也可以看出，乔治的心地是多么善良啊！

旅客们已经安全地改乘了漂亮的"辛辛那提"号。你看，蒸汽机起动了，以它强大的力量带动着轮船乘风破浪，逆水向前驶去。

卡西的身体渐渐有了起色，能够靠在栏杆旁稍坐一会儿，还能到餐厅就餐。乘客们都议论着这个贵妇人，猜想她年轻时一定娇媚无比，仪态万方。

乔治初见卡西的容貌时，敏锐地感觉到这个女人似曾相识。然而每个人几乎都有过这样的经历，根本无法解释这种感觉。乔治常常不由自主地把目光移到她身上，凝神观察她的相貌举止。而卡西发现这个年轻人总是专注地看自己，不管是在餐厅，还是坐在舱房外面；每当遇见他时，总是如此。卡西觉察到他的目光，脸上立刻浮现出敏感的神色来，于是这个年轻人就十分礼貌地把目光转移了。

卡西心里不禁犹疑不已，以为乔治发觉了自己的不妥之处。后来，她终于彻底相信了乔治的坦诚，决定把自己的身世和命运完全告诉他。

乔治听了卡西的遭遇，不禁对烈格雷庄园的每一个逃亡者都抱以深深的怜悯之情。谈及烈格雷庄园，或者想一想这个地方，他心里都觉得厌恶。他身上滋生了非凡的勇气——这正是他这样的身份和这种年龄所特有的品质——他使卡西确信，自己一定会尽全力保护她们，协助她们脱离眼前的困境。

卡西舱房的邻居是一位法国贵妇都德夫人，她带着一个年龄十二岁上下的小女儿，那女孩生得十分美貌。从乔治的言谈中，夫人断定他是肯塔基人，于是露出了想与他结识的意图。她那美丽的女儿，在半个月的行程中，真正是一个打破沉闷气氛的小精灵。她为都德夫人与乔治的接触创造了条件。

乔治的椅子常常放在都德夫人的舱房旁边，卡西的位置是在栏杆内侧，可以听见两个人的对话。

都德夫人非常详尽地询问肯塔基州的情况，她说自己曾经在那里居住过。乔治发现，她的旧居地必定距离自己家乡不远，真是出人意料。从她的言谈中也可以看出，对乔治家乡的人和事她了解很多，这不禁使乔治暗暗诧异。

一天，都德夫人问他："你的家乡附近，是否有姓哈里斯的人呢？"

"我家附近就住着一户姓哈里斯的人，"乔治回答说，"但是我们两家人并没什么接触。"

都德夫人问："他可能是一个大奴隶主吧？"她的口吻极其关切，却极力压制，仿佛不愿被人觉察。

"的确如此。"乔治看到她的表情，觉得很奇怪。

"你听说过吗？他有一个奴隶，叫乔治，是个混血儿，也许你听人说起过？"

"噢，当然，他的名字是乔治·哈里斯。我们很熟悉，他娶了我妈妈的一个女仆为妻。但是他已经逃往加拿大了。"

"真的吗？"都德夫人连忙说，"感谢上帝保佑他！"

探询的眼神在乔治的眼里一闪而过，但是他保持沉默。

都德夫人双手捧着头，泪水滚滚而下。

"乔治是我弟弟。"她说。

乔治·希尔比十分惊讶，不禁提高了声调说："夫人！"

都德夫人拭去泪水，抬起头来，神色中透着骄傲。她自豪地回答说："不错，乔治·哈里斯就是我弟弟！"

"我可真有点儿糊涂了。"乔治不由自主地向后挪动椅子，直视都德夫人。

"乔治还在幼年时，主人就把我卖到南方，"她说，"我的新主人心地善良，慷慨大度，他带我去西印度群岛，给了我自由，而且娶我为妻。最近我先生不幸去世，我本来想去肯塔基州找我弟弟，为他赎身。"

乔治说："我听他说过，曾有一个姐姐艾米丽，被卖到南方去了。"

"是的，我就是艾米丽！"都德夫人说，"你快点儿给我描述一下，他是个什么样的——”

“一个很出色的小伙子，”乔治回答，“尽管他身受奴役，却仍然是个出类拔萃的人，聪明、品质优秀。因为他和我们家里的一个女仆结婚了，所以我才认识他。”

“他妻子是个什么样的女孩呢?”都德夫人问。

“她是个很好的姑娘，”乔治说，“漂亮、性格温柔、头脑聪慧，又是虔诚的基督徒。我母亲把她当作自己的亲生女儿一样教导，她会读书写字，针织刺绣也很好，而且唱歌特别动人。”

“这个女孩从小就出生在你家里吗?”

“不。我父亲在去新奥尔良时把她买回来，作为礼物送给我母亲。当时她只有八九岁光景。父亲从未对母亲透露过花费多少钱才买下她。直到前一阶段我们整理他从前留下的单据，才发现了那张卖身契。她的价码很高，也许是因为她太漂亮了。”

乔治背对着卡西，叙述着这些故事细节，他没有看到卡西专注的神情。

卡西听到这里，脸色由于关切而变得惨白。她碰碰乔治的臂膀，问道:“你知道那姑娘的卖主姓名吗?”

“好像是西蒙斯。我记得这是写在卖身契上的名字。”

“天哪!”听到这句话，卡西昏了过去，倒在船板上。

乔治和都德夫人都惊惶万分。尽管他们并不知缘由，然而出于仁义之心，都感到不安和担忧。好心肠的乔治忙乱不堪，碰倒了一只水壶，打碎了两个杯子。舱房中的女乘客一听说此事，都跑了过来，把豪华客舱的门口堵塞得密不透风。如此忙乱不堪的景象，大家一定都想象得出。

可怜的卡西！她一恢复知觉就扑在舱壁上痛哭，像个孩子似的哀伤无助。身为人母，也许能够体察出她的心境，有的母亲也许体会不到。但是此时此刻，卡西真正相信上帝对她施予了怜慈之心，使自己可望与女儿相见。她在数月后果然见到了女儿，不过那是后话，现在暂且说到这里吧。

42 牧 场

文章写到这里,差不多已接近尾声了。卡西和都德夫人的离奇的际遇深深打动了乔治,像所有的年轻人一样,他觉得惊奇有趣,同时又对此事满怀关切。他费尽周折地把伊丽莎的卖身契寄给卡西。单据上面所载的姓名和时间与卡西记忆中的情况毫无二致。卡西,坚信伊丽莎就是自己的女儿,她眼下要做的事就是追寻伊丽莎出逃之后的行踪线索。

天缘巧合,命运把她和都德夫人紧紧联系在一起。她们日夜兼程奔赴加拿大,一路上寻访了无数个收容逃亡奴隶的据点,终于在阿默赫斯堡找到了一个传教士,乔治夫妇初入加拿大时正是蒙他收留保护。由于从传教士那里得到讯息,卡西和都德夫人追寻到蒙特利尔市,探听乔治一家的消息。

乔治和伊丽莎成为自由人已经五年了。乔治在一个著名的机械师开办的工厂里获得了一个安稳的职业,所挣的薪水足以持家,他们还生了一个女儿。

哈里已经长成为一个英俊聪颖的少年,就读于一所知名的学校,学识渐渐增多。阿默赫斯堡收容站的那位教士曾收留过乔治,他对卡西和都德夫人叙述的情况十分关注。都德夫人请求他一同前往蒙特利尔寻找乔治,一切费用由夫人承担。传教士允诺了此行。

黄昏时分,在蒙特利尔市郊的一座干净整洁的公寓里,有一家人已经准备好晚饭,餐桌上面摆放整齐,铺着雪白的桌布。壁炉里红色的火苗劈啪作响,兴奋地跳跃着。房屋的一角安放着一张宽大的写字桌,桌上铺着绿色桌布,摆着纸笔等文具。书桌上面的书架上排列着一本本精选过的书籍。

这是乔治的书房。从前,他在艰辛的生活中抽取空暇时间学会了看书识字,一心一意地进取向上。现在,他仍然不辍努力,把全部业余时间都用来学习。

此时他正坐在书桌旁读着一本藏书,并且做着笔记。

“乔治,过来,”伊丽莎说,“你白天不在家里,趁我泡茶时一起说说话吧,快放下书。来呀。”

小伊丽莎也做出了迎合妈妈的举动：她摇摇晃晃地跑到爸爸旁边，想拿掉他的书，坐在他的膝上。

“小机灵鬼！”乔治让步了，男人在这种情况下总是不得不这样做。

“好啦。”伊丽莎一边切面包，一边说。几年的光阴，使她看上去平添了几分成熟；身材略显丰满，有些家庭主妇的风范。在她身上我们能够感受到她内心的幸福和恬静。

“哈里，宝贝，今天你的数学题做得好吗？”乔治摸着哈里的头发，问道。

哈里头上弯曲的头发已经不见了，但是他的眼睛、睫毛和漂亮高耸的前额仍如从前一样。他脸上泛着红光，骄傲地回答：“我全都做完了，是我自己做的，爸爸！”

“好极了，儿子，”乔治说，“要靠自己的能力做事，你今后的机会可要比你可怜的爸爸好得多。”

就在这时传来了轻轻的敲门声，伊丽莎一边答应着，一边去开门。她高兴地喊道：“噢，是你呀！”乔治转过身来，看见了传教士。伊丽莎请他走进屋里，并且请同来的两个女人就座。

按照本来安排的程序，这位传教士在路上就告诫大家要遵循他所策划的步骤进行，如果事先没有其他变化，事情可不能开门见山就暴露出来。

传教士入座之后，用手帕拭拭嘴角，准备按原定计划演出开场白。然而都德夫人的举动却使他慌了手脚。她紧紧拥抱着乔治，大声说：“乔治！乔治！难道你不认识我了吗？我是你姐姐艾米丽！”这样一来，整个计划全被打乱了，全部真相立刻暴露出来。

卡西坐在那里倒是心平气和，如果小伊丽莎没有突然出现在眼前，她本来能够演好自己的角色。这个小女孩的身材、相貌和头发与她当年的女儿就像是从同一个模子里刻出来的。小姑娘始终看着她的脸，卡西不由自主地把她抱在怀里，动情地说：“宝贝，我是妈妈呀！”这句话是如此情真，连她自己都以为眼前的小女孩真的是当年的伊丽莎。

想要这件事有条有理地按步骤进行可真是不容易！传教士终于使大家平静下来，道出了原本该最初上演的开场白。他的讲话成功地抓住了众人的情感，每个人都在低声哭泣。古往今来的演讲者若能把场景渲染到如此境地，那可就牛了。

他们全都跪在地上，好心的传教士开始祈祷。——在这心情激荡的时刻，唯有祈祷上帝，把全身心都投入到上帝爱的怀抱里，人们的心魂才得以安宁。祷毕，他们站起身来，这重新团聚的一家人彼此拥抱在一起，心中充满了对上帝的尊崇、信赖之情。上帝以种种不可预料的方式把他们从重重险阻中牵引到一起来。

在加拿大流亡者中有一位传教士，他的笔记纪实比小说更加真实、离奇。奴隶制肆虐地摧残许多家庭，像狂风横卷残叶一样使人们骨肉离散，如此凄惨的故事怎能不离奇曲折、扣人心弦？失散了多年的人们，往往以为亲人已经死去，却能够在这个避风港里意外相聚——这里就是一条永远的安全海岸线。每一个初次踏上这块土地的人都会受到热烈的欢迎，因为他们的到来也许会带来一些仍然桎梏于奴隶制的亲人的讯息，包括他们的母亲、姐妹、妻子或儿女。

在加拿大，许多成功地逃亡至此的奴隶往往会从原路返回，回到危机四伏的大陆去寻找自己的亲人，希图救她们脱离苦海。这类英勇事迹数不胜数，每当此时，死亡和酷刑的威胁都被他们远远抛在脑后。

我们曾经听过一位传教士讲述的故事：有个年轻人返回大陆时两次被捉住，遭受了残酷的鞭打，可是他最后还是逃回来了。我们听过别人念他写给朋友的信，信中说他还想第三次返回大陆搭救他的妹妹。善良的读者啊，他是英雄人物呢，还是一个罪犯？你难道不愿为姐妹而牺牲自己吗？你能够指责他吗？

闲言少叙，还是来看一看我们的朋友吧。意外的惊喜使他们止不住泪水，过了许久才拭去泪，渐渐平静下来。全家人亲亲密密地围坐在桌子周围，只有卡西始终把小伊丽莎抱在膝上，时不时地紧紧搂抱她，使小家伙很好奇。当小伊丽莎要往她嘴里塞糕点时，她十分执拗地拒绝说她有比糕点更好吃的东西，所以不想吃糕点。

卡西很快就像变了一个人似的，一两天以后读者在她身上一定已看不出昔日的痕迹。她脸色柔和，蕴含着圣洁的信任之情，从前的苍白憔悴已经消失得干干净净。她完全与自己的亲人融合到一起，她爱着这两个孩子，似乎他们就是她长久以来一直期待的人。她对小伊丽莎所投入的爱心比对伊丽莎更加深厚。她曾经失去的女儿与眼前的小伊丽莎容颜姿态一模一样。这个小女孩就像是一条花朵一样的绚丽芬芳的系带，把卡西母女的感情维系起来，使她们互相爱恋。伊丽莎常常读《圣经》，她心地

虔诚、信念坚定，使母亲那疲惫不堪、支离破碎的心灵得到了正确的引导。卡西接受了这指引，也变成了虔诚的基督徒。

一两天后都德夫人向弟弟详细讲述了自己的经历。丈夫留下了一笔丰厚的遗产，她想拿出来以供全家花销，因此征询乔治的意见，可以用这笔钱派上什么用途。乔治说："我想上学，艾米丽。读书始终是我最大的心愿。其他的事你就不用费心了。"

他们做好充分准备后启程去法国，打算在那里暂住几年。全家人带着艾米丽一起乘船出航。这艘轮船上的大副为艾米丽的姿色所倾倒，抵港后不久就与她结婚了。

乔治在法国一所大学里攻读了四年，接受了系统的教育。他的学习热情很高，成绩十分优异。

后来法国发生暴动，他们全家人为了避祸又回到美国。

乔治现在已经成为一个素质很高的人，在他致友人的一封信中，他的情感与才华得到了充分展示：

"我并不知自己的前程如何，对此我持有困惑心理。的确，我可以像你说的那样很轻松地冒充白人，混入美国的白人圈子。我的肤色很浅，我妻子和家里其他成员的肤色也很难看出是黑人。如果社会默许，我们是可以冒充白人来生活的。但我们却不想这样做！

"我的怜悯之心全部都寄托在母亲的种族，而不是父亲的种族。在父亲眼里我只是一匹优质的马或一条好狗而已，而母亲才把我看成一个孩子。我和母亲在那残酷的拍卖会上被迫分离，直到她去世我再也没能见上她一面。可我知道她爱我，从心里明白她对我怀有深厚的爱心。每当我想起母亲的苦楚磨折和我少年时期的苦难，想起妻子的痛苦和顽强抗争，想起姐姐在新奥尔良奴隶市场上被拍卖的遭遇，尽管我力图不使自己心里产生背弃基督教义的念头——我这样说是可以原谅的吧——但我决不愿做美国人，不愿和他们一致。

"我宁愿希望上天把我的肤色变得更黑一些而不是变浅，因为我要与遭受压制和奴役的非洲黑人种族同呼吸、共命运。

"我的灵魂里急切地渴求着能猎得一个非洲国家的国籍。我希望这个国家能够真正独立，在全世界民族之林中巍然屹立，凡是属于这个国家的人们都享有真正的自由权利。可是这样的国度在哪里呢？我怎样去寻找她？海地不属于这样的国家，海地人民的基础素质不是很优秀。正像河流永远不能超越它的源头一样，海地的主要民族性格柔顺、怯懦，所以其他次要民族若想翻身独立，至少需要几个世纪的时间才能改变现状。

“我应该到何处寻找它？我看到了非洲沿海的一个共和国，她的国民出类拔萃，其中很多人凭借自我教育和顽强的力量跳出了奴隶制的牢笼。这个共和国家经历了一个薄弱的准备阶段，终于得到了世界的承认——其中包括英国和法国。我想去寻找那个人人都能主宰自己的国度！

“我知道你们一定都不会赞同我，可是你们在责备我之前请先听听我的理由。我居住在法国时曾经怀着极大的兴趣关注着美国黑人同胞的际遇，我也始终留意着殖民主义者和废奴主义者之间的矛盾冲突。身在他乡异地、作为一个旁观者，我所得到的感触，是我作为当局者时根本无法感受到的。这就是所谓的‘当局者迷、旁观者清’了。

“我明白，高高在上的奴隶主们为了达到他们不可告人的目的，曾试图以这个共和国——利比里亚共和国——为工具，采取各种阴险手段来压制我们、阻碍我们的解放斗争。我心里只有一个疑问：上帝难道不存在吗？他对人世间的计谋和手段洞若观火，难道他不能识破这些阴谋，通过给予他们有力的打击来成全我们，使我们建立自己的国家吗？

“现今社会里，一夜之间就可以诞生一个新的国家。刚刚成立的国家往往都拥有现成的有关教科文与国计民生等重要问题的方针政策，所以只要把这些政策付诸实践就可以了，而不必自己去重新摸索。但愿我们能够团结起来，殚精竭虑以建成伟业。我们和我们的后代必定会拥有一片美丽、壮观的非洲土地。在非洲海岸，黑人同胞们将开创文明的先河、拓展基督教义的精神，建立众多富强的、属于我们自己的共和国家。这些国家将飞速发展，像热带植物一样成长繁荣起来，直至永恒。

“你是否会指责我会抛弃曾经同甘共苦的同胞们？不，我不这样看。如果我在生命中离弃他们一分一秒，那么上帝也会抛弃我！身在美国，我能给他们尽什么心意呢？难道我能够斩断他们身上的镣铐吗？仅凭一人之力无法做到这一点。如果我成为共和国的一员，我们就可以运用共和国在国际舆论中所拥有的发言权来发布宣言，为我们自己辩护、呼吁；只有单个人的力量根本不能行使这一权利。

“我坚信总有一天欧洲会成为自由国度的联合体——如果在欧洲，奴隶制和其他所有不平等现象都被彻底根除，如果其他欧洲国家也像英国和法国一样承认我们的社会地位和权利，那么我们将在自由国家的会议上高声呼吁，为我们这个磨难重重、被奴役被压迫的民族申冤雪耻！等到那一时刻，宣扬自由和进步的美国不可能拒绝抹去镶在她国徽上的那两道象征着耻辱的斜线。因为她不愿在公众面前蒙上耻辱的标志，何况这种耻辱对于美国和黑人同胞来说都是隐患。

“也许你会说黑人同胞与爱尔兰人、德国人和瑞典人一样拥有居住在美国的权利，完全可以与美国融为一体。我承认我的同胞们确实是享有这项权利的。我们应该与他们交游自如，融入其中。我们也可以抛却等级和肤色的限制，凭借自身的才华和实力来提高自己的社会地位。如果有人否定我们拥有的这一权利，那么他们也就否定了自己曾标榜的人人平等的民主理论。我们民族曾备受摧残，因此应要求偿还。比起其他人来说我们更应该享有许多权利，更应该居住在美国。可我不愿这样，我需要真正、完全地属于我自己的国家和民族。我确信，凭借着汲取世界文明和基督之光的润泽，我们非洲人民所具备的个性和特色将会充分展示于世人面前。非洲人的特色比起盎格鲁—萨克森而言，在精神上更具有毅力和内涵。

“坚韧、充满生机的盎格鲁—萨克森人民曾在国际争端纷起的最初阶段左右着世界许多国家的前途和命运。这个民族品质优秀，不辱使命。可我作为一名信仰基督的教徒，更加希冀一个新时代的诞生。我们立足于新时代的前沿翘首以待，但愿如今各个国家正在经历着的痛苦和灾难仅仅是和平年代诞生之前暂时的阵痛。

“非洲发展的指导精神必将是基督的教谕。非洲大陆的民族性格淳厚、宽容、情意深重，不擅长于高高在上地发号施令。他们深深铭记着爱的原则，牢记着宽容的教义，因为他们正是在苦难深重的生活中接受了上帝的指引，使他们从被侮辱、被伤害的处境中解脱出来。他们心中拥有了宽容和爱心，就能够无所畏惧，所向披靡；他们的使命就是将宽容与爱的原则散播于非洲土地。

“我承认自身不具备这种精神，因为我身上流淌着一半萨克森民族躁动的血液。可我身边伴随着一位温柔美丽、巧言善辩的上帝的使者。她总是把我从徘徊困惑中引入正途。是她使我听到了基督的召唤，叮嘱我不忘行使民族的使命。我要以一个传教士的身份，到非洲大陆去寻找我的国家。这是上帝为我指定的土地，我要用荣耀的语言来赞颂他：'尽管你被冷落、被遗弃，没有人愿意停留在这里，我却要让你享受世世代代的荣华富贵，使你成为永恒的荣耀之邦。'

"也许你会说我有些头脑发热，认为我并没有认真思索过自己要为之投入的事业。不，实际上我周全地考虑过，也权衡过得失。利比里亚共和国是一个勤劳民族的国度，在那里，人人都要辛勤地劳作，那里并非传说中的富贵之乡。我渴望用自己的双手去辛苦工作，任何艰辛和磨难都不能挫败我。我的一生都将如此度过。我之所以想去非洲，正是因为我向往着呼吸自由的空气，非洲海岸不会令我失望。

"不管你对我所做的决定有什么意见，请你一定要信任我；你要明白，我把全部的身心和灵魂都献给了我的同胞们。

乔治·哈里斯"

几周以后，乔治与妻儿、姐姐和岳母扬帆出海前往非洲。如果我的预料准确，也许以后人们还会听到他的音讯。

我还要叙述一下奥菲丽娅小姐和托普西后来的经历，另外再用一章的笔墨描述一下与乔治·希尔比辞别的场景。除此之外，对书中其他人物作者无需赘叙。

奥菲丽娅携同托普西回到故乡佛蒙特州。新英格兰人对办事条理清晰的人有一个谐趣的称呼——"我们的人"。托普西刚来到这里，对于他们有条不紊的家居生活来说显得有点不相称，仿佛是被隔离在外的人物。奥菲丽娅尽力教导托普西，不久她就成绩卓著，得到了家人和四邻的喜爱。她长到成人以后，就要求接受洗礼仪式，成了当地教会的教徒。她的才华智慧和热情渐渐深入人心，因为她希望多多行善，所以被推荐去非洲，任传教士职务。她那与生俱来的灵慧与充沛的精力，过去曾使她放荡不羁，据说现在完全投入了教育事业中，用于为祖国儿童谋福利。

附言：另外有一个消息会使母亲们尤其欣慰：都德夫人几经查访，前不久终于找到了卡西的儿子。他是个体质健壮、精力旺盛的青年，比母亲早几年就逃亡了，进入北方的收容所；他也曾受过教育。他很快将要去非洲寻找自己的亲人。

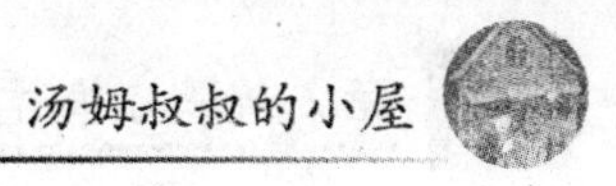

43 解　　放

乔治·希尔比给母亲写了一封短信报告自己的归期，纸上只有寥寥数行字。他几次想写出老朋友逝世的情景，却总是忍不住泪水盈眶，哽咽难书，最终只好撕碎信纸，擦干泪水，寻一个去处使自己镇定心神。

这一天希尔比宅院里上下欢腾，热闹异常，等待着为少爷乔治接风洗尘。

希尔比太太从容地坐在厅堂里，壁炉里燃着核桃木生成的火焰，火苗飞舞，驱散了晚秋的凉气。暮色苍茫，屋子里喜洋洋的一袭暖意。晚餐桌上杯盘锃亮，整齐有致，在餐桌旁忙忙碌碌的人正是我们的朋友克鲁伊大婶。

她穿着镂花的新衣裙，围着雪白的围裙，头上高高地顶着浆得笔挺的头巾，她黝黑的面孔上洋溢着兴高采烈的笑意。克鲁伊时不时地调整桌上摆好的杯盘，迟迟不肯离去。看得出来，她只是想借此时机留下来与太太谈几句话。

“哦，这样摆怎么样？看上去不错吧？”她说，“我把少爷的座位放在靠炉火的地方，他总是喜欢暖和的位子。呀，糟啦，萨莉没把最好的茶壶摆出来，就是圣诞节时少爷送给太太的那个新茶壶，我去拿出来吧。对了，少爷来信了吧？”

“我接到信了，克鲁伊，他说回家来再详细谈谈。”

“少爷就是这个脾气，什么事都要亲自宣布。我还记得他这脾性。我真弄不懂，白人的耐性怎么那样好，写信又累、又慢，却偏要把所有的事都写下来！”

希尔比太太笑了。

“老头子一定认不出我们那两个儿子和女孩了，哦，波莉长成了大姑娘，又活泼，又善良！她也到主宅来了，正在厨房里看烙饼呢。今天我烙的饼是老头子从前最喜欢吃的，他离开家的那天早晨吃的就是这种饼！”

听了这话，太太不由得深深叹了口气，心里沉重得无以复加。接到乔治的来信后她一直担心不已，怕儿子只言片语的背后有什么不好的消息等待着她们。

克鲁伊急切地问:“太太,你把钱拿回来了吗?”

“取回来了。”

“我要把自己在‘高家店铺’挣的钱给老头子看看。老板对我说:‘克鲁伊,你要是多留一段时间该有多好啊!’我回答他:‘老爷,多谢你了,我也很乐意在这里工作,可我的老头子要回来了,再说我也舍不得我家太太。她不愿意再和我分开啦。’琼斯老板真是好人,太太。”

克鲁伊固执地要太太帮她把自己挣的钱存起来,让汤姆看看她是多么能干。太太为了让她喜悦,非常痛快地答应了这个要求。

“汤姆一定不认识波莉了,唉!他走了五年啦!波莉那时刚刚能站稳,还不大会走路呢。她总是跌跌撞撞地,惹得老头子很欢喜。唉!”

车轮声由远及近,越来越清晰了。

“乔治少爷回来了!”克鲁伊猛地扑到窗前。

希尔比太太跑到楼道入口处,投进了儿子的怀抱。暮色深沉,克鲁伊好不焦急,连连向夜色中寻找着。

“可怜的克鲁伊婶婶!”乔治握住她黝黑粗大的手掌,悲哀地说:“即使倾家荡产,我也会把汤姆赎回来的,可是他已经离开我们了,去了天堂。”

太太悲痛地叫了一声,克鲁伊却没有哭,也没有说话。

大家走进餐厅里,克鲁伊的钱仍然摊放在桌子上。

克鲁伊拿起钱,双手不停地颤抖着,她把钱放在太太手里,说:“我不想再看到这些钱,也不想再听别人说起它们。我早就知道,被卖到种植园里去,迟早会死的呀!”

克鲁伊转身向外面走去,她的背影看上去骄傲而且顽强。太太追上去拉住她的手,把她按在椅子上,自己也坐在她旁边。

“克鲁伊,你好命苦!”她说。

克鲁伊把头倚在太太的肩上,开始抽泣起来:“太太,别怪我,我的心碎了啊!”

“我知道,”太太满脸是泪水,“我虽然不能安慰你,可基督能够抚慰你的伤痛,他总是医好伤心人的痛苦。”

没有人说话,人们都悲哀地哭泣。乔治坐在克鲁伊身边,握着她的手,叙述了汤姆逝世的情景。他满怀深情,言辞扼要,把汤姆临死前的话

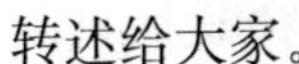

转述给大家。

一个月以后的一天上午，希尔比庄园的全部仆役都聚集在上房的厅堂里，听少爷讲话。

令人意外的是，他手里竟然拿着许多契约书，庄园中每一个奴隶的自由证书都在契约书里。每个人都哭泣着、欢喜地叫喊着，乔治念着他们的名字，把证书发到每个人手中。

可是许多人拥在他身边恳求着，不愿离去，他们神色忧虑，甚至要把证书还给少爷。

“少爷，我们现在的生活已经很好了，很自由，什么都不缺。我们不想离开少爷、太太，也不愿离开庄园里其他人啊。”

“朋友们，”等人们渐渐安静下来，乔治说，“你们可以不离开我，庄园里仍然需要许多人来工作，主宅里也需要佣人。可是你们现在都是自由人，按我们的约定，我为你们的劳动付报酬。还有一点益处是，一旦我负债，或者我死去——这两种情况都有可能发生——你们不会被别人抓去做奴隶。以后我会接管庄园的全部生计，我要教你们学知识，教你们学习怎样行使自己作为自由者的权利，我希望大家努力学习和工作，真正对这些知识感兴趣。我以上帝的名义起誓，一定诚信待人，教导你们学习。朋友们，为你们获得的自由感谢上帝吧！”

一位受人尊敬的、头发灰白、双目已经失明的黑人老者站起身来，把颤抖的双手，举向天空，高声道：“感谢基督！”他们都跪在地上听老人唱感恩诗。这诗声发自肺腑，摧人心折。与之相比，以悠扬的琴声、钟声和炮声为衬托的赞美诗，也不能具备如此强烈的感染力！

他们又站起身来，有个黑人唱出一首卫理公会的赞美诗，他的附录部分有两句歌词是：

自由的时刻已经来到，
获得救赎的罪人啊，快快回家吧！

正当人们互相贺喜时，乔治说：“你们还记得善良的老汤姆叔叔吗？”

乔治叙述了汤姆临逝世时的情景，向人们转述了汤姆对他们的爱心和告别语。他又说道：

朋友们，我在他的坟墓前向上帝保证：我不会再让家里有一个黑奴，我会想尽办法使奴隶们获得自由，没有人会由于我的意图而离妻别子,飘零异地,像汤姆那样客死他乡。所以当你们激情欢悦的时候,不要忘了汤姆,因为这一切都归功于他那善良的心啊。请照顾他的妻儿来报答他的深情厚谊吧。当你们看到汤姆叔叔的小屋时,要把它看成一块纪念碑,纪念他诚信、忠厚、笃信基督的精神。希望他的精神指引你们去努力,沿循着他的步伐前进。

44 后 记

我常常收到从全国各地飞来的信件，要了解书中故事的真伪。在此我将详细答复大家。

故事中涉及的情节基本是真实的，而且许多事件曾经是我或者我的朋友亲眼所见。书中所写的人物也大部分是我或者我的亲友见过的原型，而且文中的许多语句也曾经是当事人的原话，经人转述或是作者亲耳所闻。

现实生活中的伊丽莎，无论容貌还是性情都被如实地写入书中。依据她的见闻，作者塑造了汤姆叔叔坚贞隐忍、忠实诚信的性格。有一些颇含悲剧性和传奇色彩的故事情节也都有事实可循。许多人都知道有位母亲踩着浮冰渡过俄亥俄河的真实事件。第十九章中“老普吕”的事件细节，是作者一位兄弟亲眼所见的。当时他在新奥尔良做收账工作，是一家商店的职员。从他的叙述中作者演绎了另一个形象——烈格雷。作者的兄弟曾到烈格雷种植园去收账，他叙述说：“烈格雷让我摸他的硬拳，像锤子，也像铁块，他说是‘打黑奴磨炼出来的铁拳’。我离开他的种植园时简直就像是离开魔鬼的巢穴一样。”

全国各处都有汤姆这样的悲剧，说也说不尽，如今还健在的目击者仍数不胜数。在南方的法庭上，凡是在控诉白人的案件中，黑人的证词根本无效。他们的法规就是如此。因此可以想象，如果一个奴隶主的残酷已经上升到极点、完全不顾及他的暴虐会损失一个奴隶时，而对手却是一个顽强至极、决不肯屈节的奴隶，悲剧也就不可避免了。事实上，除非主人性格良善，奴隶根本就没有生命保障。有时候这类残酷的事件传入众人耳中，众人的评论却往往比事情本身更令人齿冷。他们说：“这种事情有可能会偶尔发生，但不能代表全部。”如果新英格兰法律明文规定：假设一个老板可以摧残学徒，偶尔把学徒折磨死掉，又无法寻求公正，那么人们是否能以如此平淡的心绪来讨论这一事件呢？是否可以说：“这类事情根本不会发生，不能以一点囊括了全部？”奴隶制之所以得以存在，就是因为它本身固有的这种不公正的现象。

“珍珠”号被拦截以后发生了许多令人不齿的事件。最使它名声败坏的是进行拍卖混血女孩的勾当。作为此案的辩护律师，霍勒斯·曼先生曾叙述过这件事："1848年，'珍珠'号轮船启程远行，船上有七十六个来自哥伦比亚的黑人，他们想逃跑。当时我是这艘船船员的辩护律师。这些逃亡者当中有许多年轻漂亮的女孩子，她们的身材和气质都非常好，博得了乘客们的赞叹。其中有个女孩名叫伊丽莎白·拉塞尔，不幸猝然降临在她的头上，她被奴隶贩子抓获，将被送到新奥尔良的拍卖市场。看到如此美丽的女孩子身陷厄运，人们都怜惜嗟叹，他们纷纷筹钱想赎回她的自由，酬金总额达一千八百美元，有些人甚至把自己所有的钱都捐出来。可恨的是阴狠的奴隶贩子并不就此罢手，他毫不动心，仍然将她运到新奥尔良。幸运的是，这姑娘半路上就患了重病，不治而亡。她以死亡使前路中即将遭受的苦海一般的折磨得以免除。还有两个姐妹，姓埃德蒙森，她们也在被贩卖之列。她们在即将被押送新奥尔良拍卖市场之前，姐姐去旅馆寻找主人，哀求他看在上帝的分上放她们走。可那个卑鄙的奴隶贩子花言巧语地说，她们今后会有漂亮衣服穿，有豪华的家具可以使用。如果想要舍弃这些荣华富贵，真是不识抬举。姐姐回答说：'不错，今生今世也许能够享富贵，但来生来世又有什么样的结局呢？'最终她们还是在拍卖市场上被卖掉了。后来，听说她们又被人以高额赎金救回来了。"从霍勒斯·曼先生的这段话中，我们可以看到在那个时代里有许多个类似艾米丽和卡西的例子。

同样，圣克莱尔乐善好施的品质在现实人物中也有影迹可循。在此我要叙述一个真实的故事：几年前有位年轻的南方贵族带着男仆抵达辛辛那提。这个男佣人虽然对从小侍奉的主人情意深厚，却还是趁机逃走了，被收留在一位教友会会员的家里。这位教徒因为一向收容逃亡的黑奴而闻名遐迩，主人找到了线索，前去拜访他。年轻的主人恼怒万分，他向来对这位随身侍仆十分宽容亲厚，万万没料到他竟会逃走。可是对仆人的忠诚，主人也坚信不疑，所以断定是有人从中挑拨，使仆人产生了叛逃的心理。教徒接待了这位贵族，向他讲述了自己的看法。贵族渐渐平息了怒气，因为这是自己以前从未曾想过的观点。他说，如果能够与仆人当面讨论这个问题，只要仆人愿意获得自由，他一定成全。于是主仆二人见面了，贵族问内森是否对宅里的生活感到不满。

内森回答："不，少爷。你对我总是那么宽厚仁慈。"

"可你是为了什么原因要离开我呢？"

“少爷，也许有一天你会出事，也许你会死，到那时候，我不知道自己的命运会怎样，不知谁会成为我的主人！我希望自己是自由的人。”

年轻的贵族思考了一会儿，说：“内森，设身处地来考虑，我也会像你这样做的。我给你自由。”

他给内森写好了自由证书，然后请教徒替他保存一笔钱，并合理支配，留待他的仆人将来使用，以便帮助这个新获自由的人在社会上挣得一席之地。他还给内森写了一封信，满怀善意和劝导之情。我曾经看过这封信。

但愿我能够公道地评议怜慈、慷慨的南方贵族，因为这些人的存在，使我们对人类仍抱有希望。可是是否随处可见品质如此优秀的人呢？试问每一个洞悉社会现实的人：如何回答这个问题？

很多年来我一直拒绝去看关于奴隶制的书籍，也不愿谈论这个问题。因为对奴隶制的研究使我无比痛苦，我相信随着文明的发展进步，奴隶制必将消亡。可我听说某些善良仁义的人们和一些基督徒居然也宣扬这样一种公民义务——应该让逃亡者重新受奴役和制约。这个观点使我惊愕。我在自由的北方土地上听到种种传言，那些仁善、德高望重的人们终日在讨论着这一项义务，并认为基督徒有责任来尽力实现它。凡是抱有这种观点的人和基督徒都相当无知，他们根本就看不清什么是奴隶制。假如知道奴隶制的本质，他们绝对不会持有这种见地。正是由于这一点，我萌生了描写奴隶制的想法，尽量用生动写实的笔墨向读者揭开奴隶制的面纱。书中所写的仁善之处，可能令人欣慰；可是在它的背面，在那深邃不见底的死一般的黑暗中，有多少罪恶为人们所不见！

我诚挚地向南方贵族中品格高尚的人士致敬；我向你们发出我心底的呼声：久经艰险，你们磨炼出了宽容、坚定、高贵的品质，你们对奴隶制的罪恶和隐患必定感触至深。你们是否觉得，我书中所述的苦难和凄惨远远比不上现实生活的残酷？奴隶制不正是这副丑恶面目吗？人类岂能拥有逃避责任的特权？奴隶制剥夺了奴隶在法庭上作证的资格，不是在纵容奴隶主们变成暴虐的君主吗？难道没有人能够预料到奴隶制后面隐藏的祸患吗？在正直仁善的人们中间存在着共识，同样，在那些暴徒、恶棍中间难道不存在另一种共性吗？奴隶制度允许残暴的恶徒像真正的贵族绅士一样拥有众多数量的奴隶，可是在这个世界上的任何地方，是否正义和高尚的人士都占大多数呢？

美国法律明文指出黑奴买卖是违法的强暴行为，可在这块土地上却产生了规模宏大的奴隶交易市场，它与奴隶制度同步而生、同步发展起来。至于在交易市场中发生的一幕幕悲剧，我们根本说不尽。

我在书中只是概略地描述了这个民族的痛苦：家庭破碎使多少人心灵受到摧残和折磨！这种痛苦是如此无助和悲哀，甚至会使人濒临崩溃的边缘。许多在世的老人在回忆中仍然留有过去凄惨的印迹：迫于奴隶制的压榨和冷酷行径，有的母亲为了免遭生离之痛，被迫杀死自己的孩子，然后再自杀。美国政局的立场和基督教义都维护奴隶主阶层的利益，那么，我们怎能尽述沿海地区的无数悲剧呢？

我呼吁美国的公民关注此事，并且为这个苦难的民族尽力。试问在漫漫冬夜里、偎依在温暖的壁炉旁读着本书的马萨诸塞、新罕布什尔、佛蒙特、康涅狄格各州的农民朋友们，生活在缅因州强壮而大度的船员和船主们，你们赞同这样的制度、容忍这样的苦难吗？还有纽约州英勇、善良的人们，俄亥俄州惬意、富裕的农民们，草原上各州的人们，试问你们支持这样的事吗？美国的母亲们，因为你们爱着自己的骨肉，所以学会了爱其他人，学会了怜悯。你们对自己的孩子满怀深情，在他们的摇篮旁边你们曾度过了一段最圣洁、最美好的时光。想想你们在孩子们成长的路途中如何用母爱督促他们进取向上；想想你们为他们的成长而担忧振奋；想想你们对上帝祷告，让他们永远善良、公正时的虔诚吧；想想你们自身的这一切情怀，我诚挚地请你们为那些可怜的母亲施予一些怜悯吧。她们也深爱着自己的孩子，可是却被法律制度剥夺了爱护、教导自己骨肉的权利。所有的母亲们，想想你们的孩子病痛时的痛苦吧，想想他们面对死亡时的眼睛，想想他们去世时绝望的哭声吧，这一切使你们心肠欲碎，却无力挽留他们的生命。当你们站在空荡荡的婴儿室中，看到他生前的用具和酣睡过的摇篮时，那种切骨的痛楚将终生浸透在你们的心魂中。我恳请你们——伟大的母亲，给那些可怜的母亲一些怜悯吧。万恶的奴隶制导演了一幕幕惨剧，难道你们能够容忍这样的罪恶，并且维护它的存在与蔓延吗？

实际上，美国自由的人们在纵容奴隶制的合法化，他们始终对奴隶制抱有容许的态度，自己也蓄养黑奴。我多么希望事实不是这样的啊！难道自由州的人们不能对奴隶制施加有益的影响吗？事实上他们却犯下了罪恶。

假如自由州的人们公正明理，正确引导儿女，她们的孩子就不会成为臭名昭著的凶暴的奴隶主；不会容许奴隶主贵族们在美国的土地上肆虐横行；也不会在交易场所中买卖奴隶，把人的身心视为物品一样来赚取交易利润。许多黑奴在不断的买卖交易中辗转于北方的各个城市，难道除了南方贵族们被指责有纵容奴隶制的罪名之外，其他人就不应该担当这项罪名吗？

北方城市的母亲、男人和基督徒们，你们应该看清楚自身的过失，而不应该把所有的谴责都指向南方人。

每个人都具有合理的判断力来决定自己能够做出多大程度的努力，至少可以使自己的正义感和怜慈心在四周的同情气氛中传扬开去。无论男人还是女人，只要能够对全人类的整体利益持有正直、健康的态度，他就可以为人类造福。那么请你们反省自己的情感吧！你的情感是否与基督精神一样圣洁伟大？抑或是受制于冷漠狡诈的社会现实而变得有所偏移？

除此之外，北方的基督徒们，你们还拥有祈祷的力量。你们向上帝祷告，是由于笃信他的万能还是出于基督教的习俗呢？你们既然能够替国内外所有的非教会人士祈祷，那么也请你们为那些处境悲惨的基督徒祷告于上帝吧！他们能否提高自身的宗教素养，不能由自己主宰，而要看他们的主人是否仁慈；只有上帝赋予他们足够的力量和品质，使他们勇于为道义而献身，那么他们才有可能维护自己的宗教道德。除此之外，他们别无他法。

然而还有另一种奇迹。许多离家弃子的奴隶们有幸得到上天的佑助，从奴隶制的黑暗地狱中逃脱，来到自由州的沿海地区。他们脱身于一个基督教义和人伦道德贫乏混乱的制度，所以这些人本身根本不曾接受完善的教育；他们意志脆弱，需要向你们求助，向你们求教文化知识和基督精神。

唉，你们这些基督的信徒啊！难道你们不应该为水深火热中的非洲民族尽一份力量以弥补给他们造成的伤害吗？难道美国的教会机构和学校应该拒绝黑人吗？难道黑人不应该向基督申诉他们所受的折辱和欺凌吗？难道教会可以蔑视黑人民族无助的呼声和求救的双手吗？难道基督可以容忍种种迫使他们逃离国土的暴虐行径吗？如果这种局面不加以扭转，等待着美国的将是隐患滋生的恶劣后果。只有慈悲悯怀、公正无私的上帝才主宰着万事万物的命运，想起这些，美国人怎能不恐惧呢？

你们是否仍然会宣称："让黑奴们滚回非洲去！美国不需要他们！"

上帝高瞻远瞩，在非洲给他们安置了一个避难所。然而教会并不能因为这一令人欣慰的伟大举措而抛却拯救黑人民族的重任，顾念这个陷入苦难的民族是基督教会的责任和使命。

刚刚脱身于奴隶制的黑人没有社会阅历，甚至没有为人处世的经验，仍然处于半野蛮状态。许多黑奴逃离南方，投身于北方的自由土地上寻求生存。北方的基督教会应该收留这些可怜的逃亡者，让他们沐浴在基督的爱心之中，为他们提供接受学校教育和共和主义教育的机会；当他们的文化素养和道德水平已臻成熟时再让他们返回家园，用自己的学识来建设非洲海岸。

少数北方人始终坚持着帮助黑奴接受教育，并且收取了成效，在美国涌现出一批杰出人物：他们出身于奴隶阶层，后来渐渐赢得了财富、名誉和教育，他们自身的禀赋和能力都得到了充分发展。他们虽然身处困境，却终于成功地塑造了自己的优秀品质。他们具有超凡的容忍精神，诚实、慈善，为了搭救被凌辱和被践踏的同胞们甚至不惜抛头颅、洒热血。在悲惨的生活环境中成长的黑人能够具有这样卓越的禀赋，实在令人惊叹。

我一直居住在与奴隶制横行的几个州相毗邻的地区，有很多机会去接触那些曾经沦为奴隶的黑人。我家里曾有过黑仆，为了让他们也能受教育，我让他们和我的孩子一起在家里听课，因为没有学校肯接收他们入学。有些黑奴到加拿大从事传教工作，他们也了解类似的情况，与我所知道的自由黑人的情形都一致。黑人具备如此优秀的潜质，确实令人欣慰。

获得自由的黑人总是把受教育放在首要地位。他们为了使儿女将来能接受系统教育，往往殚精竭虑，不惜代价。据黑人们的老师还有我本人的感受，黑人的资质相当不错，学新知识很快。辛辛那提市的慈善人士捐资创建了几所招收黑人的学校，他们成绩优异，表现非常出色。

斯托教授曾任教于俄亥俄州雷恩神学院，他为我提供了一些有关自由黑人的材料。材料中提到的黑人现在都居住在辛辛那提，这些材料证明了一个事实：黑人种族即使得不到特殊帮助，他们过人的才能仍然会展示出来。

在此我列出他们姓氏的第一个字母。再次强调，这些黑人现在都是辛辛那提的市民。

B——浸礼会信徒，家具制造厂商人，已在辛辛那提居住二十多年，自力更生创业，家资一万美元。

C——长老会信徒，纯正黑色人种，早年从非洲被贩卖到美国，在新奥尔良奴隶市场上被拍卖，后来积攒了六百美元为自己赎身，现在已获自由十五年；印第安纳州许多农场均属他名下，家产约一万五千至两万美元。

K——浸礼会信徒，纯正的黑色人种，年纪约四十多岁；经营房地产，家产约三万美元；他获得自由后的第六年，以一千八百美元为他的亲人赎身；主人逝世后赠给他一笔可观的遗产，K 先生勤勉经营，家资日趋雄厚。

G——纯正黑色人种，约三十岁，煤炭经营商，心地善良，有绅士风度，约一万八千美元财产；他曾经两次自赎其身，不幸第一次被欺骗，损失了一千六百美元。他身为奴隶时常常付钱给主人来争取自由时间，利用这些可自由支配的时间来做买卖赚钱。

W——肯塔基州人，浸礼会主事，四分之三黑人血统，从事理发师和服务生两种职业。他和家人的赎金超过三千美元，均由他一人支付；他获得自由已十九年，资产二万美元。

D——肯塔基州人，四分之三黑人血统，刚刚去世，享年六十岁；他从事粉刷职业，获自由已九年，共支付赎金一千五百美元，包括为自己及其家人赎身的总数额。家产约六千美元。

“除了 G 先生之外，我和以上所提到的其他人都是多年的旧识。这些材料都来源于现实。”斯托教授说。

在记忆中父亲曾雇佣过一位老婆婆在家里做洗衣妇。她女儿非常勤快，与一个奴隶结为夫妇。为了给丈夫赎身，这个年轻女人勤俭持家，很快就有了九百美元的存款。她把这部分赎金付给主人，只要再付一百美元就可以赎回丈夫的自由身了。可就在此时她丈夫不幸去世，九百美元被主人独吞，分文没有退还给她。

黑奴在重获自由之后，他们身上固有的勤恳、隐忍和忠诚的品质都会显露出来。这样的事例数不胜数，上面列举出的几个人仅仅是少数例子罢了。

这些人都是在艰难困窘的处境中挣扎、振奋，谋取了可观的资产，并且得以在社会上立足。俄亥俄州的法律规定有色人种不享有选举权。只是在近几年里黑人才获得了在白人诉讼案里能够出庭作证的权利。不仅在俄亥俄州，我们在美国的其他州里也能看到这样的例子。许多奴隶们刚刚从奴隶的枷锁中脱身而出，就能够赢得一定的社会地位；他们可敬的进取心和精力促使他们迅速走向成功。教士彭宁顿、编辑道格拉斯和沃德，都是众人熟知的优秀人物。

灾难深重的黑人民族在磨难重重的境况里尚可以取得如此非凡的成绩，那么如果教会施予他们基督的光辉，他们将会获得多么伟大的成就啊！

当今时代局势动荡，时不时会有剧烈的影响力动摇着整个世界。美国是否处于安全保障之中呢？对于一个缺乏正义并且不去寻求伸张正义的国家来说，必然存在着极大的隐患。

那么，这种可能导致动荡的强有力的因素是什么呢？正是它，在全世界各族人民心中激起了强烈的追寻平等和自由的信念。

时代已经显示了它的预兆，因为这就是上帝的意志。上帝亲自统治的国家即将出现，在这个国度里神的意图将被实现，就像生活在天堂里一样。

但是谁能耐心地等待神显示灵威的那一天来临呢？“当这一天到来时，上帝会降临在我们中间，指责所有欠债的无赖、欺凌孤寡的恶徒，还有寄人篱下、不肯劳作的懒汉。他将惩治所有欺压者，使他们尸骨无存。”

这些严厉的谕旨不正是针对一个缺乏道义和正义的国家而言吗？基督的信徒们，当你们祈祷那属于耶稣的国度会实现的时候，是否会想到：全能的先知总是在拯救他的子民时，也惩罚所有的罪恶。得救与报应总是紧密相关的。

可是上帝仍然仁慈宽容，给予我们期限来挽救祖国。在上帝眼里南方和北方都一样是有罪过的，基督教会本身也犯下了严重的过失。假如我们联合起来维护邪恶和暴虐，或者利用奴隶制来赚取私利，这都不能够使美国得救；获得救助的唯一办法就是忏悔、伸张正义和仁慈。坚实的磨刀石会永远沉没在海底，这是一个永恒的规律。同样，所有邪恶和残酷的手段必将遭到上帝的惩罚，这也是一条不可更改的、严肃的法规！